KOEKOEKSJONG

www.boekerij.nl

ROBERT GALBRAITH

KOEKOEKS JONG

All characters and events in this publication, other than those clearly in the public domain, are fictitious and any resemblance to real persons, living or dead, is purely coincidental.

ISBN 978-90-225-6912-2
ISBN 978-94-6023-910-6 (e-boek)
NUR 330

Oorspronkelijke titel: *The Cuckoo's Calling*
Vertaling: Sabine Mutsaers
Vertaling gedichten op. p 7 en 519: Erik Bindervoet
Omslagontwerp: B'IJ Barbara
Omslagbeeld: silhouet © Arcangel Images, hek © Trevillion Images, achtergrond © LBBG / Sian Wilson
Zetwerk: Text & Image, Gieten

First published in Great Britain in 2013 by Sphere.

Voor de echte Deeby
Met heel veel dank

Waarom werd je toen het vroor geboren
En niet toen je 's koekoeks roep kon horen?
Als de druif nog groen aan de tros is,
Als de zwaluw van zwaarte los is
  Om ver weg te zwerven
  Van 't zomersterven.

Waarom stierf jij toen het lam blij blaatte
En niet toen de appel los moest laten?
Als de sprinkhaan verzwakt, verbleekt is
En het stoppelveld diep doorweekt is
  En de wind zucht om scherven
  Als liefs moet sterven

CHRISTINA G. ROSSETTI, *Rouwzang*

Proloog

Is demum miser est, cuius nobilitas miserias nobilitat.

Ongelukkig is hij wiens roem zijn tegenspoed vermaard maakt.

LUCIUS ACCIUS, *Telephus*

Het geroezemoes op straat was als het gonzen van een zwerm vliegen. De fotografen waren samengedromd achter dranghekken, bewaakt door politie, met de lange snuiten van hun camera's in de aanslag. Hun ademhaling dampte als wolken stoom. De sneeuw viel gestaag op mutsen en schouders; lenzen werden schoongeveegd met in handschoenen gestoken vingers. Van tijd tot tijd stak er een vlaag woest geklik op, wanneer de omstanders de wachttijd vulden met het vastleggen van de witte canvas tent die midden op de weg stond, de ingang van het hoge appartementencomplex van rode baksteen erachter, en het balkon op de bovenste verdieping vanwaar het lichaam naar beneden gevallen was.

Achter de opeengepakte paparazzi stonden witte televisiewagens met enorme satellietschotels op het dak. De journalisten stonden te praten, sommigen in vreemde talen, terwijl de geluidsmannen met hun koptelefoons heen en weer drentelden. Tussen de opnamen door stampvoetten de verslaggevers en warmden ze hun handen aan bekers hete koffie uit de drukbezochte broodjeszaak een paar straten verderop. Om de tijd te doden filmden de cameramannen van onder hun wollen mutsen de ruggen van de fotografen, het balkon en de tent waarmee het lijk aan het zicht werd onttrokken, om vervolgens een nieuwe positie in te nemen voor een wijder shot van de chaos die was losgebarsten in de rustige, besneeuwde straat in Mayfair met zijn rijen glanzend gelakte zwarte deuren, omlijst door witte stenen portieken en geflankeerd door zorgvuldig in vorm gesnoeide boompjes. De ingang van nummer 18 was afgezet met lint. In de gang erachter kon je zo nu en dan een glimp opvangen van de politiemensen, onder wie enkele in het wit gestoken forensisch experts.

De televisiestations hadden het nieuws uren geleden al binnengekregen. Het publiek stroomde toe vanaf beide kanten van de weg, op afstand gehouden door nog meer politie. Sommigen waren speciaal gekomen om te kijken, anderen liepen toevallig langs op weg naar hun werk. Velen hielden een mobiele telefoon in de lucht om een foto te nemen voordat ze verderliepen. Eén jongeman, die niet wist welke van de balkons het bewuste was, fotografeerde ze een voor een, ook al stond het middelste zo vol met planten – drie keurige bollen van groen blad – dat er nauwelijks ruimte overbleef voor een mens.

Een groepje jonge meisjes had bloemen meegebracht en werd gefilmd terwijl ze die overhandigden aan de politie; er was nog geen plaats voor de bloemen bepaald, dus legden de agenten ze een beetje opgelaten achter in het politiebusje, zich bewust van de camera's die iedere beweging volgden.

De correspondenten van de vierentwintiguursnieuwszenders hielden een gestage stroom commentaar en speculatie op gang met de paar sensationele feiten die ze hadden.

'... rond twee uur vannacht vanaf het penthouse. De politie is gebeld door de bewaker van het gebouw...'

'... wijst nog niets erop dat het lichaam verplaatst gaat worden, wat heeft geleid tot speculaties...'

'... niet bekend of ze alleen was toen ze viel...'

'... teams zijn het gebouw binnengegaan en zullen het grondig doorzoeken.'

Een kil licht vulde de tent. Twee mannen hurkten neer naast het lichaam, klaar om het eindelijk over te hevelen in een lijkzak. Haar hoofd had een beetje bloed achtergelaten in de sneeuw. Het gezicht was verbrijzeld en gezwollen, één oog gereduceerd tot een rimpelig gat terwijl het andere tussen de dikke oogleden nog een reepje dof oogwit vertoonde. Wanneer bij de geringste verandering van het licht haar paillettentruitje glinsterde, wekte dat een onrustbarende indruk van beweging, alsof ze weer ademde of haar spieren spande, klaar om op te staan. De sneeuw landde op het canvas boven hun hoofd alsof iemand er zachtjes met zijn vingertoppen op tokkelde.

'Waar blijft verdomme de ambulance?'

Rechercheur Roy Carver werd steeds lichtgeraakter. Zijn toch al beperkte voorraad geduld was al uren uitgeput. Carver was een man met een enorme buik en een gelaatskleur die aan cornedbeef deed denken; de oksels van zijn overhemden vertoonden vrijwel altijd zweetkringen. Hij was hier nu bijna net zo lang als het lijk en zijn voeten waren vrijwel gevoelloos geworden van de kou, bovendien werd hij zo langzamerhand duizelig van de honger.

'De ambulance is er over twee minuten,' meldde brigadier Eric Wardle, die met zijn mobiele telefoon tegen zijn oor gedrukt de tent binnenkwam en met zijn mededeling onbedoeld de vraag van zijn meerdere beantwoordde. 'Ik heb er net plaats voor vrijgemaakt.'

Carver gromde. Zijn humeur werd nog verslechterd door de overtuiging dat Wardle opgewonden was door de aanwezigheid van de fotografen. Wardle, jongensachtig knap, met dik, golvend bruin haar dat nu wit zag van de sneeuw, had naar Carvers mening de enkele keren dat ze zich buiten de tent hadden begeven expres getreuzeld.

'Dat stelletje daar is tenminste weg zodra het lijk is opgehaald,' zei Wardle, zijn blik nog altijd op de fotografen gericht.

'Die gaan echt niet weg zolang wij hier verdomme de omgeving behandelen als de plaats delict van een moord,' beet Carver hem toe.

Wardle ging niet op de onuitgesproken uitdaging in. Carver ontplofte evengoed.

'Dat arme mens is gewoon naar beneden gesprongen. Jouw zogenaamde getuige zat onder de coke en...'

'Daar komt hij,' zei Wardle, en tot Carvers grote ergernis liep hij weer de tent uit, om in het volle zicht van de camera's de ambulance op te wachten.

Het nieuws verdrong de berichten over politiek, oorlog en rampen, en in iedere uitzending schitterden de foto's van het smetteloze gezicht van de dode vrouw en haar tengere, strakke figuur. Binnen enkele uren hadden de paar feiten die bekend waren zich als een virus onder miljoenen verspreid: de openbare ruzie met de beroemde vriend, de eenzame rit naar huis, het geschreeuw dat anderen hadden opgevangen en die laatste, fatale val...

De vriend was naar een afkickkliniek gevlucht, maar de politie liet niets los; iedereen die op de avond voor haar dood bij haar was geweest, werd opgespoord. Er werden duizenden krantenkolommen en uren televisienieuws gevuld, en de vrouw die zwoer dat ze een tweede ruzie had gehoord, vlak voordat het lichaam van het balkon viel, beleefde eveneens kortstondige roem en werd beloond met kleinere fotootjes naast de afbeeldingen van het mooie dode meisje.

Maar toen, onder een bijna hoorbare zucht van teleurstelling, werd aangetoond dat deze getuige had gelogen en trok ook zij zich terug in een afkickkliniek, waarna de beroemde hoofdverdachte zijn gezicht weer liet zien, als het mannetje en het vrouwtje in een weerhuisje die nooit tegelijkertijd naar buiten kunnen komen.

Het was dus toch zelfdoding, en na een korte lacune van verbijsterd stilzwijgen laaide het verhaal zwakjes voor een tweede keer op. Er werd geschreven dat ze labiel was geweest, in de war, niet opgewassen tegen de supersterrenstatus die haar onstuimige gedrag en haar schoonheid haar hadden bezorgd; dat ze was aangetast door de immorele, zeer bemiddelde klasse waarin ze had verkeerd; dat haar toch al kwetsbare persoonlijkheid op drift was geraakt door de decadentie van haar nieuwe leven. Ze was uitgegroeid tot een wijze les vol leedvermaak, en er waren zo veel columnisten die naar Icarus verwezen dat *Private Eye* er een speciale column aan wijdde.

En toen uiteindelijk de glans van het verhaal af was, hadden zelfs de journalisten niets anders meer te melden dan dat er al te veel over was gezegd.

Drie maanden later

Deel een

Nam in omni adversitate fortunae infelicissimum est genus infortunii, fuisse felicem.

Want bij iedere ongelukkige wending van het lot
is de man die het hardst getroffen wordt
degene die eens het gelukkigst was.

BOETHIUS, *De consolatione philosophiae*

1

Hoewel het vijfentwintigjarige leven van Robin Ellacott zijn momenten van drama en zijn hoogtepunten had gekend, was ze nooit eerder ontwaakt in de rotsvaste overtuiging dat ze de dag die voor haar lag nooit van haar leven zou vergeten.

Even na middernacht had haar vriend Matthew haar na jaren verkering ten huwelijk gevraagd onder het standbeeld van Eros, midden op Piccadilly Circus. In zijn opgeluchte blijdschap nadat ze ja had gezegd, had hij opgebiecht dat hij eigenlijk van plan was geweest haar te vragen in het Thaise restaurant waar ze die avond hadden gegeten, maar dat hij niet had gerekend op het zwijgende stel naast hen, dat ieder woord van hun gesprek had afgeluisterd. Vandaar zijn voorstel na het eten om nog een ommetje te maken door de donker wordende straten, ondanks Robins bezwaar dat ze de volgende dag allebei vroeg uit de veren moesten. Uiteindelijk had hij een ingeving gekregen en haar tot haar verbazing de trap naar het monument op geleid. Daar had hij alle discretie in de wind geslagen (wat niets voor Matthew was) en op één knie zijn aanzoek gedaan, voor het oog van drie sjofele types die ineengedoken op de traptreden iets aan elkaar doorgaven wat eruitzag als een fles spiritus.

Er was, in Robins ogen, in de hele geschiedenis van het huwelijk nog nooit zo'n volmaakt aanzoek gedaan. Matthew had zelfs een ring op zak gehad, die ze nu droeg: een saffier met twee diamanten. Hij paste precies en ze staarde er de hele weg naar de stad naar terwijl haar hand losjes in haar schoot lag. Matthew en zij hadden nu een verhaal, een grappige familieanekdote, zo een die je aan je kinderen vertelt: het relaas over zijn planning (ze vond het prachtig dat hij het had gepland) die was misgelopen en had plaatsgemaakt voor een spontane inval. Ze vond ieder aspect ervan even mooi: de zwervers, de maan en Matthew die paniekerig en opgejaagd op één knie ging, en Eros, het smoezelige Piccadilly Circus en de taxi die ze hadden genomen naar huis, naar Clapham. Het scheelde weinig of ze vond zelfs heel Londen fantastisch, de stad waar ze nu een maand woonde en nog weinig mee ophad. Zelfs de bleke, voordringende forenzen die om haar heen in het metrostel gepropt stonden, kregen glans door haar stralende ring, en toen ze bij station Tottenham Court Road het kille maartse daglicht in liep, streek ze met haar duim over de onderkant van het platina en ervoer een explosie van geluk bij de gedachte dat ze in de lunchpauze wel een stapeltje bruidsmagazines kon gaan kopen.

Mannenogen keken haar na toen ze zich een weg baande langs de stratenmakers aan het begin van Oxford Street, het papiertje in haar rechterhand raadplegend. Robin was naar alle maatstaven een mooi meisje: lang en weelderig, met rossig blond haar dat meedeinde met haar stevige passen terwijl de frisse wind haar bleke wangen kleur gaf. Vandaag was de eerste dag van een nieuwe secretaresseklus voor een week. Sinds ze met Matthew in Londen was komen wonen werkte ze via een uitzendbureau, maar dat zou niet lang meer duren, want ze had enkele afspraken staan voor wat ze 'echte sollicitatiegesprekken' noemde.

De grootste uitdaging van deze oninspirerende korte opdrachten was vaak het vinden van het betreffende kantoor. Na het stadje in Yorkshire waar ze vandaan kwam leek Londen gigantisch, complex en ondoordringbaar. Matthew had gezegd dat ze niet de hele tijd met haar neus in een stratenboekje moest lopen, want dan zag ze eruit als een toerist en dat maakte haar kwetsbaar. Daarom beriep ze zich meestal op een knullige plattegrond die iemand bij het uitzendbureau voor haar had getekend. Ze was er niet van overtuigd dat ze daarmee wél de indruk wekte een geboren Londense te zijn.

De metalen hekken en de blauwe plastic schotten rondom de wegwerkzaamheden maakten het lastig te zien waar ze naartoe moest, omdat de helft van de aanknopingspunten op haar papiertje aan het zicht onttrokken werd. Ze stak de opengebroken weg over vóór een torenhoge kantoorflat die volgens haar plattegrond 'Centre Point' heette en die haar met zijn raster van uniforme vierkante ramen deed denken aan een betonnen reuzenwafel, en vervolgens liep ze ruwweg in de richting van Denmark Street.

Die vond ze bijna bij toeval, door een smal steegje te volgen dat Denmark Place heette en uitkwam op een korte straat vol kleurrijke etages met gitaren, keyboards en aanverwante muziekartikelen. Rood-witte dranghekken omringden alweer een gat in de weg, en de werklui in hun fluorescerende hesjes begroetten haar met een goedkeurend ochtendlijk gefluit waarvan Robin deed alsof ze het niet hoorde.

Ze keek op haar horloge. Dankzij haar gebruikelijke ingecalculeerde verdwaalmarge was ze een kwartier te vroeg. De onopvallende zwartgeverfde deur van het kantoor dat ze zocht lag links van het 12 Bar Café; de naam van de huurder van de bewuste ruimte was op een armoedig strookje lijntjespapier gekrabbeld en met plakband naast de bel voor de tweede verdieping bevestigd. Op een gewone dag, zonder de gloednieuwe ring die aan haar vinger schitterde, zou ze daarop afgeknapt zijn; vandaag echter waren het groezelige papiertje en de afbladderende verf op de deur, net als de zwervers van gisteravond, slechts pittoreske details tegen de achtergrond van haar luisterrijke liefdesverhaal. Ze keek nog een keer op haar horloge (haar hart maakte een sprongetje toen ze de saffier zag glinsteren; ze zou de rest van haar leven naar de glinstering van die steen kijken) en besloot toen, in een vlaag van euforie, om alvast naar boven te gaan en aldus gemotiveerd over te komen voor een baan die haar niet in het minst interesseerde. Net toen ze haar hand had uitgestoken naar de bel, vloog de zwarte deur van binnenuit open en stoof er een vrouw de straat op. Eén merkwaardig statische seconde lang keken die twee elkaar recht in de ogen terwijl ze zich schrap zetten voor een botsing. Robins zintuigen waren op deze heerlijke ochtend ongebruikelijk scherp. De aanblik van dat witte gelaat, die slechts een fractie van een seconde duurde, maakte zo'n indruk op haar dat ze haar even later – nadat ze erin geslaagd waren elkaar te ontwijken, al had het maar een centimeter gescheeld, en de donkerharige vrouw al de straat in was gesneld en om de hoek uit het zicht was verdwenen – volmaakt uit het hoofd had kunnen schetsen. Niet alleen de uitzonderlijke schoonheid van het gezicht had zich in haar geheugen gegrift, maar ook de uitdrukking daarop: furieus, en tegelijkertijd merkwaardig opgewekt.

Robin hield de deur naar het sjofele trappenhuis tegen voordat die in het slot viel. Een ouderwetse metalen wenteltrap liep om een al even verouderde kooilift heen. Geconcentreerd om te voorkomen dat haar hoge hakken bleven vastzitten in het metalen raster liep ze naar de eerste verdieping, langs een deur waarop een geplastificeerde, ingelijste poster CROWDY GRAPHICS aankondigde, verder naar boven. Pas toen ze bij de glazen deur op de volgende verdieping aankwam, besefte Robin voor het eerst naar wat voor soort bedrijf ze was gestuurd. Dat had niemand bij het uitzendbureau haar verteld. De naam die beneden bij de bel had gestaan was in het glas van de deur gegraveerd: C.B. STRIKE, met daaronder: PRIVÉDETECTIVE.

Robin bleef stokstijf staan, haar mond enigszins open, en ervoer een moment van verwondering dat niemand die haar kende zou hebben begrepen. Ze had haar levenslang gekoesterde, geheime kinderdroom nooit aan een levende ziel opgebiecht (zelfs niet aan Matthew). Dat dit uitgerekend vandaag gebeurde! Het voelde als een knipoog van God (en ook dat bracht ze op de een of andere manier in verband met de magie van die dag, met Matthew en de ring, ook al hielden ze welbeschouwd geen enkel verband met elkaar).

Genietend van het moment benaderde ze de gegraveerde deur heel langzaam. Ze stak haar linkerhand (de saffier nu donker, in het schemerlicht) naar de klink uit, maar nog voor ze die had aangeraakt, vloog ook de glazen deur open.

Deze keer was er geen sprake van een bijna-botsing. Geramd door honderd kilo onverzorgd mannenvlees werd Robin omvergeworpen en naar achteren gekatapulteerd; haar handtas vloog door de lucht, ze maaide met haar armen en maakte een snoekduik in de richting van het dodelijke luchtledige onder de wenteltrap.

2

Strike ving de klap op, hoorde de hoge gil en reageerde instinctief: hij stak een lange arm uit en greep een vuistvol textiel en huid, waarna een tweede kreet van pijn langs de stenen muren weergalmde, en toen, met moeizame draai, slaagde hij erin het meisje weer stevig met beide benen op de grond te zetten. Haar gegil galmde nog na tegen de muren, en het drong tot hem door dat hij zelf 'Godallemachtig!' had gebruld.

Het meisje stond dubbelgeklapt van de pijn tegen de deur van zijn kantoor geleund, zachtjes jammerend. Uit haar scheve houding en de hand die ze diep onder de revers van haar jas had gestoken, maakte Strike op dat hij haar had gered door een groot deel van haar linkerborst beet te pakken. Het blozende gezicht van het meisje ging grotendeels schuil achter een dik, golvend gordijn van helderblond haar, maar Strike zag nog wel de tranen van pijn uit haar onbedekte oog druppelen.

'Fuck... sorry!' Zijn luide stem galmde door het trappenhuis. 'Ik had je niet gezien... had niet verwacht dat er iemand zou staan...'

Onder hun voeten riep de zonderlinge, teruggetrokken grafisch ontwerper die een verdieping lager een kantoor huurde: 'Wat gebeurt daar allemaal?' en een seconde later duidde een gedempte klacht van boven erop dat de bedrijfsleider van de bar beneden, die in het zolderappartement boven Strikes kantoor sliep, ook gestoord – of misschien wel gewekt – was door het lawaai.

'Kom binnen...' Strike duwde met zijn vingertoppen de deur open, alsof hij bang was haar per ongeluk aan te raken terwijl ze er ineengedoken tegenaan geleund stond, en hij leidde haar zijn kantoor binnen.

'Alles oké daar?' riep de grafisch ontwerper verongelijkt.

Strike sloeg de deur van het kantoor achter zich dicht.

'Niks aan de hand,' loog Robin met een bibberig stemmetje, nog altijd ineengedoken met een hand op haar borst en haar rug naar hem toe. Na een paar tellen kwam ze overeind en draaide zich om, met een vuurrood hoofd en nog vochtige ogen.

Haar onbedoelde aanvaller was enorm; zijn lengte, zijn algehele behaardheid in combinatie met een enigszins bolle buik deden denken aan een grizzlybeer. Hij had een dik blauw oog en een snee vlak onder de wenkbrauw. Op zijn linkerwang en aan de rechterkant van zijn brede nek, zichtbaar dankzij de openstaande kraag van een gekreukeld overhemd, zaten gezwollen krassen van nagels, half geronnen bloed met een wit randje eromheen.

'Bent u m-meneer Strike?'

'Ja.'

'I-ik ben de uitzendkracht.'

'De wat?'

'De uitzendkracht. Van Temporary Solutions?'

De naam van het uitzendbureau veranderde niets aan de ongelovige blik op zijn gehavende gezicht. Ze staarden elkaar strak en vijandig aan.

Net als Robin wist Cormoran Strike dat de afgelopen twaalf uur hem de rest van zijn leven als een keerpunt zouden bijblijven. Nu zag het ernaar uit dat de schikgodinnen hem een gezant hadden gestuurd in een keurige beige trenchcoat, om hem in te wrijven dat zijn leven keihard op een catastrofe af denderde. Er had geen uitzendkracht moeten komen. Het was zijn bedoeling geweest om met het wegsturen van Robins voorgangster het contract te beëindigen.

'Voor hoe lang hebben ze je gestuurd?'

'E-een week, om te beginnen,' zei Robin, die nog nooit met zo weinig enthousiasme was begroet.

Strike maakte in gedachten razendsnel een rekensommetje. Een week tegen het exorbitante tarief van het uitzendbureau zou zijn negatieve saldo nog dichter in de buurt van het onherstelbare brengen; misschien was dit zelfs wel die laatste druppel waarop zijn grootste schuldeiser zat te wachten, zoals hij aldoor liet doorschemeren.

'Ogenblikje.'

Hij verliet het vertrek via de glazen deur, ging onmiddellijk naar rechts en dook een minuscuul, bedompt toilet in. Daar deed hij de deur op slot en staarde in de gebarsten, verweerde spiegel boven de wasbak.

Het spiegelbeeld dat naar hem terugstaarde was niet aantrekkelijk. Strike had het hoge, bolle voorhoofd, de brede neus en de borstelige wenkbrauwen van een jonge Beethoven die aan boksen deed, een indruk die nog werd versterkt door het blauwe oog, dat nog steeds opzwol en donkerder werd. Zijn dikke krullen, stug als ruwharig tapijt, hadden hem in zijn jeugd de naam 'Schaamhaar' bezorgd, een van zijn vele bijnamen. Hij zag er ouder uit dan zijn vijfendertig jaar.

Nadat hij de stop in de gootsteen had geramd liet hij de gebarsten, groezelige wasbak vollopen met koud water, haalde diep adem en dompelde zijn bonzende hoofd volledig onder. Het water klotste over zijn schoenen, maar hij trok zich er niets van aan en genoot van de verlichting die die ijskoude tien seconden hem boden.

Uiteenlopende beelden van de vorige avond schoten door zijn hoofd: het legen van drie laden met eigendommen in een plunjezak terwijl Charlotte tegen hem tekeerging; de asbak die hem op zijn oogkas had geraakt toen hij vanaf de deur naar haar omkeek; de voettocht door de donkere stad naar zijn kantoor, waar hij een uur of twee had geslapen in zijn bureaustoel. En dan die laatste, grimmige scène nadat Charlotte hem daar in de vroege uurtjes had opgespoord, om de laatste *banderilla's* in zijn vel te steken die ze niet had kunnen toedienen voordat hij haar flat verliet; zijn voornemen om niet achter haar aan te gaan toen ze, nadat ze met haar nagels zijn gezicht had opengehaald, de deur uit was gerend; en daarna dat moment van waanzin waarin hij haar alsnog was gevolgd – een achtervolging die net zo snel eindigde als ze was begonnen, met de onbedoelde tussenkomst van dit onoplettende, overbodige meisje dat hij had moeten redden en nu ook nog eens tot bedaren moest brengen.

Met een kreun kwam hij omhoog uit het koude water, zijn gezicht en hoofdhuid aangenaam verdoofd en tintelend. Hij pakte de handdoek die aan de achterkant van de deur hing, die de structuur van karton had, droogde zich af en keek nogmaals naar zijn grimmige spiegelbeeld. De krassen, waar het bloed nu uit gespoeld was, leken nog slechts de afdrukken van een gekreukeld hoofdkussen. Charlotte zou inmiddels wel het metrostation bereikt hebben. Een van de krankzinnige gedachten die hem achter haar aan hadden doen vliegen was de angst geweest dat ze zich op de rails zou werpen. Eén keer, na een buitengewoon grimmige ruzie toen ze beiden in de twintig waren, was ze op een dak geklommen en had, dronken tollend op haar benen, gezworen eraf te springen. Misschien moest hij blij zijn dat hij door juffrouw Temporary Solutions gedwongen was geweest de achtervolging te staken. Na de scène die zich vanmorgen in de vroege uurtjes had afgespeeld was er geen weg terug. Deze keer moest het echt afgelopen zijn.

Strike trok de drijfnatte kraag los van zijn nek, schoof de roestige grendel van de deur en liep het toilet uit, terug naar de glazen deur.

Buiten op straat was een pneumatische boor gestart. Robin stond met haar rug naar de deur toe voor het bureau. Ze trok snel haar hand uit het voorpand van haar jas toen hij binnenkwam, waardoor hij wist dat ze haar borst weer had staan masseren.

'Is hij... Gaat het wel?' vroeg Strike, zorgvuldig de zere plek ontwijkend met zijn blik.

'Ja, hoor. Luister eens, als u me niet nodig hebt, ga ik weer,' zei Robin waardig.

'Nee, nee, dat hoeft niet,' zei een stem die uit Strikes mond kwam, ook al hoorde hij het antwoord vol afkeer aan. 'Een week is prima. Eh, hier ligt de post...' Hij raapte het stapeltje van de mat terwijl hij het zei en spreidde het uit op het lege bureau voor haar, als een zoenoffer. 'Ja, je kunt de post openmaken, de telefoon opnemen, de boel een beetje opruimen... Het wachtwoord van de computer is Hatherill23, ik zal het voor je opschrijven.' Dat deed hij, onder haar alerte, bedenkelijke blik. 'Alsjeblieft. En ik zit daar.'

Hij beende zijn kantoor in, deed zorgvuldig de deur achter zich dicht en bleef toen roerloos staan, met een blik op de plunjezak onder het lege bureau. Daarin zat alles wat hij bezat, want hij betwijfelde of hij negentig procent van de spullen die hij bij Charlotte had achtergelaten nog ooit zou terugzien. Waarschijnlijk zouden ze tegen lunchtijd al weg zijn; in brand gestoken, op straat gedumpt, stukgesneden of vertrapt, overgoten met bleekmiddel. Beneden op straat beukte de drilboor meedogenloos verder.

En nu zat hij met de onmogelijkheid om zijn torenhoge schulden af te betalen, de onverkwikkelijke gevolgen die het daaropvolgende mislukken van zijn bedrijf met zich mee zou brengen, de dreigende, onbekende maar onvermijdelijk vreselijke nasleep van het verlaten van Charlotte. In Strikes zwaar vermoeide toestand leek de ellende voor zijn ogen uit te groeien tot een soort caleidoscoop van gruwelen.

Zich er nauwelijks van bewust dat hij weg was geweest, zat hij nu weer in de stoel waar hij het laatste deel van de nacht had doorgebracht. Aan de andere kant van het flinterdunne scheidswandje klonken gedempte geluiden. De uitzendkracht was ongetwijfeld de computer aan het opstarten, en weldra zou ze tot de ontdekking komen dat hij in drie weken tijd niet één werkmail had ontvangen. Vervolgens zou ze, op zijn eigen verzoek, al zijn laatste aanmaningen openmaken. Uitgeput, stijf en rammelend van de honger liet Strike zich weer met zijn gezicht op het bureau zakken, zijn ogen en oren afgeschermd door de cirkel van zijn armen, zodat hij niet hoefde te horen hoe in het aangrenzende vertrek zijn vernedering werd blootgelegd door een vreemde.

3

Vijf minuten later werd er op de deur geklopt. Strike, die bijna in slaap gevallen was, vloog overeind in zijn stoel.

'Pardon...'

Zijn onderbewustzijn was weer verstrikt geraakt met Charlotte; het verraste hem om het vreemde meisje te zien binnenkomen. Ze had haar jas uitgetrokken en bleek een nauwsluitende, zelfs verleidelijk strakke crèmekleurige trui te dragen. Strike richtte zich tot haar haargrens.

'Ja?'

'Er is een klant voor u. Zal ik hem binnenlaten?'

'Er is een wát?'

'Een klant, meneer Strike.'

Hij keek haar secondelang aan terwijl hij probeerde die informatie te verwerken.

'Juist. Goed, geef me alsjeblieft een paar minuten de tijd, Sandra, en laat hem dan binnen.'

Ze liep zonder commentaar weg.

Strike verspilde amper een seconde aan de vraag waarom hij haar Sandra had genoemd, sprong op en ging aan de slag om ervoor te zorgen dat hij niet langer de aanblik en de geur verspreidde van een man die in zijn kleren had geslapen. Hij dook in de plunjezak onder zijn bureau, haalde er een tube tandpasta uit en kneep zeven centimeter in zijn geopende mond. Toen zag hij dat zijn das doorweekt was van het water uit de wasbak en dat er bloedspettertjes op zijn overhemd zaten, dus rukte hij beide van zijn lijf – waarbij de knoopjes tegen de muren en de dossierkast sprongen – viste een schoon maar zwaar gekreukt overhemd uit de plunjezak en trok dat aan, moeizaam friemelend met zijn dikke vingers. Nadat hij de plunjezak achter zijn lege dossierkast uit het zicht had gezet ging hij gauw weer zitten en controleerde zijn binnenste ooghoeken op vuiltjes, zich al die tijd afvragend of deze zogenaamde klant een echte was, of hij bereid zou zijn daadwerkelijk geld neer te tellen voor Strikes speurdersdiensten. Hij was tijdens zijn anderhalf jaar durende afdaling in een neerwaartse spiraal naar de financiële afgrond tot het besef gekomen dat dergelijke zaken niet vanzelfsprekend waren. Er waren nog twee klanten die hij achter de vodden moest zitten voor de laatste afbetaling van hun rekening, en een derde had geweigerd zelfs maar één penny te schuiven, omdat Strikes bevindingen hem niet aanstonden. En gezien het feit dat hij steeds dieper in de schulden wegzakte, en er een huurherziening dreigde voor deze wijk, waardoor zijn gebruik van het kantoor midden in Londen – waar hij zo blij mee was geweest – in het geding kwam, was Strike niet in de positie om een advocaat in de arm te nemen. In zijn recente fantasieën doken steeds ruigere, bottere manieren op om zijn schulden te innen; het zou hem groot genoegen hebben gedaan om zijn meest zelfvoldane wanbetalers te zien bibberen in de schaduw van een honkbalknuppel.

De deur ging weer open. Strike haalde haastig zijn wijsvinger uit zijn neus en rechtte zijn rug, in een poging helder en alert over te komen in zijn stoel.

'Meneer Strike, de heer Bristow voor u.'

De mogelijke toekomstige klant liep achter Robin aan het vertrek in. De eerste indruk was gunstig. De vreemdeling had misschien iets weg van een konijn met zijn korte bovenlip die er niet in slaagde zijn grote voortanden te bedekken; hij had een bleke gelaatskleur en was, naar zijn dikke brillenglazen te oordelen, bijziend; maar zijn donkergrijze pak was mooi van snit en de glimmende ijsblauwe das, het horloge en de schoenen zagen er allemaal duur uit.

Door het sneeuwwitte, onberispelijk gestreken overhemd van de onbekende werd Strike zich nog extra bewust van de pakweg duizend kreukels in zijn eigen kleding. Hij ging staan om Bristow te imponeren met zijn volle één meter zevenentachtig, stak een behaarde hand naar hem uit en probeerde de superieure kledingstijl van de man teniet te doen met het air van iemand die het te druk heeft om zich bezig te houden met de was.

'Cormoran Strike, hoe maakt u het.'

'John Bristow,' zei de ander met een handdruk. Zijn stem was aangenaam, gecultiveerd en onzeker. Even bleef zijn blik op Strikes blauwe oog rusten.

'Kan ik de heren thee of koffie aanbieden?' vroeg Robin.

Bristow vroeg om een kopje zwarte koffie, maar Strike gaf geen antwoord; zijn blik was zojuist gevallen op een jonge vrouw met zware wenkbrauwen in een degelijk mantelpakje van tweed die bij de toegangsdeur van het kantoor op de sleetse bank zat. Hij kon zich niet voorstellen dat er op hetzelfde moment twéé potentiële klanten binnengekomen waren. Ze hadden hem toch niet nog een uitzendkracht gestuurd?

'En u, meneer Strike?' vroeg Robin.

'Wat? O... zwarte koffie met twee klontjes suiker, alsjeblieft, Sandra,' zei hij voordat hij zichzelf ervan kon weerhouden. Hij zag haar mond verstarren toen ze de deur dichtdeed, en pas toen drong het tot hem door dat hij geen koffie, suiker of zelfs maar kopjes had.

Nadat Bristow op Strikes uitnodiging was gaan zitten, keek hij in het sjofele kantoor om zich heen met een blik waarvan Strike vreesde dat die werd ingegeven door teleurstelling. De mogelijke klant leek nerveus te zijn, op de schuldbewuste manier die Strike had leren associëren met wantrouwende echtgenoten, al behield hij vaag iets autoritairs, voornamelijk dankzij zijn overduidelijk dure pak. Strike vroeg zich af hoe Bristow bij hem terechtgekomen was. Je kon moeilijk mond-tot-mondreclame verwachten wanneer je enige klant geen vrienden had (zoals ze hem regelmatig snikkend door de telefoon liet weten).

'Wat kan ik voor u doen, meneer Bristow?' vroeg hij nadat hij weer in zijn eigen stoel had plaatsgenomen.

'Ik eh... Laat me eerst even nagaan... Ik geloof dat wij elkaar al eerder ontmoet hebben.'

'O, ja?'

'U weet het vast niet meer, het is jaren geleden... maar volgens mij was u bevriend met mijn broer Charlie. Charlie Bristow? Hij is gestorven – omgekomen bij een ongeluk – toen hij tien was.'

'Krijg nou wat,' zei Strike. 'Charlie... ja, dat weet ik nog.'

En inderdaad, hij herinnerde het zich nog heel goed. Charlie Bristow was een van de vele vrienden die Strike om zich heen had verzameld gedurende zijn gecompliceerde, dolende jeugd. Deze onweerstaanbare, wilde en roekeloze jongen, leider van het coolste clubje op Strikes nieuwe school in Londen, had één blik geworpen op de uit de kluiten gewassen nieuwe jongen met het zware Cornwall-accent en hem uitverkoren als zijn beste vriend en handlanger. Twee heerlijk onbezonnen maanden van boezemvriendschap en kattenkwaad volgden. Strike, die altijd gefascineerd had toegezien hoe soepel het er bij andere kinderen thuis aan toeging, met weldenkende, ordelievende ouders en een eigen slaapkamer die ze jarenlang mochten houden, kon zich Charlies huis nog levendig voor de geest halen. Het was groot en luxe, met een langgerekt, zonnig gazon en een boomhut, en Charlies moeder die verse citroenlimonade met ijsblokjes serveerde.

En toen was daar de ongeëvenaarde gruwel geweest van die eerste dag na de paasvakantie, de dag waarop hun klassenlerares had verteld dat Charlie nooit meer zou terugkomen, dat hij dood was, op vakantie in Wales met zijn fiets in de afgrond van een steengroeve gestort. Het was een gemeen oud kreng, de lerares, en ze had het niet kunnen laten de klas te laten weten dat het Charlie, die zoals ze allemaal nog wel wisten *vaak ongehoorzaam was en niet naar de grote mensen luisterde*, *uitdrukkelijk was verboden* in de buurt van de steengroeve te komen met zijn fiets, maar dat hij er toch naartoe was gegaan, *misschien om zich uit te sloven* – maar op dat punt had ze er het zwijgen toe moeten doen, omdat twee kleine meisjes op de voorste rij in snikken uitgebarsten waren.

Vanaf die dag had Strike steeds het gezicht van een lachend blond jochie voor zich gezien wanneer hij een steengroeve zag of er zelfs maar aan dacht. Het zou hem niets verbazen als alle oud-klasgenootjes van Charlie Bristow diezelfde angst aan het voorval hadden overgehouden, de angst voor dat diepe zwarte gat, de steile wanden en de meedogenloze stenen bodem.

'Ja, ik herinner me Charlie nog wel,' zei hij.

Bristows adamsappel bewoog even.

'Ja. Het kwam door uw naam, moet u weten. Ik weet nog goed dat Charlie over u vertelde, op vakantie, in de dagen voor zijn dood: "mijn vriend Strike", "Cormoran Strike". Het is een ongebruikelijke naam, nietwaar? Waar komt "Strike" eigenlijk vandaan, weet u dat? Ik heb het nooit eerder gehoord.'

Bristow was niet de eerste bij Strike op kantoor die ieder onderwerp aangreep – het weer, de spitstoeslag in Londen, de voorkeur voor koffie of thee – om het bespreken van datgene waarvoor hij was gekomen uit te stellen.

'Ik heb me laten vertellen dat het iets met graan te maken heeft. Een *strike* is een maat voor graan.'

'O ja? Dus u bent niet vernoemd naar de bowlingterm, haha... nee. Enfin, u kunt zich misschien voorstellen dat toen ik op zoek was naar iemand die me met deze kwestie kon helpen en ik uw naam in het telefoonboek tegenkwam...' – Bristows knie begon op en neer te wippen – 'dat voor mij voelde als... als een teken. Een teken van Charlie dat ik op de goede weg was.'

Zijn adamsappel bewoog weer bij het slikken.

'Juist,' zei Strike behoedzaam; hij hoopte niet dat hij was aangezien voor een medium.

'Het gaat namelijk om mijn zus,' zei Bristow.

'Juist. Zit ze in de problemen?'

'Ze is dood.'

Strike kon zijn 'Wat, zij ook al?' nog net op tijd inslikken. 'Gecondoleerd,' zei hij voorzichtig.

Bristow nam zijn deelneming met een schokkerig hoofdknikje in ontvangst.

'Dit... valt me niet gemakkelijk. Om te beginnen moet u weten dat mijn zus Lula Landry is... was.'

De hoop die kortstondig was teruggekeerd bij het nieuws dat hij misschien een klant had, helde als een granieten grafsteen langzaam voorover, kieperde om en belandde met een pijnlijke klap in Strikes maagstreek. De man die voor hem zat had waanideeën, als hij niet volkomen de kluts kwijt was. Dat deze man, met zijn pafferig bleke konijnengezicht, dezelfde genen zou hebben als Lula Landry, de donkere schoonheid met haar scherpe gelaatstrekken en lange gazellebenen, was net zo onmogelijk als het bestaan van twee identieke sneeuwvlokken.

'Ze was door mijn ouders geadopteerd,' zei Bristow gedwee, alsof hij Strikes gedachten kon lezen. 'Wij allemaal.'

'Aha,' zei Strike. Hij had een buitengewoon accuraat geheugen; als hij terugdacht aan dat enorme, koele, ordelijke huis en de oogverblindende hectares tuin, zag hij meteen een lusteloze blonde moeder voor zich aan het hoofd van de picknicktafel en hoorde hij in gedachten de bulderende stem van een intimiderende vader in de verte; er was een norse oudere broer geweest die met lange tanden met zijn taart speelde, en Charlie zelf, die zijn moeder aan het lachen maakte met zijn streken – maar geen meisje.

'Je kunt Lula toen niet ontmoet hebben,' vervolgde Bristow, weer alsof Strike zijn gedachten hardop had uitgesproken. 'Mijn ouders hebben haar pas geadopteerd na Charlies dood. Ze was vier jaar toen ze bij ons kwam, ze had een paar jaar in een tehuis gezeten. Ik was bijna vijftien. Ik kan me nog precies herinneren hoe ik bij de deur stond toen mijn vader met haar in zijn armen de oprit op kwam. Ze droeg een rood gebreid mutsje. Dat heeft mijn moeder altijd bewaard.'

En plotseling, tot Strikes grote schrik, barstte John Bristow in tranen uit. Hij sloeg snikkend zijn handen voor zijn gezicht, met gekromde, schokkende schouders, en de tranen en het snot liepen tussen zijn vingers door. Telkens wanneer hij zichzelf weer enigszins in de hand leek te krijgen, begon het gesnik weer opnieuw.

'Het spijt me. Jezus...'

Hijgend en hikkend bette hij met een opgepropte zakdoek zijn ogen onder zijn bril en probeerde zichzelf onder controle te krijgen.

De deur van het kantoor ging open en Robin kwam achteruit

naar binnen gelopen met een dienblad. Bristow wendde zijn gezicht af, met hevig schokkende schouders. Door de open deur ving Strike weer een glimp op van de vrouw in het mantelpakje; deze keer wierp ze hem over de *Daily Express* heen een boze blik toe.

Robin zette twee kopjes, een melkkannetje, een suikerpot en een schaal chocoladebiscuitjes neer die Strike geen van alle ooit eerder had gezien, glimlachte plichtmatig na zijn bedankje en wilde vertrekken.

'Ogenblikje nog, Sandra,' zei Strike. 'Zou jij...?'

Hij pakte een vel papier van zijn bureau en legde het op zijn knie. Terwijl Bristow zijn zachte gesnik voortzette, schreef Strike snel en zo leesbaar als hij kon:

> *Google svp Lula Landry en zoek uit of ze geadopteerd is, en zo ja, door wie. Bespreek dit niet met de vrouw die daar op de bank zit (wat doet zij hier?). Schrijf het antwoord op bovenstaande vragen op en breng ze naar mij, zonder hardop te zeggen wat je hebt ontdekt.*

Hij overhandigde het papiertje aan Robin, die het zwijgend in ontvangst nam en het kantoor uit liep.

'S-sorry, het spijt me vreselijk,' hakkelde Bristow toen de deur weer dicht was. 'Dit is... Normaal gesproken... Ik heb alweer gewerkt, klanten gesproken...' Hij haalde een paar keer diep adem. Door zijn rode ogen werd de gelijkenis met een albinokonijn nog groter. Zijn rechterknie wipte nog steeds op en neer.

'Ik heb een vreselijke tijd achter de rug,' fluisterde hij en hij ademde diep in. 'Met Lula... en mijn moeder die op sterven ligt...'

Het water liep Strike in de mond bij de aanblik van de chocoladebiscuitjes, omdat hij voor zijn gevoel al dagen niets had gegeten, maar het leek hem onsympathiek overkomen om koekjes te gaan zitten eten terwijl Bristow sniffend zijn tranen droogde. Verderop in de straat ratelde de pneumatische boor nog steeds als een machinegeweer.

'Ze heeft de strijd helemaal opgegeven na de dood van Lula.

Gebroken is ze. De kanker was eigenlijk in remissie, maar is nu terug en de artsen kunnen niks meer voor haar doen. Ik bedoel, dit is de tweede keer. Na Charlie heeft ze een soort inzinking gehad. Mijn vader dacht dat het wel beter zou gaan als er weer een kind kwam. Ze hadden altijd al een meisje gewild. Het viel voor hen niet mee om goedkeuring te krijgen, maar omdat Lula van gemengde afkomst was, was ze lastiger te plaatsen. En zo,' rondde hij zijn verhaal met een verstikte snik af, 'hebben ze haar kunnen krijgen.

Ze is altijd heel m-mooi geweest. Ze is o-ontdekt in Oxford Street, toen ze met mijn moeder aan het winkelen was. Ze kreeg een contract bij Athena, een van de meest prestigieuze bureaus. Toen ze zeventien was, deed ze al fulltime modellenwerk. Op het moment van haar dood had ze zo'n tien miljoen op haar naam staan. Ik weet niet waarom ik u dit allemaal vertel. Waarschijnlijk weet u het allang. Iedereen wist alles van Lula – meende alles van haar te weten.'

Onhandig pakte hij zijn kopje op; zijn handen trilden zo hevig dat de koffie over de rand gutste en op zijn geperste pantalon belandde.

'En wat wilt u precies van mij?' vroeg Strike.

Bristow zette bibberig het kopje op het bureau en vouwde zijn gespannen handen ineen. 'Ze zeggen dat mijn zus zelfmoord heeft gepleegd. Ik geloof dat niet.'

Strike herinnerde zich de televisiebeelden: de zwarte lijkzak op een brancard, flikkerend in de flitslichten van de camera's op het moment dat ze in een ambulance werd geschoven, en de fotografen die eromheen dromden toen de ziekenwagen begon te rijden, hun camera's opgericht naar de verduisterde ramen, het witte licht reflecterend op het zwarte glas. Hij wist meer over de dood van Lula Landry dan ooit zijn bedoeling was geweest; hetzelfde gold waarschijnlijk voor vrijwel ieder wezen met een bewustzijn in Engeland. Als een dergelijk verhaal over je werd uitgestort, groeide je belangstelling ongewild, en voor je het wist was je zo goed op de hoogte en had je zo'n uitgesproken mening over de zaak dat je niet meer geschikt zou zijn om als jurylid voor de rechtbank te verschijnen.

'Er is toch een onderzoek geweest?'

'Ja, maar de rechercheur die dat leidde was er vanaf het allereerste begin van overtuigd dat het om zelfmoord ging, puur en alleen omdat Lula lithium slikte. Wat hij allemaal niet over het hoofd gezien heeft... Sommige dingen daarvan zijn zelfs op internet opgepikt.'

Bristow priemde zinloos met zijn vinger naar Strikes lege bureau, naar de plek waar je een computer had mogen verwachten.

Een plichtmatig klopje, en de deur ging open. Robin kwam binnen, gaf Strike een dichtgevouwen vel papier en verdween weer.

'Pardon, mag ik even?' vroeg Strike. 'Ik zat al een poosje op dit bericht te wachten.'

Hij vouwde het briefje open op zijn knie, zodat Bristow het niet zou kunnen lezen als het doorscheen, en las:

Lula Landry is geadopteerd door sir Alec en lady Yvette Bristow toen ze vier was. Ze is opgegroeid als Lula Bristow, maar heeft de meisjesnaam van haar moeder aangenomen toen ze met modellenwerk begon. Ze heeft een oudere broer, John, die advocaat is. De vrouw die hier zit te wachten is de vriendin van meneer Bristow en tevens zijn secretaresse op advocatenkantoor Landry, May, Patterson, dat is opgericht door de grootvader van Lula en John van moederskant. De man op de foto op de homepage van LMP is degene met wie u nu in gesprek bent.

Strike verfrommelde het briefje en gooide het in de prullenbak die aan zijn voeten stond. Hij was stomverbaasd. John Bristow was dus geen fantast en hij, Strike, leek een uitzendkracht toegestuurd gekregen te hebben met meer initiatief en een betere interpunctie dan alle andere die hij ooit had meegemaakt.

'Sorry, gaat u verder,' zei hij tegen Bristow. 'U had het... over het onderzoek.'

'Ja.' Bristow veegde met de natte zakdoek over het puntje van zijn neus. 'Ik zal niet ontkennen dat Lula problemen had. Sterker nog, door haar is mijn moeder door een hel gegaan. Het is begonnen rond de tijd dat mijn vader stierf – maar dat weet u vast al. Er heeft meer dan genoeg over in de bladen gestaan... Maar ze is toen van school gestuurd wegens gerommel met drugs en ze liep thuis weg en vertrok naar Londen. Mijn moeder trof haar daar aan tussen de verslaafden. De drugs verergerden haar mentale problemen, ze vertrok voortijdig uit een afkickkliniek – eindeloze ruzies en drama's. Maar uiteindelijk kwamen de artsen erachter dat Lula manisch-depressief was en kreeg ze de juiste medicatie, en sinds die tijd ging het prima, zolang ze haar pillen maar innam. Je merkte niet meer dat haar iets mankeerde. Zelfs de lijkschouwer bevestigde dat ze haar medicijnen wel degelijk had ingenomen, dat is uit de autopsie gebleken.

Maar de politie en de lijkschouwer keken niet verder dan een meisje met een verleden van psychische problemen. Ze hielden vol dat ze depressief was, al kan ik u persoonlijk vertellen dat Lula helemaal niet neerslachtig was. Ik heb haar nog gezien op de ochtend voor haar dood en het ging prima met haar. Het ging haar voor de wind, zeker op werkgebied. Ze had net een contract getekend dat haar in twee jaar tijd vijf miljoen zou opleveren; ze had me gevraagd het voor haar door te nemen en het was een verdomd goeie deal. De couturier in kwestie was een heel goede vriend van haar: Somé, ik neem aan dat u wel eens van hem hebt gehoord? En ze was maanden vooruit al volgeboekt; er kwam een reportage in Marokko aan en ze was dol op reizen. Er was voor haar dus geen enkele reden om zich van het leven te beroven.'

Strike knikte beleefd, inwendig niet bepaald onder de indruk. Zelfmoordenaars, zo had hij ervaren, waren uitstekend in staat belangstelling te veinzen voor een toekomst waarvan ze niet van plan waren deel uit te maken. De optimistische, rooskleurige kijk op de wereld die Landry die ochtend had gehad, kon in de loop van de dag en de halve nacht voor haar dood makkelijk omgeslagen zijn in een sombere, wanhopige stemming; hij kende wel meer van dat soort gevallen. Strike dacht terug aan de luitenant van het King's Royal Rifle Corps, die in de nacht na zijn eigen verjaardagsfeest – waar hij volgens alle getuigen de grote gangmaker was geweest – uit zijn bed was opgestaan. Hij had een briefje geschreven voor zijn gezinsleden waarin hij hun waarschuwde de politie te bellen en niet naar de garage te gaan. Het lijk was hangend aan het garageplafond aangetroffen door zijn zoon van vijftien, die het briefje niet had zien liggen toen hij door de keuken snelde om zijn fiets te gaan halen.

'Dat is nog niet alles,' zei Bristow. 'Er zijn bewijzen, harde bewijzen. Van Tansy Bestigui, om te beginnen.'

'Is dat de buurvrouw die zei dat ze boven geruzie had gehoord?'

'Precies! Ze heeft een man horen schreeuwen, vlak voordat Lula over de reling vloog! De politie heeft haar verklaring als onzin afgedaan, puur en alleen omdat... Nou ja, ze had cocaïne gebruikt. Maar dat wil niet zeggen dat ze niet weet wat ze heeft gehoord. Tansy houdt tot op de dag van vandaag vol dat Lula ruziemaakte met een man, een paar tellen voor haar val. Dat weet ik omdat ik het er pas nog met haar over heb gehad. Ons kantoor handelt momenteel haar scheiding af. Ik weet zeker dat ik haar zal kunnen overhalen met u te praten.'

Bristow wierp een nerveuze blik op Strike, wiens reactie hij probeerde te peilen. 'En verder waren er beelden van de beveiligingscamera's. Een man die zo'n twintig minuten voor Lula's val in de richting van Kentigern Gardens liep, en later dezelfde man die heel hard bij Kentigern Gardens vandaan liep, na haar dood. Er is nooit vastgesteld wie het was en de politie is er niet in geslaagd hem op te sporen.'

Met een soort steelse gretigheid haalde Bristow nu een enigszins verkreukelde maar schone envelop uit de binnenzak van zijn jasje en hield die omhoog. 'Ik heb het allemaal opgeschreven. De tijdstippen en alles. Hier staat het in. U zult zien dat het naadloos in elkaar past.'

De verschijning van de envelop droeg op geen enkele manier bij aan Strikes vertrouwen in Bristows beoordelingsvermogen. Hij had wel vaker iets dergelijks overhandigd gekregen: de neergekrabbelde vruchten van eenzame, ondoordachte obsessies, eenzijdig gebazel over stokpaardjes, ingewikkelde tijdschema's die handig verdraaid waren zodat ze aansloten op bij elkaar gefantaseerde omstandigheden. De jurist had een zenuwtic bij zijn linkerooglid, zijn knie wipte hevig op en neer en de hand waarmee hij Strike de envelop aanbood trilde.

Een paar tellen lang woog Strike deze tekenen van spanning af tegen Bristows onmiskenbaar handgemaakte schoenen en het Vacheron Constantin-horloge dat zichtbaar werd om zijn bleke pols wanneer hij gebaarde. Dit was een man die kon betalen en dat ook zou doen, misschien wel zo lang dat Strike één aflossing kon doen op de lening die de meest dringende van zijn schulden was. Met een zucht en een innerlijke vloek tegen zijn eigen geweten zei Strike: 'Meneer Bristow...'

'Zeg maar John.'

'John... ik zal eerlijk tegen je zijn. Ik denk niet dat het juist zou zijn als ik je geld zou aannemen.'

Er verschenen rode vlekken in Bristows bleke hals en in zijn onbeduidende gezicht, terwijl hij de envelop nog altijd omhooghield. 'Hoe bedoel je, "niet juist"?'

'De dood van je zuster is waarschijnlijk zo grondig onderzocht als maar mogelijk is. Miljoenen mensen en de media van over de hele wereld hebben elke handeling van de politie nauwlettend gevolgd. Ze zijn in dit geval ongetwijfeld twee keer zo grondig te werk gegaan als anders. Zelfdoding is moeilijk te aanvaarden...'

'Ik aanvaard het niet. Zal het nooit aanvaarden. Ze heeft geen zelfmoord gepleegd, ze is over die balustrade geduwd.'

De drilboor buiten hield plotseling op, zodat Bristows stem luid door het vertrek galmde; zijn licht ontvlambare woede was die van een bedeesd man die tot het uiterste is gedreven.

'Aha. Ik snap het al. Jij bent er ook zo een, hè? Zo'n klotepsycholoog van de kouwe grond? Charlie is dood, mijn vader is dood, Lula is dood en mijn moeder is stervende. Ik ben iedereen kwijt en daarom heb ik een rouwtherapeut nodig in plaats van een speurder. Denk je nou echt dat ik dat verdomme nog niet honderd keer heb gehoord?'

Bristow stond op, indrukwekkend ondanks zijn konijnentanden en de vlekken in zijn hals.

'Ik ben behoorlijk rijk, Strike. Sorry dat ik daar zo bot over doe, maar het is nu eenmaal zo. Mijn vader heeft me een aanzienlijk trustfonds nagelaten. Ik heb opgezocht wat de gangbare tarieven voor dit soort zaken zijn en ik had je met plezier het dubbele betaald.'

Dubbel honorarium. Strikes geweten, eens rotsvast en niet rekbaar, was verzwakt door het noodlot dat herhaaldelijk had toegeslagen, en dit was de fatale klap. Zijn lagere ik begaf zich al huppelend op het terrein van de opgewekte inschattingen: een maand werk zou hem genoeg opleveren om de uitzendkracht en een deel van de huurachterstand te betalen; twee maanden was voldoende voor de dringendste schulden... Drie maanden en hij zou een heel stuk minder rood staan bij de bank... Vier maanden...

Maar John Bristow sprak hem over zijn schouder toe terwijl hij naar de deur liep, en hij kneep zo hard in de envelop die Strike had geweigerd aan te nemen dat die verkreukelde. 'Vanwege Charlie wilde ik jou nemen, maar ik ben het een en ander over je te weten gekomen. Ik ben namelijk niet achterlijk. Special Investigation Branch, militaire politie was het toch? Met een onderscheiding nog wel. Ik kan niet zeggen dat ik onder de indruk ben van je kantoor.' Bristow schreeuwde nu bijna, en Strike was zich ervan bewust dat de gedempte stemmen in het naastgelegen kantoor stilgevallen waren. 'Maar kennelijk vergiste ik me en kun je het je veroorloven om werk af te slaan. Mij best! Vergeet het dan maar. Ik vind heus wel iemand anders die dit wil doen. Neem me vooral niet kwalijk dat ik je hiermee lastiggevallen heb!'

4

Een paar minuten lang was het gesprek van de mannen, steeds duidelijker, te volgen geweest door de flinterdunne scheidingswand. Nu, in de plotselinge stilte die volgde op het beëindigen van de boorwerkzaamheden buiten, waren Bristows woorden glashelder hoorbaar.

Puur voor haar eigen vermaak, in de opgewekte stemming van deze blijde dag, had Robin geprobeerd de rol van Strikes vaste secretaresse overtuigend te spelen en niet aan Bristows vriendin te laten merken dat ze pas een half uur voor de privédetective werkte. Ze verhulde zo goed als ze kon ieder teken van verbazing of opwinding over het losgebarsten getier, maar instinctief koos ze partij voor Bristow, hoe het conflict ook mocht eindigen. De baan bij Strike en zijn blauwe oog hadden wel een zekere ruige glamour, maar zijn houding jegens haar was verwerpelijk en haar linkerborst deed nog steeds pijn.

Bristows vriendin had naar de gesloten deur zitten staren vanaf het moment dat de mannenstemmen voor het eerst hoorbaar waren geweest boven het geluid van de drilboor uit. Met haar forse postuur en grauwe huid, het futloze bobkapsel en de borstelige wenkbrauwen die elkaar waarschijnlijk in het midden zouden raken als ze ze niet geëpileerd had, straalde ze van nature chagrijn uit. Het was Robin al vaak opgevallen dat stelletjes dikwijls ruwweg in dezelfde categorie van aantrekkelijkheid vielen, al leken factoren als geld uiteraard garant te kunnen staan voor het binnenhalen van een aanzienlijk knappere partner. Robin vond het lief dat Bristow, die afgaand op zijn chique pak en het prestigieuze advocatenkantoor, makkelijk zijn zinnen had kunnen zetten op iets veel mooiers, voor dit meisje had gekozen. Ze nam aan dat zijn vriendin hartelijker en aardiger was dan haar uiterlijk deed vermoeden.

'Wil je echt geen koffie, Alison?' vroeg ze.

De jonge vrouw keek om alsof het haar verbaasde dat er tegen haar werd gesproken, alsof ze was vergeten dat Robin er was.

'Nee, dank je,' zei ze. Haar zware stem was verrassend melodieus. 'Ik wist wel dat hij kwaad zou worden,' voegde ze er met een merkwaardige voldoening aan toe. 'Ik heb geprobeerd hem dit uit het hoofd te praten, maar hij wilde niet luisteren. Zo te horen wijst die zogenaamde privédetective hem af. En gelijk heeft hij.'

Robins verbazing moest zichtbaar zijn, want Alison vervolgde een tikkeltje ongeduldig: 'Het zou voor John beter zijn als hij de feiten gewoon zou aanvaarden. Ze heeft zelfmoord gepleegd. De rest van de familie heeft zich daar al bij neergelegd. Ik snap niet waarom hij dat niet kan.'

Het had geen zin om te doen alsof ze niet wist waar de vrouw het over had. Iedereen wist wat er met Lula Landry was gebeurd. Robin wist nog precies waar ze was geweest toen ze hoorde dat het model op een vrieskoude nacht in januari haar dood tegemoet was gestort: ze stond bij haar ouders thuis in de keuken aan het aanrecht. Toen het nieuws op de radio bekendgemaakt werd, had ze een verrast kreetje geslaakt en was in haar slaapshirt de keuken uit gehold om het Matthew te vertellen, die het weekend daar logeerde. Hoe kon de dood van iemand die je nooit had ontmoet je zo raken? Robin was een groot bewonderaar van Lula Landry's uiterlijk geweest. Ze had weinig op met haar eigen melkwitte huid, en het model was donker en stralend geweest, fijngebouwd en fel.

'Ze is nog niet zo lang dood.'

'Drie maanden,' zei Alison, en ze schudde haar *Daily Express* uit. 'Is het wat, die detective?'

Robin had Alisons minachtende blik gezien toen ze de vervallen en onmiskenbaar smoezelige staat van het wachtkamertje in zich opnam, en ze had zojuist op de website het smetteloze, paleisachtige kantoor bekeken waar de vrouw werkte. Haar antwoord werd daardoor voornamelijk ingegeven door zelfrespect en niet door het verlangen het voor Strike op te nemen.

'Jazeker,' reageerde ze koeltjes. 'Hij is een van de besten.'

Ze scheurde een roze envelop open die was bedrukt met jonge poesjes, met het air van een vrouw die dagelijks te maken krijgt met dringende, oneindig veel complexere en intrigerender zaken dan Alison zich zelfs maar kon voorstellen.

Intussen stonden Strike en Bristow tegenover elkaar in het kantoortje achter de scheidingswand, de een woest, de ander naarstig op zoek naar een manier om zijn positie terug te winnen zonder zijn zelfrespect volledig overboord te gooien.

'Het enige wat ik verlang, Strike,' zei Bristow schor, met een hoogrode kleur op zijn magere gezicht, 'is gerechtigheid.'

Het was alsof hij een goddelijke stemvork had aangeslagen; het woord galmde door het sjofele kantoor en raakte onhoorbaar maar hevig een snaar in Strikes borst. Bristow was gestuit op het waakvlammetje dat Strike angstvallig afschermde wanneer ieder ander vuur was gedoofd. Hij had het geld wanhopig hard nodig, maar Bristow had hem een andere, betere reden gegeven om zijn scrupules aan de kant te zetten.

'Goed, ik begrijp het. Echt John, ik begrijp het. Kom terug en ga zitten. Als je mijn hulp nog wilt aanvaarden, wil ik je die graag bieden.'

Bristow keek hem even aan. Op het verre geroep van de werklui op straat na was het muisstil in het kantoor.

'Wil je je... vrouw misschien binnenroepen?'

'Nee,' zei Bristow, nog steeds gespannen, met zijn hand op de deurklink. 'Alison vindt dat ik dit niet moet doen. Ik snap eigenlijk niet waarom ze mee wilde. Misschien hoopte ze dat je me zou afwijzen.'

'Toe, ga zitten. Laten we dit even serieus bekijken.'

Bristow aarzelde en liep toen naar de stoel die hij zojuist had verlaten.

Strikes zelfbeheersing begaf het eindelijk; hij pakte een chocoladebiscuitje en propte dat in één keer in zijn mond. Toen haalde hij een ongebruikt notitieblok uit zijn bureaulade, sloeg het open, pakte een pen en slaagde erin het koekje door te slikken in de tijd die het Bristow kostte om plaats te nemen.

'Zal ik die van je overnemen?' opperde hij, wijzend naar de envelop die Bristow nog in zijn hand geklemd hield.

De jurist overhandigde hem de envelop alsof hij niet goed wist of hij Strike die wel kon toevertrouwen. Strike, die de inhoud niet wilde bekijken waar Bristow bij was, legde de envelop opzij en gaf er een klopje op, als om aan te geven dat het vanaf nu een waardevol onderdeel van het onderzoek was, en hij bracht zijn pen in gereedheid.

'John, als je me in het kort zou kunnen schetsen wat er is gebeurd op de dag dat je zus stierf, zou ik daar erg mee geholpen zijn.'

Strike, in aanleg ordelijk en nauwgezet, had geleerd om hoge en strenge eisen aan zijn speurwerk te stellen. Laat allereerst de getuige zijn of haar verhaal op zijn eigen manier vertellen: de ongehinderde woordenstroom bracht vaak details aan het licht die op het eerste oog onbeduidend waren, maar later van onschatbare waarde zouden blijken. Als die eerste stroom indrukken en herinneringen eenmaal binnen was, werd het tijd om naar de feiten te vragen en ze zorgvuldig op een rijtje te zetten: wie, waar, wat...?

'O,' zei Bristow, die na zijn felheid niet goed leek te weten waar hij moest beginnen, 'ik heb niet echt... Eens even kijken...'

'Wanneer heb je haar voor het laatst gezien?' spoorde Strike hem aan.

'Dat was... Ja, de ochtend voor ze stierf. We... we hadden ruzie, eerlijk gezegd, maar goddank hebben we die nog bijgelegd.'

'Hoe laat was dat?'

'Vroeg. Vóór negenen, ik was op weg naar kantoor. Misschien kwart voor negen?'

'En waar hadden jullie ruzie over?'

'O, over haar vriend. Evan Duffield. Ze waren net weer bij elkaar. De familie dacht dat het definitief uit was en daar waren we allemaal heel blij om. Het is een vreselijke vent, verslaafd en altijd met zichzelf bezig, zo'n beetje de slechtste invloed op Lula die je je maar kon voorstellen.

Ik was misschien een beetje tactloos, dat... dat besef ik nu. Ik ben elf jaar ouder dan Lula. Ik wilde haar beschermen, moet je weten.

Misschien deed ik soms wat bazig. Ze zei altijd dat ik het niet begreep.'

'Wat niet?'

'Nou... eigenlijk alles. Lula had het met veel dingen moeilijk. Met het feit dat ze geadopteerd was. Dat ze zwart was binnen een blank gezin. Ze zei altijd dat ik het makkelijk had... Ik weet het niet. Misschien had ze daar wel gelijk in.'

Hij knipperde verwoed met zijn ogen achter zijn bril. 'Die ruzie was eigenlijk de voortzetting van een felle woordenwisseling de avond ervoor, door de telefoon. Ik kon gewoon niet geloven dat ze zo stom was om terug te gaan naar Duffield. De opluchting die we allemaal hadden ervaren toen ze uit elkaar gingen... Ik bedoel, met haar drugsverleden, om het dan aan te leggen met een verslaafde...' Hij ademde diep in. 'Ze wilde er niets van weten. Zo ging het altijd. Woest was ze op me. Ze had zelfs de beveiligingsman van haar flat opdracht gegeven mij de volgende morgen de toegang te weigeren, maar... nou ja, Wilson heeft me toch binnengelaten.'

Vernederend, dacht Strike, om afhankelijk te zijn van het medelijden van de portier.

'Ik zou op zich nooit naar boven zijn gegaan,' zei Bristow treurig, en er waren weer rode vlekken in zijn magere hals verschenen, 'maar ik moest haar het contract van Somé teruggeven; ze had me gevraagd het voor haar door te nemen en ze moest het nog tekenen... Over dat soort dingen kon ze heel blasé doen. Enfin, ze was er niet blij mee dat ik was binnengelaten en we kregen weer woorden, maar het conflict loste zichzelf al tamelijk snel op. Ze kwam tot bedaren.

Dus toen heb ik tegen haar gezegd dat ma een bezoekje op prijs zou stellen. Mijn moeder was namelijk net uit het ziekenhuis. Ze had haar baarmoeder moeten laten verwijderen. Lula zei dat ze wel bij ma thuis langs wilde gaan, maar ze wist niet of het zou lukken. Ze moest nog van alles doen.'

Bristow haalde diep adem; zijn rechterknie begon weer op en neer te wippen en zijn knokige handen wasten elkaar als in een pantomimevoorstelling.

'Je moet geen verkeerde indruk van haar krijgen. De mensen vonden haar egoïstisch, maar ze was als jongste thuis nogal verwend, en daarna werd ze ziek en uiteraard het middelpunt van de belangstelling, om vervolgens ondergedompeld te worden in dat bijzondere leven waarin alles en iedereen om haar draaide, overal achtervolgd door paparazzi. Dat was geen normaal bestaan.'

'Nee,' zei Strike.

'Enfin, ik zei tegen Lula dat ma nog suf was en pijn had, en ze zei dat ze zou proberen bij haar langs te gaan. Ik ben vertrokken. Eerst even op kantoor langs om een paar dossiers bij Alison op te pikken, want ik wilde die dag bij mijn moeder in de flat gaan werken om haar gezelschap te houden. Daarna heb ik Lula nog bij mijn moeder thuis gezien, halverwege de ochtend. Ze heeft een tijdje bij haar gezeten in haar slaapkamer, tot mijn oom op bezoek kwam, en toen kwam ze naar de studeerkamer waar ik zat te werken om me gedag te zeggen. Ze heeft me nog omhelsd voordat ze...'

Bristows stem brak en hij staarde naar zijn schoot.

'Nog een kopje koffie?' stelde Strike voor. Bristow schudde zijn gebogen hoofd. Om hem even de tijd te geven om tot zichzelf te komen, pakte Strike het dienblad en liep het kantoor uit.

Bristows vriendin keek op van haar krant en trok een chagrijnig gezicht toen ze Strike zag. 'Zijn jullie nog niet klaar?' vroeg ze.

'Kennelijk niet,' antwoordde Strike zonder zelfs maar een poging te doen om te glimlachen. Ze wierp hem een woeste blik toe toen hij het woord tot Robin richtte. 'Zou ik nog een kopje koffie kunnen krijgen, eh...'

Robin stond op en nam het dienblad zwijgend van hem aan.

'John moet om half elf terug zijn op kantoor,' informeerde Alison Strike op iets luidere toon. 'We moeten hier uiterlijk over tien minuten weg.'

'Ik zal het in gedachten houden,' verzekerde Strike haar toonloos, waarna hij terugliep zijn kantoor in, waar Bristow erbij zat alsof hij in gebed verzonken was, met gebogen hoofd boven zijn gevouwen handen.

'Het spijt me,' mompelde John toen Strike weer ging zitten. 'Het is nog steeds moeilijk om erover te praten.'

'Geeft niet,' zei Strike, en hij pakte het notitieboek er weer bij. 'Dus Lula is nog naar je moeder toe gekomen? Hoe laat was dat?'

'Rond elven. Dat is bij het onderzoek allemaal uitgezocht, wat ze daarna heeft gedaan. Ze heeft zich door haar chauffeur laten afzetten bij een of andere boetiek waar ze graag kwam, en daarna is ze teruggegaan naar haar flat. Ze had thuis een afspraak met een bevriend visagist, en haar vriendin Ciara Porter heeft zich bij hen gevoegd. Je zult haar wel kennen, ze is model. Heel blond. Ze zijn samen gefotografeerd als engelen, ken je die foto? Naakt, op een handtas en een stel vleugels na. Somé heeft hem na Lula's dood gebruikt voor zijn reclamecampagne. Veel mensen vonden dat smakeloos.

Lula en Ciara hebben de middag dus samen doorgebracht in Lula's flat en daarna zijn ze uit eten gegaan. In het bewuste restaurant hebben ze Duffield en nog een paar mensen getroffen. De hele groep is daarna naar de Uzi gegaan, de nachtclub, en daar zijn ze tot na middernacht gebleven.

Toen hebben Lula en Duffield ruzie gekregen. Veel mensen hebben dat gezien. Hij werd nogal hardhandig en probeerde haar te dwingen om nog te blijven, maar ze is alleen vertrokken. Iedereen dacht naderhand dat hij het had gedaan, maar hij bleek een waterdicht alibi te hebben.'

'Gebaseerd op de verklaring van zijn drugsdealer, toch?' vroeg Strike, die nog zat te schrijven.

'Ja, precies. Goed... Lula kwam om tien voor half twee terug in haar flat. Ze is gefotografeerd toen ze naar binnen ging. Die foto herinner je je vast nog wel. Hij is later overal te zien geweest.'

Strike wist het nog: een van 's werelds meest gefotografeerde vrouwen, met gebogen hoofd en gekromde schouders, zware oogleden en de armen stevig om haar bovenlichaam heen geslagen, haar gezicht krampachtig afgewend van de fotografen. Toen het oordeel 'zelfmoord' eenmaal definitief was geveld, had die foto een macaber aspect gekregen: de rijke, mooie vrouw die, nog geen uur voor haar dood, haar ongelukkige gemoedstoestand probeerde te verbergen voor de lenzen waarmee ze altijd had geflirt en die zo dol op haar waren geweest.

'Stonden er gewoonlijk fotografen voor haar deur?'

'Ja, zeker wanneer ze wisten dat ze samen was met Duffield, of ze probeerden haar op de foto te zetten als ze dronken thuiskwam. Maar die avond kwamen ze niet alleen voor haar. Er zou 's avonds een Amerikaanse rapper aankomen die in het hetzelfde gebouw zou logeren, Deeby Macc heet hij. Zijn platenmaatschappij had het appartement onder dat van Lula gehuurd. Uiteindelijk heeft hij er nooit geslapen, want met zo veel politie overal in het gebouw was het voor hem makkelijker om een hotel te nemen. Maar de fotografen die Lula's auto hadden gevolgd toen ze bij de Uzi vertrok, voegden zich bij degenen die al op Macc stonden te wachten, dus er stond een behoorlijke menigte bij de ingang van het pand, al viel die vrij snel uiteen nadat ze naar binnen was gegaan. Op de een of andere manier had iemand de fotografen getipt dat Macc de eerste uren niet zou komen.

Het was die nacht bitterkoud. Sneeuw. Vorst. Er was niemand meer op straat toen ze viel.'

Bristow knipperde met zijn ogen en nam nog een slok van zijn koude koffie, en Strike dacht aan de paparazzi die waren vertrokken voordat Lula Landry van haar balkon viel. Stel je voor, dacht hij, wat een plaatje zou opleveren van Lula Landry die haar doodsmak maakte. Misschien wel genoeg om nooit meer te hoeven werken.

'John, je vriendin zegt dat je om half elf ergens moet zijn.'

'Wat?' Bristow leek zichzelf weer te worden. Hij keek op zijn dure horloge en ademde scherp in. 'Goeie god, ik had geen idee dat ik hier al zo lang zat. Wacht... hoe gaat het nu verder?' vroeg hij met een enigszins verbijsterde blik. 'Ga je mijn aantekeningen lezen?'

'Ja, natuurlijk,' verzekerde Strike hem. 'En ik bel je over een paar dagen als ik klaar ben met het voorbereidende werk. Tegen die tijd heb ik waarschijnlijk een heleboel vragen voor je.'

'Goed,' zei Bristow, die versuft opstond uit zijn stoel. 'Hier is mijn kaartje. En hoe wil je dat ik betaal?'

'Een maand voorschot zou fijn zijn,' zei Strike. Hij onderdrukte het vage schaamtegevoel dat de kop opstak, bracht zichzelf in herinnering dat Bristow hem zelf het dubbele honorarium had aangeboden en noemde een exorbitant bedrag. Tot zijn verrukking knipperde Bristow niet eens met zijn ogen, vroeg niet of hij creditcards aannam en beloofde zelfs niet dat hij later wel kwam betalen; hij haalde een echte cheque en een pen tevoorschijn.

'Als, laten we zeggen, een kwart van het bedrag contant zou kunnen...' voegde Strike eraan toe. Hij waagde het er gewoon op, en voor de tweede keer die ochtend stond hij versteld, want Bristow zei: 'Ik vroeg me al af of je dat soms liever had...' en hij telde naast de cheque een stapeltje biljetten van vijftig uit.

Precies op het moment dat Robin wilde binnenkomen met Strikes verse koffie liepen ze het kantoor uit. Bristows vriendin stond op zodra de deur openging en vouwde haar krant op met het air van iemand die te lang heeft moeten wachten. Ze was bijna net zo lang als Bristow, breed gebouwd, met een nors gezicht en grote, mannelijke handen.

'Dus u doet het?' vroeg ze aan Strike. Hij kreeg de indruk dat ze vond dat hij misbruik maakte van haar rijke vriend. Grote kans dat ze daar gelijk in had.

'Ja, John heeft me ingehuurd,' antwoordde hij.

'Ach, nou ja,' zei ze bot. 'Je zult er wel blij mee zijn, hè, John?'

De jurist glimlachte naar haar en ze gaf zuchtend een klopje op zijn arm, zoals een tolerante maar licht getergde moeder bij haar kind zou doen. John Bristow stak bij wijze van afscheidsgroet een hand op en liep toen achter zijn vriendin aan het vertrek uit. Het geklepper van hun voetstappen op de metalen trap ebde weg naar beneden.

5

Strike wendde zich tot Robin, die weer achter de computer was gaan zitten. Zijn koffie stond naast de stapeltjes keurig gesorteerde post op het bureau.

'Bedankt.' Hij nam een slokje. 'Ook voor het briefje. Waarom werk jij als uitzendkracht?'

'Hoe bedoelt u?' vroeg ze met een wantrouwend gezicht.

'Je spelling en interpunctie zijn goed. Je pikt snel dingen op. Je toont initiatief – waar kwamen die kopjes en dat dienblad vandaan? En de koffie en de koekjes?'

'Allemaal geleend van meneer Crowdy. Ik heb gezegd dat hij ze rond de lunchpauze terugkrijgt.'

'Wie zeg je?'

'Meneer Crowdy, van hierbeneden. De grafisch ontwerper.'

'En hij gaf je dat allemaal zomaar mee?'

'Ja,' zei ze, een beetje verdedigend. 'Ik dacht: nu we de klant koffie hebben aangeboden, moeten we die schenken ook.'

Haar gebruik van de meervoudsvorm was een schouderklopje voor zijn moreel.

'Dat was een uiting van efficiëntie die alle andere door Temporary Solutions gestuurde krachten ontbeerden, neem dat maar van mij aan. Sorry dat ik je steeds Sandra noemde, dat was het vorige meisje. Hoe heet je echt?'

'Robin.'

'Robin,' herhaalde hij. 'Dat is makkelijk te onthouden.'

Hij had schertsend willen verwijzen naar Batman en zijn immer betrouwbare rechterhand, maar het flauwe grapje bestierf op zijn lippen toen ze vuurrood werd. Te laat drong het tot hem door dat zijn onschuldige woorden ook heel ongelukkig opgevat konden worden. Robin draaide de bureaustoel terug naar het beeldscherm, zodat Strike alleen nog het randje van een gloeiende wang kon zien. In één verstard moment van wederzijdse gêne leek het vertrek gekrompen te zijn tot het formaat van een telefooncel.

'Ik ben even de deur uit,' zei Strike, en hij zette zijn vrijwel onaangeroerde koffie weg, schuifelde krabsgewijs naar de deur en pakte de overjas die ernaast hing. 'Als er gebeld wordt...'

'Meneer Strike, voordat u gaat: ik vind dat u dit even moet zien.'

Nog altijd verhit pakte Robin de bovenste van het stapeltje geopende brieven, een felroze velletje briefpapier met bijpassende envelop, die ze allebei in een doorzichtig plastic hoesje had geschoven. Strike merkte haar verlovingsring op toen ze het hoesje omhooghield.

'Een doodsbedreiging,' zei ze.

'O ja, niets om je zorgen over te maken. Die krijg ik gemiddeld één keer per week binnen.'

'Maar...'

'Ze komen van een ontevreden oud-cliënt. Een man aan wie een steekje los is. Hij denkt me om de tuin te leiden met dat briefpapier.'

'Maar dan nog... moet u dit niet aan de politie laten zien?'

'Zodat ze op het bureau eens lekker kunnen lachen?'

'Er valt niks te lachen, het is een doodsbedreiging!' zei ze, en Strike begreep nu waarom ze de brief met envelop en al in het hoesje had geschoven. Hij was licht geroerd.

'Berg maar op bij de rest,' zei hij, wijzend naar de dossierkast in de hoek. 'Als hij me wilde vermoorden, had hij dat inmiddels wel gedaan. Er liggen daar ergens brieven van zeker een half jaar. Kun jij op de zaak passen terwijl ik de deur uit ben, is dat een probleem?'

'Dat moet wel lukken,' zei ze, en hij moest lachen om de zure klank in haar stem en haar merkbare teleurstelling omdat er geen vingerafdrukken genomen zouden worden van de met poesjes versierde doodsbedreiging.

'Als je me nodig hebt: mijn mobiele nummer staat op de kaartjes in de bovenste la.'

'Prima,' zei ze, zonder een blik op de la of op hem te werpen.

'Als je buiten de deur wilt lunchen, ga gerust je gang. Er ligt nog ergens een reservesleutel in het bureau.'

'Goed.'

'Tot straks dan maar.'

Vlak achter de glazen deur bleef hij even staan, op de drempel van het piepkleine, dompige toilet. De druk op zijn darmen begon pijnlijke vormen aan te nemen, maar hij vond dat hij rekening met haar moest houden, dat had ze met haar efficiëntie en haar belangeloze bezorgdheid om zijn veiligheid wel verdiend. Strike nam zich voor te wachten tot hij in de pub was en liep de trap af.

Op straat stak hij een sigaret op, sloeg links af en liep langs het gesloten 12 Bar Café door het smalle steegje van Denmark Place, langs een etalage vol veelkleurige gitaren en wanden bedekt met wapperende flyers, weg van het niet-aflatende geratel van de pneumatische boor. Hij omzeilde de brokken puin en de wrakstukken van de opengebroken straat aan de voet van Centre Point en beende langs een gigantisch gouden standbeeld van Freddie Mercury dat boven de ingang van het Dominion Theatre aan de overkant van de straat uit torende: het hoofd gebogen, één vuist in de lucht gestoken, als een heidense god der chaos.

De sierlijke victoriaanse gevel van de Tottenham-pub rees op achter het puin van de opengebroken weg. Strike, zich aangenaam bewust van de enorme hoeveelheid contant geld die hij op zak had, duwde de deur open en begaf zich in de serene victoriaanse sfeer van glanzend, donker, krullerig hout en koperen armaturen. De matglazen tussenwandjes, de verweerde leren bankjes, de vergulde spiegels boven de bar, versierd met cherubijntjes en hoorns des overvloeds: een zelfverzekerde en ordelijke wereld als bevredigend contrast met de hopen puin voor de deur. Strike bestelde een halve liter Doom Bar, nam het bier mee naar het achterste gedeelte van de vrijwel uitgestorven pub, zette het op een hoge ronde tafel onder een opzichtig glazen koepeltje en liep meteen door naar de Heren, waar het sterk naar pis rook.

Tien minuten later voelde Strike zich aanzienlijk beter en had hij een derde van zijn halveliterglas achter de kiezen, hetgeen het verdovende effect van zijn vermoeidheid nog versterkte. Het bier uit Cornwall smaakte naar thuis, naar rust en lang vervlogen geborgenheid. Recht tegenover hem hing een groot, wazig schilderij van een victoriaanse schone die danste met rozen in de hand. Koket dartelend keek ze hem aan door een regen van rozenblaadjes, haar enorme borsten in een witte draperie gehuld. Ze had net zo weinig gemeen met een echte vrouw als het tafeltje waar zijn bier op rustte of de zwaarlijvige man met de paardenstaart die achter de tap stond.

En nu keerden Strikes gedachten terug naar Charlotte, die onmiskenbaar echt was: mooi, gevaarlijk als een in het nauw gedreven kat, slim, soms grappig en, in de woorden van Strikes alleroudste vriend, 'verknipt tot op het bot'. Was het voorbij tussen hen, deze keer echt? In de cocon van zijn eigen vermoeidheid beleefde Strike de scènes van die nacht en ochtend opnieuw. Ze had hem eindelijk iets geflikt wat hij haar niet kon vergeven, en de pijn zou ongetwijfeld niet te harden zijn als de verdoving eenmaal was uitgewerkt, maar tot die tijd moesten er praktische zaken afgewikkeld worden. Het was Charlottes flat geweest waar ze woonden, haar stijlvolle, dure maisonnette aan Holland Park Avenue, en dat betekende dat hij met ingang van twee uur die nacht vrijwillig dakloos was.

('Bluey, kom nou gewoon bij mij wonen. Verdomme, je weet dat het een goede zet is. Jij spaart geld uit om je zaak mee op te zetten en ik kan voor je zorgen. Je moet niet alleen zijn tijdens je herstel. Doe nou niet zo dwaas, Bluey...' Niemand zou hem nog ooit Bluey noemen. Bluey was dood.)

Het was de eerste keer in hun langdurige, turbulente relatie dat hij degene was die opstapte. De drie voorgaande keren was het Charlotte geweest. Ze hadden altijd het onuitgesproken besef gehad dat als hij ooit zou vertrekken, als hij besloot dat de maat vol was, het afscheid van een heel andere orde zou zijn dan de keren dat het initiatief bij haar had gelegen; dat had nooit, hoe pijnlijk en vervelend het ook was geweest, als definitief gevoeld.

Charlotte zou niet rusten tot ze hem uit wraak het leven zo zuur mogelijk had gemaakt. De scène van vanmorgen, toen ze hem op kantoor was komen opzoeken, was ongetwijfeld slechts een voorproefje van wat hem de komende maanden, zo niet jaren, te wachten stond. Hij had nog nooit iemand meegemaakt die zo hunkerde naar wraak als zij.

Strike liep naar de bar, trekkend met zijn ene been, bestelde een tweede halve liter bier en keerde terug naar het tafeltje om zijn sombere overpeinzingen voort te zetten. Weggaan bij Charlotte had hem op de rand van pure armoede gebracht. Hij zat zo diep in de schulden dat alleen John Bristow nog tussen hem en een portiek met een slaapzak in stond. Als Gillespie de lening kwam opeisen waarmee Strike de borg van zijn kantoor had betaald, zat er voor hem niets anders op dan op straat te gaan slapen.

('Ik bel alleen even om te vragen hoe het erbij staat, meneer Strike, want uw aflossing van deze maand is nog niet binnen... Mogen we die de komende dagen nog verwachten?')

En tot slot (nu hij toch bezig was de onvolkomenheden van zijn leven op te sommen, kon hij er net zo goed een uitvoerig overzicht van maken) was er zijn recente gewichtstoename: tien kilo maar liefst, zodat hij zich niet alleen dik en ongezond voelde, maar ook nog eens zijn prothese onnodig belastte, het onderbeen dat nu op de koperen stang onder de tafel rustte. Strike begon de laatste tijd met zijn been te trekken, puur omdat het extra gewicht druk- en schaafplekken veroorzaakte. Dat hele eind lopen door Londen in de kleine uurtjes met de plunjezak over zijn schouder had ook niet bepaald geholpen. Het besef dat hij tijden van grote geldnood tegemoet ging, had hem doen besluiten zich zo goedkoop mogelijk te verplaatsen.

Hij liep naar de bar om een derde glas bier te halen. Terug aan zijn tafeltje onder de koepel haalde hij zijn mobiele telefoon tevoorschijn en belde een vriend bij de Londense politie met wie de vriendschapsband, al bestond die pas een paar jaar, onder uitzonderlijke omstandigheden was gesmeed.

Zoals Charlotte de enige was die hem 'Bluey' noemde, zo was rechercheur Richard Anstis de enige die Strike 'Mystic Bob' noemde, een naam die hij met zijn zware basstem nu uitriep zodra hij de naam van zijn vriend hoorde.

'Je moet iets voor me doen,' zei Strike tegen Anstis.

'Zeg het maar.'

'Wie hebben de zaak-Lula Landry behandeld?'

Terwijl Anstis de nummers opzocht, informeerde hij naar Strikes detectivebureau, zijn rechterbeen en zijn verloofde. Strike loog over de status van alle drie.

'Dat is goed om te horen,' zei Anstis opgewekt. 'Oké, hier heb ik het nummer van Wardle. Goeie kerel. Nogal een hoge dunk van zichzelf, maar je kunt beter met hem van doen hebben dan met Carver. Dat is echt een lul. Ik kan wel een goed woordje voor je doen bij Wardle. Als je wilt, bel ik hem meteen even.'

Strike griste een toeristenfolder uit een houten rek aan de wand en schreef Wardles telefoonnummer op in de vrije ruimte naast een foto van de Horse Guards.

'Wanneer kom je langs?' vroeg Anstis. 'Laten we een keer 's avonds afspreken, dan breng je Charlotte mee.'

'Ja, doen we. Daar bel ik je nog over, het is nu een beetje druk.'

Nadat hij had opgehangen, bleef Strike een poos in gedachten verzonken zitten, om vervolgens een kennis te bellen die hij al veel langer kende dan Anstis en wiens leven een compleet andere loop had genomen.

'Ik wil je om een gunst vragen, jongen,' zei Strike. 'Informatie.'

'Waarover?'

'Zeg jij het maar. Iets wat ik kan gebruiken om een politieman onder druk te zetten.'

Het gesprek duurde vijfentwintig minuten en was doorspekt met vele stiltes, die steeds langer en pregnanter werden, totdat Strike uiteindelijk een adres – bij benadering – en twee namen kreeg, die hij ook noteerde naast de Horse Guards, plus een waarschuwing, die hij niet opschreef, maar opvatte zoals hij wist dat die bedoeld was. Het gesprek eindigde vriendschappelijk en Strike, intussen breed geeuwend, toetste Wardles nummer in. Vrijwel onmiddellijk werd er opgenomen, met luide, bruuske stem.

'Wardle.'

'Ja, hallo, u spreekt met Cormoran Strike. Ik...'

'Wat?'

'Cormoran Strike,' zei Strike. 'Zo heet ik.'

'O ja,' zei Wardle. 'Daar belde Anstis net over. Jij bent die privéspeurder? Anstis zei dat je het over Lula Landry wilde hebben.'

'Klopt,' zei Strike, die een nieuwe geeuw onderdrukte terwijl hij de beschilderde plafondpanelen bekeek: bacchantische braspartijen die toen hij beter keek veranderden in een elfenbanket: *Midzomernachtsdroom*, een man met een ezelskop. 'Maar wat ik echt graag zou willen is het dossier.'

Wardle begon te lachen. 'Je hebt míjn leven niet gered, gek.'

'Ik heb informatie waar je wel eens in geïnteresseerd zou kunnen zijn. Misschien kunnen we ruilen.'

Het bleef even stil.

'Ik neem aan dat je die ruil niet over de telefoon wilt laten plaatsvinden?'

'Klopt,' zei Strike. 'Is er een plek waar je na een dag hard werken graag een biertje drinkt?'

Nadat hij de naam van een pub in de buurt van Scotland Yard had neergekrabbeld en had ingestemd met een afspraak over een week (eerder lukte niet), verbrak Strike de verbinding.

Het was niet altijd zo geweest. Een paar jaar geleden had hij de inschikkelijkheid van getuigen en verdachten nog kunnen afdwingen; hij was een man geweest zoals Wardle, wiens tijd waardevoller was dan die van degenen met wie hij omging, een man die kon kiezen wanneer en waar een verhoor plaatsvond en hoe lang het duurde. Net als Wardle had hij geen uniform nodig gehad om zich onafgebroken gehuld te weten in officiële status en prestige. Nu was hij een mankepoot in een gekreukt overhemd, afhankelijk van de gunsten van oude bekenden, die probeerde dealtjes te sluiten met politiemensen die vroeger blij geweest zouden zijn met zijn telefoontje.

'Eikel,' zei Strike hardop in zijn galmende glas. De derde halve liter was zo vlot naar binnen gegleden dat er nog maar een duimbreed in zat.

Zijn telefoon ging. Hij keek op het schermpje en zag dat het het nummer van zijn kantoor was. Dat was natuurlijk Robin, om hem te laten weten dat Peter Gillespie geld wilde zien. Hij liet het toestel overgaan op de voicemail, dronk zijn glas leeg en vertrok.

De straat was licht en koud, het wegdek nat en de plassen met tussenpozen zilver, wanneer er wolken voor de zon langs trokken. Bij de ingang van de pub stak Strike nog een sigaret op en hij ging rokend in het portiek van de Tottenham naar de wegwerkers staan kijken die druk in de weer waren rond het gat in de straat. Toen hij zijn sigaret had opgerookt, kuierde hij Oxford Street in om de tijd te doden totdat zij van Temporary Solutions weg zou zijn en hij in alle rust kon slapen.

6

Robin had tien minuten gewacht, tot ze zeker wist dat Strike niet ineens zou terugkomen, voordat ze begon aan een reeks verrukte telefoontjes met haar mobieltje. Het nieuws van haar verloving werd door haar vriendinnen ontvangen met enthousiaste kreetjes of afgunstige opmerkingen, die Robin allebei evenveel plezier bezorgden. Rond lunchtijd beloonde ze zichzelf met een uur pauze. Ze kocht drie bruidsmagazines en een pak koekjes voor de onderbuurman (waardoor de kleine kas, een koektrommel met die aanduiding erop geschreven, haar 42 pence verschuldigd was) en keerde terug naar het verlaten kantoor, waar ze drie kwartier lang innig tevreden bruidsboeketten en trouwjurken bekeek, haar hele lichaam tintelend van opwinding.

Toen de door haarzelf toebedeelde pauze om was, waste Robin de kopjes van meneer Crowdy af en bracht ze terug, samen met het dienblad en de koekjes. Zodra ze merkte hoe gretig hij probeerde een gesprekje met haar aan te knopen, waarbij zijn blik afwezig van haar mond naar haar borsten gleed, nam ze zich voor de rest van de week bij hem uit de buurt te blijven.

Strike was nog steeds niet terug. Bij gebrek aan andere werkzaamheden ruimde Robin de inhoud van haar bureauladen op en gooide weg wat ze herkende als de langzaam opgehoopte rommel van vorige uitzendkrachten: twee blokjes stoffige melkchocolade, een kale kartonnen nagelvijl en diverse strookjes papier met anonieme telefoonnummers of onbeduidend gekrabbel erop. Er lag een doos ouderwetse kaartruitertjes, metalen clips die ze nooit eerder ergens was tegengekomen, en een aanzienlijke hoeveelheid ongebruikte blauwe notitieboekjes die iets officieels uitstraalden, ook al stond er niets op. Robin, door de wol geverfd in de kantoorwereld, had het gevoel dat ze wel eens gepikt zouden kunnen zijn uit de kast van een instelling.

Zo nu en dan ging de telefoon in het kantoor. Haar nieuwe baas leek vele namen te hebben. Eén man vroeg naar 'Oggy', een andere naar 'Monkey Boy' en een droge, afgemeten stem verzocht haar 'meneer Strike' zo spoedig mogelijk te laten bellen naar Peter Gillespie. Robin belde één keer Strikes mobiele nummer, maar ze kwam niet verder dan de voicemail. Ze sprak een bericht in, noteerde naam en nummer van iedere beller op een Post-it, liep ermee naar Strikes kantoor en plakte ze keurig op zijn bureau.

Buiten ratelde nog altijd de pneumatische boor. Rond twee uur begon het plafond te kraken, toen de bewoner van de flat boven haar actiever werd; het enige teken dat Robin niet alleen was in het pand. De eenzaamheid van het gebouw, samen met het gevoel van pure verrukking dat dwars door haar ribbenkast dreigde te barsten telkens wanneer haar blik op de ring aan haar linkerhand viel, gaven haar steeds meer moed. Ze begon het kantoor waarover ze tijdelijk heerste op te ruimen en schoon te maken.

Onder de algehele sjofelheid van de ruimte, en het laagje groezelig vuil, ontdekte Robin al snel een strikte organisatiestructuur die haar eigen precieze, ordelijke aard deugd deed. De bruine kartonnen dossiermappen (eigenaardig ouderwets in deze tijd van neonkleurig plastic) die in het gelid op de planken achter haar bureau stonden waren gerangschikt op datum, elk met een handgeschreven serienummer op de rug. Ze sloeg er een open en zag dat de ruitertjes werden gebruikt om losse vellen papier in de mappen op te bergen. Veel van het opgeborgen materiaal was neergepend in een bedrieglijk, moeilijk te ontcijferen handschrift. Misschien ging de politie zo te werk; misschien was Strike wel een voormalig politieman.

Robin trof de stapel roze doodsbedreigingen waarnaar Strike had verwezen aan in de middelste la van de dossierkast, naast een dun stapeltje geheimhoudingsverklaringen. Daarvan pakte ze er een en las de tekst door: het was een eenvoudig formulier waarin ondergetekende beloofde buiten werktijd niets los te laten over de namen of informatie die tijdens kantooruren ter sprake kwamen. Robin dacht er even over na, zette toen zorgvuldig haar handtekening en de datum onder een van de formulieren, liep ermee naar Strikes kantoor en legde het op zijn bureau, zodat hij zijn naam kon invullen op de voorgedrukte stippellijn. Met het afleggen van deze eenzijdige geheimhoudingseed keerde voor haar een deel van de bijzondere aantrekkingskracht en zelfs glamour terug die ze zich had voorgesteld achter de gegraveerde glazen deur, voordat die was opengezwaaid en Strike haar bijna van de trap af had gegooid.

Pas toen ze het formulier op Strikes bureau had gelegd, zag ze de plunjezak die in een hoekje achter de dossierkast was gepropt. Een punt van zijn vuile overhemd, een wekker en een stuk zeep piepten tussen de open tanden van de rits door. Robin deed de deur tussen de ruimte waar haar bureau stond en Strikes kantoor dicht, alsof ze per ongeluk getuige was geweest van iets gênants en persoonlijks. Ze dacht aan de donkerharige schoonheid die die ochtend haastig het pand had verlaten, aan Strikes diverse verwondingen en het feit dat hij de deur uit was gestormd, achteraf gezien waarschijnlijk om de vrouw te volgen, met enige vertraging maar zeer vastberaden. In haar nieuwe, vreugdevol verloofde toestand was Robin geneigd om vreselijk medelijden te hebben met iedereen die het op liefdesgebied minder goed had getroffen dan zij – als je de verrukking die ze voelde bij de gedachte aan haar eigen paradijselijke liefdesleven tenminste medelijden kon noemen.

Om vijf uur, in de blijvende afwezigheid van haar tijdelijke baas, besloot Robin dat ze naar huis mocht. Neuriënd vulde ze haar eigen urenbriefje in, en ze zong uit volle borst toen ze haar trenchcoat dichtknoopte. Ze sloot het kantoor af, gooide de sleutel door de brievenbus en liep enigszins behoedzaam de metalen trap af, op naar Matthew, naar huis.

7

Strike had het eerste deel van de middag doorgebracht in de ULU, het verenigingsgebouw van de University of London, waar hij, door met een enigszins chagrijnige frons op zijn gezicht vastberaden langs de receptie te lopen, de douches had weten te bereiken zonder aangehouden of naar zijn studentenkaart gevraagd te worden. Daarna had hij in het inpandige eetcafé een oudbakken broodje ham en een reep chocolade gegeten. Vervolgens was hij, met glazige ogen van vermoeidheid, wat gaan ronddolen, zo nu en dan een sigaret rokend, en had hij een paar goedkope winkels bezocht, waar hij van Bristows geld de weinige benodigdheden insloeg die hij niet kon missen nu hij niet langer een dak boven zijn hoofd en een bed had. Vroeg in de avond zocht hij zijn toevlucht in een Italiaans restaurant en stalde zijn stapel dozen achterin bij de bar; hij deed zo lang over zijn bier dat hij zelf bijna vergat waarom hij ook alweer tijd moest doden.

Het was bijna acht uur toen hij terugkwam op kantoor. Dit was het uur van de dag waarop hij Londen het liefst zag: de werkdag voorbij, de ramen van de pubs warm en glanzend als edelstenen, de straten gonzend van het leven. De onvermoeibare bestendigheid van de oude gebouwen, verzacht door de straatverlichting, kreeg iets merkwaardig geruststellends. We hebben er al velen zoals jij gezien, leken ze sussend te mompelen toen hij al trekkebenend door Oxford Street liep, met een kampeerbedje in een doos in zijn armen. Zevenenhalf miljoen harten klopten opeengepakt in deze krioelende oude stad, en uiteindelijk zouden vele daarvan vast veel ernstiger gebroken zijn dan dat van hem. Terwijl hij zijn vermoeide lijf langs de bijna gesloten winkels sleepte en de hemel boven hem indigo kleurde, vond Strike troost bij de uitgestrektheid en anonimiteit.

Het was een hele toer om het kampeerbed de metalen trap op te manoeuvreren naar de tweede verdieping, en tegen de tijd dat hij bij de deur die zijn naam droeg was aangekomen, was de pijn aan de stomp van zijn rechterbeen ondraaglijk. Hijgend, zijn gewicht op zijn linkervoet, leunde hij even tegen de glazen deur en zag hoe die besloeg.

'Vuile vetzak,' zei hij hardop. 'Afgepeigerde ouwe lul.'

Hij veegde het zweet van zijn voorhoofd, maakte de deur open en zeulde zijn diverse aankopen naar binnen. In zijn kantoor schoof hij het bureau opzij, klapte het kampeerbed open, rolde de slaapzak uit en vulde boven de wasbak achter de glazen deur zijn goedkope waterkoker.

Zijn avondeten was een beker instantnoedels, die hij had gekozen omdat ze hem deden denken aan de kost die hij vroeger had meegezeuld als proviand; een diepgewortelde associatie van opgewarmd kant-en-klaarvoedsel met een provisorische slaapplaats had hem er automatisch naar doen grijpen. Toen het water had gekookt, vulde hij de beker met water en at de gewelde pasta op met een plastic vork die hij had meegenomen uit het eetcafé in het universiteitsgebouw. Hij at in zijn bureaustoel, met uitzicht op de vrijwel verlaten straat, terwijl het verkeer aan het einde van de weg langsraasde in de schemer, en hij luisterde naar de gestage basdreunen twee verdiepingen lager, bij 12 Bar Café.

Hij had op wel slechtere plekken geslapen. De stenen vloer van een grote parkeergarage in Angola, en de platgebombardeerde metaalfabriek waar ze tenten hadden opgezet en 's morgens bij het ontwaken zwart roet hadden opgehoest. En, het ergste van allemaal, de muffe slaapzaal van de commune in Norfolk waar zijn moeder hem en een van zijn halfzusjes mee naartoe had gesleept toen ze acht en zes waren. Hij dacht terug aan het gemak waarmee hij maandenlang in oncomfortabele ziekenhuisbedden had gelegen, aan de diverse kraakpanden (ook met zijn moeder) en de ijskoude bossen waar hij zijn kamp had opgeslagen op legerexercities. Hoe basaal en weinig uitnodigend het kampeerbedje er ook uit mocht zien in het licht van het kale peertje, vergeleken met al die andere slaapplaatsen was het een luxe.

Het aanschaffen van de benodigde spullen en het klaarzetten van de eerste levensbehoeften voor hemzelf hadden Strike in de vertrouwde soldatenstand gebracht: doen wat er gedaan moest worden, zonder vragen en zonder klagen. Hij gooide de noedelbeker weg, deed de bureaulamp aan en nam plaats op de plek waar Robin het grootste deel van de dag had doorgebracht. Toen hij de basisbenodigdheden voor een nieuw dossier bijeenzocht – kartonnen map, blanco papier, een metalen clip, het notitieboek waarin hij het gesprek met Bristow had vastgelegd, de folder uit de Tottenham en Bristows visitekaartje – viel het hem op dat de laden opgeruimd waren, dat er geen stof op de computermonitor lag, dat er nergens lege kopjes of afval te zien waren en het vaag naar Pledge rook. Licht geïntrigeerd maakte hij de kleine kas open en zag daar, in Robins nette, ronde handschrift, het briefje met de aantekening dat hij haar 42 pence schuldig was voor chocoladebiscuitjes. Strike pakte veertig pond van het geld dat Bristow hem had gegeven uit zijn portefeuille en legde die in de koektrommel; toen, als een ingeving op het laatste moment, telde hij nog 42 pence uit en legde die erbovenop.

Daarna begon hij te schrijven, met een van de pennen die Robin keurig in het gelid in de bovenste la had gelegd, vloeiend en snel, te beginnen met de datum. De aantekeningen van het gesprek met Bristow scheurde hij uit het schrift en voegde hij apart toe aan het dossier; handelingen die hij tot nu toe had verricht, waaronder de telefoontjes met Anstis en Wardle, werden genoteerd, de telefoonnummers bewaard. (Maar de gegevens van zijn andere vriend, de verstrekker van nuttige namen en adressen, kwamen niet in het dossier terecht.)

Tot slot gaf Strike zijn nieuwe zaak een serienummer, dat hij samen met het opschrift PLOTSELINGE DOOD, LULA LANDRY op de rug van de map schreef, waarna hij het dossier opborg op zijn plaats helemaal rechts op de plank.

Nu maakte hij eindelijk de envelop open die volgens Bristow de essentiële aanwijzingen bevatte die de politie over het hoofd had gezien. Het handschrift van de advocaat, net en vloeiend, helde naar links, de letters stonden heel dicht op elkaar. Zoals Bristow al had laten weten draaide de inhoud voornamelijk om de handelingen van een man die hij 'de hardloper' noemde.

De hardloper was een lange zwarte man wiens gezicht schuilging achter een sjaal op de camerabeelden uit een nachtbus die van Islington naar West End reed. Hij was ruim drie kwartier voor Lula Landry's dood in die bus gestapt. Daarna was hij weer te zien op de opnames die waren gemaakt in Mayfair, waar hij om 01.39 uur in de richting van Landry's woning liep. De camera toonde dat hij even was blijven stilstaan; hij leek een velletje papier te raadplegen (*missch adres of routebeschr?* had Bristow er behulpzaam aan toegevoegd) voordat hij uit beeld liep.

Opnamen van dezelfde beveiligingscamera kort daarna toonden de hardloper die om 02.12 uur terugrende en uit het zicht verdween. *Tweede zwarte man rent ook – op de uitkijk? Gestoord bij autodiefstal? Rond zelfde tijd ging autoalarm af om de hoek*, had Bristow erbij geschreven.

Tot slot waren er opnames van *een zwarte man die sterk op de hardloper lijkt* die later op de ochtend van Landry's dood over een weg vlak bij Gray's Inn Square liep, kilometers verderop. *Gezicht nog altijd verborgen*, had Bristow over hem geschreven.

Strike pauzeerde even om in zijn ogen te wrijven, waarbij hij een pijnlijk gezicht trok omdat hij was vergeten dat hij een blauw oog had. Hij verkeerde inmiddels in die lichthoofdige, nerveus-prikkelbare staat van hevige vermoeidheid. Met een lange, grommende zucht stortte hij zich op Bristows aantekeningen, een pen klaar in zijn harige vuist om zijn eigen gedachten eraan toe te voegen.

Bristow mocht de wet dan emotieloos en objectief interpreteren in het vak dat hem zijn fraaie gepreegde visitekaartjes had opgeleverd, de inhoud van deze envelop bevestigde slechts Strikes indruk dat het privéleven van zijn cliënt werd beheerst door een onterechte obsessie. Waar Bristows belangstelling voor de hardloper ook uit mocht voortkomen – een heimelijke angst voor die stadse variant op de boeman, de criminele zwarte man, of misschien een dieper gewortelde, persoonlijker reden – het was ondenkbaar dat de politie de hardloper en zijn metgezel (uitkijkpost of misschien autodief) niet had nagetrokken, en het stond vast dat er een goede reden was geweest om hem van verdenking uit te sluiten.

Breed geeuwend ging Strike door naar het tweede vel met Bristows aantekeningen.

Om 01.45 voelde Derrick Wilson, de dienstdoende nachtwaker, zich niet goed en ging hij naar het toilet achter de balie, waar hij plusminus een kwartier is gebleven. Dat wil zeggen dat de hal van Lula's appartementencomplex het laatste kwartier voor haar dood verlaten was en iedereen er ongezien in en uit heeft kunnen lopen. Wilson kwam pas van het toilet na Lula's val, toen hij het gegil van Tansy Bestigui hoorde.

Deze uitgelezen kans valt precies samen met het tijdstip waarop de hardloper zou zijn aangekomen bij Kentigern Gardens als hij om 01.39 langs de bewakingscamera op het kruispunt van Alderbrook en Bellamy liep.

'Ja, ja,' mompelde Strike terwijl hij zijn voorhoofd masseerde. 'En hij kon zeker dwars door de voordeur heen zien dat de bewaker op de plee zat?'

Ik heb Derrick Wilson gesproken; hij is graag bereid vragen te beantwoorden.

Ik durf te wedden dat je hem daarvoor betaalt, dacht Strike toen hij het telefoonnummer van de bewaker onder die laatste zin zag staan.

Hij legde de pen neer waarmee hij zijn eigen aantekeningen had willen toevoegen en borg Bristows notities op in het dossier. Toen knipte hij de bureaulamp uit en hinkte naar het toilet op de gang om te gaan plassen. Daarna poetste hij zijn tanden boven de gebarsten wasbak, sloot de glazen toegangsdeur af, zette de wekker en kleedde zich uit.

Bij de neongloed van de lantaarnpaal buiten maakte Strike de bevestigingsbanden van zijn prothese los, schoof het ding van de pijnlijke stomp en verwijderde de gel-inleg, die er niet langer in slaagde de pijn tegen te gaan. Hij legde het kunstbeen naast zijn telefoon, die aan de oplader lag, wurmde zich in zijn slaapzak en ging met zijn handen achter zijn hoofd naar het plafond liggen staren. Zoals hij al had gevreesd, was de loodzware vermoeidheid van zijn lijf niet afdoende om zijn sputterende brein het zwijgen op te leggen. De oude infectie was weer actief, kwelde hem, trok aan hem.

Wat zou ze nu aan het doen zijn?

Gisteravond, in een andere wereld, had hij nog in een prachtig appartement in het meest gewilde deel van Londen gewoond, met een vrouw die bij iedere man die haar zag een ongelovige jaloezie jegens Strike opriep.

'Waarom kom je niet gewoon bij me wonen? Verdorie, Bluey, dat is toch veel logischer? Waarom niet?'

Hij had vanaf het allereerste begin geweten dat hij een vergissing beging. Ze hadden het al eerder geprobeerd, en iedere keer was rampzaliger verlopen dan de vorige.

'We zijn nota bene verloofd, waarom wil je niet bij me wonen?'

Ze had dingen gezegd die moesten aantonen dat ze, in de tijd dat ze hem bijna voorgoed was kwijtgeraakt, net zo onherroepelijk was veranderd als hij, met zijn anderhalve been.

'Ik hoef geen ring. Doe niet zo idioot, Bluey. Je hebt je geld hard nodig voor je nieuwe zaak.'

Hij sloot zijn ogen. Na vanochtend was er geen weg terug. Ze had net een keer te vaak gelogen, over iets wat te belangrijk was. Maar hij nam het in gedachten allemaal nog een keer door, als een som die hij al een hele tijd terug had opgelost, bang dat hij een cruciale fout had gemaakt. Nauwgezet legde hij de voortdurend veranderende data naast elkaar, haar weigering om naar de drogist of de dokter te gaan, de felle woede waarmee ze ieder verzoek om opheldering had afgedaan, en toen de plotselinge aankondiging dat het voorbij was, zonder dat hij ooit een greintje bewijs had gezien.

Naast al die andere verdachte gebeurtenissen was er nog haar ziekelijke neiging om te liegen, haar behoefte om mensen uit hun tent te lokken, te kwellen en op de proef te stellen – zoals hij door schade en schande had geleerd.

'Hoe durf je godverdomme mijn gangen na te gaan! Waag het niet me te behandelen als een van die doorgesnoven... soldatenmaatjes van je. Ik ben geen fucking záák die je moet oplossen, ik dacht dat je van me hield! Als je zelfs dit niet van me wilt aannemen...'

Maar haar leugens waren verweven met haar hele wezen, haar leven, zodat hij door met haar samen te wonen en van haar te houden er langzaam in verstrikt was geraakt en hij altijd had moeten vechten voor de waarheid, moeten worstelen om grip te houden op de werkelijkheid. Hoe had het kunnen gebeuren dat hij, die door zijn extreme jeugd altijd de behoefte had gehad om alles te onderzoeken, om dingen zeker te weten en zelfs uit de kleinste raadsels de waarheid te peuteren – hoe was het mogelijk dat hij tot over zijn oren verliefd was geworden op een vrouw die met leugens strooide met de vanzelfsprekendheid waarmee andere vrouwen ademden?

'Het is voorbij,' hield hij zichzelf voor. 'Het kon niet anders.'

Maar hij had het Anstis niet willen vertellen en was er niet aan toe om anderen in te lichten. Nog niet. Hij had in heel Londen vrienden wonen die hem gretig in hun huis zouden uitnodigen, die de deur van hun logeerkamer en hun koelkast wagenwijd voor hem zouden openzetten, graag bereid om hem te troosten en te helpen. Maar de prijs van al die comfortabele bedden en zelfbereide maaltijden was dat hij aan hun keukentafel zou moeten zitten als de kinderen in hun schone pyjamaatjes in bed lagen en hij die smerige laatste strijd met Charlotte opnieuw zou moeten beleven en zich zou moeten onderwerpen aan het verontwaardigde medeleven van de vriendinnen en echtgenotes van zijn vrienden. Dan liever de grimmige eenzaamheid, instantnoedels en een slaapzak.

Hij voelde nog steeds de ontbrekende voet, tweeënhalf jaar geleden van zijn been gerukt. De voet was er nog, in de slaapzak; Strike kon de verdwenen tenen krullen als hij wilde. Hoe vermoeid hij ook was, het duurde even voordat hij in slaap viel en toen dat gebeurde, kwam Charlotte in iedere droom weer terug, bloedmooi, vlijmscherp en gekweld.

DEEL TWEE

Non ignara mali miseris succurrere disco.

Zelf niet onbekend met tegenspoed, leer ik me het lot der ongelukkigen aan te trekken.

VERGILIUS, *Aeneis*, boek I

1

'"In de hele stortvloed van berichten in de gedrukte media en de vele uren televisiepraat over de dood van Lula Landry is deze vraag zelden gesteld: waarom maken we ons er zo druk om?

Zeker, ze was mooi, en mooie vrouwen zijn goed voor de krantenverkoop; dat is al zo sinds Dana Gibson haar zwart-wit gearceerde sirenen met hun lome oogopslag tekende voor *The New Yorker*.

Bovendien was ze natuurlijk zwart, of liever gezegd een verrukkelijke tint *café au lait*, hetgeen, zoals ons voortdurend werd voorgehouden, stond voor vooruitgang in een wereld die puur om oppervlakkigheden draait. (Ik heb mijn twijfels: was café au lait dit seizoen niet gewoon de modekleur? Hebben we in het kielzog van Landry te maken gekregen met een plotselinge toevloed van zwarte modellen? Zijn onze opvattingen over vrouwelijke schoonheid revolutionair veranderd door haar succes? Worden er tegenwoordig meer zwarte barbies verkocht dan blanke?)

Uiteraard zullen vrienden en familie van de vlees-en-bloedversie van Landry veel verdriet hebben, en mijn innige deelneming gaat naar hen uit. Maar wij, het lezers- en kijkerspubliek, kunnen onze uitwassen niet rechtvaardigen met persoonlijke rouw. Er sterven dagelijks jonge vrouwen onder 'tragische' (lees: onnatuurlijke) omstandigheden zoals auto-ongelukken of een overdosis, en zo nu en dan doordat ze zich uithongeren in een poging te voldoen aan het ideaalbeeld, een figuur zoals Landry en soortgenoten dat propageren. Hebben we voor die dode meisjes meer over dan een vluchtige gedachte voordat we de bladzijde omslaan, waarna hun alledaagse gezicht weer uit beeld verdwijnt?"'

Robin zweeg even om een slok koffie te nemen en haar keel te schrapen.

'Tot nu toe nogal schijnheilig,' mompelde Strike.

Hij zat aan het puntje van Robins bureau foto's in een opengeslagen map te plakken, die hij een voor een nummerde en voorzag van een onderwerpaanduiding in de index achterin. Robin pakte de draad op waar ze was gebleven en las verder van haar computerscherm.

'"Onze onevenredig grote belangstelling en zelfs rouw vragen om nader onderzoek. We kunnen in alle redelijkheid stellen dat er tot aan het moment van Landry's fatale sprong tienduizenden vrouwen waren die graag met haar hadden willen ruilen. Snikkende meisjes legden bloemen onder het balkon van Landry's penthouse van vierenhalf miljoen nadat haar verpletterde lichaam was afgevoerd. Heeft ook maar één aankomend model zich in het streven naar tijdschriftenroem laten afschrikken door de opkomst en de keiharde ondergang van Lula Landry?"'

'Zeg het nou maar gewoon,' zei Strike. 'Jij niet, zij,' voegde hij er haastig aan toe. 'Het is toch geschreven door een vrouw, of niet?'

'Ja, een zekere Melanie Telford,' zei Robin, en ze scrolde terug naar de bovenkant van het scherm en liet hem de portretfoto zien van een blonde vrouw van middelbare leeftijd met een onderkin. 'Zal ik de rest maar overslaan?'

'Nee, ga door.'

Robin schraapte nogmaals haar keel en las verder. '"Het antwoord is natuurlijk nee." Dat gaat nog over die aankomende modellen die zich niet laten afschrikken.'

'Ja, dat begreep ik al.'

'Goed, eh... "Honderd jaar na Emmeline Pankhurst is er een hele generatie pubermeisjes opgestaan die geen hoger streven heeft dan gereduceerd te worden tot de status van papieren aankleedpop, een plat archetype wier gefictionaliseerde avonturen een dergelijke mate van verwarring en leed maskeren dat ze zich vanaf de derde verdieping uit een raam heeft geworpen. Alles draait om de schijn: de ontwerper Guy Somé informeerde de pers razendsnel dat ze tijdens haar sprong een van zijn jurken droeg, die vervolgens binnen vierentwintig uur na haar dood was uitverkocht. Wat is nu betere reclame dan het feit dat Lula Landry ervoor heeft gekozen te sterven in een Somé?

Nee, het is niet het verlies van de jonge vrouw waar we om treuren, want zij was voor ons net zomin realiteit als de Gibson-meisjes die aan Dana's tekenpen ontsproten. Waar wij om rouwen is het fysieke plaatje dat aan ons voorbijtrekt in een veelheid van schandaalkranten en roddelbladen, een plaatje bedoeld om ons kleding en handtassen te verkopen, een beeld van roem dat door haar dood zo leeg en vergankelijk als een zeepbel is gebleken. Wat we werkelijk missen, als we maar zo eerlijk waren om dat toe te geven, zijn de vermakelijke streken van dat oppervlakkige, op amusement beluste meisje met haar cartooneske bestaan van drugsgebruik, relletjes, dure kleding en een knipperlichtrelatie met een gevaarlijk vriendje.

Over Landry's uitvaart is net zo uitvoerig bericht als over de gemiddelde celebritybruiloft in de smakeloze bladen die teren op beroemdheden, waarvan de uitgevers ongetwijfeld langer om haar heengaan zullen rouwen dan de gemiddelde lezer. Er werd ons een glimp gegund van diverse huilende sterren, maar haar familieleden werden afgebeeld op het kleinste fotootje van allemaal – zij waren namelijk verrassend weinig fotogeniek.

Toch raakte het relaas van een van de rouwenden me. Als antwoord op de vraag van een man van wie zij misschien niet besefte dat hij verslaggever was, onthulde ze dat ze Landry kende uit een afkickkliniek en dat de twee vriendinnen geworden waren. De vrouw had plaatsgenomen op de achterste rij om afscheid te nemen en was na afloop weer stilletjes weggeglipt. Zij heeft haar verhaal niet verkocht, in tegenstelling tot vele anderen die in Landry's gezelschap verkeerden toen ze nog leefde. Misschien zegt het iets over de ware Lula Landry en is het ontroerend dat ze genegenheid bij een gewoon meisje opriep. En alle anderen...'"

'Noemt ze de naam van dat gewone meisje uit de afkickkliniek niet?' viel Strike Robin in de rede.

Robin liet zwijgend haar blik over het artikel gaan. 'Nee.'

Strike krabde aan zijn slecht geschoren kin. 'Bristow heeft niets gezegd over een vriendin uit een afkickkliniek.'

'Zou ze belangrijk kunnen zijn, denkt u?' vroeg Robin gretig en ze draaide haar bureaustoel om hem aan te kijken.

'Het kan interessant zijn om iemand te spreken die Landry kende van therapie in plaats van uit de nachtclubs.'

Strike had Robin alleen maar gevraagd Landry's connecties op internet op te zoeken omdat hij verder niets voor haar te doen had. Ze had Derrick Wilson, de bewakingsman, al gebeld en namens Strike een afspraak voor vrijdagochtend met hem gepland, bij Phoenix Café in Brixton. De post van die dag bestond uit twee circulaires en een laatste betalingsherinnering; er was niet gebeld en ze had op kantoor al alles opgeruimd wat op alfabet, op soort of op kleur gesorteerd kon worden.

Om die reden had hij haar deze tamelijk zinloze taak gegeven, geïnspireerd door haar handigheid met Google de vorige dag. Het afgelopen uur had ze zo nu en dan fragmenten en hele artikelen over Landry en haar kennissenkring voorgelezen terwijl Strike een stapel bonnetjes, telefoonrekeningen en foto's met betrekking tot zijn enige andere lopende zaak op volgorde legde.

'Zal ik anders eens kijken of ik nog meer over dat gewone meisje kan vinden?' vroeg Robin.

'Doe dat,' antwoordde Strike afwezig; hij zat een foto te bestuderen van een gedrongen, kale man in pak en een zeer overjarige roodharige vrouw in een strakke spijkerbroek. De man in het pak was Geoffrey Hook, maar de roodharige toonde geen enkele gelijkenis met mevrouw Hook, die tot Bristows komst naar zijn kantoor Strikes enige klant was geweest. Strike plakte de foto in het dossier van mevrouw Hook en zette er het cijfer 12 bij, terwijl Robin haar aandacht weer op de computer richtte.

Een poosje was het stil, op het geschuif met de foto's en het tikken van Robins korte nagels op de toetsen na. De tussendeur naar Strikes kantoor achter hem was dicht, zodat het kampeerbedje en de andere tekenen van zijn overnachting aan het zicht onttrokken werden, en in de lucht hing de zware geur van kunstmatige limoenen, met dank aan Strikes overvloedige gebruik van goedkope luchtverfrisser voordat Robin arriveerde. Voor het geval ze ook maar enige seksuele belangstelling zou vermoeden achter zijn beslissing om tegenover haar aan het bureau plaats te nemen, had hij voordat hij ging zitten gedaan alsof hij haar verlovingsring voor het eerst zag en vijf minuten lang een beleefd, angstvallig onpersoonlijk gesprekje gevoerd over haar aanstaande. Hij kwam te weten dat het hier een pas afgestudeerde accountant betrof die Matthew heette, dat Robin een maand geleden vanuit Yorkshire naar Londen was verhuisd om met Matthew te gaan samenwonen en dat het uitzendwerk een noodoplossing was totdat ze een vaste baan had gevonden.

'Zou ze op een van deze foto's kunnen staan?' vroeg Robin na een poosje. 'Dat meisje uit de afkickkliniek?'

Ze had een scherm opgeroepen met vele foto's van gelijke grootte, waarop mensen te zien waren, alleen of in groepjes, die allemaal in dezelfde richting liepen, op weg naar de uitvaart. Dranghekken en de wazige gezichten van een mensenmenigte vormden de achtergrond van iedere foto.

Het opvallendst was de afbeelding van een heel lang, bleek meisje met een goudblonde paardenstaart en een creatie van zwart gaas en veren op haar hoofd. Strike herkende haar, iedereen wist wie het was: Ciara Porter, het model met wie Lula haar laatste dag op aarde grotendeels had doorgebracht, de vriendin met wie ze was gefotografeerd voor een van de beroemdste shots van haar carrière. Porter zag er mooi en stemmig uit op weg naar Lula's afscheidsdienst. Ze leek in haar eentje te zijn, want er lag geen hand op haar dunne arm of lange rug.

Naast de foto van Porter stond er een van een stel, met als bijschrift *Filmproducent Freddie Bestigui en echtgenote Tansy.* Bestigui had de bouw van een stier, met korte benen, een enorme borstkas en een dikke nek. Zijn haar was grijs en kort, aan de zijkanten opgeschoren, en zijn gezicht was een verfrommeld geheel van plooien, wallen en moedervlekken waaruit zijn vlezige neus als een tumor naar voren stak. Desondanks was hij een imposante verschijning in zijn dure zwarte overjas, met zijn graatmagere jonge vrouw aan de arm. Hoe Tansy eruitzag was vrijwel niet te zien, door de opgezette bontkraag van haar jas en de zonnebril met enorme ronde glazen die ze droeg.

Bij de laatste foto van de bovenste rij stond 'Guy Somé, modeontwerper'. Hij was een magere zwarte man in een overdreven zwierige nachtblauwe jas. Hij liep met gebogen hoofd en zijn gezichtsuitdrukking was niet te zien door de lichtinval op zijn donkere hoofd, maar de flitslampen lieten de drie grote diamanten oorbellen die hij droeg glinsteren als sterren. Net als Porter leek hij in zijn eentje te zijn gekomen, ook al waren er op de foto nog enkele rouwenden te zien, die kennelijk geen aparte vermelding waard waren.

Strike schoof zijn stoel dichter naar de computer, al hield hij nog steeds ruim een armlengte afstand van Robin. Een van de niet nader genoemde gezichten, half afgesneden aan de rand van de foto, was dat van John Bristow, te herkennen aan de korte bovenlip en de hamstertanden. Hij had zijn arm om een bedroefd uitziende oudere vrouw met wit haar geslagen; haar gezicht was ingevallen en doodsbleek, de puurheid van haar verdriet was aangrijpend. Achter het tweetal liep een lange, hooghartig ogende man die de indruk wekte de omgeving waarin hij terechtgekomen was zwaar af te keuren.

'Ik zie niemand die dat gewone meisje uit de kliniek zou kunnen zijn,' zei Robin, en ze scrolde naar beneden om nog meer van die beroemde en mooie mensen met hun treurige, ernstige gezichten te bestuderen. 'O, kijk... Evan Duffield.'

Hij was gekleed in een zwart T-shirt, een zwarte spijkerbroek en een militair aandoende zwarte jas. Ook zijn haar was zwart; zijn gezicht een en al scherpe vlakken en holtes, met ijsblauwe ogen die recht in de camera keken. Hoewel hij langer was dan de metgezellen die hem flankeerden, zag hij er kwetsbaarder uit dan zij: een lange man in pak en een nerveus aandoende oudere vrouw, die haar mond open had en een gebaar maakte alsof ze de weg vóór hen wilde vrijmaken. Het drietal deed Strike denken aan ouders die hun zieke kind wegvoerden van een feest. Het viel hem op dat Duffield er ondanks zijn gedesoriënteerde en gekwelde uitstraling wel in was geslaagd succesvol zijn eyeliner aan te brengen.

'Die bloemen!'

Duffield verdween langzaam uit beeld aan de bovenkant van het scherm: Robin was doorgescrold naar de foto van een enorme krans, in een vorm die Strike aanvankelijk aanzag voor een hart, tot hij besefte dat het twee gebogen engelenvleugels waren, samengesteld uit witte rozen. Een inzet in de foto toonde een close-up van het kaartje dat eraan hing.

'"Rust in vrede, engel Lula, Deeby Macc,"' las Robin voor.

'Deeby Macc? De rapper? Dus ze kenden elkaar?'

'Nee, ik denk het niet, maar door dat hele verhaal dat hij een flat had gehuurd in haar appartementencomplex... Ze werd toch ook genoemd in een paar van zijn nummers? De pers flipte helemaal toen bekend werd dat hij daar zou logeren.'

'Je bent goed op de hoogte.'

'Ach ja, de bladen,' zei Robin vaag, en ze scrolde terug naar de foto's van de uitvaart.

'Deeby, wat is dat nou voor naam?' vroeg Strike zich hardop af.

'Het komt van zijn initialen. DB.' Ze sprak de letters overdreven duidelijk uit. 'Zijn echte naam is Daryl Brandon Macdonald.'

'Aha, je bent rapliefhebber.'

'Nee,' zei Robin, nog altijd geconcentreerd op het computerscherm. 'Zulke dingen onthoud ik gewoon.'

Ze klikte de beelden weg die ze had bekeken en begon weer te typen. Strike richtte zich opnieuw op zijn foto's. Op de eerstvolgende was Geoffrey Hook zoenend te zien met zijn roodharige metgezel terwijl zijn hand een grote, in canvas gestoken bil betastte voor metrostation Ealing Broadway.

'Hier is nog een YouTube-filmpje,' zei Robin. 'Deeby Macc die na Lula's dood over haar praat.'

'Laat eens kijken.' Strike rolde zijn stoel een meter naar haar toe, en bij nader inzien weer bijna een halve meter terug.

Het korrelige beeld van het filmpje, acht bij tien centimeter, kwam schokkerig tot leven. Een grote zwarte man in een sweater met capuchon waarop een opgestoken vuist was afgebeeld, bezet met metalen sierspijkertjes, zat in een zwartleren stoel tegenover de nietzichtbare interviewer. Hij had kortgeschoren haar en droeg een zonnebril.

'... zelfdoding van Lula Landry?' vroeg de Britse interviewer.

'Dat was ziek klote, man, ziek klote,' antwoordde Deeby, en hij haalde een hand over zijn gladde hoofd. Hij had een zware, schorre stem, praatte zacht en sliste heel licht. 'Zo gaat dat als je succes hebt: ze jagen je op en halen je onderuit. Dat doet jaloezie met mensen, vriend. De motherfuckin' persmuskieten hebben haar over die reling gejaagd. Laat haar rusten in vrede, zou ik zeggen. Ze krijgt nu rust.'

'Wat een schokkende aankomst in Londen moet het voor je zijn geweest,' zei de interviewer. 'Dat ze pal langs je raam viel, bedoel ik.'

Deeby Macc gaf niet meteen antwoord en keek de interviewer door zijn gekleurde contactlenzen strak aan. Toen zei hij: 'Ik was daar niet, of is er soms iemand die beweert van wel?'

Het snel onderdrukte lachkreetje van de interviewer was schel en nerveus. 'God, nee, helemaal niet. Hele...'

Deeby draaide zijn hoofd en richtte zich tot iemand die buiten beeld stond. 'Had ik mijn advocaten moeten meenemen?'

De interviewer schaterde nu. Deeby keek hem strak aan, en nog altijd kon er geen lachje af.

'Deeby Macc,' zei de interviewer toen ademloos, 'hartelijk dank voor je tijd.'

Er verscheen een uitgestoken witte hand in beeld; Deeby stak een gebalde vuist de lucht in. De witte hand herstelde zich snel en de mannen stootten met de knokkels tegen elkaar. Buiten beeld werd spottend gelachen. Het filmpje was afgelopen.

'"De motherfuckin' persmuskieten hebben haar over die reling gejaagd,"' herhaalde Strike, en hij reed zijn stoel terug naar de oorspronkelijke positie. 'Interessante opvatting.'

Hij voelde zijn mobiele telefoon trillen in zijn broekzak en haalde hem eruit. De aanblik van Charlottes naam bij een nieuwe sms joeg een plotselinge stoot adrenaline door zijn lijf, alsof hij zojuist een roofdier had gespot dat in de houding zat om aan te vallen.

```
Ben vrijdagmorgen van 9 tot 12 niet thuis,
mocht je je spullen willen ophalen.
```

'Wat zei je?' Hij had de indruk dat Robin iets had gezegd.

'Ik zei: "Hier is nog een heel akelig stukje over haar biologische moeder."'

'Goed, lees maar voor.'

Hij stopte zijn telefoon weer in zijn zak. Toen hij zijn grote hoofd opnieuw over het dossier van mevrouw Hook boog, leken zijn gedachten door zijn schedel te galmen alsof iemand op een gong had geslagen.

Charlotte stelde zich onheilspellend redelijk op; ze veinsde volwassen kalmte. Ze had hun eindeloze, uitgebreide duel naar een hoger niveau getild, een niveau dat ze nooit eerder hadden bereikt of zelfs maar hadden geprobeerd te bereiken: 'Laten we dit als volwassenen aanpakken.' Misschien zou er een mes tussen zijn schouderbladen belanden zodra hij de voordeur van haar flat door kwam; misschien zou hij haar lijk aantreffen in de slaapkamer, lag ze met doorgesneden polsen in een plas half geronnen bloed voor de open haard.

Robins stem was als het gebrom van een stofzuiger op de achtergrond. Met moeite richtte hij zijn aandacht weer op haar.

'"... die het romantische verhaal van haar verhouding met een jonge zwarte man verkocht aan iedere roddeljournalist die er maar voor wilde betalen. Maar er is niets romantisch aan het verleden van Marlene Higson zoals haar oude buren het zich herinneren. 'Ze hing de hoer uit,' aldus Vivian Cranfield, die in de flat boven Higson woonde in de tijd dat die in verwachting was van Landry. 'De mannen liepen in en uit, op alle uren van de dag en de nacht. Ze heeft nooit geweten wie de vader van de baby was, dat konden al die kerels zijn. Ze wilde dat kind niet. Ik hoor die kleine nog huilen op de gang, helemaal alleen, terwijl haar moeder bezig was met een klant. Dat kleine ding in haar luier, ze kon amper lopen... Iemand moet de kinderbescherming gebeld hebben, en dat was geen dag te vroeg. Die adoptie is het beste wat dat meisje ooit is overkomen.'

De waarheid zal ongetwijfeld een schok zijn voor Landry, die het in de pers zo vaak heeft gehad over een hereniging met haar al lang uit het oog verloren biologische moeder..." – dit is geschreven vóór Lula's dood,' legde Robin uit.

'Ja.' Strike sloeg afwezig de map dicht. 'Heb je zin om een eindje te gaan lopen?'

2

De camera's, hoog op hun palen, zagen eruit als boosaardige schoenendozen met één uitdrukkingsloos zwart oog. Ze wezen in tegengestelde richtingen en staarden heel Alderbrook Road af, waar het wemelde van de voetgangers en ander verkeer. Aan beide kanten van de straat deur na deur winkels, cafés en eettentjes. Dubbeldekkers reden af en aan over de busbanen.

'Hier is Bristows hardloper gefilmd,' observeerde Strike, die Alderbrook Road de rug toekeerde om de veel rustiger Bellamy Road in te kijken. De straat, met aan weerskanten hoge, paleisachtige huizen, voerde tot in het hart van de woonwijk Mayfair. 'Hij is twaalf minuten na haar val hier langsgelopen... Dit moet de snelste route zijn vanaf Kentigern Gardens. Er rijden hier nachtbussen. Een taxi is de beste optie. Niet dat het een slimme zet zou zijn om een taxi te nemen nadat je zojuist een vrouw hebt vermoord.'

Hij begroef zich weer in een beduimeld boekje met stadsplattegronden. Strike was kennelijk niet bang om voor toerist aangezien te worden. En mocht dat wel gebeuren, dacht Robin, dan zou het weinig uitmaken voor iemand met zijn postuur.

In de loop van haar korte uitzendcarrière had ze al diverse verzoeken gekregen die niet binnen haar secretaressecontract vielen, en daarom was ze een beetje nerveus geworden toen Strike voorstelde een eindje te gaan lopen. Maar gelukkig kon ze hem vrijspreken van flirterige bijbedoelingen. De lange wandeling naar deze plek had zich voltrokken in vrijwel volledige stilte, waarin Strike diep in gedachten verzonken leek te zijn en alleen zo nu en dan op zijn plattegrond keek.

Bij aankomst in Alderbrook Road had hij echter gezegd: 'Als je iets ziet of bedenkt wat mij is ontgaan, dan zeg je het wel, hè?'

Dat vond ze reuze spannend. Robin ging prat op haar scherpe observatievermogen; het was een van de redenen dat ze altijd het kinderlijke verlangen had gekoesterd het werk te doen waarmee de forse man naast haar de kost verdiende. Schrander keek ze de straat op en neer, en ze probeerde te visualiseren wat iemand in zijn schild gevoerd kon hebben om twee uur 's nachts in de sneeuw, bij temperaturen onder het vriespunt.

Maar voordat ze tot enig inzicht kon komen, zei Strike: 'Deze kant op', en zij aan zij liepen ze door Bellamy Road. Die maakte een flauwe bocht naar links en ze passeerden nog zo'n zestig vrijwel identieke huizen, allemaal met een glanzend zwarte deur, een kraakhelder wit trapje met aan weerszijden een korte leuning en een stenen bloembak met een strak in vorm gesnoeid boompje. Hier en daar waren marmeren leeuwen te zien, en koperen plaquettes waarop naam en beroep werden vermeld; achter de hoge ramen glommen kroonluchters en één openstaande deur onthulde een zwart-wit geblokte tegelvloer, olieverfschilderijen met gouden lijst en een klassieke trap.

Onder het lopen dacht Strike na over de informatie die Robin die ochtend op internet had weten te vinden. Zoals Strike al had vermoed, was Bristow niet eerlijk geweest toen hij hem verzekerde dat de politie geen moeite had gedaan om de hardloper en zijn handlanger op te sporen. Tussen de vele, vaak uitzinnige artikelen die online bewaard gebleven waren, zaten oproepen aan de bewuste mannen om zich te melden, maar die leken niets te hebben opgeleverd.

In tegenstelling tot Bristow beschouwde Strike dat niet als incompetentie van de kant van de politie of als een geval van 'plausibele moordverdachte gaat vrijuit'. Dat er een autoalarm was afgegaan rond de tijd dat de mannen op de vlucht sloegen zou er juist op kunnen duiden dat ze een goede reden hadden om niet met de politie te willen praten. Bovendien: Strike wist niet of Bristow bekend was met de wisselende kwaliteit van bewakingscamerabeelden, maar zelf had hij ruimschoots ervaring met frustrerend wazige zwart-witopnamen waaruit je onmogelijk enige gelijkenis met bestaande personen kon opmaken.

Het was Strike ook nog opgevallen dat Bristow met geen woord had gerept, ook niet in zijn aantekeningen, over het DNA-materiaal dat in de flat van zijn zus was aangetroffen. Het feit dat de politie de hardloper en zijn vriend had uitgesloten van nader onderzoek, deed Strike sterk vermoeden dat er in het appartement geen vreemde DNA-sporen waren aangetroffen. Maar hij wist ook dat mensen die krampachtig vasthielden aan hun eigen dwaalspoor kleinigheden als DNA-bewijsmateriaal met het grootste gemak aan de kant schoven om vervolgens te beginnen over complotten of verstoring van de plaats delict door de politie. Ze zagen wat ze wilden zien en waren blind voor de gemakkelijke, onverbiddelijke waarheid.

Maar Robins google-resultaten van die ochtend hadden een mogelijke verklaring voor Bristows fixatie op de hardloper opgeleverd. Zijn zusje was op zoek geweest naar haar afkomst en was erin geslaagd haar biologische moeder op te sporen, die op Strike overkwam als een behoorlijk onverkwikkelijk type, zelfs als je enige ruimte in acht nam voor de sensatiezucht van de pers. Onthullingen zoals Robin die op internet had aangetroffen waren zonder twijfel niet alleen vervelend voor Landry, maar voor haar hele adoptiegezin. Kwam het door Bristows labiele inslag (want Strike kon zichzelf moeilijk wijsmaken dat zijn cliënt erg evenwichtig overkwam) dat hij meende dat Lula, die het in zo veel opzichten erg goed getroffen had, het lot had getart? Dat ze om problemen had gevraagd door te proberen de geheimen van haar afkomst te doorgronden, dat ze een boze geest uit het verre verleden had opgeroepen, die was herrezen om haar te vermoorden? Had de aanwezigheid van een zwarte man in haar omgeving hem daarom zo dwarsgezeten?

Strike en Robin liepen steeds dieper de enclave der welgestelden in, tot ze bij de hoek van Kentigern Gardens kwamen. Het had, net als Bellamy Road, een aura van intimiderende, gereserveerde welvarendheid. De huizen waren hoog en victoriaans, van rode baksteen met witgepleisterde gevels, en met ramen met grote timpanen op alle vier de verdiepingen, elk met een eigen balkonnetje. Iedere entree had een witmarmeren portiek en een wit trapje van drie treden dat vanaf het trottoir naar alweer een zwartgelakte voordeur leidde. Alles was op kostbare wijze onderhouden, schoon en geordend. Er waren slechts enkele auto's geparkeerd; een bordje gaf aan dat voor dat privilege een vergunning vereist was.

Niet langer van de rest onderscheiden door politielint en samendrommende journalisten ging nummer 18 weer gelijk op met zijn elegante buren.

'Het balkon waar ze vanaf gevallen is, ligt op de bovenste verdieping,' zei Strike. 'Een meter of twaalf hoog, zou ik zeggen.'

Hij keek even peinzend naar de mooie gevel. De balkons op de bovenste drie verdiepingen, zag Robin, waren heel ondiep; er was nauwelijks ruimte om rechtop tussen de balustrade en de hoge ramen te staan.

'Het punt is,' zei Strike tegen Robin terwijl hij met samengeknepen ogen naar het balkon hoog boven hen tuurde, 'dat als je van die hoogte iemand naar beneden duwt, je niet de garantie hebt dat hij of zij doodvalt.'

'O! Nou...' wierp Robin tegen, en ze dacht even na over het afschuwelijke gat tussen het bovenste balkon en het harde wegdek.

'Je zou ervan staan te kijken. Ik heb een maand in een bed gelegen naast een kerel uit Wales die van een gebouw af was gewaaid dat ongeveer even hoog was. Benen en bekken verbrijzeld, een hoop inwendige bloedingen, maar hij is er nog.'

Robin gluurde even van opzij naar Strike terwijl ze zich afvroeg waarom hij een maand in bed gelegen had, maar de speurder zag het niet; hij stond nu met gefronste wenkbrauwen naar de voordeur te kijken.

'Toegangscode,' mompelde hij toen hij het metalen kastje met druktoetsen zag hangen, 'en een camera boven de deur. Bristow heeft niets gezegd over een camera. Kan nieuw zijn.'

Een paar minuten lang stond hij zijn theorieën af te wegen, daar voor de intimiderende stenen gevel van die peperdure forten. Waarom had Lula Landry er eigenlijk voor gekozen om hier te gaan wonen? Het bedaarde, traditionele, ouderwetse Kentigern Gardens was het natuurlijke domein van een heel ander slag rijken: Russische en Arabische oligarchen, bedrijfsmagnaten die hun tijd verdeelden tussen de stad en hun buitenhuis; schatrijke oude vrijsters die langzaam wegkwijnden tussen hun kunstcollecties. Hij vond het een merkwaardige keuze voor een meisje van drieëntwintig dat volgens alle artikelen die Robin die ochtend had voorgelezen optrok met hippe creatievelingen en haar wereldberoemde gevoel voor stijl eerder op straat dan in de schoonheidssalon had vergaard.

'Het ziet er wel heel streng bewaakt uit, hè?' zei Robin.

'Inderdaad. En dan waren er die bewuste nacht nog de paparazzi die de wacht hielden.'

Strike leunde tegen het zwarte hek van nummer 23 om nummer 18 beter te kunnen bekijken. De ramen van Landry's voormalige onderkomen waren hoger dan die op de verdiepingen daaronder, en op haar balkon stonden, in tegenstelling tot de andere twee, geen potten met gesnoeide boompjes. Strike viste een pakje sigaretten uit zijn zak en bood Robin er een aan. Ze schudde haar hoofd, verbaasd, want ze had hem op kantoor nooit zien roken. Nadat hij een sigaret had opgestoken en een diepe trek had genomen, zei hij met een strakke blik op de voordeur: 'Bristow denkt dat er die nacht iemand ongezien naar binnen en naar buiten is gegaan.'

Robin, die al had vastgesteld dat het gebouw onneembaar was, verwachtte dat Strike deze theorie honend zou afkraken, maar daarin vergiste ze zich.

'In dat geval,' zei Strike, zijn blik nog op de deur gericht, 'was het gepland – en goed ook. Niemand komt op puur geluk langs een meute fotografen, een toegangscode, een bewaker en een dichte tussendeur, en weer naar buiten. Het punt is' – hij krabde aan zijn kin – 'dat die mate van voorbedachte raad niet overeenstemt met zo'n lukraak gepleegde moord.'

Robin vond de keuze van zijn bijvoeglijke naamwoord nogal gevoelloos.

'Iemand van een balkon duwen doe je in een opwelling,' zei Strike, alsof hij had gemerkt hoe ze inwendig ineenkromp. 'In een vlaag van woede. Blinde woede.'

Hij vond Robins gezelschap genoeglijk en rustgevend, niet alleen omdat ze aan zijn lippen hing en ze het niet nodig had gevonden zijn stilzwijgen te doorbreken, maar omdat dat saffieren ringetje aan haar vinger een duidelijk stopteken was: tot hier en niet verder. Dat kwam hem uitstekend uit. Hij was vrij om indruk op haar te maken, een beetje pochen, en dat was een van de weinige geneugtes die hem nog restten.

'Maar wat als de moordenaar al binnen was?'

'Dat is een stuk plausibeler,' zei Strike, en Robin was trots op zichzelf. 'En als er al een moordenaar binnen was, hebben we de keus uit de bewaker zelf, een van de Bestigui's of een onbekende die zich in het pand schuilhield zonder dat iemand het wist. Mocht het een van de Bestigui's of Wilson geweest zijn, dan was binnenkomen en weggaan geen probleem; ze hoefden alleen maar terug te keren naar de plek waar ze thuishoorden. Dan was er nog wel het risico dat ze het zou overleven, dat ze alleen maar gewond zou zijn en het zou kunnen navertellen. Maar als een van hen de dader is, valt dat wel beter te rijmen met een moord uit woede, ongepland. Ruzie, gevolgd door een blinde duw.'

Strike rookte zijn sigaret op en bleef aandachtig naar de gevel van het pand staan kijken, in het bijzonder naar het gat tussen de ramen op de eerste verdieping en die op de derde. Hij dacht hoofdzakelijk aan Freddie Bestigui, de filmproducent. Volgens de informatie die Robin op internet had gevonden had Bestigui in zijn eigen bed liggen slapen toen Lula Landry twee verdiepingen hoger over het balkonhek tuimelde. Het feit dat Bestigui's echtgenote degene was die alarm geslagen had en had volgehouden dat de moordenaar nog boven moest zijn terwijl haar echtgenoot naast haar stond, impliceerde dat zij hem in ieder geval onschuldig achtte. Desalniettemin was niemand zo dicht bij het dode meisje geweest als Freddie Bestigui toen ze stierf. Strike had de ervaring dat leken vaak geobsedeerd naar een motief zochten, maar bij professionals prijkte 'gelegenheid' boven aan het lijstje.

Robin bevestigde onbewust haar burgerstatus door te vragen: 'Maar waarom zou iemand uitgerekend midden in de nacht ruzie met haar maken? Er is toch niets over bekend dat ze slecht met haar buren overweg kon? En Tansy Bestigui kan het nooit gedaan hebben, of wel? Waarom zou ze naar beneden hollen om de bewaker in te seinen als ze zojuist Lula van het balkon had geduwd?'

Strike gaf niet meteen antwoord. Hij leek zijn eigen gedachtespoor te volgen. Na een korte stilte zei hij: 'Bristow is gefixeerd op dat ene kwartier nadat zijn zus naar binnen was gegaan, toen de fotografen vertrokken waren en de bewaker de balie had verlaten omdat hij ziek was. Dat betekent dat je korte tijd ongemerkt door de lobby had kunnen lopen – maar hoe kon iemand van buitenaf weten dat Wilson niet op zijn post zat? De voordeur is niet van glas.'

'Bovendien,' onderbrak Robin hem pienter, 'zou je de code moeten weten om de voordeur open te maken.'

'Mensen worden gemakzuchtig. Als de bewakers de code niet regelmatig veranderen, kunnen hele hordes ongewenste figuren die inmiddels kennen. Laten we eens hierbeneden rondkijken.'

Zwijgend liepen ze naar het einde van Kentigern Gardens, waar ze een smal steegje aantroffen dat een beetje schuin achter langs Landry's huizenblok liep. Strike moest glimlachen toen hij de naam van de steeg zag: Serf's Way. Het pad was net breed genoeg voor één auto, en het was goed verlicht en verstoken van schuilplaatsen, met lange, hoge, gladde muren aan weerskanten van de kinderkopjes. Algauw kwamen ze bij een grote, elektrische garagedeur. Op de muur ernaast gaf een enorm bord met het opschrift PRIVÉ aan dat de ondergrondse parkeerplaatsen uitsluitend voor de bewoners van Kentigern Gardens bedoeld waren.

Toen ze volgens Strikes inschatting ruwweg ter hoogte van nummer 18 waren, nam hij een sprong, greep de bovenkant van de muur beet en trok zich omhoog tot hij in de lange rij keurig onderhouden tuintjes kon kijken. Tussen ieder lapje strak gemaaid gazon en het huis waar het bij hoorde lag, in de schaduw, een trapje naar het souterrain. Iemand die via de achterkant tegen een van de huizen naar boven zou willen klimmen had in Strikes ogen een ladder of een hulpje om hem een zetje te geven nodig, en een stevig touw.

Hij liet zich weer langs de muur omlaag glijden en onderdrukte een kreun van pijn toen hij op zijn beenprothese terechtkwam.

'Niks aan de hand,' zei hij als reactie op het bezorgde geluidje dat Robin voortbracht; ze had al gezien dat hij een beetje mank liep en vroeg zich af of hij soms zijn enkel verzwikt had.

Het gehobbel over de kinderkopjes was niet bepaald bevorderlijk voor de schuurplekken op het uiteinde van zijn stomp. Omdat zijn kunstenkel niet buigzaam was, was lopen op ongelijke ondergrond een stuk moeilijker. Strike vroeg zich wrang af of het nou echt nodig was geweest om zich op die muur te hijsen. Robin mocht dan een mooi meisje zijn, ze kon niet tippen aan de vrouw die hij recentelijk had verlaten.

3

‘En je weet zeker dat hij detective is? Want dat kan dus iedereen, hè, mensen googelen.’

Matthew was prikkelbaar na een lange werkdag, een ontevreden klant en een vervelende aanvaring met zijn nieuwe baas. Hij was niet blij met de in zijn ogen naïeve en misplaatste bewondering van zijn verloofde voor een andere man.

‘Híj heeft geen mensen gegoogeld,’ zei Robin. ‘Dat heb ik gedaan, terwijl hij aan een andere zaak werkte.’

‘Het hele verhaal klinkt me maar vreemd in de oren. Hij slaapt op zijn kantoor, Robin, vind je dat zelf ook niet een beetje verdacht klinken?’

‘Dat heb ik je al verteld: ik denk dat het net uit is met zijn vriendin.’

‘Ja, dat zal best,’ zei Matthew.

Robin stapelde hardhandig zijn bord op het hare en beende naar de keuken. Ze was kwaad op Matthew, en ook vaag geïrriteerd ten opzichte van Strike. Ze had gehoopt die dag Lula Landry’s kennisje op te sporen in cyberspace, maar achteraf gezien, door Matthews ogen, kreeg ze de indruk dat Strike haar een zinloos klusje had gegeven om de tijd te doden.

‘Ik bedoel er niks mee,’ zei Matthew vanuit de deuropening van de keuken. ‘Ik zeg alleen dat hij raar klinkt. En waar sloeg dat middagwandelingetje op?’

‘Het was geen “middagwandelingetje”, Matt. We zijn naar de plaats de... naar de plek gegaan waar de klant denkt dat er iets is gebeurd.’

‘Robin, je hoeft niet zo geheimzinnig te doen,’ zei Matthew lachend.

'Ik heb een geheimhoudingsverklaring getekend,' snauwde ze over haar schouder. 'Ik mag jou niets over de zaak vertellen.'

'*De zaak.*' Weer dat spottende lachje.

Robin liep stampend door het piepkleine keukentje en sloeg met de kastdeurtjes terwijl ze ingrediënten opborg. Nadat hij een poosje naar haar had staan kijken, kreeg Matthew het gevoel dat hij misschien onredelijk was geweest. Hij ging achter haar staan toen ze etensresten in de vuilnisbak stond te schrapen, sloeg zijn armen om haar heen, begroef zijn gezicht in haar nek en streelde de borst met de blauwe plekken die Strike per ongeluk had veroorzaakt en die Matthews kijk op de man onomkeerbaar hadden gekleurd. Hij mompelde verzoenende woordjes in Robins honingkleurige haar, maar ze maakte zich van hem los om de borden in de gootsteen te zetten.

Robin had het gevoel dat haar hele wereld in twijfel getrokken werd. Strike had geïnteresseerd geleken in de dingen die ze op internet had gevonden. Hij had zijn dankbaarheid getoond voor haar efficiëntie en het getoonde initiatief.

'Hoeveel echte sollicitaties heb je deze week?' vroeg Matthew terwijl ze de koude kraan opendraaide.

'Drie,' riep ze boven het geluid van het stromende water uit, verwoed het bovenste bord schrobbend.

Ze wachtte tot hij naar de huiskamer was gelopen voordat ze de kraan dichtdraaide. Er zat een stukje diepvrieserwt tussen de steentjes van haar verlovingsring, zag ze.

4

Strike kwam die vrijdagochtend om half tien bij Charlottes flat aan. Dat gaf haar, zo redeneerde hij, een half uur de tijd om de deur uit te zijn voordat hij kwam, aangenomen dat ze inderdaad van plan was om niet thuis te zijn, in plaats van hem op te wachten. De grote, voorname witte panden aan weerszijden van de hele straat, de platanen, de slagerij die in de jaren vijftig leek te zijn blijven steken, de eettentjes die druk gefrequenteerd werden door de hogere middenklasse, de strak ingerichte restaurants: het had in Strikes ogen altijd iets onwerkelijks en gekunstelds gehad. Misschien had hij diep in zijn hart steeds geweten dat hij niet zou blijven, dat hij hier niet thuishoorde.

Tot het moment dat hij de voordeur openmaakte, verwachtte hij haar binnen aan te treffen, maar zodra hij de drempel over was, wist hij dat het huis verlaten was. De stilte had die roerloosheid die niets anders uitdrukt dan de onverschilligheid van lege kamers en zijn voetstappen klonken vreemd en te luid toen hij de gang door liep.

Midden in de huiskamer stonden vier kartonnen dozen, al voor hem geopend ter inspectie. Dit waren zijn goedkope, nuttige bezittingen, bij elkaar gegooid als koopwaar voor een rommelmarkt. Hij tilde af en toe iets op om de diepere lagen te bekijken, maar zo te zien was er niets stukgegooid, kapotgescheurd of met verf besmeurd. Andere mensen van zijn leeftijd hadden een huis en een wasmachine, een auto en een televisie, meubelen en een tuin en een mountainbike en een grasmaaier; hij had vier dozen troep en een heleboel ongeëvenaarde herinneringen.

De stille kamer waar hij stond straalde een zelfverzekerde goede smaak uit, met zijn antieke tapijt en de lichte, huidkleurige muren, de verfijnde, donkere houten meubelen en de uitpuilende boekenkasten. De enige verandering die hij sinds zondag kon ontdekken bevond zich op het glazen bijzettafeltje naast de bank. Zondagavond had daar een foto gestaan van Charlotte en hemzelf, lachend op het strand van St. Mawes. Nu stond er een zwart-wit studioportret van Charlottes overleden vader, die vanuit het zilveren lijstje goedmoedig naar Strike glimlachte.

Boven de schoorsteenmantel hing een portret van Charlotte op achttienjarige leeftijd, in olieverf. Het was het gezicht van een Florentijnse engel in een wolk van lang, donker haar. Charlotte was afkomstig uit het soort familie dat schilders opdracht gaf de jeugd te vereeuwigen, een achtergrond die Strike volkomen vreemd was en die hij had leren kennen als een gevaarlijk buitenland. Van Charlotte had hij geleerd dat heel veel geld ook gepaard kan gaan met ongeluk en onbeschaafdheid. Haar familieleden, met hun verfijnde manieren, hun hoffelijkheid en flair, hun eruditie en bij gelegenheid flamboyante gedrag, waren nog gestoorder en eigenaardiger dan die van hem. Dat had een sterke band tussen hen gesmeed toen Charlotte en hij elkaar pas kenden.

Er kwam een vreemde, verdwaalde gedachte bij hem op nu hij naar dat portret keek: dat het om deze reden was geschilderd, zodat die grote, bruingroene ogen hem op een dag zouden nakijken als hij vertrok. Had Charlotte geweten hoe het zou voelen om in die lege flat rond te lopen onder de ogen van haar bloedmooie achttienjarige ik? Had ze beseft dat het schilderij zijn werk beter zou doen dan haar fysieke aanwezigheid?

Hij wendde zijn blik af en beende door naar de andere kamers, maar er viel niets meer voor hem te doen. Ieder spoor van hem, van zijn flossdraad tot zijn legerkisten, was weggehaald en in de dozen opgeborgen. De slaapkamer bekeek hij met bijzondere aandacht en de kamer keek naar hem terug met zijn donkere vloerplanken, witte gordijnen en de verfijnde kaptafel, rustig en beheerst. Het bed leek, net als het portret, een levende aanwezigheid. *Vergeet niet wat hier gebeurde, en wat nooit meer zal gebeuren.*

Hij zeulde de vier dozen een voor een naar de voordeur en bij de laatste ronde stond hij oog in oog met de voldaan grijnzende buurman, die net zijn eigen voordeur afsloot. Het was een man die rugbyshirts met opgezette kraag droeg en bulderde van het lachen om de eenvoudigste grapjes van Charlotte.

'Aan het opruimen?' vroeg hij.

Strike trok Charlottes deur stevig voor zijn neus dicht.

Voor de spiegel in de hal haalde hij de sleutels van zijn bos en legde ze zorgvuldig op het halvemaanvormige tafeltje, naast de schaal met potpourri. Strikes gezicht in het glas was gebarsten en vlekkerig, het rechteroog nog dik, geel met paars. Een stem van zeventien jaar geleden sprak hem toe in de stilte: 'Hoe heeft zo'n lelijke kop met schaamhaar het ooit voor elkaar gekregen om dát te scoren, Strike?' En het kwam hem zelf ook onmogelijk voor, terwijl hij daar stond in de hal die hij nooit meer zou zien.

Eén laatste moment van waanzin, de tijdsspanne tussen twee hartslagen, vergelijkbaar met het moment dat hem vijf dagen eerder achter haar aan had doen rennen, wilde hij hier blijven, ondanks alles, wachten tot ze terugkwam en dan haar volmaakte gezicht tussen zijn handen nemen en zeggen: 'Laten we het nog een keer proberen.'

Maar ze hadden het al zo vaak geprobeerd, en nog een keer en nog een keer en nog een keer, en wanneer de eerste huizenhoge golf van wederzijds verlangen was stukgeslagen, kwamen telkens weer de akelige wrakstukken van het verleden naar boven, die een schaduw wierpen over alles wat ze probeerden te herstellen.

Voor de laatste keer trok hij de voordeur achter zich dicht. De brallende buurman was verdwenen. Strike droeg de vier dozen het trapje af naar de stoep en wachtte op een taxi die hij kon aanhouden.

5

Strike had tegen Robin gezegd dat hij op haar laatste ochtend laat naar kantoor zou komen. Hij had haar de reservesleutel gegeven en gezegd dat ze zichzelf maar moest binnenlaten.

Ze was lichtelijk gekwetst geweest door zijn nonchalante gebruik van het woord 'laatste'. Hoe goed ze ook met elkaar konden opschieten – zij het op een omzichtige, professionele manier – en hoeveel opgeruimder zijn kantoor ook was, hoeveel schoner het afschuwelijke toilethokje op de gang was geworden, en hoeveel beter de bel beneden er ook uitzag zonder dat lullige, met plakband bevestigde strookje papier eronder maar in plaats daarvan zijn naam keurig getypt in het plastic houdertje (het had haar een half uur en twee gebroken nagels gekost om het eraf te pulken), hoe efficiënt ze ook zijn telefonische boodschappen had aangenomen en hoe intelligent ze ook met hem de vrijwel zeker niet-bestaande moordenaar van Lula Landry had besproken, dat woordje zei haar dat Strike evengoed de dagen had afgeteld tot hij van haar af zou zijn.

Dat hij zich geen tijdelijke secretaresse kon veroorloven was overduidelijk. Hij had maar twee klanten en was kennelijk dakloos (zoals Matthew maar bleef benadrukken, alsof op kantoor slapen een teken van ontaarding was); Robin zag uiteraard ook wel in dat het vanuit Strikes standpunt onzinnig zou zijn om haar aan te houden. Maar ze verheugde zich niet op maandag. Dan moest ze naar een vreemd nieuw kantoor (Temporary Solutions had het adres al doorgebeld), ongetwijfeld keurig, licht en druk, en net als de meeste kantoren vol met roddelende vrouwen die zich bezighielden met zaken die haar nog minder dan niets interesseerden. Robin mocht dan niet geloven in een moordenaar – en ze wist dat Strike er ook niet in geloofde –

het proces om aan te tonen dat die er niet was fascineerde haar.

Ze had deze hele week opwindender gevonden dan ze ooit aan Matthew zou opbiechten. Alles, zelfs twee keer per dag bellen naar Freddie Bestigui's productiemaatschappij BestFilms, waar haar verzoek om doorverbonden te worden met de producent herhaaldelijk was afgewezen, had haar een gevoel van gewichtigheid gegeven dat ze in haar beroepsleven zelden had ervaren. Robin was gefascineerd door de gedachtegang van andere mensen; ze was halverwege een studie psychologie geweest toen een onvoorzien incident een einde had gemaakt aan haar universitaire loopbaan.

Half elf en Strike was nog niet terug op kantoor, maar inmiddels zat er wel een dikke vrouw met een nerveuze glimlach, gekleed in een oranje jas en een paarse gebreide baret. Het was mevrouw Hook, een naam die Robin vertrouwd in de oren klonk omdat deze toebehoorde aan Strikes enige andere klant. Robin installeerde mevrouw Hook op de doorgezakte bank naast haar bureau en ging thee voor haar halen. (Na Robins beschrijving van de wellustige onderbuurman Crowdy had Strike goedkope kopjes en een doos eigen theezakjes aangeschaft.)

'Ik weet dat ik te vroeg ben,' zei mevrouw Hook voor de derde keer, waarna ze met vruchteloze minislokjes van haar kokendhete thee begon te nippen. 'Jou heb ik nooit eerder gezien, ben je nieuw?'

'Ik werk hier tijdelijk,' zei Robin.

'Zoals je wel geraden zult hebben: het gaat om mijn man,' zei mevrouw Hook zonder te luisteren. 'Jij ziet natuurlijk de hele dag door vrouwen zoals ik, hè? Die het ergste willen weten. Ik heb een eeuwigheid geaarzeld, maar je kunt het maar beter weten, nietwaar? Dat is het beste. Ik had verwacht dat Cormoran hier zou zijn. Is hij op pad voor een andere zaak?'

'Inderdaad,' zei Robin, die vermoedde dat Strike in werkelijkheid iets aan het doen was wat te maken had met zijn mysterieuze privéleven; hij had een zekere schichtigheid uitgestraald toen hij tegen haar zei dat hij later zou komen.

'Weet je wie zijn vader is?' vroeg mevrouw Hook.

'Nee, dat weet ik niet,' antwoordde Robin, in de veronderstelling dat ze het over de man van het arme mens hadden.

'Jonny Rokeby,' zei mevrouw Hook met een soort theatraal genoegen.

'Jonny Roke...' Robin hield haar adem in toen er twee dingen tegelijk tot haar doordrongen: mevrouw Hook had het over Strike, en Strikes enorme gestalte dook op dat moment op achter de glazen deur. Ze kon zien dat hij iets heel groots bij zich had.

'Een ogenblikje, mevrouw Hook,' zei ze.

'Wat is er aan de hand?' vroeg Strike van achter de kartonnen doos, nadat Robin de glazen deur door was gesneld en die achter zich dichttrok.

'Mevrouw Hook is hier,' fluisterde ze.

'Godver. Ze is een uur te vroeg.'

'Ik weet het. Ik dacht dat u misschien eerst uw kantoor een beetje zou willen... bekijken voordat u haar daar binnenlaat.'

Strike zette de kartonnen doos op de metalen vloer. 'Er staan nog meer dozen buiten,' zei hij.

'Ik help u wel even.'

'Nee, ga jij maar een beleefdheidsgesprekje voeren. Ze houdt van pottenbakken en denkt dat haar man het met zijn boekhoudster doet.'

Strike hinkte de trap af en liet de doos bij de glazen deur staan.

Jonny Rokeby, kon dat waar zijn?

'Hij komt eraan, hoor,' zei Robin opgewekt tegen mevrouw Hook terwijl ze weer plaatsnam aan haar bureau. 'Ik hoor net van meneer Strike dat u aan pottenbakken doet. Dat heb ik nou altijd al eens willen proberen...'

Vijf minuten lang luisterde Robin met een half oor naar de verhalen over de pottenbakcursus en de lieve, begripvolle jongeman die de lessen gaf. Toen ging de glazen deur open en kwam Strike binnen, niet langer belast met dozen en met een beleefde glimlach in de richting van mevrouw Hook, die opsprong om hem te begroeten.

'O, Cormoran, je oog!' zei ze. 'Heb je klappen gekregen?'

'Nee,' antwoordde Strike. 'Als u een ogenblikje hebt, mevrouw Hook, dan pak ik uw dossier erbij.'

'Ik weet dat ik te vroeg ben, Cormoran, en dat spijt me vreselijk... Ik heb vannacht geen oog dichtgedaan.'

'Geef mij uw kopje maar even, mevrouw Hook,' zei Robin, en ze slaagde erin de klant af te leiden in de tien tellen die Strike nodig had om door de tussendeur te glippen, zodat ze niets meekreeg van het kampeerbed, de slaapzak en de waterkoker.

Een paar minuten later kwam Strike terug, gehuld in een walm van kunstmatige limoen, en mevrouw Hook wierp een benauwde blik op Robin voordat ze achter hem aan zijn kantoor in liep. De deur viel achter hen dicht.

Robin ging weer aan het bureau zitten. De post van vanmorgen had ze al geopend. Ze draaide naar links en naar rechts op haar bureaustoel, richtte zich toen op de computer en opende Wikipedia. Toen, alsof ze er nauwelijks iets mee te maken had en ze zich niet bewust was van wat haar vingers deden, typte ze de twee namen in: *Rokeby Strike.*

Er verscheen meteen een site in beeld met bovenaan een zwartwitfoto van die onmiddellijk herkenbare man, al veertig jaar beroemd. Hij had een smal harlekijnsgezicht en een verwilderde blik in zijn gemakkelijk te karikaturiseren ogen, het linker een tikkeltje scheel vanwege een lui oog. Zijn mond stond wijd open, het zweet gutste langs zijn gezicht en zijn haar piekte alle kanten op terwijl hij in de microfoon brulde.

Jonathan Leonard 'Jonny' Rokeby, geb. 1 augustus 1948, is leadzanger van de seventies rockband The Deadbeats, die is opgenomen in de Rock and Roll Hall of Fame en is onderscheiden met meerdere Grammy Awards...

Strike leek helemaal niet op hem; de enige vage overeenkomst was dat beiden ongelijke ogen hadden, maar dat was bij Strike van voorbijgaande aard.

Robin scrolde verder.

... meermaals met platina onderscheiden album Hold it Back in

1975. De tournee door Amerika, die vele records brak, werd onderbroken door een drugsinval in LA en de arrestatie van nieuwe gitarist David Carr, met wie...

... tot ze bij **privéleven** was aanbeland:

Rokeby trouwde drie keer: met zijn vriendin van de kunstacademie Shirley Mullens (1969-1973), met wie hij één dochter, Maimie, heeft; met fotomodel, actrice en mensenrechtenactiviste Carla Astolfi (1975-1979), met wie hij twee dochters heeft: televisiepresentatrice Gabriella Rokeby en sieradenontwerpster Daniella Rokeby; en (1981-heden) met filmproducente Jenny Graham, met wie hij twee zonen heeft: Edward en Al. Rokeby heeft tevens een dochter, Prudence Donleavy, uit zijn relatie met de actrice Lindsey Fanthrope, en een zoon, Cormoran, samen met Leda Strike, supergroupie in de jaren zeventig.

Er klonk een snerpende gil in het kantoortje achter Robin. Ze sprong op, waardoor haar stoel op wieltjes wegrolde. Het gegil werd luider en scheller. Robin holde naar de tussendeur en rukte die open.

Mevrouw Hook, die ontdaan van haar oranje jas en paarse baret iets over haar spijkerbroek bleek te dragen wat nog het meest leek op een gebloemd pottenbakkersschort, had zich tegen Strikes borst geworpen en beukte er met haar vuisten op, waarbij ze een geluid als een fluitketel voortbracht. Er kwam geen einde aan het eentonige gegil, tot ze leek te moeten ademhalen als ze niet wilde stikken.

'Mevrouw Hook!' riep Robin, en ze pakte de vrouw van achteren bij de bovenarmen in een poging Strike te verlossen van zijn taak haar van zich af te houden. Maar mevrouw Hook was veel sterker dan ze eruitzag; ze mocht dan een korte adempauze hebben genomen, maar ze bleef Strike stompen tot hij geen andere keus zag dan haar polsen beet te pakken en ze in de lucht te houden.

Mevrouw Hook rukte zich los uit zijn niet al te stevige greep en stortte zich op Robin, jankend als een hond.

Robin klopte de snikkende vrouw zachtjes op de rug terwijl ze haar, met minuscule vorderingen, afvoerde naar de ruimte waar haar bureau stond. 'Stil maar, mevrouw Hook. Stil maar,' zei ze sussend terwijl ze haar op de bank liet zakken. 'Ik ga een kopje thee voor u halen. Stil maar.'

'Het spijt me verschrikkelijk, mevrouw Hook,' sprak Strike formeel vanuit de deuropening. 'Dit soort nieuws komt altijd hard aan.'

'Ik d-dacht dat het Valerie was,' jammerde mevrouw Hook, die haar handen om haar verfomfaaide hoofd had geslagen en heen en weer zat te wiegen op de krakende bank. 'Ik d-dacht dat het Valerie was, n-niet mijn eigen... n-niet mijn eigen zúster.'

'Ik ga thee halen,' fluisterde Robin vol afschuw.

Ze was al bijna de deur door met de waterkoker toen ze eraan dacht dat ze het levensverhaal van Jonny Rokeby nog had openstaan op de computer. Het zou raar zijn om midden in een crisis terug naar binnen te snellen en het weg te klikken, dus liep ze door in de hoop dat Strike het te druk zou hebben met mevrouw Hook om het op te merken.

Mevrouw Hook had nog eens drie kwartier nodig om haar tweede kop thee op te drinken en zich door de halfvolle rol toiletpapier heen te snikken die Robin van het toilet op de gang had meegepikt. Toen vertrok ze eindelijk, met de map vol belastende foto's en de lijst met details over de tijden en plaatsen waar ze waren genomen tegen zich aan geklemd terwijl ze nog altijd haar ogen bette.

Strike wachtte tot hij haar aan het einde van de straat zag verdwijnen en ging toen, opgewekt neuriënd, sandwiches halen voor zichzelf en Robin, die ze samen aan haar bureau opaten. Het was zijn vriendelijkste gebaar in de hele week dat ze voor hem werkte en Robin was ervan overtuigd dat dat kwam door het besef dat hij spoedig van haar verlost zou zijn.

'Wist je al dat ik vanmiddag de deur uit ben voor dat gesprek met Derrick Wilson?' vroeg hij.

'De bewaker die diarree had,' zei Robin. 'Ja, dat weet ik.'

'Jij zult wel vertrokken zijn als ik terugkom, dus ik zal dadelijk alvast je urenbriefje tekenen. En eh, nog bedankt voor...' Strike knikte naar de nu verlaten bank.

'O, graag gedaan. Het arme mens.'

'Ja. Maar ze kan het nu in ieder geval aantonen. En,' vervolgde hij, 'ook nog bedankt voor alles wat je deze week hebt gedaan.'

'Dat is mijn werk,' zei Robin luchtig.

'Als ik een secretaresse kon betalen... maar jij harkt straks vast een dik salaris binnen als rechterhand van een of andere hoge pief.'

Robin voelde zich merkwaardig beledigd. 'Zo'n soort baan zou ik nooit willen,' zei ze.

Er viel een enigszins gespannen stilte.

Strike voerde een innerlijke strijd. Het was een somber vooruitzicht dat Robins bureau de komende week leeg zou zijn, want hij vond haar gezelschap aangenaam, ze was niet veeleisend en haar efficiëntie was verfrissend, maar het zou toch treurig zijn, om maar te zwijgen van verkwistend, om voor haar gezelschap te betalen, als een of andere rijke, oubollige magnaat? Temporary Solutions harkte een torenhoge commissie binnen, en Robin was een luxe die hij zich niet kon veroorloven. Het feit dat ze hem niet had uitgehoord over zijn vader (Strike had de Wikipedia-pagina over Jonny Rokeby gezien op het computerbeeldscherm) had zijn waardering voor haar nog versterkt; het getuigde van een terughoudendheid waarover slechts weinigen beschikten en voor Strike was dat een criterium dat hij vaak gebruikte om nieuwe kennissen te beoordelen. Maar het mocht geen verschil maken voor de kille, praktische kant van de situatie: ze zou moeten vertrekken.

En toch had hij nu bijna hetzelfde gevoel als die keer dat hij er als jochie van elf in was geslaagd in Trevaylor Woods een ringslang te vangen. Hij had aanhoudend en smekend zijn tante Joan bewerkt: 'Toe, mag ik hem alstublieft houden? Alstubliéft...?'

'Nou, dan ga ik maar,' zei hij nadat hij Robins urenbriefje had getekend en zijn sandwichverpakking samen met het lege waterflesje in de prullenbak onder haar bureau had gegooid. 'Bedankt voor alles, Robin. Veel succes met het vinden van een baan.'

Hij pakte zijn jas en vertrok door de glazen deur.

Boven aan de trap, precies op de plek waar hij haar bijna had omgebracht en meteen daarna gered, bleef hij staan. Zijn instinct klauwde naar hem als een bedelende hond.

De glazen deur achter hem vloog met een klap open en hij draaide zich om. Robin zag vuurrood.

'Moet u horen,' zei ze. 'We zouden onderling iets kunnen regelen. Temporary Solutions ertussenuit laten, zodat u mij rechtstreeks betaalt.'

'Dat hebben ze bij zo'n uitzendbureau niet graag. Straks willen ze je niet meer in hun bestand hebben.'

'Geeft niet. Ik heb volgende week drie sollicitatiegesprekken voor een vaste baan. Als u het goedvindt dat ik vrij neem voor die gesprekken...'

'Ja, geen probleem,' zei hij voordat hij het wist.

'Dan zou ik nog een week of twee kunnen blijven.'

Een stilte. Zijn gezonde verstand ging een korte, hevige strijd aan met zijn instinct en zijn gevoel, en het verstand moest het onderspit delven.

'Ja... oké. Kun je in dat geval nog eens proberen Freddie Bestigui te pakken te krijgen?'

'Ja, natuurlijk.' Robin verborg haar vreugde achter een masker van kalme efficiëntie.

'Dan zie ik je maandag.'

Het was de eerste keer dat hij naar haar durfde te grijnzen. Eigenlijk zou hij kwaad op zichzelf moeten zijn, maar toch had Strike nergens spijt van toen hij de koele middaglucht in stapte, met een vreemd gevoel van hernieuwd optimisme.

6

Strike had ooit geprobeerd het aantal scholen te tellen waarop hij in zijn jeugd had gezeten en was tot zeventien gekomen, met het vermoeden dat hij er een paar vergat. En dan telde hij de korte periode van verondersteld thuisonderwijs niet mee, in de twee maanden dat hij met zijn moeder en zijn halfzusje in een kraakpand aan Atlantic Road in Brixton had gewoond. Zijn moeders toenmalige vriend, een blanke rastamuzikant die zichzelf Shumba had gedoopt, was van mening dat het schoolsysteem slechts een versterking bracht van de patriarchale en materialistische normen en waarden die zijn niet-officiële stiefkinderen niet mochten aantasten. De belangrijkste les die Strike gedurende zijn twee maanden thuisonderwijs had geleerd was dat cannabis de gebruiker suf en paranoïde kan maken, zelfs wanneer het spiritueel werd toegediend.

Nu nam hij een onnodige omweg langs Brixton Market op weg naar het eetcafé waar hij Derrick Wilson zou treffen. De vislucht in de overdekte winkelgalerij, de kleurrijke open gevels van de supermarkten, wemelend van de onbekende vruchten en groentes uit Afrika en het Caribisch gebied, de halalslagers en de kapperszaken waar grote foto's van ingewikkelde vlechtjes en krullen hingen en de etalages waren gevuld met vele rijen piepschuimen hoofden met pruiken erop: dat alles voerde Strike zesentwintig jaar terug in de tijd, naar de maanden waarin hij door Brixton had gezworven met Lucy, zijn kleine halfzusje, terwijl zijn moeder en Shumba suf op de vuile kussens in het kraakpand lagen en helemaal van de wereld de belangrijke spirituele concepten doornamen waarin de kinderen onderricht moesten worden.

Toen Lucy zeven was, wilde ze dolgraag net zulk haar als de Caribische meisjes. Tijdens de lange rit terug naar St. Mawes, de reis die een eind had gemaakt aan hun leven in Brixton, had ze haar hevige verlangen naar een hoofd vol vlechtjes geuit vanaf de achterbank van de Morris Minor van oom Ted en tante Joan. Strike herinnerde zich nog de rustige, instemmende reactie van tante Joan, die had gezegd dat vlechtjes inderdaad heel mooi waren, met een fronsrimpel tussen haar wenkbrauwen die zichtbaar was via de binnenspiegel. Joan had altijd haar best gedaan, in de loop der jaren met steeds minder succes, om hun moeder niet af te vallen waar de kinderen bij waren. Strike was er nooit achter gekomen hoe oom Ted had ontdekt waar ze woonden; hij wist alleen dat Lucy en hij, nadat ze zichzelf op een middag hadden binnengelaten in het kraakpand, de reusachtige broer van hun moeder midden in de kamer hadden zien staan, die dreigde Shumba een bloedneus te slaan. Binnen twee dagen keerden Lucy en hij terug naar de lagere school in St. Mawes waar ze met tussenpozen jaren hadden gezeten. Ze pakten de draad met oude vriendjes op alsof ze nooit weg waren geweest en ontdeden zich rap van het accent dat ze ter camouflage hadden aangeleerd op de zoveelste plek waar Leda hen mee naartoe had genomen.

Strike had de routebeschrijving die Derrick Wilson hem via Robin had gegeven niet nodig, hij kende Phoenix Café op Coldharbour Lane nog van vroeger. Shumba en zijn moeder hadden hem er zo nu en dan mee naartoe genomen. Het was een soort schuur, piepklein en bruingeschilderd, waar je (als je tenminste niet, zoals Shumba en zijn moeder, uitsluitend vegetarisch at) een groot en verrukkelijk warm ontbijt kon bestellen, de eieren en bacon hoog opgetast, de thee zo donker als ebbenhout. Het was er nog bijna precies zoals in zijn herinnering: knus, behaaglijk en smoezelig, met nephouten formica tafeltjes die weerkaatst werden in de spiegelwanden, een donkerrood-met-wit geblokte, vlekkerige tegelvloer en een tapiocageel plafond met een laag schimmelig behang erop. De kleine, gedrongen serveerster had kort, ontkroesd haar en droeg bungelende oorbellen van oranje plastic; ze ging opzij om Strike erdoor te laten.

Een Caribische man met een fors postuur zat in zijn eentje aan een tafel de *Sun* te lezen, onder een plastic klok met de reclameopdruk *Pukka Pies*.

'Derrick?'

'Ja... Ben jij Strike?'

Strike drukte Wilsons grote, droge hand en ging zitten. Hij schatte dat Wilson staand bijna net zo lang was als hij. Zowel spieren als vet bolden de mouwen op van het sweatshirt van de bewaker. Hij had heel kort geknipt haar, was gladgeschoren en had kleine, amandelvormige ogen. Strike bestelde de vleespastei met aardappelpuree die werd aanbevolen op het met de hand volgekrabbelde schoolbord dat tegen de achterwand hing, blij dat hij de 4,75 pond als onkosten kon opvoeren.

'Ja, de pastei met puree is hier heel lekker,' zei Wilson.

Een lichte Caribische zangerigheid kleurde zijn Londense accent. Hij had een zware, rustige, afgemeten stem. Strike kon zich voorstellen dat hij in een bewakersuniform iets geruststellends uitstraalde.

'Bedankt dat je wilde komen. John Bristow is niet tevreden over de uitkomst van het onderzoek naar de dood van zijn zusje. Hij heeft mij ingehuurd om nog eens naar het bewijsmateriaal te kijken.'

'Ja,' zei Wilson, 'dat weet ik.'

'Hoeveel heeft hij je betaald om met mij te praten?' vroeg Strike langs zijn neus weg.

Wilson knipperde met zijn ogen en grinnikte even schuldbewust, diep vanuit zijn keel.

'Een geeltje,' zei hij. 'Ach, als hij zich er nou beter bij voelt, weet je wel? Het verandert niets. Ze heeft zelfmoord gepleegd. Maar kom maar op met je vragen, ik vind het niet erg.'

Hij sloeg de krant dicht. Op de voorpagina prijkte een foto van een vermoeid uitziende Gordon Brown met wallen onder zijn ogen.

'Je hebt natuurlijk alles al met de politie doorgenomen,' zei Strike terwijl hij zijn notitieboekje opensloeg en het naast zijn bord neerlegde, 'maar het zou voor mij fijn zijn om uit de eerste hand te horen wat er die avond is gebeurd.'

'Geen probleem. En Kieran Kolovas-Jones komt misschien ook nog,' zei Wilson.

Hij leek te denken dat Strike wist wie dat was.

'Wie?' vroeg Strike.

'Kieran Kolovas-Jones, dat was Lula's vaste chauffeur. Hij wil ook met je praten.'

'Goed, fijn,' zei Strike. 'Hoe laat komt hij?'

'Weet ik niet, hij moest nog een klant rijden. Hij komt zodra hij weg kan.'

De serveerster zette een beker thee voor Strike neer, die haar bedankte en met zijn pen klikte. Voordat hij iets kon vragen zei Wilson: 'Je hebt in het leger gezeten, hoorde ik van Bristow.'

'Klopt.'

'Mijn neefje zit in Afghanistan.' Wilson nam een slokje van zijn thee. 'In Helmand.'

'Welk regiment?'

'Communicatie-eenheid.'

'Hoe lang zit hij er al?'

'Vier maanden. Zijn moeder kan er niet van slapen,' zei Wilson. 'Waarom ben jij teruggekomen?'

'Mijn been is eraf geknald,' antwoordde Strike met ongebruikelijke eerlijkheid.

Het was slechts een deel van de waarheid, maar wel het deel dat het makkelijkst uit te leggen was aan onbekenden. Hij had kunnen blijven, ze hadden hem graag gehouden, maar het verlies van zijn kuit en zijn voet had slechts de beslissing versneld die hij al een paar jaar naderbij had voelen sluipen. Hij had beseft dat zijn persoonlijke omslagpunt steeds dichterbij kwam, dat moment waarop het hem te zwaar zou vallen om te vertrekken, om zich nog aan te passen aan het burgerleven. In het leger werd je in de loop der jaren gevormd, bijna onmerkbaar, gekneed tot een oppervlakkige conformiteit die het makkelijker maakte je te laten meevoeren door de vloedgolf van het militaire bestaan. Strike was er nooit helemáál in ondergedompeld en hij had ervoor gekozen op te stappen voordat het zover kwam. Desondanks dacht hij terug aan de SIB, de Special

Investigation Branch, met een weemoed die niet werd aangetast door het verlies van zijn halve been. Hij zou zich Charlotte graag met diezelfde ongecompliceerde genegenheid hebben herinnerd.

Wilson nam Strikes verklaring met een traag hoofdknikje in ontvangst. 'Heftig,' zei hij met zijn zware stem.

'Ik ben er nog goed van afgekomen in vergelijking met sommige anderen.'

'Ja. Een jongen in het peloton van mijn neef is twee weken geleden opgeblazen.' Wilson nam een slokje van zijn thee.

'Kon je goed met Lula Landry opschieten?' vroeg Strike, met zijn pen in de aanslag. 'Zag je haar vaak?'

'Alleen als ze langs de balie liep. Ze zei altijd hallo en alsjeblieft en dank je wel, en dat kan ik van een heleboel van die rijke eikels niet zeggen,' antwoordde Wilson laconiek. 'Het langste gesprek dat we ooit hebben gevoerd, ging over Jamaica. Ze dacht erover om daar een klus aan te nemen en vroeg me waar ze het beste zou kunnen overnachten, en hoe het daar was. En ik heb een handtekening gekregen voor mijn neef Jason, voor zijn verjaardag. Op een kaart die ik naar Afghanistan heb gestuurd. Drie weken voor haar dood was dat. Na de handtekening informeerde ze telkens naar Jason, bij naam, en dat vond ik zo leuk van haar, snap je? Ik doe al tamelijk lang beveiligingswerk. Je hebt lui die verwachten dat je een kogel voor ze opvangt, maar je naam onthouden is te veel gevraagd. Ja, ze was oké.'

Strikes eten werd gebracht, dampend heet. De twee mannen namen een moment van respectvol stilzwijgen in acht terwijl ze naar het overvolle bord keken. Het water liep hun in de mond. Strike pakte zijn mes en vork op en zei: 'Kun je met me doornemen wat er precies is gebeurd op de avond voor Lula's dood? Ze ging de deur uit – hoe laat?'

De beveiligingsman krabde peinzend aan zijn onderarm en schoof de mouw van zijn sweatshirt omhoog; Strike zag tatoeages van kruizen en initialen.

'Het zal een uur of zeven zijn geweest. Ze was met die vriendin van d'r, Ciara Porter. Ik weet nog dat meneer Bestigui binnenkwam toen ze de deur uit gingen. En dat is me bijgebleven omdat hij iets tegen Lula zei. Ik kon het niet verstaan, maar het stond haar niet aan. Dat zag ik aan de blik op haar gezicht.'

'Wat voor blik?'

'Beledigd.' Wilson had het antwoord meteen klaar. 'Ik zag die twee, Lula en Porter, via de monitor in hun auto stappen. We hebben namelijk een camera boven de deur hangen. Die is verbonden met een monitor op de balie, zodat we kunnen zien wie er aanbelt om binnengelaten te worden.'

'Neemt die camera ook op? Kan ik de beelden bekijken?'

Wilson schudde het hoofd. 'Zoiets wilde Bestigui niet boven z'n deur hebben. Geen opnameapparatuur. Hij was de eerste die daar een flat kocht, nog voordat ze de andere helemaal klaar hadden, dus had hij er wel wat over te vertellen.'

'Die camera is dus eigenlijk niets meer dan een veredeld spionnetje?'

Wilson knikte. Er liep een heel smal litteken van vlak onder zijn linkeroog tot halverwege zijn jukbeen. 'Ja. Dus ik zag die twee in de auto stappen. Kieran, die straks ook hierheen komt, reed die avond niet. Hij moest namelijk Deeby Macc ophalen.'

'Wie was die avond haar chauffeur?'

'Een zekere Mick, van Execars. Ze had hem al eerder gehad. Ik zag al die fotografen rond de auto heen drommen toen ze wegreden. Ze liepen daar al de hele week rond omdat ze wisten dat Lula weer terug was bij Evan Duffield.'

'Wat deed Bestigui toen Lula en Ciara weg waren?'

'Hij kwam bij mij zijn post ophalen en ging naar boven, naar zijn appartement.'

Strike legde na iedere hap zijn vork neer om aantekeningen te maken. 'Is er daarna nog iemand binnengekomen of vertrokken?'

'Ja, de mannen van de catering. Die waren bij het echtpaar Bestigui geweest omdat zij die avond gasten kregen. Een Amerikaans stel is even na achten aangekomen en doorgelopen naar flat 1, en er is niemand in of uit gegaan tot ze vertrokken. Dat was tegen middernacht. Verder heb ik geen mens gezien voordat Lula thuiskwam, rond half twee.

Ik hoorde de paparazzi buiten haar naam roepen. Het waren er behoorlijk wat tegen die tijd. Een deel van hen was haar gevolgd vanaf die nachtclub, en een hele hoop anderen stonden al beneden te wachten op de komst van Deeby Macc. Hij had eigenlijk rond half een moeten komen. Lula belde aan en ik liet haar binnen.'

'Toetste ze niet gewoon de code in?'

'Niet met al die figuren om zich heen, ze wilde snel naar binnen. Ze riepen van alles en duwden haar.'

'Had ze ze niet kunnen ontlopen door via de ondergrondse parkeergarage naar binnen te gaan?'

'Jawel, dat deed ze soms als Kieran haar reed, want ze had hem een afstandsbediening voor de garagedeuren gegeven. Maar Mick had die niet, dus moest ze door de voordeur naar binnen.

Ze begroette me en ik vroeg nog of het sneeuwde, want ze had witte vlokken in haar haar. Ze liep te bibberen in dat blote jurkje van d'r. Ze antwoordde dat het flink vroor, zoiets. Toen zei ze: "Ik wou dat ze verdomme opflikkerden. Blijven ze hier de hele nacht staan?" Dat ging over de paparazzi. Ik zei dat ze op Deeby Macc stonden te wachten, dat hij laat was. Ze leek nogal pissig te zijn. Toen stapte ze in de lift en ging naar haar flat.'

'Ze was pissig, zei je?'

'Behoorlijk.'

'Suïcidaal pissig?'

'Nee,' antwoordde Wilson. 'Gewoon pissig.'

'En toen?'

'Toen,' zei Wilson, 'moest ik naar achteren. Ik kreeg flink last van mijn darmen. Ik moest naar de wc. Nodig, je weet wel. Robson had me aangestoken, met buikgriep of zo. Ik ben een kwartier weg geweest. Kon niet anders. Nog nooit zo aan de schijterij geweest als toen.

Ik zat nog op de plee toen het geschreeuw begon. Nee,' verbeterde hij zichzelf, 'eerst hoorde ik een klap. Een harde klap in de verte. Later begreep ik dat dat het lichaam – Lula bedoel ik – moet zijn geweest.

Daarná begon het geschreeuw, steeds harder, het kwam van boven aan de trap. Dus ik hees mijn broek op en rende de hal in, en daar stond zij van Bestigui, trillend en krijsend alsof ze knettergek geworden was, in haar ondergoed. Ze zei dat Lula dood was en dat ze van haar balkon was geduwd door een man in haar flat.

Ik droeg haar op te blijven waar ze was en rende naar buiten. En daar lag ze. Midden op de weg, met haar gezicht in de sneeuw.'

Wilson goot zijn laatste slok thee naar binnen en bleef de beker in zijn grote hand vasthouden terwijl hij zei: 'Haar halve hoofd was verbrijzeld. Bloed in de sneeuw. Ik zag dat haar nek gebroken was. En dan was er... ja.'

Het was alsof de zoete, onmiskenbare lucht van mensenhersenen Strikes neusgaten vulde. Hij had die vaak geroken. Een lucht die je nooit meer vergat.

'Ik ben naar binnen gehold,' zei Wilson. 'Die twee van Bestigui stonden allebei in de lobby. Hij probeerde haar naar boven te sturen, zich te laten aankleden, ze stond nog steeds te janken. Ik heb hem opdracht gegeven de politie te bellen en de lift in de gaten te houden voor het geval de dader naar beneden probeerde te komen.

Toen ben ik achter de moedersleutel van de appartementen gaan halen en naar boven gerend. Niemand te zien in het trappenhuis. Ik maakte de deur van Lula's flat open...'

'Had je er nog aan gedacht iets mee te nemen voor het geval je je zou moeten verweren?' viel Strike hem in de rede. 'Ik bedoel, als je dacht dat er iemand binnen was... Iemand die zojuist een vrouw had vermoord?'

Er viel een stilte, de langste tot nu toe.

'Ik dacht niet dat dat nodig was,' zei Wilson. 'Ik kon hem makkelijk aan, leek me.'

'Wie?'

'Duffield,' zei Wilson zacht. 'Ik verwachtte Duffield boven aan te treffen.'

'Waarom?'

'Ik dacht dat hij binnengekomen moest zijn toen ik op de wc zat. Hij had de toegangscode. Ik nam aan dat hij naar boven gegaan was en dat zij hem had binnengelaten. Ik had die twee al vaker horen ruziën. Ik had hem gehoord als hij kwaad was. Ja, ik dacht dat hij haar had geduwd.

Maar toen ik binnenkwam, was er niemand in de flat. Ik heb in alle kamers gekeken en ze waren allemaal leeg. Zelfs de kasten heb ik opengetrokken. Niks.

Het raam in de huiskamer stond wijd open. Het vroor die nacht. Ik heb niks aangeraakt, ben de flat uit gelopen en heb op het knopje van de lift gedrukt. De deuren gingen meteen open, de lift was dus nog op haar verdieping. Leeg.

Toen ben ik weer naar beneden gerend, over de trap. De Bestigui's waren in hun flat toen ik langs de deur liep, ik hoorde ze. Zij jankte nog en hij ging nog steeds tegen haar tekeer. Ik wist niet of ze de politie al gebeld hadden, dus ik heb mijn mobiel van de balie gegrist en ben weer naar de voordeur gegaan, naar Lula, omdat... Nou ja, ik liet haar niet graag alleen. Ik was van plan buiten de politie te bellen, om me ervan te verzekeren dat ze zouden komen. Maar ik hoorde al een sirene voordat ik één cijfer had ingetoetst. Ze waren er snel bij.'

'Dus een van de Bestigui's had de politie gebeld?'

'Ja, hij. Het waren twee geüniformeerde agenten in een kleine surveillancewagen.'

'Oké,' zei Strike, 'even voor alle duidelijkheid: geloofde jij mevrouw Bestigui toen ze zei dat ze meende een man gehoord te hebben in Lula's flat?'

'Jazeker,' zei Wilson.

'Waarom?'

Wilson fronste licht zijn voorhoofd en keek over Strikes rechterschouder naar de straat.

'Op dat punt had ze toch nog geen bijzonderheden genoemd?' vroeg Strike. 'Over wat ze aan het doen was toen ze die man hoorde? Geen verklaring voor het feit dat ze om twee uur 's nachts wakker was?'

'Nee,' zei Wilson. 'Dat soort verklaringen gaf ze sowieso nooit. Het ging me meer om haar gedrag, weet je wel? Hysterisch. Trillend als een natte hond. Ze zei steeds weer: "Er is een man daarboven, hij heeft haar geduwd." Ze was echt bang.

Maar er was niemand, dat zweer ik je op het leven van m'n kinderen. Niemand in de flat, niemand in de lift. Als er iemand was geweest, waar is hij dan gebleven?'

'Dus de politie kwam.' Strike keerde in gedachten terug naar die donkere, besneeuwde straat en het geknakte lijk. 'En toen?'

'Toen Tansy Bestigui door het raam de politieauto zag, kwam ze meteen terug naar beneden in haar ochtendjas, op de voet gevolgd door haar man. Ze rende de straat op, in de sneeuw, en begon te brullen dat er een moordenaar in het pand was.

Intussen ging in de buurt overal licht aan. Gezichten voor de ramen. De halve straat was wakker geworden. Mensen kwamen naar buiten.

Een van de agenten bleef bij het lijk en deed een oproep voor versterking terwijl de andere politieman met ons – de Bestigui's en ik – terug naar binnen ging. Hij droeg die twee op om in hun eigen flat te wachten en vroeg mij om hem het hele gebouw te laten zien. We zijn weer naar de bovenste verdieping gegaan, waar ik Lula's deur openmaakte en de politieman de flat en het open raam liet zien. Hij is alles nagelopen. Ik heb hem ook laten zien dat de lift nog op haar verdieping was. Daarna zijn we via de trap naar beneden gegaan. Hij informeerde naar de middelste flat, dus heb ik de deur opengemaakt met mijn moedersleutel.

Toen we binnenkwamen, was het donker en het alarm ging af. Voordat ik het lichtknopje had gevonden of bij het alarmpaneel kon komen, knalde die agent recht tegen het tafeltje dat midden in de hal stond en stootte er een joekel van een vaas met rozen vanaf. Die ging aan diggelen, het glas en het water en de bloemen vlogen alle kanten op. Dat heeft later nog een hoop gedonder gegeven...

We hebben daar rondgekeken. Niks te zien, alle kasten en kamers leeg. De ramen waren dicht en vergrendeld. Vervolgens zijn we teruggegaan naar de hal beneden.

Daar was intussen meer politie, agenten in burger. Ze wilden de sleutel van de sportzaal en het zwembad en van de parkeergarage. Een van de politiemannen heeft Tansy Bestigui een verklaring afgenomen, een andere was naar buiten gegaan om nog meer versterking op te roepen omdat er steeds meer buurtbewoners naar buiten kwamen en de helft van die lui al stond te bellen en te fotograferen. De agenten in uniform probeerden iedereen terug naar binnen te loodsen. Het sneeuwde heel hard...

Toen de forensische dienst kwam, hebben ze het lijk afgeschermd met een tent. De pers was er rond dezelfde tijd. De politie heeft de halve straat afgezet met linten en geblokkeerd met hun auto's.'

Strike had zijn bord tot de laatste kruimel leeggegeten. Hij schoof het opzij, bestelde voor hen allebei een verse kop thee en pakte zijn pen weer op. 'Hoeveel mensen werken er op nummer achttien?'

'Drie bewakers: Colin McLeod, Ian Robson en ik. We werken in ploegendienst, er is altijd iemand aanwezig, vierentwintig uur per dag. Ik zou eigenlijk vrij zijn die avond, maar Robson belde me om een uur of vier 's middags om te zeggen dat hij buikgriep had. Hij had het flink te pakken. Dus ben ik gebleven voor een extra dienst. De maand ervoor was hij voor me ingevallen toen ik een familiekwestie moest oplossen, en hij had nog wat van me te goed.

Dus eigenlijk had ik daar helemaal niet moeten zijn,' zei Wilson, en hij bleef even zwijgend zitten peinzen over de manier waarop het had kunnen verlopen.

'Konden de andere bewakers goed met Lula opschieten?'

'Ja, zij zullen allemaal hetzelfde verhaal vertellen als ik. Een aardige meid.'

'Werkt er verder nog iemand in het pand?'

'Twee Poolse schoonmaaksters. Spreken allebei slecht Engels. Daar krijg je niet veel uit.'

Wilsons verklaring, dacht Strike terwijl hij een aantekening maakte in een van de SIB-notitieblokken die hij stiekem had meegepikt tijdens een van zijn laatste bezoekjes aan Aldershot, was van ongebruikelijk hoge kwaliteit: bondig, nauwkeurig en opmerkzaam. Er waren maar weinig mensen die echt antwoord gaven op de vragen die hun werden gesteld, en nog minder die hun gedachten zo konden ordenen dat er geen vervolgvraag nodig was om de gewenste informatie te verkrijgen. Strike was gewend om archeoloog te spelen in de ruïnes van de getraumatiseerde herinneringen van anderen; hij had zichzelf uitgeroepen tot vertrouwenspersoon van misdadigers, had doodsbange mensen geïntimideerd, gevaarlijke figuren uit hun tent gelokt en valstrikken gezet voor sluwe verdachten. Deze vaardigheden had hij geen van alle nodig voor Wilson, die bijna te goed leek voor de zinloze zoektocht vanwege John Bristows paranoia.

Maar Strikes grondigheid was niet zomaar af te leren. Het zou niet bij hem opkomen om dit gesprek af te raffelen, net zomin als de hele dag in zijn onderbroek op zijn kampeerbedje te gaan liggen roken. Niet alleen de klant, maar ook hijzelf verdiende respect, en het was te danken aan die instelling, in combinatie met zijn training, dat hij te werk ging met een nauwgezetheid die hem in het leger zowel gevierd als gehaat had gemaakt.

'Kunnen we dit verhaal even onderbreken om de dag voor haar dood door te nemen? Hoe laat kwam je op je werk?'

'Negen uur, zoals altijd. Ik had dienst na Colin.'

'Is er een logboek waarin wordt bijgehouden wie het gebouw in en uit gaan?'

'Ja, dat wordt van iedereen behalve de bewoners genoteerd. Het logboek ligt op de balie.'

'Weet je nog wie er die dag in het gebouw zijn geweest?'

Wilson aarzelde.

'John Bristow was vroeg in de ochtend bij zijn zus langsgegaan, toch?' spoorde Strike hem aan. 'Maar ze had jou opdracht gegeven hem niet binnen te laten.'

'Dus dat heeft hij je verteld?' Wilson leek enigszins opgelucht. 'Ja, dat klopt. Maar ik had met hem te doen, snap je? Hij moest haar een contract teruggeven en daar maakte hij zich nogal druk om, dus heb ik hem naar boven laten gaan.'

'Was er verder nog iemand binnen, voor zover je weet?'

'Ja, Lechsinka was er al. Dat is een van de schoonmaaksters. Ze komt altijd om zeven uur, ze was het trappenhuis aan het dweilen toen ik binnenkwam. Verder niemand, tot de man van het beveiligingsbedrijf het alarm kwam testen. Dat laten we elk half jaar doen. Hij was er om een uur of half tien.'

'Was dat iemand die je kende, de man van het beveiligingsbedrijf?'

'Nee, het was een nieuwe. Heel jong nog. Ze sturen steeds iemand anders. Mevrouw Bestigui en Lula waren nog thuis, dus heb ik die jongen binnengelaten in de middelste flat, aangewezen waar het alarmkastje hing en hem op weg geholpen. Lula ging de deur uit terwijl ik nog boven was om hem de stoppenkast en de noodknop te wijzen.'

'Heb je haar zien weggaan?'

'Ja, ze liep langs de openstaande deur.'

'Groette ze je?'

'Nee.'

'Dat deed ze toch altijd?'

'Ik denk dat ze me niet zag. Zo te zien had ze haast. Ze ging naar haar zieke moeder toe.'

'Hoe weet je dat, als ze niets tegen je zei?'

'Het verhoor,' zei hij bondig. 'Nadat ik de jongen van het alarm had laten zien waar hij moest zijn, ben ik weer naar beneden gegaan, en toen mevrouw Bestigui de deur uit was, heb ik hem in hun flat binnengelaten om ook daar het alarm te testen. Ik hoefde er niet bij te blijven, de stoppenkast en de noodknop zitten in alle flats op dezelfde plek.'

'Waar was meneer Bestigui toen?'

'Die was al naar zijn werk. Vertrekt elke dag om acht uur.'

Drie mannen met bouwhelmen op en fluorescerend gele hesjes aan kwamen het eethuis binnen en gingen aan een naburig tafeltje zitten met een krant onder de arm, hun werkschoenen vol aangekoekte viezigheid.

'Hoe lang zou je zeggen dat je van je post geweest bent, die keren dat je de jongen van het alarm moest helpen?'

'Misschien vijf minuten voor de middelste flat,' zei Wilson, 'en voor die andere twee een minuutje per keer.'

'Hoe laat is die jongen vertrokken?'

'Eind van de ochtend. Ik weet niet precies hoe laat.'

'Maar je weet zeker dat hij is weggegaan?'

'O, ja.'

'Verder nog bezoekers?'

'Er zijn wat bestellingen bezorgd, maar vergeleken met de rest van de week was het rustig.'

'Dus eerder die week was het druk geweest?'

'Ja, toen liepen ze in en uit vanwege de komst van Deeby Macc uit LA. Lui van de productiemaatschappij moesten steeds in flat 2 zijn om de boel voor hem te controleren, de koelkast te vullen en dat soort dingen.'

'Weet je nog wat er die dag is bezorgd?'

'Pakketjes voor Macc en Lula. En rozen – die jongen heb ik geholpen om ze naar boven te brengen, want het was zo'n bos.' Wilson hield zijn enorme handen een eind uit elkaar om de maat van de bloemen aan te duiden. 'In een joekel van een vaas. We hebben ze samen op een tafeltje in de hal van flat 2 gezet. Dat waren de rozen die later omgestoten zijn.'

'Je zei dat dat nog gedonder heeft gegeven. Hoezo?'

'Bestigui had ze besteld voor Deeby Macc, en toen hij hoorde dat er niks van over was, werd hij pissig. Hij ging als een idioot tekeer.'

'Wanneer was dat?'

'Toen de politie hier was. Tijdens het verhoor van zijn vrouw.'

'Er was net iemand doodgevallen, pal langs zijn raam, en hij maakte zich druk om een vaas met bloemen?'

'Tja,' antwoordde Wilson schouderophalend. 'Zo is hij.'

'Kent hij Deeby Macc?'

Wilson haalde weer zijn schouders op.

'Is die rapper eigenlijk ooit nog gekomen?'

Wilson schudde zijn hoofd. 'Na al het gedoe in het pand is hij uiteindelijk naar een hotel gegaan.'

'Hoe lang ben je van je plek geweest toen je meehielp met het wegbrengen van de rozen naar flat 2?'

'Misschien vijf minuten, hooguit tien. Daarna heb ik de hele dag achter de balie gezeten.'

'Je zei nog iets over pakketjes voor Macc en Lula.'

'Ja, van een of andere ontwerper, maar die heb ik door Lechsinka in hun flats laten zetten. Kleding voor hem en handtassen voor haar.'

'En voor zover jij weet is iedereen die die dag is binnengekomen ook weer vertrokken?'

'Jazeker,' zei Wilson. 'Allemaal in- en uitgeschreven in het logboek op de balie.'

'Hoe vaak wordt de toegangscode bij de voordeur veranderd?'

'Die is na Lula's dood aangepast, want na het onderzoek wist het halve politiekorps de code,' zei Wilson. 'Maar in de drie maanden dat Lula hier woonde is de code nooit veranderd.'

'Mag ik weten wat het eerst was?'

'Negentienzesenzestig,' antwoordde Wilson.

'*They think it's all over*?'

'Ja,' zei Wilson. 'McLeod liep er altijd over te zeuren. Hij wilde de code veranderen.'

'Hoeveel mensen hadden vóór Lula's dood de toegangscode van de voordeur, schat je?'

'Niet zo veel.'

'Bezorgers? Postbodes? De meteropnemer?'

'Dat soort lui belde altijd bij ons aan. De bewoners gebruiken de toegangscode meestal niet, wij laten ze binnen zodra we ze op camera zien aankomen. De code is er alleen voor het geval er niemand aan de balie zit; soms zijn we even achter of helpen we boven even iemand.'

'En iedere flat heeft een eigen sleutel?'

'Ja, en een eigen alarmsysteem.'

'Was Lula's alarm ingeschakeld?'

'Nee.'

'En de toegang tot het zwembad en de sportzaal? Zit daar alarm op?'

'Nee, alleen een gewoon slot. Iedereen die hier woont heeft een setje sleutels voor het zwembad en de sportzaal aan zijn bos hangen. En een sleutel voor de toegangsdeur naar de ondergrondse garage. Daar zit wel alarm op.'

'Was dat ingeschakeld?'

'Dat weet ik niet, ik was er niet bij toen de politie er ging kijken.

Als het goed is wel. De jongen van het beveiligingsbedrijf had die morgen alle alarmkastjes getest.'

'Waren alle deuren die nacht op slot?'

Wilson aarzelde. 'Niet allemaal. Die van het zwembad was open.'

'Weet je of iemand die dag gebruikgemaakt had van het zwembad?'

'Niet dat ik me kan herinneren.'

'Hoe lang moet de deur dan al open zijn geweest?'

'Dat weet ik niet. Colin had de avond ervoor dienst gehad. Hij had het moeten controleren.'

'Oké,' zei Strike. 'Je dacht dus dat het Duffield was, de mannenstem die mevrouw Bestigui had gehoord, omdat je Lula en hem al eerder had horen ruziën. Wanneer was dat?'

'Niet lang voordat ze uit elkaar gingen, ongeveer twee maanden voor haar dood. Ze had hem uit haar flat gezet en hij stond op de deur te beuken en ertegen te schoppen, probeerde hem open te trappen. Hij schold haar uit, heel grof. Ik ben naar boven gegaan om hem eruit te zetten.'

'Heb je daarbij geweld gebruikt?'

'Dat was niet nodig. Toen hij me zag aankomen, pakte hij zijn spullen – ze had zijn jas en zijn schoenen achter hem aan geslingerd – en liep gewoon langs me heen. Hij was stoned,' zei Wilson. 'Glazige ogen, je kent dat wel. Zweten. Een smerig T-shirt dat onder de vuiligheid zat. Ik heb nooit begrepen wat ze in hem zag.

Kijk, daar hebben we Kieran,' vervolgde hij op luchtiger toon. 'Lula's chauffeur.'

7

Een man van halverwege de twintig kwam het krappe café in geschuifeld. Hij was klein, tenger en uitzonderlijk knap.

'Ha die Derrick,' zei hij, en de chauffeur en de bewaker wisselden een ingewikkelde begroeting uit waarbij ze elkaars hand vastgrepen en de knokkels tegen elkaar stootten. Kolovas-Jones pakte een stoel en ging naast Wilson zitten.

Een meesterwerk voortgekomen uit een onbestemde cocktail van afstammingen en huidskleuren: Kolovas-Jones had een gebronsde, olijfkleurige huid, vlijmscherpe jukbeenderen, een enigszins havikachtige neus, donkerbruine ogen met volle, zwarte wimpers en steil haar dat uit zijn gezicht gekamd was. Zijn opzienbarende uiterlijk contrasteerde sterk met het conservatieve overhemd en de stropdas die hij droeg, en zijn glimlach was bewust bescheiden, alsof hij op die manier andere mannen wilde ontwapenen en hun ergernis wilde wegnemen.

'Waar staat je auto?' vroeg Derrick.

'Electric Lane.' Kolovas-Jones wees met zijn duim over zijn schouder. 'Ik heb een minuut of twintig. Moet om vier uur terug zijn in West End. Alles goed?' vroeg hij met uitgestoken hand aan Strike, die de groet beantwoordde. 'Kieran Kolovas-Jones. En jij bent...?'

'Cormoran Strike. Derrick zei dat je...'

'Jaja,' zei Kolovas-Jones. 'Ik weet niet of het wat uitmaakt, het zal wel niet, maar de politie gaf geen moer om mijn verhaal. Ik wil het voor mezelf gewoon aan iemand verteld hebben, snap je? Ik zeg niet dat het geen zelfmoord was, begrijp me goed,' voegde hij eraan toe, 'ik zeg alleen dat ik dit opgehelderd wil hebben. Koffie graag, schat,' voegde hij eraan toe tegen de serveerster, een vrouw van middelbare leeftijd die lauw reageerde, kennelijk gevoelloos voor zijn charmes.

'Wat zit je dwars?' vroeg Strike.

'Ik reed haar dus altijd,' zei Kolovas-Jones, die zijn verhaal op zo'n manier begon dat Strike kon horen dat hij erop had geoefend. 'Ze vroeg altijd naar mij.'

'Had ze een contract met het bedrijf waar je voor werkt?'

'Jawel...'

'Het gaat via onze balie,' zei Derrick. 'Dat is een van de diensten die we leveren. Als iemand een auto nodig heeft, bellen wij Execars. Het bedrijf waar Kieran voor werkt.'

'Ja, maar ze vroeg altijd naar mij,' herhaalde Kolovas-Jones vastberaden.

'Je kon het goed met haar vinden?'

'Ja, heel goed,' zei Kolovas-Jones. 'We hadden echt... ik wil niet zeggen een band, maar... jawel, we hadden een band met elkaar gekregen. Vriendschappelijk, een relatie die verder ging dan gewoon chauffeur-klant, snap je?'

'O ja? Hoe ver precies?'

'Nee, niet dát,' zei Kolovas-Jones grijnzend. 'Zo zat het niet.'

Maar Strike zag dat de chauffeur het niet vervelend vond dat het idee in de lucht hing, dat Strike het als een plausibele mogelijkheid beschouwde.

'Ik heb een jaar voor haar gereden. We praatten veel met elkaar. Hadden veel gemeen. Dezelfde achtergrond, weet je wel.'

'In welk opzicht?'

'Onze gemengde afkomst,' antwoordde Kolovas-Jones. 'En bij mij in de familie loopt het ook niet allemaal lekker, dus ik begreep haar. Ze kende niet veel mensen zoals zij, niet meer toen ze eenmaal beroemd was. Er waren maar weinig mensen met wie ze goed kon praten.'

'Dus die gemengde afkomst was voor haar heel belangrijk?'

'Wat denk je? Ze is opgegroeid in een blank gezin.'

'En jij hebt een soortgelijke jeugd gehad?'

'M'n pa is half Caribisch, half Welsh, m'n ma half Liverpools, half Grieks. Lula zei altijd dat ze jaloers op me was.' Hij rechtte zijn rug. 'Dan zei ze: "Jij weet tenminste waar je vandaan komt, ook al is het van overal en nergens." En op mijn verjaardag,' voegde hij eraan toe, alsof hij dit in zijn ogen belangrijke punt nog niet genoeg had benadrukt bij Strike, 'kreeg ik van haar een Guy Somé-jasje dat wel iets van negenhonderd pond waard was.'

Hierop werd duidelijk een reactie van Strike verwacht, dus knikte hij, en hij vroeg zich af of Kolovas-Jones alleen maar was gekomen om iemand te kunnen vertellen hoe goed hij Lula Landry had gekend. Tevreden vervolgde de chauffeur: 'Maar goed, op de dag van haar dood – of eigenlijk moet ik zeggen de dag vóór haar dood – heb ik haar dus 's morgens naar haar moeder gebracht, oké? Ze had helemaal geen zin om te gaan. Ze kwam niet graag bij haar moeder, nooit.'

'Waarom niet?'

'Omdat dat mens niet spoort,' zei Kolovas-Jones. 'Ik heb die twee ooit samen een dag rondgereden, ik geloof dat haar moeder toen jarig was. Ik kreeg de kriebels van dat mens. Lady Yvette. Tegen Lula was het "schatje" hier en "schatje" daar, dat zei ze om de twee woorden. Ze klampte zich aan haar vast. Heel maf en bezitterig en vet overdreven, weet je wel?

Maar goed, die bewuste dag dus. Haar moeder was net uit het ziekenhuis, dus het zou geen leuk bezoekje worden, snap je? Lula keek er niet naar uit. Zo gespannen had ik haar nog nooit meegemaakt.

En toen vertelde ik haar ook nog dat ik die avond niet voor haar kon rijden, omdat ik geboekt was voor Deeby Macc. Daar was ze ook al niet blij mee.'

'Waarom niet?'

'Nou ja, omdat ze het fijn vond als ik reed, hè?' zei Kolovas-Jones, alsof Strike nogal traag van begrip was. Ik hielp haar altijd met de paparazzi en zo, een beetje de bodyguard spelen om haar ergens naar binnen of naar buiten te helpen.'

Met een nauwelijks zichtbare beweging van zijn gezichtsspieren slaagde Wilson erin over te brengen wat hij vond van de suggestie dat Kolovas-Jones geschikt zou zijn als bodyguard.

'Had je niet met een andere chauffeur kunnen ruilen en voor háár kunnen rijden in plaats van voor Macc?'

'Had gekund, maar dat wilde ik niet,' biechtte Kolovas-Jones op. 'Ik ben een groot fan van Deeby. Ik wilde hem graag ontmoeten. Daar baalde Lula van. Maar goed,' haastte hij zich te zeggen, 'ik had haar dus naar haar moeder gebracht en daar gewacht en toen... Nu komt het gedeelte waarover ik je wilde vertellen, oké?

Toen ze het huis van haar moeder uit kwam, was ze zichzelf niet. Ze was heel anders dan ik haar ooit heb gezien, snap je? Stil, heel stil. Alsof ze in shock was of zoiets. Toen vroeg ze me om een pen en ze begon iets op een blauw velletje papier te krabbelen. Praatte niet tegen me. Geen stom woord. Alleen maar schrijven.

Ik heb haar bij Vashti afgezet, daar had ze met een vriendin afgesproken om te gaan lunchen.'

'Wat is Vashti? En welke vriendin was dat?'

'Vashti is een winkel, een boetiek noemen ze het zelf. Je kunt er ook eten. Trendy zaak. En die vriendin was...' Kolovas-Jones knipte een paar keer fronsend met zijn vingers. 'Lula had haar leren kennen toen ze was opgenomen wegens psychische problemen. Verdomme, hoe heet ze nou ook alweer? Ik heb die twee vaak rondgereden. Shit... Ruby? Roxy? Raquelle? Zoiets. Ze woonde in St. Elmo, een pension in Hammersmith. Ze was dakloos.

Maar goed, Lula gaat dus die winkel in. Ze had op weg naar haar moeder tegen me gezegd dat ze daar zou lunchen, maar binnen een kwartier kwam ze alweer naar buiten, alleen, en toen moest ik haar naar huis brengen. Dat is toch verdomd raar, of niet dan? En die Raquelle, of hoe ze ook mag heten – ik kom er nog wel op – was er niet bij. Normaal gesproken gaven we haar altijd een lift naar huis als die twee samen op pad geweest waren. En het blauwe papier was verdwenen. Lula heeft de hele weg naar huis geen woord tegen me gezegd.'

'Heb je de politie over dat blauwe vel papier verteld?'

'Ja. Ze gaven er geen donder om,' zei Kolovas-Jones. 'Waarschijnlijk een boodschappenlijstje, zeiden ze.'

'Weet je nog hoe het eruitzag?'

'Gewoon... blauw. Net luchtpostpapier.' Hij keek op zijn horloge. 'Ik moet over tien minuten weg.'

'Was dat de laatste keer dat je Lula hebt gezien?'

'Ja.' Hij pulkte aan een hoekje van zijn nagel.

'Wat was je eerste gedachte toen je hoorde dat ze dood was?'

'Kweenie,' zei Kolovas-Jones, bijtend op de nijnagel waar hij net aan had zitten pulken. 'Ik was goddomme in shock. Zoiets verwacht je toch niet? Niet als je iemand een paar uur eerder nog hebt gezien. In de pers werd geroepen dat Duffield het had gedaan, omdat ze ruzie hadden gehad in die nachtclub en zo. Ik heb eerlijk gezegd ook wel gedacht dat hij het was. De lul.'

'Dus je kende hem?'

'Ik heb hem een paar keer in mijn auto gehad,' zei Kolovas-Jones. Zijn opengesperde neusgaten en de strakke trek om zijn mond leken erop te duiden dat hij een vieze geur rook.

'Wat vind je van hem?'

'Een talentloze sukkel.' Onverwacht virtuoos zei hij plotseling met toonloze, lijzige stem: *'Hebben we hem straks nog nodig, Lu? Zullen we hem maar laten wachten?'* De woede spatte ervan af. 'Hij sprak me nooit rechtstreeks aan. Een onnozele, irritante profiteur.'

Derrick zei heel zacht: 'Kieran is acteur.'

'Alleen kleine rolletjes,' zei Kolovas-Jones. 'Tot nu toe.'

En hij stak van wal over de dramaseries waarin hij te zien was geweest, een relaas waaruit Strike meende op te maken dat Kolovas-Jones een sterk verlangen had hoger ingeschat te worden dan hij nu in zijn ogen werd, om begiftigd te worden met dat onvoorspelbare, gevaarlijke en alles veranderende geschenk: roem. Het moest hem (meende Strike) gekweld hebben en misschien zelfs wel razend hebben gemaakt om dat alles zo vaak op zijn achterbank te hebben zonder er zelf door te worden aangestoken.

'Kieran heeft auditie gedaan bij Freddie Bestigui,' zei Wilson. 'Hè, Kieran?'

'Ja,' antwoordde Kieran, met een gebrek aan enthousiasme dat de afloop duidelijk verraadde.

'Hoe is dat tot stand gekomen?' vroeg Strike.

'Op de gebruikelijke manier,' antwoordde Kolovas-Jones enigszins hautain. 'Via mijn impresario.'

'Is het iets geworden?'

'Ze hebben besloten tot een andere aanpak,' zei Kolovas-Jones. 'De bewuste rol is geschrapt.'

'Goed, je had dus Deeby Macc die avond opgehaald op... Waar eigenlijk, Heathrow?'

'Ja, terminal 5,' zei Kolovas-Jones, die leek terug te keren naar de alledaagse werkelijkheid en een blik op zijn horloge wierp. 'Zeg, ik moet gaan.'

'Is het goed als ik met je meeloop naar je auto?' vroeg Strike.

Wilson gaf aan ook mee te willen lopen. Strike betaalde de rekening voor hen alle drie en ze vertrokken. Buiten op straat bood hij zijn beide metgezellen een sigaret aan; Wilson sloeg het aanbod af, Kolovas-Jones nam er een aan.

De zilverkleurige Mercedes was even verderop om de hoek geparkeerd, in Electric Lane.

'Waar heb je Deeby naartoe gebracht nadat hij op het vliegveld was aangekomen?' vroeg Strike aan Kolovas-Jones toen ze bijna bij de auto waren.

'Hij wilde naar een club, dus heb ik hem afgezet bij de Barrack.'

'Hoe laat was hij daar?'

'Eh... half twaalf? Kwart voor twaalf? Hij was heel rusteloos. Wilde niet gaan slapen, zei hij.'

'Waarom de Barrack?'

'De vrijdagavond bij de Barrack is de beste hiphopavond van Londen,' zei Kolovas-Jones met een lachje, alsof dat algemeen bekend was. 'En het zal hem wel goed bevallen zijn, want het was al over drieën toen hij weer naar buiten kwam.'

'En toen heb je hem naar Kentigern Gardens gebracht, waar jullie de politie voor de deur zagen staan, of...?'

'Ik had al via de autoradio gehoord wat er was gebeurd,' zei Kolovas-Jones. 'Toen Deeby in de auto stapte, heb ik het hem verteld. Zijn gevolg begon meteen te telefoneren, mensen bij de platenmaatschappij wakker te bellen om iets te regelen. Ze hebben een suite voor hem geboekt bij Claridges en daar heb ik hem naartoe gebracht. Ik was pas om vijf uur thuis. Heb het nieuws aangezet en het hele fucking verhaal bekeken op Sky. Ongelooflijk.'

'Ik vraag me af wie de paparazzi die stonden te wachten voor nummer 18 heeft laten weten dat Deeby de eerste uren niet zou komen. Iemand had ze getipt, daarom waren ze allemaal vertrokken toen Lula viel.'

'Ja? Dat weet ik niet.'

Hij ging iets sneller lopen, bereikte voor de andere twee zijn auto en maakte die open.

'Had Macc niet een heleboel bagage? Heeft hij die in de auto laten liggen?'

'Nee, al zijn spullen waren al dagen eerder vooruitgestuurd door de platenmaatschappij. Hij kwam uit het vliegtuig met alleen handbagage – en een stuk of tien beveiligingsmensen.'

'En jij was de enige die hem ging ophalen?'

'We waren met vier auto's, maar Deeby zelf zat in de mijne.'

'Waar heb je op hem gewacht toen hij in die nachtclub was?'

'Ik heb gewoon de auto geparkeerd en ben erin blijven zitten. In een zijstraat van Glasshouse Street.'

'Samen met de andere drie auto's? Stonden jullie bij elkaar?'

'Je vindt niet zomaar vier parkeerplaatsen naast elkaar midden in Londen, man,' zei Kolovas-Jones. 'Ik weet niet waar de anderen stonden.' Met het geopende portier nog in de hand keek hij even naar Wilson en toen weer naar Strike. 'Wat doet dat er eigenlijk toe?'

'Het interesseert me gewoon,' zei Strike, 'hoe het in zijn werk gaat als je een klant in je auto hebt.'

'Het is fucking saai,' antwoordde Kolovas-Jones met een plotselinge vlaag van irritatie. 'Dat is het. Chauffeurswerk bestaat voornamelijk uit wachten.'

'Heb je de afstandsbediening voor de ondergrondse garage nog die Lula je had gegeven?' vroeg Strike.

'Wat zeg je?' vroeg Kolovas-Jones, al zou Strike gezworen hebben dat de chauffeur hem wel degelijk had verstaan. Het vleugje vijandigheid was nu onverholen en leek niet alleen gericht te zijn tegen Strike, maar ook tegen Wilson, die zonder commentaar had geluisterd na zijn opmerking dat Kolovas-Jones acteur was. 'Heb je de afst...'

'Ja, die heb ik nog. Ik rij toch nog voor meneer Bestigui? Maar nu moet ik gaan. Tot kijk, Derrick.'

Hij gooide zijn half opgerookte sigaret op straat en stapte in de auto.

'Als je nog iets te binnen schiet,' zei Strike, 'zoals de naam van die vriendin met wie Lula had afgesproken bij Vashti, bel je me dan?' Hij gaf Kolovas-Jones zijn visitekaartje. De chauffeur, die zijn gordel al om had, pakte het aan zonder ernaar te kijken.

'Dadelijk kom ik nog te laat.'

Wilson stak een hand op ten afscheid. Kolovas-Jones trok met een klap het portier dicht, liet de motor brullen en reed met een chagrijnig gezicht achteruit het parkeervak uit.

'Het is een beetje een *star-fucker*,' zei Wilson toen de auto wegreed, als om de jongere man te excuseren. 'Hij vond het prachtig om voor haar te rijden. Hij probeert alle beroemdheden in zijn auto te krijgen. Hoopt al twee jaar dat Bestigui hem voor een film zal vragen. Toen die ene rol laatst niet doorging was hij flink over de rooie.'

'Wat voor rol was dat?'

'Drugsdealer. Vast een topfilm.'

Ze liepen samen in de richting van metrostation Brixton, langs een groep snaterende zwarte schoolmeisjes in uniform, met blauwe plooirokken. Het ingevlochten haar van een van hen deed Strike opnieuw denken aan zijn zusje Lucy.

'Bestigui woont toch nog op nummer 18?' vroeg Strike.

'Jazeker,' zei Wilson.

'En de twee andere flats?'

'Flat 2 is verhuurd aan een Oekraïense handelaar in grondstoffen en zijn vrouw. Een Rus is geïnteresseerd in flat 3, maar hij heeft nog geen bod gedaan.'

'Is er misschien een kansje,' vroeg Strike toen ze even werden opgehouden door een klein mannetje met een baard en een capuchon, als een profeet uit het Oude Testament, dat pal voor hen bleef staan en langzaam zijn tong naar hen uitstak, 'dat ik het appartement een keer vanbinnen mag bekijken?'

'Ja hoor, best,' zei Wilson, na een stilte waarin hij steels zijn blik over Strikes onderbenen had laten gaan. 'Bel me maar. Maar dat moet dan wel gebeuren als Bestigui er niet is, begrijp je? Dat is nogal een ruziezoeker en ik wil mijn baan niet kwijt.'

8

De wetenschap dat hij maandag zijn kantoor weer zou delen voegde iets toe aan Strikes alleen-zijn gedurende het weekend; het werd er minder vervelend door, waardevoller. Het kampeerbedje kon uitgeklapt blijven, hij hoefde de tussendeur naar het kantoor niet dicht te doen en kon zich overgeven aan zijn lichaamsfuncties zonder bang te hoeven zijn voor overlast. De kunstmatige limoenengeur beu slaagde hij erin het dichtgeschilderde raam achter het bureau open te wrikken, zodat een koude, schone wind de muffe hoeken en gaten van de twee kleine vertrekken kon doorblazen. Hij ging iedere cd, iedere track uit de weg die hem terugvoerde naar de ondraaglijke, verrukkelijke tijden die hij met Charlotte had beleefd en koos voor Tom Waits, die hij keihard afspeelde op het cd-spelertje waarvan hij had gedacht het nooit meer terug te zien, maar dat hij had aangetroffen op de bodem van een van de dozen die hij bij Charlotte had opgehaald. Om iets omhanden te hebben installeerde hij zijn portable televisie met de armetierige antenne; hij propte zijn gedragen kleding in een vuilniszak en zeulde die naar de wasserette, een paar honderd meter verderop; terug op kantoor hing hij zijn overhemden en onderbroeken op aan een waslijn die hij van de ene kant naar de andere kant van de kleine ruimte had gespannen, waarna hij om drie uur de wedstrijd tussen Arsenal en de Spurs opzette.

Tijdens die alledaagse bezigheden voelde hij zich voortdurend omringd door het spook dat hem had bezocht gedurende al de maanden dat hij in het ziekenhuis lag. Het hield zich op in de hoeken van zijn sjofele kantoor; hij hoorde het fluisteren zodra zijn aandacht voor datgene waar hij mee bezig was verslapte. Het drukte hem met zijn neus op de feiten: hoe diep hij was gezonken, zijn leeftijd, zijn geldnood, zijn mislukte liefdesleven, zijn status als dakloze. Je bent nu vijfendertig, fluisterde het spook, en wat heb je overgehouden aan al die jaren zwoegen? Niets dan een paar kartonnen dozen en een torenhoge schuld. Het spook leidde zijn blik naar het schap met bier in de supermarkt, maakte dat hij nieuwe instantnoedels insloeg en lachte hem uit toen hij zijn overhemden streek op de vloer. Naarmate de dag vorderde beschimpte het hem vanwege zijn zelfopgelegde gewoonte om buiten op straat te roken, alsof hij nog in het leger zat, alsof die lullige vorm van zelfdiscipline orde en structuur zou kunnen aanbrengen in het amorfe, rampzalige heden. Vanaf dat moment rookte hij aan zijn bureau, waar de peuken zich ophoopten in de goedkope tinnen asbak die hij lang geleden had gejat in een bar in Duitsland.

Maar hij had werk, bracht hij zichzelf in herinnering, betaald werk. Arsenal won van de Spurs en Strike was blij; hij zette de televisie uit, liep zonder zich iets van het spook aan te trekken rechtstreeks naar zijn bureau en hervatte zijn werkzaamheden.

Hoewel hij tegenwoordig de vrijheid had om op iedere gewenste manier bewijsmateriaal te verzamelen, hield hij zich nog altijd aan het protocol van de Criminal Procedure and Investigation Act. Het feit dat hij meende slechts hersenspinsels van John Bristow na te jagen deed niets af aan de grondigheid en zorgvuldigheid waarmee hij de aantekeningen uitwerkte die hij tijdens zijn gesprekken met Bristow, Wilson en Kolovas-Jones had gemaakt.

Lucy belde hem om zes uur die avond, toen hij nog hard aan het werk was. Ook al was zijn zus twee jaar jonger dan Strike, zelf leek ze zich ouder te voelen. Al op jonge leeftijd belast met een hypotheek, een stompzinnige echtgenoot, drie kinderen en een veeleisende baan leek Lucy te snakken naar verantwoordelijkheid, alsof ze nooit genoeg ankers kon hebben. Strike had altijd vermoed dat ze aan zichzelf en de rest van de wereld wilde bewijzen dat ze in niets leek op hun onbetrouwbare moeder, die hen als kind de hele wereld over had gesleept, van school naar school, van huis naar kraakpand naar camping, achter de nieuwste bevlieging of de nieuwste man aan. Lucy was de enige van zijn acht halfbroers en -zussen met wie Strike zijn jeugd had doorgebracht, en er was bijna niemand op wie hij zo gek was als op haar, en toch was hun contact dikwijls onbevredigend, beladen met spanningen en ruzie. Lucy kon niet verhullen dat ze zich zorgen maakte om haar broer en teleurgesteld in hem was. Het gevolg was dat Strike niet zo makkelijk open kaart tegen haar speelde over zijn huidige situatie, minder dan hij bij menig vriend zou hebben gedaan.

'Ja, het gaat heel goed,' zei hij, rokend bij het open raam terwijl hij naar de mensen keek die beneden de winkels in en uit liepen. 'Mijn klantenbestand is de afgelopen tijd verdubbeld.'

'Waar ben je nu? Ik hoor verkeersgeluiden.'

'Op de zaak. Ik moest nog wat papierwerk afhandelen.'

'Op zaterdag? Wat vindt Charlotte daarvan?'

'Die is er niet, ze is naar haar moeder.'

'Gaat het wel goed tussen jullie?'

'Uitstekend.'

'Echt?'

'Echt. Hoe is het met Greg?'

Ze vertelde in het kort dat haar echtgenoot het razend druk had en hervatte toen de aanval. 'Zit Gillespie je nog steeds achter de vodden over die lening?'

'Nee.'

'Want weet je, Stick...' Het gebruik van de bijnaam uit hun jeugd beloofde niet veel goeds, dat deed ze om hem milder te stemmen. 'Ik heb me er eens in verdiept, en je kunt bij de British Legion een aanvraag indienen voor...'

'Godverdomme, Lucy,' zei hij voordat hij zichzelf de mond kon snoeren.

'Wat nou?'

Die gekwetste, verontwaardigde toon kende hij maar al te goed. Hij sloot zijn ogen.

'Ik zit niet op liefdadigheid te wachten, Luus, oké?'

'Het is nergens voor nodig om je door je trots...'

'Hoe is het met de jongens?'

'Prima. Moet je horen, Stick, ik vind het gewoon waanzin dat Rokeby jou door zijn advocaat laat opjagen terwijl hij zijn leven lang nooit een cent aan je heeft besteed. Hij had er een gift van moeten maken, na alles wat je hebt doorgemaakt, en gezien zijn eigen...'

'De zaken gaan goed. Ik betaal die lening gewoon af,' zei Strike. Op de hoek van de straat stond een tienerstelletje ruzie te maken.

'Weet je wel zeker dat het goed gaat tussen jou en Charlotte? Waarom is ze naar haar moeder gegaan? Ik dacht dat die twee een hekel aan elkaar hadden.'

'Het gaat de laatste tijd wat beter,' zei hij. Het tienermeisje op straat gebaarde wild met haar armen, stampvoette en liep weg.

'Heb je al een ring voor haar gekocht?' vroeg Lucy.

'Ik dacht dat je me van Gillespie wilde verlossen.'

'Vindt ze het niet erg dat ze geen ring van je krijgt?'

'Dat heeft ze heel goed opgevat,' zei Strike. 'Ze zegt dat ze er niet eens een wil, dat ze liever heeft dat ik mijn geld in de zaak steek.'

'Echt?' Lucy leek altijd te denken dat ze er prima in slaagde haar afkeer van Charlotte te verbergen. 'Kom je naar Jacks verjaardag?'

'Wanneer is dat?'

'Ik heb je ruim een week geleden een uitnodiging gestuurd, Stick!'

Hij vroeg zich af of Charlotte die in een van de dozen had gestopt die hij onuitgepakt op de gang had laten staan, omdat er in zijn kantoor geen ruimte was voor al zijn bezittingen.

'Ja, ik kom,' zei hij, al was er weinig waar hij minder zin in had.

Nadat ze het gesprek hadden beëindigd keerde hij terug naar zijn computer om verder te werken. Hij had de aantekeningen van de gesprekken met Wilson en Kolovas-Jones vrij snel uitgewerkt, maar het gevoel van frustratie hield aan. Dit was de eerste zaak na zijn vertrek uit het leger die vroeg om meer dan surveillancewerk, en misschien had hij hem wel gekregen om er dagelijks aan te worden herinnerd dat hij was ontdaan van al zijn invloed en autoriteit. Filmproducent Freddie Bestigui, de man die op het moment van haar dood het dichtst in de buurt van Lula Landry was geweest, bleef onbereikbaar, verscholen achter anonieme slaafse volgelingen, en ondanks John Bristows zelfverzekerde belofte dat hij erin zou slagen Tansy Bestigui over te halen tot een gesprek met Strike, was er nog altijd geen afspraak met haar bevestigd.

Met een vaag gevoel van machteloosheid en bijna evenveel minachting voor zijn werk als Robins verloofde ervoor had, schudde hij zijn mistroostigheid van zich af door zich over te geven aan een nieuwe internetzoektocht over de zaak. Hij spoorde Kieran Kolovas-Jones online op; de chauffeur had de waarheid gesproken over de aflevering van *The Bill* waarin hij twee regels tekst had gehad (bendelid 2: Kieran Kolovas-Jones). En hij had een impresario, op wiens website een fototje van Kieran prijkte, plus een korte lijst van bijrolletjes, waaronder figurantenoptredens in *EastEnders* en *Casualty*. Kierans foto op de homepage van Execars was een stuk groter. Daar stond hij in zijn eentje, met pet en uniform; hij zag eruit als een filmster, duidelijk de knapste chauffeur die ze in hun bestand hadden.

Achter de ramen ging de avond over in de nacht. Terwijl Tom Waits gromde en kreunde uit de portable cd-speler in de hoek volgde Strike de schaduw van Lula Landry door cyberspace. Zo nu en dan voegde hij iets toe aan de aantekeningen die hij had gemaakt tijdens de gesprekken met Bristow, Wilson en Kolovas-Jones.

Hij kon geen Facebook-pagina van Landry vinden en ze leek ook nooit aan Twitter begonnen te zijn. Haar weigering om de onstilbare honger naar persoonlijke informatie van haar fans te stillen leek anderen ertoe aangezet te hebben in dat gat te springen. Er waren talloze websites die zich volledig toelegden op het plaatsen van haar foto's en obsessief commentaar over haar leven. Als maar de helft van de informatie klopte had Strike van Bristow slechts een gedeeltelijke, gekuiste versie gekregen van zijn zusjes hang naar zelfvernietiging, een neiging die zich voor het eerst gemanifesteerd leek te hebben in haar vroege adolescentie toen haar adoptievader, sir Alec Bristow, een hartelijk ogende man met een baard die zijn eigen elektronicabedrijf Albris had opgezet, plotseling was gestorven aan een hartaanval. In de periode die daarop volgde was Lula weggelopen van twee scholen en geschorst van een derde, stuk voor stuk dure privé-instellingen. Ze had haar pols doorgesneden en was aangetroffen in een plas bloed door een vriendin die tevens haar kamergenote was, ze had op straat geleefd en was door de politie uit een kraakpand gehaald. Een fansite met de naam LulaMyInspirationForeva.com, gerund door een persoon van onbekende sekse, beweerde stellig dat het model in die periode korte tijd de kost had verdiend als prostituee.

Vervolgens werd gemeld dat ze in het kader van de Wet Geestelijke Gezondheidszorg op een gesloten afdeling voor jonge mensen met een ernstige aandoening was geplaatst, waar een manisch-depressieve stoornis was vastgesteld. Amper een jaar later, toen ze met haar moeder in een kledingzaak in Oxford Street liep, was er die sprookjesachtige toenadering geweest door een talentscout van een modellenbureau.

Oude foto's van Landry toonden een meisje van zestien met het gezicht van Nefertiti dat erin slaagde de lens te trakteren op een buitengewone combinatie van wereldwijsheid en kwetsbaarheid, met de lange, dunne benen van een giraf. Ze had een grillig litteken over de hele binnenkant van haar linkerarm, dat moderedacteuren schijnbaar een interessante aanvulling op haar spectaculaire gezicht vonden, want het kreeg vaak een prominente rol op foto's. Lula's extreme schoonheid grensde aan het absurde, en de charme waar ze zo om werd geroemd (zowel in de overlijdensberichten in de krant als in de hysterische blogs) ging zij aan zij met haar reputatie van plotselinge woede-uitbarstingen en een gevaarlijk kort lontje. Zowel pers als publiek was kennelijk dol op haar geweest – en genoot ervan om zich aan haar te ergeren. Eén journaliste vond Lula 'merkwaardig lief, behept met een onverwachte naïviteit'; een ander noemde haar 'in de kern een berekenende kleine diva, uitgekookt en keihard'.

Om negen uur liep Strike naar Chinatown en bestelde een maaltijd. Daarna keerde hij terug naar zijn kantoor, verruilde Tom Waits voor Elbow en ging op zoek naar sites met nieuws over Evan Duffield, de man die – daar was iedereen het wel over eens, zelfs Bristow – zijn vriendin niet had vermoord.

Totdat Kieran Kolovas-Jones zijn broodnijd had getoond, had Strike niet kunnen zeggen waar Duffield eigenlijk beroemd om was. Nu ontdekte hij dat Duffield de onbekendheid was ontstegen door zijn optreden in een door recensenten bewierookte filmhuisproductie, waarin hij een personage speelde dat niet van hemzelf te onderscheiden was: een heroïneverslaafde muzikant die uit stelen ging om zijn drugs te bekostigen.

Duffields band had, meeliftend op de recente roem van hun leadzanger, een goed ontvangen album uitgebracht en was vervolgens met behoorlijk wat verbittering uit elkaar gegaan, rond de tijd dat hij Lula had leren kennen. Net als zijn vriendin was Duffield buitengewoon fotogeniek, zelfs op ongeretoucheerde telelensopnamen waarop hij in vuile kleren over straat zwalkte en op kiekjes waarop hij (daar waren er veel van) woedend uithaalde naar de paparazzi. De combinatie van die twee mooie, beschadigde mensen leek de fascinatie voor beiden te hebben aangejaagd; de een maakte de ander interessanter, wat weer zijn terugslag had op de een, als een soort perpetuum mobile.

De dood van zijn vriendin had Duffield sterker dan ooit verankerd aan het firmament der idolen, der belasterden, der verafgoden. Hij werd omhuld door een zekere duisternis, door fatalisme; zowel zijn meest fervente bewonderaars als degenen die laster over hem verspreidden leken genoegen te scheppen in de gedachte dat hij al met één gelaarsd been in het hiernamaals stond, dat zijn verval in wanhoop en vergetelheid onontkoombaar was. Hij leek te pronken met zijn zwakheden en Strike besteedde nog een paar minuten aan het zoveelste minuscule, schokkerige YouTube-filmpje waarop Duffield, overduidelijk stoned, met de stem die Kolovas-Jones zo knap had geparodieerd, iets uitkraamde over de dood: sterven was volgens hem niet meer dan vertrekken van een feestje en in een verward betoog liet hij weten dat er geen reden was om te janken als je het feestje voortijdig moest verlaten.

In de nacht van Lula's dood had Duffield volgens vele bronnen kort na zijn vriendin de nachtclub verlaten met een wolvenmasker op zijn hoofd – hetgeen Strike moeilijk kon beschouwen als iets anders dan aandachttrekkerij. Zijn uiteenzetting van wat hij de rest van de nacht had uitgespookt mocht dan de aanhangers van diverse samenzweringstheorieën op internet niet tevredenstellen, de politie leek er wél van overtuigd dat Duffield niets van doen had met de daaropvolgende gebeurtenissen in Kentigern Gardens.

Strike volgde zijn eigen speculatieve gedachtegang over het ruwe terrein van nieuwssites en blogs. Hier en daar stuitte hij op clusters koortsachtige speculatie, op theorieën over Landry's dood waarin sprake was van aanwijzingen die de politie niet zou hebben nagetrokken, en die Bristows overtuiging dat er sprake was van moord leken te hebben gevoed. De site van LulaMyInspirationForeva bevatte een lange lijst met Onbeantwoorde Vragen, waaronder, op nummer vijf: 'Wie had de paparazzi weggestuurd voordat ze viel?'; op nummer negen: 'Waarom hebben de mannen die om twee uur 's nachts met een sjaal voor het gezicht bij haar flat vandaan holden zich nooit gemeld?' en op nummer dertien: 'Waarom had Lula tijdens haar val andere kleren aan dan toen ze thuiskwam?'

Rond middernacht las Strike met een blik bier onder handbereik over de postume controverse waarover Bristow het had gehad en waarvan hij zich vaag bewust was geweest op het moment dat die zich voltrok, zonder dat hij er veel belangstelling voor had gehad. Een week nadat het onderzoek de uitslag 'zelfdoding' had opgeleverd, was er grote verontwaardiging ontstaan rondom een reclamecampagne voor de koopwaar van ontwerper Guy Somé. Daarin poseerden twee modellen in een smerig steegje, naakt op enkele strategisch geplaatste handtassen, sjaaltjes en sieraden na. Landry zat op een vuilnisbak, Ciara Porter lag languit op de grond. Beiden hadden gigantische, gewelfde engelenvleugels op de rug; die van Porter waren wit als zwanenvleugels, die van Landry groenig zwart, overlopend in een glanzende bronstint.

Strike staarde minutenlang naar de foto en probeerde te analyseren wat nu precies het gezicht van het dode meisje zo onweerstaanbaar maakte, hoe ze erin slaagde het totaalplaatje te domineren. Op de een of andere manier maakte ze de ongerijmdheid ervan, het overdreven theatrale, geloofwaardig; ze zag eruit alsof ze daadwerkelijk uit de hemel was gegooid wegens corruptie, omdat ze hechtte aan de accessoires die ze hier tegen zich aan drukte. Ciara Porter, in al haar albasten schoonheid, werd gereduceerd tot een tegenpool. Ze zag eruit als een standbeeld, bleek en passief.

De ontwerper, Guy Somé, had veel kritiek over zich afgeroepen, deels zeer giftig, voor de keuze van deze foto. Velen beschuldigden hem ervan munt te slaan uit Landry's recente dood en reageerden minachtend op de uitingen van diepe genegenheid jegens Landry die Somé bij monde van zijn woordvoerder de wereld in stuurde. Maar LulaMyInspirationForeva verzekerde dat Lula gewild zou hebben dat de foto werd gebruikt, dat Guy Somé en zij boezemvrienden waren geweest. *Lula hield van Somé als van een broer en zou dit laatste eerbetoon aan haar werk en haar schoonheid graag in de campagne hebben gezien. Het is een iconisch beeld dat tot in de eeuwigheid zal voortbestaan en onze herinneringen levend zal houden – de herinneringen van de mensen die van haar hielden.*

Strike goot zijn laatste slok bier naar binnen en dacht even na over de laatste zes woorden. Dat had hij nooit begrepen, de intieme band die fans meenden te hebben met iemand die ze nooit ontmoet hadden. Mensen hadden zijn vader in zijn aanwezigheid wel eens stralend 'onze Jonny' genoemd, alsof ze het over een gemeenschappelijke vriend hadden, om vervolgens uitgekauwde verhalen en anekdotes uit de pers op te dissen alsof ze er persoonlijk bij betrokken waren. Een man in de kroeg in Trescothick had eens tegen Strike gezegd: 'Fuck, ik ken die ouwe van jou beter dan jijzelf!' omdat hij de naam wist te noemen van een sessiemuzikant die op het bekendste album van de Deadbeats had gespeeld, een man die vooral bekend was geworden doordat Rokeby hem een tand uit zijn mond had geslagen toen hij woedend een klap tegen zijn saxofoon gaf.

Het was één uur 's nachts. Strike hoorde de niet-aflatende basdreunen twee verdiepingen lager al bijna niet meer, net zomin als het kraken en sissen dat zo nu en dan van de zolderverdieping boven hem kwam, uit de flat waar de bedrijfsleider van de bar genoot van luxe zaken als douchen en zelfbereide maaltijden. Moe, maar nog niet klaar om in zijn slaapzak te kruipen, slaagde Strike erin bij benadering het privéadres van Guy Somé op internet op te sporen, en hij merkte op dat Charles Street niet ver van Kentigern Gardens lag. Toen typte hij www.arrse.co.uk in, als een man die op de automatische piloot zijn stamkroeg in loopt na een lange werkdag.

Hij had de site van Army Rumour Service niet meer bekeken sinds Charlotte hem bij zijn laatste bezoek, maanden terug, had betrapt en had gereageerd zoals andere vrouwen ook zouden reageren wanneer ze ontdekten dat hun partner porno zat te kijken. Ze hadden ruzie gekregen over wat zij zijn hunkering naar zijn oude leven noemde; ze beweerde dat hij ontevreden was over zijn huidige bestaan.

De site draaide volledig om het militaire leven, tot in de kleinste details, geschreven in de taal die hij vloeiend beheerste. Acroniemen die hij vanbuiten kende, grapjes die voor buitenstaanders niet te volgen waren; alles waar je in je diensttijd tegenaan kon lopen, van de vader wiens zoon werd gepest op zijn school in Cyprus tot scheldpartijen achteraf over het optreden van de Britse premier voor de commissie-Chilcot. Strike doolde van commentaar naar commentaar en snoof zo nu en dan geamuseerd, al was hij zich er voortdurend van bewust dat het afbreuk deed aan zijn weerstand tegen het spook, dat inmiddels van dichtbij in zijn nek hijgde.

Dit was zijn wereld geweest, waar hij gelukkig was. Ondanks de ongemakken en ontberingen van het militaire leven en ondanks de manier waarop hij eruit gekomen was, met een half been minder, had hij nog geen dag spijt gehad van zijn diensttijd. En toch was hij nooit geweest zoals deze mensen, zelfs niet toen hij zich nog onder hen bevond. Strike was eerst een *monkey* geweest en later een SIB'er in pak, ongeveer in gelijke mate gevreesd en gehaat door de gemiddelde soldaat.

Als de SIB ooit zijn mond tegen je opendoet, zeg dan: 'Geen commentaar, ik wil een advocaat.' Of anders volstaat eenvoudigweg: 'Fijn dat u me hebt opgemerkt.'

Strike lachte nog een keer cynisch, klikte toen abrupt de site weg en zette de computer uit. Hij was zo moe dat het hem twee keer zoveel tijd kostte als anders om zijn prothese af te doen.

9

De zondagochtend verliep prima. Strike toog weer naar de ULU om te douchen. Ook deze keer maakte hij zijn forse lijf bewust nog wat breder en stond hij zijn gelaatstrekken toe hun natuurlijke chagrijnige frons aan te nemen, waardoor hij intimiderend genoeg overkwam om zonder lastige vragen langs de receptie te kunnen benen, met neergeslagen ogen. Hij bleef een tijdje in de kleedkamer rondhangen in afwachting van een rustig moment, zodat hij niet hoefde te douchen in het volle zicht van de zich omkledende studenten, want zijn kunstbeen was een opvallend kenmerk waarvan hij de aanblik niet aan het geheugen van anderen wilde opdringen.

Gewassen en geschoren nam hij de metro naar Hammersmith Broadway, waar hij genoot van het aarzelende zonnetje dat door het glazen dak van het overdekte winkelgebied scheen. Bij de verderop gelegen winkels in King Street wemelde het van de mensen, het leek wel zaterdag. Hier lag een druk en tamelijk zielloos winkelcentrum, terwijl Strike wist dat op amper tien minuten loopafstand een stukje slaperige oever van de Theems te vinden was dat bijna landelijk aandeed.

Terwijl hij over straat liep en het verkeer langs hem heen raasde, dacht hij terug aan de zondagen uit zijn jeugd in Cornwall, toen alles gesloten was behalve de kerk en het strand. De zondag had in die tijd een geheel eigen sfeer gehad: een galmende, fluisterende stilte met het zachte getinkel van borden en bestek en de geur van jus, op televisie net zo weinig te beleven als in de uitgestorven hoofdstraat, en het niet-aflatende ruisen van de golven wanneer Lucy en hij naar het kiezelstrand renden, teruggeworpen op primitief tijdverdrijf.

Zijn moeder had eens tegen hem gezegd: 'Als Joan gelijk heeft en ik straks in de hel kom, is het daar vast als een eeuwige zondag in dat ellendige St. Mawes.'

Strike liep bij het winkelcentrum vandaan in de richting van de Theems en belde al lopend zijn cliënt.

'John Bristow.'

'Ja, sorry dat ik je in het weekend stoor, John...'

'Cormoran?' vroeg Bristow, onmiddellijk vriendelijk. 'Geen probleem, helemaal geen probleem! Hoe is het gegaan met Wilson?'

'Uitstekend, erg nuttig, dank je wel. Ik wilde vragen of je me zou kunnen helpen bij het zoeken naar een vriendin van Lula. Een meisje dat ze van therapie kent. Haar voornaam begint met een R, iets van Rachel of Raquelle, en toen Lula stierf woonde ze in St. Elmo, een daklozenopvang in Hammersmith. Zegt je dat iets?'

Het bleef even stil. Toen Bristow het woord weer nam, grensde de teleurstelling in zijn stem aan ergernis. 'Waar wil je háár nou voor spreken? Tansy weet zeker dat de stem die ze boven heeft gehoord die van een man was.'

'Dit meisje interesseert me ook niet als verdachte, maar als getuige. Lula had met haar afgesproken in een winkel, Vashti, vlak nadat ze jou had gezien bij je moeder thuis.'

'Ja, dat weet ik, dat is uit het onderzoek naar voren gekomen. Ik bedoel... jij weet natuurlijk zelf wel hoe je je werk moet doen, maar ik zie echt niet in wat zij zou kunnen vertellen over de gebeurtenissen van die avond. Moet je horen... Wacht even, Cormoran, ik ben bij mijn moeder en er zijn hier nog meer mensen... even een rustig plekje zoeken.'

Strike hoorde achtergrondgeluiden, een gemompeld 'ogenblikje' en toen kwam Bristow weer aan de lijn.

'Sorry, ik wilde dit niet doen waar de thuishulp bij was. Toen de telefoon net ging, dacht ik eigenlijk dat het iemand anders was, iemand die over Duffield belde. Al mijn bekenden hangen aan de telefoon om het me te vertellen.'

'Wat te vertellen?'

'Jij leest kennelijk de *News of the World* niet. Daar staat het allemaal in, compleet met foto's. Duffield is gisteren ineens opgedoken bij mijn moeder, zomaar uit het niets. Fotografen voor de deur, een hoop overlast en boze buren. Ik was uit met Alison, anders had ik hem nooit binnengelaten.'

'Wat kwam hij doen?'

'Goede vraag. Tony, mijn oom, denkt dat het om geld ging, maar Tony denkt meestal dat mensen op geld uit zijn. Enfin, ik heb een volmacht, dus hij kon weinig beginnen. Geen idee wat hij kwam doen. Een klein gelukje is nog dat mijn moeder zich kennelijk niet heeft gerealiseerd wie hij was. Ze slikt ontiegelijk sterke pijnstillers.'

'Hoe is de pers dit op het spoor gekomen?'

'Dat,' zei Bristow, 'is een uitstekende vraag. Tony denkt dat Duffield de journalisten zelf heeft ingeseind.'

'Hoe gaat het met je moeder?'

'Heel, heel slecht. Ze zeggen dat het nog een week kan duren, of... of... ze zou ook ieder moment kunnen sterven.'

'Wat erg om te horen,' zei Strike. Hij ging harder praten op het moment dat hij onder een viaduct door liep waar het verkeer luidruchtig overheen raasde. 'Nou, mocht de naam van Lula's vriendin met wie ze naar Vashti ging je nog te binnen schieten...'

'Ik vrees dat ik nog steeds niet begrijp waarom je zo in haar geïnteresseerd bent.'

'Lula liet dat meisje helemaal van Hammersmith naar Notting Hill komen, bracht een kwartier met haar door en stapte op. Waarom is ze niet gebleven? Waarom moesten ze voor die korte tijd afspreken? Hebben ze ruzie gekregen? Alles wat er gebeurt rondom een plotseling sterfgeval kan relevant zijn.'

'Op die manier,' zei Bristow aarzelend. 'Maar eh... dat soort gedrag was voor Lula helemaal niets bijzonders. Ik heb je al gezegd dat ze een beetje... zelfzuchtig kon zijn. Het was wel iets voor haar om te denken dat ze dat meisje een plezier deed met zo'n bliksembezoekje. Ze vatte vaak een kortstondig enthousiasme voor iemand op, weet je wel, om diegene vervolgens weer te laten vallen.'

Zijn teleurstelling over Strikes gekozen onderzoekslijn was zo overduidelijk voelbaar dat het de privédetective verstandig leek om tussen neus en lippen door nog wat informatie te verstrekken waarmee hij de enorme som geld die zijn cliënt hem betaalde weer kon rechtvaardigen.

'De andere reden dat ik je belde is om door te geven dat ik voor morgenavond een afspraak heb met een van de rechercheurs die de zaak hebben behandeld, Eric Wardle. Ik hoop ook het politiedossier in handen te krijgen.'

'Fantastisch!' Bristow leek onder de indruk. 'Dat heb je snel gedaan!'

'Ach ja, ik heb goede contacten in het korps.'

'Dan kun je ook meteen vragen stellen over de hardloper! Heb je mijn aantekeningen gelezen?'

'Ja, daar heb ik veel aan gehad.'

'Ik probeer voor deze week een lunchafspraak met Tansy Bestigui te maken, zodat je haar kunt ontmoeten en haar verklaring uit de eerste hand kunt horen. Zal ik daar je secretaresse nog over bellen?'

'Uitstekend.'

Dat was het voordeel van een secretaresse voor wie hij nauwelijks werk had en die hij zich niet kon veroorloven, dacht Strike toen hij had opgehangen: het maakte een professionele indruk.

Daklozenopvang St. Elmo bleek pal achter het lawaaiige viaduct te liggen. Het was een nietszeggende, slecht geproportioneerde, moderne neef van Lula's huis in Mayfair: rode baksteen met bescheidener, groezelig wit pleisterwerk, zonder stenen trap, zonder tuin en zonder elegante buren, maar met een beschadigde voordeur die rechtstreeks op straat uitkwam, afgebladderde raamkozijnen en een troosteloze uitstraling. De utilitaire moderne wereld was opgerukt, en het pand stond erbij als een ineengedoken hoopje ellende dat niet in zijn omgeving paste, met het viaduct op slechts twintig meter afstand, waardoor de ramen op de bovenste verdieping rechtstreeks uitkeken op de betonnen rijbaanwanden en de eindeloze stroom langsrijdende auto's. Het geheel kreeg een onmiskenbaar institutionele uitstraling door de grote zilverkleurige zoemer met speaker bij de ingang en de strenge, spuuglelijke zwarte camera, met loshangende draden in een draadstalen behuizing vanaf de lateibalk.

Buiten bij de voordeur stond een uitgemergeld jong meisje te roken; ze had een zweertje in haar mondhoek en droeg een vuile mannentrui waar ze in verzoop. Tegen de muur geleund staarde ze nietsziend naar het winkelcentrum dat op nog geen vijf minuten loopafstand lag, en toen Strike op de zoemer drukte om te worden toegelaten tot het opvangcentrum, nam ze hem berekenend op, ogenschijnlijk om in te schatten wat hij haar zou kunnen bieden.

Pal achter de voordeur was een kleine, muffe lobby met een smerige vloer en haveloze houten lambrisering. Links en rechts twee gesloten deuren met een glazen paneel die hem een blik boden op een kale gang en een somber ogend zijkamertje met een tafel vol folders, een oud dartbord en een muur vol gaten. Vóór hem was een kioskachtige balie, afgeschermd met metalen tralies.

Achter de balie zat een kauwgum kauwende vrouw een krant te lezen. Ze reageerde wantrouwend en ongemakkelijk toen Strike vroeg of hij een meisje kon spreken met de naam Rachel of iets soortgelijks dat bevriend was geweest met Lula Landry.

'Ben jij journalist?'

'Nee, ik ben een vriend van een vriend.'

'Dan zou je toch moeten weten hoe ze heet, of niet soms?'

'Rachel? Raquelle? Zoiets.'

Een kalende man kwam achter de wantrouwende vrouw de kiosk in gebeend.

'Ik ben privédetective,' zei Strike met stemverheffing, en de kale man keek belangstellend om. 'Hier heb je mijn kaartje. Ik ben ingehuurd door Lula Landry's broer en ik moet...'

'O, zoek je Rochelle?' vroeg de kale man, en hij kwam naar het tralierooster toe gelopen. 'Die is er niet, jongen. Ze is vertrokken.'

Zijn collega, die blijk gaf van irritatie over zijn bereidheid om met Strike te praten, verliet haar post achter de balie en verdween uit het zicht.

'Wanneer was dat?'

'Weken geleden intussen. Misschien wel een paar maanden.'

'Enig idee waar ze naartoe is?'

'Geen flauw idee. Ze zal wel weer op straat slapen. Ze is al vaker vertrokken en weer teruggekomen. Lastig mens. Mentale problemen. Maar misschien weet Carrianne er meer van, wacht even. Carrianne! Hé! Carrianne!'

Het bloedeloze jonge meisje met het korstje in haar mondhoek kwam vanuit de zon naar binnen gelopen, met haar ogen tot spleetjes geknepen.

'*Wah*?'

'Heb jij Rochelle gezien?'

'Waarom zou ik dat schijtwijf willen zien?'

'Niet dus?' vroeg de kale man.

'Nee. Heb je 'n peuk voor me?'

Strike gaf haar een sigaret, die ze achter haar oor stak.

'Ze is vast wel ergens in de buurt. Janine heb d'r gezien,' zei Carrianne. 'Rochelle beweerde dat ze een flat heb of zoiets. Dat liegt ze, de trut. En dat Lula Landry alles aan haar heb nagelaten. Echt niet. Wat moet jij van Rochelle?' vroeg ze aan Strike, en het was duidelijk dat ze zich afvroeg of er geld uit te slepen viel, en of zij in dat geval Rochelles plaats niet kon innemen.

'Ik wil haar een paar vragen stellen.'

'Waarover?'

'Lula Landry.'

'O,' zei Carrianne, en haar berekenende ogen lichtten op. 'Zulke goeie vriendinnen waren ze heus niet, hoor. Je moet niet alles geloven wat Rochelle zegt. Dat schijtwijf liegt alles bij mekaar.'

'Waar loog ze dan over?' vroeg Strike.

'Over alles, man. Ik durf te wedden dat ze de helft van de zooi die ze zogenaamd van Landry heb gekregen gewoon gejat heb.'

'Toe nou, Carrianne,' zei de kale man vriendelijk. 'Ze waren wel degelijk vriendinnen,' zei hij tegen Strike. 'Landry kwam haar hier vaak ophalen met de auto. En dat veroorzaakte,' vervolgde hij met een schuine blik op Carrianne, 'nogal wat spanningen.'

'Niet bij mij, eikel,' beet Carrianne hem toe. 'Ik vond die Landry een omhooggevallen bitch. Ze was niet eens knap.'

'Rochelle heeft me ooit verteld dat ze een tante heeft in Kilburn,' zei de kale man.

'Daar heb ze mot mee,' zei het meisje.

'Hebt u een naam of adres van die tante?' vroeg Strike, maar beiden schudden het hoofd. 'Wat is Rochelles achternaam?'

'Dat weet ik niet. Jij wel, Carrianne? We kennen de meeste mensen hier alleen bij voornaam,' zei hij tegen Strike.

Er viel verder weinig uit hen los te peuteren. Rochelles laatste verblijf in het daklozencentrum was ruim twee maanden geleden geweest. De kale man wist dat ze nog een tijdje poliklinisch was behandeld in St. Thomas, maar hij had geen idee of ze daar nog steeds naartoe ging.

'Ze heeft psychotische perioden gehad, ze slikt veel medicijnen.'

'Lula's dood kon haar geen moer schelen,' zei Carrianne plotseling. 'Het interesseerde haar geen reet.'

Beide mannen keken haar aan. Ze haalde haar schouders op, als iemand die eenvoudigweg de onverkwikkelijke waarheid heeft verteld.

'Luister, als Rochelle hier weer opduikt, wilt u haar dan mijn nummer geven en vragen of ze mij belt?'

Strike gaf beiden zijn kaartje, dat ze belangstellend bekeken. Nu hun aandacht was afgeleid, griste hij snel de *News of the World* van de kauwgum kauwende vrouw mee door de opening onder het traliërooster en klemde de krant onder zijn arm. Toen nam hij opgewekt afscheid en vertrok.

Het was een warme lentemiddag. Strike liep naar Hammersmith Bridge, die er met zijn lichte, saliegroene verf en vergulde lijsten pittoresk bij lag in de zon. Een eenzame zwaan dobberde over de Theems, vlak langs de tegenovergelegen oever. De kantoren en winkels leken hier mijlenver weg. Hij sloeg rechts af en volgde het wandelpad naast de stenen oever langs een rij lage, aan het water gelegen huizen, waarvan sommige met balkons of bedekt met blauweregen.

Strike bestelde een halve liter bier bij The Blue Anchor en ging buiten op een houten bank zitten, met zijn gezicht naar het water en zijn rug naar de koningsblauw-met-witte gevel. Nadat hij een sigaret had opgestoken, bladerde hij naar pagina 4 van de krant, waar een kleurenfoto van Evan Duffield (met gebogen hoofd, een grote bos witte bloemen in de hand, zijn zwarte jas wapperend achter hem) was afgedrukt onder de kop: DUFFIELDS BEZOEK AAN DOODSBED MOEDER LULA.

Het verhaal was luchtig, eigenlijk nauwelijks meer dan een uitgebreid bijschrift bij de foto. Duffields eyeliner, de wapperende jas en de enigszins opgejaagde, wazige blik deden Strike denken aan zijn voorkomen op de dag van de begrafenis van zijn overleden vriendin. Hij werd, in de paar regels onder de foto, beschreven als 'de getroebleerde acteur-muzikant Evan Duffield'.

Strikes mobiel trilde in zijn zak; hij haalde het toestel tevoorschijn. Er was een sms binnengekomen van een onbekend nummer.

News of the World p. 4 over Evan Duffield.
Robin

Strike grinnikte naar het schermpje voordat hij de telefoon weer in zijn zak liet glijden. De zon scheen warm op zijn hoofd en schouders. Zeemeeuwen zweefden krijsend boven zijn hoofd en Strike, zich er aangenaam van bewust dat hij nergens naartoe hoefde en door niemand werd verwacht, ging er eens op zijn gemak voor zitten om de krant van voor naar achter te lezen op het zonovergoten bankje.

10

Robin deinde mee met de andere forenzen die opeengepakt in metro Bakerloo Line in noordelijke richting stonden, allemaal met een gespannen en neerslachtig gezicht dat bij de maandagochtend paste. Ze voelde de telefoon in haar jaszak trillen en viste hem er moeizaam uit, waarbij haar elleboog onaangenaam in een onbestemd blubberig lichaamsdeel priemde van de in pak gestoken man met de slechte adem naast haar. Toen ze zag dat het bericht afkomstig was van Strike, voelde ze even een opwinding die grensde aan wat er gisteren door haar heen was gegaan toen ze zag dat Duffield in de krant stond. Ze scrolde naar beneden en las:

```
Ben er niet. Sleutel achter stortbak wc.
Strike
```

Ze deed geen poging de telefoon terug in haar zak te stoppen, maar hield hem in haar hand terwijl de trein door de donkere tunnels rammelde en Robin probeerde de stinkadem van de blubberige man niet in te ademen. Ze was chagrijnig. De vorige dag had ze met Matthew en twee studievrienden van hem geluncht in zijn favoriete culi-pub, de Windmill on the Common. Toen Robin de foto van Evan Duffield zag in het exemplaar van de *News of the World* dat opengeslagen op een naburig tafeltje lag, had ze zich ademloos verontschuldigd, midden in een van Matthews verhalen, en was naar buiten gesneld om Strike te sms'en.

Later had Matthew gezegd dat het getuigde van slechte manieren, wat nog werd versterkt doordat ze niet wilde zeggen wat er aan de hand was, alleen maar omdat ze zo nodig belachelijk geheimzinnig wilde doen.

Robin hield zich stevig vast aan de lus boven haar hoofd, en terwijl de trein vaart minderde – en haar zware buurman tegen haar aan hing – voelde ze zich een tikkeltje dwaas, maar ook wrokkig ten opzichte van beide mannen; voornamelijk de speurder, die duidelijk niet geïnteresseerd was in de vreemde gedragingen van Lula Landry's voormalige vriend.

Tegen de tijd dat ze langs de gebruikelijke chaos en de hopen met puin naar Denmark Street was gelopen, de sleutel volgens instructie achter de stortbak vandaan had gehaald en ze zich opnieuw hautain had laten afwimpelen door de superieur klinkende telefoniste van Freddie Bestigui had Robin echt een rothumeur.

Zonder dat ze het wist liep Strike precies op dat moment langs de plek waar zich een van de meest romantische momenten van haar leven had voltrokken. Toen hij het standbeeld van Eros passeerde aan de kant van St. James, op weg naar Glasshouse Street, wemelde het daar die ochtend van de Italiaanse tieners.

Het was vanaf Piccadilly Circus maar een klein stukje lopen naar de ingang van de Barrack, de nachtclub die Deeby Macc zo goed was bevallen dat hij er, recht uit het vliegtuig vanuit Los Angeles, uren was gebleven. De gevel leek te zijn opgetrokken uit industrieel beton, waarop de naam in zwarte, glanzende letters verticaal was aangebracht. De club strekte zich uit over vier verdiepingen. Zoals Strike al had verwacht hingen er bewakingscamera's boven de deur; hij schatte dat hun bereik het grootste deel van de straat besloeg. Hij liep om het gebouw heen, bekeek de nooduitgangen en maakte voor zichzelf een ruwe schets van de omgeving.

Na een tweede uitgebreide internetsessie de vorige avond had Strike het gevoel dat hij alles wist van Deeby Maccs publiekelijk beleden belangstelling voor Lula Landry. De rapper had het model genoemd in drie songteksten, op twee verschillende albums, bovendien had hij haar in interviews zijn ideale vrouw en zielsverwant genoemd. Het was moeilijk te peilen hoe serieus je Macc moest nemen wanneer hij dat soort opmerkingen maakte; in alle interviews in de gedrukte pers die Strike had gelezen moest je de uitspraken van de rapper met een korreltje zout nemen, ten eerste vanwege zijn humor, die droog en slim was, en ten tweede vanwege het bijna angstige ontzag dat iedere interviewer leek te voelen wanneer hij met hem werd geconfronteerd.

Macc, een voormalig bendelid dat in de gevangenis had gezeten wegens wapen- en drugsdelicten in zijn geboortestad Los Angeles, was nu multimiljonair en had een aantal lucratieve bedrijven naast zijn muziekcarrière. Het leed geen twijfel dat de pers 'helemaal flipte', in Robins bewoordingen, toen het nieuws was uitgelekt dat Maccs platenmaatschappij het appartement onder dat van Lula voor hem had gehuurd. Er was druk gespeculeerd over de vraag wat er zou gebeuren wanneer Deeby Macc slechts één verdieping verwijderd zou zijn van zijn veronderstelde droomvrouw, en wat voor gevolgen dit brandgevaarlijke nieuwe element zou kunnen hebben voor de licht ontvlambare relatie tussen Landry en Duffield. Al deze onzinnige berichtjes waren doorspekt met verhalen, ongetwijfeld verzonnen, die zogenaamd afkomstig waren van vrienden van beiden: 'Hij heeft haar al gebeld om haar uit te nodigen voor een etentje', 'Zij geeft een feestje voor hem in haar flat wanneer hij aankomt in Londen'. Dergelijke speculaties overstemden bijna de golf van commentaar van diverse columnisten, die hevig verontwaardigd waren dat de twee keer veroordeelde Macc, wiens muziek (volgens hen) zijn criminele verleden verheerlijkte, überhaupt het land binnenkwam.

Toen Strike had vastgesteld dat de straten rondom de Barrack hem verder niets wijzer konden maken, zette hij zijn tocht lopend voort en maakte aantekeningen over de omgeving: waar was parkeren verboden, wat waren de restricties voor de vrijdagavond en welke nabijgelegen horecazaken hadden een eigen bewakingscamera? Toen hij zijn notities had voltooid, vond hij dat hij wel een kop thee en een broodje bacon op kosten van de zaak had verdiend, die hij nuttigde terwijl hij een *Daily Mail* las die in de broodjeszaak was achtergebleven.

Zijn mobiel ging toen hij aan zijn tweede kop thee begon, halverwege een verlekkerd relaas over de premier die de stommiteit had begaan een oudere vrouwelijke kiezer 'kortzichtig' te noemen zonder te beseffen dat de microfoon nog openstond.

Een week geleden had Strike de ongewenste telefoontjes van zijn uitzendkracht nog doorgeschakeld naar de voicemail. Vandaag nam hij op. 'Hallo Robin, alles goed?'

'Jawel. Ik bel om uw telefonische boodschappen door te geven.'

'Brand maar los,' zei Strike, en hij pakte een pen.

'Alison Cresswell, de secretaresse van John Bristow, belde net om te zeggen dat ze voor morgenmiddag één uur een tafel heeft gereserveerd bij Cipriani, zodat hij u kan voorstellen aan Tansy Bestigui.'

'Mooi.'

'Ik heb nogmaals de productiemaatschappij van Freddie Bestigui gebeld. Ze beginnen daar geïrriteerd te raken. Hij zit in LA, zeggen ze. Ik heb weer het verzoek achtergelaten hem te laten terugbellen.'

'Goed gedaan.'

'En Peter Gillespie heeft weer gebeld.'

'Hm-hm.'

'Het is dringend, zegt hij, of u zo snel mogelijk contact wilt opnemen.'

Strike overwoog haar te vragen Gillespie terug te bellen en te zeggen dat hij kon doodvallen.

'Ja, zal ik doen. Zeg, kun jij voor mij het adres van nachtclub Uzi opzoeken?'

'Jawel.'

'En probeer het nummer te vinden van een zekere Guy Somé. Dat is een modeontwerper.'

'Je spreekt het uit als Gie,' zei Robin.

'Wat?'

'Zijn voornaam. Die spreek je op z'n Frans uit, niet als Gaai.'

'Juist. Kun je zijn nummer voor me proberen te achterhalen?'

'Goed,' zei Robin.

'Vraag of hij bereid is met me te praten. Laat maar een bericht achter waarin je uitlegt wie ik ben en wie me heeft ingehuurd.'

'Goed.'

Het drong tot Strike door dat Robins toon kil was. Na een paar seconden meende hij te weten hoe dat kwam.

'Nog bedankt trouwens voor je sms van gisteren,' zei hij. 'Sorry dat ik niet reageerde, maar het zou gek geweest zijn als ik op dat moment had gaan zitten sms'en. Ik zou het heel fijn vinden als je Nigel Clements, Duffields agent, kon bellen om een afspraak voor me te regelen.'

Haar vijandige houding verdween onmiddellijk, zoals zijn bedoeling was geweest; haar stem klonk vele graden warmer toen ze weer het woord nam. Sterker nog, haar toon grensde aan enthousiasme. 'Maar Duffield kan er toch niets mee te maken gehad hebben? Hij had een waterdicht alibi!'

'Ja, nou, dat zullen we nog wel eens zien,' zei Strike, bewust onheilspellend. 'En moet je horen, Robin, als er weer zo'n doodsbedreiging komt – want die komen meestal op maandag...'

'Ja?' vroeg ze gretig.

'Gewoon in de map doen.'

Hij wist het niet zeker – het leek hem onwaarschijnlijk, ze kwam zo keurig op hem over – maar hij meende haar 'Zelf weten, sukkel' te horen mompelen toen ze ophing.

De rest van de dag bracht Strike door met eentonig maar noodzakelijk speurwerk. Toen Robin hem het adres had ge-sms't bezocht hij zijn tweede nachtclub van die dag, deze keer in South Kensington. Het contrast met de Barrack was extreem: de discrete entree van de Uzi had net zo goed de voordeur van een particuliere woning kunnen zijn. Ook hier hingen camera's boven de deur.

Vervolgens nam Strike de bus naar Charles Street, de straat waarvan hij tamelijk zeker wist dat Guy Somé er woonde, en hij legde lopend de volgens hem kortste route af van het adres van de ontwerper naar het huis waar Lula Landry was gestorven.

Tegen het einde van de middag begon zijn been op te spelen en nam hij een pauze om uit te rusten en een sandwich te eten voordat hij op weg ging naar de Feathers, vlak bij Scotland Yard, waar hij had afgesproken met Eric Wardle.

Het was weer een victoriaanse pub, deze keer met enorme ramen die bijna van de vloer tot het plafond reikten en uitzicht boden op een statig grijs pand uit de jaren twintig, opgesierd met beelden van Jacob Epstein. Het dichtstbijzijnde hing boven de deuren en staarde door de ramen van de pub naar binnen: een woeste, zittende godheid die werd omhelsd door zijn jonge zoontje, dat met een rare kronkel in zijn lijfje zijn genitaliën toonde. De tijd had ieder mogelijk schokeffect weggesleten.

Binnen bij de Feathers rinkelden en bliepten de flipperkasten met knipperende lichtjes in primaire kleuren; op de plasma-tv's aan de muren, omgeven door gecapitonneerd leer, speelde West Bromwich Albion geluidloos tegen Chelsea terwijl Amy Winehouse kreunend uit de verscholen speakers beukte. De namen van de biersoorten waren op de crèmekleurige muur boven de lange bar geschreven, tegenover een brede, donker houten trap naar de eerste verdieping, met gekromde treden en een blinkende koperen reling.

Strike moest op zijn beurt wachten, wat hem de gelegenheid bood om rond te kijken. De zaak zat vol met mannen, de meesten met militair-kort haar, maar rondom een hoge tafel stond een trio diep oranjebruin gekleurde meisjes in strakke glitterjurkjes. Ze wierpen hun te vaak met de stijltang bewerkte geblondeerde lokken over de schouders terwijl ze onnodig hun gewicht verplaatsten op hun wiebelhakken en deden alsof ze niet merkten dat de enige klant die in zijn eentje zat te drinken, een knappe, jongensachtige vent op een hoge barkruk bij het nabijgelegen raam, hen aandachtig en met een geoefend oog bekeek, punt voor punt. Strike bestelde een halve liter Doom Bar en liep naar de keurende man toe.

'Cormoran Strike,' zei hij toen hij bij Wardles tafel kwam. Wardle had het soort haar dat Strike benijdde bij andere mannen; niemand zou Wardle ooit 'Schaamhaar' genoemd hebben.

'Ja, ik dacht al dat jij het was,' zei de politieman en hij drukte Strike de hand. 'Anstis zei dat ik een forse kerel moest verwachten.'

Terwijl Strike een barkruk pakte, vroeg Wardle zonder verdere plichtplegingen: 'Wat heb je voor me?'

'Er is vorige maand een dodelijke steekpartij geweest vlak bij Ealing Broadway. Een zekere Liam Yates? Politie-informant, als ik het goed heb.'

'Ja, heeft een mes in zijn hals gekregen. Maar we weten al wie de dader is,' zei Wardle met een neerbuigend lachje. 'Dat weet half Londen. Als dat je informatie is...'

'Maar jullie weten niet waar hij uithangt, of wel soms?'

Na een snelle blik op de hardnekkig niet-kijkende meisjes haalde Wardle een notitieboekje uit zijn zak. 'Ga door.'

'Bij bookmaker Betbusters op Hackney Road werkt een zekere Shona Holland. Ze woont in een huurflat twee straten van haar werk, en op dit moment heeft ze een ongewenste logé, Brett Fearney, die haar zus regelmatig in elkaar sloeg. Kennelijk is hij het type dat je niets durft te weigeren.'

'Heb je het volledige adres?' Wardle zat druk te schrijven.

'Ik heb je zojuist de naam van de huurster en de helft van de postcode gegeven. Wat dacht je van een beetje speurderswerk?'

'En waar heb je dit vandaan, zei je?' vroeg Wardle, nog altijd druk schrijvend, het notitieboekje op één knie balancerend onder de tafel.

'Dat zei ik niet,' antwoordde Strike flegmatiek en hij nam een slokje van zijn bier.

'Interessante vrienden heb jij.'

'Heel interessant. En dan nu, in het kader van de eerlijke ruil...'

Wardle stopte lachend zijn aantekenboekje weg. 'Wat je me zojuist hebt gegeven is een hoop gelul.'

'Niet waar. Een beetje sportief blijven, Wardle.'

De politieman nam Strike even op en leek niet te weten of hij geamuseerd of wantrouwend moest reageren. 'Wat zoek je?'

'Dat heb ik je aan de telefoon al gezegd: een beetje inside-information over Lula Landry.'

'Lees jij geen kranten?'

'Inside-information, zei ik. Mijn cliënt meent dat er opzet in het spel is.'

Wardles gezichtsuitdrukking werd harder. 'Je bent ingehuurd door een schandaalkrant?'

'Nee,' zei Strike, 'door haar broer.'

'John Bristow?' Wardle nam een grote slok van zijn bier, zijn ogen hoog op de bovenbenen van het dichtstbijzijnde meisje gericht terwijl zijn trouwring de rode lichtjes van de flipperkast weerkaatste.

'Is hij nog steeds gefixeerd op de camerabeelden?'

'Daar heeft hij het wel over gehad,' gaf Strike toe.

'We hebben geprobeerd ze op te sporen,' zei Wardle. 'Die twee zwarte mannen. Er is een oproep gedaan. Ze hebben zich geen van beiden gemeld. Dat verbaasde niemand: er ging een autoalarm af precies op het moment dat zij langsliepen – of op het moment dat ze probeerden een Maserati open te breken. Heel smaakvol.'

'Dus jij denkt dat het autodieven waren?'

'Ik zeg niet dat ze er specifiek op uit waren auto's te jatten, misschien roken ze gewoon hun kans toen ze die wagen daar zagen staan. Welke sukkel parkeert er nou een Maserati zomaar op straat? Maar het was bijna twee uur 's nachts en het vroor, dus ik kan niet veel onschuldige redenen bedenken waarom twee mannen ervoor zouden kiezen elkaar op dat tijdstip te treffen, in een straat in Mayfair waar ze geen van beiden woonden, voor zover we weten.'

'Geen enkel idee waar ze vandaan kwamen of waar ze daarna naartoe zijn gegaan?'

'We zijn er tamelijk zeker van dat die ene man, Bristows grote obsessie die vlak voor haar val in de richting van haar flat liep, om kwart over elf in Wilton Street uit bus 38 is gestapt. Het is niet te zeggen wat hij heeft gedaan voordat hij anderhalf uur later langs de camera aan het einde van Bellamy Road liep. Tien minuten daarna holde hij er weer langs, nadat Landry was gesprongen: hij sprintte door Bellamy Road en is hoogstwaarschijnlijk rechtsaf gegaan in Weldon Street. Er zijn beelden opgedoken van een man die min of meer aan de beschrijving voldoen – lang, zwart, sweater met capuchon, sjaal voor het gezicht – twintig minuten later op Theobalds Road.'

'Dat heeft hij snel gedaan, als hij binnen twintig minuten op Theobalds Road was,' merkte Strike op. 'Dat is toch in de richting van Clerkenwell? Zeker drie, misschien wel vier kilometer verderop. En de stoepen waren glad.'

'Ja, misschien was hij het ook wel niet. De beelden waren waardeloos. Bristow vond het zeer verdacht dat hij zijn gezicht had afgedekt, maar het vroor tien graden die nacht, ik ben zelf ook naar mijn werk gegaan met een bivakmuts op. Maar of hij het nu wel of niet was op Theobalds Road, er heeft zich niemand gemeld die hem herkende.'

'En die andere man?'

'Die sprintte zo'n tweehonderd meter verderop door Halliwell Street. Geen idee waar hij daarna is gebleven.'

'Ook niet wanneer hij de buurt is binnengekomen?'

'Hij kan overal vandaan gekomen zijn. We hebben geen andere beelden van hem.'

'Er hangen toch tienduizend bewakingscamera's in Londen, zeggen ze?'

'Nog niet overal. Camera's zijn niet de oplossing voor onze problemen, tenzij ze goed onderhouden worden en we de beelden live bekijken. Dat ding in Garriman Street werkte niet en in Meadowfield Road of Hartley Street hangen er geen. Jij bent al net als al die anderen, Strike: je eist je anonimiteit op als je thuis tegen het vrouwtje hebt gezegd dat je op kantoor zit terwijl je in werkelijkheid een lapdanceclub bezoekt, maar als iemand probeert jouw badkamerraampje open te wrikken, wil je ineens vierentwintig uur per dag bewaking. Je kunt het niet allebei hebben.'

'Ik wil het geen van beide,' zei Strike. 'Ik vraag alleen wat je weet van hardloper nummer twee.'

'Tot aan zijn ogen ingepakt, net als zijn maat. Je zag alleen de handen. Als ik hem was en ik had een slecht geweten over de Maserati, dan was ik een bar in gedoken en er samen met een hele bups andere mensen weer uit gelopen. Vlak bij Halliwell Street zit een tent, Bojo's, waar hij zich makkelijk onder de klanten had kunnen mengen. We zijn het nagegaan,' zei Wardle, vooruitlopend op Strikes vraag. 'Niemand herkende hem op de camerabeelden.'

Ze dronken even zwijgend van hun bier.

'Al zouden we hem vinden,' zei Wardle, die zijn glas neerzette, 'dan zou hij ons hooguit een ooggetuigenverslag van haar sprong opleveren. Er is geen onverklaard DNA aangetroffen in haar flat. Er was daar niemand geweest die er niet thuishoorde.'

'Bristow haalt zich die moord niet alleen in het hoofd vanwege de camerabeelden,' zei Strike. 'Hij heeft ook een paar keer met Tansy Bestigui gesproken.'

'Praat me niet van Tansy fucking Bestigui,' zei Wardle geërgerd.

'Ik zal wel moeten, want mijn cliënt meent dat ze de waarheid vertelt.'

'Is hij daar nou nog steeds mee bezig? Kan hij er niet eens over ophouden? Nou, ik kan je wel het een en ander vertellen over mevrouw Bestigui.'

'Ga je gang,' zei Strike, met één hand om het glas bier gevouwen, dat hij tegen zijn borst drukte.

'Zo'n twintig, vijfentwintig minuten nadat Landry op straat was beland kwamen Carver en ik op de plaats van het ongeval aan. De collega's in uniform waren er al. Tansy Bestigui liep nog volop hysterisch te doen toen we haar spraken, janken en trillen en roepen dat er een moordenaar in het pand was.

Haar verhaal luidde dat ze om een uur of twee was opgestaan omdat ze moest plassen. Ze hoorde twee flats hoger geschreeuw en zag Landry's lichaam langs het raam tuimelen.

Nou zit er in de ramen van die flats driedubbel glas of zoiets. Ze zijn speciaal gemaakt om de warmte en de airco binnen te houden en het lawaai van het gepeupel buiten te sluiten. Toen we later haar verhaal aanhoorden, wemelde het op straat van de surveillancewagens en de buurtbewoners, maar daar merkte je daarboven niks van. Je zag alleen de zwaailichten. Het leek goddomme wel of we in een piramide zaten, zo stil was het daarbinnen.

Dus ik zeg tegen haar: "Weet u zeker dat u geschreeuw hebt gehoord, mevrouw Bestigui? Want deze flats lijken me behoorlijk geluiddicht."

Ze wist van geen wijken. Zwoer dat ze ieder woord had gehoord. Volgens haar had Landry iets geroepen van "Je bent te laat" en toen zei een mannenstem: "Vuile trut, dat lieg je." Hallucinaties van het gehoor, noemen ze dat,' zei Wardle. 'Je gaat dingen horen die er niet zijn als je zo veel coke snuift dat je hersenen langzaam door je neus naar buiten druipen.'

Hij nam nog een grote slok van zijn bier.

'Hoe dan ook, we hebben onomstotelijk bewezen dat ze het niet gehoord kan hebben. De volgende dag zijn de Bestigui's in het huis van vrienden getrokken om de pers te ontvluchten, dus toen hebben we een paar mannetjes in hun flat gezet en iemand op het balkon van Landry, waar hij zo hard heeft staan schreeuwen als hij kon. De mannen op de eerste verdieping konden er geen woord van horen, en zij waren ook nog eens broodnuchter en gespitst op het geluid. Maar terwijl wij aantoonden dat ze uit haar nek lulde, belde zij van Bestigui half Londen op om te vertellen dat ze de enige getuige was van de moord op Lula Landry. De pers zat er toch al bovenop, want sommige buurtbewoners hadden haar over een indringer horen schreeuwen. De kranten probeerden Evan Duffield al de schuld in de schoenen te schuiven nog voordat wij terug waren bij Bestigui. We legden haar voor dat we inmiddels hadden aangetoond dat ze nooit gehoord kon hebben wat ze gehoord beweerde te hebben. Nou, ze was nog steeds niet bereid toe te geven dat het zich alleen in haar hoofd had afgespeeld. Er stond nu veel op het spel, want de pers dromde voor haar deur alsof zij de wedergeboorte van Lula Landry was. Dus kwam ze aan met: "O, heb ik dat niet gezegd? Ik had de ramen opengezet. Ja, voor een beetje frisse lucht."' Wardle lachte vernietigend. 'Het vroor dat het kraakte en het sneeuwde.'

'En ze was in haar ondergoed, toch?'

'Ja. Ze zag eruit als een hark met twee plastic mandarijnen erop gebonden,' zei Wardle; de vergelijking flapte er zo snel uit dat Strike ervan overtuigd was dat hij lang niet de eerste was die erop werd getrakteerd.

'We hebben de nieuwe versie van het verhaal ook weer nagetrokken en zijn op zoek gegaan naar vingerafdrukken, en nee, hoor, ze had het raam niet opengezet. Geen afdrukken op de grendel en verder ook nergens; de schoonmaakster had de ramen nog gezeemd op de ochtend voor Landry's dood en was daarna niet meer geweest. En toen we daar aankwamen waren de ramen dicht en vergrendeld, dus dan kun je maar één conclusie trekken, nietwaar? Mevrouw Tansy Bestigui is een liegbeest.'

Wardle dronk zijn glas leeg.

'Neem er nog een,' zei Strike, en zonder het antwoord af te wachten liep hij naar de bar.

Hij zag Wardles nieuwsgierige blik over zijn onderbenen glijden toen hij terugliep naar het tafeltje. In andere omstandigheden zou hij keihard met zijn prothese tegen de tafelpoot geschopt hebben en hebben gezegd: 'Het is deze.' Nu zette hij twee verse halve liters en een portie uitgebakken zwoerdjes neer, die tot zijn ergernis werden geserveerd in moderne witte schaaltjes.

'Maar Tansy Bestigui heeft Lula Landry wel degelijk langs dat raam zien vallen, of niet? Want volgens Wilson hoorde hij de klap vlak voordat zij begon te gillen.'

'Misschien heeft ze het wel gezien, maar ze was niet aan het pissen. Ze was een paar lijntjes wit aan het snuiven in de badkamer. Die hebben we daar aangetroffen, al kant-en-klaar gesneden.'

'Had ze die laten liggen?'

'Ja. Waarschijnlijk was ze niet meer in de stemming toen er ineens een lijk langs haar raam viel.'

'Is het raam te zien vanuit de badkamer?'

'Ja. Net.'

'Jullie waren er behoorlijk snel bij, toch?'

'De uniformen binnen acht minuten en Carver en ik in ongeveer twintig.' Wardle hief zijn glas alsof hij wilde proosten op de efficiëntie van het korps.

'Ik heb Wilson gesproken, de beveiligingsman,' zei Strike.

'Ja? Hij heeft het niet slecht gedaan,' zei Wardle een tikje neerbuigend. 'Hij kon er ook niks aan doen dat hij aan de schijterij was. Maar hij is netjes overal afgebleven en heeft grondig naar een dader gezocht nadat ze was gesprongen. Ja, dat heeft hij goed aangepakt.'

'Zijn collega's en hij waren wel een beetje laks met de toegangscodes.'

'Dat gaat altijd zo. Te veel pincodes en wachtwoorden om te onthouden. Ik weet er alles van.'

'Bristow is geïnteresseerd in het kwartier dat Wilson op de plee zat, in de mogelijkheden die dat bood.'

'Dat waren wij ook, ongeveer vijf minuten, tot we ons ervan verzekerd hadden dat zij van Bestigui een publiciteitsgeile cokesnuiver is.'

'Wilson vertelde nog dat het zwembad niet was afgesloten.'

'Kan hij verklaren hoe een moordenaar bij het zwembad had kunnen komen, en er later weer vandaan, zonder pal langs hem heen te lopen? Een zwémbad, goddomme,' zei Wardle, 'bijna net zo groot als bij mij in de sportschool. En dat voor drie personen. Een complete fitnesszaal achter de balie van de bewaker. Een ondergrondse parkeergarage! Flats met een hoop marmer en dat soort shit... het lijkt wel een fucking vijfsterrenhotel.' De politieman schudde traag het hoofd over de ongelijke verdeling van de weelde. 'Een compleet andere wereld.'

'Het gaat mij om de middelste flat,' zei Strike.

'Van Deeby Macc?' Tot Strikes verbazing verscheen er een oprechte, warme glimlach op het gezicht van de politieman. 'Wat is daarmee?'

'Zijn jullie daar ook binnen geweest?'

'Ik heb wel een kijkje genomen, maar Bryant had hem al doorzocht. Niks. Ramen vergrendeld, alarm ingeschakeld.'

'Is Bryant degene die tegen de tafel aan liep en een enorm bloemstuk omgooide?'

Wardle snoof. 'Dus dat heb je gehoord? Bestigui kon er niet om lachen. Ja, klopt. Tweehonderd rozen, in een kristallen vaas zo groot als een vuilnisvat. Meneer had kennelijk ergens gelezen dat Macc altijd om witte rozen vraagt in zijn *rider*. Zijn rider, ja,' zei Wardle, alsof Strikes stilzwijgen impliceerde dat hij die term niet kende. 'Een lijst met de spullen die ze eisen in hun kleedkamers. Ik had gedacht dat jij dat wel zou weten.'

Strike ging niet op de insinuatie in. Hij had beter verwacht van Anstis. 'Ben je er nog achter gekomen waarom Bestigui Macc rozen wilde laten bezorgen?'

'Gewoon om te slijmen, neem ik aan. Waarschijnlijk wilde hij Macc in een van zijn films hebben. Hij was gigantisch over de zeik toen hij hoorde dat Bryant die vaas had omgestoten. Schreeuwde moord en brand toen hij erachter kwam.'

'Vond niemand het gek dat hij zich druk maakte om een bos rozen terwijl zijn buurvrouw met verbrijzelde hersens op straat lag?'

'Het is een ongelooflijke lul, die Bestigui,' zei Wardle uit de grond van zijn hart. 'Gewend dat mensen in de houding springen als hij tegen ze praat. Hij probeerde ons allemaal te behandelen als personeel, tot hij doorkreeg dat dat niet verstandig was.

Maar dat gebrul van hem was in werkelijkheid niet vanwege de bloemen. Hij probeerde zijn vrouw te overstemmen, haar de kans te geven een beetje tot bedaren te komen. Hij drong zich steeds tussen haar en degene die haar wilde ondervragen in. Onze vriend Freddie is ook al zo'n forse kerel.'

'Waar was hij bang voor dan?'

'Hij was bang dat hoe langer zij daar stond te janken en te trillen als een fucking hazewindhond in de sneeuw, hoe duidelijker het werd dat ze coke gesnoven had. Hij moet geweten hebben dat dat spul nog ergens in de flat lag, dus was hij er natuurlijk niet blij mee dat de politie binnenstormde. Daarom probeerde hij iedereen af te leiden met een woede-uitbarsting over zijn bloemstuk van vijfhonderd pond.

Ik heb ergens gelezen dat hij van haar gaat scheiden. Dat verbaast me niks. Hij is gewend dat de pers voor hem op z'n tenen loopt; die lul sleept voortdurend iedereen voor de rechter. Hij genoot dus bepaald niet van de aandacht die hij kreeg nadat Tansy haar mond had opengedaan. De pers melkte het helemaal uit. Er werden oude verhalen over hem opgedist: dat hij ondergeschikten een bord naar het hoofd had geslingerd. Mensen had gestompt tijdens een vergadering. Ze zeggen dat hij zijn vorige vrouw een fors bedrag heeft betaald om te voorkomen dat ze in de rechtszaal een boekje opendeed over zijn seksleven. Het is vrij algemeen bekend dat hij een grote hufter is.'

'Heb je hem nooit als verdachte gezien?'

'Jawel, reken maar. Hij was ter plaatse en hij staat bekend om zijn gewelddadige gedrag. Maar het was niet erg waarschijnlijk. Als zijn vrouw had geweten dat hij het had gedaan of dat hij niet in hun flat was op het moment van Landry's val, had ze ons dat ongetwijfeld verteld. Ze was helemaal doorgedraaid tegen de tijd dat wij daar aankwamen. Maar ze beweerde dat hij in bed lag toen het gebeurde, en het bed zag er inderdaad beslapen uit.

Bovendien: stel dat hij erin was geslaagd hun flat uit te sluipen zonder dat zij het doorhad en dat hij naar Landry was gegaan, dan zitten we nog met de vraag hoe hij langs Wilson heeft weten te glippen. De lift kan hij niet genomen hebben, en in dat geval had hij hem op de trap moeten tegenkomen.'

'Dus het tijdschema sluit hem uit?'

Wardle aarzelde. 'Nou, het is niet helemaal onmogelijk. Het kan nét, aangenomen dat Bestigui een heel stuk sneller zou zijn dan de meeste mannen van zijn leeftijd en met zijn postuur, en dat hij is gaan rennen zodra hij haar naar beneden had geduwd. Maar dan blijft nog het feit dat we zijn DNA nergens in de flat hebben aangetroffen, en de vraag hoe hij de flat uit heeft kunnen gaan zonder dat zijn vrouw doorhad dat hij weg was... En dan is er nog het kleine detail dat Landry hem nooit zou hebben binnengelaten. Al haar vrienden waren het erover eens dat ze hem niet moest. En bovendien,' Wardle goot zijn laatste bodempje bier naar binnen, 'is Bestigui het type dat een huurmoordenaar in de arm zou nemen als hij iemand uit de weg wilde ruimen. Hij zou er zelf zijn handen niet aan vuilmaken.'

'Nog een biertje?'

Wardle keek op zijn horloge. 'Mijn beurt,' zei hij, en hij kuierde naar de bar. De drie jonge vrouwen die om de hoge tafel heen stonden, vielen stil en bekeken hem gretig. Wardle wierp ze een scheve grijns toe toen hij langsliep met het bier, en ze namen hem van top tot teen op voordat hij weer op de barkruk naast Strike ging zitten.

'Wat zou je denken van Wilson als mogelijke moordenaar?' vroeg Strike aan de politieman.

'Nee,' zei Wardle. 'Hij kan nooit naar boven zijn gegaan en op tijd zijn teruggekeerd om Tansy Bestigui te treffen op de eerste verdieping. Let wel, zijn cv deugt van geen kanten. Hij is aangenomen omdat hij bij de politie zou hebben gewerkt, maar daar is niks van waar.'

'Interessant. Wat heeft hij dan wel gedaan?'

'Allerlei beveiligingsklussen, jarenlang. Hij heeft toegegeven dat hij die leugen ooit had bedacht om zijn eerste baan te krijgen, een jaar of tien geleden, en later heeft hij het gewoon op zijn cv laten staan.'

'Volgens mij mocht hij Landry graag.'

'Ja. Hij is ouder dan hij eruitziet,' zei Wardle, alsof dat er iets mee te maken had. 'Hij is al opa. Ze ogen veel jonger dan wij, hè, die Caribische types? Ik zou gezworen hebben dat hij geen dag ouder was dan jij.'

Strike vroeg zich vluchtig af hoe oud Wardle hem schatte.

'Heeft de forensische dienst haar flat onderzocht?'

'Jawel,' zei Wardle, 'maar dat was puur omdat de hoge heren op het bureau iedere vorm van gerede twijfel wilden uitsluiten. We wisten binnen vierentwintig uur dat het zelfmoord moest zijn. Maar omdat verdomme de hele wereld meekeek, hebben we nog een tandje bijgezet.' Hij zei het met nauwverholen trots. 'De schoonmaakster had de hele boel 's morgens nog onder handen genomen – een sexy Pools ding, spreekt belabberd Engels, maar is verdomd grondig met de stofdoek – dus de vingerafdrukken van die dag waren prachtig zichtbaar. Geen bijzonderheden.'

'Ik neem aan dat die van Wilson er ook bij waren, omdat hij het pand had doorzocht na haar val?'

'Ja, maar geen vingerafdrukken op verdachte plekken.'

'Dus volgens jou waren er maar drie mensen in dat hele gebouw toen ze viel. Deeby Macc had er ook moeten zijn, maar...'

'... hij is rechtstreeks van het vliegveld naar een nachtclub gegaan, ja,' zei Wardle. En weer lichtte een brede, ogenschijnlijk onbedoelde grijns zijn gezicht op. 'Ik heb Deeby gesproken bij Claridges op de dag na haar dood. Een boom van een kerel. Net als jij,' zei hij met een snelle blik op Strikes omvangrijke torso, 'maar dan fit.' Strike incasseerde de steek onder water zonder commentaar. 'Een echte ex-gangster. Heeft in LA meerdere malen in de bak gezeten. Het had weinig gescheeld of hij had geen visum gekregen voor Groot-Brittannië.

Hij had een compleet gevolg bij zich,' vervolgde Wardle. 'Ze hingen allemaal rond in dezelfde kamer, met ringen aan iedere vinger en tatoeages in de nek. Maar hij was de grootste van allemaal. Een man om het voor in je broek te doen, die Deeby, als je hem zou tegenkomen in een donker steegje. Honderd keer beleefder dan die hele fucking Bestigui. Hij vroeg me hoe ik in godsnaam mijn werk kon doen zonder vuurwapen.'

De politieman straalde. Strike kon niet anders dan concluderen dat Eric Wardle, rechercheur bij de criminele opsporingsdienst, in dit geval net zo onder de indruk was van een beroemdheid als Kieran Kolovas-Jones.

'Het was geen lang gesprek, aangezien hij net uit het vliegtuig was gestapt en nooit een voet in Kentigern Gardens heeft gezet. Een routinepraatje. Na afloop heb ik hem gevraagd zijn nieuwste cd voor me te signeren,' voegde Wardle eraan toe, alsof hij het niet kon laten. 'Dat was een goeie zet, hij vond het prachtig. Moeder de vrouw wilde die cd op eBay zetten, maar ik...'

Wardle zweeg, alsof hij al meer had gezegd dan hij van plan was geweest. Strike pakte geamuseerd een handjevol zwoerdjes.

'En Evan Duffield?'

'Ach, hij.' De verafgoding die in de ogen van de politieman had geschitterd toen hij het over Deeby Macc had was verdwenen; hij keek nu kwaad. 'Miezerige junkie. Heeft ons van begin tot het eind aan het lijntje gehouden. De dag na haar dood is hij meteen vertrokken naar een afkickkliniek.'

'Dat las ik. Welke?'

'De Priory natuurlijk. Dat is goddomme gewoon een rustoord.'

'Wanneer heb je hem dan gesproken?'

'De volgende dag, maar we moesten hem eerst gaan zoeken, want zijn gevolg werkte ons op alle fronten tegen. Hetzelfde verhaal als met Bestigui, hè? Wij mochten niet weten wat hij werkelijk had uitgespookt. Mijn vrouw,' zei Wardle met een nog norsere frons, 'vindt hem sexy. Ben jij getrouwd?'

'Nee.'

'Anstis zei dat je uit het leger bent opgestapt om te gaan trouwen met een vrouw die eruitziet als een topmodel.'

'Wat had Duffield te vertellen toen jullie hem eenmaal te pakken hadden?'

'Dat die twee flinke bonje hadden gekregen in de club. Daar zijn een hoop getuigen van. Zij is opgestapt en hij ging naar eigen zeggen zo'n vijf minuten later achter haar aan met dat fucking wolvenmasker op z'n kop. Dat ding bedekt het hele hoofd. Hij had het overgehouden van een fotosessie, zegt hij.' Wardles gezichtsuitdrukking getuigde van grote minachting. 'Hij zette die kop graag op om ergens naar binnen of naar buiten te gaan, om de paparazzi te jennen. Dus toen Lula was vertrokken bij de Uzi is hij in zijn auto gestapt – zijn chauffeur stond voor de deur te wachten – en naar Kentigern Gardens gereden. De chauffeur heeft het bevestigd. Of, tenminste,' herstelde Wardle zich ongeduldig, 'hij heeft bevestigd dat hij een man met een wolvenkop naar Kentigern Gardens heeft gebracht van wie hij aannam dat het Duffield was, omdat hij Duffields lengte en bouw had, zo te zien Duffields kleding droeg en dezelfde stem had als Duffield.'

'Maar hij heeft de hele rit die wolvenkop niet afgezet?'

'Het is maar een kwartiertje van de Uzi naar haar flat. Nee, hij heeft dat ding niet afgezet. Kinderachtig etterventje.

Goed. Duffield beweert dat hij besloot om toch maar niet naar binnen te gaan toen hij al die fotografen voor haar flat zag staan. Hij heeft de chauffeur opdracht gegeven hem naar Soho te brengen, waar hij is uitgestapt. Duffield is de hoek om gelopen naar de flat van zijn dealer in d'Arblay Street, waar hij een shot heeft genomen.'

'Nog altijd met wolvenkop?'

'Nee, daar heeft hij hem afgezet,' zei Wardle. 'De dealer, een zekere Whycliff, is een voormalig kostschooljongetje dat nog meer gebruikt dan Duffield. Hij heeft een volledige verklaring afgelegd en bevestigd dat Duffield rond half drie bij hem was. Er was verder niemand anders en ik geloof zeker dat Whycliff voor Duffield zou liegen, maar een vrouw op de begane grond heeft de bel gehoord en verteld dat ze Duffield op de trap heeft gezien.

Afijn, Duffield is tegen vieren bij die Whycliff vertrokken en, weer met die fucking wolvenkop op, naar de plek gewankeld waar hij meende dat zijn auto met chauffeur stond te wachten, alleen was die vertrokken. Het was een misverstand, volgens de chauffeur. Hij vond Duffield een eikel, dat werd wel duidelijk toen we zijn verklaring opnamen. Duffield was trouwens niet zijn opdrachtgever, de auto werd betaald door Landry.

Toen is Duffield, die geen geld op zak had, helemaal naar Ciara Porter in Notting Hill gelopen. We hebben een paar mensen weten te vinden die in de juiste straten een man hebben zien lopen met een wolvenkop, en er zijn beelden waarop hij een vrouw bij een nachtbenzinestation een doosje lucifers aftroggelt.'

'Is zijn gezicht te zien op die beelden?'

'Nee, want hij schoof de wolvenkop omhoog om met haar te praten, dus je ziet alleen de snuit. Maar zij zegt dat het Duffield was.

Rond half vijf kwam hij bij Porter aan. Hij mocht bij haar op de bank slapen, en ongeveer een uur later kreeg ze het nieuws dat Landry dood was en heeft ze hem wakker gemaakt om het te vertellen. En hoppa: een hoop aanstellerij en hij vertrok naar de afkickkliniek.'

'Hebben jullie gezocht naar een afscheidsbriefje?' vroeg Strike.

'Ja. Niets in de flat en niets op haar laptop, maar dat verbaasde niemand. Ze heeft het in een opwelling gedaan, nietwaar? Ze was manisch-depressief, ze had net ruzie gehad met dat ettertje en dat heeft haar over de rand... Nou ja, je weet wat ik bedoel.' Wardle keek op zijn horloge en dronk zijn glas leeg. 'Ik moet gaan. Het vrouwtje zal wel pissig zijn, ik had gezegd dat ik maar een half uurtje wegbleef.'

De oranjebruine meisjes waren vertrokken zonder dat de mannen het hadden gemerkt. Buiten staken ze allebei een sigaret op. 'Ik heb zo de pest aan dat stomme rookverbod,' zei Wardle terwijl hij de rits van zijn jas tot bovenaan dichttrok.

'Maar wij hebben dus een deal?' vroeg Strike.

Met de sigaret in zijn mondhoek trok Wardle een paar handschoenen aan. 'Dat weet ik nog zo net niet.'

'Kom op, Wardle.' Strike gaf de politieman een kaartje, dat hij aannam alsof het een artikel uit de feestwinkel was. 'Ik heb je Brett Fearney bezorgd.'

Wardle lachte hardop. 'Nog niet.'

Hij stopte Strikes kaartje in zijn zak, nam een trek van zijn sigaret, blies de rook uit en nam zijn forsere gesprekspartner toen nieuwsgierig en tegelijkertijd vorsend op. 'Ja, oké. Zodra we Fearney hebben, krijg jij het dossier.'

11

'De impresario van Evan Duffield laat weten dat Duffield geen telefoontjes meer beantwoordt en geen interviews geeft over Lula Landry,' zei Robin de volgende morgen. 'Ik heb duidelijk gemaakt dat u geen journalist bent, maar hij hield voet bij stuk. En bij Guy Somé op kantoor zijn ze nog botter dan bij Freddie Bestigui. Je zou haast denken dat ik om een audiëntie bij de paus vraag.'

'Oké,' zei Strike, 'ik zal kijken of ik hem via Bristow te spreken kan krijgen.'

Het was de eerste keer dat Robin Strike in een pak zag. Hij zag eruit, vond ze, als een rugbyer op weg naar een internationale wedstrijd: groot en ouderwets netjes in zijn donkere jasje met de ingetogen stropdas. Strike zat op zijn knieën een van de kartonnen dozen te doorzoeken die hij bij Charlotte had opgehaald. Robin wendde haar blik af van de uitgepakte spullen. Ze repten nog altijd met geen woord over het feit dat Strike in zijn kantoor woonde.

'Aha,' zei hij, toen hij tussen een stapel post eindelijk de felblauwe envelop had gevonden met daarin de uitnodiging voor het verjaardagsfeest van zijn neefje. 'Shit,' zei hij toen hij hem had opengemaakt.

'Wat is er?'

'Er staat niet bij hoe oud hij wordt,' zei Strike. 'Mijn neefje.'

Robin was nieuwsgierig naar Strikes relatie met zijn familie. Maar aangezien ze nooit officieel had gehoord dat hij meerdere halfbroers en -zusjes, een beroemde vader en een enigszins beruchte moeder had, slikte ze haar vragen in en ging verder met het openen van de schamele hoeveelheid post van die dag.

Strike kwam overeind van de vloer, zette de kartonnen doos weer weg in een hoek van zijn eigen kantoortje en liep terug naar Robin.

'Wat is dat?' vroeg hij toen hij een fotokopie van een nieuwsbericht op het bureau zag liggen.

'Dat heb ik voor u bewaard,' zei ze verlegen. 'U zei dat u blij was dat u dat artikel over Evan Duffield had gelezen... Dus dacht ik dat dit u ook wel zou interesseren, als u het nog niet hebt gezien.'

Het was een artikel over filmproducent Freddie Bestigui, keurig uitgeknipt uit de *Evening Standard* van de vorige dag.

'Uitstekend gedaan. Ik lees het straks onderweg naar de lunch met zijn vrouw.'

'Binnenkort zijn ex-vrouw,' zei Robin. 'Dat staat er allemaal in. Hij heeft het niet getroffen in de liefde, meneer Bestigui.'

'Ik heb van Wardle begrepen dat het geen al te beminnelijke man is,' zei Strike.

'Hoe hebt u die agent zover gekregen dat hij met u wilde praten?' Op dat gebied kon Robin haar nieuwsgierigheid niet bedwingen. Ze wilde dolgraag meer te weten komen over de gang van zaken en de vorderingen in het onderzoek.

'We hebben een gemeenschappelijke vriend,' zei Strike. 'Iemand die ik ken uit Afghanistan, een politieman in het nationale reserveleger.'

'Hebt u in Afghanistan gezeten?'

'Ja.' Strike trok zijn jas aan, met het opgevouwen artikel over Freddie Bestigui en de uitnodiging voor Jacks feestje tussen zijn tanden geklemd.

'Wat deed u daar?'

'De dood van een gesneuvelde soldaat onderzoeken,' zei Strike. 'Militaire politie.'

'O,' zei Robin. Militaire politie strookte niet met Matthews indruk van een charlatan of een nietsnut.

'Waarom bent u teruggekomen?'

'Gewond.'

Tegenover Wilson had hij de aard van zijn verwondingen uiterst grimmig beschreven, maar hij waakte ervoor om net zo open tegen Robin te zijn. Hij zag haar geschokte gezicht al voor zich en hij zat niet op haar medelijden te wachten.

'Vergeet niet om Peter Gillespie te bellen,' hielp ze hem herinneren toen hij de deur uit liep.

Strike las het gekopieerde artikel in de metro naar Bond Street. Freddie Bestigui had zijn eerste fortuin geërfd van zijn vader, die zijn geld had verdiend in de transportwereld; de tweede keer was Freddie binnengelopen met het produceren van zeer commerciële films waarvoor de serieuze recensenten hun neus ophaalden. Momenteel liep er een rechtszaak, door de producent aangespannen, tegen de bewering van twee kranten dat Bestigui zich zeer ongepast zou hebben gedragen jegens een jonge werkneemster, die hij vervolgens zwijggeld had betaald. Een van de beschuldigingen – die zorgvuldig waren ingedekt door de veelvuldige toepassing van termen als 'vermeend' en 'verondersteld' – luidde: *agressieve seksuele toenadering* en *een zekere mate van fysieke intimidatie*. De zaak was aanhangig gemaakt door 'een bron dicht bij het vermeende slachtoffer', want het bewuste meisje zelf weigerde aangifte te doen of met de pers te praten. Het feit dat Freddie in scheiding lag met zijn huidige vrouw Tansy werd genoemd in de laatste paragraaf, die werd afgesloten door de lezers er nog eens aan te herinneren dat het ongelukkige echtpaar in het betreffende pand was geweest in de nacht dat Lula Landry zich van het leven beroofde. De lezer bleef achter met de merkwaardige indruk dat de wederzijdse onvrede van de Bestigui's best eens invloed kon hebben gehad op Landry's beslissing om te springen.

Strike had zich nooit begeven in de kringen die bij Cipriani dineerden. Pas toen hij Davies Street in liep, in de zon die zijn rug verwarmde en een gouden gloed wierp op de rode bakstenen van het gebouw voor hem, bedacht hij hoe vreemd het zou zijn, zij het niet eens zo onwaarschijnlijk, als hij in het restaurant een van zijn halfbroers of -zussen zou tegenkomen. Restaurants als Cipriani maakten deel uit van het dagelijks leven van de officieel erkende kinderen van Strikes vader. Hij had voor het laatst iets van drie van hen gehoord toen hij in het Selly Oak-ziekenhuis lag om te revalideren. Gabi en Danni hadden hem samen bloemen gestuurd en Al was één keer op bezoek gekomen; hij had te hard gelachen en niet naar het voeteneind van het bed durven kijken. Naderhand had Charlotte Als gebral en zijn pijnlijke blikken geïmiteerd. Ze kon goed mensen nadoen. Niemand verwachtte van zo'n mooie vrouw dat ze ook nog eens grappig was, maar dat was ze dus wel.

Het restaurant was ingericht in art-decostijl, met een bar en stoelen van zacht glanzend hout, lichtgele kleden op de ronde tafels, en obers en serveersters in het wit met een vlinderdasje. Strike zag zijn cliënt onmiddellijk zitten tussen de druk pratende gasten, aan een vierpersoonstafel, waar hij tot Strikes verbazing in gesprek was met twee vrouwen in plaats van één, beiden met lang, glanzend bruin haar. Bristows konijnengezicht was een en al verlangen het hun naar de zin te maken, of misschien om hen gunstig te stemmen.

Zodra de jurist Strike zag, sprong hij op om hem te begroeten. Hij stelde hem voor aan Tansy Bestigui, die een slanke, koele hand naar Strike uitstak maar niet glimlachte, en haar zuster Ursula May, die hem niet eens een hand gaf. De inleidende zaken als het bestellen van drankjes en het uitdelen van de menukaart werden afgehandeld, en Bristow was nerveus en overdreven spraakzaam. Intussen onderwierpen de gezusters Strike aan de openlijk kritische blikken waarop alleen mensen van een bepaalde klasse recht menen te hebben.

Beiden zagen er onberispelijk uit, opgedoft als levensgrote poppen die net uit hun cellofaanverpakking waren gehaald: rijkemeisjesmager, vrijwel heuploos in hun strakke jeans, met gebruinde gezichten waar een wasachtige glans overheen lag, vooral op het voorhoofd, en een middenscheiding in hun lange, glanzende donkere manen, de puntjes bijgehouden met waterpasprecisie.

Toen Strike er uiteindelijk voor koos om op te kijken van zijn menukaart, zei Tansy zonder enige inleiding: 'Ben jij echt' – ze sprak het uit als 'acht' – 'de zoon van Jonny Rokeby?'

'Volgens de DNA-test wel,' antwoordde hij.

Ze leek niet goed te weten of hij een grapje maakte of bot tegen haar deed. Haar donkere ogen stonden net een fractie te dicht bij elkaar, en de botox en de *fillers* slaagden er niet in de kregeligheid van haar gezicht te weren.

'Moet je horen, ik zeg het net tegen John,' zei ze afgemeten, 'ik wil niet weer in de publiciteit, oké? Ik wil je best vertellen wat ik heb gehoord, want ik zou maar al te graag willen dat mijn gelijk werd aangetoond, maar je mag niemand vertellen dat ik met je heb gepraat.'

De openstaande knoopjes van haar zijden blouse onthulden butterscotchbruin vel dat strak over haar borstbeen was gespannen, wat voor een onaantrekkelijk bobbelig effect zorgde. Toch priemden er twee volle, pronte borsten uit haar smalle ribbenkast, alsof ze ze voor een dagje had geleend van een rijker toebedeelde vriendin. 'We hadden ook op een minder opvallende plek kunnen afspreken,' merkte Strike op.

'Nee, dit is prima, hier weet namelijk niemand wie jij bent. Je lijkt totaal niet op je vader, wel? Ik heb hem vorige zomer ontmoet bij Elton. Freddie kent hem. Zie je Jonny vaak?'

'Ik heb hem twee keer ontmoet,' antwoordde Strike.

'O,' zei Tansy. Haar eenlettergrepige reactie bevatte gelijke delen verbazing en minachting.

Charlotte had dit soort vriendinnen gehad: met gladgeföhnd haar, een dure opleiding en dito kleding, stuk voor stuk vol afschuw over haar vreemde voorkeur voor Strike, die enorme, afgeleefde kerel. Jarenlang had hij met die types te maken gehad, aan de telefoon en persoonlijk, met hun afgemeten accent en hun bankiersechtgenoten, en de kille onverzettelijkheid die Charlotte nooit succesvol had weten te imiteren.

'Ik vind dat ze helemaal niet met je moet praten,' zei Ursula abrupt. Haar toon en haar gezichtsuitdrukking zouden gepast geweest zijn als Strike een ober was geweest die zonder enige aanleiding zijn sloof had afgeworpen en onuitgenodigd bij hen aan tafel was komen zitten. 'Als je het mij vraagt, bega je een grote fout, Tanz.'

Bristow zei: 'Ursula, Tansy wil alleen maar...'

'Ik bepaal zelf wel wat ik doe,' beet Tansy haar zuster toe, alsof Bristow niets had gezegd, alsof zijn stoel leeg was. 'Ik vertel alleen wat ik heb gehoord, meer niet. En hij mag me niet citeren, daar heeft John mee ingestemd.'

Het was duidelijk dat ook zij Strike beschouwde als de dienende klasse. Niet alleen hun toon ergerde hem, maar ook het feit dat Bristow toezeggingen deed aan getuigen zonder zijn toestemming. Hoe kon Tansy's verklaring, die van niemand anders dan van haar afkomstig kon zijn, in hemelsnaam buiten de boeken gehouden worden?

De volgende ogenblikken lieten ze alle vier zwijgend hun blik over de culinaire opties gaan. Ursula legde als eerste haar menukaart weg. Ze had al een glas wijn op en schonk nu opnieuw in, waarna ze rusteloos om zich heen keek in het restaurant en haar blik even liet rusten op een verre neef van de koninklijke familie.

'Vroeger wemelde het hier van de fantastische gasten, zelfs met de lunch. Cyprian wil altijd alleen maar naar dat stomme Wiltons, tussen de andere ouwe lijken in pak...'

'Is Cyprian uw echtgenoot, mevrouw May?' vroeg Strike. Hij gokte erop dat ze er slecht tegen zou kunnen als hij de onzichtbare grens zou overschrijden die hen in haar ogen scheidde; het feit dat ze samen aan één tafel zaten gaf hem nog niet het recht een gesprek met haar te beginnen. Ze keek hem kwaad aan, en Bristow haastte zich om de ongemakkelijke stilte te verdrijven.

'Ja, Ursula is getrouwd met Cyprian May, een van onze senior partners.'

'Dus ik krijg familiekorting op mijn scheiding,' zei Tansy met een enigszins bitter lachje.

'En haar ex gaat door het lint als ze de pers weer in hun leven binnenhaalt,' voegde Ursula eraan toe; haar donkere ogen doorboorden die van Strike. 'Ze proberen tot een schikking te komen. Haar alimentatie komt ernstig in gevaar als dat hele gedoe weer wordt opgerakeld. Dus je kunt maar beter discreet te werk gaan.'

Strike wendde zich met een flauw lachje tot Tansy. 'U had dus een connectie met Lula Landry, mevrouw Bestigui? Uw zwager werkt samen met John?'

'Dat is nooit ter sprake gekomen.' Ze keek verveeld.

De ober kwam terug om hun bestelling op te nemen. Toen hij weer weg was, haalde Strike zijn notitieboekje en een pen tevoorschijn.

'Wat ga je daarmee doen?' vroeg Tansy fel, in een vlaag van paniek. 'Ik wil niet dat er iets wordt opgeschreven! John?' Ze keek vragend naar Bristow, die zich met een rood aangelopen, verontschuldigend gezicht tot Strike wendde.

'Zou je misschien eh... alleen kunnen luisteren, Cormoran, zonder, eh... aantekeningen te maken?'

'Geen punt,' zei Strike luchtig, en hij haalde zijn mobiele telefoon uit zijn zak en legde die in de plaats van het notitieblokje met de pen. 'Mevrouw Bestigui...'

'Zeg maar Tansy,' zei ze, alsof deze concessie haar bezwaren tegen het notitieboekje moest goedmaken.

'Heel fijn,' zei Strike met een nauwelijks waarneembaar vleugje ironie. 'Hoe goed kende je Lula?'

'O, nauwelijks. Ze woonde daar pas drie maanden. Het ging niet verder dan "hallo" en "mooi weer, hè?". Ze was niet in ons geïnteresseerd, we waren op geen stukken na hip genoeg voor haar. Eerlijk gezegd was het heel vervelend dat ze in ons gebouw woonde. Altijd paparazzi voor de deur. Ik moest me zelfs opmaken als ik naar de sportschool ging.'

'Er is toch een fitnessruimte in het pand?' vroeg Strike.

'Ik volg pilateslessen bij Lindsey Parr,' zei Tansy geërgerd. 'Je lijkt Freddie wel, die klaagde altijd dat ik geen gebruik maakte van de faciliteiten in het gebouw.'

'En hoe goed kende Freddie Lula?'

'Ook amper, al heeft hij zich nog zo uitgesloofd. Hij had zich in het hoofd gehaald dat hij haar aan het acteren zou krijgen, en hij nodigde haar voortdurend bij ons beneden uit. Maar ze kwam nooit. En hij is haar gevolgd naar het huis van Dickie Carbury in het weekend voor haar dood, toen ik weg was met Ursula.'

'Dat wist ik niet,' zei Bristow met een geschrokken gezicht.

Strike zag Ursula vluchtig een tevreden lachje in de richting van haar zuster werpen. Hij had al de hele tijd de indruk dat ze probeerde haar blik te vangen, maar Tansy gaf haar de kans niet.

'Ik hoorde het later pas,' zei Tansy tegen Bristow. '*Yah*, Freddie had Dickie een uitnodiging afgetroggeld. Ze waren met een hele groep: Lula, Evan Duffield, Ciara Porter, al die trendy drugstypes uit de roddelbladen. Freddie paste er natuurlijk totaal niet tussen. Ik weet dat hij niet veel ouder is dan Dickie, maar hij ziet eruit als een bejaarde,' voegde ze er hatelijk aan toe.

'Wat heeft je man je over dat weekend verteld?'

'Niks. Ik kwam er pas weken later achter dat hij daar was geweest, doordat Dickie zijn mond voorbijpraatte. Maar ik weet zeker dat Freddie heeft geprobeerd Lula te versieren.'

'Bedoel je,' zei Strike, 'dat hij seksuele belangstelling voor haar had...?'

'O *yah*, zeker weten, hij viel altijd al meer op donker dan op blond. Maar waar het hem voornamelijk om te doen is, is een beroemd lekker hapje voor in zijn films. De regisseurs worden er gek van, hij probeert er steevast celebrity's in te krijgen om wat extra aandacht te scoren in de pers. Ik durf te wedden dat hij haar hoopte te strikken voor een film, en het zou me helemaal niet verbazen,' voegde Tansy er onverwacht scherpzinnig aan toe, 'als hij iets had gepland rondom Deeby Macc en haar samen. Stel je voor wat een aandacht dat zou opleveren in de pers, die toch al veel belangstelling had voor die twee. Daar is Freddie heel goed in, in dat soort dingen. Hij is net zo gek op publiciteit voor zijn films als hij er privé de pest aan heeft.'

'Kent hij Deeby Macc persoonlijk?'

'Nee, tenzij ze elkaar hebben ontmoet sinds ik bij hem weg ben. Voor Lula's dood had hij hem nooit gezien. God, wat vond hij het prachtig dat Macc bij ons in het pand kwam logeren; zodra hij het hoorde, begon hij filmrollen voor hem te bedenken.'

'Wat voor rollen?'

'Weet ik veel,' antwoordde ze geërgerd. 'Wat dan ook. Macc heeft een gigantische hoop fans, die kans wilde Freddie niet laten schieten. Hij zou waarschijnlijk nog speciaal voor hem een rol hebben laten schrijven als die Macc belangstelling had getoond. O, hij zou hem geen moment met rust gelaten hebben. Met zijn verhalen over zijn zogenaamde zwarte grootmoeder.' Tansy klonk minachtend. 'Dat doet hij altijd als hij zwarte beroemdheden ontmoet, vertellen dat hij voor een kwart Maleisisch is. Ja hoor Freddie, túúrlijk.'

'Is hij dan niet voor een kwart Maleisisch?'

Ze stootte een hatelijk lachje uit. 'Geen idee, ik heb Freddies grootouders natuurlijk nooit gekend, hè? Hij is zelf minstens honderd. Ik weet alleen dat hij álles zou beweren als hij dacht dat er geld mee te verdienen was.'

'Is er nog ooit iets terechtgekomen van de plannen om Lula en Macc samen in een van zijn films te laten spelen, voor zover je weet?'

'Ach, Lula was vast vereerd met het verzoek; de meeste van die modelletjes staan te trappelen om te laten zien dat ze meer in hun mars hebben dan een beetje in de camera kijken, maar ze heeft nooit getekend voor een rol, of wel, John?'

'Bij mijn weten niet,' antwoordde Bristow. 'Hoewel... maar dat was iets anders,' mompelde hij, en hij kreeg weer rode vlekken in zijn gezicht en hals. Na een korte aarzeling zei hij, als reactie op Strikes onderzoekende blik: 'Meneer Bestigui is een paar weken geleden bij mijn moeder langs geweest, zomaar uit het niets. Het gaat ontzettend slecht met haar en... nou ja, ik zou niet willen...'

Hij wierp Tansy een ongemakkelijke blik toe.

'Zeg gerust wat je wilt zeggen, mij kan het niet schelen,' zei ze, en haar onverschilligheid leek oprecht.

Bristow maakte weer die vreemde zuigbeweging met zijn mond, waardoor zijn hamstergebit tijdelijk verborgen werd. 'Hij wilde mijn moeder spreken over een film over Lula's leven. Hij had zijn bezoek eh... ingekleed als een attent en fijngevoelig gebaar. Alsof hij haar familie kwam vragen om goedkeuring, officiële erkenning, je kent dat wel. Lula was amper drie maanden dood... Mijn moeder was onmetelijk van slag. Helaas was ik er niet toen hij zich meldde,' zei Bristow, en zijn toon impliceerde dat hij normaal gesproken voortdurend over zijn moeder waakte. 'Ergens zou ik willen dat ik wel thuis was geweest. Dat ik zijn verhaal had aangehoord. Ik bedoel, als hij mensen in dienst heeft die ieder detail uit het leven van Lula natrekken, hoezeer ik dat idee op zich ook afkeur, dan komt hij misschien wel iets te weten, of niet?'

'Wat voor iets?' vroeg Strike.

'Ik weet niet. Misschien over haar prille jeugd? Voordat ze bij ons kwam wonen?'

De ober bracht hun voorgerechten. Strike wachtte tot hij weg was en vroeg toen aan Bristow: 'Heb je geprobeerd zelf met Bestigui te gaan praten, om erachter te komen of hij misschien iets over Lula weet wat de familie niet wist?'

'Dat maakt het juist zo moeilijk,' zei Bristow. 'Toen Tony – mijn oom – hoorde wat er was voorgevallen, heeft hij contact opgenomen met Bestigui om te protesteren tegen het feit dat hij mijn moeder had lastiggevallen, en ik heb begrepen dat de ruzie hoog opliep. Ik denk niet dat meneer Bestigui verder contact met de familie op prijs zou stellen. Nu wordt de situatie natuurlijk nog verder bemoeilijkt doordat Tansy's belangen bij de echtscheiding via ons kantoor worden behartigd. Ik bedoel, op zich is daar niets vreemds aan, we behoren tot de beste juristen die je kunt krijgen als het om familierecht gaat en aangezien Ursula met Cyprian getrouwd is, spreekt het voor zich dat Tansy naar ons toe is gekomen... maar het zal niet hebben bijgedragen aan meneer Bestigui's sympathie voor ons.'

Strike had zijn blik niet van Bristow afgewend zolang hij aan het woord was, maar zijn perifere waarnemingsvermogen was uitstekend. Ursula had haar zuster weer een zelfvoldane, spottende blik toegeworpen. Hij vroeg zich af wat ze zo vermakelijk vond. Ongetwijfeld was het feit dat ze inmiddels aan haar vierde glas wijn bezig was ook bevorderlijk voor haar verbeterde stemming.

Toen Strike zijn voorgerecht ophad, wendde hij zich tot Tansy, die lusteloos in haar vrijwel onaangeroerde eten prikte. 'Hoe lang woonden je man en jij al op nummer 18 toen Lula daar kwam wonen?'

'Ongeveer een jaar.'

'En was de middelste flat in die periode bewoond?'

'*Yah*,' zei Tansy. 'Er heeft een half jaar een Amerikaans echtpaar met hun zoontje in gezeten, maar zij zijn kort na haar komst teruggegaan naar de States. Daarna kon de makelaar geen belangstellenden meer krijgen. De crisis, hè? Die flats kosten een godsvermogen. Dus heeft het appartement leeggestaan tot de platenmaatschappij het huurde voor Deeby Macc.'

Tansy en Ursula werden beiden afgeleid door een vrouw die langs hun tafel liep in een, zo meende Strike, gehaakte jas met een opzichtig, druk patroon.

'Die jas is van Daumier-Cross,' zei Ursula, haar ogen enigszins tot spleetjes geknepen boven haar glas. 'Daar is een wachtlijst van zeker een half jaar voor...'

'Dat is Pansy Marks-Dillon,' zei Tansy. 'Makkelijk zat om op de lijst van best geklede vrouwen te komen als je man vijftig miljoen heeft. Freddie is de gierigste rijkaard ter wereld; ik moest nieuwe spullen altijd voor hem verstoppen of doen alsof het nep was. Hij kon soms zo vervelend zijn.'

'Jij ziet er altijd prachtig uit,' zei Bristow met een vuurrood hoofd.

'Lief van je.' Tansy Bestigui klonk verveeld.

De ober kwam hun borden afruimen.

'Waar hadden we het over?' vroeg ze aan Strike. 'O ja, de flats. Deeby Macc zou dus komen... Maar hij kwam niet. Freddie was woest omdat hij rozen voor hem had neergezet. Freddie is een akelige vrek.'

'Hoe goed ken je Derrick Wilson?' vroeg Strike.

Ze knipperde met haar ogen. 'Eh... hij is de bewaker, die ken ik toch niet? Maar hij leek me wel oké. Freddie zei altijd dat het de beste van het hele stel was.'

'O ja? En waarom dan wel?'

Ze haalde haar schouders op. 'Weet ik veel, dat zou je aan Freddie moeten vragen. Dan wens ik je veel succes,' voegde ze er met een lachje aan toe. 'Freddie praat pas met jou als Pasen en Pinksteren op één dag vallen.'

'Tansy,' zei Bristow, en hij boog zich naar haar toe, 'vertel Cormoran nu maar gewoon wat je die nacht precies hebt gehoord.'

Strike had liever gehad dat Bristow zich er niet mee bemoeide.

'Ja,' zei Tansy. 'Het liep tegen twee uur 's nachts en ik wilde een slokje water.'

Haar toon was vlak en emotieloos. Het viel Strike op dat ze zelfs in deze kleine inleiding haar versie van het verhaal dat ze de politie had verteld had aangepast.

'Dus ging ik naar de badkamer om te drinken en toen ik door de huiskamer teruggliep naar de slaapkamer, hoorde ik mensen tegen elkaar schreeuwen. Zij – Lula – zei: "Je bent te laat, ik heb het al gedaan" en toen een mannenstem: "Vuile trut, dat lieg je" en daarna heeft hij haar naar beneden gegooid. Ik heb haar dus echt zien vallen.' En Tansy maakte een fladderend gebaar met haar handen, waarvan Strike begreep dat het Lula's maaiende armen moest voorstellen.

Bristow zette zijn glas neer. Hij leek zich beroerd te voelen. Het hoofdgerecht werd gebracht. Ursula dronk nog meer wijn. Tansy en Bristow lieten beiden hun eten onaangeroerd. Strike pakte zijn vork en begon te eten; hij deed zijn best om zich niet al te gretig op zijn *puntarelle* met ansjovis te storten.

'Ik heb gegild,' fluisterde Tansy. 'Ik kon niet ophouden met gillen. Ik ben de flat uit gerend, langs Freddie heen naar beneden. Ik wilde de bewaker laten weten dat er een man was daarboven, zodat ze hem konden oppakken.

Wilson kwam van achteren naar de balie gesneld. Ik vertelde hem wat er was gebeurd en hij ging meteen de straat op om naar háár te gaan kijken, in plaats van naar boven te rennen. De sukkel. Als hij eerst naar boven was gegaan, had hij hem misschien te pakken gekregen! Toen kwam Freddie naar beneden, die probeerde me terug te sturen naar onze flat omdat ik niet aangekleed was.

Daarna kwam Wilson terug. Hij zei dat ze dood was en droeg Freddie op de politie te bellen. Freddie sleurde me bijna letterlijk mee naar boven – ik was compleet hysterisch – en belde bij ons in de huiskamer het alarmnummer. Toen kwam de politie. En niemand geloofde ook maar één woord van wat ik zei.'

Ze nam weer een slokje wijn, zette het glas neer en vervolgde zachtjes: 'Als Freddie wist dat ik nu met jou zat te praten, zou hij compleet door het lint gaan.'

'Maar je weet het zeker, hè Tansy,' onderbrak Bristow haar, 'dat je boven een man hebt gehoord?'

'*Yah*, natuurlijk weet ik dat zeker. Dat heb ik toch net al gezegd? Er was beslist iemand bij haar.'

Bristows telefoon ging.

'Ogenblikje,' mompelde hij. 'Alison... ja?' zei hij toen hij opnam.

Strike hoorde de zware stem van de secretaresse zonder dat hij kon verstaan wat ze zei.

'Ogenblikje,' zei Bristow met een zorgelijk gezicht, en hij liep weg van de tafel.

Er verscheen een boosaardige, geamuseerde blik op de gladde, opgepoetste gezichten van beide zusters. Ze keken elkaar weer steels aan. Toen vroeg Ursula aan Strike, enigszins tot zijn verbazing: 'Heb jij Alison ooit ontmoet?'

'Vluchtig.'

'Je weet dat die twee iets met elkaar hebben?'

'Ja.'

'Het is nogal een sneu geval,' zei Tansy. 'Ze heeft iets met John, maar ze is geobsedeerd door Tony. Ken je Tony?'

'Nee,' antwoordde Strike.

'Een van de senior partners op het advocatenkantoor. Johns oom, weet je wel?'

'Ja.'

'Heel aantrekkelijke man. Die zou in geen miljoen jaar iets met Alison beginnen. Ik denk dat ze John als troostprijs heeft aanvaard.'

De gedachte aan Alisons kansloze verliefdheid leek de gezusters grote bevrediging te schenken.

'Die roddel is op het hele kantoor bekend?' vroeg Strike.

'O, *yah*,' zei Ursula verlekkerd. 'Cyprian zegt dat het gewoon gênant is. Ze loopt als een hondje achter Tony aan.'

Haar antipathie tegen Strike leek verdwenen. Het verbaasde hem niet, hij had dit fenomeen heel vaak meegemaakt. Mensen praatten graag; er waren slechts weinig uitzonderingen op die regel. De vraag was alleen hoe je ze zover kreeg. Sommigen, en Ursula behoorde duidelijk tot die categorie, waren gevoelig voor alcohol, anderen stonden graag in het middelpunt van de belangstelling en dan had je ook nog degenen die al genoeg hadden aan de nabijheid van een medemens. Een bepaalde subcategorie werd alleen spraakzaam als het onderwerp een van zijn of haar stokpaardjes was; dat kon de eigen onschuld of juist de schuld van een ander zijn, een verzameling vooroorlogse koektrommels of, in het geval van Ursula May, de hopeloze hartstocht van een kleurloze secretaresse.

Ursula hield Bristow door het raam heen in de gaten; hij ijsbeerde over het trottoir terwijl hij in zijn mobiel sprak. Nu kwam haar tong pas goed los.

'Ik durf te wedden dat ik weet waar dat over gaat. De executeurs-testamentair van Conway Oates doen moeilijk over de manier waarop het kantoor zijn zaken heeft afgehandeld. Dat was die Amerikaanse financier, weet je wel? Cyprian en Tony zijn woest over de hele kwestie en sturen John steeds op pad om de boel te sussen. John is altijd de sigaar.'

Haar toon was eerder vernietigend dan medelevend.

Bristow keerde terug aan tafel. Hij zag er verhit uit.

'Sorry, sorry. Alison wilde me een paar boodschappen doorgeven,' zei hij.

De borden werden afgehaald. Strike was de enige die het zijne had leeggegeten. Toen de ober buiten gehoorsafstand was, zei hij: 'Tansy, de politie nam jouw verhaal niet serieus omdat ze denken dat je onmogelijk gehoord kunt hebben wat je zegt te hebben gehoord.'

'Nou, dan hebben ze het dus mis, hè?' snauwde ze; haar goede humeur was verdwenen als sneeuw voor de zon. 'Ik heb het wel degelijk gehoord.'

'Door een gesloten raam?'

'Het stond open.' Ze ontweek de blikken van haar tafelgenoten. 'Het was benauwd binnen, dus heb ik een raam opengezet toen ik water ging halen.'

Strike was ervan overtuigd dat doorvragen alleen maar zou leiden tot een weigering van haar kant om verdere vragen te beantwoorden.

'Ze zeiden ook dat je cocaïne had gebruikt...'

Tansy maakte een ongeduldig geluidje, een zacht 'pff'.

'Moet je horen,' zei ze. 'Ik had eerder die avond wat genomen, tijdens het eten, oké? En dat hebben ze gezien toen ze rondkeken in de flat. Dat stel van Dunne dat we op bezoek hadden was zo allejezus sáái. Iedereen zou een paar lijntjes coke nodig hebben om zich door de waardeloze anekdotes van Benjy Dunne heen te slaan. Maar die stem van boven heb ik me niet verbeeld. Er was daar een man en hij heeft haar vermoord. Hij heeft haar vermóórd,' herhaalde Tansy, met een boze blik op Strike.

'En waar is hij dan gebleven, denk je?'

'Hoe moet ik dat nou weten? Daar betaalt John je voor, om dat uit te zoeken. Die kerel is er op de een of andere manier ongezien vandoor gegaan. Misschien is hij aan de achterkant uit het raam geklommen of heeft hij zich verstopt in de lift. Misschien is hij via de parkeergarage beneden naar buiten gegaan. Ik weet verdomme niet hoe hij het voor elkaar gekregen heeft, ik weet alleen dat hij daar was.'

'We geloven je,' viel Bristow haar gespannen in de rede. 'Wij geloven je, Tansy. Cormoran moet deze vragen alleen stellen om... om een duidelijk beeld te krijgen van de gebeurtenissen.'

'De politie heeft er alles aan gedaan om mij in een kwaad daglicht te stellen,' zei Tansy tegen Strike, zonder acht te slaan op Bristow. 'Ze kwamen te laat aan, toen hij al weg was, en dat hebben ze willen verdoezelen. Als je niet hebt hoeven doorstaan wat ik met de pers heb doorstaan, dan kun je niet begrijpen hoe dat voelt. Ik ben door een hel gegaan. Die kliniek was alleen maar om eraan te kunnen ontsnappen. Ik snap niet dat dat zomaar mag, wat de pers allemaal flikt in dit land, en allemaal onder het mom van "de waarheid vertellen". Het is verdomme een lachertje. Ik had mijn mond moeten houden, nietwaar? Als ik het van tevoren had geweten, had ik dat ook zeker gedaan.'

Ze draaide de loszittende ring met diamant rond om haar vinger.

'En Freddie lag in zijn bed te slapen toen Lula viel?' vroeg Strike aan Tansy.

'*Yah*, dat klopt.'

Haar hand gleed naar haar gezicht en ze streek een niet-bestaande lok haar weg. De ober kwam weer met de menukaarten, en Strikes vraag moest wachten tot ze hadden besteld. Hij was de enige die voor een toetje koos, de rest nam koffie.

'Wanneer kwam Freddie uit bed?' vroeg hij aan Tansy toen de ober weg was.

'Hoe bedoel je?'

'Je zei dat hij in bed lag toen Lula viel. Wanneer kwam hij eruit?'

'Toen hij mij hoorde gillen,' zei ze alsof dat voor de hand lag. 'Daar werd hij natuurlijk wakker van, hè?'

'Dan moet hij wel heel snel zijn geweest.'

'Hoezo?'

'Je zei net: "Ik holde de flat uit, langs Freddie heen naar beneden." Dus hij was al in de huiskamer voordat jij naar Derrick holde om hem te vertellen wat er was gebeurd?'

Een korte hapering.

'Dat klopt,' zei ze uiteindelijk, en weer streek ze haar onberispelijke haar glad en verborg daarmee haar gezicht.

'Dus het ene moment lag hij in diepe slaap in zijn bed en binnen een paar seconden stond hij klaarwakker in de huiskamer? Want jij begon vrijwel meteen te gillen en te rennen, heb ik net begrepen.'

Weer een minuscule stilte.

'*Yah*. Ik... Ach, ik weet het niet. Ik geloof dat ik begon te gillen... Terwijl ik daar als aan de grond genageld stond... Heel even misschien... Ik was in shock... En toen kwam Freddie de slaapkamer uit gehold en liep ik langs hem heen.'

'Heb je hem nog wel verteld wat je had gezien?'

'Dat weet ik niet meer.'

Bristow leek op het punt te staan er weer precies op het verkeerde moment tussen te komen. Strike stak een hand op om hem tegen te houden, maar Tansy gooide het over een andere boeg; waarschijnlijk wilde ze het liever niet over haar echtgenoot hebben.

'Ik heb steeds maar lopen piekeren over de vraag hoe de moordenaar binnengekomen kan zijn, en ik weet zeker dat hij haar gevolgd moet zijn toen ze 's nachts thuiskwam, want Derrick Wilson had zijn post verlaten en zat op de wc. Ik vind trouwens dat hij daar verdomme voor ontslagen had moeten worden. Als je het mij vraagt, deed hij daarachter gewoon stiekem een dutje. Ik weet niet hoe de moordenaar aan de toegangscode is gekomen, maar zo moet hij binnengekomen zijn.'

'Denk je dat je de bewuste mannenstem nog zou herkennen? Die van de ruzie?'

'Dat betwijfel ik. Het was gewoon een mannenstem, het had iedereen kunnen zijn. Niks bijzonders. Ik bedoel, naderhand heb ik me nog wel afgevraagd: was het Duffield?' Ze keek hem doordringend aan. 'Want Duffield had ik al ooit eerder tekeer horen gaan daar op de bovenste verdieping. Toen heeft Wilson hem eruit moeten gooien. Duffield probeerde Lula's deur in te trappen. Ik heb nooit begrepen wat een meisje met haar uiterlijk met iemand zoals Duffield moest,' voegde ze er terloops aan toe.

'Er zijn vrouwen die hem sexy vinden,' zei Ursula terwijl ze het laatste bodempje wijn uit de fles in haar glas schonk, 'maar ik zie het ook niet. Het is gewoon een slonzige viezerik.'

'En als hij nou nog geld had...' Tansy friemelde weer aan de loszittende ring.

'Maar je denkt niet dat het zijn stem was die je die nacht hebt gehoord?'

'Zoals ik al zei, het zou kunnen,' zei ze ongeduldig, en ze haalde even haar magere schouders op. 'Maar hij heeft toch een alibi? Er zijn een hele hoop mensen die zeggen dat hij niet eens in de buurt van Kentigern Gardens was in de nacht dat Lula werd vermoord. En hij heeft toch een deel van de nacht bij Ciara Porter doorgebracht? De bitch,' voegde Tansy er met een zuinig lachje aan toe. 'Het bed delen met de vriend van je beste vriendin.'

'Deelden ze het bed?' vroeg Strike.

'Ach, wat denk jij dan?' zei Ursula lachend, alsof de vraag te naïef voor woorden was. 'Ik ken Ciara Porter, ze liep een keer mee in een modeshow voor het goede doel die ik heb helpen organiseren. Een ontzettend leeghoofd en een sloerie.'

De koffie werd gebracht, samen met Strikes *sticky toffee pudding*.

'Het spijt me dat ik het zeg, John, maar Lula had geen al te beste smaak als het om vriendinnen ging,' zei Tansy, en ze dronk met kleine slokjes van haar espresso. 'Ciara, en dan was er nog die Bryony Radford. Niet dat dat nou een echte vriendin was, maar ik vertrouw dat mens voor geen meter.'

'Wie is Bryony?' vroeg Strike huichelachtig, want hij herinnerde zich haar naam wel degelijk.

'Een visagiste. Vraagt bakken met geld voor haar werk en het is een ontzettende bitch,' zei Ursula. 'Ik heb één keer van haar diensten gebruikgemaakt, voor een bal van de Gorbatsjov Foundation, en na afloop heeft ze aan iedereen ver...'

Ursula zweeg abrupt, liet haar glas zakken en verruilde het voor haar koffiekopje. Strike, die ondanks de overduidelijke irrelevantie van het hele verhaal graag had willen horen wat Bryony aan iedereen had verteld, wilde nog iets zeggen, maar Tansy overstemde hem luidkeels.

'O ja, en dan was er nog dat vreselijke kind dat Lula vroeger altijd meebracht naar de flat, weet je nog, John? *Acht* vreselijk.'

Ze richtte zich weer tot Bristow, maar hij keek haar uitdrukkingsloos aan.

'Je weet wel, dat verschrikkelijke... dat akelige donkere kind dat ze soms mee naar huis sleepte. Een soort zwerverstype. Ik bedoel... ze stonk echt. Je rook het gewoon als ze in de lift had gestaan. En dan nam Lula haar nog mee naar het zwembad ook. Ik wist niet dat zwarten kunnen zwemmen, jij?'

Bristow knipperde snel met zijn ogen en werd vuurrood.

'Joost mag weten wat Lula met haar moest,' zei Tansy. 'Ach, dat weet je toch nog wel, John? Ze was dik. Smoezelig. Zag er een beetje abnormaal uit.'

'Ik geloof niet...' mompelde Bristow.

'Bedoel je Rochelle?' vroeg Strike.

'O, *yah*, zo heette ze, geloof ik. Ze was trouwens ook bij de uitvaart,' zei Tansy. 'Ik heb haar zien zitten, helemaal achteraan.

Je denkt er toch wel aan,' zei ze toen, haar donkere ogen nu met volle kracht op Strike gericht, 'dat dit allemaal onder ons blijft, hè? Ik bedoel, ik kan het me niet veroorloven dat Freddie te horen krijgt dat ik met jou heb gepraat. Ik laat niet nog eens al die ellende met de pers over me heen komen.

De rekening!' blafte ze tegen de ober.

Toen die werd gebracht, schoof ze hem zonder iets te zeggen door naar Bristow.

Terwijl de zusters hun vertrek voorbereidden door hun glanzende bruine haar over de schouders te werpen en hun dure jasjes aan te trekken, ging de deur van het restaurant open en kwam er een lange, magere, in pak gestoken man van rond de zestig binnen, die even om zich heen keek en vervolgens recht op hun tafel af kwam lopen. Hij had zilvergrijs haar, een gedistingeerd voorkomen en was onberispelijk gekleed; zijn lichtblauwe ogen straalden iets kils uit. Zijn passen waren groot en doelgericht.

'Wat een verrassing,' zei hij gladjes terwijl hij in de ruimte tussen de stoelen van de twee vrouwen ging staan. De anderen hadden de man geen van drieën zien aankomen, en op Strike na toonden allen gelijke delen schrik en misnoegen zodra ze hem in het oog kregen. Tansy en Ursula verstarden een fractie van een seconde; laatstgenoemde bleef in de lucht hangen boven haar tas, waar ze net haar zonnebril uit had willen pakken.

Tansy herstelde zich als eerste. 'Cyprian,' zei ze, en ze bood hem haar wang om zich te laten kussen. 'Ja, wat een leuke verrassing!'

'Ik dacht dat jij ging winkelen, Ursula, liefste?' zei hij vragend, en hij hield zijn blik strak op zijn vrouw gericht terwijl hij Tansy de gebruikelijke twee kussen gaf, op iedere wang een.

'We zijn even gaan lunchen, Cyps,' antwoordde ze, maar ze had een kleur gekregen en Strike voelde een hatelijkheid in de lucht hangen die zich niet gemakkelijk liet omschrijven.

De fletse ogen van de oudere man namen Strike aandachtig op en bleven uiteindelijk rusten op Bristow. 'Ik dacht dat je scheiding werd afgehandeld door Tony, Tansy,' zei hij.

'Klopt,' antwoordde Tansy. 'Dit was geen zakenlunch, Cyps. Het is een puur sociale aangelegenheid.'

Hij glimlachte vreugdeloos. 'Laat me jullie dan naar buiten begeleiden, lieve dames,' zei hij.

Met een plichtmatige afscheidsgroet in de richting van John en zonder een woord tegen Strike te zeggen lieten de twee gezusters zich door Ursula's echtgenoot het restaurant uit voeren. Toen de deur achter hen was dichtgezwaaid, vroeg Strike aan Bristow: 'Wat krijgen we nou?'

'Dat was Cyprian,' antwoordde Bristow. Hij zag er gespannen uit, zoals hij daar met zijn creditcard en de rekening stond te friemelen. 'Cyprian May, Ursula's echtgenoot. Senior partner bij ons op kantoor. Ik denk dat hij niet graag heeft dat Tansy met je praat. Ik vraag me af hoe hij wist dat we hier zaten. Waarschijnlijk heeft hij Alison uitgehoord.'

'Waarom zou hij niet willen dat ze met me praat?'

'Tansy is zijn schoonzus,' antwoordde Bristow terwijl hij zijn jas aantrok. 'Hij wil niet dat ze zichzelf opnieuw voor schut zet, zoals hij het beschouwt. Ik zal er wel flink van langs krijgen omdat ik haar heb overgehaald je te ontmoeten. Hij is ongetwijfeld op dit moment mijn oom aan het bellen om zijn beklag over me te doen.'

Strike zag dat Bristows handen trilden.

De jurist vertrok in een taxi die hij had laten bestellen door de gerant van het restaurant. Strike ging lopen vanaf Cipriani en maakte onderweg zijn stropdas los, zo diep in gedachten verzonken dat hij pas opschrok uit zijn dagdromen door het luide getoeter van een onopgemerkte auto die met hoge snelheid op hem afkwam toen hij Grosvenor Street overstak.

Na deze nuttige wenk om beter op zijn veiligheid te letten liep Strike naar een stukje bleke muur dat bij schoonheidssalon Red Door Spa van Elizabeth Arden hoorde. Met zijn rug tegen de muur geleund, uit de loop van de stroom voetgangers, haalde hij zijn telefoon tevoorschijn. Na een poosje luisteren en doorspoelen slaagde hij erin het gedeelte van Tansy's opgenomen verklaring terug te vinden waarin ze vertelde over de momenten vlak voor Lula Landry's val langs haar raam.

... terugliep naar de slaapkamer, hoorde ik geschreeuw. Zij – Lula –

zei: 'Je bent te laat, ik heb het al gedaan' en toen een mannenstem: 'Vuile trut, dat lieg je' en daarna heeft hij haar naar beneden gegooid. Ik heb haar dus echt zien vallen.

Hij kon nog net het tikje horen van Bristows glas op het tafelblad. Strike spoelde terug en luisterde nog een keer.

... zei: 'Je bent te laat, ik heb het al gedaan' en toen een mannenstem: 'Vuile trut, dat lieg je' en daarna heeft hij haar naar beneden gegooid. Ik heb haar dus echt zien vallen.

Hij dacht aan Tansy's imitatie van Landry's maaiende armen en de afschuw op haar verstarde gezicht op het moment dat ze die ten beste gaf. Toen stopte hij zijn telefoon weer in zijn zak, haalde zijn notitieboekje tevoorschijn en begon voor zichzelf aantekeningen te maken.

Strike had talloze leugenaars ontmoet, hij had er een neus voor en hij wist heel goed dat Tansy zich ook in die categorie kon scharen. Ze had vanuit haar flat nooit kunnen horen wat ze beweerde te hebben gehoord; daarom had de politie de conclusie getrokken dat ze het helemáál niet gehoord had. Maar tegen Strikes verwachting in, ondanks het feit dat ieder flintertje bewijs dat hij tot nu toe had gehoord erop leek te wijzen dat Lula Landry zelfmoord had gepleegd, betrapte hij zich erop dat hij ervan overtuigd was dat Tansy Bestigui echt geloofde dat ze Landry vóór haar val ruzie had horen maken. Dat was het enige deel van haar verhaal dat hem authentiek in de oren klonk, een authenticiteit die een helder licht wierp op alle onwaarheden waarmee ze haar relaas opsmukte.

Strike duwde zich af van de muur en liep in oostelijke richting door Grosvenor Street, deze keer met iets meer aandacht voor het verkeer, maar in gedachten nog steeds bij Tansy's gezichtsuitdrukking, haar toon, haar gekunstelde maniertjes toen ze sprak over Lula Landry's laatste momenten.

Waarom zou ze op dat ene essentiële punt de waarheid vertellen, maar die omringen met makkelijk onderuit te halen leugens? Waarom zou ze liegen over wat ze aan het doen was toen ze geschreeuw hoorde in Landry's flat? Strike dacht aan Adler: 'Een leugen zou geen zin hebben als de waarheid niet als gevaarlijk werd gevoeld.'

Tansy was vandaag komen opdagen in een laatste poging iemand te vinden die haar zou geloven, maar ook de leugens zou slikken waarmee ze haar verklaring per se leek te moeten omhullen.

Hij liep snel, zich nauwelijks bewust van de pijnscheuten in zijn rechterknie. Na een hele tijd drong het tot hem door dat hij Maddox Street helemaal uitgelopen was en in Regent Street was aanbeland. In de verte wapperden zachtjes de rode luifels van Hamleys Toy Shop, en Strike herinnerde zich dat hij van plan was geweest op de weg terug naar kantoor een cadeau te gaan kopen voor de naderende verjaardag van zijn neefje.

De kleurrijke, piepende, knipperende maalstroom waarin hij terechtkwam drong maar vaag tot hem door. Blindelings liep hij van de ene verdieping naar de andere, niet gehinderd door het gekrijs, het gezoef van draaiende helikopterwieken en het ge-*oink* van opdraaivarkentjes die hem voor de verstrooide voeten liepen. Uiteindelijk, na een minuut of twintig, kwam hij tot stilstand bij de legerpoppen. Roerloos staarde hij naar de rijen miniatuurmariniers en paratroepers, maar hij zag ze amper en was doof voor het gefluister van ouders die hun zoontjes om hem heen probeerden te manoeuvreren, te geïntimideerd om die vreemde, enorme, starende man te vragen even opzij te gaan.

Deel drie

Forsan et haec olim meminisse iuvabit.

Wellicht zal het ooit een genoegen zijn
hieraan terug te denken.

VERGILIUS, *Aeneis*, boek I

1

Woensdag begon het te regenen. Londens weer, nat en grijs, waarin de oude stad zich ongenaakbaar toonde; bleke gezichten onder zwarte paraplu's, de eeuwige geur van natte kleding en 's nachts het gestage getik op Strikes kantoorraam.

In Cornwall was de regen anders geweest, als het er eens regende: Strike herinnerde zich de hoosbuien, striemend als zweepslagen tegen de ruiten in de logeerkamer van tante Joan en oom Ted, gedurende de maanden in het keurige huisje waar het rook naar bloemen en versgebakken cake, hij naar de dorpsschool in St. Mawes ging. Dat soort herinneringen kwam altijd bovendrijven wanneer hij op het punt stond om naar Lucy toe te gaan.

Vrijdagmiddag dansten de regendruppels nog altijd uitbundig op de kozijnen. Ze zaten tegenover elkaar aan het bureau, waar Robin de nieuwe paratroeperpop voor Jack inpakte en Strike een cheque voor haar uitschreef ter waarde van een weekloon, minus de commissie van Temporary Solutions. Robin stond op het punt om te vertrekken naar haar derde 'echte' sollicitatiegesprek van die week en zag er netjes en verzorgd uit in haar zwarte mantelpakje, haar goudblonde haar opgestoken in een strakke rol op haar achterhoofd.

'Alsjeblieft,' zeiden ze allebei tegelijk toen Robin een volmaakt pakje, het papier bedrukt met kleine ruimteschepen, over het bureau naar hem toe schoof terwijl Strike haar de cheque toestak.

'Top,' zei Strike terwijl hij het cadeautje van haar aannam. 'Ik kan niet inpakken.'

'Ik hoop dat hij er blij mee is.' Ze borg de cheque op in haar zwarte handtas.

'Ja. En succes met het gesprek. Wil je die baan graag?'

'Nou, het is wel een goede. Personeelszaken bij een media-adviesbureau in West End,' zei Robin; het klonk weinig enthousiast. 'Veel plezier op het feestje en tot maandag.'

De zelfopgelegde boetedoening om naar beneden te lopen en buiten in Denmark Street te gaan roken was extra vervelend in de stromende regen. Terwijl Strike daar stond, minimaal beschut onder het afdakje boven de ingang van zijn kantoor, vroeg hij zich af of hij niet eens moest stoppen en de conditie moest heroveren die hem was ontglipt, tegelijk met zijn solvabiliteit en zijn huiselijk comfort. Zijn telefoon ging.

'Ik dacht dat je vast wel zou willen weten dat je tip resultaat heeft opgeleverd,' zei Eric Wardle. Hij klonk triomfantelijk. Strike hoorde het geluid van een automotor en pratende mannen op de achtergrond.

'Dat is snel,' zei hij.

'Ja, we zitten hier niet te lummelen.'

'Betekent dat dat ik krijg wat ik hebben wilde?'

'Daar bel ik je voor. Vandaag wordt het nogal laat, maar maandag stuur ik het je per koerier.'

'Hoe eerder, hoe liever. Ik kan anders wel wat langer op kantoor blijven.'

Wardle stootte een tamelijk beledigend lachje uit. 'Je wordt per uur betaald, toch? Ik had kunnen weten dat je tijd zou willen rekken.'

'Vanavond zou me beter uitkomen. Als je het nog vanavond laat brengen, ben jij de eerste die het hoort als mijn oude vriend nog eens een tip heeft.'

In de korte stilte die volgde hoorde Strike een van de mannen bij Wardle in de auto zeggen: '... die klotekop van Fearney...'

'Ja, oké,' zei Wardle. 'Ik laat het bezorgen. Het kan wel zeven uur worden, ben je er dan nog?'

'Daar zorg ik voor,' antwoordde Strike.

Het dossier werd drie uur later bezorgd, toen hij fish-and-chips zat te eten met een piepschuimen bak op schoot terwijl hij op zijn portable tv'tje het plaatselijke nieuws keek. De koerier belde beneden aan, en Strike tekende voor de ontvangst van het dikke pakket met als afzender Scotland Yard. Na het uitpakken kwam er een dikke grijze map vol gekopieerd materiaal tevoorschijn. Strike liep ermee naar Robins bureau en begon aan het langdurige proces van het doorspitten van de inhoud.

Er waren verklaringen bij van de mensen die Lula Landry hadden gezien op die laatste avond van haar leven, een rapport over het DNA-materiaal in haar flat, fotokopieën van het logboek op de balie van Kentigern Gardens 18, informatie over Lula's voorgeschreven medicatie om haar manisch-depressieve stoornis onder controle te houden, het autopsierapport, medische dossiers van het afgelopen jaar, de gegevens van haar mobiele en vaste telefoon en een uittreksel van wat er was aangetroffen op de laptop van het model. Er zat ook een dvd bij, waarop Wardle *cam. 2 / hardlopers* had geschreven.

De dvd-drive van Strikes tweedehands computer had nooit gewerkt, dus borg Strike het schijfje op in zijn jas, die bij de glazen deur hing, en boog zich weer over de teksten in de ringband met zijn opengeslagen notitieblok naast zich.

Buiten daalde de nacht neer over de stad en op iedere bladzijde viel een poel gouden licht uit de bureaulamp toen Strike methodisch de documenten doornam die samen tot de conclusie 'zelfdoding' hadden geleid. Hier, tussen de verklaringen die waren ontdaan van alle overbodigheden, de minutieus gedetailleerde tijdschema's, de gekopieerde etiketten van de potjes met pillen die waren aangetroffen in Landry's medicijnkastje, spoorde Strike de waarheid op die hij achter Tansy Bestigui's leugens had vermoed.

De autopsie wees uit dat Lula op slag dood was geweest toen ze op het wegdek smakte; ze was gestorven aan een gebroken nek en inwendige bloedingen. Er waren blauwe plekken aangetroffen op haar bovenarmen. Ze was gevallen met slechts één schoen aan. De foto's van het lijk bevestigden de bewering op LulaMyInspiration-Foreva.com dat Lula zich had verkleed na thuiskomst uit de nachtclub. In plaats van het jurkje waarin ze was gefotografeerd toen ze het gebouw binnenging, droeg het lijk een glittertopje en een broek.

Strike richtte zich op de aangepaste verklaringen die Tansy tegenover de politie had afgelegd: aanvankelijk had ze eenvoudig gezegd dat ze vanuit de slaapkamer naar de badkamer was gelopen, vervolgens had ze eraan toegevoegd dat ze het raam in de huiskamer had opengezet. Freddie lag al die tijd in bed, beweerde ze. De politie had een halfvol zakje cocaïne aangetroffen op de marmeren badrand, en er zat een plastic zakje met dezelfde drug verborgen in een doos tampons in het kastje boven de wasbak.

Freddie bevestigde in zijn verklaring dat hij had liggen slapen toen Landry viel en dat hij wakker geworden was door het gegil van zijn vrouw; hij zei dat hij naar de huiskamer was gesneld, waar hij Tansy nog net langs zich heen had zien rennen in haar ondergoed. De vaas met rozen die hij bij Macc had laten bezorgen en die door een onhandige politieman was omgegooid, was bedoeld, zo gaf hij toe, als een welkomstgebaar en als introductie; inderdaad, hij had graag kennisgemaakt met de rapper, en inderdaad, het was wel bij hem opgekomen dat Macc geknipt zou zijn voor een rol in de thriller waaraan op dat moment werd gewerkt. De schok om Landry's dood had ongetwijfeld zijn reactie op het omstoten van de geschonken bloemen versterkt. Aanvankelijk had hij zijn vrouw geloofd toen ze zei dat ze boven ruzie had gehoord; later was hij, schoorvoetend, meegegaan in de lezing van de politie dat Tansy's relaas ingegeven moest zijn door cocaïnegebruik. Haar drugsverslaving had grote druk uitgeoefend op hun huwelijk en hij had aan de politie toegegeven dat hij zich ervan bewust was dat zijn vrouw het stimulerende middel veelvuldig gebruikte, al had hij niet geweten dat ze die bewuste avond een dosis in huis had gehad.

Bestigui verklaarde verder dat Landry en hij nooit elkaars flat bezocht hadden en dat ze, ook na hun gelijktijdige bezoek aan Dickie Carbury (waarover de politie kennelijk bij een eerdere gelegenheid was geïnformeerd, want Freddie was na zijn aanvankelijke verklaring opnieuw verhoord), zelfs nauwelijks goede kennissen te noemen waren. 'Zij trok voornamelijk op met de jongere gasten, terwijl ik vrijwel het hele weekend samen was met Dickie, een leeftijdgenoot van me.' Bestigui's verklaring vormde een gesloten front, als een rotswand zonder klimijzers.

Na het lezen van het politieverslag van de gebeurtenissen in de flat van de Bestigui's voegde Strike er enkele opmerkingen aan toe op basis van zijn eigen aantekeningen. Hij was geïnteresseerd in het halve lijntje coke op de badrand en had nog meer belangstelling voor de paar seconden nadat Tansy de met haar armen maaiende gestalte van Lula Landry langs het raam had zien tuimelen. Er hing natuurlijk veel af van de indeling van het appartement van de Bestigui's (het dossier bevatte geen plattegrond of tekening), maar dat ene consequente punt in Tansy's steeds wisselende verhaal zat Strike dwars: ze bleef volhouden dat haar man in bed had liggen slapen toen Landry viel. Hij dacht terug aan de manier waarop ze haar gezicht had afgeschermd, zogenaamd om haar haar glad te strijken, toen hij haar op dat punt uithoorde. Al met al, in weerwil van de conclusie die de politie had getrokken, was de precieze locatie van beide echtelieden op het moment van Lula Landry's val van haar balkon in Strikes ogen verre van bewezen.

Hij ging verder met het systematisch uitpluizen van het dossier. Evan Duffields verklaring kwam in grote lijnen overeen met wat Wardle Strike uit de tweede hand had verteld: Duffield gaf toe te hebben geprobeerd zijn vriendin tegen te houden bij het verlaten van de Uzi door haar bij de bovenarmen beet te pakken. Ze had zich losgerukt en was vertrokken; kort daarna was hij haar gevolgd. Er werd met één zinnetje melding gemaakt van het wolvenmasker, in de emotieloze bewoordingen van de politieagent die Duffield had verhoord: 'Het is mijn gewoonte een wolvenkop op te zetten wanneer ik aan de aandacht van de fotografen wil ontsnappen.' Een korte verklaring van de chauffeur die Duffield had opgehaald bij de Uzi bevestigde Duffields bewering dat hij eerst naar Kentigern Gardens was gereden en vervolgens naar d'Arblay Street, waar de chauffeur zijn passagier had afgezet en was vertrokken. Van de antipathie die de chauffeur volgens Wardle voor Duffield had opgevat was niets terug te vinden in het kale feitenverslag dat de politie had opgesteld ter ondertekening.

Er waren nog enkele andere verklaringen die Duffields relaas bevestigden: een van een vrouw die beweerde dat ze hem bij zijn dealer de trap op had zien lopen en een van Whycliff, de dealer zelf. Strike herinnerde zich Wardles hardop uitgesproken vermoeden dat Whycliff bereid was voor Duffield te liegen. De vrouw van beneden zou ook betaald kunnen zijn voor haar verklaring. Alle andere getuigen die beweerden Duffield door de straten van Londen te hebben zien zwerven, konden alleen maar in alle eerlijkheid zeggen dat ze een man met een wolvenmasker hadden gezien.

Strike stak een sigaret op en las Duffields verklaring nog een keer door. Het was een opvliegend type en hij had toegegeven dat hij had geprobeerd Lula onder dwang in de club te houden. De blauwe plekken op de bovenarmen van het lijk waren vrijwel zeker zijn werk. Mocht hij echter heroïne gebruikt hebben met Whycliff, dan was de kans klein, zo wist Strike, dat hij in staat was geweest het pand op nummer 18 binnen te dringen of dat hij zichzelf zo had opgefokt dat hij tot moord in staat was geweest. Verwaarloosbaar klein. Strike was bekend met het gedrag van heroïneverslaafden, hij had er meerdere ontmoet in het laatste kraakpand waar hij met zijn moeder had gewoond. De drug maakte zijn slaven passief en volgzaam, de absolute tegenpool van schreeuwende, gewelddadige alcoholisten of nerveuze, paranoïde cokesnuivers. Strike had gebruikers van alle soorten verdovende middelen meegemaakt, zowel in het leger als daarbuiten. Hij walgde van de verheerlijking van Duffields verslaving in de media. Heroïne had geen enkele glamour. Strikes moeder was gestorven op een smerige matras in een hoek van de kamer, en het had zes uur geduurd voordat iemand in de gaten kreeg dat ze dood was.

Hij stond op, liep het kantoor door en wrikte het donkere, natgeregende raam open, waardoor de basdreunen uit 12 Bar Café luider werden dan ooit. Nog steeds rokend keek hij uit over Charing Cross Road, glinsterend van de koplampen en de plassen, waar de vrijdagavondfeestgangers met grote passen door het achterste deel van Denmark Street beenden. Hun paraplu's deinden en hun gelach was hoorbaar boven het verkeersgedruis uit. Wanneer, vroeg Strike zich af, zou hij weer eens op vrijdag een biertje drinken met vrienden? Het leek iets uit een andere wereld, een leven dat hij achter zich had gelaten. Het vreemde niemandsland waarin hij zich nu bevond, met Robin als zijn enige echte menselijke contact, kon niet eeuwig voortduren, maar hij was er nog niet aan toe om weer een fatsoenlijk sociaal leven op te pakken. Hij was het leger kwijt, en Charlotte en een half been; hij voelde de behoefte om eerst door en door te wennen aan de man die hij was geworden, voordat hij eraan toe zou zijn de verbazing en het medelijden van anderen over zich heen te laten komen. Het feloranje peukje dwarrelde naar de donkere straat en doofde in de natte goot. Strike schoof het raam naar beneden, ging weer aan zijn bureau zitten en trok vastberaden het dossier naar zich toe.

De verklaring van Derrick Wilson bevatte niets wat hij nog niet wist. In het dossier werd niet gerept over Kieran Kolovas-Jones of zijn mysterieuze blauwe velletje papier. Vervolgens richtte Strike zich met enige belangstelling op de verklaringen van de twee vrouwen met wie Lula haar laatste middag had doorgebracht: Ciara Porter en Bryony Radford.

De visagiste herinnerde zich Lula als opgewekt en enthousiast vanwege de naderende komst van Deeby Macc. Porter daarentegen beweerde dat Landry 'niet zichzelf' was geweest, dat ze 'neerslachtig en nerveus' overkwam en niet had willen vertellen wat haar dwarszat. Porter voegde nog een intrigerend detail toe waarover niemand Strike had verteld: het model beweerde dat Landry die middag specifiek had laten weten van plan te zijn 'alles' aan haar broer na te laten. Er werd geen context genoemd, maar de verklaring wekte de indruk van een jonge vrouw die duidelijk in een morbide stemming was.

Strike vroeg zich af waarom zijn cliënt er niets over had gezegd dat zijn zusje had verklaard hem alles te willen nalaten. Bristow had natuurlijk al een trustfonds, misschien was het mogelijke vooruitzicht van een enorme som geld voor hem minder vermeldenswaardig dan voor Strike, die nog nooit één cent had geërfd.

Geeuwend stak hij nog een sigaret op om zichzelf wakker te houden, en hij begon aan de verklaring van Lula's moeder. Lady Yvette

Bristow was naar eigen zeggen versuft en zeer beroerd geweest die middag, in de nasleep van haar operatie, maar ze beweerde stellig dat haar dochter 'in een uitstekend humeur' was toen ze haar die ochtend bezocht, en ze was alleen maar bezorgd geweest om de gezondheid van haar moeder en de vooruitzichten op herstel. Misschien was het te wijten aan het botte, ongenuanceerde proza van de diender die het verslag had opgemaakt, maar Strike kreeg bij het lezen van lady Bristows relaas de indruk dat ze de waarheid hardnekkig ontkende. Zij was de enige die suggereerde dat Lula's dood een ongeluk was geweest, dat ze op de een of andere manier per ongeluk over de balustrade was getuimeld; het was immers glad die nacht, aldus lady Bristow.

Strike keek nog eens vluchtig naar de verklaring van John Bristow, die in alle opzichten strookte met het verhaal dat deze hem persoonlijk had verteld, en vervolgens ging hij naar de verklaring van Tony Landry, de oom van John en Lula. Hij had Yvette Bristow rond dezelfde tijd bezocht als Lula op de dag van haar dood, en hij verzekerde de politie dat zijn nichtje 'normaal' overkwam. Landry was na dat bezoek naar Oxford gereden, waar hij een congres had bijgewoond over internationale ontwikkelingen in het familierecht, en hij had overnacht in het Malmaison Hotel. Deze verklaring over zijn verblijfplaats werd gevolgd door een aantal onduidelijke opmerkingen over telefoontjes. Ter verheldering zocht Strike de bijgevoegde kopieën van de telefoongegevens erbij.

Lula had haar vaste lijn nauwelijks gebruikt in de week voor haar dood, en de laatste dag helemaal niet. Met haar mobiel had ze echter maar liefst zesenzestig telefoontjes gepleegd op haar laatste dag. Het eerste, om 9.15 uur, was naar Evan Duffield, het tweede, om 9.35 uur, naar Ciara Porter. Er volgde een gat van enkele uren waarin ze niemand had gesproken via haar mobiele telefoon en vervolgens, om 13.21 uur, had ze een ware stortvloed aan oproepen uitgestort over twee nummers, zo'n beetje om en om. Een van de twee was van Duffield, het andere stond, volgens de gekrabbelde aantekeningen naast de eerste vermelding van het nummer, op naam van Tony Landry. Keer op keer had Lula deze twee mannen gebeld. Hier en daar zat een tussenpauze van een minuut of twintig waarin ze niemand had gebeld, en daarna was ze weer begonnen, ongetwijfeld door de herhaaltoets in te drukken. Al dat getelefoneer, deduceerde Strike, moest hebben plaatsgevonden nadat ze in haar flat was teruggekeerd met Bryony Radford en Ciara Porter, al werd er in de verklaringen van geen van beide vrouwen melding gemaakt van herhaaldelijk telefoneren.

Strike keerde terug naar de verklaring van Tony Landry, die geen licht wierp op de reden waarom zijn nichtje hem zo dringend had willen spreken. Landry had het geluid van zijn telefoon uitgezet tijdens het congres, zei hij, en pas veel later had hij gezien dat zijn nichtje hem die middag meerdere keren had gebeld. Hij had geen idee waarom ze hem wilde spreken en had haar niet teruggebeld, waarvoor hij als reden opgaf dat er tegen de tijd dat hij doorkreeg dat ze hem probeerde te bereiken al een einde was gekomen aan de reeks telefoontjes, en hij was ervan uitgegaan – terecht, zo bleek – dat ze inmiddels ergens in een nachtclub zou zitten.

Strike geeuwde nu om de paar minuten; hij overwoog om koffie te zetten, maar kon de energie er niet voor opbrengen. Verlangend naar zijn bed, maar gedreven door de gewoonte om af te maken waar hij mee bezig was, stortte hij zich op de gekopieerde bladzijden uit het logboek waarin was genoteerd wie er op de dag voor Lula Landry's dood bij nummer 18 waren binnengekomen en vertrokken. Zorgvuldige bestudering van de handtekeningen en paraafjes bracht aan het licht dat Wilson niet zo nauwgezet was geweest met de registratie als zijn werkgevers misschien hadden gehoopt. Zoals Wilson Strike al had verteld, werd het komen en gaan van de bewoners niet in het boek vastgelegd, dus de komst en het vertrek van Landry en de Bestigui's ontbraken. De eerste registratie van Wilson was de komst van de postbode, om 9.10 uur. De volgende, om 9.22 uur, luidde *bloemist, flat 2* en tot slot om 9.50 uur *Securibell*. De vertrektijd van de jongen die het alarm kwam testen was niet genoteerd.

Verder was het (zoals Wilson hem al had verteld) een rustige dag geweest. Ciara Porter was om 12.50 uur aangekomen, Bryony Radford om 13.20 uur. Was Radfords vertrek om 16.40 uur nog vastgelegd met haar eigen handtekening, Wilson had de komst van het cateringbedrijf naar de flat van de Bestigui's om 19.00 uur en Ciara's vertrek in gezelschap van Lula om 19.15 uur zelf toegevoegd, net als het tijdstip waarop de cateraars waren vertrokken: 21.15 uur.

Tot Strikes frustratie had de politie alleen de pagina van de dag voor Lula's dood gekopieerd, terwijl hij had gehoopt elders in het logboek de achternaam van de ongrijpbare Rochelle te kunnen vinden.

Het was bijna middernacht toen hij zijn aandacht richtte op de notitie over de inhoud van Landry's laptop. De politie leek voornamelijk te hebben gezocht naar e-mails waaruit een suïcidale stemming of zelfs zelfmoordplannen zouden blijken, en in dat opzicht was hun zoektocht niet geslaagd. Strike bekeek vluchtig de mailtjes die Landry de laatste twee weken van haar leven had verstuurd en ontvangen.

Het was raar, maar desalniettemin waar, dat de talloze foto's van haar bovenaardse schoonheid het voor Strike eerder moeilijker dan makkelijker hadden gemaakt om te geloven dat Landry ooit echt had bestaan. De alomtegenwoordigheid van haar gelaatstrekken had ze voor hem abstract gemaakt, algemeen, ook al was het gezicht zelf van een unieke schoonheid.

Maar nu, door deze droge zwarte letters op papier, door de berichtjes vol spelfouten, inside jokes en koosnaampjes, rees de schim van het dode meisje voor hem op in het donkere kantoor. Haar e-mails riepen iets op wat de veelheid aan foto's niet teweeg had kunnen brengen: het besef ergens diep in zijn maagstreek, niet in zijn hersenen, dat een echt, levend, lachend en huilend mens te pletter gevallen was op die besneeuwde straat in Londen. Hij had gehoopt de flakkerende schaduw van een moordenaar aan te treffen bij het doornemen van het dossier, maar in plaats daarvan was de geest van Lula zelf opgedoken, en ze keek naar hem op zoals de slachtoffers van zware geweldsmisdrijven dat soms ook deden, vanuit de brokstukken van haar eigen abrupt afgebroken leven.

Nu zag hij in waarom John Bristow volhield dat zijn zusje niet met de dood bezig was geweest. Het meisje dat deze woorden had getypt kwam over als een hartelijke vriendin, sociaal, impulsief, met een druk leven waar ze van genoot, enthousiast over haar werk, zich verheugend, zoals Bristow al had verteld, op een naderend reisje naar Marokko.

De meeste mailtjes waren verzonden naar modeontwerper Guy Somé. Er stond niets belangwekkends in, alleen een heleboel opgewekte vertrouwelijkheden en één keer een verwijzing naar haar onwaarschijnlijke vriendschap met het onbekende meisje.

Geegee, zou je héél alsjeblieft iets voor Rochelle willen maken voor haar verjaardag? Ik betaal. Iets moois (niet gemeen doen). Voor 21 februari? Aaaah, toe! Je bent een schat. Liefs, Koekoek.

Strike herinnerde zich de bewering op LulaMyInspirationForeva dat Lula van Guy Somé had gehouden 'als van een broer'. Zijn verklaring aan de politie was de kortste in het dossier. Hij was op de avond van haar dood thuisgekomen na een week in Japan. Strike wist dat Somé op loopafstand van Kentigern Gardens woonde, maar de politie leek genoegen te hebben genomen met zijn verklaring dat hij eenmaal thuis eenvoudigweg naar bed was gegaan. Strike had al gezien dat als je vanaf Charles Street te voet naar Kentigern Gardens ging, je aankwam vanaf de andere kant van de bewakingscamera in Alderbrook Road.

Strike sloeg eindelijk het dossier dicht. Terwijl hij moeizaam naar zijn kantoortje hobbelde, zich uitkleedde, de prothese verwijderde en het kampeerbed uitklapte, dacht hij aan niets anders dan zijn eigen uitputting. Al snel werd hij in slaap gewiegd door het geluid van het verkeersgedruis, het tikken van de regen en de onsterfelijke ademhaling van de stad.

2

Er stond een grote magnolia in de voortuin van Lucy's huis in Bromley. Die zou straks, als de lente verder gevorderd was, het gazon bedekken met een lading bloesems als verfrommelde tissues; nu, in april, was het een luchtige witte wolk, de bloemblaadjes wasachtig als kokosschaafsel. Strike was pas een paar keer in dit huis geweest. Hij sprak liever elders af met Lucy, ergens waar ze minder afgetobd scheen en hij zijn zwager niet tegen het lijf hoefde te lopen, voor wie Strikes gevoelens hooguit lauw te noemen waren.

Aan het hek gebonden heliumballonnen dansten in een lichte bries. Terwijl Strike het steile pad naar de voordeur beklom, met het door Robin ingepakte cadeau onder zijn arm, hield hij zichzelf voor dat dit bezoek niet lang hoefde te duren.

'Waar is Charlotte?' luidde de strenge vraag van Lucy – klein, blond, een bol gezicht – zodra ze de deur opendeed.

De hal achter haar hing vol met nog meer ballonnen van goudfolie, in de vorm van het cijfer zeven. Gegil dat zowel enthousiasme als pijn zou kunnen uitdrukken, afkomstig uit een onzichtbaar deel van het huis, verstoorde de rust in de buitenwijk. 'Ze moest dit weekend weer naar Ayr,' loog Strike.

'Waarom?' vroeg Lucy terwijl ze een stap terug deed om hem binnen te laten.

'De zoveelste crisis met haar zus. Waar is Jack?'

'Ze zijn allemaal achter. Goddank regent het niet meer, anders had de hele club binnen moeten blijven.' Lucy ging hem voor naar de tuin.

Zijn drie neefjes renden met twintig jongens en meisjes in feestkleding over het grote gazon; er werd met veel gegil een spel gespeeld waarbij schijnbaar heen en weer moest worden gehold tussen diverse cricketpaaltjes waarop afbeeldingen van vruchten waren geplakt. Meehelpende ouders stonden in het fletse zonnetje wijn uit plastic bekertjes te drinken terwijl Lucy's echtgenoot Greg de iPod bemande, die in een houder op een schragentafel stond. Lucy overhandigde Strike een glas bier en snelde vrijwel onmiddellijk weer bij hem vandaan om de jongste van haar drie zoontjes op te rapen, die hard gevallen was en onbedaarlijk brulde.

Strike had nooit kinderen gewild; het was een van de dingen waarover Charlotte en hij het altijd eens waren geweest, en een van de redenen waarom zijn andere relaties in de loop der jaren schipbreuk hadden geleden. Lucy keurde zijn opstelling zwaar af, net als de redenen die hij ervoor gaf. Ze reageerde altijd op haar teentjes getrapt wanneer zijn levensinvulling niet overeenkwam met de hare, alsof hij daarmee haar beslissingen en keuzes aanviel.

'Alles goed, Corm?' vroeg Greg, en hij droeg de leiding over de muziek over aan een andere vader. Strikes zwager was calculator in de bouw en leek nooit goed te weten wat voor toon hij tegen Strike moest aanslaan. Meestal hield hij het op een combinatie van opgewektheid en agressie die Strike erg irritant vond. 'Waar is de verrukkelijke Charlotte? Toch niet weer uit elkaar, hoop ik? Hahaha. Ik kan het niet meer bijhouden, hoor.'

Een van de kleine meisjes was omvergeduwd en Greg haastte zich erheen om een toegesnelde moeder de helpende hand toe te steken in de strijd tegen de zoveelste portie tranen en grasvlekken. Het spel eindigde in een juichende chaos en uiteindelijk werd er een winnaar uitgeroepen, gevolgd door nieuwe tranen bij de nummer twee, die gesust moest worden met een troostprijs uit de zwarte vuilniszak naast de hortensia's. Er werd een tweede ronde van het spel aangekondigd.

'Hallo,' zei een forse, degelijke vrouw van middelbare leeftijd die naast Strike kwam staan. 'Jij bent vast Lucy's broer!'

'Ja.'

'We hebben het gehoord, van je arme been,' zei ze, starend naar zijn schoenen. 'Lucy heeft ons allemaal op de hoogte gehouden.

Goh, je ziet er niks van, hè? Ik heb je niet eens mank zien lopen toen je aankwam. Fantastisch hoor, wat ze tegenwoordig allemaal kunnen. Je kunt nu vast harder rennen dan voorheen!'

Misschien stelde ze zich voor dat hij een platte hardloopprothese van koolstofvezel onder zijn broekspijp had zitten, als een paralympische sporter. Strike nam een slokje van zijn bier en glimlachte geforceerd.

'Is het waar?' vroeg ze met een lonkende blik, haar gezicht plotseling een en al onverholen nieuwsgierigheid. 'Ben jij echt de zoon van Jonny Rokeby?'

Zijn laatste restje geduld, waarvan Strike niet eens had beseft dat het tot het uiterste was opgerekt, knapte nu. 'Ik weet er geen zak van,' zei hij. 'Bel hem lekker op om het te vragen.'

Ze keek verbijsterd. Na een paar tellen liep ze zonder iets te zeggen weg. Hij zag haar met een andere vrouw praten, die naar Strike gluurde. Er viel weer een kind, dat met zijn hoofd tegen een cricketpaaltje versierd met een reuzenaardbei knalde, en er volgde een oorverdovend gebrul. Nu alle aandacht was gericht op het kersverse slachtoffer, sloop Strike terug het huis in.

De voorkamer was nietszeggend comfortabel, met een driedelig beige bankstel, een impressionistische zeefdruk boven de schoorsteenmantel en in de boekenkast ingelijste foto's van zijn drie neefjes in hun flessengroene schooluniform. Strike deed zorgvuldig de deur achter zich dicht tegen het lawaai in de tuin, haalde de dvd die Wardle hem had gestuurd uit zijn jaszak, stopte die in de speler en zette de tv aan.

Op de televisie stond een foto die was genomen op Lucy's dertigste verjaardag. Haar vader Rick was erbij, met zijn tweede vrouw. Strike stond achteraan, waar hij al sinds zijn vijfde voor iedere groepsfoto werd neergezet. In die tijd had hij nog twee benen. Naast hem stond Tracey, mede-SIB'er en de vrouw met wie Lucy had gehoopt dat haar broer zou trouwen. Tracey was later in het huwelijk getreden met een van hun gezamenlijke vrienden en had pasgeleden een dochtertje gekregen. Strike had nog bloemen willen sturen, maar het was er nooit van gekomen.

Hij liet zijn blik naar het tv-scherm dalen en drukte op PLAY.

Het korrelige zwart-witfilmpje begon meteen: een witte straat, met dikke vlokken sneeuw die langs het oog van de camera trokken. Het 180 gradenbeeld toonde het kruispunt van Bellamy Road en Alderbrook Road.

Een man kwam het beeld in gelopen, alleen, vanaf de rechterkant van de straat. Hij was lang, had zijn handen diep in zijn zakken gestoken en was in meerdere lagen gekleed, met een capuchon over zijn hoofd getrokken. Zijn gezicht zag er door een soort gezichtsbedrog vreemd uit op de zwart-witbeelden; Strike meende naar een spierwitte onderste helft en een donkere blinddoek te kijken, tot zijn gezonde verstand hem vertelde dat het een donker gezicht was met een witte sjaal over de neus, mond en kin. De man had een wazig merkteken op zijn jas, misschien een logo; verder was zijn kleding niet identificeerbaar.

Terwijl de man de camera naderde, boog hij het hoofd en leek iets te raadplegen wat hij uit zijn zak haalde. Enkele seconden later liep hij Bellamy Road in en verdween buiten het bereik van de camera. De digitale klok rechtsonder in beeld gaf 01.39 uur aan.

Het beeld versprong. Weer was wazig hetzelfde kruispunt te zien, ogenschijnlijk uitgestorven, met dezelfde dikke sneeuwvlokken die het zicht belemmerden, maar nu gaf de klok onderin 02.12 uur aan.

De twee rennende mannen kwamen in beeld. De voorste was herkenbaar als degene die uit het zicht was gelopen met de witte sjaal over zijn mond. Hij rende met lange, krachtige passen en met pompende armen in een rechte lijn door Alderbrook Road. De tweede man was kleiner, tengerder, en droeg een capuchon en een muts. Strike zag de gebalde donkere vuisten terwijl de man achter zijn voorganger aan holde en steeds meer terrein verloor ten opzichte van de langere man. Onder een straatlantaarn werd even de opdruk op de rug van zijn sweatshirt beschenen; halverwege Alderbrook Road week de man plotseling uit naar links en dook een zijstraat in.

Strike speelde de bewuste seconden nogmaals af, en daarna nog een keer. Hij zag geen enkel teken van communicatie tussen de twee rennende mannen, niets wat erop duidde dat ze iets naar elkaar hadden geroepen of zelfs naar de ander keken toen ze wegspurtten van de camera. Het was ogenschijnlijk ieder voor zich.

Hij speelde de dvd voor de vierde keer af en zette het beeld, na meerdere pogingen, stil op het moment dat de opdruk op de rug van het sweatshirt werd beschenen door de lantaarnpaal. Met zijn ogen tot spleetjes geknepen boog Strike zich dichter naar het wazige beeld toe. Na nog enkele minuten staren was hij er vrij zeker van dat het eerste woord eindigde op 'ck', maar het tweede, waarvan hij meende dat het begon met een 'j', was niet te ontcijferen.

Hij drukte weer op PLAY, liet het filmpje doorspelen en probeerde vast te stellen welke straat de tweede man had genomen. Drie keer keek Strike toe hoe hij zich losmaakte van zijn medehardloper, en al was de naam in beeld onleesbaar, hij wist van wat Wardle hem had verteld dat het Halliwell Street moest zijn.

De politie had het feit dat de eerste man buiten beeld een vriend had opgepikt beschouwd als een teken dat hij een minder waarschijnlijke moordenaar was. Daarmee gingen ze er dus van uit dat de twee mannen vrienden waren. Strike moest toegeven dat het feit dat ze samen door de camera waren vastgelegd, in deze barre weersomstandigheden, op dat uur van de dag, en daarbij opgeteld hun vrijwel identieke gedragingen, inderdaad een zekere samenwerking suggereerden.

Hij liet het filmpje doorspelen, dat bijna schrikwekkend abrupt versprong naar een stadsbus, vanbinnen gefilmd. Er stapte een meisje in, in beeld gebracht vanuit een positie boven de chauffeur, waardoor haar gezicht werd verkort en er een zware schaduw overheen viel, maar haar blonde paardenstaart sprong onmiddellijk in het oog. De man die na haar instapte leek, voor zover hij zichtbaar was, sterk op degene die later in de richting van Kentigern Gardens door Bellamy Street zou lopen. Hij was lang, droeg een capuchon en had een witte sjaal voor zijn gezicht, waarvan de bovenste helft verloren ging in de schaduwen. Het enige wat duidelijk te zien was, was het logo op zijn borst, een gestileerde GS.

Een schokkerige overgang naar Theobalds Road. Als het individu dat daar liep dezelfde was als de persoon die in de bus was gestapt, dan had hij zijn witte sjaal afgedaan, maar zijn bouw en tred leken sterk op die van de eerste man. Deze keer meende Strike te zien dat de man bewust moeite deed om zijn hoofd gebogen te houden.

Het filmpje eindigde met een leeg zwart scherm. Diep in gedachten verzonken bleef Strike ernaar zitten kijken. Toen hij zichzelf tot de orde riep en terugkeerde naar zijn huidige omgeving, bezag hij met lichte verbazing dat alles kleur had en door de zon beschenen werd.

Hij viste zijn mobiel uit zijn zak en belde John Bristow, maar kreeg de voicemail. Strike sprak een bericht in om Bristow te laten weten dat nu hij de beelden van de beveiligingscamera's had bekeken en het politiedossier had gelezen, er nog een paar dingen waren die hij wilde vragen. Hij vroeg John of het mogelijk was hem ergens in de komende week te treffen.

Toen belde hij Derrick Wilson, wiens telefoon ook meteen werd doorgeschakeld naar de voicemail, waarop Strike zijn verzoek om Kentigern Gardens een keer vanbinnen te mogen bekijken nog eens herhaalde.

Hij had net opgehangen toen de deur van de zitkamer openging en zijn middelste neefje Jack naar binnen kwam schuifelen. Hij zag er verhit en opgewonden uit.

'Ik hoorde je praten,' zei Jack. Hij deed de deur al even zorgvuldig achter zich dicht als zijn oom had gedaan.

'Moet jij niet in de tuin spelen, Jack?'

'Ik moest plassen,' zei zijn neefje. 'Oom Cormoran, heb je een cadeautje voor me meegebracht?'

Strike, die het pakje sinds zijn binnenkomst geen moment uit het oog verloren had, overhandigde het aan Jack en keek toe hoe Robins zorgvuldige inpakwerk ongedaan gemaakt werd door kleine, gretige vingertjes.

'Cool,' zei Jack blij. 'Een soldaat.'

'Inderdaad,' zei Strike.

'Hij heeft een geweer en alles.'

'Ja, klopt.'

'Had jij ook een geweer toen je soldaat was?' vroeg Jack terwijl hij de doos ondersteboven zette om het plaatje van de inhoud te bekijken.

'Ik had er twee,' zei Strike.

'Nu nog steeds?'

'Nee, ik moest ze teruggeven.'

'Jammer,' zei Jack nuchter.

'Moet je niet gaan spelen?' vroeg Strike nog een keer toen het gegil buiten weer oplaaide.

'Wil ik niet,' zei Jack. 'Mag ik hem eruit halen?'

'Ja, doe maar,' zei Strike.

Terwijl Jack koortsachtig de doos openscheurde, haalde Strike steels Wardles dvd uit de speler en stopte hem in zijn zak. Vervolgens hielp hij Jack om de plastic paratroeper te bevrijden uit de banden waarmee hij aan de kartonnen inleg was bevestigd en het wapen in zijn hand te klemmen.

Lucy trof hen tien minuten later samen aan terwijl Jack van achter de bank zijn soldaat liet vuren en Strike deed alsof hij door een kogel in zijn buik werd getroffen.

'Verdorie, Corm, het is zijn feestje, hij hoort met de andere kinderen te spelen! Jack, wat heb ik nou gezegd? Nog geen cadeautjes openmaken. Raap op... nee, dat blijft hier. Néé Jack, je mag er straks mee spelen, het is bijna etenstijd...'

Verhit en geprikkeld voerde Lucy haar tegenstribbelende zoontje de kamer uit, met een donkere blik over haar schouder naar haar broer. Als Lucy haar lippen op elkaar perste leek ze sprekend op hun tante Joan, die van geen van beiden een bloedverwant was.

De vluchtige gelijkenis wekte bij Strike een voor hem ongebruikelijke bereidwilligheid op. De rest van het feest gedroeg hij zich keurig, naar Lucy's maatstaven, en richtte zich hoofdzakelijk op het sussen van dreigende ruzietjes tussen diverse dolgedraaide kinderen, waarna hij zich verschanste achter een schragentafel vol klodders jam en gesmolten ijs, om de bemoeizieke belangstelling van de loerende moeders uit de weg te gaan.

3

Die zondagochtend werd Strike vroeg gewekt door de ringtone van zijn mobiel, die op de vloer naast zijn kampeerbedje aan de oplader lag. De beller was Bristow. Hij klonk gespannen.

'Ik heb je bericht gisteren gehoord, maar het gaat erg slecht met mijn moeder en we hebben geen thuishulp voor vanmiddag. Alison komt hierheen om me gezelschap te houden. Ik zou je morgen kunnen treffen, in mijn lunchpauze, als je dan tijd hebt. Zijn er nog ontwikkelingen?' voegde hij er hoopvol aan toe.

'Een paar,' antwoordde Strike behoedzaam. 'Zeg, waar is de laptop van je zus?'

'Hier bij mijn moeder in de flat. Hoezo?'

'Zou je het vervelend vinden als ik de inhoud bekeek?'

'Nee, prima,' zei Bristow. 'Zal ik hem morgen meebrengen?'

Strike zei dat dat een goed idee was. Toen Bristow hem de naam en het adres van zijn favoriete lunchadres vlak bij zijn kantoor had gegeven en had opgehangen, tastte Strike naar zijn sigaretten en bleef een tijdje liggen roken. Hij staarde peinzend naar het patroon dat de zon door de luxaflex op het plafond wierp, genietend van de stilte en de eenzaamheid, de afwezigheid van schreeuwende kinderen en van Lucy's pogingen om hem uit te horen boven het schorre gekrijs van haar jongste uit. Bijna met waardering voor zijn rustige kantoor drukte hij de sigaret uit, stond op en bereidde zich voor op zijn gebruikelijke douche bij de ULU.

Zondagavond laat slaagde hij er, na vele nieuwe pogingen, eindelijk in Derrick Wilson te pakken te krijgen.

'Deze week kun je niet langskomen,' zei Wilson. 'Meneer Bestigui is de laatste tijd veel thuis. Ik moet aan mijn baan denken, snap je? Ik bel je wel als het uitkomt, is dat goed?'

Strike hoorde op de achtergrond een zoemer.

'Ben je nu op je werk?' vroeg hij voordat Wilson de kans kreeg om op te hangen.

Strike hoorde de bewaker naast de hoorn zeggen: ('Teken nou maar gewoon, jongen.') 'Wat zei je?' zei hij luider, tegen Strike.

'Als je op je werk bent, zou je dan eens voor me in het logboek willen zoeken naar de naam van een vriendin die Lula zo nu en dan kwam opzoeken?'

'Welke vriendin?' vroeg Wilson. ('Ja, tot kijk.')

'Dat meisje over wie Kieran het had, uit de afkickkliniek. Rochelle. Ik wil haar achternaam weten.'

'O ja, die,' zei Wilson. 'Ja, ik kijk wel even en dan bel ik je als...'

'Zou je nu meteen even kunnen kijken?'

Hij hoorde Wilson zuchten. 'Goed dan. Ogenblikje.'

Onduidelijke geluiden van voetstappen, gerammel en geschraap, gevolgd door het omslaan van bladzijden. Tijdens het wachten bekeek Strike op zijn computerscherm diverse kledingstukken die waren ontworpen door Guy Somé.

'Ja, hier staat ze,' klonk Wilsons stem in zijn oor. 'Ze heet Rochelle. Ik kan niet zien... Onifade, volgens mij.'

'Kun je dat spellen?'

Dat deed Wilson, en Strike noteerde de naam.

'Wanneer is ze voor het laatst daar geweest, Derrick?'

'Begin november,' antwoordde Wilson. ('Ja, goedenavond.') 'Ik moet nu ophangen.'

Hij was halverwege Strikes bedankje al weg, en de speurder keerde terug naar zijn blik bier en Guy Somés kijk op de hedendaagse mode, in het bijzonder een jack met rits en capuchon waarop linksvoor een gestileerde GS in goud was aangebracht. Het logo was aanwezig op vrijwel alle prêt-à-porterkleding op de afdeling herenmode van de website van de ontwerper. Wat 'prêt-à-porter' verder ook mocht betekenen, het stond vooral voor 'goedkoper', zag Strike. De tweede sectie van de site, eenvoudig 'Guy Somé' genaamd, bevatte kledingstukken die gemakkelijk tot in de duizenden ponden liepen. Ondanks Robins hardnekkige pogingen was de ontwerper van deze kastanjebruine pakken, de smalle gebreide stropdassen, de met spiegeltjes bezette mini-jurkjes en de leren gleufhoeden nog altijd doof voor alle verzoeken om met Strike te praten over de dood van zijn favoriete model.

4

Jij denkt verdomme dat ik je niks zal doen maar dan vergis je je eikel want ik krijg je wel ik vertroude jouw en dan flik je me zoiets. Ik trek je lul eraf en prop hem in je bek. Straks vinden ze je gestikt in je eigen lul als ik met je klaar ben en je eige moeder zal je niet meer herkennen ik vermoord je godverdomme Strike vuile eikel dat je d'r bent

'Lekker weertje vandaag.'

'Wilt u dit alstublieft lezen? Alstublieft?'

Het was maandagmorgen en Strike had net buiten op straat een sigaret gerookt in de zon en een praatje gemaakt met het meisje van de platenzaak aan de overkant. Robin droeg haar haar weer los, kennelijk had ze vandaag geen sollicitatiegesprek. Die conclusie, in combinatie met het effect van zonlicht na regen, was goed voor Strikes humeur. Maar Robin zag er gespannen uit, zoals ze daar achter haar bureau stond met het velletje roze briefpapier, opgesierd met de gebruikelijke jonge poesjes.

'Is hij nog steeds bezig?' Strike nam de brief van haar aan en las hem grinnikend door.

'Ik snap niet waarom u niet naar de politie gaat,' zei Robin. 'Die dingen die hij zegt u te willen aandoen...'

'Berg maar gewoon op.' Strike gooide de brief op het bureau en bekeek de rest van het schamele stapeltje mail.

'Ja, maar dat is nog niet alles,' zei Robin, zichtbaar geërgerd door zijn houding. 'Temporary Solutions belde net.'

'O ja? En wat wilden ze?'

'Ze vroegen naar mij,' zei Robin. 'Ze vermoeden dus dat ik hier nog werk.'

'En wat heb je gezegd?'

'Ik heb me voorgedaan als iemand anders.'

'Snelle reactie. Als wie?'

'Ik zei dat ik Annabel heette.'

'Als mensen onverwacht een nepnaam moeten verzinnen, kiezen ze meestal iets met een A, wist je dat?'

'Maar als ze nou eens iemand langssturen ter controle?'

'Ja?'

'U bent degene van wie ze geld willen zien, niet ik! Ze gaan natuurlijk proberen de bemiddelingskosten te innen!'

Hij moest lachen om haar oprechte bezorgdheid dat hij een bedrag zou moeten betalen dat hij niet kon missen. Hij had haar willen vragen nog een keer naar het kantoor van Freddie Bestigui te bellen en daarna op internet te zoeken naar het telefoonnummer van Rochelle Onifades tante in Kilburn, maar in plaats daarvan zei hij: 'Goed, dan ontruimen we de zaak. Ik wilde vanmorgen naar Vashti gaan, dat is een of andere winkel, voordat ik Bristow tref. Misschien komt het geloofwaardiger over als we samen gaan.'

'Vashti? De boetiek?' vroeg Robin onmiddellijk.

'Ja. Dus die ken je?'

Nu was het Robins beurt om te glimlachen. Ze had er in tijdschriften over gelezen, en voor haar was Vashti de belichaming van glamour in Londen, een plek waar moderedacteuren fantastische kleding scoorden om aan hun lezers te tonen, stukken die Robin een half jaarsalaris zouden kosten.

'Ik heb ervan gehoord,' zei ze.

Hij pakte haar trenchcoat en gaf haar die aan.

'We doen alsof je mijn zusje Annabel bent. Je kunt me helpen een cadeautje voor mijn vrouw uit te kiezen.'

'Wat zit die man van de doodsbedreigingen nou zo dwars?' vroeg Robin toen ze naast elkaar in de metro zaten. 'Wie is het?'

Ze had haar nieuwsgierigheid naar Jonny Rokeby weten te onderdrukken, net als die naar de donkere schoonheid die op haar eerste werkdag uit Strikes kantoor was weggerend, en naar het kampeerbed, waarover ze beiden met geen woord repten, maar over de doodsbedreigingen mocht ze toch wel vragen stellen? Per slot van rekening was zij degene die tot nu toe drie roze enveloppen had opengescheurd en de onaangename en heftige tirades had gelezen die tussen de dartelende poesjes waren neergepend. Strike keek er niet eens naar.

'Hij heet Brian Mathers,' zei Strike. 'Vorig jaar juni is hij naar me toe gekomen omdat hij dacht dat zijn vrouw vreemdging. Hij wilde haar laten volgen, dus heb ik haar een maand geschaduwd. Een heel gewone vrouw, alledaags, slonzig, met een slecht permanentje, ze werkte op de boekhoudafdeling van een grote tapijtzaak. Doordeweeks bracht ze haar dagen door in een krap kantoor met drie vrouwelijke collega's, op donderdag ging ze naar de bingo en iedere vrijdag deed ze voor de hele week boodschappen bij Tesco, om op zaterdag samen met haar man naar de plaatselijke Rotary Club te gaan.'

'En wanneer ging ze volgens hem vreemd?'

Hun bleke spiegelbeeld deinde heen en weer in het matzwarte raam; ontdaan van alle kleur door de felle plafondverlichting zag Robin er ouder en welhaast doorzichtig uit en leek Strike verweerder, lelijker.

'Op donderdagavond.'

'En was dat ook zo?'

'Nee, in werkelijkheid had ze dan een bingoavond met haar vriendin Maggie, maar op alle vier de donderdagen dat ik haar heb geschaduwd, ging ze opzettelijk laat naar huis. Ze reed nog een poosje rond nadat ze Maggie had afgezet. Eén keer ging ze een pub binnen en dronk daar in haar eentje een glas tomatensap, verlegen in een hoekje. Een andere keer bleef ze aan het einde van hun straat drie kwartier staan wachten voordat ze de hoek om ging.'

'Waarom?' vroeg Robin, net toen de metro ratelend door de lange tunnel reed.

'Dat is de vraag, ja. Om iets te bewijzen? Om hem op de kast te jagen? Te kwellen? Te straffen? Probeerde ze haar uitgebluste huwelijk een beetje nieuw leven in te blazen? Elke donderdag een uurtje niet-verklaarde tijd.

Haar man is een enorme zenuwlijder, dus haar daden hadden effect. Hij werd er gek van. Was ervan overtuigd dat ze één keer per week een minnaar trof en dat haar vriendin Maggie haar een alibi verschafte. Hij probeerde haar zelf al een tijdje te schaduwen, maar hij was ervan overtuigd dat ze die keren alleen maar naar de bingoavond ging omdat ze doorhad dat hij haar in de gaten hield.'

'Dus toen hebt u hem de waarheid verteld?'

'Inderdaad. Hij geloofde me niet. Hij wond zich vreselijk op en begon te tieren dat we tegen hem samenspanden. Weigerde mijn factuur te betalen.

Ik was bang dat hij haar uiteindelijk iets zou aandoen, en toen heb ik een grote fout gemaakt. Ik heb haar gebeld en gezegd dat hij me had ingehuurd om haar te schaduwen, dat ik wist waar ze mee bezig was en dat er bij haar man ieder moment iets kon knappen. Ik zei dat ze moest uitkijken, dat ze het niet te ver moest doordrijven, voor haar eigen bestwil. Ze hing zonder een woord te zeggen op.

Hij controleerde regelmatig haar mobiel. Toen hij mijn nummer zag, trok hij een voor de hand liggende conclusie.'

'Dat u haar had ingelicht over het schaduwen?'

'Nee, dat ik voor haar charmes was gevallen en vanaf dat moment haar nieuwe minnaar was.'

Robin sloeg haar handen voor haar mond. Strike moest lachen.

'Zijn uw klanten altijd een beetje gek?' vroeg Robin toen haar mond weer vrij was.

'Hij wel, maar de meesten hebben vooral last van stress.'

'Ik zat te denken aan John Bristow,' zei Robin aarzelend. 'Zijn vriendin denkt dat hij waanideeën heeft. En u dacht dat hij een beetje... u weet wel. Ja, toch?' vroeg ze. 'We konden het horen,' voegde ze er een beetje beschaamd aan toe, 'door de deur heen. Dat gedeelte over "psychologie van de koude grond".'

'Juist,' zei Strike. 'Nou... intussen denk ik er toch wel anders over, geloof ik.'

'Hoe bedoelt u?' vroeg Robin, en haar heldere grijsblauwe ogen werden groot en vragend. De metro kwam met een ruk tot stilstand;

de langs de ramen flitsende gestaltes op het perron werden met de seconde minder wazig. 'Denkt u... Bedoelt u dat hij niet... dat hij misschien gelijk heeft, dat het echt...?'

'We moeten er hier uit.'

De witgeschilderde boetiek waar ze moesten zijn lag in Conduit Street bij de kruising met New Bond Street, waar de grondprijs het hoogst was van heel Londen. In de kleurrijke etalages was, in Strikes ogen, een onmetelijke rits overbodigheden uitgestald. Kussens met kraaltjes, geurkaarsen in zilveren houders, repen artistiek gedrapeerde chiffon, opzichtige kaftans gedragen door gezichtloze etalagepoppen en opzichtig lelijke, enorme handtassen, allemaal tentoongesteld tegen een pop-artachtergrond; een kitscherig eerbetoon aan de menselijke consumptiedrang en tevens een aanval op zijn netvlies en zijn goede humeur. Hij kon zich gemakkelijk voorstellen hoe Tansy Bestigui en Ursula May hier met een ervaren blik de prijskaartjes bekeken en een keuze maakten tussen de alligatorleren tassen waarvan de prijs in de vijf cijfers liep, ingegeven door een vreugdeloze vastberadenheid om hun liefdeloze huwelijk tot de laatste cent toe uit te melken.

Naast hem stond ook Robin naar de etalage te staren, maar het drong slechts vaag tot haar door waar ze naar keek. Ze had die ochtend telefonisch een baan aangeboden gekregen, in de tijd dat Strike naar beneden was om te roken, vlak voordat Temporary Solutions belde. Telkens wanneer ze over het aanbod nadacht – ze moest binnen twee dagen laten weten of ze het zou aannemen of afwijzen – voelde ze een steek in haar maag, en al probeerde ze zichzelf ervan te overtuigen dat deze hevige emotie wel blijdschap moest zijn, ze begon steeds sterker te vermoeden dat het pure weerzin was.

Ze moest deze baan nemen. Er was veel voor te zeggen. Het salaris was precies het bedrag dat Matt en zij als streefinkomen hadden afgesproken. Het bedrijf huisde in een mooi kantoor, gunstig gelegen ten opzichte van West End. Ze zou samen met Matthew kunnen lunchen. De arbeidsmarkt was erg slap. Ze zou dolblij moeten zijn.

'Hoe is je sollicitatiegesprek vrijdag gegaan?' vroeg Strike. Hij tuurde met half dichtgeknepen ogen naar een jas met lovertjes die hij afzichtelijk lelijk vond.

'Best goed, geloof ik,' antwoordde Robin vaag.

Ze dacht terug aan de opwinding die ze daarnet nog had gevoeld, toen Strike suggereerde dat er misschien toch sprake was van moord. Meende hij dat serieus? Robin zag dat hij nu naar de gigantische uitstalling opschik stond te staren alsof die hem iets belangrijks zou kunnen vertellen; het was duidelijk (even bekeek ze hem door Matthews ogen en dacht ze aan hem met Matthews stem) een pose die hij bewust aannam, voor de show. Matthew liet voortdurend doorschemeren dat hij dacht dat Strike zich anders zou voordoen dan hij was. Haar verloofde leek het beroep van privédetective te beschouwen als iets heel onwaarschijnlijks, net als astronaut of leeuwentemmer, werk dat echte mensen niet deden.

Robin bedacht peinzend dat als ze de baan op de personeelsafdeling aannam, ze misschien nooit zou weten (tenzij ze het op een dag op het nieuws zou zien) hoe het met dit onderzoek afliep. Bewijzen, oplossen, betrappen, beschermen: dat waren zaken die de moeite waard waren, belangrijk en fascinerend. Robin wist dat Matthew het kinderachtig en naïef van haar vond dat ze er zo over dacht, maar ze kon het niet helpen.

Strike stond nu met zijn rug naar Vashti toe New Bond Street in te kijken. Zijn blik was gericht, zag Robin, op de rode brievenbus die voor Russell & Bromley stond en waarvan de donkere, rechthoekige mond hen vanaf de overkant van de straat toegrijnsde.

'Kom, we gaan naar binnen,' zei Strike terwijl hij zich naar haar omdraaide. 'Onthoud goed: je bent mijn zus en we gaan iets uitzoeken voor mijn vrouw.'

'Maar wat willen we precies weten?'

'Wat Lula Landry en haar vriendin Rochelle daar te zoeken hadden op de dag voor Landry's dood. Ze hebben elkaar een kwartier gezien en zijn toen ieder hun eigen weg gegaan. Ik heb niet veel hoop, het is drie maanden geleden en misschien heeft niemand hier iets bijzonders gezien. Maar het is het proberen waard.'

Op de benedenverdieping van Vashti was de kledingafdeling; een pijl naar boven bij de houten trap gaf aan dat de lunchhoek en de 'lifestyle' aldaar te vinden waren. Er liepen een paar vrouwen tussen de glimmende stalen kledingrekken te snuffelen. Ze waren allemaal dun en bruin, met lang, schoon, pas geföhnd haar. De verkoopsters vormden een eclectisch kliekje, met excentrieke kleding en buitenissige kapsels. Een van hen droeg een tutu en netkousen; ze was hoeden aan het uitstallen.

Tot Strikes verbazing beende Robin gedecideerd op haar af.

'Hallo,' zei ze opgewekt. 'Er hangt een geweldige jas met lovertjes in de middelste etalage. Zou ik die even mogen passen?'

De verkoopster had een grote bos pluizig wit haar met de textuur van suikerspin, en opzichtig opgemaakte ogen zonder wenkbrauwen.

'Ja hoor, geen enkel probleem,' zei ze.

Dat bleek echter gelogen te zijn: het was uitgesproken problematisch om de jas uit de etalage te halen. Hij moest van de pop worden gehaald en worden bevrijd uit de elektronische beveiligingskabel; tien minuten later was de jas er nog altijd niet en had de oorspronkelijke verkoopster twee collega's naar de etalage geroepen om haar te helpen. Intussen liep Robin zonder iets tegen Strike te zeggen de winkel rond en verzamelde een assortiment jurken en riemen. Tegen de tijd dat de jas met de lovertjes uit de etalage was gehaald leken alle drie de verkoopsters die daarbij betrokken waren geweest te denken dat ze hadden geïnvesteerd in de toekomst ervan, en gedrieën vergezelden ze Robin naar de paskamer, waarbij een van hen aanbood de berg andere kleding die ze had uitgekozen voor haar te dragen en de andere twee de jas voor hun rekening namen.

De paskamers bestonden uit een smeedijzeren frame waar zware, crèmekleurige zijde overheen was gedrapeerd, als een tent. Strike posteerde zich dicht genoeg in de buurt om te kunnen volgen wat er zich daarbinnen afspeelde, en hij merkte dat hij nu pas het volledige spectrum van de talenten van zijn secretaresse begon te waarderen.

Robin had voor ruim tienduizend pond aan spullen meegenomen naar de paskamer, waarvan de bewuste jas de helft opslokte.

Onder normale omstandigheden zou ze zoiets nooit gedurfd hebben, maar vanmorgen was er een soort roekeloosheid en bravoure in haar gevaren. Ze wilde iets bewijzen, aan zichzelf, aan Matthew en zelfs aan Strike. De drie verkoopsters drentelden om haar heen, hingen jurken voor haar op en streken de zware plooien van de jas glad, en Robin voelde geen enkele schaamte vanwege het feit dat ze zelfs de goedkoopste van de rits riemen die het roodharige winkelmeisje met de tatoeages nu over beide armen had hangen niet zou kunnen betalen, en deze meisjes dus geen van allen de commissie zouden krijgen waar ze zonder enige twijfel op aasden. Ze liet de verkoopster met het felroze haar zelfs een goudkleurig jasje halen waarvan ze Robin zojuist had verzekerd dat het haar prachtig zou staan en goed zou combineren met de groene jurk die ze had uitgekozen.

Robin was langer dan alle drie de verkoopsters, en nadat ze haar eigen trenchcoat had verruild voor de jas met de lovertjes, werden er volop bewonderende kreetjes geslaakt.

'Ik moet hem even aan mijn broer laten zien,' zei ze nadat ze kritisch in de spiegel had gekeken. 'Het is namelijk niet voor mij, maar voor zijn vrouw.'

En ze beende tussen de gordijnen door de paskamer uit, op de voet gevolgd door de drie verkoopsters. De rijke jonge vrouwen bij het kledingrek knepen hun ogen tot spleetjes en staarden Robin aan toen ze zonder enige schroom vroeg: 'Wat vind je ervan?'

Strike moest toegeven dat de jas die hij zo afschuwelijk had gevonden Robin beter stond dan de etalagepop. Ze draaide een rondje voor hem en het ding glinsterde als een hagedissenhuid.

'Wel aardig,' zei hij mannelijk behoedzaam, en de verkoopsters glimlachten geduldig. 'Ja, best mooi. Wat kost-ie?'

'Niet veel, naar jouw maatstaven,' antwoordde Robin met een schalkse blik op haar dienaressen. 'Maar Sandra vindt hem vast prachtig,' zei ze vastberaden tegen Strike, die zo overrompeld was dat hij begon te lachen. 'En ze wordt maar één keer veertig.'

'Ze kan hem overal op dragen,' verzekerde het meisje met het suikerspinhaar Strike gretig. 'Heel veelzijdig.'

'Goed, dan ga ik nu even de Cavalli-jurk passen,' zei Robin monter, en ze liep terug de paskamer in.

'Sandra heeft me met hem mee gestuurd,' zei ze tegen de winkelmeisjes toen ze haar uit de jas hielpen en de jurk ophielden die ze had aangewezen. 'Zodat hij niet weer zo'n stomme fout maakt. Toen ze dertig werd, heeft hij de lelijkste oorbellen van de hele wereld voor haar gekocht. Die dingen hebben een godsvermogen gekost en ze zijn de kluis nooit uit geweest.'

Robin wist zelf niet waar ze het vandaan haalde. De inspiratie kwam vanzelf. Ze stapte uit haar trui en rok en begon zich in de nauwsluitende gifgroene jurk te wurmen. Sandra kwam tot leven terwijl ze over haar praatte: een beetje verwend, ietwat verveeld, en na een paar glazen wijn had ze haar schoonzusje in vertrouwen verteld dat haar broer (bankier, dacht Robin, al zag Strike er niet echt uit als haar idee van een bankier) totaal geen smaak had.

'Dus ze zei: "Neem hem maar mee naar Vashti en laat hem flink met zijn portemonnee wapperen." O ja, deze is mooi.'

De jurk was meer dan mooi. Robin staarde naar haar eigen spiegelbeeld; zoiets moois had ze van haar leven nog niet gedragen. De groene jurk was zo gemaakt dat haar taille op magische wijze tot minimale proporties werd ingesnoerd, haar rondingen weelderig werden benadrukt en haar bleke hals langer leek. Ze was een slangengodin in glinsterend blauwgroen, en alle drie de verkoopsters uitten mompelend en met kleine kreetjes hun bewondering.

'Hoe duur?' vroeg Robin aan het roodharige meisje.

'Achtentwintighonderdnegenennegentig,' antwoordde ze.

'Voor hem is dat niks,' zei Robin luchtig, en ze liep het gordijn door om de jurk te laten zien aan Strike, die net een uitstalling handschoenen op een rond tafeltje stond te bestuderen.

Zijn enige commentaar op de groene jurk luidde: 'Ja.' Hij had amper naar haar gekeken.

'Hm, misschien is het niet Sandra's kleur,' zei Robin, plotseling opgelaten. Per slot van rekening was Strike niet haar broer of haar vriend, en misschien had ze haar verzinsels te ver doorgevoerd door voor zijn neus te paraderen in een nauwsluitende jurk. Ze keerde terug naar de paskamer, kleedde zich uit tot op haar beha en onderbroek en zei toen: 'De laatste keer dat Sandra hier was, zat Lula Landry in de lunchhoek. Sandra zei dat ze in het echt supermooi was. Nog mooier dan op de foto's.'

'O ja, dat klopt,' zei het meisje met het roze haar, en ze stak Robin het goudkleurige jasje toe dat ze voor haar was gaan halen. 'Ze kwam hier heel vaak, elke week wel een keer. Wil je dit nog proberen?'

'Ze was hier nog op de dag voor haar dood,' zei het meisje met het suikerspinhaar, dat Robin hielp zich in het goudkleurige jasje te wurmen. 'In deze zelfde paskamer, om precies te zijn.'

'Echt?' vroeg Robin.

'Het jasje gaat niet dicht op de boezem, maar open is het ook heel mooi,' zei de roodharige.

'Nee, dat is niks. Sandra is eerder wat steviger dan tengerder dan ik,' zei Robin, meedogenloos het figuur van haar fictieve schoonzus offerend. 'Ik probeer die zwarte jurk nog even. Zei je nou dat Lula Landry hier is geweest op de dag voor haar dood?'

'Inderdaad,' antwoordde het meisje met het roze haar. 'Het was zo triest, vreselijk. Jij hebt haar toch gehoord, Mel?'

De getatoeëerde roodharige, die nu een zwart jurkje met kant ophield, maakte een onbestemd geluidje. Toen Robin in de spiegel naar haar keek, zag ze geen enkele behoefte om te vertellen wat ze had gehoord, of ze het nu per ongeluk had opgevangen of Lula's gesprek had afgeluisterd.

'Ze sprak toch met Duffield, Mel?' drong het praatgrage meisje met het roze haar aan.

Robin zag Mel fronsen. Ondanks de tatoeages kreeg Robin de indruk dat Mel een paar jaar ouder was dan haar collega's. Ze leek van mening te zijn dat discretie over wat er zich achter de crèmekleurige gordijnen afspeelde deel uitmaakte van haar werk, terwijl de twee anderen popelden om roddels te vertellen, zeker aan een vrouw die kennelijk niet kon wachten om het geld van haar rijke broer uit te geven.

'Het lijkt me onmogelijk om níét te horen wat zich afspeelt in deze... deze tenten,' zei Robin, een beetje buiten adem omdat ze met vereende krachten door de drie verkoopsters werd ingesnoerd in de zwarte jurk.

'Ja, dat is waar. En de mensen die hier komen flappen er zomaar van alles uit. Je hoort het vanzelf door die gordijnen.' Ze wees op de stugge lap van ruwe zijde.

Inmiddels gevangen in de leer-met-kanten dwangbuis bracht Robin moeizaam uit: 'Je zou toch denken dat Lula Landry wat voorzichtiger was, ze werd overal waar ze kwam gevolgd door de pers.'

'Ja,' zei de roodharige, 'dat zou je denken. Ik bedoel, ik zou nooit iets doorvertellen van wat ik heb gehoord, maar andere mensen misschien wel.'

Robin wees haar er maar niet op dat ze wel degelijk aan haar collega's had doorverteld wat ze had gehoord, en ze uitte haar waardering voor dit zeldzame fatsoensbesef.

'Maar je hebt het de politie toch wel moeten vertellen?' Ze trok de jurk recht en zette zich schrap voor het dichttrekken van de rits.

'De politie is hier niet geweest,' zei het meisje met het suikerspinhaar. Het klonk spijtig. 'Ik heb nog gezegd dat Mel naar de politie zou moeten gaan om te vertellen wat ze heeft gehoord, maar dat wilde ze niet.'

'Het was niks bijzonders,' zei Mel snel. 'Het had toch geen verschil gemaakt. Ik bedoel, hij is daar toch niet geweest? Dat is aangetoond.'

Strike was zo dicht naar het zijden gordijn gelopen als hij durfde zonder wantrouwende blikken van klanten en het overgebleven personeel te riskeren.

In de kleedkamer sjorde het meisje met het roze haar aan de rits. Robins ribbenkast werd langzaam samengedrukt door een verborgen baleinenkorset. De meeluisterende Strike hoorde tot zijn bezorgdheid dat haar volgende vraag welhaast klonk als een kreun.

'Bedoel je dat Evan Duffield niet bij haar in de flat was toen ze stierf?'

'Ja, dat bedoel ik,' zei Mel. 'Dus dan maakt het ook niet uit wat ze eerder die dag tegen hem zei, of wel? Hij was niet in haar flat.'

'Ik denk niet,' zei Robin, die toekeek hoe twee derde van haar borsten werd platgedrukt door de strakgespannen stof terwijl de bovenste welvingen boven de halslijn uit puilden, 'dat Sandra hierin zal passen. Maar denk je ook niet,' vroeg ze, eindelijk weer vrijer ademend nu het meisje met het suikerspinhaar de rits had opengetrokken, 'dat je de politie had moeten vertellen wat ze zei? Dan hadden ze zelf wel bepaald of het belangrijk was of niet.'

'Dat heb ik ook gezegd, of niet, Mel?' kraaide het meisje met het roze haar.

Mel ging onmiddellijk in de verdediging.

'Maar hij was daar niet toen ze stierf! Hij is niet in haar flat geweest! Ik denk dat hij aan de telefoon meldde dat hij al iets anders had en niet met haar kon afspreken, want ze zei zoiets van: "Kom dan daarna, dat geeft niet, ik blijf voor je op. Ik ben waarschijnlijk toch pas om één uur thuis. Kom alsjeblieft. Toe nou." Ze smeekte hem zo'n beetje. Trouwens, haar vriendin was bij haar in het pashokje. Zij heeft alles gehoord, zij zal het de politie toch wel verteld hebben?'

Robin trok de glitterjas nog een keer aan, om iets te doen te hebben. Bijna nonchalant, terwijl ze alle kanten op draaide voor de spiegel, vroeg ze: 'En je weet zeker dat het Evan Duffield was die ze aan de telefoon had?'

'Natuurlijk was hij het,' zei Mel, alsof Robin haar intelligentie zwaar onderschatte. 'Wie zou ze anders vragen in de vroege uurtjes langs te komen? Zo te horen wilde ze hem wanhopig graag zien.'

'Jezus, die ogen van hem,' zei het meisje met het suikerspinhaar. 'Het is zo'n lekker ding. En in het echt heeft hij een enorm charisma. Hij is één keer met haar meegekomen. Zo sexy.'

Tien minuten later, nadat Robin nog twee outfits had geshowd voor Strike en ze onder het oog van de verkoopsters met hem overeengekomen was dat de glitterjas de beste keuze was, hadden ze besloten (met instemming van de verkoopsters) om de volgende dag terug te komen met Sandra, zodat zij de jas zelf kon bekijken voordat ze zich erop vastlegden. Strike reserveerde het kledingstuk van vijfduizend pond onder de naam Andrew Atkinson, gaf een verzonnen mobiel nummer op en verliet samen met Robin de boetiek, bedolven onder de beste wensen, alsof ze het geld al hadden uitgegeven.

Vijftig meter liepen ze in stilte, en Strike stak een sigaret op voordat hij zei: 'Heel indrukwekkend.'

Robin gloeide van trots.

5

Op station New Bond Street gingen Strike en Robin elk een andere kant op. Robin nam de metro terug naar kantoor, waar ze opnieuw BestFilms zou bellen, zou proberen op internet het adres van Rochelle Onifades tante te achterhalen en zou zorgen uit handen van Temporary Solutions te blijven. ('Houd de deur op slot,' luidde Strikes advies.)

Strike kocht een krant en nam de metro naar Knightsbridge, waarna hij, veel te vroeg, naar de Serpentine Bar and Kitchen liep, de zaak die Bristow had uitgekozen voor hun lunchafspraak.

De wandeling voerde hem door Hyde Park, over lommerrijke paden en het ruiterpad van Rotten Row. In de metro had hij in grote lijnen het relaas van verkoopster Mel op papier gezet en nu, onder het bladerdak waar zo nu en dan de zon doorheen piepte, dwaalden zijn gedachten af naar Robin, zoals ze eruitgezien had in de strakke groene jurk.

Hij had haar teleurgesteld met zijn reactie, dat besefte hij goed, maar het moment had iets vreemd intiems gehad en intimiteit was wel het laatste wat hij op dit moment wilde, zeker met Robin, slim, professioneel en voorkomend als ze was. Hij genoot van haar gezelschap en waardeerde de manier waarop ze zijn privacy respecteerde en haar nieuwsgierigheid in bedwang hield. Dat kwam hij zelden tegen in het leven, bedacht Strike, terwijl hij opzij sprong om de zoveelste fietser te ontwijken, zeker bij vrouwen. En toch maakte het feit dat hij zeer binnenkort van Robin bevrijd zou zijn onlosmakelijk deel uit van zijn blijdschap om haar aanwezigheid; het feit dat ze zou vertrekken vormde een prettige grens, net als haar verlovingsring. Hij mocht Robin graag, hij was haar dankbaar en was zelfs (na vanochtend) van haar onder de indruk, maar omdat hij nu eenmaal niet blind was en er ook aan zijn libido niets mankeerde, werd hij er ook dagelijks aan herinnerd, wanneer ze zich over de computer boog, dat ze erg sexy was. Niet bloedmooi, totaal niet te vergelijken met Charlotte, maar evengoed aantrekkelijk. Dat gegeven was nooit eerder zo ronduit aan hem gepresenteerd als op het moment dat ze die paskamer uit kwam in de nauwsluitende groene jurk, en dientengevolge had hij letterlijk zijn blik afgewend. Hij verdacht haar beslist niet van bewuste provocatie, maar hij was evengoed realistisch over de grens die hij moest bewaken om niet gek te worden. Zij was de enige levende ziel met wie hij regelmatig contact had en hij onderschatte zijn eigen huidige vatbaarheid niet. Bovendien was hem duidelijk geworden, uit de manier waarop ze het onderwerp aarzelend uit de weg ging, dat haar verloofde het maar niets vond dat ze het uitzendbureau had verruild voor deze ad-hocovereenkomst. Het was op alle fronten veiliger om de ontluikende vriendschap niet te warm te laten worden – en beter om de aanblik van haar figuur in stretchstof niet openlijk te bewonderen.

Strike was nooit eerder in de Serpentine Bar and Kitchen geweest. Die lag aan de roeivijver, in een opvallend gebouw dat hem nog het meest deed denken aan een futuristische pagode. Het dikke witte dak, dat eruitzag als een reuzenboek dat op de opengeslagen bladzijden was geplaatst, steunde op een glazen harmonicaconstructie. Een enorme treurwilg streelde de zijkant van het restaurant en raakte licht het wateroppervlak.

Hoewel het een koele dag was en er een frisse bries stond, lag de vijver er schitterend bij in het zonlicht. Strike koos voor een tafeltje pal aan de waterkant, bestelde een halve liter Doom Bar en ging de krant zitten lezen.

Bristow was al tien minuten te laat toen er een lange, goedgebouwde man in een duur pak en met een roodbruine gelaatskleur bij Strikes tafeltje kwam staan. 'Meneer Strike?'

Hij was eind vijftig, en met zijn volle haardos, scherpe kaaklijn en hoge jukbeenderen zag hij eruit als een net-niet-beroemde acteur die was aangetrokken om de rol van rijke zakenman te spelen in een miniserie. Strike, die een zeer goed ontwikkeld visueel geheugen had, herkende hem onmiddellijk van de foto's die Robin online had gevonden: het was de lange man die op Lula's uitvaart om zich heen gekeken had alsof alles en iedereen beneden zijn waardigheid was.

'Tony Landry, de oom van John en Lula. Mag ik bij u komen zitten?'

Zijn glimlach was misschien wel het meest volmaakte voorbeeld van een onoprechte sociale grimas waarvan Strike ooit getuige was geweest: niet meer dan het ontbloten van een gelijkmatig, spierwit gebit. Landry liet zijn jas van zijn schouders glijden, drapeerde die over de rugleuning van de stoel tegenover Strike en nam plaats.

'John werd opgehouden op kantoor,' zei hij. De wind blies door zijn kapsel en toonde zijn licht wijkende haargrens bij de slapen. 'Hij vroeg Alison om u te bellen en het door te geven. Ik liep toevallig langs haar bureau en bedacht op dat moment dat ik die boodschap wel even persoonlijk kon komen doorgeven, dan kan ik u meteen even onder vier ogen spreken. Ik had eigenlijk wel verwacht dat u contact met me zou opnemen, want ik weet dat u langzaam alle bekenden van mijn nichtje afwerkt.'

Hij pakte een bril met stalen montuur uit zijn borstzakje, zette die op en nam even de tijd om de menukaart te bekijken. Strike dronk van zijn bier en wachtte af.

'Ik heb gehoord dat u mevrouw Bestigui hebt gesproken?' Landry legde de kaart weg, zette de bril weer af en stopte die terug in de borstzak van zijn pak.

'Dat klopt,' zei Strike.

'Juist. Ach, Tansy bedoelt het ongetwijfeld goed, maar ze doet zichzelf geen plezier door alsmaar een verhaal te herhalen waarvan de politie al onomstotelijk heeft vastgesteld dat het niet waar kan zijn. Helemaal geen plezier,' herhaalde Landry onheilspellend. 'Dat heb ik ook tegen John gezegd. Zijn eerste verplichting zou bij onze cliënte moeten liggen, bij wat in haar belang is.

Voor mij de terrine van beenham,' beet hij een langslopende serveerster toe, 'en water. Geen kraanwater. Goed,' vervolgde hij, 'ik kan er maar het beste geen doekjes om winden, meneer Strike. Om diverse redenen, en uitsluitend goede, ben ik er geen voorstander van om de omstandigheden rond Lula's dood nog eens op te rakelen. Dat zult u vast niet met me eens zijn, want u verdient de kost door te wroeten in de minder mooie aspecten van familietragedies.'

Weer toonde hij zijn agressieve, humorloze glimlach.

'Ik sta daar niet geheel onsympathiek tegenover. We moeten allemaal onze boterham verdienen, en er zijn ongetwijfeld genoeg mensen die mijn beroep net zo parasitair zullen noemen als dat van u. Maar we kunnen er allebei baat bij hebben als ik u bepaalde feiten voorleg, feiten die John wenst te verzwijgen.'

'Voordat we daartoe overgaan,' zei Strike, 'wil ik graag weten waardoor John precies wordt opgehouden. Als hij niet kan komen, maak ik een nieuwe afspraak met hem. Er zijn nog meer mensen die ik vanmiddag moet spreken. Is hij nog steeds bezig met de kwestie rondom Conway Oates?'

Hij wist niet meer dan wat Ursula hem had verteld, namelijk dat Conway Oates een Amerikaanse financier was geweest, maar het noemen van de naam van de overleden klant van het advocatenkantoor had het gewenste effect. Landry's gewichtigheid, zijn verlangen om de leiding van het gesprek te hebben en zijn vanzelfsprekende air van superioriteit verdwenen als sneeuw voor de zon, en hij bleef naakt achter, slechts gehuld in lichtgeraaktheid en schrik.

'John zal toch niet... Kan hij echt zo...? Dit zijn strikt vertrouwelijke juridische kwesties!'

'Ik heb het niet van John,' zei Strike. 'Ursula May liet zich ontvallen dat er problemen zijn ontstaan rond de nalatenschap van meneer Oates.'

Zichtbaar van zijn stuk gebracht sputterde Landry: 'Het verbaast me hogelijk... Ik had nooit van Ursula, eh... mevrouw May verwacht...'

'Maar komt John nog? Of hebt u hem opgezadeld met een probleem waar hij de hele lunch zoet mee is?'

Hij genoot ervan om Landry te zien vechten tegen zijn eigen woede, in een wanhopige poging zichzelf en de situatie weer in de hand te krijgen.

'John komt zo,' zei Landry uiteindelijk. 'Ik had gehoopt, zoals ik al zei, dat ik u eerst onder vier ogen bepaalde feiten zou kunnen voorleggen.'

'Juist. In dat geval pak ik deze er even bij.' Strike haalde een notitieboekje en een pen tevoorschijn.

Landry reageerde net zo verontrust op deze artikelen als Tansy had gedaan. 'Het is nergens voor nodig om aantekeningen te maken,' zei hij. 'Wat ik u ga vertellen heeft niets te maken – althans, niet rechtstreeks – met Lula's dood. In die zin,' voegde hij er pedant aan toe, 'dat het aan geen enkele theorie iets toevoegt, behalve aan de conclusie dat het zelfdoding was.'

'Evengoed,' zei Strike, 'vind ik het prettig om een geheugensteuntje te hebben.'

Landry leek te willen protesteren, maar besloot daarvan af te zien. 'Goed dan. Allereerst moet u weten dat mijn neef John zeer aangedaan is door de dood van zijn geadopteerde zusje.'

'Begrijpelijk,' merkte Strike op, en hij hield het notitieblok schuin, zodat de jurist kon meelezen dat hij *zeer aangedaan* noteerde, puur om Landry op de kast te jagen.

'Ja, natuurlijk. En al zou ik nooit zo ver willen gaan te suggereren dat men als privédetective een klant zou moeten weigeren op basis van het feit dat deze onder grote druk staat of depressief is – zoals ik al zei, we moeten allemaal onze boterham verdienen – vind ik in dit geval...'

'U meent dat hij het zich allemaal verbeeldt?'

'Zo zou ik het niet verwoorden, maar bot gezegd: inderdaad. John heeft al meer verliezen geleden dan de meeste mensen in een heel leven. Wat u waarschijnlijk niet wist, is dat hij ook al een broer...'

'Ja, dat weet ik. Charlie was een schoolvriendje van me. Daarom heeft John voor mij gekozen.'

Landry bekeek John nu met ogenschijnlijke verbazing en afkeur. 'Hebt u op Blakeyfield gezeten?'

'Korte tijd. Voordat mijn moeder inzag dat ze het schoolgeld niet kon betalen.'

'Juist. Dat wist ik niet. Maar dan nog bent u zich er waarschijnlijk niet ten volle van bewust dat John altijd nogal... overgevoelig is geweest, in de woorden van mijn zuster. Na de dood van Charlie hebben zijn ouders de hulp van psychologen moeten inschakelen. Ik ben natuurlijk geen deskundige op het gebied van de geestelijke gezondheid, maar in mijn ogen heeft Lula's overlijden hem uiteindelijk net dat laatste zetje...'

'Ongelukkige woordkeus, maar ik begrijp wat u bedoelt,' zei Strike, en hij noteerde *Bristow van het padje*. 'In welk opzicht heeft John net dat laatste zetje gekregen?'

'Nou ja, velen zouden zeggen dat aandringen op een nieuw onderzoek onlogisch en zinloos is.'

Strike hield zijn pen boven het notitieboekje. Even bewogen Landry's kaken alsof hij ergens op kauwde, en toen zei hij met kracht: 'Lula was manisch-depressief en is van haar balkon gesprongen na een ruzie met haar junkievriendje. Daar is niets geheimzinnigs aan. Het was verdomme voor ons allemaal verschrikkelijk, vooral voor haar moeder, de arme ziel, maar dit zijn nu eenmaal de akelige feiten. Ik kan niet anders dan concluderen dat John momenteel een soort zenuwinzinking heeft en, als ik eerlijk mag zijn...'

'Ga uw gang.'

'... denk ik dat u met deze samenwerking zijn ongezonde weigering om de waarheid te accepteren alleen maar in stand houdt.'

'En die waarheid is dat Lula zelfmoord heeft gepleegd?'

'Een opvatting die de politie, de patholoog en de lijkschouwer delen. John is vastbesloten, om redenen die mij onduidelijk zijn, om aan te tonen dat ze vermoord zou zijn. Wat voor plezier hij ons daarmee denkt te doen... Ik zou het niet kunnen zeggen.'

'Tja,' zei Strike, 'mensen bij wie iemand in hun omgeving zich van het leven heeft beroofd, voelen zich vaak schuldig. Ze denken, hoe onterecht ook, dat ze meer voor het slachtoffer hadden kunnen doen. Als vastgesteld zou worden dat er sprake is van moord, zou dat de familie van alle blaam zuiveren, nietwaar?'

'We hebben geen van allen reden om ons schuldig te voelen.' Landry's toon was staalhard. 'Lula heeft vanaf haar vroege tienerjaren de best mogelijke medische zorg gehad, en alle materiële voordelen die haar adoptiegezin haar maar kon bieden. "Verwend nest" is misschien nog wel de beste omschrijving van mijn geadopteerde nichtje, meneer Strike. Haar moeder zou letterlijk haar leven voor haar gegeven hebben, en ze kreeg stank voor dank.'

'U vond Lula ondankbaar?'

'Het is verdomme nergens voor nodig om dat op te schrijven. Of zijn uw aantekeningen soms bedoeld voor een van die vuige roddelblaadjes?'

Strike vond het interessant om te zien dat Landry de hoffelijkheid waarmee hij aan zijn tafeltje was verschenen volledig overboord had gegooid. De serveerster kwam Landry's eten brengen. Hij bedankte haar niet en keek alleen maar woest naar Strike tot ze weer weg was. Toen zei hij: 'U bemoeit zich met zaken waaraan u alleen maar schade kunt berokkenen. Eerlijk gezegd was ik stomverbaasd toen ik hoorde wat John van plan was. Stomverbaasd.'

'Had hij zijn twijfels over de zelfmoordtheorie nooit tegenover u geuit?'

'Zijn ontsteltenis wel, uiteraard, die ervoeren we allemaal, maar ik herinner me beslist niet dat er ooit sprake is geweest van moord.'

'Hebt u een hechte band met uw neef, meneer Landry?'

'Wat heeft dat er nou weer mee te maken?'

'Dat zou kunnen verklaren waarom hij zijn gedachten niet met u heeft gedeeld.'

'John en ik hebben een zeer vriendschappelijke werkrelatie.'

'"Werkrelatie"?'

'Jazeker, meneer Strike, wij werken samen. Lopen we de deur bij elkaar plat buiten kantoortijd? Nee. Maar we dragen samen de zorg voor mijn zuster, lady Bristow, Johns moeder, die inmiddels terminaal is. Onze gesprekken buiten werktijd gaan meestal over Yvette.'

'John komt op me over als een plichtsgetrouwe zoon.'

'Yvette is alles wat hij nog heeft, en het feit dat ze stervende is draagt ook niet bepaald bij aan zijn mentale toestand.'

'Ze is toch niet alles wat hij nog heeft? Vergeet Alison niet.'

'Ik was me er niet van bewust dat dat een serieuze relatie zou zijn.'

'Misschien is een van de redenen dat John mij in de arm genomen heeft de wens om voor zijn moeder de waarheid te achterhalen voor ze sterft?'

'Yvette heeft niks aan de waarheid. Niemand accepteert graag dat hij heeft geoogst wat hij zelf heeft gezaaid.'

Strike zei niets. Zoals hij al had verwacht, kon de jurist de verleiding om zijn woorden te verhelderen niet weerstaan, en na een korte stilte vervolgde hij: 'Yvette is altijd ziekelijk moederlijk geweest. Ze is dol op baby's.' Hij zei het op een toon alsof het iets afstotelijks was, een perversiteit. 'Ze zou zich hebben geschaard onder de gênante vrouwen die twintig kinderen krijgen, als ze een man had getroffen die daar viriel genoeg voor was. Goddank was Alec onvruchtbaar – of heeft John dat niet verteld?'

'Hij heeft me verteld dat sir Alec Bristow niet zijn biologische vader was, als u dat bedoelt.'

Als Landry teleurgesteld was dat hij niet als eerste met die informatie kwam, herstelde hij zich snel.

'Yvette en Alec hebben die twee jongetjes geadopteerd, maar ze hadden geen idee hoe ze hen moesten aanpakken. Zij is, simpel gezegd, een verschrikkelijke moeder. Ze heeft geen enkele greep op haar kinderen, ze verwent ze tot op het bot en weigert ronduit te zien wat zich pal voor haar neus afspeelt. Ik wil niet zeggen dat het allemaal aan haar opvoeding te wijten is – wie weet wat de genetische invloed is geweest – maar John was een huilerig, zeurderig, aanstellerig moederskindje, terwijl Charlie een klein crimineeltje werd, met als gevolg...'

Landry zweeg abrupt en kreeg rode vlekken op zijn wangen.

'Met als gevolg dat hij met zijn fietsje over de rand van een steengroeve reed?' opperde Strike.

Hij had het gezegd om Landry een reactie te ontlokken, en die stelde hem niet teleur. Strike moest denken aan een tunnel die werd samengeknepen, een deur in de verte die werd dichtgegooid. Landry sloot zich af.

'Zo zou je het ook kunnen zeggen, ja. En toen het te laat was, schreeuwde Yvette moord en brand, haalde ze uit naar Alec en viel ze flauw aan zijn voeten. Als ze ook maar enige macht over dat joch had gehad, zou hij niet alles hebben gedaan om ongehoorzaam te zijn. Ik was erbij,' zei Landry onbewogen. 'Dat weekend. Eerste paasdag. Ik had een wandelingetje gemaakt naar het dorp, en toen ik terugkwam waren ze met z'n allen naar hem aan het zoeken. Ik ben meteen naar de steengroeve gegaan. Ik wist het gewoon. Dat was de plek waar hij uitdrukkelijk niet naartoe mocht – dus daar was hij.'

'Hebt u het lichaam gevonden?'

'Inderdaad.'

'Dat moet heel akelig zijn geweest.'

'Ja.' Landry bewoog zijn lippen amper. 'Dat was het ook.'

'En pas na Charlies dood hebben uw zuster en sir Alec Lula geadopteerd?'

'Dat was waarschijnlijk het stomste waarmee Alec Bristow ooit heeft ingestemd,' zei Landry. 'Yvette had al aangetoond een rampzalig slechte moeder te zijn; hoe groot was de kans dat ze het wél goed zou doen in die fase van onderdrukte rouw? Ze had natuurlijk altijd al een dochtertje gewild, een baby die ze helemaal in het roze kon steken, en Alec dacht dat hij haar er gelukkig mee zou maken. Yvette kreeg van hem alles wat ze maar wilde. Hij was hartstikke gek op die vrouw, vanaf het moment dat ze bij hem op de typekamer kwam werken. Zelf was hij een ongepolijste EastEnder. Yvette heeft altijd een voorkeur gehad voor de wat ruigere types.'

Strike vroeg zich af wat de ware bron van Landry's woede zou kunnen zijn. 'Kunt u niet goed met uw zuster overweg, meneer Landry?' vroeg hij.

'We kunnen prima met elkaar overweg, ik ben alleen niet blind voor de vrouw die Yvette in werkelijkheid is, meneer Strike, of voor het feit dat ze verdomme een groot deel van haar ongeluk aan zichzelf te wijten heeft.'

'Was het voor hen lastig om na de dood van Charlie goedkeuring te krijgen voor een nieuwe adoptie?' vroeg Strike.

'Ik durf wel te zeggen dat dat lastig geweest zou zijn als Alec geen multimiljonair was geweest,' sneerde Landry. 'Ik weet dat men zich bij de instanties zorgen maakte om Yvettes mentale toestand, en die twee waren inmiddels aardig op leeftijd. Heel jammer dat ze niet zijn afgewezen. Maar Alec was oneindig vindingrijk en had de meest uiteenlopende contacten uit zijn tijd als straatventer. Ik ken de details niet, maar ik durf te wedden dat er ergens geld aan te pas is gekomen. Maar desondanks zat een blank kindje er niet in. Hij heeft een kind met een volslagen onbekende achtergrond in de familie gehaald, dat moest worden opgevoed door een depressieve, hysterische vrouw zonder enig benul. Het verbaasde me nauwelijks dat de gevolgen catastrofaal waren. Lula was net zo labiel als John en net zo wild als Charlie, en ook haar kon Yvette niet de baas.'

Strike, die omwille van Landry druk zat te schrijven, vroeg zich af of diens geloof in genetische voorbestemming er de oorzaak van was dat Bristow zo geobsedeerd was door Lula's zwarte familie. Bristow was ongetwijfeld in de loop der jaren deelgenoot geworden van de kijk die zijn oom op de zaak had: kinderen krijgen de opvattingen van hun familieleden mee op een diepgeworteld, intuïtief niveau. Hijzelf, Strike, had als kind aangevoeld, lang voordat die woorden ooit hardop tegen hem werden uitgesproken, dat zijn moeder anders was dan andere moeders, dat hij redenen had (als hij tenminste afging op de onuitgesproken code die de andere volwassenen om hem heen deelden) om zich voor haar te schamen.

'U hebt Lula op de dag voor haar dood nog gezien, meen ik?' zei Strike.

Landry's wimpers waren zo licht dat ze zilverkleurig leken. 'Pardon?'

'Ja...' – Strike bladerde nadrukkelijk terug in zijn notitieboekje en hield stil bij een volledig lege bladzijde – '... u hebt haar toch getroffen in de flat van uw zuster? Toen Lula op bezoek kwam bij lady Bristow?'

'Wie zegt dat? John?'

'Het staat allemaal in het politiedossier. Is het niet waar dan?'

'Jawel, het is waar, maar ik begrijp niet wat dit met ons gespreksonderwerp te maken heeft.'

'Het spijt me, maar toen u hier aankwam, zei u dat u had verwacht dat ik contact met u zou opnemen. Ik kreeg de indruk dat u mijn vragen graag wilde beantwoorden.'

Landry zat erbij als een man die zich onverwacht in het nauw gedreven voelde. 'Ik heb niets toe te voegen aan de verklaring die ik tegenover de politie heb afgelegd,' zei hij na een stilte.

'En dat is,' zei Strike, terugbladerend door de lege bladzijden, 'dat u die ochtend uw zuster hebt bezocht bij haar thuis, alwaar u uw nichtje trof, en vervolgens bent u naar Oxford gereden om een congres bij te wonen over internationale ontwikkelingen in het familierecht.'

Landry kauwde weer op een hap lucht. 'Dat is correct.'

'Hoe laat arriveerde u in de flat van uw zuster, zou u zeggen?'

'Dat moet om een uur of tien zijn geweest,' zei Landry na een korte pauze.

'En hoe lang bent u gebleven?'

'Een half uurtje. Misschien iets langer. Ik weet het niet meer precies.'

'En u bent van daaruit rechtstreeks naar dat congres in Oxford gereden?'

Over Landry's schouder heen zag Strike John Bristow staan. Hij vroeg iets aan een serveerster, ogenschijnlijk buiten adem en een beetje verwaaid, alsof hij hardgelopen had. Er bungelde een rechthoekig leren koffertje in zijn hand. Bristow keek om zich heen, licht hijgend, en toen hij Landry's achterhoofd zag, meende Strike angst in zijn ogen te bespeuren.

6

'John,' zei Strike toen zijn cliënt hen naderde.

'Hallo, Cormoran.'

Landry keek niet naar zijn neef, maar pakte zijn mes en vork en nam de eerste hap van zijn terrine. Strike schoof een stukje op, zodat Bristow tegenover zijn oom kon gaan zitten.

'Heb je Reuben gesproken?' vroeg Landry kil aan Bristow toen hij zijn eerste hap van de terrine had doorgeslikt.

'Ja. Ik heb gezegd dat ik er vanmiddag naar zal kijken en dat ik alle stortingen en opnames met hem zal doornemen.'

'Ik heb je oom zojuist gevraagd naar de ochtend voor Lula's dood, John. Toen hij bij je moeder langskwam,' zei Strike.

Bristow keek even naar Landry.

'Wat mij interesseert is wat er toen is gezegd en gebeurd,' vervolgde Strike, 'want volgens de chauffeur die haar heeft opgehaald bij de flat van haar moeder was Lula naderhand nogal van slag.'

'Natuurlijk was ze van slag,' snauwde Landry. 'Haar moeder had kanker.'

'De operatie die ze achter de rug had was toch bedoeld om haar te genezen?'

'Yvette had haar baarmoeder moeten laten verwijderen. Ze had pijn. Ik twijfel er niet aan of Lula vond het naar om haar moeder in die toestand te zien.'

'Hebt u Lula daar lang gesproken?'

Een minuscule aarzeling. 'We hebben alleen een babbeltje gemaakt.'

'En u tweeën, hebt u elkaar gesproken?'

Bristow en Landry keken elkaar niet aan. Na een langere stilte, van wel een paar seconden, zei Bristow: 'Ik zat daar te werken in de studeerkamer. Ik hoorde Tony binnenkomen en met mijn moeder en Lula praten.'

'Bent u niet de studeerkamer binnengegaan om hem te begroeten?' vroeg Strike aan Landry.

Landry keek hem aan met zijn grote, troebele ogen, flets tussen die lichte wimpers. 'Weet u, niemand hier is verplicht uw vragen te beantwoorden, meneer Strike.'

'Natuurlijk niet,' zei Strike instemmend, en hij krabbelde een onleesbare aantekening in zijn notitieboekje. Bristow keek naar zijn oom. Landry leek zijn opmerking te heroverwegen.

'Ik meende door een kier in de deur van het kantoor te zien dat John hard aan het werk was, en ik wilde hem niet storen. Ik heb een tijdje bij Yvette in haar kamer gezeten, maar ze was versuft van de pijnstillers, dus heb ik haar met Lula alleen gelaten. Ik wist namelijk,' zei Landry met een vage ondertoon van wrok, 'dat Yvette niemand liever om zich heen had dan Lula.'

'Uit Lula's telefoongegevens is gebleken dat ze herhaaldelijk uw mobiele nummer heeft gebeld nadat ze de flat van lady Bristow had verlaten, meneer Landry.'

Landry kreeg een kleur.

'Hebt u haar nog telefonisch gesproken?'

'Nee. Mijn telefoon stond op "stil", ik was al laat voor dat congres.'

'Dan trilt zo'n toestel toch?' Strike vroeg zich af hoe ver hij zou moeten gaan voordat Landry opstapte. Hij zat er dichtbij, daar was hij van overtuigd.

'Ik heb vluchtig naar mijn telefoon gekeken, en toen ik zag dat het Lula was, besloot ik dat het wel kon wachten,' zei hij kortaf.

'U hebt haar niet teruggebeld?'

'Nee.'

'Had ze geen bericht ingesproken om te zeggen waarover ze u wilde spreken?'

'Nee.'

'Dat is toch vreemd? U had haar net gezien bij haar moeder en volgens u was daar niets belangrijks voorgevallen, en toch heeft ze vrijwel de hele middag geprobeerd contact met u op te nemen. Kreeg u niet de indruk dat ze iets dringends te vertellen had? Of dat ze een gesprek wilde voortzetten dat u beiden eerder in de flat had gehad?'

'Lula was zo iemand die mensen gerust dertig keer achter elkaar belde, om de onbenulligste redenen. Ze was verwend. Ze verwachtte dat iedereen in de houding sprong zodra haar naam in beeld verscheen.'

Strike keek even naar Bristow. 'Soms kon ze... wel een beetje zo zijn,' mompelde haar broer.

'Denk jij dat je zusje alleen maar van slag was omdat je moeder zo zwak was na de operatie, John?' vroeg Strike aan Bristow. 'Haar chauffeur, Kieran Kolovas-Jones, beweert nadrukkelijk dat haar stemming volledig omgeslagen was toen ze de flat uit kwam.'

Voordat Bristow kon reageren kwam Landry overeind, liet zijn eten voor wat het was en trok zijn jas aan. 'Is Kolovas-Jones die donkere jongen die er zo raar uitziet?' vroeg hij terwijl hij op Strike en Bristow neerkeek. 'Die wilde dat Lula hem modellen- en acteerwerk zou bezorgen?'

'Hij is acteur, ja,' antwoordde Strike.

'Juist. Op Yvettes verjaardag, de laatste voordat ze ziek werd, had ik autopech. Toen is Lula me met die man komen halen om me een lift te geven naar het etentje dat Yvette gaf. Die Kolovas-Jones heeft Lula de hele rit aan haar kop gezeurd om haar zover te krijgen dat ze haar invloed zou aanwenden om een auditie voor hem te regelen bij Freddie Bestigui. Nogal een opdringerige jongeman. Deed heel familiair.' Hij voegde eraan toe: 'Hoe minder ik wist van het liefdesleven van mijn geadopteerde nichtje, hoe liever ik het had, natuurlijk.' Landry gooide een briefje van tien pond op tafel. 'Ik verwacht je zo snel mogelijk terug op kantoor, John.'

Hij rekende duidelijk op een antwoord, maar Bristow had geen aandacht voor hem. Hij staarde met grote ogen naar de foto in de krant bij het artikel dat Strike had zitten lezen voordat Landry zich bij hem voegde, van een jonge zwarte soldaat in het uniform van het tweede bataljon van The Royal Regiment of Fuseliers.

'Wat? Ja, ik kom zo,' zei hij afwezig tegen zijn oom, die hem kil aanstaarde. 'Sorry,' voegde Bristow er tegen Strike aan toe toen Landry wegliep. 'Het komt... Wilson – Derrick Wilson, je weet wel, de bewaker – heeft een neef in Afghanistan. Ik dacht heel even... God verhoede... Maar hij is het niet. Andere naam. Wat een afschuwelijke oorlog, hè? En is het al die levens waard?'

Strike verplaatste het gewicht van zijn prothese af – de moeizame tocht door het park had de pijnlijke drukplekken geen goed gedaan – en reageerde met een neutraal geluidje.

'Laten we te voet teruggaan,' zei Bristow toen ze uitgegeten waren. 'Ik kan wel wat frisse lucht gebruiken.'

Hij koos voor de kortste route, wat inhield dat ze over stukken gazon moesten die Strike zelf niet gekozen zou hebben om overheen te lopen, want gras kostte hem veel meer energie dan asfalt. Toen ze langs de fontein ter nagedachtenis van prinses Diana kwamen, waar het water fluisterend en tinkelend door een lange geul van Cornwalls graniet stroomde, kondigde Bristow plotseling aan, alsof Strike ernaar had gevraagd: 'Tony heeft me nooit erg gemogen. Hij had een voorkeur voor Charlie. Ze zeggen dat Charlie op hem leek, op Tony als kind.'

'Ik kan anders niet zeggen dat hij erg liefdevol over Charlie sprak voordat jij je bij ons voegde. En voor Lula had hij volgens mij ook weinig tijd.'

'Viel hij je niet lastig met zijn opvattingen over erfelijkheid?'

'Zijdelings.'

'Nou, meestal is hij daar niet verlegen mee. Dat vormde een extra band tussen Lula en mij, het feit dat oom Tony ons beschouwde als minderwaardig. Voor Lula was het nog erger, mijn biologische ouders waren tenminste nog blank. Tony is niet wat je noemt onbevooroordeeld. Vorig jaar hadden we een Pakistaanse stagiaire. Ze was een van de besten die we ooit hebben gehad, maar Tony heeft haar weggejaagd.'

'Waarom ben je bij hem gaan werken?'

'Ze deden me een goed aanbod. Het is ons familiebedrijf, opgericht door mijn grootvader – niet dat dat een aansporing was. Niemand wil beschuldigd worden van nepotisme. Maar het is een van de beste advocatenkantoren van Londen op het gebied van familierecht, en mijn moeder vond het een prettig idee dat ik in de voetsporen van haar vader zou treden. Heeft hij nog iets lulligs gezegd over mijn vader?'

'Niet echt. Hij suggereerde wel dat sir Alec misschien een paar mensen heeft moeten omkopen om Lula te kunnen adopteren.'

'Echt?' Bristow klonk verbaasd. 'Volgens mij is dat niet waar. Lula zat in een tehuis. Ik ben ervan overtuigd dat de juiste procedures zijn gevolgd.'

Er viel een korte stilte, waarna Bristow enigszins timide zei: 'Jij eh... lijkt ook niet erg op je vader.'

Het was de eerste keer dat hij openlijk liet blijken in zijn zoektocht naar een geschikte privédetective misschien een uitstapje te hebben gemaakt naar Wikipedia.

'Nee,' zei Strike. 'Ik lijk als twee druppels water op mijn oom Ted.'

'Ik krijg de indruk dat je vader en jij niet... eh... Ik bedoel, je gebruikt zijn naam niet?'

Strike had geen moeite met de nieuwsgierigheid van een man wiens familieachtergrond bijna net zo onconventioneel en rampzalig was als die van hemzelf.

'Die heb ik nooit gebruikt,' antwoordde hij. 'Ik ben het buitenechtelijke ongelukje dat Jonny zijn vrouw heeft gekost, en vele miljoenen aan alimentatie. We hebben weinig met elkaar.'

'Daar heb ik bewondering voor,' zei Bristow. 'Je staat op eigen benen. Heel goed dat je niet van hem afhankelijk bent.' En toen Strike niets terugzei, voegde hij er nerveus aan toe: 'Je vindt het toch niet erg dat ik Tansy heb verteld wie je vader is? Dat... dat hielp om haar over te halen met je te gaan praten. Ze is altijd onder de indruk van beroemde mensen.'

'Voor het binnenhalen van een getuigenverklaring is alles geoorloofd,' zei Strike. 'Trouwens... je zei dat Lula Tony niet mocht, maar toch heeft ze voor haar modellenwerk zijn naam aangenomen.'

'Nee, nee, ze heeft gekozen voor de naam Landry omdat dat mijn moeders meisjesnaam is, dat had niets met Tony te maken. Mijn moeder was dolgelukkig toen ze het hoorde. Lula viel graag op.'

Ze zigzagden tussen de passerende fietsers, picknicktafels, hondenuitlaters en rolschaatsers door. Strike deed zijn best om zijn steeds moeizamere, ongelijke tred voor Bristow te verbergen.

'Ik denk niet dat Tony ooit van zijn leven echt van iemand heeft gehouden,' zei Bristow ineens toen ze een stapje opzij deden om plaats te maken voor een kind met een helmpje op dat wiebelend langsreed op een skateboard. 'Mijn moeder daarentegen is een heel liefdevolle vrouw. Ze hield heel veel van alle drie haar kinderen, en soms denk ik wel eens dat Tony dat maar niets vond. Ik weet niet waarom, het zit in zijn aard.

Na Charlies dood hebben mijn ouders een tijd geen contact met hem gehad. Het was niet de bedoeling dat ik hoorde wat er werd gezegd, maar ik heb genoeg opgevangen. Hij zei min of meer tegen mijn moeder dat Charlies ongeluk haar schuld was, dat ze hem niet onder de duim had gehad. Mijn vader heeft Tony toen het huis uit gegooid. Eigenlijk is het tussen mijn moeder en Tony pas weer goed gekomen na mijn vaders dood.'

Tot Strikes opluchting waren ze bij Exhibition Road aangekomen, waar het minder opviel dat hij met zijn been trok.

'Denk je dat Lula en Kieran Kolovas-Jones ooit iets met elkaar hebben gehad?' vroeg hij toen ze de weg overstaken.

'Nee. Tony trekt gewoon de meest onsmakelijke conclusie die hij kan bedenken. Hij is altijd van het ergste uitgegaan als het om Lula ging. Kieran had het ongetwijfeld maar al te graag gewild, maar Lula was tot over haar oren verliefd op Duffield – helaas.'

Ze liepen over Kensington Road, met het lommerrijke park links van hen, en betraden het domein van de witgepleisterde ambassadeurshuizen en koninklijke instituten.

'Waarom denk je dat je oom je niet even is komen begroeten toen hij bij je moeder op bezoek was, die dag dat ze net uit het ziekenhuis was?'

Bristow keek uiterst ongemakkelijk.

'Hadden jullie een meningsverschil gehad?'

'Niet... niet echt,' zei Bristow. 'We zaten in een periode van grote stress op het werk. Ik... kan er niets over zeggen. Beroepsgeheim.'

'Had het te maken met de nalatenschap van Conway Oates?'

'Hoe weet jij dat?' vroeg Bristow scherp. 'Heeft Ursula je dat verteld?'

'Ze liet er iets over vallen.'

'Goeie god. Geen enkele discretie. Nul komma nul.'

'Je oom kon zich niet voorstellen dat mevrouw May indiscreet geweest zou zijn.'

'Dat zal wel niet, nee,' zei Bristow met een honend lachje. 'Het is... Ach, jou kan ik wel vertrouwen. Het is zo'n kwestie die bij een kantoor als het onze nogal gevoelig ligt, want met het soort klanten dat wij aantrekken – zeer kapitaalkrachtige mensen – is iedere schijn van financieel wanbeheer dodelijk. Conway Oates was een zeer grote klant van ons. Al het geld dat we voor hem beheerden is nog aanwezig en te verantwoorden, maar zijn erfgenamen zijn een stelletje hebberds en zij beweren dat we het niet goed belegd hebben. Gezien de grillige markt en de vage, onsamenhangende instructies die Conway ons tegen het einde gaf, mogen ze in hun handjes knijpen dat er überhaupt iets van over is. Tony is erg geprikkeld over die hele kwestie en... nou ja, hij is nu eenmaal iemand die graag anderen de schuld geeft. Hele scènes hebben we gehad. Ik heb de nodige kritiek geïncasseerd. Dat doe ik meestal, bij Tony.'

Strike merkte aan het bijna zichtbare juk dat onder het lopen op Bristows schouders leek neer te dalen dat ze bijna bij zijn kantoor waren. 'Er zijn een paar bruikbare getuigen die ik niet te spreken krijg, John. Zie jij op de een of andere manier kans om me in contact te brengen met Guy Somé? Zijn medewerkers laten niemand in zijn buurt toe.'

'Ik kan het proberen. Ik bel hem vanmiddag even. Hij was helemaal weg van Lula, dus als het goed is, wil hij me wel helpen.'

'En Lula's biologische moeder?'

'O ja,' verzuchtte Bristow. 'Ik moet haar gegevens ergens hebben. Vreselijk mens.'

'Heb je haar ontmoet?'

'Nee, ik ga af op wat Lula me heeft verteld, en op alles wat ik in de kranten heb gelezen. Lula was vastbesloten om uit te zoeken waar ze vandaan kwam, en ik denk dat Duffield haar daarin aanmoedigde. Ik heb sterk het vermoeden dat hij het verhaal heeft laten uitlekken naar de pers, al heeft Lula dat altijd ontkend... Afijn, ze slaagde erin haar op te sporen, dat mens van Higson, en zij beweerde dat Lula's vader een Afrikaanse student was. Ik weet niet of dat waar was of niet. Het was in ieder geval precies wat Lula wilde horen. Haar fantasie sloeg op hol, ik denk dat ze visioenen kreeg van zichzelf als de lang verloren dochter van een hooggeplaatste politicus, of als prinses in een Afrikaanse stam.'

'Maar ze heeft haar vader nooit opgespoord?'

'Dat weet ik niet,' antwoordde Bristow. 'Máár...' Zijn vuur voor een onderzoek dat de aanwezigheid van de zwarte man op de camerabeelden zou kunnen verklaren laaide weer op. 'Maar als het zo was, zou ik wel de laatste zijn aan wie ze het had verteld.'

'Hoe komt dat?'

'We hebben diverse keren fikse ruzie gehad over die hele kwestie. Mijn moeder had net te horen gekregen dat ze blaaskanker had toen Lula op zoek ging naar Marlene Higson. Ik zei nog dat ze geen hardvochtiger moment had kunnen kiezen om haar afkomst uit te pluizen, maar zij... Ach, eerlijk gezegd had ze oogkleppen op als het om haar eigen grillen ging. We hielden van elkaar' – Bristow wreef vermoeid over zijn gezicht – 'maar het leeftijdsverschil zat ons in de weg. Maar ik ben ervan overtuigd dat ze naar haar vader heeft gezocht, want dat was haar allergrootste wens: haar zwarte *roots* ontdekken en die kant van haar identiteit nader onderzoeken.'

'Had ze ten tijde van haar dood nog contact met Marlene Higson?'

'Met tussenpozen. Ik had het gevoel dat Lula de band wilde verbreken. Higson is een vreselijk mens, een schaamteloze geldwolf. Ze verkocht haar verhaal aan iedereen die ervoor wilde betalen, en dat waren helaas een heleboel mensen. Mijn moeder was kapot van de hele toestand.'

'Er zijn nog een paar andere dingen die ik je wilde vragen.'

De jurist vertraagde bereidwillig zijn pas.

'Toen je Lula die morgen bij haar thuis bezocht, om haar dat contract van Somé terug te bezorgen, heb je toen toevallig iemand gezien die eruitzag alsof hij van een beveiligingsbedrijf zou kunnen zijn? Iemand die het alarm kwam testen?'

'Een monteur, bedoel je?'

'Of een elektricien. In overall?'

Toen Bristow een peinzend gezicht trok, leken zijn konijnentanden groter dan ooit. 'Ik kan me niet... Eens denken... Toen ik langs de flat op de tweede verdieping kwam... Ja, daar was een man bezig met een paneel aan de muur of zoiets. Kan hij dat geweest zijn?'

'Waarschijnlijk wel. Hoe zag hij eruit?'

'Nou, hij stond met zijn rug naar me toe. Ik kon hem niet zien.'

'Was Wilson bij hem?'

Bristow bleef staan op het trottoir; hij zag er haast verbijsterd uit. Drie mannen en drie vrouwen in pak snelden langs, sommigen met dossiers in de hand.

'Ik geloof,' zei Bristow aarzelend, 'dat ze er allebei stonden, met de rug naar me toe, toen ik terugliep naar beneden. Waarom vraag je dat? Wat kan het voor verschil maken?'

'Waarschijnlijk geen enkel,' zei Strike. 'Maar kun je je ook maar iets van hem herinneren? Haar- of huidskleur misschien?'

Met een nog perplexer gezicht antwoordde Bristow: 'Ik ben bang dat het niet erg tot me doorgedrongen is. Ik geloof...' Hij fronste weer geconcentreerd zijn voorhoofd. 'Ik weet nog dat hij in het blauw was. En als ik per se antwoord moest geven, zou ik zeggen dat hij blank was. Maar ik zou er niet op durven zweren.'

'Dat is vast ook niet nodig,' zei Strike. 'Maar hier heb ik al wat aan.'

Hij haalde zijn notitieboekje tevoorschijn om de vragen op te zoeken die hij Bristow had willen stellen.

'O ja. Volgens Ciara Porters getuigenverklaring aan de politie had Lula tegen haar gezegd dat ze alles aan jou wilde nalaten.'

'O, ja,' zei Bristow mat. 'Dat.' Hij begon weer te lopen, heel langzaam, en Strike liep met hem mee. 'Ik hoorde van een van de rechercheurs die het onderzoek leidde dat Ciara dat heeft gezegd. Carver heette hij. Hij was er van het begin af aan van overtuigd dat het zelfmoord was en hij leek van mening te zijn dat dat vermeende gesprek met Ciara aantoonde dat Lula al van plan was zich van het leven te beroven. Ik vond het een merkwaardige redenering. Maakt iemand die zelfmoord wil plegen eerst een testament?'

'Denk je dat Ciara Porter het verzint?'

'Verzinnen niet, overdrijven misschien. Het lijkt me veel waarschijnlijker dat Lula iets aardigs over me heeft gezegd omdat we net onze ruzie hadden bijgelegd, en dat Ciara daar achteraf, met de gedachte dat Lula zich van het leven zou hebben beroofd, een soort legaat in heeft gezien. Het was, eh... geen al te snugger meisje.'

'Er is toch gezocht naar een testament?'

'Ja, de politie heeft alles grondig doorzocht. Wij – de familie – dachten niet dat Lula er ooit een had opgesteld. Haar advocaat wist van niks, maar er is natuurlijk wel gezocht. Niets gevonden, en ze hebben toch overal gekeken.'

'Maar laten we er even van uitgaan dat Ciara Porter de woorden van je zusje niet verkeerd begrepen heeft...'

'Lula zou nooit alles aan mij alleen hebben willen nalaten. Nooit.'

'Waarom niet?'

'Omdat ze daarmee expliciet onze moeder zou hebben buitengesloten, en dat zou vreselijk kwetsend zijn geweest,' legde Bristow ernstig uit. 'Het gaat niet om het geld – mijn vader heeft mijn moeder heel goed verzorgd achtergelaten – maar meer om de boodschap die Lula zou hebben afgegeven door haar op die manier te passeren. Een testament kan vreselijk veel pijn veroorzaken, dat heb ik talloze keren meegemaakt.'

'Heeft je moeder een testament?' vroeg Strike.

Bristow keek hem geschrokken aan. 'Ik... Ja, ik geloof het wel.'

'Mag ik vragen wie haar erfgenamen zijn?'

'Ik heb het niet gezien,' zei Bristow een beetje stijfjes. 'Maar wat is hier...?'

'Het is allemaal relevant, John. Tien miljoen pond is een verdomde hoop geld.'

Bristow leek niet te kunnen besluiten of hij het gevoelloos en bot vond van Strike, of niet. Uiteindelijk zei hij: 'Gezien het feit dat er geen verdere familie is, neem ik aan dat Tony en ik de belangrijkste erfgenamen zullen zijn. Misschien komen er ook nog wat goede doelen aan bod, mijn moeder heeft altijd gul geschonken. Maar je zult vast wel begrijpen...' – er verschenen weer rode vlekken in Bristows magere hals – 'dat ik totaal geen haast heb om erachter te komen wat de laatste wensen van mijn moeder zijn, gezien datgene wat er moet gebeuren voordat die ten uitvoer worden gebracht.'

'Natuurlijk niet,' zei Strike.

Ze waren aangekomen bij Bristows kantoor, een streng gebouw van acht verdiepingen met een donkere, overkapte entree. Bristow bleef bij de ingang staan en keek Strike aan. 'Denk je nog steeds dat ik waanideeën heb?' vroeg hij, op het moment dat er met snelle pas twee vrouwen in donkere mantelpakjes langsliepen.

'Nee,' zei Strike naar waarheid. 'Nee, dat denk ik niet.'

Bristows nietszeggende gezicht lichtte enigszins op. 'Ik neem nog contact met je op over Somé en Marlene Higson. O ja, dat zou ik bijna vergeten: Lula's laptop. Ik heb hem voor je opgeladen, maar hij is beveiligd met een wachtwoord. Dat hebben ze bij de politie achterhaald en doorgegeven aan mijn moeder, maar zij weet het niet meer. En ik heb het nooit geweten. Misschien staat het vermeld in het politiedossier?' vroeg hij hoopvol.

'Voor zover ik me kan herinneren niet,' zei Strike, 'maar het kan nooit heel moeilijk te achterhalen zijn. Waar heeft die computer gestaan sinds Lula's dood?'

'Eerst bij de politie en daarna bij mijn moeder thuis. Bijna al Lula's spullen liggen bij mijn moeder. Ze kan het nog niet opbrengen om daar een beslissing over te nemen.'

Bristow gaf Strike de laptoptas en nam afscheid, waarna hij zijn schouders rechtte alsof hij zich schrap zette, de treden op liep en door de deuren van het familiebedrijf naar binnen verdween.

7

De wrijving tussen de stomp van Strikes geamputeerde been en de prothese werd met iedere stap pijnlijker toen hij naar Kensington Gore liep. Licht zwetend in zijn dikke overjas terwijl een zwak zonnetje het park in de verte deed glinsteren, vroeg Strike zich af of de merkwaardige verdenking die hem in haar greep hield meer kon zijn dan een wegschietende schaduw in het diepst van een modderpoel: een speling van het licht, een vertekend beeld, veroorzaakt door de wind op het wateroppervlak. Waren die nietige vlagen zwart slib losgewoeld door een slijmerige staart of waren ze slechts onbeduidende luchtbellen, gevoed door de algen? Kon het zijn dat er iets op de loer lag, verborgen, begraven in de modder, iets waar andere netten vergeefs overheen gesleept waren?

Op weg naar metrostation Kensington kwam hij langs de Queen's Gate, een van de toegangspoorten tot Hyde Park, roestbruin en getooid met koninklijke emblemen. Ongeneeslijk opmerkzaam als hij was keek hij eerst naar het beeld van de hinde met haar jong op de ene zuil en vervolgens naar de hertenbok op de andere. Mensen gingen vaak uit van symmetrie en gelijkheid op plaatsen waar daarvan geen sprake was. Je zag hetzelfde, maar toch was het in wezen iets anders... Lula Landry's laptop beukte steeds harder tegen zijn been naarmate hij manker ging lopen.

De pijn in zijn been en de daaruit voortvloeiende beperkingen en frustraties gaven een doffe onafwendbaarheid aan het bericht dat Robin voor hem had toen hij om tien voor vijf eindelijk op kantoor aankwam: het was haar nog altijd niet gelukt om verder te komen dan de telefoniste van Freddie Bestigui's productiemaatschappij, en haar pogingen om onder de bij British Telecom geregistreerde telefoonabonnees in de omgeving van Kilburn iemand op te sporen met de naam Onifade hadden evenmin iets opgeleverd.

'Als ze een tante van Rochelle is, kan ze natuurlijk ook een andere achternaam hebben,' opperde Robin terwijl ze haar jas dichtdeed en zich gereedmaakte om naar huis te gaan.

Strike knikte vermoeid. Hij had zich op de doorgezakte bank laten vallen zodra hij binnen was, iets wat Robin hem nooit eerder had zien doen. Zijn gezicht zag grauw.

'Gaat het wel goed?'

'Prima. Nog iets gehoord van Temporary Solutions vanmiddag?'

'Nee,' zei Robin terwijl ze de ceintuur van haar jas aansnoerde. 'Zouden ze me dan toch geloofd hebben toen ik zei dat ik Annabel heette? Ik heb mijn best gedaan om het Australisch te laten klinken.'

Hij grinnikte. Robin sloeg het tussentijdse rapport dicht dat ze had doorgenomen terwijl ze wachtte tot Strike terugkwam, zette het op de juiste plaats terug in de kast, wenste hem nog een fijne avond en liet hem daar achter op de bank, met de laptop naast hem op de kaalgesleten kussens.

Toen het geluid van Robins voetstappen was weggeëbd, stak Strike moeizaam een arm uit om de glazen deur af te sluiten en overtrad daarna zijn eigen verbod om doordeweeks op kantoor binnenshuis te roken. Hij ramde de brandende sigaret in zijn mondhoek, trok zijn broekspijp op en maakte het riempje los waarmee de prothese aan zijn bovenbeen was bevestigd. Vervolgens verwijderde hij de gel-inleg van zijn stomp en keek aandachtig naar zijn geamputeerde scheenbeen.

Het was de bedoeling dat hij het huidoppervlak dagelijks controleerde op irritaties. Nu zag hij dat het littekenweefsel ontstoken was en warm aanvoelde. Bij Charlotte thuis hadden er diverse crèmes en poeders in het badkamerkastje gestaan voor de verzorging van dit stukje huid, dat nu werd blootgesteld aan krachten waarvoor het niet bedoeld was. Misschien had Charlotte zijn wondpoeder en zijn Oilatum-crème in een van de nog onuitgepakte dozen gestopt? Maar hij kon de energie niet opbrengen om er nu naar te gaan zoeken en had geen zin om de prothese alweer aan te brengen, dus bleef hij daar op de bank zitten roken en mijmeren terwijl zijn broekspijp halfleeg boven de vloer bungelde.

Zijn gedachten dwaalden af. Hij mijmerde over familie en namen, en de overeenkomsten tussen zijn eigen jeugd en die van John Bristow; voor de buitenwereld totaal verschillende achtergronden. Ook in Strikes familiegeschiedenis waren geesten uit het verleden aanwezig: de eerste man van zijn moeder bijvoorbeeld, over wie ze zelden had gesproken, behalve om te zeggen dat ze het van begin af aan vreselijk had gevonden om getrouwd te zijn. Tante Joan, wier herinneringen altijd het scherpst waren geweest, terwijl die van Leda uiterst vaag bleven, had verteld dat Leda op haar achttiende al na twee weken bij haar echtgenoot was weggelopen en dat ze alleen maar in het huwelijk was getreden met Strike senior (die, volgens tante Joan, met de kermis was meegereisd naar St. Mawes) vanwege het vooruitzicht van een mooie jurk en een nieuwe naam. Leda was haar ongebruikelijke huwelijksnaam in ieder geval langer trouw geweest dan welke man ook. Ze had de naam Strike doorgegeven aan haar zoon, die de oorspronkelijke drager ervan nooit had ontmoet; hij was lang voor zijn eenzame geboorte alweer verdwenen.

Zo zat Strike in gedachten verzonken te roken tot het daglicht in zijn kantoor afnam en vervaagde. Toen hees hij zich eindelijk moeizaam op zijn ene voet overeind en hopste, zich vasthoudend aan de deurknop en de rand van de lambrisering, naar de dozen die nog altijd opgestapeld in de gang voor zijn kantoor stonden. Helemaal onder in een ervan trof hij de dermatologische producten aan tegen het branden en prikken aan het uiteinde van zijn stomp, en hij ging aan de slag in een poging de schade te herstellen, die al veroorzaakt was door de lange tocht dwars door Londen, met zijn plunjezak over de schouder.

Het was nu lichter dan twee weken terug om acht uur. De zon was nog niet onder toen Strike, voor de tweede keer in tien dagen, plaatsnam aan een tafeltje bij Wong Kei, het Chinese restaurant in het hoge pand met de witte gevel dat uitkeek op een speelhal die

Play to Win heette. Het was buitengewoon pijnlijk geweest om de prothese opnieuw aan te brengen, en nog pijnlijker om vervolgens heel Charing Cross Road af te lopen, maar hij had hooghartig afgezien van het gebruik van de krukken die hij ook in de doos had aangetroffen, een aandenken aan zijn ontslag uit het Selly Oak-ziekenhuis.

Terwijl Strike met één hand Singapore-noedels at, bekeek hij de laptop van Lula Landry die opengeklapt op tafel stond, naast zijn bier. De donkerroze buitenkant van de computer was bedrukt met een dessin van kersenbloesem. Het kwam geen moment bij Strike op dat het voor de buitenwereld een vreemd plaatje vormde, zo'n grote, behaarde man die over een sierlijk roze, uitgesproken vrouwelijk apparaat gebogen zat, maar de aanblik had twee van de in zwarte T-shirts gestoken obers al een besmuikte grijns ontlokt.

'Gaat-ie lekker, Federico?' vroeg een bleke jongeman met slierterig haar om half negen. De nieuwkomer, die op de stoel tegenover Strike neerplofte, droeg een spijkerbroek, een psychedelisch T-shirt, All Stars en een leren tas die diagonaal over zijn borst hing.

'Het kan slechter,' bromde Strike. 'En met jou? Iets drinken?'

'Ja, doe maar bier.'

Strike bestelde bier voor zijn gast, die hij om lang vergeten redenen altijd Spanner noemde. Spanner was afgestudeerd computerkundige en had een aanzienlijk hoger inkomen dan zijn kleding deed vermoeden.

'Ik heb niet zo'n trek, ik heb na mijn werk al een hamburger gehaald,' zei Spanner met een blik op de menukaart. 'Maar ik kan wel een soepje nemen. Wontonsoep, alstublieft,' zei hij tegen de ober. 'Interessante keuze, Fed, die laptop.'

'Hij is niet van mij,' zei Strike.

'Dat is de klus?'

'Ja.'

Strike schoof de opengeklapte computer naar Spanner toe, die het apparaat bekeek met die mengeling van belangstelling en geringschatting van iemand voor wie technologie geen noodzakelijk kwaad is, maar eerder de kern van het leven zelf.

'Rotzooi,' zei Spanner opgewekt. 'Waar heb je je eigenlijk al die tijd schuilgehouden, Fed? De mensen maken zich zorgen over je.'

'Aardig van ze,' zei Strike met een mondvol noedels. 'Maar nergens voor nodig.'

'Ik was een paar avonden terug bij Nick en Ilsa en ze hadden het nergens anders over. Beweerden dat je was ondergedoken. Bedankt,' zei hij toen de soep werd gebracht. 'Ja, ze hadden al vaak naar je flat gebeld en kregen steeds het antwoordapparaat. Ilsa denkt dat je ruzie hebt met je vriendin.'

Strike bedacht dat hij zijn vrienden het nieuws over de verbroken verloving misschien wel het beste kon overbrengen via Spanner, met zijn nonchalante houding. Spanner was de jongste broer van een van Strikes oudste vrienden en hij was nauwelijks op de hoogte van – of geïnteresseerd in – de lange, pijnlijke geschiedenis van Strike en Charlotte. Aangezien Strike persoonlijk medeleven en de begripvolle nabeschouwingen juist wilde ontlopen en hij niet van plan was eeuwig te blijven doen alsof Charlotte en hij nog bij elkaar waren, liet hij Spanner nu weten dat Ilsa zijn voornaamste probleem goed had geraden, en hij zei erbij dat het beter was als zijn vrienden vanaf nu niet meer naar Charlottes flat zouden bellen.

'Balen,' zei Spanner, en onmiddellijk daarna, met een gebrek aan nieuwsgierigheid naar het leed van zijn medemens dat typerend voor hem was, richtte hij zich op de technologische uitdaging die voor hem lag. Hij wees met een lange, spatelvormige vingertop naar de Dell en vroeg: 'Wat wil je hier precies mee?'

'De politie heeft er al naar gekeken.' Strike dempte zijn stem, ook al waren Spanner en hij de enige aanwezigen die geen Kantonees spraken. 'Maar ik wil een second opinion.'

'Bij de politie hebben ze goede computermensen. Ik betwijfel of ik iets zal kunnen vinden wat zij over het hoofd hebben gezien.'

'Ze zochten misschien de verkeerde dingen,' zei Strike, 'en bij wat ze wel hebben gevonden, beseften ze misschien niet wat het betekende. Ze waren hoofdzakelijk geïnteresseerd in haar recente e-mails, en die heb ik al gezien.'

'Waar moet ik naar op zoek gaan?'

'Alle activiteiten op of in aanloop naar 8 januari. De meest recente zoekopdrachten op internet, dat soort dingen. Ik heb het wachtwoord niet en ik ga liever niet naar de politie om erom te vragen als het niet per se hoeft.'

'Dat zou geen probleem moeten zijn,' zei Spanner. Hij schreef de instructies niet op maar toetste ze in op zijn mobiele telefoon; Spanner was tien jaar jonger dan Strike en nam zelden vrijwillig een pen ter hand. 'Van wie is dat ding eigenlijk?'

Toen Strike hem dat vertelde, zei Spanner: 'Het model? Vet!'

Maar Spanners belangstelling voor mensen, zelfs al waren ze dood of beroemd, was nog altijd ondergeschikt aan zijn liefde voor zeldzame stripboeken, technologische noviteiten en bands met namen waar Strike nooit van gehoord had. Nadat hij een aantal happen soep had genomen, verbrak Spanner de stilte om opgewekt te vragen hoeveel Strike van plan was hem voor zijn werk te betalen.

Toen Spanner met de roze laptop onder zijn arm was vertrokken, hinkte Strike terug naar kantoor. Die avond waste hij de stomp van zijn rechterbeen zorgvuldig en bracht crème aan op het geïrriteerde en ontstoken littekenweefsel. Voor het eerst in vele maanden slikte hij pijnstillers voordat hij zich in zijn slaapzak liet glijden. Terwijl hij daar lag te wachten tot het rauwe, kloppende gevoel zou afnemen, vroeg hij zich af of hij niet een afspraak moest maken in het revalidatiecentrum, met de arts onder wiens zorg hij officieel nog viel. De eerste tekenen die konden leiden tot het syndroom van Choke, de schrik van iedere geamputeerde, waren hem meermaals beschreven: etterafscheiding en zwelling. Hij vroeg zich af of hij daar misschien de voortekenen van vertoonde, maar hij zag er vreselijk tegen op te moeten terugkeren naar die naar ontsmettingsmiddel riekende gangen, naar de artsen met hun emotieloze belangstelling voor dat ene verminkte onderdeel van zijn lijf; hij zag op tegen minuscule aanpassingen aan de prothese die nog meer bezoeken vereisten aan die besloten wereld van witte jassen die hij voorgoed achter zich had gehoopt te laten. Hij was bang voor het advies om zijn been rust te geven en af te zien van normale belasting, bang voor een gedwongen terugkeer naar krukken, voor starende blikken van voorbijgangers op zijn omgespelde broekspijp, en de schelle vragen van kleine kinderen.

Zijn mobiel, die zoals gewoonlijk op de vloer naast het kampeerbed aan de oplader lag, kondigde met een zoemend geluid een nieuwe sms aan. Blij met de geringste afleiding van zijn kloppende onderbeen tastte Strike in het donker naar het toestel en griste het van de vloer.

> Kun je me alsjeblieft even bellen als het uitkomt? Charlotte

Strike geloofde niet in helderziendheid of paranormale gaven, maar zijn eerste gedachte was, volkomen irrationeel, dat Charlotte op de een of andere manier gevoeld moest hebben wat hij Spanner zojuist had verteld; dat ze wist dat hij een harde ruk had gegeven aan de strakgespannen, onzichtbare draad die hen nog altijd verbond, door hun breuk officieel te maken.

Hij staarde naar het bericht alsof het haar gezicht was, alsof hij haar uitdrukking kon zien op het minuscule groene schermpje.

Alsjeblieft. (Ik besef dat je nergens toe verplicht bent, ik vraag het je vriendelijk.) *Even.* (Ik heb een goede reden om een gesprek met je te wensen, maar het kan snel en probleemloos, zonder ruzie.) *Als het uitkomt.* (Ik ben zo aardig om ervan uit te gaan dat je een druk bestaan hebt zonder mij.)

Of misschien: *alsjeblieft.* (Als je weigert, ben je een lul, Strike, en je hebt me al genoeg pijn gedaan.) *Even.* (Ik weet dat je verwacht dat ik een scène ga maken; nou, wees maar niet bang, na die laatste ruzie, toen je zo ongelooflijk hufterig deed, ben ik voorgoed klaar met je.) *Als het uitkomt.* (Want laten we eerlijk zijn, ik kwam bij jou altijd op de laatste plaats, ver na het leger en al het andere dat verdomme voorging.)

Kwam het nu uit? vroeg hij zich af terwijl hij daar lag, met de pijn die nog onberoerd was door de pillen. Hij keek hoe laat het was: tien over elf. Ze was zeker nog wakker.

Hij legde de telefoon weer naast zich op de vloer, waar hij in stilte doorging met opladen, en hield een grote, harige arm boven zijn ogen om zelfs de smalle reepjes licht tegen te houden die de straatlantaarns tussen de luxaflex door op het plafond wierpen. Ongewild en ongewenst zag hij Charlotte voor zich zoals hij haar die allereerste keer had gezien, toen ze in haar eentje op een vensterbank zat op een studentenfeest in Oxford. Hij had nog nooit zoiets moois gezien, en als hij afging op de schuinse blikken van talloze mannenogen, het te luide gelach, de harde stemmen en de manier waarop er uitbundig naar haar zwijgende gestalte werd gebaard, gold dat ook voor de andere aanwezigen.

Toen hij vanaf de andere kant van het vertrek naar haar keek, werd de negentienjarige Strike overmand door precies dezelfde drang die hij als kind had gevoeld wanneer er 's nachts sneeuw was gevallen in de tuin van tante Joan en oom Ted. Hij wilde dat zijn voetstappen de eerste zouden zijn die diepe, donkere afdrukken maakten in dat verleidelijk gladde oppervlak; hij wilde het in beroering brengen en verstoren.

'Je bent bezopen,' waarschuwde zijn vriend hem toen Strike aankondigde met haar te gaan praten.

Strike knikte instemmend, goot de laatste slok van zijn zevende halve liter bier naar binnen en beende doelgericht naar de vensterbank waar ze zat. Hij was zich er vaag van bewust dat de mensen om hem heen naar hem keken, misschien in de hoop dat er wat te lachen zou vallen, want hij was groot en stevig en zag eruit als een boksende Beethoven in een T-shirt besmeurd met currysaus.

Toen hij bij haar was keek ze naar hem op met haar grote ogen; ze had lang, donker haar en een zacht, bleek decolleté dat zichtbaar was dankzij haar laaggesneden truitje.

Strikes vreemde, nomadische jeugd, waarin hij steeds weer uit zijn vertrouwde omgeving was weggerukt en had moeten opboksen tegen de meest uiteenlopende groepjes kinderen en tieners, had zijn sociale vaardigheden voortijdig aangescherpt. Hij kon zich goed aanpassen, mensen aan het lachen maken en gedrag vertonen dat voor vrijwel iedereen aanvaardbaar was. Die avond was zijn tong gevoelloos en rubberachtig geworden. Hij meende zich achteraf ook te herinneren dat hij had staan tollen op zijn benen.

'Wat wil je van me?' had ze gevraagd.

Hij pakte zijn T-shirt beet, trok het een eindje van zijn lichaam en liet haar de currysaus zien. 'Hoe kan ik dit er het beste uit krijgen, denk je?'

Ongewild (hij zag dat ze zich ertegen verzette) begon ze te giechelen.

Even later kwam de weledele jongeheer Jago Ross, die Strike alleen van gezicht en van reputatie kende, het vertrek in geslenterd met een meute al even welopgevoede vriendjes, en ze zagen Strike en Charlotte diep in gesprek verwikkeld samen op de vensterbank zitten.

'Je zit op het verkeerde feest, Char, schatje,' liet Ross weten; hij bakende zijn territorium af met zijn liefkozend-arrogante toon. 'Ritchies feest is hierboven.'

'Ik ga niet mee,' zei ze, en ze keek hem glimlachend aan. 'Ik moet Cormoran helpen zijn T-shirt in de week te zetten.'

En aldus had ze publiekelijk haar Harrow-verkering gedumpt voor Cormoran Strike. Dat was het meest glorieuze moment van Strikes negentienjarige leven geweest: hij had in het openbaar Helena van Troje verschalkt, pal voor de neus van Menelaos, en in zijn schok en verrukking had hij geen vragen bij dit wonder gesteld, maar het eenvoudigweg aanvaard.

Pas later was hem duidelijk geworden dat wat hij had aangezien voor toeval, of het lot, in werkelijkheid geheel door haar in scène was gezet. Maanden na dato had ze het aan hem opgebiecht: om Ross te straffen voor het een of andere vergrijp was ze opzettelijk naar het verkeerde feestje gegaan, waar ze had gewacht tot een man, een willekeurige man, haar zou aanspreken. Hij, Strike, was niet meer geweest dan een instrument om Ross te kwellen; in de vroege uurtjes van de volgende morgen was ze met hem naar bed gegaan, in een vlaag van wrok en woede die hij had aangezien voor hartstocht.

In die eerste nacht had alles besloten gelegen wat hen later steeds uiteengedreven en weer bij elkaar gebracht had: haar zelfdestructie, haar roekeloosheid, haar vastbeslotenheid om te kwetsen, haar onwillige maar oprechte zwak voor Strike, en de veilige plek waar ze zich kon terugtrekken binnen de beschutte wereld waarin ze was opgegroeid, met normen en waarden die ze verafschuwde en tegelijkertijd omarmde. En zo was het begonnen, de relatie die ertoe had geleid dat Strike vijftien jaar later op een kampeerbedje lag, gekweld door meer dan fysieke pijn, en wenste dat hij zichzelf kon bevrijden van de herinnering aan haar.

8

Toen Robin de volgende morgen op kantoor aankwam, trof ze voor de tweede keer de glazen deur afgesloten aan. Ze liet zichzelf binnen met de reservesleutel die Strike haar intussen had toevertrouwd, liep naar de gesloten tussendeur en legde stilletjes haar oor te luisteren. Na een paar tellen hoorde ze, gedempt maar onmiskenbaar, het gesnurk van iemand die in diepe slaap was.

Dat zadelde haar op met een netelig probleem, vanwege hun stilzwijgende afspraak nooit iets te zeggen over Strikes kampeerbed of de andere tekenen van overnachting die door het hele kantoor slingerden. Maar daar stond tegenover dat Robin iets dringends te bespreken had met haar tijdelijke baas. Ze aarzelde en woog haar opties af. De gemakkelijkste weg zou zijn te proberen Strike wakker te maken door luidruchtig in de weer te gaan in haar kantoortje en hem aldus de gelegenheid te geven zichzelf en zijn kantoor op orde te brengen, maar dat kon wel eens te lang duren. Zo lang kon haar nieuws niet wachten. Dus ademde Robin diep in en klopte op de tussendeur.

Strike werd onmiddellijk wakker. Eén gedesoriënteerd moment bleef hij naar het daglicht liggen kijken dat berispend door de ramen naar binnen viel. Toen herinnerde hij zich dat hij de telefoon had weggelegd na het lezen van Charlottes sms, en hij wist dat hij was vergeten de wekker te zetten.

'Niet binnenkomen!' brulde hij.

'Wilt u een kopje thee?' riep Robin door de deur heen.

'Ja... ja, graag. Ik kom het wel halen,' voegde Strike er luidkeels aan toe, en voor het eerst wenste hij dat hij een slot op de tussendeur had gezet. Zijn kunstvoet en -kuit stonden tegen de muur geleund en hij was gekleed in slechts een boxershort.

Robin snelde weg om water op te gaan zetten, en Strike wurmde zich uit de slaapzak. Vliegensvlug kleedde hij zich aan, bracht enigszins onhandig de prothese aan, borg het opgeklapte kampeerbed op in een hoek en schoof het bureau terug op z'n plaats. Tien minuten nadat Robin op zijn deur had geklopt strompelde hij mank het kantoortje uit, met een zware deodorantlucht om zich heen. Hij trof Robin achter haar bureau aan; ze zag er opgewonden uit.

'Uw thee.' Ze gebaarde naar een dampende beker.

'Lekker, dank je wel. Geef me nog een momentje,' zei hij, en hij liep naar de wc op de gang om te plassen. Op het moment dat hij zijn gulp dichtdeed, zag hij zichzelf in de spiegel, verfomfaaid en ongeschoren. Niet voor het eerst troostte hij zich met de gedachte dat zijn haar er ongekamd precies hetzelfde uitzag als gekamd.

'Ik heb nieuws,' zei Robin toen hij door de glazen deur was teruggekeerd in het kantoor en met een herhaald bedankje zijn beker thee pakte.

'O?'

'Ik heb Rochelle Onifade gevonden.'

Hij liet de beker zakken. 'Dat meen je niet. Hoe heb je dat in godsnaam...?'

'Ik zag in het dossier dat ze nog extern behandeld zou worden op de afdeling Psychiatrie van het St. Thomas-ziekenhuis,' zei Robin vol vuur. Ze gloeide helemaal en praatte heel snel. 'Dus heb ik daar gisteravond naartoe gebeld. Ik deed alsof ik haar was en ik zei dat ik niet meer wist wanneer ik een afspraak had. Donderdagmorgen om tien uur, zeiden ze. U hebt dus nog...' – ze keek op haar computerscherm – 'vijfenvijftig minuten.'

Waarom had hij dat verdomme zelf niet bedacht?

'Je bent geniaal. Echt, compleet geniaal.'

Hij morste hete thee over zijn hand en zette de beker neer op haar bureau. 'Weet je waar ze precies...?'

'De afdeling Psychiatrie is aan de achterkant van het hoofdgebouw,' zei Robin opgewonden. 'Als je vanaf Grantley Road komt is er een tweede parkeerterrein...'

Ze had haar beeldscherm naar hem toe gedraaid om hem de plattegrond van het St. Thomas-ziekenhuis te laten zien. Hij wierp een blik op zijn pols, maar zijn horloge lag nog in zijn kantoor.

'Als u nu vertrekt, haalt u het nog,' spoorde Robin hem aan.

'Ja... even mijn spullen pakken.'

Strike haastte zich om zijn horloge, portefeuille en telefoon te pakken. Hij was al bijna de glazen deur door en propte net zijn portefeuille in zijn kontzak toen Robin zei: 'Eh... Cormoran...'

Ze had hem nooit eerder bij zijn voornaam genoemd. Strike nam aan dat dat de reden voor haar plotselinge schuchterheid was, maar toen zag hij dat ze betekenisvol naar zijn navel wees. Hij keek omlaag en zag dat hij zijn overhemd scheef had dichtgeknoopt; er was een stuk buik zichtbaar waar zo veel haar op groeide dat het wel een zwarte kokosmat leek.

'O... juist... dank je.'

Robin richtte haar aandacht beleefd op haar monitor terwijl hij de knoopjes open- en weer dichtmaakte. 'Tot straks.'

'Ja, dag,' zci zc mct ccn glimlach toen hij maakte dat hij wegkwam, maar binnen een paar seconden was hij terug, licht hijgend.

'Robin, je moet iets voor me natrekken.'

Ze zat al met een pen in de hand, afwachtend.

'Er is 7 januari een juridisch congres geweest in Oxford. Lula Landry's oom Tony heeft het bijgewoond. Iets met internationaal familierecht. Alles wat je erover kunt vinden, graag. Vooral met betrekking tot zijn aanwezigheid.'

'Juist,' zei Robin al schrijvend.

'Bedankt. Je bent geniaal.'

En weg was hij, met ongelijke passen, de stalen trap af.

Ook al neuriede ze zacht voor zich uit toen ze zich weer aan haar bureau nestelde, een deel van Robins goede bui verdween langzaam terwijl ze haar thee opdronk. Ze had min of meer gehoopt dat Strike haar zou vragen mee te gaan naar de ontmoeting met Rochelle Onifade, op wier schaduw ze twee weken had gejaagd.

Het was een stuk minder druk in de metro nu de spits voorbij was. Strike was blij dat hij gemakkelijk een zitplaats kon vinden, want zijn stomp deed nog altijd pijn. Voordat hij instapte had hij bij de stationskiosk een rol extra sterke pepermunt gekocht en nu zoog hij op vier stuks tegelijk, in een poging te verhullen dat hij geen tijd had gehad om zijn tanden te poetsen. Zijn tandenborstel en tandpasta bewaarde hij in de plunjezak, al zou het een stuk handiger zijn om ze op de gebarsten wasbak bij de wc te laten liggen. Toen hij zichzelf weer zag in de donkere ruit van het metrostel, met zware stoppels en een onverzorgd voorkomen, vroeg hij zich af waarom hij zo nodig moest vasthouden aan de fictie dat hij nog ergens een huis had, terwijl Robin overduidelijk allang wist dat hij op kantoor sliep.

Strikes geheugen en zijn oriëntatievermogen waren meer dan toereikend voor het lokaliseren van de ingang van de afdeling Psychiatrie van het St. Thomas-ziekenhuis. Hij liep er probleemloos naartoe en arriveerde even na tienen. Het kostte hem vijf minuten om vast te stellen dat de automatische klapdeuren de enige ingang vanaf Grantley Road vormden, waarna hij zich verschanste op een stenen muurtje op het parkeerterrein, een meter of twintig van de ingang, waar hij goed zicht had op iedereen die aankwam en vertrok.

Omdat hij niet méér wist dan dat het meisje dat hij moest hebben waarschijnlijk dakloos was, en in ieder geval zwart, had hij in de metro nagedacht over een strategie om haar te vinden, en hij was tot de conclusie gekomen dat hij eigenlijk maar één optie had. Dus toen hij om tien voor half elf een lang, slank zwart meisje met grote passen naar de ingang zag lopen, riep hij (ook al zag ze er te verzorgd en te goedgekleed uit): 'Rochelle!'

Ze keek wel op om te zien wie er had geroepen, maar ze liep door zonder enig teken dat de naam op haar persoonlijk van toepassing was en verdween het gebouw in. Daarna kwam een stel, beiden blank, gevolgd door een groepje mensen van uiteenlopende leeftijd en huidskleur van wie Strike vermoedde dat ze in het ziekenhuis werkten, maar voor alle zekerheid riep hij nogmaals: 'Rochelle!'

Enkelen van hen wierpen een vluchtige blik op hem, maar ze

hervatten onmiddellijk hun gesprek. Hij troostte zichzelf met de gedachte dat degenen die via deze ingang naar binnen gingen waarschijnlijk niet opkeken van enige mate van excentriciteit bij de mensen die ze daar tegenkwamen. Hij stak een sigaret op en wachtte af.

Half elf ging voorbij zonder dat er een zwart meisje naar binnen ging. Of ze was niet naar haar afspraak gegaan, of ze had een andere ingang genomen. Een vederlicht briesje kietelde in zijn nek terwijl hij daar zat te roken en te wachten. Het ziekenhuis was gigantisch, een enorm betonnen blok met rechthoekige ramen; er zou ongetwijfeld aan iedere kant een ingang zijn.

Strike strekte zijn gewonde been, dat nog altijd pijn deed, en dacht nog een keer aan de mogelijkheid dat hij terug zou moeten naar zijn revalidatiearts. De nabijheid van een ziekenhuis had een enigszins deprimerende uitwerking op hem. Zijn maag rammelde. Op weg hierheen was hij langs een McDonald's gekomen. Als hij haar tegen het middaguur nog niet had gevonden, zou hij daar wat gaan eten.

Nog twee keer riep hij 'Rochelle!' naar een zwarte vrouw die het gebouw binnenging, en beide keren werd er slechts gekeken wie er had geroepen, in één geval met een minachtende blik.

Toen, even na elf uur, kwam er een klein en gedrongen zwart meisje met een eigenaardig waggelend loopje het ziekenhuis uit. Hij wist zeker dat hij haar niet naar binnen had zien gaan, niet alleen vanwege haar opvallende manier van lopen, maar ook omdat ze een zeer opmerkelijke jas van felroze kunstbont droeg, die haar geringe lengte en aanzienlijke breedte niet bepaald flatteerde.

'Rochelle!'

Het meisje bleef staan, draaide zich om en keek met een nors gezicht om zich heen, op zoek naar degene die haar naam had geroepen. Strike hinkte naar haar toe, en ze bekeek hem met begrijpelijk wantrouwen.

'Rochelle? Rochelle Onifade? Hallo, ik ben Cormoran Strike. Kan ik je even spreken?'

'Ik neem altijd de ingang aan Redbourne Street,' vertelde ze hem vijf minuten later, nadat hij een verhaal had opgehangen over de manier waarop hij haar zogenaamd had gevonden. 'Ik kwam aan deze kant naar buiten omdat ik naar de McDonald's wilde.'

Dus daar gingen ze heen. Strike haalde twee bekers koffie en twee koeken en liep ermee naar het tafeltje bij het raam waar Rochelle op hem zat te wachten, nieuwsgierig en wantrouwend.

Ze was ontegenzeglijk lelijk. Haar vette huid, die de kleur van verschroeide aarde had, was bedekt met acne en littekentjes, ze had kleine, diepliggende ogen en scheve, tamelijk gele tanden. Haar met chemische middelen ontkroesde haar had een zwarte uitgroei van zo'n tien centimeter terwijl de resterende vijftien centimeter waren geverfd in een gemene tint koperrood. Haar te krappe, te korte spijkerbroek, haar glimmend grijze handtas en haar spierwitte sportschoenen zagen er goedkoop uit. De fluweelzachte jas van kunstbont daarentegen, hoe opzichtig en onflatteus Strike hem ook mocht vinden, was van een geheel andere orde: volledig gevoerd, zag hij toen ze hem uittrok, met zijde waar een logo op was geprint, en het label vermeldde niet Guy Somé (zoals hij had verwacht, denkend aan Lula Landry's e-mail aan de ontwerper), maar de naam van een Italiaan van wie Strike nooit gehoord had.

'Weet je zeker dajje geen journalist ben?' vroeg ze met haar zware, schorre stem.

Strike had voor de uitgang van het ziekenhuis al enige tijd besteed aan het bevestigen van zijn betrouwbaarheid op dit gebied.

'Nee, ik ben geen journalist. Zoals ik al zei: ik ken Lula's broer.'

'Bejje een vriend van hem?'

'Ja. Nou nee, niet echt een vriend. Hij heeft me ingehuurd. Ik ben privédetective.'

Ze reageerde onmiddellijk – en openlijk – angstig. 'Tisser dan?'

'Niets om je zorgen om te maken.'

'W'rom wil je met me praten, dan?'

'Niks vervelends. John weet niet zo zeker of Lula wel zelfmoord heeft gepleegd, dat is alles.'

Hij had het vermoeden dat ze alleen maar bleef zitten omdat ze als de dood was voor wat hij zou doen als ze er nu vandoor ging.

Haar angst werd op geen enkele manier gerechtvaardigd door zijn gedrag of zijn woorden.

'Je hoeft niet bang te zijn,' verzekerde hij haar nogmaals. 'John wil graag dat ik nog eens naar de omstandigheden kijk, meer niet.'

'Zegt-ie dat ik er wat mee te maken heb, met d'r dood?'

'Nee, natuurlijk niet. Ik hoopte alleen dat jij me iets zou kunnen vertellen over haar gemoedstoestand, hoe het met haar ging in de periode vlak voor haar dood. Je zag haar toch regelmatig? Ik dacht dat jij me misschien zou kunnen zeggen wat er speelde in haar leven.'

Rochelle leek iets te willen zeggen, maar ze bedacht zich en probeerde in plaats daarvan een slok van haar gloeiend hete koffie te nemen.

'En nou? Probeert die broer van d'r te bewijzen dat ze d'r eigen niet van kant gemaakt heb? Dat ze uit het raam is geduwd of zoiets?'

'Volgens hem zou dat best kunnen.'

Ze leek te proberen iets te bevatten, uit te werken in haar hoofd. 'Ik hoef niet met jou te praten. Je bent geeneens van de pliesie.'

'Dat is waar. Maar zou je niet graag meehelpen uit te zoeken wat er...'

'Ze is zelf gesprongen,' verklaarde Rochelle Onifade stellig.

'Hoe weet je dat zo zeker?'

'Gewoon.'

'Toch kwam het voor iedereen die haar kende totaal onverwacht.'

'Ze was hartstikke depri. Daar slikte ze pillen voor, net als ik. Het is een ziekte. Soms donder je ineens in een diep zwart gat.'

Een zwart gat, dacht Strike, even afgeleid. Hij had die nacht slecht geslapen. Een zwart gat, daar was Lula Landry in verdwenen en dat was waar uiteindelijk iedereen, ook Rochelle en hij, zou eindigen. Soms ging het zwarte gat van iemands leven langzaam over in dat andere zwarte gat erna, zoals nu gebeurde met Bristows moeder... en soms doemde het vanuit het niets op, pal voor je neus, en werd je erdoor opgeslokt, alsof je met je kop tegen een betonnen muur knalde.

Hij wist zeker dat Rochelle zou dichtklappen of zou opstappen als hij nu zijn notitieboek tevoorschijn haalde, dus bleef hij zo nonchalant mogelijk zijn vragen stellen, bijvoorbeeld hoe ze destijds in de kliniek terechtgekomen was en hoe ze Lula had ontmoet.

Haar antwoorden waren aanvankelijk eenlettergrepig, nog altijd zeer wantrouwend, maar langzamerhand werd ze wat toeschietelijker. Haar eigen levensverhaal was deerniswekkend. Als kind mishandeld, overgedragen aan jeugdzorg, ernstige psychische aandoeningen, in pleeggezinnen gewoond en op haar zestiende uiteindelijk, na verschillende geweldsuitbarstingen, dakloos geworden. Haar uiteindelijke behandeling was het indirecte gevolg geweest van een aanrijding. Toen ze daardoor in het ziekenhuis belandde, bleken haar fysieke verwondingen vrijwel onmogelijk te behandelen vanwege haar bizarre gedrag, en na lang tobben was er een psychiater bij gehaald. Ze gebruikte nu medicijnen die, als ze ze tenminste innam, de symptomen sterk verminderden. Strike vond het triest, en ook aandoenlijk, dat de bezoekjes aan de kliniek waar ze Lula Landry had ontmoet en nog altijd poliklinisch werd behandeld, voor Rochelle het hoogtepunt van de week leken te zijn geworden. Ze sprak met enige genegenheid over de jonge psychiater die haar gespreksgroep leidde.

'Dus daar ken je Lula van?'

'Heb haar broer dat niet verteld?'

'Hij was nogal vaag over de details.'

'Ja, ze zat in onze groep. Doorverwezen.'

'En jullie raakten aan de praat?'

'Ja.'

'Werden jullie vriendinnen?'

'Ja.'

'Kwam je bij haar thuis? Ging je daar ook zwemmen?'

'Mag dat soms niet?'

'Jawel, ik vraag het alleen maar.'

Ze ontdooide enigszins. 'Ik hou niet van zwemmen. Ik ga niet graag met m'n gezicht onder water. Ik ging alleen in de jacuzzi. En we gingen samen shoppen en alles.'

'Zei ze wel eens iets over haar buren, de andere mensen daar in het gebouw?'

'Die lui van Bestigui? Die moest ze niet. Dat wijf is een bitch,' zei Rochelle, plotseling heel fel.

'Hoe dat zo?'

'Heb je d'r wel eens gezien? Ze keek naar me alsof ik een stuk stront was.'

'Wat vond Lula van haar?'

'Zij moest 'r ook niet, of die kerel van d'r. De griezel.'

'In welk opzicht?'

'Gewoon,' zei Rochelle ongeduldig, maar toen Strike niets zei, vervolgde ze: 'Hij probeerde d'r altijd binnen te halen als z'n vrouw d'r niet was.'

'Ging Lula wel eens op zo'n aanbod in?'

'Van z'n leven niet.'

'Lula en jij spraken elkaar zeker wel vaak, hè?'

'Inderdaad, in het beg... Ja, heel vaak.'

Ze keek uit het raam. Een onverwachte plensbui had de voorbijgangers overvallen. Transparante ellipsen bespikkelden het glas naast hen.

'In het begin?' vroeg Strike. 'Spraken jullie elkaar later dan minder vaak?'

'Ik moet zo gaan,' zei Rochelle gewichtig. 'Ik heb nog meer dingen te doen.'

'Mensen zoals Lula,' zei Strike aftastend, 'kunnen soms verwend zijn. Soms behandelen ze anderen niet netjes. Ze zijn gewend om hun zin te krijgen...'

'Ik laat me niet als een bediende gebruiken,' zei Rochelle fel.

'Misschien mocht ze je daarom zo graag? Misschien zag ze je meer als gelijke dan als zo'n meeloper?'

'Ja, precies!' zei Rochelle, al een stuk milder. 'Ik keek niet tegen d'r op.'

'Ik snap wel waarom ze jou als vriendin wilde, iemand die met beide benen op de grond staat...'

'Ja.'

'... en jullie hadden toch ook dezelfde aandoening? Dus jij begreep dingen van haar die andere mensen niet konden begrijpen.'

'En ik ben zwart,' zei Rochelle. 'Zij wou dus namelijk ook zwart zijn.'

'Zei ze daar wel eens wat over?'

'Ja, tuurlijk,' zei Rochelle. 'Ze wou weten waar ze vandaan kwam, waar ze thuishoorde.'

'Zei ze wel eens dat ze de zwarte tak van haar familie wilde opsporen?'

'Ja, echt wel. En ze... Ja.' Ze trapte bijna zichtbaar op de rem.

'Heeft ze ooit iemand gevonden? Haar vader?'

'Nee. Nooit kunnen vinden. Een dikke, vette mislukking.'

'Echt?'

'Ja, écht ja.'

Rochelle begon razendsnel te eten. Strike was bang dat zijn kansen verkeken zouden zijn zodra ze de koek ophad.

'Was Lula depressief toen je met haar had afgesproken bij Vashti, de dag voor haar dood?'

'Echt wel.'

'Heeft ze je ook verteld hoe dat kwam?'

'Daar hoef je geen reden voor te hebben. Je valt gewoon in een zwart gat.'

'Maar ze heeft je wel verteld waardoor ze zich rot voelde, toch?'

'Ja,' zei ze na een heel korte aarzeling.

'Jullie zouden toch eigenlijk samen lunchen? Kieran heeft me verteld dat ze jou daar zou treffen. Hij had haar afgezet. Je kent Kieran toch ook, Kieran Kolovas-Jones?'

Haar gezichtsuitdrukking werd zachter, haar mondhoeken krulden omhoog.

'Ja, Kieran ken ik wel. En ja, we hadden bij Vashti afgesproken.'

'Maar ze bleef niet met je lunchen?'

'Nee. Ze had haast,' zei Rochelle. Ze boog haar hoofd om een slok koffie te nemen en verborg haar gezicht.

'Waarom heeft ze je dan niet gewoon gebeld? Je hebt toch wel een telefoon?'

'Ja, hèhè,' snauwde ze beledigd, en ze haalde een eenvoudige Nokia uit de zak van haar bontjas, beplakt met kitscherige roze glittersteentjes.

'Waarom heeft ze je dan niet gewoon gebeld om te zeggen dat ze niet kon, denk je?'

Rochelle wierp hem een vernietigende blik toe. 'Omdat ze niet graag belde, want hunnie luisterden altijd mee.'

'Journalisten?'

'Ja.' Ze had haar koek bijna op.

'Het was voor journalisten toch vast niet interessant om te weten dat Lula niet naar Vashti kon komen?'

'Weet ik veel.'

'Vond je het op dat moment niet gek dat ze helemaal daarheen kwam, alleen maar om tegen jou te zeggen dat ze niet met je kon lunchen?'

'Jawel. Nee,' zei Rochelle, en toen, in een onverwachte spraakwaterval: 'Als je je eigen chauffeur hebt dan maakt het weinig uit, hè? Je laat je overal heen rijden waar je maar wilt en het kost je niks extra's, nee toch? Ze kwam onderweg even binnen om te zeggen dat ze niet met me kon lunchen, want ze moest naar huis voor die kut van een Ciara Porter.'

Zodra ze het had gezegd, trok ze een gezicht alsof ze spijt had van haar verraderlijke betiteling als 'kut', en ze perste haar lippen op elkaar, alsof ze wilde voorkomen dat er nog meer beledigingen uit zouden floepen.

'En daar bleef het bij? Dus ze kwam de winkel binnen, zei "Ik kan niet blijven, want ik heb thuis met Ciara afgesproken" en ze vertrok weer?'

'Ja. Zo ongeveer,' antwoordde Rochelle.

'Volgens Kieran brachten ze je meestal naar huis als jullie samen op pad geweest waren.'

'Klopt. Maar daar had ze het die dag dus te druk voor, hè?' Rochelle slaagde er niet in haar wrok voor hem te verbergen.

'Neem nog eens met me door hoe het daar in die winkel ging. Heeft een van jullie nog kleren gepast?'

'Ja,' zei Rochelle na een korte stilte. 'Zij.' Weer een aarzeling. 'Een lange Alexander McQueen-jurk. Hij heb trouwens ook zelfmoord gepleegd,' zei ze afwezig.

'Ben je met haar mee de paskamer in gegaan?'

'Ja.'

'En wat gebeurde daar?' drong Strike aan.

Haar ogen deden hem denken aan die van een stier die een keer pal voor zijn neus had gestaan toen hij een klein jochie was: diep in de kassen, bedrieglijk stoïcijns, niet te peilen.

'Ze trok die jurk aan,' antwoordde Rochelle.

'Verder niets? Heeft ze niemand gebeld?'

'Nee. Nou ja, misschien.'

'Kun je je nog herinneren wie ze heeft gebeld?'

'Weet ik niet meer.'

Ze dronk weer van haar koffie en verborg haar gezicht achter de kartonnen beker.

'Was het Evan Duffield?'

'Zou kunnen.'

'Weet je nog wat ze zei?'

'Nee.'

'Een van de verkoopsters heeft haar horen telefoneren. Ze leek een afspraak met iemand te maken bij haar thuis, voor veel later die dag. Pas ergens in de vroege uurtjes, dacht de verkoopster.'

'Ja?'

'Dan kan het niet Duffield geweest zijn, toch? Want ze had al met hem afgesproken bij de Uzi.'

'Je weet wel een hoop, hè?'

'Iedereen weet dat ze die avond samen bij de Uzi zijn geweest,' zei Strike. 'Het heeft in alle kranten gestaan.'

Het vergroten of verkleinen van Rochelles pupillen was nauwelijks waarneembaar, doordat de irissen eromheen bijna inktzwart waren.

'Ja, dat is ook zo,' gaf ze toe.

'Was het Deeby Macc?'

'Nee!' Het kwam eruit als een lachkreetje. 'Ze had z'n nummer geeneens.'

'Beroemde mensen kunnen bijna altijd aan elkaars nummer komen,' zei Strike.

Rochelles gezicht betrok. Ze keek vluchtig op het blanco schermpje van haar opzichtige roze mobieltje. 'Toch denk ik niet dat ze het had,' zei ze.

'Maar je hoorde dat ze met iemand probeerde af te spreken voor midden in de nacht?'

'Nee.' Rochelle ontweek zijn blik en liet het laatste bodempje van haar koffie rondwalsen in de kartonnen beker. 'Daar kan ik me niks van herinneren.'

'Begrijp je hoe belangrijk dit zou kunnen zijn?' Strike deed zijn best om het niet dreigend te laten klinken. 'Als Lula met iemand had afgesproken rond het tijdstip van haar overlijden... De politie weet hier niets van, of wel? Heb jij er niets over verteld?'

'Ik moet gaan,' zei ze, en ze vond nog een kruimel koek, gooide die in haar mond, pakte haar goedkope handtas en wierp Strike een boze blik toe.

Strike zei: 'Het is bijna lunchtijd, zal ik anders nog iets te eten voor je halen?'

'Nee.'

Maar ze bleef daar staan. Hij vroeg zich af hoe arm ze eigenlijk was, en of ze wel regelmatig at. Ze had iets, onder die norsheid, wat hij ontroerend vond. Een felle trots, een zekere kwetsbaarheid.

'Nou, goed dan.' Ze liet haar handtas weer op de grond vallen en ging onderuitgezakt op de harde stoel zitten. 'Doe maar een Big Mac.'

Hij was bang dat ze zou vertrekken terwijl hij op de bestelling stond te wachten, maar toen hij terugkwam met twee dienbladen zat ze er nog. Ze bedankte hem zelfs schoorvoetend.

Strike probeerde een andere aanpak. 'Je kent Kieran vrij goed, hè?' Hij dacht aan haar stralende gezicht op het moment dat hij eerder de naam had laten vallen.

'Ja,' zei ze stijfjes. 'Ik zag hem vaak samen met haar. Hij reed altijd en alles.'

'Hij vertelde me dat Lula iets heeft zitten opschrijven op de achterbank, voordat ze bij Vashti aankwamen. Heeft ze jou iets laten zien of gegeven wat ze had geschreven?'

'Nee.' Ze propte een handje frites in haar mond en zei toen: 'Ik heb niks gezien. Hoezo, wat heb ze dan opgeschreven?'

'Dat weet ik niet.'

'Misschien was het een boodschappenlijstje of iets?'

'Ja, dat dacht de politie ook. Weet je zeker dat je haar niet met een velletje papier hebt gezien? Een brief of een envelop misschien?'

'Heel zeker. Weet Kieran trouwens dat jij met me ging praten, zeg maar?'

'Ja, ik heb hem verteld dat je op mijn lijstje stond. Hij vertelde me dat je in St. Elmo hebt gewoond.'

Dat leek haar deugd te doen.

'Waar woon je nu?'

'Wat gaat jou dat aan?' vroeg ze, plotseling heel fel.

'Niks. Ik probeer gewoon een praatje met je te maken.'

Dat ontlokte Rochelle een minachtend gesnuif. 'Ik woon op m'n eigen, in Hammersmith.'

Ze at een poosje in stilte verder, en toen kwam ze voor het eerst ongevraagd met informatie op de proppen.

'We luisterden altijd naar Deeby Macc in de auto. Kieran, Lula en ik.' En ze begon te rappen:

'No hydroquinone, black to the backbone,
Takin' Deeby lightly, better buy an early tombstone,
I'm drivin' my Ferrari – fuck Johari – got my head on straight
Nothin' talks like money talks – I'm shoutin' at ya, Mister Jake.'

Ze keek er trots bij, alsof ze Strike eens flink op zijn nummer had gezet en er geen weerwoord mogelijk was.

'Dat komt uit "Hydroquinone",' zei ze. 'Staat op *Jake On My Jack*.'

'Wat is hydroquinone?' vroeg Strike.

'Spul om je huid te bleken. Dat nummer rapten we altijd met de autoraampjes open,' zei Rochelle, en haar gezicht ontsteeg de onaantrekkelijkheid dankzij de warme glimlach die de herinnering haar ontlokte.

'Dus Lula keek er wel naar uit om Deeby Macc te ontmoeten?'

'Echt wel,' zei Rochelle. 'Ze wist dat hij haar leuk vond en daar was ze vet blij mee. Kieran zag het ook helemaal zitten en alles, die vroeg steeds of Lula hem aan Deeby wilde voorstellen.'

Haar glimlach verdween. Ze plukte nors wat aan haar hamburger en zei toen: 'Weet je nou genoeg? Want ik moet gaan.'

Ze begon het restant van haar eten naar binnen te proppen, met grote, schrokkerige happen.

'Lula nam je zeker overal mee naartoe?'

'Ja,' zei Rochelle met haar mond vol hamburger.

'Ben je ook met haar naar de Uzi geweest?'

'Ja. Eén keer.'

Ze slikte haar hap door en begon te vertellen over alle plekken die ze had gezien in de beginfase van haar vriendschap met Lula, die (al deed Rochelle nog zo haar best om iedere suggestie dat ze onder de indruk was geweest van het leven van de multimiljonaire van de hand te wijzen) de romantiek had van een sprookje. Lula had Rochelle weggevoerd uit de grimmige wereld van het daklozenpension en de groepstherapie, en haar één keer per week ondergedompeld in een draaikolk van dure pleziertjes. Het viel Strike op hoe weinig Rochelle hem vertelde over Lula als persoon, en hoeveel over Lula als houdster van de magische plastic kaartjes waarmee ze handtassen, jasjes en sieraden had kunnen kopen, en als noodzakelijk middel om Kieran regelmatig te laten verschijnen, als een geest uit een fles, om Rochelle te bevrijden uit haar pension. Ze beschreef, liefdevol gedetailleerd, de cadeaus die Lula voor haar had gekocht, de winkels waar ze haar mee naartoe had genomen en de restaurants en bars die ze samen hadden bezocht, etablissementen waar het wemelde van de beroemdheden. Maar geen van hen leek indruk te hebben gemaakt op Rochelle, want iedere naam die ze noemde werd gevolgd door een geringschattende opmerking: 'Wat een lul was dat', 'Er was niks echt aan, aan dat hele mens niet', 'Niet dat ze nou zo bijzonder waren'.

'Heb je Evan Duffield ooit ontmoet?' vroeg Strike.

'Duffield?' De minachting droop van haar stem. 'Da's een eikel.'

'O, ja?'

'Ja, het is een eikel. Vraag maar aan Kieran.' Ze wekte de indruk dat Kieran en zij één front vormden, als twee weldenkende, objectieve observanten van de idioten die Lula's wereld bevolkten.

'In welk opzicht was hij een eikel?'

'Hij behandelde haar schofterig.'

'Hoezo dan?'

'Verkocht verhalen over haar.' Rochelle pakte de laatste frites. 'Ze heb een keer iedereen op de proef gesteld, zeg maar. Vertelde ons allemaal een ander verhaal, om te kijken welke versie in de bladen zou komen en alles. Ik was de enige die d'r mond hield, alle anderen hebben geluld.'

'Wie had ze getest?'

'Ciara Porter, mij, Duffield en die Guy-nog-wat.' Rochelle sprak de voornaam uit als Gaai. 'Alleen geloofde ze niet dat hij het had gedaan. Verzon allemaal smoesjes voor hem. Maar hij gebruikte haar net zo goed als alle anderen.'

'In welk opzicht?'

'Wou niet dat ze modellenwerk deed voor iemand anders. Hij wou dat ze alleen voor zijn bedrijf werkte, zodat hij alle publiciteit kreeg.'

'Dus toen ze eenmaal wist dat ze jou kon vertrouwen...'

'Ja, toen heb ze die telefoon voor me gekocht.' Een minuscule stilte. 'Zodat ze me te pakken kon krijgen als ze me nodig had.'

Ze griste plotseling de roze Nokia van het tafeltje en stopte die weg, diep in de zak van haar zachte roze jas.

'Nu moet je de telefoonrekening natuurlijk zelf betalen?' vroeg Strike.

Hij had verwacht dat ze hem zou toebijten dat hij zich met zijn eigen zaken moest bemoeien, maar ze zei: 'Haar familie heb het nog niet door. Ze betalen nog steeds.'

Die gedachte leek haar een enigszins boosaardig genoegen te schenken.

'Heb je die jas ook van Lula gekregen?' vroeg Strike.

'Nee,' snauwde ze, fel en verdedigend. 'Die heb ik zelf gekocht. Ik werk tegenwoordig.'

'O ja? Waar dan?'

'Wat gaat jou dat aan?'

'Ik toon beleefde belangstelling.'

Een piepklein glimlachje bereikte kort haar brede mond, en ze gaf zich weer gewonnen. 'Ik werk 's middags in een winkel vlak bij waar ik nu woon.'

'Zit je weer in een pension?'

'Nee,' zei ze, en door haar weigering om uit te weiden voelde hij dat hij niet moest aandringen. Opnieuw gooide hij het over een andere boeg. 'Het was zeker een hele schok voor je toen Lula stierf?'

'Ja, echt wel,' antwoordde ze gedachteloos, en toen het tot haar doordrong wat ze had gezegd, krabbelde ze terug. 'Ik wist wel dat ze depressief was en alles, maar zoiets verwacht je niet.'

'Dus je zou niet zeggen dat ze suïcidaal was toen je haar die dag sprak?'

'Weet ik veel. Zo lang heb ik haar niet gezien, hè?'

'Waar was je toen je hoorde van haar dood?'

'In het pension. Ze wisten daar bijna allemaal dat ik haar kende. Janine kwam me wakker maken om het te vertellen.'

'En jij dacht meteen aan zelfmoord?'

'Ja. En nou moet ik gaan.'

Haar besluit stond vast; hij zag dat hij haar niet zou kunnen tegenhouden. Nadat ze zich weer in de potsierlijke bontjas had gewurmd, hees ze haar tas over haar schouder. 'Doe Kieran de groeten van me.'

'Zal ik doen.'

'Nou, doei.' Ze verliet met haar waggelende loopje het restaurant zonder één keer om te kijken.

Strike keek toe hoe ze langs het raam liep, met gebogen hoofd, de wenkbrauwen gefronst, tot ze uit het zicht was. Het was opgehouden met regenen. Lusteloos haalde hij haar dienblad naar zich toe om een paar verdwaalde frietjes op te eten.

Toen stond hij op, zo abrupt dat het meisje met het petje op haar hoofd dat naar zijn tafeltje kwam lopen om het af te ruimen en schoon te vegen met een geschrokken kreetje achteruitdeinsde. Strike snelde het McDonald's-filiaal uit, naar Grantley Road.

Rochelle stond op de hoek, duidelijk zichtbaar in haar knalroze jas, tussen een groepje anderen die wachtten tot het voetgangerslicht op groen zou springen. Ze stond druk in de Nokia met de roze glittersteentjes te praten. Strike haalde haar in en voegde zich tussen het groepje mensen achter haar, waarbij hij zijn omvang als wapen gebruikte om ervoor te zorgen dat iedereen een stapje opzij deed.

'... wilde weten met wie ze die nacht had afgesproken. Ja, en...'

Rochelle draaide haar hoofd opzij om te kijken of er geen verkeer aankwam en zag toen dat Strike pal achter haar stond. Ze haalde de telefoon van haar oor en drukte snel een toets in om de verbinding te verbreken.

'Wat nou?' vroeg ze agressief.

'Wie belde je daar?'

'Bemoei je verdomme met je eigen zaken!' zei ze woest. De wachtende voetgangers staarden haar aan. 'Loop je me nou te volgen?'

'Ja,' zei Strike. 'Moet je horen...'

Het licht sprong op groen; ze waren de enige twee die niet overstaken en werden bijna onder de voet gelopen.

'Zou je me je mobiele nummer willen geven?'

De onverbiddelijke stierenogen keken hem strak aan, niet te peilen, leeg, geheimzinnig. 'Waarvoor?'

'Kieran heeft erom gevraagd,' loog hij. 'Dat was ik nog vergeten. Hij dacht dat je een zonnebril bij hem in de auto had laten liggen.'

Strike had niet de indruk dat hij haar overtuigd had, maar even later dicteerde ze hem een telefoonnummer, dat hij achter op een van zijn visitekaartjes schreef.

'Was dat alles?' vroeg ze opstandig, en ze stak de weg over tot aan de vluchtheuvel, waarna het licht weer op rood sprong. Strike hinkte achter haar aan. Ze reageerde kwaad en tegelijk verward op zijn voortdurende aanwezigheid.

'Wat nou?'

'Ik denk dat je iets weet wat je me niet vertelt, Rochelle.'

Ze staarde hem woest aan.

'Neem dit maar mee.' Strike haalde een tweede kaartje uit zijn jaszak. 'Als je nog iets te binnen schiet wat je me wilt vertellen, bel me dan, oké? Bel dat mobiele nummer maar.'

Ze gaf geen antwoord.

'Als Lula vermoord is,' zei Strike, terwijl de auto's langs hen heen zoefden en de regen in de goten aan hun voeten glinsterde, 'en jij weet iets, dan kan de moordenaar ook voor jou een groot gevaar vormen.'

Dat ontlokte Rochelle een zelfgenoegzaam, vernietigend lachje. Ze geloofde niet dat ze in gevaar was. Ze dacht dat ze veilig was.

Het groene mannetje was verschenen. Rochelle wierp haar droge, stugge haar naar achteren en stak de weg over, alledaags, klein, gedrongen en onaantrekkelijk, met haar mobiel nog altijd in de ene hand en Strikes kaartje in de andere. Strike bleef alleen achter op de vluchtheuvel en keek haar na met een gevoel van onmacht en onrust. Zij mocht haar verhaal dan nooit aan de kranten hebben verkocht, hij kon zich niet voorstellen dat ze die designerjas, hoe lelijk hij het ding ook vond, had gekocht van het geld dat ze verdiende met haar baantje als verkoopster.

9

Het kruispunt van Tottenham Court Road en Charing Cross Road was nog altijd het toneel van verwoesting, met gapende gaten in het wegdek, tunnels van wit hardboard en bouwvakkers met veiligheidshelmen op. Strike doorkruiste al rokend de smalle doorgangen, gebarricadeerd met metalen hekken, en passeerde brullende graafmachines vol puin, schreeuwende werklieden en nog meer drilboren.

Hij was moe en stram, zich scherp bewust van de pijn in zijn been, van zijn ongewassen lijf en het vette eten dat hem zwaar op de maag lag. In een opwelling nam hij een omweg via Sutton Row, weg van het gekletter en geraas van de wegwerkzaamheden, en daar belde hij Rochelle. Hij kreeg de voicemail, maar het was wel haar schorre stem die opnam, dus ze had hem geen vals nummer gegeven. Hij sprak geen bericht in, hij had alles al gezegd wat hij kon bedenken – en toch maakte hij zich zorgen. Nu wenste hij min of meer dat hij haar was gevolgd, ongezien, om te kijken waar ze woonde.

Terug op Charing Cross Road, moeizaam trekkebenend op weg naar kantoor in de tijdelijke schaduw van de voetgangerstunnel, dacht hij terug aan de manier waarop Robin hem die morgen had gewekt: het tactvolle klopje op de deur, het kopje thee en het bewuste vermijden van het onderwerp 'kampeerbed'. Hij had het niet mogen laten gebeuren. Er waren wel andere wegen die naar intimiteit leidden dan het bewonderen van een vrouwenfiguur in een strakke jurk. Strike wilde niet hoeven uitleggen waarom hij op kantoor sliep; hij vreesde dat hij persoonlijke vragen zou krijgen. Bovendien had hij een situatie laten ontstaan waarin ze hem Cormoran noemde en hem erop wees dat hij zijn knoopjes moest dichtdoen. Hij had zich niet mogen verslapen.

Terwijl hij de metalen trap op liep, langs de gesloten deur van Crowdy Graphics, nam Strike zich voor Robin de rest van de dag met wat meer koel gezag te behandelen, als tegenhanger voor de glimp die ze van zijn harige buik had opgevangen.

Het besluit was nog niet genomen of hij hoorde hoog gelach en twee door elkaar heen pratende vrouwenstemmen uit zijn eigen kantoor komen.

Strike bleef stokstijf staan luisteren, paniekerig. Hij had Charlotte niet teruggebeld. Even probeerde hij de toon en de stembuiging in te schatten; het zou typisch iets voor Charlotte zijn om persoonlijk langs te komen en zijn uitzendkracht te overdonderen met haar charme, om vriendschap te sluiten met zijn bondgenote, om zíjn personeel te overvoeren met háár versie van de waarheid. De twee stemmen smolten weer samen tot gelach; hij zou niet kunnen zeggen wie het waren.

'Hoi, Stick,' klonk een opgewekte stem toen hij de glazen deur door kwam.

Zijn zus Lucy zat op de doorgezakte bank, met haar handen om een beker koffie gevouwen, omringd door tassen van Marks & Spencer en John Lewis.

Strikes eerste opluchting dat het Charlotte niet was werd al snel overstemd door een iets minder hevige angst voor wat zij en Robin allemaal hadden besproken, en hoeveel ieder van hen nu wist over zijn privéleven. Toen hij Lucy's omhelzing beantwoordde, zag hij dat Robin opnieuw de tussendeur naar zijn kampeerbed en de plunjezak had dichtgedaan.

'Ik hoorde van Robin dat je aan het detecteren was.' Lucy was in een vrolijke bui, zoals zo vaak wanneer ze in haar eentje op pad was, niet gehinderd door Greg en haar zoontjes.

'Ja, dat doen wij detectives wel vaker,' zei Strike. 'En jij, gewinkeld?'

'Ja Sherlock, ik heb gewinkeld.'

'Zullen we ergens koffie gaan drinken?'

'Ik ben al voorzien, Stick.' Ze hield de mok omhoog. 'Je bent niet erg scherp vandaag. En loop je nou een beetje mank?'

'Niet dat ik weet.'

'Wanneer ben je voor het laatst bij dokter Chakrabati geweest?'

'Pasgeleden nog,' loog Strike.

'Als u het goedvindt, meneer Strike,' zei Robin, terwijl ze haar trenchcoat aantrok, 'dan ga ik nu lunchen. Ik heb nog niets gegeten.'

Zijn voornemen van daarnet om haar met professionele *froideur* tegemoet te treden leek nu niet alleen onnodig, maar ook onaardig. Ze had meer tact dan iedere andere vrouw die hij ooit had ontmoet.

'Ja, dat is prima, Robin,' antwoordde hij.

'Leuk je ontmoet te hebben, Lucy,' zei Robin, en ze zwaaide nog een keer voordat ze de glazen deur zorgvuldig achter zich dichttrok.

'Wat een leuke meid,' zei Lucy enthousiast toen Robins voetstappen wegstierven op de trap. 'Ze is geweldig. Je moet proberen haar voor vast aan te nemen.'

'Ja, ze is goed,' zei Strike. 'Waar zaten jullie samen zo om te lachen?'

'O, om haar verloofde. Hij klinkt een beetje zoals Greg. Robin vertelde me dat je een belangrijke zaak hebt. Nee, stil maar, ze was heel discreet. Verdacht geval van zelfdoding, zei ze. Dat zal voor jou geen pretje zijn.' Ze wierp hem een veelbetekenende blik toe; hij koos ervoor te doen alsof hij die niet begreep.

'Het is niet de eerste keer. Zoiets heb ik in het leger wel vaker aan de hand gehad.'

Maar hij betwijfelde of Lucy wel luisterde. Ze haalde diep adem. Hij wist wat er komen ging.

'Stick, zijn Charlotte en jij uit elkaar?'

Hij kon het maar beter gehad hebben. 'Ja, dat klopt.'

'Stick!'

'Het is oké, Lucy. Het gaat prima met me.'

Maar haar goede humeur was al verzwolgen door een vlaag van woede en teleurstelling. Strike, uitgeput en met een stekende pijn in zijn been, zat geduldig haar uitbarsting uit: ze had altijd wel geweten dat Charlotte het hem weer zou flikken, zij had hem bij Tracey weggerukt, en bij zijn fantastische carrière in het leger, ze had hem zo onzeker gemaakt als ze maar kon, hem overgehaald bij haar in te trekken, om hem vervolgens te dumpen...

'Ik heb er zelf een punt achter gezet, Luus,' zei hij. 'En tussen Tracey en mij was het al uit voordat...' Maar hij had net zo goed kunnen proberen een lavastroom te keren: waarom had hij niet beseft dat Charlotte nooit zou veranderen, dat ze alleen maar bij hem teruggekomen was omdat ze van drama hield, werd aangetrokken door zijn afgerukte been en zijn medaille? Die bitch had de reddende engel gespeeld en dat was haar gaan vervelen, ze was gevaarlijk en gemeen, ze ontleende haar gevoel van eigenwaarde aan de schade die ze had aangericht, genoot van de pijn die ze had veroorzaakt...

'Ik ben bij háár weggegaan, het was mijn eigen keuze.'

'Maar waar woon je dan sindsdien? Wanneer is dit gebeurd? Wat een vuile trut is het ook... Nee, Stick, het spijt me, ik hou de schijn niet langer op. Je bent al die jaren door een hel gegaan... Jezus, Stick, waarom ben je niet met Tracey getrouwd?'

'Luus, begin nou niet weer, alsjeblieft...'

Hij schoof een paar van haar John Lewis-tassen opzij – vol met broekjes en sokken voor haar zoontjes, zag hij – en plofte naast haar neer op de bank. Hij wist dat hij er groezelig en onverzorgd uitzag. Lucy leek ieder moment in tranen te kunnen uitbarsten; haar dagje in de stad was verpest.

'Je hebt het me natuurlijk niet verteld omdat je wist dat ik zo zou reageren, hè?' vroeg ze na een hele tijd toen ze langzaam weer op adem kwam.

'Dat zou wel eens een overweging geweest kunnen zijn, ja.'

'Oké, sorry dan,' zei ze fel, haar ogen glinsterend van de tranen. 'Maar wat een rotwijf is het ook, Stick. Jezus, zeg me alsjeblieft dat je nooit meer naar haar teruggaat. Dat moet je me beloven.'

'Ik ga niet naar haar terug.'

'Waar slaap je nu? Bij Nick en Ilsa?'

'Nee, ik woon in Hammersmith' (het eerste wat bij hem opkwam, omdat hij het sinds kort associeerde met dakloosheid). 'Een studio.'

'O, Stick... kom dan toch bij ons logeren!'

Even zag hij de volledig blauwe logeerkamer voor zich, en het geforceerde lachje van Greg.

'Luus, ik ben tevreden waar ik nu zit. Ik wil gewoon een poosje werken en alleen zijn.'

Het kostte hem nog een half uur om haar zijn kantoor uit te werken. Ze voelde zich schuldig omdat ze tegen hem uitgevallen was, bood haar excuses aan en probeerde vervolgens haar gedrag te rechtvaardigen, wat leidde tot een nieuwe aanval op Charlotte. Toen ze eindelijk besloot om op te stappen, hielp hij haar haar tassen de trap af te dragen en probeerde haar met succes af te leiden van de dozen met zijn spullen die nog op de overloop stonden, waarna hij haar uiteindelijk aan het einde van Denmark Street in een taxi zette.

Hij zag het bolle gezicht met de mascaravlekken naar hem omkijken door de achterruit. Met een geforceerde grijns zwaaide hij nog een keer, waarna hij een nieuwe sigaret opstak en bedacht dat hij Lucy's idee van medeleven erger vond dan bepaalde verhoortechnieken uit Guantanamo.

10

Robin had de gewoonte opgevat een sandwich voor Strike mee te brengen wanneer ze haar lunch ging halen, als hij tenminste op kantoor was, en zichzelf terug te betalen uit de kleine kas.

Maar vandaag had ze geen haast om weer naar kantoor te gaan. Ze had gemerkt, al was het Lucy schijnbaar niet opgevallen, dat Strike het vervelend vond hen samen aan te treffen, druk in gesprek. Toen hij het kantoor binnenkwam was zijn gezicht net zo grimmig geweest als die eerste keer dat ze elkaar zagen.

Robin hoopte maar dat ze niets tegen Lucy had gezegd wat Strike liever voor zich had gehouden. Lucy had haar niet echt uitgehoord, maar sommige van haar vragen waren best lastig te beantwoorden geweest.

'Heb je Charlotte al ontmoet?'

Robin nam aan dat ze hiermee doelde op de oogverblindende ex die ze op haar eerste ochtend naar buiten had zien komen. Een bijna-botsing kon je moeilijk een ontmoeting noemen, dus antwoordde Robin met nee.

'Gek,' had Lucy met een ongelovig lachje gezegd. 'Ik zou toch verwachten dat ze je had willen leren kennen.'

Om de een of andere reden had Robin zich geroepen gevoeld daarop te antwoorden: 'Ik ben hier maar tijdelijk.'

'Dan nog,' zei Lucy, die dat antwoord beter leek te begrijpen dan Robin zelf.

Nu pas, nu ze langs de schappen met de verschillende soorten en smaken chips liep zonder zich er echt op te concentreren, drong de onuitgesproken suggestie van Lucy's opmerking tot haar door. Robin nam aan dat het vleiend bedoeld was, maar alleen al het idee dat Strike zou proberen haar te versieren vond ze buitengewoon onsmakelijk.

('Matt, kom op, als je hem zou zien... hij is heel dik en heeft een gezicht als een in elkaar geslagen bokser. Hij is totaal niet aantrekkelijk, volgens mij is hij al over de veertig en...' – ze had even gezocht naar nog meer beledigingen die ze over Strikes uiterlijk kon uitstorten – 'en hij heeft een soort schaamhaar op zijn hoofd.'

Matthew had zich pas echt verzoend met de verlenging van haar betrekking bij Strike toen Robin de baan bij het media-adviesbureau aannam.)

Robin pakte twee willekeurige zakjes *salt and vinegar*-chips en liep ermee naar de kassa. Ze had Strike nog niet verteld dat ze over tweeënhalve week zou vertrekken.

Nadat Lucy van het onderwerp Charlotte afgestapt was, had ze Robin uitgehoord over de hoeveelheid werk die het armzalige detectivebureautje kreeg aangeboden. Robin had het zo vaag gehouden als ze durfde; ze voelde intuïtief aan dat als Lucy niet wist hoe slecht het gesteld was met Strikes financiële situatie, dat kwam doordat hij niet wilde dat ze ervan op de hoogte was. In de hoop dat hij het haar in dank zou afnemen als ze zijn zus de indruk gaf dat de zaken goed gingen, had ze laten vallen dat Strikes laatste klant zeer vermogend was.

'Echtscheidingszaak?' vroeg Lucy.

'Nee,' zei Robin. 'Het is... eh, ik heb een geheimhoudingsverklaring getekend... Maar er is hem gevraagd nog eens naar een geval van zelfdoding te kijken.'

'O god, daar zal Cormoran niet blij mee zijn,' zei Lucy met een vreemde klank in haar stem.

Robin keek haar niet-begrijpend aan.

'Heeft hij je dat niet verteld? De meeste mensen weten het trouwens allang. Onze moeder was een beroemde, eh... groupie, zo noemen ze dat toch?' Lucy's glimlach was plotseling geforceerd en haar toon, al probeerde ze die afstandelijk en zorgeloos te laten klinken, was killer geworden. 'Je kunt het allemaal op internet lezen. Wat vind je daar nou tegenwoordig níét, hè? Ze is gestorven aan een overdosis en er werd gezegd dat het zelfmoord was, maar Stick heeft altijd gedacht dat haar ex-man het had gedaan. Het is nooit bewezen. Stick was in alle staten. Afijn, dat was een onsmakelijke, vreselijke toestand. Misschien heeft deze klant daarom voor Stick gekozen. Ik neem aan dat het om een overdosis gaat?'

Robin gaf geen antwoord, maar dat maakte niet uit; Lucy ging verder zonder een reactie af te wachten. 'Daarom is Stick gestopt met de universiteit en bij de militaire politie gegaan. De familie was erg teleurgesteld. Hij is namelijk heel pienter, niemand in de familie had ooit eerder aan Oxford gestudeerd, maar hij stapte gewoon op en ging het leger in. En het leek nog bij hem te passen ook, hij deed het heel goed daar. Ik vind het eerlijk gezegd doodzonde dat hij is gestopt. Hij had gewoon kunnen blijven, zelfs met... je weet wel... zijn been.'

Robin liet op geen enkele manier blijken, nog niet door met haar ogen te knipperen, dat ze van niets wist.

Lucy nam een slokje van haar thee. 'Uit welk deel van Yorkshire kom je precies?'

Daarna was het gesprek aangenaam kabbelend verlopen, tot het moment dat Strike binnenkwam terwijl ze samen zaten te lachen om Robins beschrijving van Matthews laatste kluspoging.

Maar nu Robin met de sandwiches en de zakjes chips terugliep naar kantoor had ze nog meer medelijden met Strike dan voorheen. Zijn huwelijk – of, als ze niet getrouwd waren, zijn vaste relatie – was stukgelopen, hij sliep in zijn kantoor, hij was gewond geraakt in de oorlog en nu had ze ook nog eens te horen gekregen dat zijn moeder onder dubieuze, erbarmelijke omstandigheden was gestorven.

Ze hoefde zichzelf niet wijs te maken dat dit mededogen niet mede werd ingegeven door nieuwsgierigheid. Ze wist nu al dat ze beslist, binnen afzienbare tijd, zou proberen op internet de details over Leda Strikes dood op te sporen. En tegelijkertijd voelde ze zich schuldig omdat ze weer een glimp van Strike had opgevangen die niet voor haar bedoeld was, net als het stukje van zijn harige buik dat hij die ochtend per ongeluk had ontbloot. Ze wist dat hij een trotse, onafhankelijke man was; dat waren de eigenschappen die ze mooi aan hem vond en in hem bewonderde, ook al wekte de manier waarop ze zich manifesteerden – het kampeerbed, de dozen met spullen op de overloop, de lege noedelverpakkingen in de vuilnisbak – de spot op van mensen zoals Matthew, die ervan uitgingen dat iemand die in oncomfortabele omstandigheden leefde automatisch een losbol of een lamstraal was.

Robin wist niet of ze zich de enigszins gespannen sfeer op kantoor bij haar terugkeer verbeeldde. Strike zat druk te typen achter haar computer, en al bedankte hij haar wel voor de sandwich, hij stopte niet (zoals anders) tien minuten met werken om een praatje te maken over de zaak-Landry.

'Ik heb de computer nog even nodig. Vind je het erg om een paar minuten op de bank te gaan zitten?' vroeg hij haar al typend.

Robin vroeg zich af of Lucy hem had verteld wat ze hadden besproken. Ze hoopte van niet. Toen werd ze kwaad op zichzelf omdat ze zich schuldig voelde; ze had per slot van rekening niets verkeerd gedaan. Haar ergernis temperde tijdelijk het verlangen om erachter te komen of hij Rochelle Onifade had gevonden.

'Aha,' zei Strike.

Hij had, op de website van de Italiaanse ontwerper, het knalroze jasje van imitatiebont gevonden dat Rochelle die ochtend had gedragen. Het was pas twee weken te koop en kostte vijftienhonderd pond.

Robin wachtte op Strikes verklaring voor zijn uitroep, maar die kwam niet.

'Hebt u haar gevonden?' vroeg ze toen Strike eindelijk de computer verliet om zijn sandwich uit te pakken.

Hij vertelde haar over de ontmoeting, maar ze miste het enthousiasme en de dankbaarheid van die ochtend, toen hij haar meerdere malen 'geniaal' had genoemd. En zo kwam het dat Robins toon, toen ze hem de resultaten van haar eigen telefonische zoektocht meldde, al even koeltjes was.

'Ik heb de Law Society gebeld over dat congres in Oxford op 7 januari,' vertelde ze. 'Tony Landry heeft het inderdaad bijgewoond.

Ik deed me voor als iemand die hem daar had ontmoet en zijn visitekaartje was kwijtgeraakt.'

Hij leek nauwelijks belangstelling te hebben voor de informatie waarom hij zelf had gevraagd en complimenteerde haar ook niet met het getoonde initiatief. Het gesprek viel in wederzijdse onvrede stil.

De confrontatie met Lucy had Strike uitgeput. Hij wilde alleen zijn. Bovendien vermoedde hij dat Lucy Robin had verteld over Leda. Zijn zus betreurde dat het leven en de dood van hun moeder zich hadden voltrokken in licht beruchte omstandigheden, maar wanneer ze in een bepaalde stemming was, leek ze overmand te worden door het paradoxale verlangen om erover te praten, het liefst met vreemden. Misschien was het een soort uitlaatklep, had ze het nodig omdat ze tegenover haar vrienden in de buitenwijk nooit iets zou loslaten over haar verleden, of misschien was het haar manier om de tegenstander te ontwapenen: uit angst voor wat de ander eventueel al over haar wist, probeerde ze iedere vorm van voyeuristische nieuwsgierigheid voor te zijn. Maar hij wilde niet dat Robin op de hoogte was van de situatie rond zijn moeder, zijn been of Charlotte, of de andere pijnlijke onderwerpen die Lucy zo nodig moest uitmelken als ze er eens in slaagde dichtbij te komen.

Door de vermoeidheid, en zijn rothumeur, betrok Strike ten onrechte zijn algemene ergernis over vrouwen, die een man maar niet met rust leken te kunnen laten, op Robin. Hij bedacht dat hij zijn aantekeningen die middag zou kunnen meenemen naar de Tottenham, waar hij tenminste rustig kon nadenken zonder gezeur om uitleg aan zijn kop.

Robin voelde de sfeer duidelijk omslaan. De boodschap van de zwijgend kauwende Strike was duidelijk; ze veegde de kruimels van zich af en gaf hem kordaat en op onpersoonlijke toon de boodschappen van die ochtend door. 'John Bristow heeft gebeld om het mobiele nummer van Marlene Higson door te geven. Hij heeft ook Guy Somé gesproken, die u donderdagochtend om tien uur zou kunnen ontvangen in zijn studio in Blunkett Street, als dat gelegen komt. Het is in Chiswick, vlak bij Strand-on-the-Green.'

'Fijn. Dank je wel.'

De rest van de dag zeiden ze uitermate weinig tegen elkaar. Strike bracht het grootste deel van de middag door in de pub en kwam pas om tien voor vijf terug. De ongemakkelijke sfeer tussen hen hield aan, en voor het eerst was hij blij toen Robin vertrok.

Deel vier

Optimumque est, ut volgo dixere, aliena insania frui.

En het beste is, zo luidde de volkswijsheid, om profijt te trekken uit de dwaasheid van anderen.

PLINIUS DE OUDERE, *Naturalis Historia*

I

Strike vertrok vroeg naar de ULU om te douchen en kleedde zich met ongebruikelijke zorg aan, op de ochtend van zijn bezoek aan de studio van Guy Somé. Hij wist, na uitgebreid rondneuzen op de website van de ontwerper, dat Somé de aanschaf en het dragen bepleitte van zaken als ruigleren beenkappen, dassen van metaalgaas en zwarte hoofddeksels die gemaakt leken te zijn van een oude bolhoed waarvan de bovenkant was verwijderd. Licht opstandig trok Strike het ouderwetse, prettig zittende donkerblauwe pak aan dat hij ook naar Cipriani had gedragen.

De studio waar hij moest zijn was een voormalig negentiendeeeuws pakhuis op de noordelijke oever van de Theems. De rivier glinsterde oogverblindend toen hij op zoek ging naar de ingang, die niet duidelijk was aangegeven; niets aan de buitenkant van het gebouw duidde erop waarvoor het werd gebruikt.

Uiteindelijk ontdekte hij een onopvallende, ongemarkeerde bel, en de deur werd van binnenuit elektronisch geopend. In de kale maar lichte hal stond de airco zo hoog dat het ronduit koud was. Een rinkelend, tiktakkend geluid kondigde nog voordat ze de hal betrad de komst aan van een jonge vrouw met tomaatrood haar, van top tot teen in het zwart gestoken en voorzien van vele zilveren armbanden.

'O,' zei ze toen ze Strike zag.

'Ik heb om tien uur een afspraak met de heer Somé,' liet hij haar weten. 'Cormoran Strike.'

'O,' zei ze nogmaals. 'Oké.'

Ze verdween in de richting waaruit ze was gekomen. Strike maakte gebruik van de wachttijd om het mobiele nummer van Rochelle Onifade nog eens te bellen, zoals hij sinds hun ontmoeting tien keer per dag deed. Er werd niet opgenomen.

Nadat er nog een minuut verstreken was, kwam plotseling een kleine zwarte man door de hal naar Strike toe gelopen, katachtig en onhoorbaar op zijn rubberzolen. Hij had een overdreven heupwiegend loopje, waarbij hij zijn bovenlichaam vrijwel stilhield, op een licht zwaaitje met de schouders voor het evenwicht na, en zijn armen vrijwel stokstijf.

Guy Somé was bijna een kop kleiner dan Strike en had misschien één honderdste van zijn lichaamsvet. De voorkant van het strakke zwarte T-shirt van de ontwerper was versierd met honderden zilveren siernageltjes, die samen een ogenschijnlijk driedimensionale afbeelding van het gezicht van Elvis vormden, alsof zijn borst een Pin Art-spijkerbed was. Het gezichtsbedrog werd nog versterkt door het feit dat er onder de strakke lycra een duidelijk zichtbaar sixpack bewoog. Somés nauwsluitende grijze jeans had een vage krijtstreep, en zijn sportschoenen leken gemaakt van zwarte suède en lakleer.

Somés gezicht vormde een vreemd contrast met zijn strakke, slanke figuur, vanwege de overvloedige rondingen: bolle, uitpuilende ogen, waardoor hij iets kreeg van een vis en naar opzij leek te kijken. Zijn wangen waren ronde, glanzende appeltjes en zijn volle mond was een brede ovaal, terwijl zijn kleine hoofd vrijwel volmaakt rond was. Somé zag eruit alsof hij uit zacht ebbenhout was gesneden door een meester die zijn eigen expertise beu was en een uitstapje maakte naar het groteske.

Hij stak een hand uit, met enigszins gebogen pols.

'Ja, ik zie wel iets van Jonny in je terug,' zei hij, omhoogkijkend naar Strikes gezicht. Zijn stem was camp, met een licht cockneyaccent. 'Maar dan véél mannelijker.'

Strike gaf Somé een hand. Zijn vingers waren verrassend krachtig. Het roodharige meisje kwam teruggerinkeld.

'Ik ben het komende uur bezig, Trudie, geen telefoontjes,' zei Somé tegen haar. 'En breng alsjeblieft thee met koekjes, schat.'

Hij draaide zich een halve slag om, als een danser, en wenkte Strike hem te volgen.

Ze liepen een witgekalkte gang door, langs een openstaande deur naar een ruimte waar een oosterse vrouw van middelbare leeftijd met een plat gezicht Strike aanstaarde door het waas van een goudkleurige, gaasachtige stof die ze over een etalagepop drapeerde. Het vertrek om haar heen was felverlicht als een operatiekamer, de wanden een collage van wapperende schetsen, foto's en briefjes met aantekeningen. Een kleine, tengere blonde vrouw, gekleed in wat Strike voorkwam als een enorm zwart wikkelverband, kwam door een andere deur de gang op gelopen en wierp hem precies dezelfde kille, uitdrukkingsloze blik toe waarop de roodharige Trudie hem had getrakteerd. Strike voelde zich abnormaal groot, dik en harig, een mammoet die zijn best doet om niet op te vallen tussen de kapucijnaapjes.

Hij volgde de heupwiegende ontwerper naar het einde van de gang, waar een wenteltrap van staal met rubber leidde naar een groot, rechthoekig kantoor. Kamerhoge ramen aan de rechterkant boden een verbluffend uitzicht op de Theems en de zuidelijke oever. De andere witgekalkte muren waren behangen met foto's. Strikes aandacht werd getrokken door een enorme, drieënhalve meter hoge vergroting van de beruchte 'Fallen Angels'-foto aan de wand tegenover Somés bureau. Bij nadere inspectie zag hij dat het niet de opname was die de hele wereld kende. Op deze versie wierp Lula lachend het hoofd in de nek; haar krachtige, lange hals steeg verticaal op uit het lange haar, dat door haar lachbui van z'n plaats was geschoven, waardoor er één donkere tepel tussendoor piepte. Ciara Porter keek naar Lula op met een beginnend lachje op haar eigen gezicht, maar de grap drong wat trager tot haar door. De aandacht van de kijker werd, net als in de beroemde versie van de foto, onmiddellijk naar Lula getrokken.

Ze was op nog meer plekken aanwezig – eigenlijk overal. Daar links, tussen een groep modellen die allemaal een transparante hemdjurk in regenboogkleuren droegen, en verderop in profiel, met bladgoud op haar lippen en oogleden. Had ze geleerd een zo fotogeniek mogelijk gezicht te trekken, om de emotie zo beeldschoon te projecteren? Of was ze eenvoudig een transparant oppervlak geweest waar de gevoelens van nature doorheen schenen?

'Plof maar neer waar je wilt,' zei Somé, en zelf liet hij zich zakken in een stoel aan een bureau van donker hout met staal, dat bezaaid lag met schetsen. Strike pakte een stoel die was gemaakt uit één stuk gebogen perspex. Op het bureau lag een T-shirt met een afbeelding van prinses Diana als kitscherige Mexicaanse madonna erop, vol glinsterende stukjes glas en kralen, compleet met een knalrood hart van glimmend satijn, waarop schuin een geborduurd kroontje balanceerde.

'Mooi?' vroeg Somé toen hij Strikes blik volgde.

'O, ja,' loog Strike.

'Bijna overal uitverkocht, boze brieven van de katholieken; Joe Mancura heeft er een gedragen in het programma van Jools Holland. Ik zit erover te denken om William af te beelden als Christus op een shirt met lange mouwen voor de winter. Of misschien Harry die een AK-47 voor zijn lul houdt, wat denk jij?'

Strike lachte vaag. Somé sloeg met net iets meer flair dan nodig was zijn benen over elkaar en zei met schrikbarende bravoure: 'Dus de Boekhouder denkt dat Koekoek vermoord is? Ik noemde Lula altijd "Koekoek",' voegde hij er ten overvloede aan toe.

'Ja. Overigens is John Bristow advocaat.'

'Dat weet ik, maar Koekoek en ik noemden hem de Boekhouder. Of eigenlijk noemde ík hem zo, en soms deed Koekoek met me mee, als ze een stoute bui had. Hij zat altijd in haar percentages te snuffelen en probeerde iedereen tot de laatste cent uit te knijpen. Ik neem aan dat hij jou het detective-equivalent van het minimumloon betaalt?'

'Nou nee, hij verdubbelt mijn honorarium zelfs.'

'Toe maar. Ach ja, hij zal ook wel wat guller zijn geworden nu hij met Koekoeks geld kan spelen.'

Somé beet op een nagel, wat Strike deed denken aan Kieran Kolovas-Jones. De ontwerper en de chauffeur hadden ook hetzelfde postuur, tenger maar goed geproportioneerd.

'Nee, dat is gemeen van me,' zei Somé, en hij haalde de nagel uit zijn mond. 'Ik heb John Bristow nooit gemogen. Hij zat Koekoek altijd aan haar kop te zeuren. Man, *get a life*. En kom eindelijk eens uit de kast. Heb je hem wel eens horen jubelen over zijn moeder? En heb je die vriendín van hem gezien? Puur bedoeld om iedereen zand in de ogen te strooien, maar ze is zelf net een vent.'

Hij ratelde maar door, één lange, nerveuze, rancuneuze woordenstroom, met een korte pauze waarin hij een onzichtbare la in het bureau opentrok en er een pakje mentholsigaretten uit tevoorschijn haalde. Strike had al gezien dat Somés nagels tot op het leven waren afgekloven.

'Het kwam puur door haar familie dat ze zo verknipt was. Ik zei altijd: "Dumpen die hap, schat, laat het achter je." Maar dat deed ze niet. Typisch Koekoek, altijd trekken aan een dood paard.'

Hij bood Strike een spierwitte sigaret aan, die de speurder afsloeg, waarna Somé er met een gegraveerde Zippo zelf een opstak. Toen hij de aansteker dichtklapte, zei hij: 'Ik zou willen dat ík op het idee was gekomen om een privédetective in te schakelen. Het is nooit bij me opgekomen. Ik ben blij dat iemand anders het heeft gedaan. Ik geloof niet dat ze zelfmoord gepleegd heeft. Volgens mijn therapeut is dat pure ontkenning. Ik ga twee keer per week naar een psycholoog – niet dat het verdomme ook maar enig verschil maakt. Ik zou net zo veel valium slikken als lady Bristow als ik dan nog zou kunnen ontwerpen, maar dat heb ik de week na Koekoeks dood geprobeerd en ik was net een zombie. Maar het heeft me wel door de afscheidsdienst heen geholpen.'

Gerinkel en getiktak op de wenteltrap kondigden de terugkeer van Trudie aan, die langzaam opdook en met behoedzame stapjes het kantoor door liep. Ze zette een zwartgelakt dienblad op het bureau met daarop twee zilveren theeglazen van Russisch filigraan, gevuld met een lichtgroen, dampend brouwsel waar verwelkte blaadjes in dreven. Op het dienblad stond ook een schaal flinterdunne koekjes, die eruitzagen alsof ze van houtskool gemaakt waren. Strike dacht vol verlangen terug aan zijn vleespastei met aardappelpuree en de mahoniebruine thee bij de Phoenix.

'Dank je, Trudie. En haal eens een asbak voor me, schat.'

Het meisje aarzelde en stond duidelijk op het punt om te protesteren.

'Schiet op,' snauwde Somé. 'Ik ben hier de fucking baas, ik bepaal zelf wel of ik het pand in de hens zet. Je haalt de batterijen maar uit die kloterookmelders. Maar éérst een asbak.

Vorige week is het alarm afgegaan en zijn beneden alle sprinklers gaan sproeien,' legde Somé uit aan Strike. 'Dus nu willen de geldschieters niet dat er nog gerookt wordt in het gebouw. Ze kunnen hun verbod mooi in hun strakke kontjes steken.' Hij inhaleerde diep en blies de rook uit door zijn neusgaten. 'Moet je geen vragen stellen? Of ga je zo te werk, gewoon angstaanjagend zitten wezen tot iemand er vanzelf een bekentenis uit flapt?'

'Ik kan wel wat vragen stellen,' zei Strike, en hij haalde zijn notitieboekje en pen tevoorschijn. 'Je zat in het buitenland ten tijde van Lula's dood, klopt dat?'

'Ik was net terug, een paar uur pas.' Somés vingers met de sigaret erin trilden. 'Ik was naar Tokio geweest en had acht dagen lang amper geslapen. Om een uur of half elf was ik op Heathrow geland, met een afgrijselijke jetlag. Ik kan nooit slapen in het vliegtuig. Als we neerstorten, wil ik wakker zijn.'

'Hoe ben je vanaf het vliegveld naar huis gegaan?'

'Taxi. Elsa had er een zootje van gemaakt, er had een chauffeur voor me moeten klaarstaan.'

'Wie is Elsa?'

'Degene die ik heb ontslagen omdat ze er een zootje van had gemaakt en er dus geen chauffeur stond. Dat was het laatste waar ik op zat te wachten, op dat uur van de dag nog een fucking taxi zoeken.'

'Woon je alleen?'

'Nee, tegen middernacht lag ik onder de wol met Viktor en Rolf. Mijn katten,' voegde hij er met een lichte grijns aan toe. 'Ik heb een pilletje genomen en een paar uur geslapen, om vervolgens om vijf uur 's morgens wakker te worden. Toen ik vanuit mijn bed Sky News opzette, stond er een vent met een spuuglelijke schapenmuts op z'n kop in Koekoeks straat in de sneeuw die zei dat ze dood was. En onder in beeld liep een tekstbalk waarop hetzelfde werd beweerd.'

Somé nam een diepe trek van de sigaret, en bij zijn volgende woorden kringelde er witte rook uit zijn mond.

'Ik dacht dat ik doodging. Dat ik nog sliep, of dat ik verdomme in de verkeerde fucking dimensie was ontwaakt of zoiets... Ik heb iedereen gebeld... Ciara, Bryony... Allemaal in gesprek. En al die tijd bleef ik naar de tv kijken in de veronderstelling dat ze ieder moment konden melden dat er sprake was van een misverstand, dat het iemand anders was. Ik heb gesmeekt dat het die zwerfster zou zijn, die Rochelle.'

Hij zweeg alsof hij daarop commentaar van Strike verwachtte. Maar Strike, die gedurende Somés relaas aantekeningen had gemaakt, vroeg al schrijvende: 'Dus je kent Rochelle?'

'Ja. Koekoek heeft haar een keer hier mee naartoe gebracht. Dat mens pakte wat ze pakken kon.'

'Hoe kom je daarbij?'

'Ze had de pest aan Koekoek. Jaloers als de hel. Koekoek zag het niet, maar ik wel. Het was dat mens te doen om wat Koekoek allemaal voor haar betaalde, het kon haar geen reet schelen, al viel ze dood neer. Dat was achteraf heel fijn voor haar... Maar hoe langer ik naar het nieuws keek, hoe duidelijker het werd dat er geen sprake was van een misverstand. Ik werd he-le-maal gek.'

De spierwitte sigaret trilde licht tussen zijn vingers.

'Ze zeiden dat een buurvrouw ruzie had gehoord, dus ik dacht natuurlijk dat Duffield het had gedaan. Dat hij haar uit het raam had geduwd. Ik stond al klaar om de smerissen te vertellen wat een gore klootzak het is, en ik was bereid om voor de rechter te getuigen en een boekje open te doen over het karakter van die lul. En als deze as dadelijk van mijn sigaret valt,' vervolgde hij op precies dezelfde toon, 'dan ontsla ik die muts.'

Alsof ze hem had gehoord werden Trudies voetstappen hoorbaar, steeds luider, tot ze hijgend het kantoor binnenkwam met een zware glazen asbak in de hand.

'Goh, dánk je wel,' zei Somé nadrukkelijk toen ze de asbak voor hem neerzette en zich weer naar beneden haastte.

'Waarom dacht je dat Duffield het had gedaan?' vroeg Strike zodra hij dacht dat Trudie veilig buiten gehoorsafstand was.

'Wie anders zou Koekoek om twee uur 's nachts binnengelaten hebben?'

'Hoe goed kende je hem?'

'Goed genoeg, die kleine pisvlek.' Somé pakte zijn muntthee. 'Waarom doen vrouwen dat toch? Koekoek ook... Ze was toch niet achterlijk, integendeel, ze was vlijmscherp. Wat zag ze in Evan Duffield? Dat zal ik je zeggen,' vervolgde hij zonder Strike de ruimte te geven de vraag te beantwoorden. 'Het komt door die flauwekul van de gekwelde dichter, gelul over zielenpijn, het gekwetste genie dat te verheven is om zich te wassen. Poets gewoon je tanden, sukkel. Je bent godverdomme Byron niet.'

Hij zette met een klap zijn glas neer, nam zijn rechterelleboog in zijn linkerhand en hield zo zijn onderarm stil, om nog een diepe haal van de sigaret te nemen.

'Geen enkele kerel zou dat gedrag van die Duffield pikken. Dat doen alleen vrouwen. Misplaatst moedergevoel, als je het mij vraagt.'

'Dus jij denkt dat hij het in zich had om haar te vermoorden?'

'Natuurlijk,' zei Somé laatdunkend. 'Natuurlijk heeft hij het in zich. Iedereen heeft het in zich, ergens, om te doden, waarom zou Duffield een uitzondering zijn? Hij heeft de mentaliteit van een opvliegend joch van twaalf. Ik kan me makkelijk voorstellen dat hij in een driftbui, in een vlaag van woede...'

Hij maakte met zijn sigaretloze hand een duwgebaar.

'Ik heb hem een keer tegen haar tekeer zien gaan. Op het feest na mijn show van vorig jaar. Ik ben tussen hen in gaan staan en heb tegen hem gezegd dat hij mij maar moest pakken als hij durfde. Ik mag dan een mager mietje zijn' – Somés bolle gezicht stond vastberaden – 'ik zou het rustig tegen die gestoorde dopefiguur durven opnemen. Bij de uitvaart heeft hij zich ook al zo misdragen.'

'O, ja?'

'Jazeker. Hij liep daar te wankelen, helemaal van de wereld. Totaal geen respect. Het is dat ik zelf ook onder de kalmeringsmiddelen zat, anders had ik hem wel even de waarheid gezegd. Hij deed alsof hij kapot was van verdriet, het hypocriete etterbakje.'

'Heb je nooit geloofd dat het zelfmoord was?'

Somé keek Strike met zijn merkwaardig bolle ogen doordringend aan. 'Nooit. Duffield beweert dat hij bij zijn dealer was, vermomd als wolf. Wat is dat godverdomme voor een alibi? Ik hoop dat je het goed natrekt. Dat jij je niet laat verblinden door zijn fucking roem, zoals de politie.'

Strike dacht aan Wardles opmerkingen over Duffield. 'Ik geloof niet dat ze erg van hem onder de indruk waren.'

'Dan hebben ze een betere smaak dan ik voor mogelijk had gehouden,' zei Somé.

'Waarom ben je er zo zeker van dat het geen zelfmoord was? Lula had toch psychische problemen?'

'Ja, maar we hadden een pact gesloten, net als Marilyn Monroe en Montgomery Clift. We hadden gezworen dat als een van ons serieus zelfmoord overwoog, we de ander zouden bellen. Ze zou me zeker gebeld hebben.'

'Wanneer heb je voor het laatst van haar gehoord?'

'Ze belde me die woensdag, toen ik nog in Tokio zat,' zei Somé. 'Die stomme trut vergat altijd dat het daar acht uur later is. Ik had om twee uur 's nachts mijn telefoon op stil staan, dus nam ik niet op, maar ze heeft een bericht ingesproken. Luister maar.'

Hij trok zijn bureaulade weer open, pakte een mobiele telefoon, drukte een paar toetsen in en hield Strike het toestel voor.

En Lula Landry sprak dichtbij en levensecht in Strikes oor, een tikkeltje schor, met een dik aangezet nep-accent.

'*Aw wight, darlin'?* Ik moet je iets vertellen. Ik weet niet of je het leuk zult vinden, maar het is groot nieuws en ik ben zo fucking gelukkig dat ik het aan iemand kwijt moet. Bel me zodra je kunt, oké? Ik kan niet wachten mwah, mwah.'

Strike gaf Somé de telefoon terug.

'Heb je haar teruggebeld? Ben je nog te weten gekomen om wat voor nieuws het ging?'

'Nee.' Somé drukte zijn sigaret uit en pakte onmiddellijk een nieuwe. 'De jappen hielden me onafgebroken bezig met hun vergaderingen. Telkens als ik eraan dacht haar te bellen, kon dat niet in verband met het tijdverschil. En trouwens... Eerlijk gezegd dacht ik al te weten wat ze me wilde vertellen en daar was ik verdomme totaal niet blij mee. Ik dacht dat ze in verwachting was.' Somé knikte meerdere keren, met de verse sigaret tussen zijn tanden. Toen haalde hij hem uit zijn mond en zei: 'Ja, ik dacht dat ze zich zwanger had laten maken.'

'Door Duffield?'

'Ik hoopte verdomme vurig van niet. Toen wist ik nog niet dat die twee weer bij elkaar waren. Ze zou het nooit gewaagd hebben om naar hem terug te gaan als ik nog in het land was geweest. Nee, die kleine stiekemerd had gewoon gewacht tot ik in Japan zat. Ze wist dat ik de pest aan hem had, en mijn mening was belangrijk voor haar. We waren als familie voor elkaar, Koekoek en ik.'

'Waarom dacht je dat ze zwanger was?'

'Door de manier waarop ze klonk. Je hebt het gehoord, helemaal opgewonden... Ik had zo'n voorgevoel. Het was wel iets voor Koekoek, en ze zou van mij verwacht hebben dat ik net zo blij was als zij. Ze trok zich geen reet aan van haar carrière – en daarmee van mij, want ik rekende op haar voor de lancering van mijn gloednieuwe accessoirelijn...'

'Was dat het contract van vijf miljoen pond waarover haar broer me heeft verteld?'

'Ja. Ik durf te wedden dat de Boekhouder haar heeft gepusht om er zo veel mogelijk uit te slepen,' zei Somé met een nieuwe vlaag van woede. 'Koekoek probeerde me nooit tot de laatste cent uit te knijpen. Ze wist dat het fantastisch zou worden en dat ze zelf ook naar een hoger plan getild zou worden als zij het gezicht werd van deze campagne. Het had niet om het geld mogen draaien. Iedereen associeerde haar met mijn kleding, haar grote doorbraak was na een shoot voor *Vogue* waarin ze mijn Jagged-jurk droeg. Koekoek was gek op mijn kleding, ze was gek op *mij*, maar als mensen een bepaald niveau bereiken en iedereen zegt dat ze meer geld waard zijn, en ze vergeten aan wie ze het allemaal te danken hebben, dan draait het ineens allemaal om de winst.'

'Toch was ze het kennelijk waard, want je hebt haar een contract voor vijf miljoen aangeboden.'

'Ja, nou ja, ik had die hele lijn zo'n beetje speciaal voor haar ontworpen, dus het zou wel een heel heftig geintje zijn geweest als ze inderdaad zwanger was gebleken. En ik kon me ook al voorstellen dat Koekoek daarna zo dwaas zou zijn om helemaal te stoppen met werken, omdat ze die stomme baby natuurlijk niet alleen wilde laten. Zo was ze wel, altijd op zoek naar mensen om van te houden, op zoek naar een surrogaatfamilie. Die Bristows hebben haar goed verpest. Ze hebben haar alleen maar geadopteerd als speeltje voor Yvette. Ik heb nog nooit zo'n eng mens ontmoet als Yvette Bristow.'

'In welk opzicht?'

'Bezitterig. Morbide. Ze verloor Koekoek het liefst geen moment uit het oog, uit angst dat ze dood zou gaan. Lady Bristow kwam naar iedere show, waar ze iedereen voor de voeten liep. Tot ze te ziek werd. En dan was er nog een oom, die Koekoek behandelde als oud vuil totdat het grote geld binnenstroomde. Ineens kreeg hij een beetje meer respect voor zijn nichtje. Ze zijn allemaal dol op poen, de Bristows.'

'Het is toch een welgestelde familie?'

'Zo veel geld had Alec Bristow nu ook weer niet, relatief gezien. Niet als je het vergelijkt met echte rijken. Die ouwe van jou, bijvoorbeeld. Hoe komt het eigenlijk,' week Somé plotseling af van het gespreksonderwerp, 'dat de zoon van Jonny Rokeby de kost verdient als privéspeurder?'

'Omdat dat zijn werk is,' antwoordde Strike. 'Ga door over de Bristows.'

Somé scheen het niet erg te vinden dat hij werd gecommandeerd. Hij leek er zelfs wel van te genieten, misschien omdat het voor hem een uiterst ongebruikelijke ervaring was.

'Ik weet alleen nog dat Koekoek me verteld heeft dat het grootste deel van Alec Bristows nalatenschap bestond uit aandelen in zijn oude zaak, en Albris is tijdens de crisis op de fles gegaan. Het is nou niet bepaald Apple, hè. Koekoek verdiende al meer dan die hele fucking clan voor ze twintig werd.'

'Die foto...' – Strike wees naar de enorme afbeelding van de Fallen Angels aan de wand achter hem – 'maakte die deel uit van de campagne van vijf miljoen?'

'Ja. We begonnen met deze vier tassen. Daar heeft ze Cashile in haar handen. Ik heb ze allemaal Afrikaanse namen gegeven, voor haar. Ze was geobsedeerd door Afrika. Haar echte moeder, dat hoerige mens dat ze had opgespoord, beweerde dat Koekoeks vader een Afrikaan was, dus daar ging ze helemaal op los. Ze dacht erover om in Afrika te gaan studeren, om er vrijwilligerswerk te gaan doen... Het maakte niet uit dat die ouwe snol het waarschijnlijk met een stuk of vijftig Jamaicaanse drugsdealers had gedaan,' zei Guy Somé, en hij drukte zijn peuk uit in de glazen asbak. 'Afrikaans, m'n mooie reet. Dat wijf heeft gewoon tegen Koekoek gezegd wat ze graag wilde horen.'

'En jij besloot om de poster toch te gebruiken voor de campagne, ook al was Lula net...?'

'Het was goddomme een éérbetoon.' Somé praatte keihard door hem heen. 'Ze had er nog nooit zo mooi uitgezien. Het was bedoeld als een fucking eerbetoon aan haar, aan ons. Koekoek was mijn muze. Als die eikels dat niet konden begrijpen, jammer dan. Fuck it. De pers in dit land is het laagste van het laagste, puur tuig. Die rioolratten zijn zelf zo verknipt dat ze niemand vertrouwen.'

'De dag voor haar dood zijn er handtassen bij Lula bezorgd...'

'Ja, die kwamen van mij. Ik heb haar van die vier daar elk een exemplaar gestuurd,' zei Somé, en hij wees met een nieuwe sigaret in zijn hand naar de foto. 'En dezelfde koerier heeft wat kleding voor Deeby Macc meegenomen.'

'Had hij die besteld, of...?'

'Cadeautje, schat,' zei Somé lijzig. 'Dat is goed voor de business. Een paar speciaal voor hem gemaakte hoodies en wat accessoires. Spullen weggeven aan beroemdheden kan nooit kwaad.'

'Heeft hij er ooit iets van gedragen?'

'Dat weet ik niet,' zei Somé op iets gematigder toon. 'De volgende dag had ik andere dingen aan mijn hoofd.'

'Ik heb op YouTube beelden gezien waarop hij een hoodie droeg met van die siernageltjes, zoals die,' zei Strike, wijzend naar Somés borst. 'In de vorm van een vuist.'

'Ja, dat was er een van. Waarschijnlijk heeft iemand dat spul naar hem doorgestuurd. Eentje met een vuist, eentje met een pistool en de derde met een songtekst van hem op de rug.'

'Heeft Lula het er met jou over gehad dat Deeby Macc in het appartement onder haar zou verblijven?'

'Nou en of. Daar was ze bij lange na niet enthousiast genoeg over. Ik zei steeds tegen haar: schat, als hij over mij drie nummers had geschreven, dan stond ik naakt achter de voordeur op hem te wachten zodra hij aankwam.' Somé blies de rook in twee lange slierten uit door zijn neusgaten en wierp Strike een zijdelingse blik toe. 'Ik hou van groot en ruig,' zei hij. 'Maar Koekoek viel daar niet op. En moet je kijken waar zij mee ging. Ik zei zo vaak tegen haar: jij bent degene die zo'n ophef maakt over je roots, zoek een lekkere zwarte kerel en settle je met hem. Deeby zou fucking perfect geweest zijn – waarom niet?

In de show van vorig seizoen heb ik haar over de catwalk laten lopen op Deeby's nummer "Butterface Girl". *Bitch you ain't all that, get a mirror that don't fool ya. Give it up an' tone it down, girl, 'cause you ain't no fuckin' Lula.* Duffield báálde ervan.'

Somé bleef even zwijgend zitten roken, zijn blik gericht op de fotowand. Strike vroeg: 'Waar woon je eigenlijk? Hier?' Maar hij wist het antwoord al.

'Nee, in Charles Street, in Kensington,' antwoordde Somé. 'Daar ben ik vorig jaar naartoe verhuisd. Het is een bloedeind vanuit Hackney, kan ik je zeggen, maar het werd te gek, ik moest daar weg. Te veel gedoe. Ik ben opgegroeid in Hackney,' legde hij uit. 'Toen ik nog gewoon Kevin Owusu was. Ik heb mijn naam veranderd toen ik het huis uit ging, net als jij.'

'Ik heb nooit Rokeby geheten,' zei Strike, en hij sloeg een bladzijde van zijn notitieboek om. 'Mijn ouders waren niet getrouwd.'

'Dat weten we allemaal, schat,' zei Somé met een nieuwe vleug venijn. 'Ik heb je vader vorig jaar gekleed voor een fotosessie van de *Rolling Stone*. Een smal gesneden pak en een kapot bolhoedje. Zie je hem vaak?'

'Nee,' zei Strike.

'Nee, de mensen mogen natuurlijk niet zien dat hij al zo oud is, hè?' Somé lachte kakelend. Hij schoof heen en weer in zijn stoel, stak alweer een sigaret op, hield die tussen zijn lippen en tuurde naar Strike door een wolk mentholrook.

'Waarom hebben we het eigenlijk over mij? Doen de mensen dat altijd, hun levensverhaal vertellen zodra je dat notitieboek erbij haalt?'

'Soms.'

'Lust je je thee niet? Ik kan het je niet kwalijk nemen. Geen idee waarom ik die shit drink. Mijn ouwe vader zou een hartaanval krijgen als hij om een kop thee vroeg en ze kwamen met dit spul aan.'

'Woont je familie nog in Hackney?'

'Ik zou het niet weten,' zei Somé. 'We spreken elkaar niet. Ik ben namelijk praktiserend, begrijp je wel?'

'Waarom heeft Lula haar naam veranderd, denk je?'

'Omdat ze de pest had aan die klotefamilie van haar, net als ik aan de mijne. Ze wilde niet langer met die lui geassocieerd worden.'

'Maar waarom heeft ze dan voor de naam van haar oom Tony gekozen?'

'Hij is niet bekend. Het bekt lekker. Deeby had nooit over "Double L" kunnen zingen als ze Lula Bristow had geheten, of wel soms?'

'Charles Street is toch niet zo ver van Kentigern Gardens?'

'Een minuut of twintig lopen. Toen Koekoek het helemaal had gehad met haar vorige huis, wilde ik dat ze bij mij zou intrekken, maar nee hoor, in plaats daarvan koos ze voor die stomme vijfsterrengevangenis, alleen om aan de pers te ontkomen. De pers heeft haar daarheen gejaagd. Het is allemaal hun schuld.'

Strike dacht aan de woorden van Deeby Macc: *De motherfuckin' persmuskieten hebben haar over die reling gejaagd.*

'Ze nam me mee om die flat te bezichtigen. In Mayfair, waar het stikt van de rijke Russen en Arabieren en eikels zoals Freddie Bestigui. Ik zei: "Liefje, hier kun je niet gaan wonen, tussen al dat marmer, marmer is niet chic in ons klimaat... Het is alsof je in je eigen graftombe woont..."' Hij viel even stil en vervolgde toen: 'Ze had het toen al een paar maanden heel moeilijk. In die tijd had ze een stalker, die 's nachts om drie uur brieven in de bus kwam gooien. Ze werd steeds wakker van de klepperende brievenbus in haar voordeur. De dingen die hij met haar zei te willen doen... Doodsbang werd ze ervan. Toen ging het uit met Duffield en had ze verdomme dag en nacht paparazzi voor haar huis rondhangen. En vervolgens kwam ze erachter dat haar telefoon gehackt was. En uitgerekend in die tijd ging ze óók nog eens op zoek naar dat kreng van een moeder van d'r. Het werd haar allemaal te veel. Ze wilde weg van dat alles, wilde zich veilig voelen. Ik heb nog zo gezegd dat ze bij mij moest komen wonen, maar nee, ze kocht dat fucking mausoleum. Ze heeft ervoor gekozen omdat het voelde als een fort, met vierentwintig uur per dag bewaking. Ze dacht daar voor iedereen veilig te zijn, dacht dat niemand haar te pakken kon krijgen. Maar ze had er vanaf het begin een hekel aan. Dat had ik haar van tevoren wel kunnen vertellen. Ze was daar afgesneden van alles waar ze van hield. Koekoek was dol op kleur en lawaai. Ze hield van de straat, van lopen en vrij zijn.

Een van de redenen waarom het volgens de politie geen moord kon zijn, waren de open ramen. Die had ze zelf opengezet, alleen haar vingerafdrukken zaten op de hendels. Maar ik weet waarom ze de ramen had opengezet. Dat deed ze altijd, omdat ze niet tegen die stilte kon. Ze wilde Londen kunnen horen.'

Somés toon was nu ontdaan van ieder spoortje ironie of sarcasme. Hij schraapte zijn keel en vervolgde: 'Ze probeerde contact te krijgen met de dingen die echt waren, daar hadden we het heel vaak over. Dat was hét gespreksonderwerp tussen ons, daarom trok ze ook op met die verdomde Rochelle. Dat deed ze alleen omdat ze vond dat het zo nodig moest. Koekoek dacht dat zij net als Rochelle geëindigd zou zijn als ze niet mooi was geweest, als de familie Bristow haar niet in huis had genomen als speeltje voor Yvette.'

'Vertel eens wat meer over die stalker.'

'Knettergek. Hij dacht dat ze getrouwd waren of zoiets. Hij heeft een straatverbod gekregen en werd verplicht een psychiatrische behandeling te ondergaan.'

'Enig idee waar hij nu is?'

'Ik geloof dat hij terug naar Liverpool is gedeporteerd,' zei Somé. 'Maar de politie heeft zijn gangen nagetrokken. Hij zat schijnbaar op een gesloten afdeling in de nacht van haar dood.'

'Ken je de Bestigui's?'

'Alleen van wat Lula me heeft verteld: dat hij een viespeuk is en zij een wandelend wassen beeld. Ik hoef haar niet te ontmoeten, ik ken dat type maar al te goed. Rijke vrouwtjes die het geld van hun lelijke kerel uitgeven. Ze komen naar mijn shows. Willen mijn vriendin worden. Geef mij maar een gewone, eerlijke hoer.'

'Freddie Bestigui heeft een week voor haar dood een weekend met Lula in hetzelfde buitenhuis gezeten.'

'Ja, dat heb ik gehoord. Hij geilde op haar,' zei Somé laatdunkend. 'Dat wist zij ook, het was nu niet bepaald een unieke gebeurtenis in haar leven, weet je wel. Maar ze heeft me verteld dat hij nooit verder is gekomen dan een poging dezelfde lift te nemen als zij.'

'Na dat weekend bij Dickie Carbury heb je haar niet meer gesproken?'

'Nee. Heeft hij toen iets geflikt? Je verdenkt Bestigui toch niet?' Somé ging wat rechter in zijn stoel zitten en staarde hem aan. 'Fuck... Freddie Bestigui? Ik weet dat het een eikel is. Ik ken een meisje... Een vriendin van een vriend van me, die bij zijn productiemaatschappij werkte. Hij heeft godverdomme geprobeerd haar te verkrachten. Nee, ik overdrijf niet,' zei Somé. 'Letterlijk verkrachten. Hij had haar na het werk een beetje dronken gevoerd en tegen de grond gewerkt, maar een assistent was zijn telefoon vergeten en kwam net op tijd binnen. Bestigui heeft ze allebei afgekocht. Iedereen zei dat ze hem moest aangeven, maar ze heeft het geld aangepakt en maakte dat ze wegkwam. Ze zeggen dat hij zijn tweede vrouw op de meest kinky manieren strafte. Daarom heeft ze drie miljoen aan de scheiding overgehouden, omdat ze dreigde naar de pers te stappen. Maar Koekoek zou Freddie Bestigui nooit om twee uur 's nachts hebben binnengelaten. Zoals ik al zei, ze was niet achterlijk.'

'Wat weet je van Derrick Wilson?'

'Wie is dat?'

'De bewaker die dienst had in de nacht van haar dood.'

'Niks.'

'Forse kerel, Jamaicaans accent.'

'Je kijkt er misschien van op, maar niet alle zwarten in Londen kennen elkaar.'

'Ik vroeg me af of je hem ooit had gesproken of dat Lula het wel eens over hem had.'

'Nee, we hadden wel interessantere dingen te bespreken dan de bewaker.'

'Geldt dat ook voor haar chauffeur, Kieran Kolovas-Jones?'

'O, die ken ik wel,' zei Somé met een lichte grijns. 'Nam altijd een modellenpose aan als hij dacht dat ik uit het raam keek. Alleen is hij zo'n anderhalve meter te klein om model te kunnen worden.'

'Had Lula het wel eens over hem?'

'Nee, waarom zou ze?' vroeg Somé rusteloos. 'Hij was haar chauffeur.'

'Hij zegt zelf dat ze een erg hechte band hadden. En hij heeft een jack van haar gekregen dat door jou ontworpen is, vertelde hij. Ter waarde van negenhonderd pond.'

'Nou nou, alsof dat wat voorstelt,' zei Somé met achteloze minachting. 'Het goeie spul kost meer dan drieduizend pond per jas. Als ik mijn logo op goedkope, glimmende trainingspakken naai, verkopen ze als een trein, dus ik zou wel gek zijn als ik het niet deed.'

'Ja, daar wilde ik je ook nog naar vragen,' zei Strike. 'De prêt-à-porterlijn is dat toch?'

Somé keek hem geamuseerd aan. 'Inderdaad. Dat is het spul dat niet op maat gemaakt wordt, snap je? Het hangt gewoon in de rekken.'

'Juist. En waar is dat te koop?'

'Overal. Wanneer ben jij voor het laatst in een kledingzaak geweest?' Somé liet zijn boosaardige bolle ogen over Strikes blauwe colbert heen gaan. 'Is dat trouwens je burgerkloffie?'

'Als je zegt "overal"...?'

'De betere warenhuizen, boetieks, online...' somde hij op. 'Hoezo?'

'Een van de twee mannen die te zien zijn op de beelden van de bewakingscamera terwijl ze die bewuste nacht wegrennen uit de buurt waar Lula woonde, droeg een jack met jouw logo erop.'

Somé bewoog zijn hoofd licht, een afwijzend, geërgerd gebaar. 'Net als een miljoen anderen.'

'Heb jij ze niet ge...'

'Ik heb niet naar die flauwekul gekeken,' zei Somé fel. 'Al die... al die aandacht van de media. Ik wilde het niet lezen, ik wilde er niet aan denken. Ik heb gezegd dat ze me met rust moesten laten.' Hij gebaarde om zich heen, naar de trap en zijn medewerkers. 'Ik wist alleen dat ze dood was en dat Duffield zich gedroeg alsof hij iets te verbergen had. Meer niet. Dat was genoeg.'

'Oké. Nog even over kleding: op de laatste foto van Lula, waarop ze het pand waar ze woonde in liep, leek ze een jurkje en een jas te dragen...'

'Ja, ze droeg Maribelle en Faye,' zei Somé. 'Het jurkje heette Maribelle en...'

'Ja, ik snap het. Maar toen ze stierf, had ze iets anders aan.'

Dat leek Somé te verbazen. 'O?'

'Ja. Op de politiefoto's van het lijk...'

Maar Somé wierp vrijwel automatisch, in een gebaar van verzet en zelfbescherming, zijn handen in de lucht, en hij kwam zwaar ademend overeind en liep naar de fotowand, waar Lula hem van alle kanten aanstaarde, glimlachend, weemoedig of sereen. Toen de ontwerper zich weer naar Strike omdraaide, waren zijn merkwaardig bolle ogen vochtig.

'*Fucking hell*,' zei hij zacht, 'praat niet op die manier over haar. "Het lijk". Fucking hell. Jij hebt echt geen greintje gevoel in je donder, hè? Het is goddomme geen wonder dat Jonnie je niet moet.'

'Het was niet mijn bedoeling je te kwetsen,' zei Strike rustig. 'Ik wil alleen weten of jij een reden zou kunnen bedenken waarom ze zich na thuiskomst zou hebben omgekleed. Bij haar val droeg ze een broek met een glittertopje.'

'Hoe moet ik verdomme weten waarom ze zich had omgekleed?' zei Somé verwilderd. 'Misschien had ze het koud. Misschien... Wat een flauwekul! Hoe kan ik dat nou weten?'

'Ik vraag het alleen maar. Ik heb ergens gelezen dat jij tegen de pers had gezegd dat ze is gestorven in een van jouw jurken.'

'Dat was ik niet. Dat heb ik nooit geroepen. Een of andere bitch van zo'n roddelblaadje belde naar mijn kantoor om naar de naam van de jurk te vragen. Die heeft een van de naaisters haar gegeven, en vervolgens noemden ze haar "mijn woordvoerster". Ze brachten het alsof ik er de publiciteit mee had gezocht, de ratten. Fucking hell.'

'Zou jij me in contact kunnen brengen met Ciara Porter en Bryony Radford?'

Somé leek van zijn stuk gebracht, verbaasd. 'Hè? Jawel...'

Maar hij was nu echt in tranen. Niet zoals Bristow, met diepe snikken en schokkende schouders, maar stilzwijgend; de tranen biggelden langs zijn gladde donkere wangen op zijn T-shirt. Hij slikte en sloot zijn ogen, keerde Strike de rug toe en legde trillend zijn voorhoofd tegen de muur.

Strike wachtte zwijgend af tot Somé meerdere malen zijn gezicht had drooggedept en zich weer naar hem had omgedraaid. Hij zei niets over zijn tranen, maar liep terug naar zijn stoel, ging zitten en stak weer een sigaret op. Na twee of drie diepe halen zei hij op praktische toon, zijn stem gespeend van emoties: 'Als ze zich had omgekleed, was dat omdat ze iemand verwachtte. Koekoek kleedde zich altijd op iedere gelegenheid. Ze moet iemand verwacht hebben.'

'Dat dacht ik ook al,' zei Strike. 'Maar ik ben geen expert op het gebied van vrouwen en kleding.'

'Nee,' reageerde Somé, met een schim van een boosaardig lachje, 'zo zie je er ook niet uit. Je wilt dus Ciara en Bryony spreken?'

'Daar zou ik veel aan hebben.'

'Ze doen woensdag samen een shoot voor me: Arlington Terrace 1 in Islington. Als je tegen vijven komt, hebben ze wel even tijd om met je te praten.'

'Dat is aardig van je, bedankt.'

'Het is niet aardig van me,' zei Somé zacht. 'Ik wil gewoon weten wat er is gebeurd. Wanneer spreek je Duffield?'

'Zodra ik hem te pakken kan krijgen.'

'Hij denkt dat hij er ongestraft mee weggekomen is, dat ettertje. Ze heeft zich natuurlijk omgekleed omdat ze wist dat hij zou komen, of niet dan? Ook al hadden ze ruzie gehad, ze wist dat hij haar achterna zou komen. Maar hij zal je nooit te woord staan.'

'Toch wel,' zei Strike nonchalant. Hij stopte zijn notitieboekje weg en keek op zijn horloge. 'Ik heb veel van je tijd in beslag genomen. Nogmaals bedankt.'

Toen Somé met Strike meeliep naar beneden, de wenteltrap af en de witgekalkte gang door, kreeg hij een deel van zijn zwierige bravoure terug. Tegen de tijd dat ze elkaar de hand schudden in de koele betegelde lobby, was er geen spoor van zijn verdriet meer zichtbaar.

'Als jij nou zorgt dat je een paar kilo kwijtraakt,' zei hij ten afscheid tegen Strike, 'dan stuur ik je iets leuks in XXL.'

Toen de deur van het pakhuis achter Strike dichtviel, hoorde hij Somé naar het meisje met het tomaatrode haar achter de balie roepen: 'Ik weet wat je denkt, Trudie. Jij stelt je voor dat hij je keihard van achteren neemt, hè? Zo'n lekkere grote, ruige soldaat.' En Trudie gierde het uit, geschokt en verrukt.

2

Het was nooit eerder voorgekomen dat Charlotte Strikes stilzwijgen zomaar aanvaardde. Ze had hem niet meer gebeld of ge-sms't; ze hield de schijn op dat hun laatste, smerige, explosieve ruzie haar onomkeerbaar had veranderd, haar had beroofd van haar liefde en verlost van haar woede. Maar Strike kende Charlotte door en door – ze had vijftien jaar lang als een ziektekiem in zijn bloed gezeten – en hij wist dat ze maar één reactie kende op pijn: de dader zo zwaar mogelijk verwonden, hoe kwalijk de gevolgen voor haarzelf ook mochten zijn. Wat zou er gebeuren als hij haar aandacht weigerde te geven, en bleef weigeren? Het was de enige strategie die hij nooit had uitgeprobeerd, en de enige die hem restte.

Zo nu en dan, wanneer zijn weerstand laag was ('s avonds laat, alleen op zijn kampeerbedje) brandde de infectie weer in alle hevigheid los en vlamden spijt en verlangen op; dan was ze heel dicht bij hem, mooi, naakt, en ze fluisterde liefdevolle woordjes of zei zachtjes huilend dat ze wist dat ze verrot, verpest, onmogelijk was, maar dat hij het beste en echtste was wat ze ooit had gekend. Op zulke momenten leek het feit dat hij slechts een paar telefoontoetsen van een gesprek met haar verwijderd was een te kwetsbare barricade tegen de verleiding, en soms wurmde hij zich uit zijn slaapzak en hopste in het donker naar Robins verlaten bureau, waar hij de lamp aan knipte en zich, vaak urenlang, over de lopende zaak boog. Een paar keer had hij vroeg in de ochtend het nummer van Rochelle Onifade gebeld, maar ze nam nooit op.

Donderdagochtend nam Strike weer plaats op het muurtje bij het St. Thomas-ziekenhuis, waar hij drie uur wachtte in de hoop Rochelle weer naar buiten te zien komen, maar ze liet zich niet zien.

Hij vroeg Robin naar het ziekenhuis te bellen, maar deze keer weigerde de receptioniste commentaar te geven op Rochelles afwezigheid, en iedere poging om haar adres los te peuteren mislukte.

Toen Strike vrijdagochtend terugkeerde op kantoor na een uitstapje naar Starbucks, trof hij daar Spanner aan, niet op de bank naast Robins bureau, maar op het bureau zelf. Hij boog zich met een onaangestoken shagje in zijn mond voor haar langs en was kennelijk een stuk amusanter dan Strike hem ooit had meegemaakt, want Robin lachte op die ietwat schoorvoetende manier van een vrouw die het naar haar zin heeft, maar desalniettemin duidelijk wil maken dat het doel afdoende verdedigd is.

'Goedemorgen, Spanner,' zei Strike, maar de licht terechtwijzende toon van zijn begroeting veranderde niets aan de vurige lichaamstaal of de brede grijns van de computerspecialist.

'Alles goed, Fed? Ik kom je Dell terugbrengen.'

'Mooi. Dubbele latte decafé,' zei hij tegen Robin, en hij zette de beker naast haar neer. 'Hoeft niet, deze krijg je van mij,' voegde hij eraan toe toen ze haar portemonnee wilde pakken.

Robin had een aandoenlijke aversie tegen de betaling van kleine uitspattingen uit de kas. Ze protesteerde niet waar hun gast bij was, maar bedankte Strike en ging weer aan het werk, wat gepaard ging met een draai van haar bureaustoel, tegen de klok in, bij de twee mannen vandaan.

Het opflakkeren van een lucifer verplaatste Strikes aandacht van zijn dubbele espresso naar zijn gast. 'Er wordt hier op kantoor niet gerookt, Spanner.'

'Wat? Man, je rookt zelf als een schoorsteen.'

'Niet hier. Loop even mee.'

Strike ging Spanner voor naar zijn eigen kantoor en trok de deur stevig achter hen dicht. 'Ze is verloofd,' zei hij toen hij plaatsnam op zijn vaste stoel.

'Dus ik verspil mijn krachten? Ach, nou ja. Doe maar een goed woordje voor me als de verloving spaak loopt, want ze is helemaal mijn type.'

'Jij anders niet het hare, denk ik.'

Spanner grinnikte veelbetekenend. 'Sta je zelf ook in de rij?'

'Nee,' antwoordde Strike, 'maar ik weet toevallig dat haar verloofde een boekhouder is die rugby speelt. Zo'n degelijk type met hoekige kaken, en hij komt uit Yorkshire.'

Hij had zich een verrassend sterk beeld gevormd van Matthew, ook al had hij zelfs nog nooit een foto van hem gezien.

'Je weet maar nooit, misschien wil ze straks van de weeromstuit een keer iets spannenders.' Spanner zette met een zwaai Lula Landry's laptop op het bureau en ging tegenover Strike zitten. Hij droeg een ietwat groezelig sweatshirt en jezussandalen aan zijn blote voeten; het was de warmste dag van het jaar. 'Ik heb eens goed naar dat prul gekeken. Hoeveel technische details wil je hebben?'

'Geen, als ik maar weet dat je het duidelijk kunt uitleggen in de rechtbank.'

Voor het eerst leek Spanner oprecht geïntrigeerd. 'Serieus?'

'Bloedserieus. Zou je de advocaat van de tegenpartij ervan kunnen overtuigen dat je weet wat je doet?'

'Uiteraard.'

'Geef me dan alleen maar de belangrijke zaken.'

Spanner aarzelde even en probeerde Strikes gezichtsuitdrukking te peilen. Toen zei hij uiteindelijk: 'Het wachtwoord is Agyeman, vijf dagen voor haar dood opnieuw ingesteld.'

'Spel dat eens?'

Dat deed Spanner, en tot Strikes verbazing voegde hij eraan toe: 'Het is een achternaam. Ghanees. Ze heeft de homepage van SOAS – School of Oriental and African Studies – gebookmarkt en daarop is de naam Agyeman te vinden. Kijk, hier.'

Terwijl hij druk praatte, ratelden Spanners vlugge vingers over het toetsenbord en riep hij de genoemde homepage op, die felgroene randen had en informatie bood over de school, met de secties 'nieuws', 'docenten', 'studenten', 'bibliotheek', et cetera.

'Maar ten tijde van haar dood zag het er zo uit.'

En met een nieuwe uitbarsting van tikken en klikken riep hij een vrijwel identieke pagina op, voorzien van een link naar – zoals de vliegensvlug wegschietende cursor al snel aantoonde – het overlijdensbericht van een zekere professor J.P. Agyeman, emeritus hoogleraar Afrikaanse politiek.

'Deze versie van de homepage heeft ze opgeslagen,' zei Spanner. 'En haar browsergeschiedenis laat zien dat ze op Amazon zijn boeken heeft bekeken in de maand voor haar dood. In die tijd zocht ze veel naar boeken over Afrikaanse geschiedenis en politiek.'

'Is er iets wat erop wijst dat ze zich heeft aangemeld bij SOAS?'

'Niet op deze laptop.'

'Verder nog belangwekkende zaken?'

'Het enige wat me verder opviel is dat er op 17 maart een groot fotobestand is verwijderd.'

'Hoe weet je dat?'

'Er bestaat software waarmee je dingen kunt terughalen waarvan mensen denken dat ze niet meer op de harde schijf staan,' zei Spanner. 'Hoe denk je dat de politie al die pedo's nog steeds kan oppakken?'

'Heb je dat bestand teruggehaald?'

'Ja. Ik heb het hierop gezet.' Hij overhandigde Strike een geheugenstick. 'Ik dacht niet dat je het zou willen terugzetten op de laptop.'

'Nee. Dus die foto's waren...?'

'Gewoon gewist, niks ingewikkelds. Zoals ik al zei: de gemiddelde gebruiker heeft niet door dat er wel wat meer voor nodig is dan op DELETE drukken als je echt iets te verbergen hebt.'

'Op 17 maart,' zei Strike.

'Ja. St. Patrick's Day.'

'Tien weken na haar dood.'

'Misschien heeft de politie het verwijderd,' opperde Spanner.

'Nee, niet de politie.'

Zodra Spanner weg was, haastte Strike zich naar Robins bureau en vroeg haar even plaats te maken, zodat hij de foto's kon bekijken die van de laptop waren verwijderd. Hij voelde haar verwachtingsvolle spanning toen hij uitlegde wat Spanner had gedaan, waarna hij het bestand op de geheugenstick opende.

Een fractie van een seconde, op het moment dat de eerste foto zich ontvouwde op het scherm, was Robin bang dat ze iets afschuwelijks te zien zouden krijgen, bewijzen van iets crimineels of pervers. Ze hoorde altijd alleen maar verhalen over verborgen foto's op computers in de context van afschuwelijke misbruikzaken. Maar na een paar minuten verwoordde Strike haar reactie.

'Gewoon wat kiekjes.'

Hij klonk minder teleurgesteld dan Robin zich voelde en ze schaamde zich een beetje; had ze soms gehoopt iets afschuwelijks te zien? Strike scrolde omlaag langs foto's van groepjes giechelende meiden, collega-modellen en zo nu en dan een beroemdheid. Er waren diverse kiekjes bij van Lula met Evan Duffield, enkele daarvan duidelijk genomen door een van hen, met de camera op armlengte, terwijl ze allebei zichtbaar stoned of dronken waren. Ook Somé dook meerdere malen op. Lula zag er formeler uit als ze bij hem was, ingetogener. Verder waren er veel foto's bij van Ciara Porter en Lula die elkaar omhelsden in een bar, samen dansten in een club, of giechelend op de bank zaten bij iemand thuis, in een overvolle flat.

'Dat is Rochelle,' zei Strike plotseling, wijzend naar een nors gezichtje dat onder Ciara's oksel door gluurde op een groepsfoto. Kieran Kolovas-Jones was ook het beeld in gesleurd: hij stond helemaal aan de rand, stralend.

'Wil je iets voor me doen?' vroeg Strike toen hij alle tweehonderdtwaalf foto's had doorgespit. 'Neem deze nog eens voor me door en probeer op z'n minst de beroemde mensen eruit te filteren, zodat we kunnen gaan uitzoeken wie deze foto's niet op haar laptop wilde hebben.'

'Maar er staat niks bezwarends tussen,' zei Robin.

'Dat moet wel.'

Strike keerde terug naar zijn eigen kantoor, waar hij telefoontjes pleegde naar John Bristow (in vergadering, mocht niet gestoord worden; 'Laat hem alsjeblieft zo snel mogelijk terugbellen'), Eric Wardle (voicemail: 'Ik heb een vraag over Lula Landry's laptop') en Rochelle Onifade (je kon nooit weten – geen gehoor, geen mogelijkheid om een bericht in te spreken: 'Voicemail vol').

'Het is nog steeds niet gelukt om meneer Bestigui te pakken te krijgen,' zei Robin toen Strike zijn kantoor uit kwam. Ze was bezig met een digitale speurtocht naar een onbekende vrouw met bruin haar die samen met Lula op een strand poseerde. 'Vanmorgen heb ik weer gebeld, maar hij belt gewoon niet terug. Ik heb alles geprobeerd, me uitgegeven voor allerhande mensen. Ik zei nog dat het dringend was... Wat valt er te lachen?'

'Ik vroeg me gewoon af waarom nog niemand van al die mensen met wie je steeds sollicitatiegesprekken hebt je een baan heeft aangeboden,' zei Strike.

'O.' Robin bloosde licht. 'Dat hebben ze wel. Allemaal. Ik heb de baan bij personeelszaken aangenomen.'

'Aha,' zei Strike. 'Dat had je me niet verteld. Gefeliciteerd.'

'Sorry, ik dacht dat ik dat had gezegd,' loog Robin.

'Dus je vertrekt... wanneer?'

'Over twee weken.'

'Juist. Matthew is zeker wel blij?'

'Ja,' zei ze, enigszins van haar stuk gebracht. 'Inderdaad.'

Het leek wel of Strike doorhad dat Matthew het maar niks vond dat ze voor hem werkte, maar dat kon hij onmogelijk weten, ze had haar uiterste best gedaan hem niets te laten merken van de spanningen thuis.

De telefoon ging, en Robin nam op. 'Met het kantoor van Cormoran Strike... Ja, met wie spreek ik?' ... 'Het is Derrick Wilson,' zei ze toen ze Strike de hoorn gaf.

'Hallo, Derrick.'

'Meneer Bestigui is een paar dagen weg,' zei Wilson. 'Dus als je hier in het gebouw wilt komen kijken...'

'Ik ben er over een half uur,' zei Strike.

Hij was al op weg naar de deur en beklopte zijn jaszakken om te controleren of hij zijn portefeuille en zijn sleutels bij zich had, toen hij zich bewust werd van Robins mismoedige houding, ook al had ze zich weer over het bestand met de verwijderde foto's gebogen.

'Heb je zin om mee te gaan?'

'Yes!' zei ze blij, en ze pakte haar handtas en sloot de computer af.

3

De zware, zwartgelakte voordeur van Kentigern Gardens 18 kwam uit op een marmeren lobby. Recht tegenover de ingang was een statige, ingebouwde mahoniehouten balie en rechts daarvan lag de trap (marmeren treden, houten leuning met koperbeslag), die meteen met een draai uit het zicht verdween. Tegen een van de witgeverfde muren was de ingang van de lift, met zijn glanzend gouden deuren, en daarnaast een donkere, massief houten deur. In een hoek tussen deze muur en de voordeur stond een rechte witte sokkel met daarop een enorme uitstalling smalle, hoge vazen met roze lelies, waarvan de geur zwaar in de warme lucht hing. De wand links was geheel bekleed met spiegels, die het vertrek twee keer zo groot leken te maken en de starende Strike en Robin reflecteerden, samen met de liftdeuren en de moderne kroonluchter van blokjes kristal boven hun hoofd, en die de balie verdubbelde tot een ellenlang blok glanzend opgewreven hout.

Strike dacht terug aan Wardle: 'Flats met een hoop marmer en dat soort shit... het lijkt wel een fucking vijfsterrenhotel.' Naast hem deed Robin haar best om zich te gedragen alsof ze niet zwaar onder de indruk was. Dus zo woonden de multimiljonairs. Matthew en zij hadden hun intrek genomen op de benedenverdieping van een twee-onder-een-kaphuis in Clapham waarvan de huiskamer net zo groot was als de rustkamer van de bewakers, die Wilson hun als eerste liet zien. Er was net genoeg ruimte voor een tafel en twee stoelen. In een kastje aan de wand hingen de moedersleutels, en er was een deur die naar een piepklein toilethokje voerde.

Wilson droeg een zwart uniform dat met zijn koperen knopen, zwarte das en witte overhemd politieachtig aandeed.

'Monitors,' wees hij Strike toen ze terugkwamen uit het achtervertrek en ze even achter de balie bleven staan, waar een rij van vier zwart-witschermpjes was opgesteld, onzichtbaar voor bezoekers. Op een ervan waren beelden van de camera boven de deur te zien: een halfronde blik op de straat. Een andere monitor bood zicht op de al net zo uitgestorven ondergrondse parkeergarage en nummer drie toonde de verlaten achtertuin van nummer 18, die bestond uit een gazon, wat chique beplanting en de hoge achtermuur waaraan Strike zich omhooggehesen had; op de vierde was de binnenkant van de stilstaande lift te zien. Behalve de monitors waren er twee bedieningspanelen voor het gemeenschappelijke alarm, de deuren naar het zwembad en de parkeergarage en twee telefoons, één met een buitenlijn, de andere slechts een rechtstreekse verbinding met de drie appartementen.

'Die daar,' zei Wilson, wijzend naar de massief houten deur, 'leidt naar de fitnessruimte, het zwembad en de parkeergarage.' Op Strikes verzoek ging hij hun voor, de betreffende deur door.

De fitnessruimte was klein, maar had net als de lobby een spiegelwand, waardoor het vertrek twee keer zo groot leek. Er was één raam, dat uitkeek op straat, en er stonden een loopband, een roei- en een stepapparaat en diverse losse gewichten.

Een tweede mahoniehouten deur leidde naar een smalle marmeren trap, verlicht door kubusvormige wandlampjes, en kwam uit op een kleine overloop met de gladde, gelakte deur naar de ondergrondse parkeergarage. Die maakte Wilson open met twee sleutels, een Chubb en een Yale, waarna hij een schakelaar omzette. De helderverlichte garage was bijna zo lang als de hele straat en stond vol met voor miljoenen ponden aan Ferrari's, Audi's, Bentleys, Jaguars en BMW's. Tegen de achterwand waren om de zes meter deuren zoals die waar ze zojuist door binnengekomen waren: doorgangen naar de andere huizen aan Kentigern Gardens. De elektrische garagedeuren bij de ingang aan Serf's Way lagen dicht bij nummer 18 en werden langs de randen beschenen door het zilverkleurige daglicht.

Robin vroeg zich af wat de zwijgende mannen achter haar nu

dachten. Was Wilson gewend aan het buitengewone leven dat de mensen hier leidden, aan ondergrondse parkeergarages en zwembaden en Ferrari's? En bedacht Strike (net als zij) dat deze lange rij deuren mogelijkheden bood die nog geen moment bij haar opgekomen waren: heimelijk, verborgen gescharrel tussen de buren onderling, diverse schuilplaatsen en net zo veel vertrekmogelijkheden als er huizen in de straat stonden? Maar toen zag ze de talloze zwarte kokers die op regelmatige afstand van elkaar uit de in schaduwen gehulde muur ertegenover staken en hun beelden naar talloze monitors stuurden. Was het mogelijk dat die in de bewuste nacht geen van alle bemand waren geweest?

'Oké,' zei Strike, en Wilson nam hen mee terug naar de marmeren trap en sloot de parkeergarage achter hen af.

Nog een paar marmeren treden lager kwam de lucht van chloor hun tegemoet, steeds sterker, totdat Wilson een deur onder aan de trap opendeed en een golf warme, vochtige, chemisch bezwangerde lucht hun in het gezicht sloeg.

'Is dit de deur die die nacht niet was afgesloten?' vroeg Strike aan Wilson, die knikte en weer een schakelaar omzette, waardoor de ruimte hel verlicht werd. Ze stonden nu op de brede marmeren rand van het zwembad, dat was afgedekt met een dik, plastic zeil. De tegenovergelegen muur was alweer een spiegelwand; Robin zag hen drieën staan, volledig aangekleed en misplaatst tegen de muurschildering van tropische planten en fladderende vlinders die doorliep tot op het plafond. Het bad was een meter of vijftien lang en aan het einde ervan was een zeshoekige jacuzzi, met daarachter drie kleedhokjes met afsluitbare deuren.

'Hier geen camera's?' vroeg Strike terwijl hij om zich heen keek, en Wilson schudde zijn hoofd.

Robin voelde het zweet in haar nek en onder haar oksels prikken. Het was benauwd in de ruimte rond het zwembad en ze was blij de trap weer op te kunnen lopen, voor de twee mannen uit, terug naar de lobby, waar het in verhouding aangenaam koel en licht was. In hun afwezigheid was er een tengere, jonge blonde vrouw binnengekomen. Ze droeg een roze jasschort, een spijkerbroek en een

T-shirt en had een emmer vol met schoonmaakmiddelen bij zich.

'Derrick,' zei ze met een zwaar buitenlands accent toen de bewaker van beneden kwam, 'ik wil sleutel van twee.'

'Dit is Lechsinka,' zei Wilson. 'De schoonmaakster.'

Ze schonk Robin en Strike een lief lachje. Wilson liep om de mahoniehouten balie heen en haalde er een sleutel onder vandaan, die hij aan Lechsinka gaf. Ze liep de trap op, de emmer zwaaiend in haar hand en haar in strakke jeans gestoken billen verleidelijk heen en weer wiegend. Strike werd zich bewust van Robins zijdelingse blik en rukte met tegenzin zijn blik los van Lechsinka's achterwerk.

Strike en Robin volgden Wilson naar boven, naar flat 1, die hij opende met een moedersleutel. De deur naar het trappenhuis, zag Strike, had een ouderwets kijkgaatje.

'De flat van meneer Bestigui,' kondigde Wilson aan, en hij legde het alarm het zwijgen op door een code in te toetsen op een paneeltje rechts van de deur. 'Deze heeft Lechsinka vanmorgen al schoongemaakt.'

Strike rook boenwas en zag de sporen van een stofzuiger op het witte tapijt in de hal, waar verder koperen wandlampen hingen en vijf smetteloos witte deuren op uitkwamen. Zijn oog viel op een discreet alarmpaneeltje aan de rechtermuur, naast een schilderij waarop dromerige geiten en mensen boven een dorp met veel blauwtinten zweefden. Op een tafeltje van zwart lakwerk onder de Chagall stonden hoge vazen met orchideeën.

'Waar is Bestigui?' vroeg Strike aan Wilson.

'Naar LA,' antwoordde de bewaker. 'Over twee dagen terug.'

De lichte, ruime huiskamer had drie hoge ramen, elk met een ondiep stenen balkonnetje ervoor; de wanden waren Wedgwoodblauw en verder was vrijwel alles wit. Alles was smetteloos, elegant en mooi van proporties. Ook hier hing één schitterend schilderij, macaber, surrealistisch, van een man met een speer die schuilging achter een merelmasker, arm in arm met een vrouwentorso zonder hoofd in grijstinten.

Dit was het vertrek waarvan Tansy Bestigui stellig beweerde dat ze er was geweest toen ze twee verdiepingen hoger knallende ruzie hoorde. Strike bekeek de hoge ramen van dichtbij en zag het moderne hang- en sluitwerk en het dikke glas, waar geen enkel geluid vanaf de straat doorheen kwam, zelfs niet toen hij zijn oor op een centimeter van het koude glas hield. Het balkon erachter was ondiep en stond vol met in hoge punten gesnoeide struiken in grote potten.

Strike liep naar de slaapkamer. Robin bleef achter in de huiskamer en draaide langzaam een rondje om haar eigen as om de kroonluchter van Venetiaans glas, het kleed in ingetogen tinten lichtblauw en roze, de enorme plasma-tv, de moderne eettafel van glas en staal en de metalen stoelen met de zijden kussens in zich op te nemen, plus de kleine zilveren *objets d'art* op glazen bijzettafeltjes en de witmarmeren schouw. Ze dacht een beetje treurig aan de IKEA-bank waarop ze tot nu toe zo trots was geweest. Toen herinnerde ze zich met een steek van schaamte Strikes kampeerbed op kantoor. Ze ving Wilsons blik en zei, als onbewuste echo van Eric Wardle: 'Het is een compleet andere wereld, hè?'

'Ja,' antwoordde hij. 'Je moet hier geen kinderen hebben.'

'Nee.' Zo had Robin het nog niet eens bekeken.

Haar werkgever kwam de slaapkamer uit gelopen, duidelijk piekerend over iets wat hij niet naar tevredenheid kreeg uitgevogeld, en hij verdween de gang in.

Wat Strike voor zichzelf wilde aantonen, was dat de meest logische route van de slaapkamer van de Bestigui's naar hun badkamer door de gang voerde, in plaats van door de huiskamer. Daarnaast was hij van mening dat de huiskamer de enige plek in de flat was waar Tansy getuige had kunnen zijn van de fatale val van Lula Landry. Ondanks Eric Wardles verzekering van het tegendeel had je vanuit de badkamer slechts zeer beperkt zicht op het raam waarlangs Landry was gevallen; onvoldoende om in het donker te kunnen vaststellen dat wat je zag vallen een mens was, laat staan wie dan precies.

Strike liep terug naar de slaapkamer. Nu Bestigui de echtelijke woning voor zichzelf had, sliep hij aan de kant van het bed het dichtst bij de deur en de gang, te oordelen naar de hoeveelheid pillen, brillen en boeken die over het nachtkastje verspreid lagen. Strike vroeg zich af of hij al aan die kant van het bed had geslapen toen hij nog met zijn vrouw onder één dak woonde.

Grenzend aan de slaapkamer was een grote inloopkast met spiegeldeuren. De kast hing vol Italiaanse pakken en overhemden van Turnbull & Asser. Twee ondiepe, in vakjes verdeelde laden waren speciaal ingeruimd voor de gouden en platina manchetknopen. Achter een onzichtbaar paneel aan de kant van de schoenenrekken was een verborgen kluis.

'Volgens mij heb ik het hier wel gezien,' zei Strike tegen Wilson toen hij zich bij de twee anderen voegde in de huiskamer.

Bij het verlaten van de flat schakelde Wilson het alarm in.

'Weet je de codes van alle flats?'

'Ja,' zei Wilson. 'Dat moet ook wel, voor het geval het alarm afgaat.'

Ze liepen de trap op naar de tweede verdieping. Die slingerde zich in zulke scherpe bochten om de liftschacht heen dat hij vrijwel volledig uit blinde hoeken bestond. De deur van flat 2 was identiek aan die van flat 1, maar stond op een kier. Binnen konden ze Lechsinka's stofzuiger horen brommen.

'Hier woont tegenwoordig het echtpaar Kolchak,' zei Wilson. 'Uit Oekraïne.'

De hal had dezelfde vorm als die van flat 1, inclusief het alarmpaneel naast de voordeur, maar in plaats van vast tapijt lag er een tegelvloer. En hier hing tegenover de ingang geen schilderij maar een spiegel in een vergulde lijst; aan weerskanten daarvan stond een teer houten tafeltje met daarop een sierlijke Tiffany-lamp.

'Stonden de rozen van Bestigui op zo'n zelfde tafeltje?' vroeg Strike.

'Ja, zoiets als deze,' zei Wilson. 'Dat staat nu weer in de zitkamer.'

'Had jij het hier neergezet, midden in de hal, met de rozen erop?'

'Ja. Bestigui wilde dat Macc ze zou zien zodra hij binnenkwam, maar er was ruimte genoeg om eromheen te lopen, zoals je ziet. Het was nergens voor nodig om ze om te stoten. Maar dat agentje was nog jong,' voegde Wilson er ruimhartig aan toe.

'Waar zijn de noodknoppen waarover je me vertelde?' vroeg Strike.

'Hierzo.' Wilson ging hun voor de hal uit, naar de slaapkamer. 'Er is er een bij het bed en nog een in de zitkamer.'

'Hebben alle flats zo'n noodknop?'

'Ja.'

De slaapkamers, de zitkamer, de keuken en de badkamer hadden dezelfde ligging ten opzichte van elkaar als die van flat 1. Ook een groot deel van de afwerking was hetzelfde, tot aan de spiegeldeur van de inloopkast, waar Strike speciaal naar ging kijken. Toen hij daar de deuren opentrok en voor duizenden ponden aan damesjurken en jassen stond te bekijken, kwam Lechsinka de slaapkamer uit met een riem, twee stropdassen en diverse jurken in plastic hoezen – vers van de stomerij – over haar arm.

'Hallo,' zei Strike.

'Hallo,' zei ze. Ze liep door naar een deur achter hem en trok een dassenrek naar voren. 'Pardon, alstublieft.'

Hij deed een stapje opzij. Lechsinka was klein en heel aantrekkelijk, op een parmantige, meisjesachtige manier, met een tamelijk plat gezicht, een wipneusje en Slavische ogen. Ze hing de dassen netjes weg terwijl hij toekeek.

'Ik ben privédetective,' zei hij. Toen herinnerde hij zich dat Eric Wardle haar Engels 'belabberd' had genoemd. 'Een soort politieman?' probeerde hij.

'Aha. Politie.'

'Jij was toch hier, de dag voor Lula Landry's dood?'

Hij moest een paar keer opnieuw beginnen voordat hij erin slaagde over te brengen wat hij precies bedoelde. Maar toen ze het eenmaal begreep, toonde ze geen bezwaar tegen het beantwoorden van zijn vragen, zolang ze maar kon doorgaan met het opbergen van de kleding.

'Ik maak altijd eerst trap schoon,' zei ze. 'Mevrouw Landry, zij praten heel hard tegen haar broeder. Hij roepen zij geeft vriend te veel gelds en zij heel boos tegen hem.

Dan ik poets nummer twee, is leeg. Gauw klaar.'

'Waren Derrick en de man van het beveiligingsbedrijf daar bezig terwijl je aan het schoonmaken was?'

'Derrick en...?'

'De onderhoudsman? Van het alarm?'

'Ja, alarmman en Derrick, ja.'

Strike hoorde Robin en Wilson praten in de hal, waar hij hen had achtergelaten.

'Schakel je het alarm weer in als je klaar bent met schoonmaken?'

'Ik doe alarm? Ja,' zei ze. 'Een-negen-zes-zes, zelfde als deur, zegt Derrick.'

'Heeft hij je de code gegeven voordat hij vertrok met de alarmman?'

Het kostte hem opnieuw vele pogingen om duidelijk te maken wat hij bedoelde, en toen ze het begreep, reageerde ze ongeduldig. 'Ja, ik zeg dit al. Een-negen-zes-zes.'

'Dus je hebt het alarm ingeschakeld nadat je hier had schoongemaakt?'

'Ik doe alarm, ja.'

'En de alarmman, hoe zag die eruit?'

'Alarmman? Hoe?' Ze fronste charmant, rimpelde haar neusje en haalde haar schouders op. 'Ik zie niet zijn gezicht. Maar blauw, alles blauw,' voegde ze eraan toe, en met haar niet door stomerijzakken gehinderde hand maakte ze een gebaar dat haar hele lichaam besloeg.

'Overall?' opperde hij, maar het woord leverde slechts een nietbegrijpende blik op. 'Goed, waar ben je toen gaan schoonmaken?'

'Nummer 1,' zei Lechsinka, weer gericht op haar taak van het ophangen van de kleding; ze liep van links naar rechts om de juiste hanger te vinden. 'Ik doe grote ramen. Mevrouw Bestigui aan telefoon. Boos. Zielig. Zij wil niet meer liegen, zegt zij.'

'Ze zei dat ze niet meer wilde *liegen*?' herhaalde Strike.

Lechsinka knikte. Ze stond nu op haar tenen om een lange avondjurk op te hangen.

'Dus je hoorde haar zeggen,' herhaalde hij duidelijk, 'aan de telefoon... dat ze niet meer wilde liegen?'

Lechsinka knikte weer, met een uitdrukkingsloos, onschuldig gezicht. 'Dan zij ziet mij en zij roepen: "Ga weg, ga weg!"'

'Echt waar?'

Lechsinka knikte en ging verder met het opbergen van de kleding.

'Waar was meneer Bestigui toen?'

'Niet daar.'

'Weet je tegen wie ze het had? Aan de telefoon?'

'Nee.' Maar toen voegde ze er een beetje schuchter aan toe: 'Vrouw.'

'Een vrouw? Hoe weet je dat?'

'Hard schreeuwen aan telefoon. Ik hoor een vrouw.'

'Hadden ze ruzie? Gingen ze tegen elkaar tekeer? Hard roepen, ja?' Strike hoorde zichzelf terugvallen op het absurde, overdreven weloverwogen taalgebruik van de linguïstisch beperkte Engelsman.

Lechsinka knikte weer en trok intussen een paar laden open op zoek naar de juiste plek voor de riem, het enige overgebleven voorwerp in haar hand. Toen ze hem eindelijk had opgerold en weggelegd, rechtte ze haar rug en liep bij Strike vandaan, de slaapkamer in. Hij volgde haar.

Terwijl Lechsinka het bed opmaakte en de nachtkastjes opruimde, kwam hij te weten dat ze Lula Landry's flat die dag als laatste had schoongemaakt, nadat het model was vertrokken voor het bezoek aan haar moeder. Er was haar niets ongewoons opgevallen en ze had ook geen blauw briefpapier gezien, beschreven of onbeschreven. Toen ze klaar was, waren beneden bij de balie intussen de handtassen van Guy Somé en de spullen voor Deeby Macc bezorgd, en het laatste wat ze die werkdag had gedaan was de geschenken van de ontwerper naar boven brengen, naar de flats van Lula en Macc.

'En daarna heb je het alarm weer ingeschakeld?'

'Ik doe alarm, ja.'

'Van Lula?'

'Ja.'

'En één-negen-zes-zes in flat 2?'

'Ja.'

'Weet je nog wat je in de flat van Macc hebt neergelegd?'

Ze moest enkele voorwerpen aanduiden met gebarentaal, maar ze slaagde erin hem duidelijk te maken dat ze zich nog twee truien, een riem, een muts, handschoenen en (hier frunnikte ze met haar handen aan haar polsen) manchetknopen kon herinneren.

Nadat Lechsinka de genoemde artikelen had opgeborgen op de open planken van de inloopgarderobe, zodat ze Macc niet zouden ontgaan, had ze het alarm weer ingeschakeld en was naar huis gegaan.

Strike bedankte haar uitvoerig en bleef nog even treuzelen, lang genoeg om haar in strak denim gehulde achterwerk te bewonderen toen ze het dekbed rechttrok, waarna hij zich weer bij Robin en Wilson in de hal voegde.

Op de trap op weg naar de derde verdieping trok Strike Lechsinka's verhaal na bij Wilson, die bevestigde dat hij de onderhoudsman had opgedragen het alarm in te stellen op 1966, net als de voordeur.

'Ik heb gewoon iets gekozen wat Lechsinka makkelijk kon onthouden, de code die ze al kende van de voordeur. Macc kon hem zelf veranderen, als hij wilde.'

'Weet je nog hoe de jongen van het alarm eruitzag? Hij was nieuw, zei je?'

'Heel jong. Met haar tot hier.' Wilson wees naar de onderkant van zijn nek.

'Blank?'

'Ja, blank. Hij zag eruit alsof hij zich nog niet eens hoefde te scheren.'

Ze waren aangekomen bij de voordeur van flat 3, eens de woning van Lula Landry. Robin voelde een lichte huivering – angst? opwinding? – door zich heen gaan toen Wilson voor de derde keer een strak witgelakte deur openmaakte, waar een glazen kijkgaatje ter grootte van een kogelgat in zat.

Het bovenste appartement verschilde architectonisch van de andere twee en was kleiner en lichter. Het was pas opnieuw ingericht, volledig in crèmewit met bruin. Strike wist van Guy Somé dat de beroemde vorige bewoonster dol was geweest op kleur, maar nu was het appartement zo onpersoonlijk als de gemiddelde betere hotelkamer. Strike ging zwijgend voorop naar de zitkamer.

Hier lag geen hoogpolig, luxueus tapijt zoals in de flat van Bestigui, maar ruwe, zandkleurige juten vloerbedekking. Toen Strike er met zijn hak overheen ging, liet die geen enkel spoor achter.

'Was de vloer al zo toen Lula hier nog woonde?' vroeg hij aan Wilson.

'Ja, dit heeft zij uitgekozen. Het was nog bijna nieuw, dus hebben de huidige bewoners het laten liggen.'

In plaats van drie hoge ramen op gelijke afstand van elkaar, zoals in de onderste twee flats, met alle drie een eigen balkonnetje, had het penthouse één paar openslaande deuren naar een groot balkon. Strike deed ze open en liep naar buiten. Robin kon het niet aanzien; na een blik op Wilsons onbewogen gezicht draaide ze zich om en keek strak naar de kussens en de zwart-witfoto's terwijl ze haar best deed om niet te denken aan wat hier drie maanden eerder was gebeurd.

Strike keek omlaag naar de straat, en Robin zou verbaasd geweest zijn als ze had geweten dat zijn gedachten op dat moment een stuk minder klinisch of emotieloos waren dan zij aannam.

Hij zag voor zijn geestesoog iemand die de controle volledig had verloren; iemand die op Landry af vloog terwijl ze daar stond, tenger en mooi, in de outfit die ze had aangetrokken voor haar ontmoeting met een langverwachte gast; een moordenaar, gek van woede, die haar half meesleurde, half duwde, en haar ten slotte, met de brute kracht van een zeer gemotiveerde maniak, naar beneden gooide. De seconden waarin ze door de lucht vloog, op het beton af dat was bedekt met een bedrieglijk zacht pak sneeuw, moesten voor haar een eeuwigheid hebben geduurd. Ze had met haar armen gemaaid, gezocht naar houvast in het genadeloze luchtledige; en toen, zonder de tijd te krijgen om iets goed te maken, uit te leggen, een testament of excuses te maken, zonder al die andere luxes die gegund zijn aan hen die hun naderende heengaan aangekondigd weten, was ze te pletter gevallen op het wegdek.

De doden konden slechts spreken bij monde van degenen die achterbleven, en via de tekenen die ze her en der op hun pad achterlieten. Strike had de levende vrouw gevoeld achter de woorden die ze had geschreven aan haar vrienden en hij had haar stem gehoord door een telefoontje dat bij zijn oor gehouden was, maar nu, kijkend naar het laatste wat ze in haar leven had gezien, voelde hij een merkwaardige band met haar. De waarheid kwam langzaam tevoorschijn uit die enorme berg onsamenhangende details. Waar het hem aan ontbrak was bewijs.

Zijn mobiele telefoon ging terwijl hij daar stond. De naam en het nummer van John Bristow kwamen in beeld, en hij nam op. 'Hallo John, fijn dat je me terugbelt.'

'Geen punt. Nog nieuws?' vroeg de jurist.

'Misschien wel. Ik heb een expert naar Lula's laptop laten kijken en hij is erachter gekomen dat er een bestand met foto's is gewist na haar dood. Weet jij daar iets van?'

Zijn woorden werden ontvangen door een doodse stilte. De enige reden dat Strike wist dat de verbinding niet verbroken was, was dat hij aan Bristows kant van de lijn nog wat vage achtergrondgeluiden hoorde.

Na een hele tijd zei de jurist, met een andere stem: 'Ze zijn verwijderd ná Lula's dood?'

'Volgens die expert wel.' Strike keek naar een auto die beneden langzaam door de straat reed en halverwege stopte. Er stapte een vrouw uit die was gehuld in bont.

'Ik... Sorry,' zei Bristow, en hij klonk hevig geschrokken. 'Ik ben... geschokt. Misschien heeft de politie dat bestand verwijderd?'

'Wanneer heb je de laptop van de politie teruggekregen?'

'O... ergens in februari, geloof ik. Begin februari.'

'Dit bestand is op 17 maart verwijderd.'

'Maar... dat kan toch niet? Niemand wist het wachtwoord.'

'Tja, kennelijk wel dus. Je zei laatst dat de politie je moeder het wachtwoord nog heeft gegeven.'

'Mijn moeder zou nooit een bestand...'

'Dat suggereer ik niet. Zou het kunnen dat ze de laptop heeft laten openstaan – laten aanstaan? Of dat ze iemand anders het wachtwoord heeft gegeven?'

Strike dacht dat Bristow op kantoor zat; hij hoorde vaag stemmen op de achtergrond, en in de verte lachte een vrouw.

'Dat zou op zich kunnen,' zei Bristow traag. 'Maar wie zou die foto's nou verwijderen? Tenzij... Goeie god, nee, dat is te erg.'

'Wat?'

'Je denkt toch niet dat iemand van de thuiszorg de foto's heeft gestolen? Om ze aan de bladen te verkopen? Maar dat zou afschuwelijk zijn, iemand die je...'

'De expert kan alleen zeggen dat ze zijn verwijderd, niets wijst erop dat ze zijn gekopieerd en gestolen. Maar zoals je al zei... niets is onmogelijk.'

'Maar wie kan er verder... Ik bedoel, ik heb natuurlijk liever niet dat het een van de verpleegsters van mijn moeder is, maar wie kan het anders gedaan hebben? De laptop heeft steeds bij haar in huis gestaan nadat de politie hem had teruggegeven.'

'John, weet jij precies wie er de afgelopen drie maanden allemaal bij je moeder in de flat zijn geweest?'

'Ik denk het wel. Natuurlijk kan ik het nooit met honderd procent zekerheid zeggen, maar...'

'Nee. Dat is dus het punt.'

'Maar waarom... waarom zou iemand zoiets doen?'

'Ik kan wel een paar redenen bedenken. Je zou me enorm helpen als je er eens naar kon informeren bij je moeder, John. Of ze de laptop half maart aan heeft gehad. En of een van haar bezoekers er misschien belangstelling voor heeft getoond.'

'Ik... ik doe mijn best.' Bristow klonk zeer gespannen, alsof hij ieder moment in tranen kon uitbarsten. 'Ze is momenteel erg zwak.'

'Het spijt me dat te horen,' zei Strike formeel. 'Ik bel je binnenkort weer. Tot ziens.'

Hij stapte van het balkon af en sloot de deuren, om zich vervolgens tot Wilson te richten. 'Derrick, kun jij me laten zien hoe je de boel hier hebt doorzocht? De volgorde waarin je die nacht de kamers bent nagelopen?'

Wilson dacht even na en zei toen: 'Eerst hierzo. Rondgekeken, deuren open gehad. Maar zonder ze aan te raken. Daarna...' Hij gebaarde dat ze hem moesten volgen. 'Daarna heb ik hier gekeken.'

Robin volgde de twee mannen op de voet, en ze bemerkte een subtiele verandering in de manier waarop Strike met de bewaker omging. Hij stelde eenvoudige, uitgekiende vragen en liet Wilson vertellen wat hij had gevoeld, aangeraakt, gezien en gehoord bij iedere stap in het appartement.

Onder Strikes leiding begon Wilsons lichaamstaal te veranderen. Hij deed voor hoe hij de deurposten had beetgepakt, zich behoedzaam de kamers in had gebogen en vluchtig om zich heen had gekeken. Toen hij naar de enige slaapkamer liep, deed hij in slow motion zijn drafje voor, als reactie op het zoeklicht van Strikes onverdeelde aandacht, en hij liet zich op zijn knieën vallen om te demonstreren hoe hij onder het bed had gekeken. Gesouffleerd door Strike herinnerde hij zich dat er een verkreukelde jurk onder zijn benen had gelegen, en met een geconcentreerd gezicht ging hij hun voor naar de badkamer, waar hij liet zien hoe hij met een vliegensvlugge draai achter de deur had gekeken, om vervolgens een sprintje te trekken (hij deed het voor als een pantomimespeler, met overdreven maaiende armen) naar de voordeur.

'En toen,' zei Strike, die de bewuste deur openmaakte en Wilson wenkte, 'toen ging je de gang op...'

'Ik ging de gang op,' bevestigde Wilson met zijn zware bas, 'en drukte het liftknopje in.' Hij deed alsof hij op het knopje drukte en veinsde het openrukken van de deuren, ongeduldig, om te kijken wat er binnen te zien was.

'Niets – dus holde ik weer naar beneden.'

'Wat hoorde je intussen?' Strike liep achter hem aan en ze hadden geen van beiden aandacht voor Robin, die de deur van de flat achter zich sloot.

'Heel in de verte het geschreeuw van de Bestigui's, en ik sla deze hoek om en...'

Wilson bleef met een ruk stilstaan op de trap. Strike, die iets dergelijks kennelijk had zien aankomen, hield ook halt. Robin knalde vol tegen hem op en mompelde geschrokken een verontschuldiging, die Wilson met opgestoken hand in de kiem smoorde. Alsof hij in trance was, dacht Robin.

'En ik gleed uit,' zei Wilson. Het klonk verbaasd. 'Dat was ik vergeten. Ik gleed uit. Hier. Achterover, keihard op mijn kont. Er lag water. Hier. Druppels. Hier.'

Hij wees naar de trap.

'Druppels water,' herhaalde Strike.

'Ja.'

'Geen sneeuw.'

'Nee.'

'Geen natte voetafdrukken.'

'Druppels. Grote druppels. Hier. Ik gleed erover uit en viel. Ik ben opgestaan en verder gerend.'

'Heb je de politie verteld over die druppels?'

'Nee. Ik was het vergeten. Tot daarnet. Vergeten.'

Iets wat Strike al de hele tijd dwarsgezeten had werd hem eindelijk duidelijk. Hij slaakte een tevreden zucht en grijnsde. De twee anderen staarden hem aan.

4

Het weekend strekte zich warm en leeg voor hem uit. Strike ging weer rokend voor het open raam zitten kijken naar de hordes winkelend publiek die voorbijtrokken door Denmark Street. Met de map van het onderzoek opengeslagen op zijn schoot en het politiedossier op het bureau maakte hij voor zichzelf een lijst van punten die nog opgehelderd dienden te worden, en hij zeefde het moeras van alle informatie die hij inmiddels had verzameld.

Hij keek lange tijd peinzend naar een foto van de gevel van nummer 18 zoals die eruitgezien had op de ochtend na Lula's dood. Er was een klein, maar voor Strike significant verschil tussen de foto van die dag en de huidige situatie. Zo nu en dan liep hij naar de computer; één keer om op te zoeken wie Deeby Maccs manager was en later om de aandelenkoers van Albis te bekijken. Zijn notitieboekje lag naast hem, opengeslagen op een bladzijde vol beknopte zinnetjes en vragen, allemaal in zijn dichte, spitse handschrift. Toen zijn mobiel ging, bracht hij hem naar zijn oor zonder eerst te kijken wie de beller was.

'Ha, meneer Strike,' klonk de stem van Peter Gillespie. 'Wat aardig dat u opneemt.'

'O, hallo Peter. Moet je tegenwoordig ook al in het weekend werken?'

'Sommige mensen hebben geen andere keus. Doordeweeks beantwoordt u mijn telefoontjes niet.'

'Ik had het druk. Met werken.'

'Juist. Betekent dat dat we binnenkort een aflossing mogen verwachten?'

'Ik denk het wel.'

'U dénkt het?'

'Ja,' zei Strike. 'Als het goed is, ben ik over een paar weken in de gelegenheid je iets terug te betalen.'

'Meneer Strike, uw houding verbaast me hogelijk. U bent met de heer Rokeby een overeenkomst aangegaan voor een afbetaling in maandelijkse termijnen, en inmiddels hebt u een achterstand ter hoogte van...'

'Ik kan je niet betalen wat ik niet heb. Als je nog even geduld hebt, ben ik waarschijnlijk in de gelegenheid het volledige bedrag terug te betalen. Misschien zelfs in één klap.'

'Ik vrees dat dat eenvoudigweg niet volstaat. Tenzij u de achterstallige termijnen onmiddellijk...'

'Gillespie,' zei Strike, zijn ogen strak gericht op de heldere hemel achter het raam. 'We weten allebei dat Jonny zijn zoon, de oorlogsheld met één been, heus niet voor de rechter zal slepen vanwege een geleend bedrag waarvan hij goddomme niet eens het badzout van zijn butler kan betalen. Hij krijgt zijn geld, met rente, binnen een paar maanden terug en dan mag hij het voor mijn part in zijn reet steken of verbranden, wat hij maar wil. Zeg dat maar tegen hem, namens mij, en laat me nou verdomme met rust.'

Strike hing op en stelde geïnteresseerd vast dat hij niet echt uit zijn slof geschoten was en zich nog altijd tamelijk opgewekt voelde.

Tot diep in de nacht werkte hij verder, in wat hij was gaan beschouwen als Robins stoel. Het laatste wat hij deed voordat hij naar bed ging was het onderstrepen, drie keer, van de woorden 'Malmaison Hotel, Oxford' en het omcirkelen van de naam J.P. Agyeman met dikke inktlijnen.

Engeland sjokte zo langzamerhand op de verkiezingen af. Die zondag kroop Strike vroeg in zijn slaapzak en keek naar de stommiteiten, tegenaanvallen en beloftes van de dag die op zijn portable televisie aan hem voorbijtrokken. Iedere nieuwsuitzending die hij zag straalde een zekere vreugdeloosheid uit. De staatsschuld was zo hoog dat het nauwelijks nog te bevatten was. Er moesten bezuinigingen komen, wie er ook zou winnen, ingrijpende, pijnlijke bezuinigingen. De partijleiders met hun verdoezelende termen deden

Strike zo nu en dan denken aan de chirurgen die hem voorzichtig hadden gewaarschuwd dat het misschien even onaangenaam zou zijn, terwijl ze zelf nooit de pijn zouden voelen die ze hem gingen aandoen.

Maandagmorgen ging Strike de deur uit voor zijn ontmoeting in Canning Town met Marlene Higson, de biologische moeder van Lula Landry. Het was niet gemakkelijk geweest om een gesprek met haar te regelen. Bristows secretaresse, Alison, had Robin gebeld om het nummer van Marlene Higson door te geven, en Strike had haar persoonlijk benaderd. Hoewel ze duidelijk teleurgesteld was geweest toen ze hoorde dat de vreemde beller geen journalist was, had ze zich aanvankelijk bereid getoond Strike te treffen. Later had ze naar zijn kantoor gebeld. Twee keer, eerst om Robin te vragen of de detective haar reiskosten naar het centrum zou betalen, waarop ze een negatief antwoord had gekregen, en vervolgens woedend om de afspraak af te zeggen. Een tweede telefoontje van Strike had geleid tot aarzelende instemming met een afspraak in een pub bij haar in de buurt, die ze later door een kregelig voicemailbericht eveneens had gecanceld.

Strike had haar een derde keer gebeld en haar laten weten dat zijn onderzoek in de afrondende fase verkeerde; hierna zou alle bewijsmateriaal naar de politie gaan, zei hij, hetgeen zonder enige twijfel zou resulteren in een nieuwe publiciteitsexplosie. Nu hij erover nadacht, liet hij haar weten, was het eigenlijk maar beter dat ze gevrijwaard zou blijven van een nieuwe golf aandacht van de pers – vooral omdat ze hem toch niet kon helpen. Marlene Higson had onmiddellijk haar recht opgeëist om alles te vertellen wat ze wist, waarna Strike zich verwaardigde om haar alsnog die maandagmorgen te treffen in de biertuin van de Ordnance Arms, de locatie die ze zelf had voorgesteld.

Hij nam de trein naar Canning Town. Het station lag onder de rook van Canary Wharf, dat met zijn strakke, futuristische gebouwen deed denken aan een rij glanzende blokken metaal aan de horizon. De hoogte van de panden was, net als de staatsschuld, van een afstand onmogelijk in te schatten of te bevatten. Na een wandeling van slechts enkele minuten was hij zo ver verwijderd van de glanzende zakenwereld en de strakke pakken als maar mogelijk was. Dicht tegen de nieuwbouwprojecten aan de Theems waar vele bankiers in hun luxe designeroptrekjes woonden aan geplakt, ademde Canning Town vooral armoede en ontbering. Strike kende de wijk nog van vroeger, uit de tijd dat een oude vriend van hem er woonde, dezelfde die hem recentelijk had onthuld waar Brett Fearney zich schuilhield. Nu liep hij Barking Road door, met zijn rug naar Canary Wharf toe, langs een gebouw met daarop een groot bord met de wervende tekst KILLS 4 COMMUNITIES. Hij keek er even fronsend naar voordat het tot hem doordrong dat er oorspronkelijk 'Skills' had gestaan en iemand de S moest hebben weggekrast.

De Ordnance Arms lag naast een groot pandjeshuis. De pub was groot en laag, gebroken wit geverfd. Het interieur was no-nonsense en puur praktisch, met als enige uiting van zoiets frivools als decoratie een selectie houten klokken aan een terracottakleurige wand, en een rood vloerkleed met druk dessin. Verder stonden er twee grote pooltafels en een lange, makkelijk toegankelijke bar, en was er veel ruimte voor rondbanjerende klanten. Op dit tijdstip, elf uur 's ochtends, was er niemand behalve een oud mannetje in een hoek en een opgewekte serveerster, die haar enige klant aansprak met 'Joey' en Strike de weg wees naar de biertuin achterin.

De 'tuin' bleek een zeer macaber betonnen binnenplaatsje te zijn, waar behalve de vuilcontainers één houten tafel stond. Daaraan zat een vrouw op een witte plastic stoel, met haar dikke benen over elkaar geslagen en een sigaret in de hand, ter hoogte van haar wang. Op de hoge muur was prikkeldraad aangebracht, waar een plastic zak in was blijven hangen, die ritselde in de wind. Achter de muur doemde een gigantisch flatgebouw op, geel geverfd, de misère zichtbaar op de uitpuilende balkons.

'Mevrouw Higson?'

'Zeg maar Marlene, schat.'

Ze nam hem van top tot teen op, met een lusteloze glimlach en een veelbetekenende blik. Ze droeg een roze lycra truitje onder een grijs sweatvest met rits en capuchon, en een legging die zeker tien centimeter van haar blote, grijswitte enkels liet zien. Ze droeg groezelige teenslippers aan haar voeten en vele gouden ringen om haar vingers; haar gele haar, met meerdere centimeters grijsbruine uitgroei, werd bijeengehouden door een groezelig stoffen haarbandje.

'Wil je iets drinken?'

'Doe maar een halve liter Carling, omdat je zo aandringt.'

De manier waarop ze zich met haar hele lichaam naar hem toe boog, de manier waarop ze de stroachtige lokken haar uit haar gezwollen ogen streek en zelfs de manier waarop ze haar sigaret vasthield, het had allemaal iets grotesk kokets. Misschien kende ze geen andere vormen van omgang met alles wat mannelijk was. Strike vond haar even meelijwekkend als afstotelijk.

'Geschrokken?' zei Marlene Higson nadat Strike voor hen beiden bier had gehaald en zich bij haar aan de tafel had gevoegd. 'Dat kan je wel zeggen. Toen ik d'r moest afstaan... Ik ging er bijna aan kapot, maar ik dacht dat ik d'r een beter leven zou geven, als het ware. Dat ze alles zou krijgen wat ik had moeten missen. Wij waren vroeger thuis straatarm. We hadden niks. Niks.'

Ze wendde haar blik af en nam een diepe trek van haar Rothman. Toen haar zuigende mond zich om de sigaret rimpelde, zag die eruit als een kattenanus.

'En Dez, me vriend, die zag het niet zitten, zo'n bruin kind dat dus duidelijk niet van hem was. Ze worden namelijk donkerder, hè? Bij de geboorte leek ze nog blank. Maar ik zou d'r nooit weggegeven hebben als ik niet had gedacht dat ze het beter zou krijgen, en ik dacht: ze mist me toch niet, ze is nog zo jong. Ik heb d'r een goeie start gegeven, en ik dacht: wie weet gaat ze me zoeken als ze ouder is. En me droom kwam uit,' voegde ze eraan toe, met een afstotelijk vertoon van pathos. 'Ze heb me gevonden.'

Zonder op adem te komen vervolgde ze: 'Ik zal je eens iets raars vertellen. Een vriend van me zegt tegen me, nog geen week voordat ze me belde: "Weet je op wie jij lijkt?" zegt-ie, ik zeg nog: "Doe niet zo raar," zeg ik, maar hij zegt: "Sprekend. De ogen en de vorm van de wenkbrauwen, weet je wel?"'

Ze keek hoopvol naar Strike, die het niet kon opbrengen te reageren. Het leek een onmogelijkheid dat het gezicht van Nefertiti was voortgekomen uit deze grijs-paarse massa.

'Je kunt het zien op foto's van mijn toen ik jonger was,' zei ze licht gepikeerd. 'Maar goed, ik dacht dus dat ze het beter zou krijgen, als het ware, maar toen gaven ze d'r aan die kutfamilie, neem me effe niet kwalijk. Als ik dat had geweten, dan had ik d'r gehouwe, dan had ik d'r nooit laten gaan.

Ja ja, ze heb het me verteld. Het kwam er allemaal uit. Met d'r pa kon ze best goed overweg, met s'Ralec. Hij klonk wel oké. Maar die ma is een gestoorde bitch. Echt wel. Pillen en alles. Handenvol pillen. Zulke rijke rotwijven zijn allemaal aan de pillen, tegen de zenuwen. Met mij kon Lula praten, moet je weten. Tis toch een band die je heb, hè? Een bloedband laat zich niet verbreken.

Ze was als de dood voor wat dat wijf zou doen als ze d'r achter zou komen dat Lula d'r echte moeder opzocht. Ze was hartstikke bang voor wat die trut zou doen als de pers er lucht van kreeg, van mij, maar ja, als je zo beroemd bent als zij, komen ze alles te weten, niewaar? En de leugens die ze ophangen! Wat ze over mij durfden te beweren, ik loop er nog steeds over te denken om ze voor de rechter te slepen.

Waar was ik gebleven? O ja, d'r ma. Ik zeg tegen Lula, ik zeg: "Maak je niet druk, meid, zo te horen ben je beter af zonder haar," zeg ik. Ik zeg: "Laat 'r maar lekker pissig worden als ze niet wil dat wij mekaar zien." Maar Lula was een lieve meid, die bleef bij dat mens op bezoek gaan, gewoon uit plichtsgevoel.

Trouwens, het was háár leven, niewaar? Ze mocht toch doen wat ze zelf wilde? Ze had d'r eigen man, Evan. Ik heb nog gezegd dat ik het niks vond, dat wel,' zei Marlene Higson, met een pantomime van strengheid. 'Jazeker. Drugs, ik heb er te veel types aan kapot zien gaan. Maar ik moet toegeven dat het diep in z'n hart een goed joch was. Dat moet ik toegeven. Hij heb er niks mee van doen, dat kan ik je wel vertellen.'

'Dus je hebt hem ontmoet?'

'Nee, maar ze belde hem een keer toen ze bij mij was en ik hoorde die twee samen aan de telefoon. Een heel goed stel. Nee, geen kwaad woord over Evan. Hij heb er niks mee van doen, da's bewezen. Echt niet, geen kwaad woord. Als-ie was afgekickt, had het van mij gemogen, die twee samen. Ik zeg nog tegen haar, ik zeg: "Breng hem een keer mee, dan kijk ik of ik het wat vind," maar dat heb ze nooit gedaan. Maar als je d'r een beetje doorheen kijkt, lijkt het me een goeie jongen,' zei Marlene. 'Dat kan je op alle foto's zien.'

'Heeft ze wel eens iets gezegd over haar buren?'

'Die Fred Beastigwie? Ja, daar weet ik alles van. Hij bood haar rollen aan in films en alles. Ik zeg nog tegen d'r: "Waarom niet?" zeg ik, dat is toch lachen? Al vond ze het zelf misschien niks, het is toch weer een miljoentje of wat extra op de bank, niewaar?'

Ze kneep haar bloeddoorlopen ogen tot spleetjes en keek naar niets in het bijzonder, en even leek ze gebiologeerd te mijmeren over sommen geld die zo gigantisch en duizelingwekkend waren dat ze ze niet kon bevatten, als een beeld van de oneindigheid. Alleen al erover praten stond gelijk aan het proeven van de macht van geld, aan het laten rondwalsen van de weelde in haar mond.

'Heb je haar ooit over Guy Somé horen praten?'

'O ja, ze mocht Gie graag, hij was goed voor haar. Persoonlijk hou ik meer van klassieke kleding. Het is me smaak niet.'

De knalroze lycra, knellend rond de vetrollen die boven de tailleband van haar legging uit puilden, rimpelde toen ze zich naar voren boog om met een delicaat gebaar haar sigaret af te tikken boven de asbak.

'"Hij is als een broer voor me," zei ze dan, en ik zeg nog: "Wat heb je aan nepbroers? Zullen we samen op zoek gaan naar mijn jongens?" Maar dat hoefde voor haar niet.'

'Jouw jongens?'

'Me zonen, me andere kinderen. Ja, ik heb er na haar nog twee gekregen. Die zijn bij me weggehaald door jeugdzorg, maar ik zeg tegen d'r, ik zeg, met jouw geld vinden we ze wel, geef me effe een paar duizend pond, het hoeft heus niet veel te zijn, dan laat ik ze opsporen. We houwen het uit de pers, laat dat maar aan mij over, ik laat jou d'r netjes buiten. Maar dat hoefde voor haar niet,' herhaalde Marlene.

'Weet je waar je zonen nu zijn?'

'Ze zijn als baby al bij me weggehaald. Ik weet het niet. Ik had toen problemen, daar ga ik niet over liegen. Ik heb een verdomd zwaar leven gehad.'

En ze vertelde hem het ellenlange verhaal over haar zware leven. Het was een grimmig relaas doorspekt met gewelddadige mannen, verslaving en onwetendheid, verwaarlozing en armoede, en een dierlijk overlevingsinstinct dat een spoor van uit huis geplaatste baby's had achtergelaten, omdat kleine kinderen vroegen om vaardigheden die Marlene nooit had ontwikkeld.

'Dus je weet niet waar je twee zonen nu zijn?' vroeg Strike twintig minuten later nogmaals.

'Nee, hoe moet ik dat verdomme weten?' vroeg Marlene; ze had zichzelf met haar verhaal in een staat van verbittering gebracht. 'Ze had geen belangstelling. Ze had al een blanke broer, niewaar? Het was haar om d'r zwarte familie te doen. Daar wou ze alles van weten.'

'Heeft ze je naar haar vader gevraagd?'

'Ja, en ik heb alles verteld wat ik wist. Het was een Afrikaanse student. Die woonde boven me, een eindje verderop hier in de straat. In Barking Road, met nog twee anderen. Beneden zit nou een wedkantoor. Knappe jongen. Hielp me wel eens met me boodschappen.'

Zoals Marlene Higson het vertelde leek de hofmakerij destijds verlopen te zijn met een bijna victoriaans fatsoen en waren de Afrikaanse student en zij in de eerste maanden dat ze elkaar kenden nauwelijks verder gekomen dan een handdruk.

'En toen, omdat-ie me zo vaak had geholpen en alles, nodigde ik hem op een dag uit om even binnen te komen, gewoon, als bedankje, zeg maar. Ik discrimineer niet, voor mij is iedereen gelijk. Ik zeg: "Wil je een kopje thee?" zeg ik, meer niet. En daarna,' vervolgde Marlene, de harde waarheid landde keihard tussen de vage verhalen over theekopjes en kanten kleedjes, 'bleek ik in verwachting te zijn.'

'Heb je het hem verteld?'

'Nou en of. En hij riep meteen dattie me zou helpen, dattie niet voor z'n verantwoordelijkheden zou weglopen, het zou allemaal goed komen. En toen kwam de zomervakantie. Hij zou gewoon terugkomen,' zei Marlene minachtend. 'En de vogel was gevlogen. Zo zijn ze toch allemaal? Wat moest ik, naar Afrika om 'm te gaan zoeken?

Maar zo'n ramp vond ik het nou ook weer niet, ik had heus geen gebroken hart of zo. Ik was intussen met Dez. Hij vond het niet erg, een baby. Kort na het vertrek van Joe ben ik bij Dez ingetrokken.'

'Joe?'

'Zo heette hij. Joe.'

Ze zei het vol overtuiging, maar misschien kwam dat, bedacht Strike, doordat ze de leugen zo vaak had herhaald dat het verhaal voor haar makkelijk te vertellen was, automatisch.

'Wat was zijn achternaam?'

'Weet ik veel. Jezus, je lijkt háár wel. Ik was ergens in de twintig. Mumumba,' zei Marlene Higson toen zonder enige gêne. 'Of zoiets dan.'

'Kan het Agyeman geweest zijn?'

'Nee.'

'Owusu?'

'Wat zeg ik nou?' zei ze agressief. 'Het was Mumumba of zoiets.'

'Niet Macdonald? Of Wilson?'

'Zit je me nou in de zeik te nemen? Macdonald? Wilson? Uit Afrika?'

Strike concludeerde dat haar relatie met de Afrikaan nooit verder was gekomen dan het uitwisselen van voornamen.

'En hij was student, zei je? Waar studeerde hij?'

'Aan de universiteit.'

'Weet je ook welke?'

'Hoe moet ik dat nou weten? Kan ik een sigaretje van je bietsen?' vroeg ze op iets verzoenlijker toon.

'Ja, ga je gang.'

Ze stak de sigaret op met haar eigen plastic aansteker, pufte verwoed en zei toen, milder geworden door de gratis tabak: 'Het zou kunnen dat het iets te maken had met een museum. Dat het erbij hoorde, zeg maar.'

'Bij een museum?'

'Ja, want ik weet nog dattie zei: "In mijn vrije tijd breng ik wel eens een bezoekje aan het museum."' De laatste zin sprak ze overdreven netjes uit; in haar imitatie klonk de Afrikaan als een upperclass Engelsman. Ze trok een gezicht, alsof de manier waarop hij zijn vrije tijd had doorgebracht volslagen bespottelijk was.

'Weet je nog welk museum hij bezocht?'

'Het... het Museum van Engeland of zoiets,' zei ze, en daarna, geprikkeld: 'Je bent al net zoals zij. Hoe moet ik dat goddomme na al die jaren nog weten?'

'En je hebt hem nooit meer teruggezien na zijn vertrek?'

'Nee. Dat verwachtte ik ook niet.' Ze nam een slok bier. 'Hij zal wel dood zijn,' zei ze toen.

'Waarom denk je dat?'

'Ja, hèhè, Afrika. Hij kan toch makkelijk doodgeschoten zijn? Of verhongerd. Wat dan ook. Je weet hoe het daar is.'

Dat wist Strike inderdaad. Hij dacht terug aan de drukke straten van Nairobi, aan het Angolese regenwoud vanuit de lucht bekeken, met de mist boven de boomtoppen en plotseling, toen de helikopter een draai maakte, de adembenemende schoonheid van een waterval tegen een weelderig groene bergwand, en hij dacht aan de Masaivrouw met een baby aan de borst die op een kist zat terwijl Strike haar tot in detail verhoorde over een vermeende verkrachting, met Tracey naast hem die de videocamera bediende.

'Weet je of Lula heeft geprobeerd haar vader te vinden?'

'Ja, dat heb ze geprobeerd,' zei Marlene afkeurend.

'Hoe dan?'

'Ze heb gegevens van de universiteit opgezocht.'

'Maar als jij niet meer wist waar hij studeerde...'

'Weet ik veel, ze was er zelf achter gekomen of zoiets, maar hem kon ze niet vinden. Misschien had ik z'n naam niet goed onthouden, weet ik 't. Ze bleef maar aan m'n kop zeuren: hoe zag-ie eruit, waar studeerde hij? Ik zeg tegen d'r, ik zeg: hij was lang en mager, en wees maar blij dat je mijn oren hebt en niet die van hem, want je had je fucking modellencarrière wel kunnen vergeten als je zijn fucking olifantenoren had geërfd.'

'Zei Lula wel eens iets tegen je over haar vrienden?'

'Jazeker. Dat kleine krengetje, die Raquelle of hoe ze zich ook noemde. Zoog Lula helemaal leeg als ze de kans kreeg. Ja, die is niks tekortgekommen. Kleren en sieraden en weet ik wat allemaal nog meer. Ik heb zelf wel eens tegen Lula gezegd: "Ik zou best een nieuwe jas kunnen gebruiken," maar ik drong niet aan, snap je? Die Raquelle zeurde er gerust om.'

Ze snufte even en dronk haar glas leeg.

'Heb je Rochelle ooit ontmoet?'

'O, dus zo heet ze. Ja, één keer. Ze kwam aan in zo'n belachelijk lange auto met chauffeur om Lula bij me op te halen. Keek ze me door het achterraampje aan als de chique madame. Dat zal ze wel missen nu. Die kreeg altijd het onderste uit de kan.

En verder Ciara Porter,' denderde Marlene door, zo mogelijk nog haatdragender. 'Dat kreng kroop verdomme het nest in met Lula's vriend in de nacht van haar dood. Vuile bitch dat ze is.'

'Ken je Ciara Porter?'

'Ik lees toch kranten! Evan is naar haar huis gegaan, of niet soms? Nadat hij ruzie had gehad met Lula. Naar Ciara. De vuile bitch.'

Naarmate Marlenes relaas vorderde, werd hem duidelijk dat Lula haar biologische moeder angstvallig bij haar vrienden vandaan had gehouden, en dat Marlenes mening en gevolgtrekkingen over Lula's kennissenkring uitsluitend – met uitzondering van de korte glimp die ze van Rochelle had opgevangen – waren gebaseerd op de berichtgeving in de pers, die ze gretig tot zich genomen had.

Strike ging nog een keer bier halen en hoorde vervolgens Marlenes beschrijving aan van de grote schrik en afschuw die haar ten deel gevallen waren toen ze hoorde (van de buurvrouw die het nieuws was komen vertellen, vroeg in de ochtend van de achtste) dat haar dochter een dodelijke val van haar balkon had gemaakt. Enkele strategisch gestelde vragen onthulden dat Lula de laatste twee maanden voor haar dood niet meer bij Marlene was geweest.

Vervolgens moest Strike een felle redevoering aanhoren over de manier waarop Marlene na Lula's dood was behandeld door het adoptiegezin van het model.

'Ze wilden me niet in hun buurt hebben, vooral die klote-oom niet. Heb je die al ontmoet? Die lul van een Tony Landry? Toen ik hem belde over de begrafenis, begon hij gelijk te dreigen. Ik zeg tegen hem: "Ik ben d'r moeder, ik heb het recht om erbij te zijn." En toen zei die lul dat ik d'r moeder niet ben, dat dat gestoorde wijf d'r moeder is, *lady* Bristow. Gek is dat, zeg ik, ik meen me toch te herinneren dat ze uit míjn kut is gekomen. Ja, sorry dat ik het zo bot zeg, maar zo is het goddomme toch? En toen zei hij dat ik de familie lééd berokkende door met de pers te praten. Terwijl de pers dus zelf naar me toe was gekomen,' zei ze fel tegen Strike, priemend met haar vinger naar het flatgebouw tegenover hen. 'De pers heb me zelf opgespoord. Tuurlijk heb ik goddomme m'n verhaal verteld. Logisch.

Ik wou geen scène schoppen, niet op een begrafenis, ik wou de boel niet verpesten, maar ik liet me daar goddomme niet weghouwe. Ben gewoon achterin gaan zitten. Ik zag die klote-Rochelle daar ook, die keek me aan alsof ik een stuk vuil was. Maar ze hebben me niet weggestuurd.

Ze hebben d'r zin gekregen, die familie. Ik krijg niks. Geen ene rotmoer. Zo zou Lula het nooit gewild hebben, zeker te weten van niet. Zij zou willen dat ik ook iets kreeg.' En ze voegde er zogenaamd waardig aan toe: 'Niet dat het mijn om het geld gaat. Die rotcenten interesseren me niet. Me dochter is niet te vervangen, nog door geen tien of twintig miljoen.

Natuurlijk zou ze laaiend zijn als ze wist dat ik niks heb gekregen,' vervolgde ze. 'Al dat geld, zomaar voor het oprapen. De mensen geloven me niet als ik zeg dat ik niks krijg. Ik kan me huur amper betalen en me eigen dochter heb miljoenen nagelaten. Maar het is niet anders. Zo blijven de rijken rijk, hè? Ze hadden het niet nodig, maar ze wilden best nog een beetje meer hebben. Ik snap niet dat die kerel van Landry 's nachts nog een oog dichtdoet, maar dat is zijn zaak.'

'Heeft Lula ooit gezegd dat ze jou iets zou nalaten? Heeft ze het wel eens over een testament gehad?'

Marlene leek plotseling een spoortje hoop te zien opdoemen. 'O ja, ze zei dat ze me goed zou achterlaten. Ja, dat heb ze beloofd. Had ik dat misschien aan iemand moeten melden? Officieel, als het ware?'

'Ik denk niet dat het enig verschil zou hebben gemaakt, tenzij ze je specifiek iets heeft nagelaten via een testament,' zei Strike.

Haar gezicht verviel weer in de voormalige norsheid.

'Dat zullen ze wel vernietigd hebben, die schoften. Dat kan makkelijk. Zo zijn die lui wel. Ik zie die oom overal voor aan.'

5

'Het spijt me vreselijk dat hij u nog niet heeft teruggebeld,' zei Robin tien kilometer verderop op kantoor door de telefoon. 'De heer Strike heeft het momenteel erg druk. Als u me uw naam en telefoonnummer geeft, zal ik ervoor zorgen dat hij vanmiddag nog belt.'

'O, dat is niet nodig,' zei de vrouw. Ze had een prettige, beschaafde stem met een vage hint van schorheid, alsof haar lach sexy en schaamteloos zou zijn. 'Ik hoef hem niet per se te spreken. Zou je een boodschap voor me kunnen doorgeven? Ik wilde hem alleen maar waarschuwen. Goh, wat is dit... Het is een beetje gênant, ik had het liever anders gehad... Maar goed. Zou je tegen hem willen zeggen dat Charlotte Campbell heeft gebeld, en dat ik verloofd ben met Jago Ross? Ik wilde niet dat hij het van een ander zou horen of erover zou lezen. Jago's ouders hebben het namelijk in de *Times* laten zetten, erg hè? Ik kan wel door de grond gaan.'

'O. Ja, goed,' zei Robin; haar hersenen waren plotseling net zo verlamd als haar pen.

'Hartelijk dank, eh... Robin, zei je? Bedankt. Dag.'

Charlotte hing als eerste op. Toen Robin in slow motion de hoorn neerlegde, gierden de zenuwen door haar lijf. Ze wilde dit nieuws niet brengen. Ze mocht dan slechts de boodschapper zijn, het zou voelen als een aanval op Strikes vaste voornemen om zijn privéleven voor haar verborgen te houden, op zijn stellige weigering ook maar iets te zeggen over de dozen met persoonlijke spullen, het kampeerbedje en het afval van zijn avondeten dat iedere morgen in de vuilnisbakken lag.

Robin woog haar opties af. Ze zou kunnen vergeten de boodschap door te geven en hem eenvoudig kunnen vragen Charlotte te bellen, zodat die haar vuile werk (zoals Robin het in gedachten noemde) zelf kon opknappen. Maar stel dat Strike weigerde haar te bellen en hij van iemand anders over de verloving hoorde? Robin kon niet weten of Strike en zijn ex (vriendin? verloofde? echtgenote?) misschien een heel legioen gemeenschappelijke vrienden hadden. Als Matthew en zij ooit uit elkaar zouden gaan, als hij zich zou verloven met een andere vrouw (ze kreeg een raar gevoel in haar borst bij de gedachte alleen al), zouden al haar goede vrienden en haar familie zich erbij betrokken voelen en over elkaar heen tuimelen om het haar zo snel mogelijk te vertellen. Robin bedacht dat ze waarschijnlijk ook liever van tevoren zo persoonlijk mogelijk zou worden gewaarschuwd, zonder al te veel ophef.

Toen ze Strike bijna een uur later de trap op hoorde komen, opgewekt pratend in zijn telefoon, voelde Robin een scherpe pijnscheut door haar maag trekken, alsof ze examen moest doen. Hij kwam de glazen deur door en op dat moment zag ze dat hij niet aan het bellen was, maar zachtjes voor zich uit rapte. Nu voelde ze zich nog ellendiger.

'Fuck yo meds and fuck Johari,' mompelde Strike, die een doos in zijn handen had met daarin een ventilator. 'Goedemiddag.'

'Hallo.'

'Ik dacht dat we deze wel konden gebruiken. Het is hier benauwd.'

'Ja, dat is fijn.'

'Ik hoorde net in de winkel dat nummer van Deeby Macc,' liet Strike haar weten terwijl hij de ventilator in een hoek zette en zijn jasje afstroopte. '"Nana nana *and Ferrari, fuck yo meds and fuck Johari.*" Ik ben benieuwd wie Johari was. Misschien een rapper met wie hij een vete had of zo?'

'Nee,' zei Robin; ze zou willen dat hij niet zo opgewekt was. 'Dat is een term uit de psychologie. Het Johari-venster. Het heeft te maken met hoe goed we onszelf kennen en hoe goed andere mensen ons kennen.'

Strike onderbrak het ophangen van zijn colbert even en staarde haar aan. 'Dat heb je niet zomaar in een blaadje gelezen.'

'Nee, ik heb psychologie gestudeerd. Niet afgemaakt.'

Ze had vaag het gevoel dat het terrein op de een of andere manier geëffend zou worden als ze hem vertelde over een van haar persoonlijke mislukkingen voordat ze het slechte nieuws te berde bracht.

'Je hebt je studie niet afgemaakt?' Hij leek ongekend geïnteresseerd voor zijn doen. 'Wat toevallig, ik ook niet. Maar leg me dat "Fuck Johari" eens uit?'

'Deeby Macc heeft in de gevangenis therapie gevolgd. Het wekte zijn belangstelling en toen heeft hij zich verdiept in de psychologie. Dat heb ik trouwens wél uit de bladen,' voegde ze eraan toe.

'Jij bent echt een bron van nuttige informatie.'

En weer had ze het gevoel alsof haar maag een vrije val maakte.

'Er is voor u gebeld toen u de deur uit was. Door Charlotte Campbell.'

Hij keek met een ruk naar haar op en fronste zijn voorhoofd.

'Ze vroeg of ik u een boodschap wilde doorgeven.' Robins blik gleed naar opzij en bleef rusten boven Strikes oor. 'Ik moest zeggen dat ze verloofd is met Jago Ross.'

Haar ogen werden onweerstaanbaar teruggevoerd naar zijn gezicht, en ze voelde een afgrijselijke kilte.

Een van Robins vroegste en meest levendige herinneringen uit haar kinderjaren was de dag dat de hond van het gezin was afgemaakt. Zelf was ze te jong geweest om de woorden van haar vader te begrijpen; voor haar was de voortdurende aanwezigheid van Bruno, de geliefde labrador van haar oudste broer, vanzelfsprekend. Verward door de plechtige stemming van haar ouders was ze naar Stephen gegaan om de reactie te peilen die van haar werd verwacht, en het gevoel van veiligheid en geborgenheid was voorgoed verdwenen toen ze voor het eerst in haar korte leventje zag hoe alle blijdschap en rust uit zijn vrolijke gezichtje waren weggetrokken, zijn lippen spierwit werden en zijn mond openviel. Ze had de onwetendheid horen brullen in de stilte die voorafging aan zijn afgrijselijke, gekwelde kreet en ze was in snikken uitgebarsten, ontroostbaar, niet vanwege Bruno maar om het angstaanjagende verdriet van haar broer.

Strike reageerde niet meteen. Na een korte stilte zei hij, voelbaar moeizaam: 'Juist. Dank je.'

Hij liep naar zijn eigen kantoor en deed de tussendeur dicht.

Robin ging weer aan haar bureau zitten. Ze voelde zich een beul en kon zich nergens toe zetten. Even overwoog ze om weer op zijn deur te kloppen en hem een kop thee aan te bieden, maar ze besloot het niet te doen. Vijf minuten lang herschikte ze rusteloos de spullen op haar bureaublad, waarbij ze regelmatig een blik op de gesloten deur wierp, tot die weer openging en ze geschrokken deed alsof ze druk zat te typen.

'Robin, ik ben even de deur uit,' zei hij.

'Oké.'

'Als ik om vijf uur niet terug ben, kun je gewoon afsluiten.'

'Ja, natuurlijk.'

'Tot morgen.'

Hij pakte zijn colbert van de haak en vertrok, met een doelgerichte tred waardoor ze zich niet liet misleiden.

De wegopbreking groeide als een open wond: elke dag een uitbreiding van de chaos en een verlenging van de tijdelijke tunnel die voetgangers bescherming moest bieden en in staat moest stellen zich een weg te banen door de verwoesting. Het ontging Strike volledig. Op de automatische piloot liep hij over trillende houten planken naar de Tottenham, de pub die hij associeerde met ontsnapping uit de werkelijkheid, een toevluchtsoord.

Net als in de Ordnance Arms was er slechts één andere klant, een oude man die pal achter de ingang zat. Strike bestelde een halve liter Doom Bar en nam plaats in een van de lage roodleren zitjes tegen de wand, bijna pal onder de sentimentele victoriaanse schone die met rozenblaadjes strooide, lief en dwaas en simpel. Hij dronk alsof zijn bier een medicijn was, zonder enig plezier, slechts gericht op resultaat.

Jago Ross. Ze moest al die tijd contact met hem gehouden hebben, hem hebben gezien terwijl ze met Strike samenwoonde. Zelfs Charlotte, met haar betoverende invloed op mannen en haar verbijsterende trefzekerheid, kon niet binnen drie weken gevorderd zijn van een hernieuwde kennismaking naar een verloving. Ze moest Ross stiekem ontmoet hebben in de tijd dat ze Strike haar eeuwige liefde verklaarde.

Dat wierp een totaal ander licht op het nieuws waarmee ze hem een maand voor het einde had overdonderd, en op haar weigering hem bewijs te tonen, op de steeds veranderende data die ze had genoemd en de abrupte afloop ervan.

Jago Ross was al eens getrouwd geweest. Hij had kinderen, en Charlotte had via via gehoord dat hij veel dronk. Ze had er samen met Strike om gelachen dat ze al die jaren geleden mooi aan hem ontsnapt was, gezegd dat ze medelijden had met zijn vrouw.

Strike nam nog een halve liter, en toen een derde. Hij wilde de impuls verdrinken die als een elektrische stroomstoot door zijn lijf trok, de neiging om haar op te zoeken, om het uit te schreeuwen, te razen en te tieren, Jago Ross' kaak te breken.

Bij de Ordnance Arms en ook daarna had hij niets gegeten, en het was lang geleden dat hij zo veel alcohol achter elkaar had genuttigd. Het kostte hem amper een uur bierconsumptie, gestaag en in zijn eentje, vastberaden, om een staat van serieuze dronkenschap te bereiken.

Toen de slanke, bleke gestalte zijn tafeltje naderde, zei hij met dubbele tong dat ze verkeerd was: de verkeerde man aan het verkeerde tafeltje.

'Nee, helemaal niet,' zei Robin ferm. 'Ik kom gewoon ook wat drinken, oké?'

Toen ze wat te drinken ging halen, staarde hij wazig naar haar handtas, die ze op een kruk had gezet. De tas was geruststellend vertrouwd, bruin en een beetje aftands. Op kantoor hing ze hem gewoonlijk aan een kleerhanger. Hij glimlachte er vriendelijk naar en proostte erop.

Verderop zei de barman, die jong en timide was, tegen Robin: 'Ik geloof dat hij wel genoeg heeft gehad.'

'Alsof ik daar wat aan kan doen,' kaatste ze terug.

Ze had naar Strike gezocht bij de Intrepid Fox, een pub dichter bij kantoor, bij Molly Moggs, de Spice of Life en de Cambridge.

De Tottenham was de laatste zaak die ze zou proberen, had ze zich voorgenomen.

'Tissernou?' vroeg Strike toen ze ging zitten.

'Er is niks.' Robin nam een slokje van haar alcoholarme bier. 'Ik wilde gewoon even kijken of alles goed was met u.'

'Allezzprima,' zei Strike, en toen, in een poging zich duidelijk verstaanbaar te maken: 'Iz prima.'

'Mooi zo.'

'Ik vier gewoon de v'loving vamme v'loofde.' Hij hief zijn elfde halve liter en proostte onvast. 'Zze had nooi bijm weg moete gaan. Nooit!' En hij voegde er luid en duidelijk aan toe: 'Nooit weg moeten gaan bij de chique meneer Jago Ross. De verschrikkelijke lúl.'

Het laatste woord schreeuwde hij bijna. Er waren nu meer mensen in de kroeg dan toen Strike binnenkwam, en de meesten van hen leken hem gehoord te hebben. Ze hadden vóór zijn uitroep al meewarige blikken op hem geworpen. Door Strikes omvang, zijn lodderige ogen en zijn strijdlustige blik was er om hem heen een bescheiden no-gozone ontstaan; mensen die de toiletten bezochten liepen met een grote boog om zijn tafeltje heen, alsof hij nog drie keer zo breed was.

'Zullen we een eindje gaan lopen?' stelde Robin voor. 'Iets te eten halen?'

'Zal ik jou's wazegge?' zei hij, en hij leunde met zijn ellebogen op tafel, waarbij hij bijna zijn bier omstootte. 'Zal ik jou's wazegge, Robin?'

'Wat dan?' Ze hield zijn bier recht. Plotseling bekroop haar het sterke verlangen om te gaan giechelen. Vele medegasten in de pub hielden hen in de gaten.

'Je bent een llleuke meid,' zei Strike. 'Leuk. Harske leuk. Da's me opgevallen.' Hij knikte plechtig. 'Opgevallen.'

'Dank u wel,' zei ze, en ze moest haar lachen inhouden.

Hij leunde achterover in zijn stoel, sloot zijn ogen en zei: 'Sorry. Bezzzopen.'

'Ja.'

'Doe'k nie meer zo vaak.'

'Nee.'

'Niks gegeten.'

'Zullen we dan iets te eten halen?'

'Kunnen we wel doen, ja,' zei hij met gesloten ogen. 'Ze zei dazze zwanger was.'

'O,' zei Robin treurig.

'Ja. Zei ze. En daarna zei ze dattet weg was. Kan nooit van mij geweest zijn. Klopte niks van.'

Robin zei niets. Ze wilde vergeten dat ze dit had gehoord.

Hij deed zijn ogen weer open. 'Ze was voor mij bij hem weggegaan... en nou izzet andersom.'

'Wat erg.'

'... anderzzzom. Geeft niks. Je bent een goeie meid.'

Hij haalde een pakje sigaretten uit zijn zak en stak er een tussen zijn lippen.

'Er mag hier niet gerookt worden,' bracht ze hem voorzichtig in herinnering, maar de barkeeper, die het juiste moment leek te hebben afgewacht, kwam met een gespannen gezicht toegesneld.

'Dat zult u buiten moeten doen,' zei hij luid tegen Strike.

Strike tuurde met waterige ogen naar de jongen, verbaasd.

'Het is al goed,' zei Robin tegen de barkeeper, en ze pakte haar handtas. 'Kom mee, Cormoran.'

Hij kwam overeind. Groot, log en tollend op zijn benen ontvouwde hij zich uit de krappe ruimte achter de tafel en keek dreigend naar de barman; Robin kon het de jongen niet kwalijk nemen dat hij achteruitdeinsde.

'Ssnergens voor nodig,' zei Strike, 'om zo tekeer te gaan. Ssnergens voor nodig, botterik.'

'Oké Cormoran, we gaan,' zei Robin, en ze deed een stapje terug om hem de ruimte te geven.

'Ogenblikje, Robin,' zei Strike, en hij stak een grote hand op. 'Ogenblikje.'

'O god,' zei Robin zacht.

'Heb jij wel eens ge-gebokst?' vroeg Strike aan de barman, die hem doodsbenauwd bekeek.

'Cormoran, we gaan.'

'Ik ben bokser geweezzzt. In 't leger.'

Een lolbroek aan de bar mompelde: 'Van jou had ik wel kunnen winnen.'

'Kom nou, Cormoran,' zei Robin. Ze pakte hem bij de arm, en tot haar grote opluchting en verbazing liep hij gedwee met haar mee. Het deed haar denken aan het meevoeren van het enorme trekpaard dat haar oom vroeger op zijn boerderij had gehad.

Eenmaal in de frisse lucht leunde Strike tegen een van de ramen van de Tottenham en probeerde vruchteloos een sigaret op te steken. Uiteindelijk moest Robin de aansteker voor hem ter hand nemen.

'Wat jij nodig hebt is iets te eten,' zei ze toen hij met gesloten ogen stond te roken, enigszins overhellend, zodat ze bang was dat hij zou omvallen. 'Een beetje nuchter worden.'

'Ik wil niet nuchter worden,' mompelde Strike. Hij verloor zijn evenwicht en wist nog net een valpartij te voorkomen door een aantal snelle pasjes opzij te doen.

'Kom,' zei ze en ze leidde hem over het houten bruggetje over een diepe geul in de opgebroken weg, waar de ratelende machines en de bouwvakkers eindelijk stilgevallen waren, vertrokken voor de nacht.

'Robin, wiz jij da'k bokser ben geweest?'

'Nee, dat wist ik niet,' zei ze.

Het was haar bedoeling om hem mee terug te nemen naar kantoor en hem daar iets te laten eten, maar hij bleef staan bij een kebabzaak aan het einde van Denmark Street en was al naar binnen gedoken voordat ze hem kon tegenhouden.

Buiten, aan het enige tafeltje op de stoep, aten ze kebab, en hij vertelde haar over zijn boksloopbaan in het leger, zo nu en dan afdwalend om haar te vertellen hoe aardig ze was. Ze slaagde erin hem zijn stemvolume te laten dempen. De uitwerking van de grote hoeveelheid alcohol die hij had genuttigd was nog altijd merkbaar, daar leek het eten weinig verandering in te brengen. Toen hij naar de wc ging, bleef hij zo lang weg dat ze bang werd dat hij ergens voor pampus lag.

Robin keek op haar horloge en zag dat het tien over zeven was. Ze belde Matthew om te zeggen dat ze werd opgehouden door een dringende kwestie op kantoor. Zo te horen was hij daar niet blij mee.

Strike kwam zwalkend terug de straat op gelopen en botste bij het naar buiten gaan tegen de deurstijl. Hij plantte zijn lichaam wijdbeens tegen het raam en probeerde weer een sigaret op te steken.

'Robin,' zei hij nadat hij het had opgegeven, en hij keek haar aan. 'Robin, weet jij wat een k-k-kairosmoment is?' Hij hikte. 'Kairozz?'

'Een kairosmoment?' herhaalde ze, en ze hoopte tegen beter weten in dat het niks te maken had met seks, niet weer iets wat ze naderhand niet meer zou kunnen vergeten, vooral ook omdat de man van de kebabzaak grijnzend achter hen stond mee te luisteren. 'Nee, dat weet ik niet. Zullen we teruggaan naar kantoor?'

'Weet je niet wat het izz?' Hij keek haar met samengeknepen ogen aan.

'Nee.'

'Da's Grieks. *Kairos*. Een kairosmoment. En het betekent...' En hij slaagde erin ergens diep in zijn bezopen brein een reeks verrassend heldere woorden op te dreggen: 'Het geschikte moment. Het *moment suprême*. Het allerbeste moment, dus.'

O nee, dacht Robin. Ga nu alsjeblieft niet zeggen dat wij samen zo'n moment hebben.

'En weet je wat dat van ons was, Robin? Van mij en Charlotte?' Hij staarde voor zich uit, de onaangestoken sigaret bungelend in zijn hand. 'Dat was toen ze zzomaar ineenzz de afdeling op kwam – ik lag al heel lang in het ziekenhuis en had haar twee jaar niet gezien – en zzze kwam naar me toe gelopen en zonder een woord te zeggen...' Hij zweeg even om op adem te komen en kreeg weer de hik. '...kuzzte ze me na twee jaar en toen waren we weer samen. Geen woord werd er gesproken. Z'is bloedjemooi. Mooiste vrouw die'k ooit heb gezien. Dat was misschien wel het mooiste moment van mijn hele fucking leven. Mijn hele fucking leven. Sorry, Robin, da'k "fucking" zeg. Neem me niet kwalijk,' zei hij.

Robin wist niet of ze moest lachen of huilen, al begreep ze zelf niet waar ze zo treurig van werd. 'Zal ik die sigaret voor je opsteken?'

'Je bent een fijne meid, Robin, weet je dat?'

Vlak bij de bocht naar Denmark Street bleef hij ineens staan, nog altijd tollend op zijn benen, heen en weer zwaaiend als een boom in de wind, en hij liet haar op luide toon weten dat Charlotte niet van Jago Ross hield, dat het allemaal een spelletje was, een spelletje om hem, Strike, zo veel mogelijk pijn te doen.

Voor de zwarte deur van het detectivebureau bleef hij opnieuw staan, en hij stak beide handen naar haar op om aan te geven dat ze niet met hem mee naar boven moest gaan. 'Ga jij maar naar huis, Robin.'

'Ik breng je alleen even naar boven.'

'Nee, nee, hoeft niet. M'sschien moet ik wel kotsen. Nee, ik... hou m'n poot stijf,' zei Strike. 'En dat flauwe grapje snap jij duzz niet. Of wel? Je weet nu toch bijna alles. Heb ik het niet verteld?'

'Ik weet niet wat je bedoelt.'

'Geeft niks, Robin. Ga maar naar huis, ik moet fucking nodig kotsen.'

'Weet je zeker...?'

'Sorry da'k steeds "fucking" zeg – da'k vloek. Je bent een lieve meid, Robin. Dagdag.'

Ze keek naar hem om toen ze bij Charing Cross Road was. Hij liep wankel, met die akelig trage, zogenaamd zekere tred van iemand die heel dronken is, naar de armetierige doorgang naar Denmark Place, ongetwijfeld om over te geven in het donkere steegje, om vervolgens de trap op te stommelen naar zijn kampeerbedje en zijn waterkoker.

6

Er was geen duidelijke overgang van slaap naar bewustzijn. Het ene moment lag hij op zijn buik in een dromenlandschap van brokken metaal, puin en geschreeuw. Hij zat onder het bloed en kon geen woord uitbrengen. Het volgende moment lag hij, badend in het zweet, met zijn gezicht tegen het kampeerbedje gedrukt, zijn hoofd een bonkende bal van pijn, zijn open mond droog en ranzig. Het zonlicht dat door de ongeblindeerde ramen naar binnen stroomde verschroeide zijn netvliezen, zelfs met gesloten ogen, en rode, gesprongen adertjes verspreidden zich als een dun, zwart netwerk over de minuscule, kwellende, heen en weer schietende lichtjes.

Hij lag volledig aangekleed op zijn slaapzak, zijn prothese niet verwijderd, alsof hij ter plekke was neergevallen. Stekende geheugenflarden sneden als glasscherven dwars door zijn slapen: hoe hij had geprobeerd de jongen achter de bar ervan te overtuigen dat een nieuwe halve liter een prima idee was, Robin die glimlachend tegenover hem aan het tafeltje zat. Had hij in die toestand echt kebab zitten eten? Hij herinnerde zich dat hij op zeker moment had geworsteld met zijn gulp, toen hij heel nodig moest pissen maar de punt van zijn overhemd tussen de rits zat. Nu schoof hij een hand onder zijn lijf – zelfs die geringe beweging maakte dat hij wilde kreunen of kotsen – en trof tot zijn vage opluchting een dichte gulp aan.

Langzaam, als iemand die een breekbaar vrachtje op zijn schouders laat balanceren, hees Strike zich in zithouding, en hij keek met samengeknepen ogen om zich heen in het helder verlichte vertrek zonder enig idee te hebben hoe laat het zou kunnen zijn, of zelfs maar welke dag het was.

De tussendeur naar het andere kantoor was gesloten en hij hoorde geen beweging aan de andere kant. Misschien was zijn tijdelijke kracht voorgoed vertrokken. Toen zag hij een witte rechthoek op de vloer, onder de deur door geschoven. Heel voorzichtig liet Strike zich op handen en knieën zakken om het briefje op te rapen, dat van Robin bleek te zijn.

> *Beste Cormoran* (er was nu natuurlijk geen weg meer terug naar 'meneer Strike'),
> *Ik zag je lijst met nog te onderzoeken zaken vooraan in het dossier en dacht dat ik de eerste twee wel zou kunnen afhandelen (Agyeman en het Malmaison Hotel). Ik heb mijn mobiel bij me, voor het geval je liever hebt dat ik terugkom naar kantoor.*
> *De wekker voor je deur heb ik gezet op twee uur, zodat je genoeg tijd hebt om je voor te bereiden voor je afspraak om vijf uur op Arlington Place 1, het gesprek met Ciara Porter en Bryony Radford.*
> *Op het bureau staan water, paracetamol en Alka-Seltzer.*
> *Robin*
>
> *PS: Schaam je alsjeblieft niet voor gisteravond. Je hebt niks gezegd of gedaan waar je spijt van zou moeten hebben.*

Vijf minuten lang bleef hij roerloos op zijn kampeerbed zitten, met het briefje in zijn hand, en hoewel hij zich afvroeg of hij weer zou moeten overgeven, genoot hij van de warme zon op zijn rug.

Vier paracetamol en een glas water met Alka-Seltzer, dat het braakvraagstuk bijna voor hem oploste, werden gevolgd door een kwartier op het krappe toilet, met gevolgen die kwalijk waren voor zowel de neus als het oor; al die tijd was hij innig dankbaar voor Robins afwezigheid. Terug in zijn kantoor dronk hij nog twee flesjes water en zette de wekker uit, die zijn hersenen had doen ratelen in zijn schedel. Na enig beraad koos hij schone kleding uit, pakte douchegel, deodorant, een scheermesje, scheercrème en een handdoek uit de plunjezak, viste een zwembroek onder uit een van de kartonnen dozen op de gang en een stel grijze krukken uit een andere, en vervolgens hinkte hij moeizaam de metalen trap af met een sporttas over zijn schouder en de krukken in zijn andere hand.

Onderweg naar Malet Street kocht hij een grote plak melkchocolade. Bernie Coleman, een kennis van hem die bij de geneeskundige dienst in het leger had gezeten, had Strike ooit uitgelegd dat de meeste symptomen van een knallende kater worden veroorzaakt door uitdroging en een te lage bloedsuikerspiegel, de onvermijdelijke gevolgen van langdurig braken. Strike werkte de hele reep naar binnen, de krukken onder zijn armen geklemd. Iedere stap deed zeer in zijn hoofd, dat nog steeds voelde alsof er strakke draden omheen zaten die langzaam werden aangesnoerd.

Maar de lachende god van de dronkenschap had hem nog niet verlaten. Aangenaam onthecht van de realiteit en zijn medemensen liep hij de trap naar het ULU-zwembad af met het ongeveinsde gevoel dat hij daar thuishoorde, en net als anders was er ook nu niemand die hem op zijn aanwezigheid aansprak. De enige andere aanwezige in de kleedkamer hield, na een korte, belangstellende blik op de door Strike verwijderde prothese, beleefd zijn blik afgewend. Hij borg zijn kunstbeen op in een kluisje, samen met zijn kleding van de vorige dag, en liet de deur open omdat hij geen muntje bij zich had. Toen liep hij op krukken naar de douche; zijn uitpuilende buik hing over de rand van zijn zwembroek.

Toen hij zich inzeepte, merkte hij dat de chocolade en de paracetamol de scherpe kantjes van de misselijkheid en de pijn begonnen weg te nemen. Het was de eerste keer dat hij naar het grote zwembad liep. Er waren maar twee studenten, allebei in de snelle baan en met een chloorbrilletje op, blind en doof voor alles behalve hun eigen bekwaamheid. Strike liep door naar de andere kant, legde voorzichtig de krukken naast het trapje en liet zich in de langzame baan glijden.

Zijn conditie was nog nooit zo slecht geweest. Log en scheef zwemmend raakte hij steeds weer de kant. Maar het koele, schone water was een verademing voor lichaam en geest. Hijgend zwom hij één baan en rustte toen uit. Met zijn dikke armen languit op de kant rustend, zodat ze samen met het strelende water het gewicht van zijn enorme lijf konden opvangen, keek hij naar het hoge witte plafond.

Kabbelende golfjes, voortgebracht door de jonge sporters aan de andere kant van het bad, kriebelden zijn borst. De barstende hoofdpijn verdween naar de achtergrond, als een felrood licht in de mist. De chloordamp was scherp en klinisch in zijn neusgaten, maar riep niet langer braakneigingen op. Opzettelijk, als iemand die een pleister van een niet helemaal geheelde wond rukt, richtte Strike zijn aandacht op datgene wat hij had willen verdrinken in alcohol.

Jago Ross, in ieder opzicht zijn tegenpool: knap naar het voorbeeld van een Arische prins, begunstigde van een trustfonds, geboren met een voorbestemde rol binnen de familie en de wereld, een man met de zelfverzekerdheid die een strak gedocumenteerd geslacht van twaalf generaties met zich meebrengt. Hij had een reeks kortstondige, ambitieuze banen op zijn naam staan, had een hardnekkig drankprobleem ontwikkeld en was vals als een doorgefokt, slecht afgericht beest.

Charlotte en Ross maakten beiden deel uit van dat dicht verweven, onderling nauw verbonden en op kostschool grootgebrachte netwerk van blauw bloed; iedereen kende elkaars familie en deelde een band gesmeed door vele generaties huwelijken en oude vriendschappen. Terwijl het water tegen zijn behaarde borst kabbelde was het alsof Strike zichzelf, Charlotte en Ross van een grote afstand bekeek, door een omgekeerde telescoop, waardoor het verloop van hun verhaal duidelijk werd: een weerspiegeling van Charlottes dagelijkse rusteloosheid, haar eeuwige hunkering naar sterk uitvergrote emoties, een verlangen dat zich meestal uitte in destructief gedrag. Op haar achttiende had ze Jago Ross gestrikt als trofee, het meest extreme voorbeeld van zijn type dat ze had kunnen vinden, in de ogen van haar ouders het toonbeeld van een begeerlijke kandidaat. Misschien was het te makkelijk geweest, en zeker te voorspelbaar, want vervolgens had ze hem gedumpt en ingeruild voor Strike, die ondanks zijn goed stel hersenen een gruwel was voor Charlottes familie: een niet te categoriseren bastaard. Wat restte haar, deze vrouw die snakte naar emotioneel onweer na al die jaren, anders nog dan Strike keer op keer de rug toe te keren? Tot de laatste, enige echte mogelijkheid om hem met bombarie te verlaten: de cirkel rondmaken en terugkeren naar de situatie waarin hij haar destijds had ontmoet.

Strike liet zijn vermoeide lijf in het water dobberen. De wedstrijdzwemmers schoten nog heen en weer in de snelle baan.

Strike kende Charlotte maar al te goed. Ze wachtte tot hij haar zou komen redden. Dit was de laatste test, de wreedste.

Hij zwom niet terug naar de overkant maar hopte zijwaarts door het water, zich met zijn armen voorttrekkend langs de kant, zoals hij bij de fysiotherapie in het ziekenhuis had geleerd.

De tweede douche was aangenamer dan de eerste; Strike liet het water zo heet worden als hij kon verdragen, zeepte zich van onder tot boven in en draaide de kraan toen op koud om zich af te spoelen.

Nadat hij de prothese weer had aangebracht, schoor hij zich met een handdoek om zijn middel gewikkeld aan een van de wasbakken en vervolgens hulde hij zich, ongewoon zorgvuldig voor zijn doen, in het duurste pak en het duurste overhemd dat hij bezat. Hij had ze nog nooit gedragen; het was de outfit die hij voor zijn laatste verjaardag van Charlotte had gekregen, kleding die haar verloofde waardig was. Nu dacht hij terug aan de stralende blik waarmee ze had toegekeken hoe hij onwennig naar zijn ongekend stijlvolle spiegelbeeld staarde. Pak en overhemd hadden al die tijd in een hoes in de kast gehangen omdat Charlotte en hij sinds afgelopen november nauwelijks nog uit geweest waren; zijn verjaardag was de laatste echt gelukkige dag die ze samen hadden doorgebracht. Kort daarna waren ze langzaam weer vervallen in de oude, bekende grieven, het bekende moddergooien waarop hun relatie al eerder was stukgelopen en dat ze deze keer hadden gezworen te voorkomen.

Hij had het pak kunnen verbranden. In plaats daarvan, in een vlaag van verzet, besloot hij het te dragen, het te ontdoen van zijn associaties en het te reduceren tot niet meer dan wat lappen stof. De pasvorm van het jasje maakte hem slanker, fitter. Hij liet het bovenste knoopje van het overhemd open. Strike had in het leger de reputatie gehad ongewoon snel te herstellen van buitensporig alcoholgebruik. De man die hem nu aanstaarde in de kleine spiegel boven de wasbak zag bleek en had paarse kringen onder zijn ogen, maar in dat strak gesneden Italiaanse pak zag hij er beter uit dan hij er in weken had uitgezien. Zijn blauwe oog was eindelijk weggetrokken en de schrammen waren geheeld.

Een voorzichtig genuttigde, lichte maaltijd, copieuze hoeveelheden water, een tweede bevrijdend toiletbezoek in het restaurant, nog meer pijnstillers, en uiteindelijk arriveerde hij stipt om vijf uur bij Arlington Place 1.

Na de tweede keer kloppen werd er opengedaan door een vrouw met een nors gezicht, een zwarte bril en een kort grijs bobkapsel. Ze liet hem met kennelijke tegenzin binnen en liep meteen weg, beende met ferme passen over de stenen vloer van een gang waar een magnifieke trap met smeedijzeren spijlen aan lag, en riep: 'Guy! Een of andere Strike?'

Er waren vertrekken aan weerskanten van de gang. Links een groepje mensen, op het eerste oog allemaal in het zwart, starend in de richting van een felle lichtbron die Strike niet kon zien, maar die alle in vervoering toekijkende gezichten bescheen.

Somé kwam door een van de deuren de gang in gelopen. Ook hij droeg een bril, die hem ouder maakte. Zijn spijkerbroek was ruimvallend en gescheurd, zijn T-shirt opgesierd met een oog dat glinsterend bloed leek te huilen – bij nadere inspectie bleken het rode lovertjes te zijn.

'Je zult moeten wachten,' zei hij kortaf. 'Bryony is druk bezig en Ciara is zeker de eerste uren nog niet klaar. Ga daar maar ergens zitten als je wilt.' Hij wees naar een kamer rechts, waar net de rand van een tafel gevuld met schalen zichtbaar was. 'Of blijf anders hier kijken, net als al die nutteloze sukkels,' zei hij met plotselinge stemverheffing, zijn dreigende blik gericht op het groepje elegante jonge mensen die naar de lichtbron staarden. Ze maakten zich onmiddellijk uit de voeten, zonder te protesteren; sommigen liepen de gang door naar het tegenovergelegen vertrek.

'Beter pak trouwens,' voegde Somé eraan toe, met een flits van zijn oude schalksheid. En hij beende terug naar de kamer waar hij uit gekomen was.

Strike volgde de ontwerper en nam de plek in van de ruw verjaagde toeschouwers. De ruimte was langwerpig en bijna volledig leeg, maar door de sierlijsten, de lichte, kale wanden en de ramen zonder gordijnen kreeg het geheel een sombere grandeur. Een ander groepje mensen, onder wie een langharige fotograaf die over zijn camera gebogen stond, was bezig in de ruimte tussen Strike en het tafereel in het achterste gedeelte van het vertrek, dat werd beschenen door een rij verblindend felle booglampen en lichtschermen. Hier was een artistieke opstelling te zien van oude stoelen – waarvan er één op z'n kop stond – en drie modellen. Ze leken een geheel eigen soort te vormen, met gezichten en lichamen op een zeldzame manier geproportioneerd die precies het midden hield tussen 'merkwaardig' en 'indrukwekkend'. Met hun tengere bouw en roekeloos slanke lijven waren deze drie gekozen, nam Strike aan, vanwege het theatrale contrast in hun gelaatskleur en -trekken. Een zwart meisje zo donker als Somé zelf, met een afrokapsel en schuinstaande, verleidelijke ogen, zat als Christine Keeler achterstevoren op een stoel, haar lange benen wit gesprayd als alternatieve legging, haar bovenlichaam ogenschijnlijk bloot. Over haar heen gebogen, gekleed in een wit flanellen hemdje met kettingprint dat net tot over haar schaambeen reikte, zat een Europees-Aziatische schoonheid met steil zwart haar, de pony asymmetrisch geknipt. Aan de zijkant, in haar eentje schuin over de rugleuning van een andere stoel gebogen, stond Ciara Porter, met haar albasten huid en lang, babyblond haar, in een witte, half doorzichtige jumpsuit waarin haar bleke, puntige tepels duidelijk zichtbaar waren.

De visagiste, bijna net zo lang en dun als de modellen, boog zich over het zwarte meisje en bette met een sponsje haar neusvleugels. De drie modellen wachtten in positie zwijgend af, roerloos als portretten, alle drie de gezichten uitdrukkingsloos en leeg, tot ze in actie moesten komen. De andere aanwezigen in het vertrek (de fotograaf had schijnbaar twee assistenten; Somé, die nu nagelbijtend aan de zijlijn zat, werd vergezeld door een andere nors kijkende vrouw met bril) spraken allemaal zachtjes, alsof ze bang waren een gevoelig evenwicht te verstoren.

Na een hele tijd voegde de visagiste zich bij Somé, die snel en voor Strike onhoorbaar tegen haar praatte, druk gebarend. Ze deed een stap terug in het felle licht en woelde, zonder een woord met het model te wisselen, door de lange manen van Ciara Porter. Ciara liet op geen enkele manier blijken zich ervan bewust te zijn dat ze werd aangeraakt en wachtte in geduldig stilzwijgen af. Bryony verdween weer in de schaduwen en vroeg iets aan Somé; hij reageerde met een schouderophalen en gaf haar onhoorbaar een instructie, waarna ze om zich heen keek tot haar blik op Strike bleef rusten.

Ze troffen elkaar aan de voet van de schitterende trap.

'Hallo,' fluisterde ze. 'Laten we daarheen gaan.'

Ze liep voor hem uit de gang door naar het tegenovergelegen vertrek, dat iets kleiner was dan het eerste en werd gedomineerd door de grote tafel vol eten, geserveerd als buffet. Voor een marmeren haard stonden diverse lange kledingrekken op wieltjes, volgehangen met creaties bezet met lovertjes, ruches en veertjes, gerangschikt op kleur. De weggestuurde toeschouwers, allemaal in de twintig, hadden zich hier verzameld, zachtjes pratend, kieskauwend op hapjes van de halflege schalen mozzarella en parmaham, intussen bellend of anderszins met hun telefoon in de weer. Velen van hen onderwierpen Strike aan taxerende blikken toen hij achter Bryony aan naar een naastgelegen kamertje liep, dat was ingericht als tijdelijke make-upruimte.

Twee tafels met hoge, verplaatsbare spiegels stonden voor het enige, grote raam, dat uitkeek op een nette tuin. De zwarte plastic bakken die overal stonden deden Strike denken aan de tassen die zijn oom Ted vroeger meenam als hij ging vliegvissen, alleen zaten de laatjes in Bryony's geval vol met gekleurde poeders en crèmepjes; op de tafels lagen tubes en kwasten in het gelid uitgestald op handdoeken.

'Hallo,' zei ze, nu met een normaal volume. 'Mijn god, de spanning is echt te snijden, hè? Guy is altijd al een perfectionist, maar dit is zijn eerste echte shoot sinds Lula's dood en hij is gigántisch prikkelbaar.'

Ze had donker piekhaar, een grauwe huid en mooie, zij het wat grove, gelaatstrekken. Haar lange, enigszins kromme benen waren gestoken in een strakke spijkerbroek en verder droeg ze een zwart hemdje, diverse dunne gouden kettinkjes om haar hals, ringen om haar vingers en duimen, en haar voeten waren gestoken in zwartleren ballerina's. Dit soort schoeisel was voor Strike altijd een lichte afknapper, omdat het hem deed denken aan de opvouwbare instappers die zijn tante Joan vroeger altijd bij zich droeg in haar handtas – en daarmee aan eeltknobbels en eksterogen.

Strike wilde Bryony uitleggen wat hij van haar wilde, maar ze onderbrak hem. 'Guy heeft me alles verteld. Wil je een sigaret? We mogen hier roken, als we deze openzetten.' En met die woorden wrikte ze de deur open die rechtstreeks uitkwam op een bestraat gedeelte van de tuin.

Ze maakte een hoekje van een van de overvolle make-uptafels vrij en ging erop zitten; Strike nam plaats op een van de stoelen en haalde zijn notitieboekje tevoorschijn.

'Goed, vraag maar raak,' zei ze, en toen, zonder hem de kans te geven een woord te zeggen: 'Ik kan die laatste middag maar niet uit mijn hoofd zetten. Zo triest.'

'Kende je Lula goed?' vroeg Strike.

'Ja, tamelijk goed. Ik had voor een paar shoots haar make-up gedaan en ik heb haar opgemaakt voor de Rainforest Benefit. Toen ik laatst tegen haar zei dat ik aan *threading* doe...'

'Pardon?'

'*Threading*. Wenkbrauwen epileren met een touwtje.'

Strike kon zich er niets bij voorstellen. 'Juist...'

'... toen vroeg ze of ik dat bij haar aan huis wilde doen. Ze werd constant op de hielen gezeten door de paparazzi, óveral, zelfs als ze naar de kapper of de schoonheidssalon ging. Krankzinnig. Dus heb ik haar uit de brand geholpen.'

Bryony had de gewoonte haar hoofd naar achteren te werpen om haar te lange pony uit haar ogen te zwaaien, en ze leek voortdurend een beetje buiten adem. Nu wierp ze haar haar naar de ene kant, haalde haar vingers erdoorheen en tuurde door haar pony naar Strike.

'Ik was om een uur of drie bij haar. Ciara en zij waren helemaal opgewonden over de komst van Deeby Macc. Meidengeroddel, je kent dat wel. Ik heb haar dood totaal niet zien aankomen. Geen seconde.'

'Dus Lula was opgewonden?'

'O ja, wat denk jij dan? Hoe zou jij je voelen als iemand een paar nummers over je had... Nou ja,' zei ze met een schor lachje. 'Misschien is dat typisch een vrouwending. Hij heeft zó veel charisma. Ciara en ik hebben er nog om gelachen toen ik Lula's wenkbrauwen deed. Daarna vroeg ze me of ik haar nagels wilde doen. Uiteindelijk heb ik hen ook nog allebei opgemaakt, dus ik ben daar zo'n... drie uur geweest, schat ik. Ja, tot een uur of zes.'

'Dus jij zou Lula's stemming opgewonden noemen?'

'Ja. Ach, ze was wel een beetje afwezig. Ze keek steeds op haar telefoon, die hield ze op schoot terwijl ik haar wenkbrauwen deed. Ik wist wat dat betekende: Evan was weer eens bezig.'

'Zei ze dat?'

'Nee, maar ik wist dat ze ontzettend pissig op hem was. Waarom denk je anders dat ze die opmerking over haar broer maakte tegen Ciara? Dat ze hem alles zou nalaten?'

Dat leek Strike nogal vergezocht. 'Heb jij haar dat ook horen zeggen?'

'Wat? Nee, dat heb ik later gehoord. Ciara heeft het ons allemaal verteld. Ik geloof dat Lula het op de wc tegen haar heeft gezegd. Maar ik geloof haar, hoor. Absoluut.'

'Waarom?'

Ze keek hem niet-begrijpend aan. 'Nou ja, ze hield toch veel van haar broer? Dat was altijd overduidelijk. Hij was misschien wel de enige op wie ze echt kon rekenen. Maanden eerder, rond de tijd dat het voor het eerst uitging tussen Evan en Lula, maakte ik haar op voor de show van Stella en toen zei ze tegen iedereen dat ze niet goed werd van haar broer, die alleen maar tegen iedereen liep te roepen dat Evan een profiteur was. En toen laatst, die laatste middag, bleek dat Evan haar weer eens belazerde, bedacht ze natuurlijk dat James – heet hij James? – het al die tijd bij het rechte eind had gehad. Ze heeft steeds geweten dat haar broer alleen maar het beste voor haar wilde, ook al kon hij soms een beetje bazig zijn. Dit is een wereldje waar heel veel uitbuiting voorkomt, moet je weten. Iedereen wil iets van je.'

'En wie wilde er in dit geval iets van Lula, denk je?'

'Ach, hou op, iederéén,' zei Bryony, en ze maakte met de hand waarin ze de sigaret vasthield een breed gebaar dat alle andere vertrekken omvatte. 'Ze was hier het hotste model, iedereen wilde een graantje meepikken. Ik bedoel, Guy...' Maar Bryony maakte de zin niet af. 'Nou ja, Guy is zakenman, maar hij was wel dol op haar. Na dat gedoe met die stalker wilde hij dat ze bij hem kwam wonen. Hij heeft het nog steeds heel moeilijk met haar dood. Ik heb gehoord dat hij heeft geprobeerd met Lula in contact te komen via een medium. Dat vertelde Margo Leiter me. Hij is er nog altijd kapot van, kan haar naam niet horen zonder in tranen uit te barsten. *Anyway*,' zei Bryony, 'dat is alles wat ik weet. Ik had nooit kunnen denken dat die middag de laatste keer zou zijn dat ik haar zag. Ik bedoel... jezus!'

'Heeft ze nog iets over Duffield gezegd toen je... met dat wenkbrauwtouwtje in de weer was?'

'Nee,' zei Bryony, 'maar dat zou ze nooit doen, als hij haar echt belazerde.'

'Dus voor zover jij je kunt herinneren had ze het voornamelijk over Deeby Macc?'

'Nou... eigenlijk hadden vooral Ciara en ik het over hem.'

'Maar je denkt wel dat ze ernaar uitkeek hem te ontmoeten?'

'God, ja. Natuurlijk!'

'Kun je me vertellen of je een velletje blauw papier met Lula's handschrift erop hebt gezien toen je in de flat was?'

Bryony schudde haar haar weer voor haar gezicht en kamde er

met haar vingers doorheen. 'Huh? Nee. Nee, zoiets heb ik niet gezien. Hoezo, wat was dat dan?'

'Dat weet ik niet,' zei Strike. 'Ik zou er graag achter komen.'

'Nee, niet gezien. Blauw, zei je? Nee.'

'Ook geen ander papier met haar handschrift?'

'Nee, ik kan me geen papier herinneren. Nee.' Ze schudde haar haar uit haar gezicht. 'Ik bedoel, het kan best zijn dat er zoiets lag, maar dat zou me dan misschien niet opgevallen zijn.'

Het vertrek was klein en groezelig. Misschien verbeeldde hij zich dat ze van kleur verschoten was, maar de manier waarop ze haar rechtervoet op haar knie trok om iets wat er niet zat van de zool van haar ballerina te pulken, was geen verbeelding.

'Lula's chauffeur, Kieran Kolovas-Jones...'

'O, die super-, superknappe jongen?' vroeg Bryony. 'We plaagden haar altijd met hem, Kieran was hartstikke gek op haar. Hij rijdt nu vaak voor Ciara.' Bryony giechelde betekenisvol. 'Ciara heeft een béétje de reputatie een losbol te zijn. Ik bedoel, het is een schat van een meid, maar...'

'Volgens Kolovas-Jones heeft Lula iets op een vel blauw papier geschreven op de achterbank van zijn auto, toen ze die dag bij haar moeder wegging...'

'Heb je haar moeder al gesproken? Dat is nogal een raar mens.'

'... en ik zou graag willen weten wat dat was.'

Bryony gooide haar sigarettenpeuk door de geopende deur naar buiten en schuifelde rusteloos heen en weer op het bureau. 'Dat kan van alles zijn geweest.'

Hij wachtte op de onvermijdelijke suggestie en werd niet teleurgesteld.

'Een boodschappenlijstje of zoiets.'

'Ja, dat zou kunnen. Maar stel nou, even puur theoretisch, dat het een afscheidsbrief was...'

'Dat was het niet. Ik bedoel, dat zou toch raar zijn... Hoe kan dat nou? Wie schrijft er zo ver van tevoren een afscheidsbrief, om zich daarna nog te laten opmaken en te gaan dansen? Dat is toch heel onlogisch!'

'Het ligt inderdaad niet voor de hand, maar het zou goed zijn om uit te zoeken wat voor briefje het dan wel was.'

'Misschien had het niks met haar dood te maken. Waarom kan het niet gewoon een brief aan Evan zijn geweest of zo, om hem te laten weten dat ze het helemaal had gehad met hem?'

'Dat kwam pas later die dag, meen ik, dat ze kwaad op hem was. Bovendien, waarom zou ze Evan een brief schrijven terwijl ze zijn telefoonnummer had en ze hem die avond zou zien?'

'Weet ik veel,' zei Bryony rusteloos. 'Ik wil alleen maar zeggen dat het iets geweest kan zijn wat er helemaal niet toe doet.'

'Weet je zeker dat je het niet hebt gezien?'

'Ja, heel zeker.' Ze had nu beslist een kleur gekregen. 'Ik was daar om mijn werk te doen, niet om tussen haar spullen te snuffelen. Is dat alles?'

'Ja, ik geloof niet dat ik nog meer vragen heb over die middag,' zei Strike. 'Maar er is wel iets anders waar je me misschien mee kunt helpen. Ken je Tansy Bestigui?'

'Nee,' zei Bryony. 'Alleen haar zus, Ursula. Die heeft me een paar keer ingehuurd voor grote feesten. Een vreselijk mens.'

'In welk opzicht?'

'Het is echt zo'n verwende rijke vrouw. Hoewel...' zei Bryony met een zuinig mondje, 'ze is niet eens zo rijk als ze graag zou willen zijn. De zusjes Chillingham gingen allebei voor een oude kerel met een hoop poen, als twee geldzoekende missiles. Ursula dacht de hoofdprijs te scoren toen ze met Cyprian May trouwde, maar hij heeft bij lange na niet genoeg voor haar. Ze loopt nu tegen de veertig, de kansen worden stukken kleiner. Ik neem aan dat ze het daarom niet hogerop heeft gezocht.'

Toen, omdat ze kennelijk het gevoel had haar toon te moeten verklaren, voegde ze eraan toe: 'Sorry hoor, maar ze beschuldigde mij ervan dat ik verdomme haar voicemail zou hebben afgeluisterd.' De visagiste sloeg haar armen over elkaar en wierp Strike een norse blik toe. 'Ik bedoel, het idéé! Ze duwde me haar mobiel in handen en droeg me op een taxi te bellen, niks geen "alsjeblieft" of "dank je wel". Ik drukte per ongeluk de verkeerde toets in, en voordat ik het wist ging ze als een viswijf tegen me tekeer.'

'Waarom was ze zo kwaad, denk je?'

'Hoogstwaarschijnlijk omdat ik een kerel die niet haar echtgenoot was hoorde zeggen dat hij in een hotelkamer lag te fantaseren dat hij haar befte,' antwoordde Bryony koeltjes.

'Dus misschien zocht ze het toch hogerop?'

'Dat noem ik niet hogerop,' zei Bryony, maar ze haastte zich om eraan toe te voegen: 'Ik bedoel, het was een behoorlijk ranzig bericht. Maar ik moet nu echt terug, anders krijg ik het dadelijk met Guy aan de stok.'

Hij liet haar gaan. Toen ze was vertrokken, vulde hij twee bladzijden met nieuwe aantekeningen. Bryony Radford had zich een zeer onbetrouwbare getuige getoond, beïnvloedbaar en leugenachtig, maar ze had hem veel meer verteld dan ze wist.

7

De fotosessie duurde nog drie uur. Strike wachtte in de tuin, waar hij rookte en nog meer water dronk terwijl de schemer inviel. Van tijd tot tijd liep hij naar binnen om de vorderingen te bekijken, die zich uiterst traag leken te voltrekken. Zo nu en dan zag of hoorde hij Somé, die wat minder opvliegend leek te zijn geworden, instructies blaffen naar de fotograaf of een van de in het zwart gestoken hulpjes die tussen de kledingrekken scharrelden. En eindelijk, om negen uur, nadat Strike een paar punten had gegeten van de pizza die was besteld door de stuurse, uitgeputte assistente van de stylist, kwam Ciara Porter de trap af waarop ze met haar twee collega's had geposeerd en voegde zich bij Strike in de make-upkamer, waar Bryony druk haar spullen aan het opruimen was.

Ciara droeg nog het stugge zilveren mini-jurkje waarin ze voor de laatste foto's had geposeerd. Ze was mager en hoekig, met een melkwitte huid en bijna even licht haar, en fletsblauwe, ver uit elkaar staande ogen. Nu strekte ze haar eindeloze benen, de voeten gestoken in schoenen met plateauzolen waaraan lange, rond haar kuiten gestrikte zilverkleurige linten zaten, en stak een Marlboro Light op.

'Niet te gelóven dat jij de zoon van Roker bent!' zei ze ademloos, haar goudberil-ogen en haar volle lippen opengesperd. 'Té waanzinnig! Ik ken hem, hij heeft Looly – zo noemde ik Lula – en mij vorig jaar uitgenodigd voor de presentatie van *Greatest Hits*! En je broers Al en Eddie ken ik ook! Ze vertelden me nog dat ze een grote broer hadden die in het leger zat. God, wat is dit maf. Ben je hier klaar, Bryony?' vroeg ze scherp.

De visagiste leek erg veel werk te maken van het inpakken van haar gerei. Nu versnelde ze zichtbaar haar tempo, terwijl Ciara al rokend in stilzwijgen toekeek.

'Ja, klaar,' zei Bryony uiteindelijk, en ze hees een zware koffer over haar schouder en pakte met beide handen nog meer zware tassen op. 'Doei, Ciara. Tot ziens,' voegde ze er tegen Strike aan toe, en weg was ze.

'Dat kind is zo verdomd nieuwsgierig, en ze roddelt ook,' zei Ciara tegen Strike. Ze wierp haar lange witte haar over haar schouders, herschikte haar veulenbenen en vroeg: 'Zie je Al en Eddie vaak?'

'Nee.'

'En je móéder,' vervolgde ze onverstoorbaar, een kringel rook uitblazend uit haar mondhoek. 'Ik bedoel, die vrouw is gewoon een legende, zeg maar. Wist je dat Baz Carmichael twee seizoenen terug een hele collectie heeft ontworpen die Supergroupie heette? Die was helemaal geïnspireerd op Bebe Buell en je moeder. Maxirokken, bloesjes zonder knopen en laarzen.'

'Dat wist ik niet, nee,' zei Strike.

'Het was echt zoiets... Ken je die uitspraak over de jurken van Ossie Clark? Heel goed is die. Mannen zijn er gek op omdat ze ze heel makkelijk open kunnen rukken om de draagster te neuken. Dat is precies waar de tijd van jouw moeder voor staat.'

Ze schudde opnieuw haar haar uit haar ogen en keek hem doordringend aan, niet met de kille, beledigend taxerende blik van Tansy Bestigui, maar in ogenschijnlijk oprechte, openlijke verwondering. Hij kon moeilijk inschatten of ze echt zo was of dat ze haar eigen personage speelde; haar schoonheid zat hem in de weg, als een dicht spinnenweb waardoor hij haar moeilijk kon observeren.

'Als je het niet erg vindt, wil ik je dus een paar vragen stellen over Lula.'

'Jee. Ja, prima. Nee, ik wil echt graag helpen. Toen ik hoorde dat er een onderzoek kwam, dacht ik: heel goed. Eindelijk.'

'Echt?'

'Ja, joh. Het hele verhaal was zo'n fucking schok! Ik kon het gewoon niet geloven. Ze staat nog in mijn telefoon, moet je kijken.'

Ze rommelde in een enorme handtas en haalde er uiteindelijk een witte iPhone uit tevoorschijn. Scrollend door de contactenlijst boog ze zich naar Strike toe en liet hem de naam 'Looly' zien. Haar parfum was zoet en peperig.

'Ik verwacht steeds dat ze me belt,' zei Ciara, tijdelijk ingetogen, en ze stopte de telefoon weer in haar tas. 'Ik kan haar maar niet wissen, ik neem het me steeds voor, maar dan... Ik wil haar gewoon bewáren, weet je wel?'

Rusteloos hees ze zich overeind, herschikte een van haar lange benen, ging weer zitten en rookte een paar tellen zwijgend door.

'Je hebt het grootste deel van die laatste dag met haar doorgebracht, klopt dat?' vroeg Strike.

'Prááť me d'r niet van.' Ciara sloot haar ogen. 'Ik heb het in gedachten allemaal wel duizend keer teruggehaald. Hoe kan iemand die zeg maar hartstikke gelukkig is nou een paar uur later dood zijn?'

'Ze was gelukkig, zeg jij?'

'Man, gelukkiger dan ik haar ooit heb meegemaakt, die laatste week. We kwamen terug van een klus voor *Vogue* op Antigua, het was weer aan met Evan en ze hadden een relatieceremonie gehouden. Het ging fantastisch met haar, ze was in de zevende hemel.'

'Een relatieceremonie? Was jij daarbij?'

'Nou en of.' Ciara gooide haar peuk in een blikje cola, waar hij zacht sissend doofde. 'O, dat was té romantisch. Daar had Evan haar totaal mee verrast, in het huis van Dickie Carbury. Ken je Dickie Carbury, de restaurateur? Hij heeft een schítterend buitenhuis in de Cotswolds, en we waren allemaal uitgenodigd voor een weekend. Evan had voor hen samen een set armbanden gekocht van Fergus Keane, bloedjemooi, van geoxideerd zilver. Hij dwóng het hele gezelschap gewoon om na het eten mee te gaan naar het meer, in de vrieskou en de sneeuw, en daar droeg hij een gedicht voor dat hij voor Looly had geschreven en toen deed hij haar die armband om. Ze had het niet meer, maar toen kwam ze zelf met een gedicht dat ze kende. Van Walt Whitman.' Ciara werd plotseling serieus. 'Eerlijk waar, het was zo indrukwekkend. Ze had, zeg maar, het perfecte gedicht paraat. En dan denken de mensen dat modellen dom zijn.' Ze wierp opnieuw haar haar naar achteren, bood Strike een sigaret aan en nam er zelf ook weer een. 'Ik word het zo zat om te moeten vertellen dat ik ben ingeloot om Engels te gaan studeren aan Cambridge.'

'Is dat zo?' Strike slaagde er niet in de verbazing uit zijn stem te weren.

'Ja,' zei ze, bevallig de rook uitblazend. 'Maar het modellenwerk gaat zo goed dat ik de studie nog een jaartje uitstel. Het opent deuren, weet je wel?'

'En die eh... relatieceremonie, wanneer was die? Een week voor Lula's dood?'

'Ja,' antwoordde Ciara. 'De zondag ervoor.'

'Werd er behalve gedichten en armbanden nog meer uitgewisseld? Officiële geloften of iets dergelijks?'

'Nee, ze gingen geen wettelijke verbintenis aan of zo, het was gewoon een heel mooi, perfect moment. Nou ja, behalve het gedrag van Freddie Bestigui dan. Verschrikkelijk.' Ciara nam een diepe haal van haar sigaret. 'Maar gelukkig was dat vreselijke wijf van hem er niet bij.'

'Tansy?'

'Tansy Chillingham, ja. Wat een bitch. Het verbaast me helemaal niks dat die twee gaan scheiden, ze leidden allebei hun eigen leven. Je zag ze nooit samen, zeg maar.

Ach, eerlijk gezegd was Freddie dat weekend nog niet eens zo heel erg, gezien zijn reputatie. Zijn geslijm tegen Looly was gewoon vervelend, maar hij gedroeg zich niet zo afschuwelijk als vaak wordt beweerd. Ik heb eens een verhaal gehoord over een supernaïef meisje dat hij een filmrol had beloofd... Nou ja, ik weet ook niet of het waar is.' Ciara tuurde even naar het puntje van haar sigaret. 'Ze heeft in ieder geval nooit aangifte gedaan.'

'Je zei dat Freddie zich vervelend gedroeg. In welk opzicht?'

'Hou op, schei uit. Hij probeerde Looly steeds voor zich alleen te hebben, en dan zeurde hij maar door dat ze het zo goed zou doen op het witte doek. En hij was helemaal lyrisch over haar vader.'

'Sir Alec?'

'Ja, natuurlijk sir Alec. *Oh, my god!*' Ciara zette grote ogen op. 'Als hij haar had kunnen vertellen wie haar echte vader was, dan was Looly hélemaal uit haar dak gegaan! Dat was voor haar de ultieme droom. Nee, hij zei gewoon dat hij sir Alec al jaren kende, dat ze afkomstig waren uit dezelfde wijk – hij noemde het *manor* – in East End, waardoor ze hem eigenlijk als haar peetoom moest beschouwen. Waarschijnlijk dacht hij dat hij leuk was. Nou, niet dus. Het was sowieso overduidelijk dat hij haar voor een film probeerde te strikken. Hij deed superlullig over de relatieceremonie en brulde de hele tijd: "Ik mag de bruid weggeven!" Hij was bezopen, had onder het eten gigantisch veel gedronken. Dickie moest hem de mond snoeren. En later, na de ceremonie, zijn we met z'n allen binnen champagne gaan drinken, en toen goot Freddie nog eens rustig twee flessen naar binnen, boven op alles wat hij al achter de kiezen had. En maar brullen dat Looly zo'n goede actrice zou zijn. Ze trok zich er niks van aan. Negeerde hem gewoon. Ze zat knus met Evan op de bank, tegen elkaar aan gekropen. Die twee...'

En plotseling blonken er tranen in Ciara's met kohl aangezette ogen. Ze veegde ze weg met de palmen van haar mooie, bleke handen.

'... waren smoorverliefd. Ze was verdomme zo gelukkig. Zo had ik haar nog nooit gezien.'

'Je hebt Freddie Bestigui toch ook gezien op de avond voor Lula's dood? Toen kwamen jullie hem tegen in de lobby, op weg naar buiten.'

'Klopt.' Ciara zat nog steeds haar ogen te betten. 'Hoe weet jij dat nou?'

'Van Wilson, de bewaker. Hij dacht dat Bestigui iets tegen Lula had gezegd wat haar niet aanstond.'

'Dat heeft hij goed gezien. Dat was ik helemaal vergeten. Freddie zei iets over Deeby Macc, dat Looly vast wel naar zijn komst uitkeek en dat hij die twee heel graag samen in een film wilde hebben. De precieze woorden weet ik niet meer, maar hij bracht het zo dat het ranzig klonk, snap je?'

'Wist Lula dat Bestigui en haar adoptievader vroeger vrienden waren?'

'Dat hoorde ze toen pas voor het eerst, zei ze. In de flat bleef ze altijd bij Freddie uit de buurt. Ze mocht Tansy niet.'

'Waarom niet?'

'Ach, Looly was niet geïnteresseerd in gezeik van "wie heeft de man met het grootste jacht" en zo, met dat soort mensen wilde ze niet optrekken. Daar stond ze mijlenver boven. Totáál anders dan de zusjes Chillingham.'

'Goed,' zei Strike, 'zou je jullie middag en avond samen nog eens met me willen doornemen?'

Ciara liet haar tweede peuk in het colablikje vallen, weer met een sputterend gesis, en stak meteen een nieuwe sigaret op.

'Ja, goed. Even denken. Ik trof haar 's middags bij haar thuis. Bryony kwam haar wenkbrauwen doen en heeft ons allebei uiteindelijk ook nog een manicure gegeven. Het was echt een meidenmiddagje.'

'Hoe kwam ze op je over?'

'Ze was...' Ciara aarzelde. 'Ze was niet meer zo dolgelukkig als eerder die week. Maar ook niet suïcidaal of zo. Echt niet, no way.'

'Haar chauffeur, Kieran, vond haar gedrag vreemd toen ze bij haar moeder in Chelsea op bezoek was geweest.'

'Ja zeg, waarom zou ze níét raar terugkomen van zo'n bezoek? Haar moeder had kanker!'

'Heeft Lula daar tegen jou nog iets over gezegd die middag?'

'Nee, niet echt. Ze vertelde dat ze alleen even bij haar moeder had gezeten, omdat ze nogal zwak was, zeg maar, na de operatie. Maar niemand dacht dat lady Bristow zou dóódgaan. Ze zou toch juist genezen dankzij die operatie?'

'Heeft Lula nog een andere reden genoemd waarom ze misschien minder gelukkig was dan de voorgaande dagen?'

'Nee.' Ciara schudde traag het hoofd, en het witblonde haar danste om haar gezicht. Ze harkte het weer naar achteren en nam een diepe trek van haar sigaret. 'Ze leek inderdaad een beetje down, afwezig, maar ik ging ervan uit dat dat kwam door de aanblik van haar moeder. Ze hadden een heel rare relatie. Lady Bristow was, zeg maar, overdreven beschermend en bezitterig. Looly vond dat een beetje claustrofobisch, kan ik je zeggen.'

'Heb je Lula met iemand zien bellen toen je bij haar was?'

'Nee,' zei Ciara na een peinzende stilte. 'Ik weet wel dat ze vaak op haar telefoon kéék, maar ze heeft niemand gesproken, voor zover ik weet. Als ze al heeft gebeld, heeft ze het stilletjes gedaan. Ze is wel zo nu en dan de kamer uit gelopen. Ik weet het niet.'

'Bryony dacht dat ze zich verheugde op de komst van Deeby Macc.'

'Ach, schei toch uit,' zei Ciara ongeduldig. 'Alle anderen waren enthousiast over de komst van Deeby Macc. Guy en Bryony en... nou ja, ik ook wel een beetje,' voegde ze er ontwapenend eerlijk aan toe. 'Maar Looly maakte zich helemaal niet druk. Ze was verliefd op Evan. Je moet niet alles geloven wat Bryony zegt.'

'Had Lula een vel papier bij zich, voor zover jij je kunt herinneren? Blauw, door haar beschreven?'

'Nee,' zei Ciara. 'Hoezo? Wat was dat dan?'

'Dat weet ik nog niet,' zei Strike, en Ciara keek plotseling alsof ze door de bliksem was getroffen.

'Jezus! Je gaat me toch niet vertellen dat ze een afscheidsbriefje heeft achtergelaten? *Oh, my god.* Dat zou toch krankzinnig zijn? Dat zou verdomme betekenen dat ze het al van plan was, zeg maar.'

'Het kan ook iets anders geweest zijn,' zei Strike. 'Bij het verhoor heb je gezegd dat Lula van plan zou zijn al haar bezittingen aan haar broer na te laten, klopt dat?'

'Ja, dat zei ze.' Ciara knikte ernstig. 'Ja. Het zit namelijk zo: Guy had Looly een stel supervette tassen uit de nieuwe collectie gestuurd. Ik wist zeker dat hij mij er geen zou geven, ook al had ik net zo goed aan die campagne meegewerkt. Maar ja, ik pakte dus de witte uit, Cashile heet die, en die was zóóó mooi. Guys tassen hebben een verwisselbare zijden voering, en deze had hij speciaal voor haar laten bedrukken met een prachtige Afrikaanse print. Dus ik zeg: "Looly, mag ik deze als je dood bent?" Gewoon een geintje. En ze antwoordt bloedserieus: "Ik laat alles na aan mijn broer, maar van hem mag je vast uitkiezen wat je maar wilt."'

Strike zocht aandachtig naar tekenen dat ze loog of overdreef, maar de woorden kwamen er makkelijk en ogenschijnlijk volkomen eerlijk uit.

'Best een rare opmerking, vind je ook niet?'

'Ja, eigenlijk wel,' zei Ciara, en ze schudde nogmaals haar haren uit haar gezicht. 'Maar zo was Looly, ze kon soms een beetje duister en dramatisch doen. Guy zei altijd: "Doe even niet zo *koekoek*, Koekoek." Afijn,' verzuchtte Ciara, 'die hint over de Cashile-tas pakte ze dus niet op. Ik had gehoopt dat ze hem me gewoon zou geven. Ik bedoel, ze had er víér.'

'Zou je zeggen dat Lula en jij een hechte band hadden?'

'Jezus, ja, superhecht. Ze vertelde me álles.'

'Ik heb gehoord dat ze niet zo makkelijk mensen vertrouwde. Ze was altijd bang dat er verhalen zouden opduiken in de pers. Ik hoorde dat ze kennissen uittestte om na te gaan wie haar zou verraden.'

'O ja, ze werd wel een beetje... paranoïde, zeg maar, toen haar echte moeder verhalen over haar begon rond te strooien. Looly heeft me zelfs een keer gevraagd,' zei Ciara, achteloos met haar sigaret zwaaiend, 'of ik iemand had verteld dat het weer aan was met Evan. Ik bedoel, kom op, zeg! Alsof ze dat ooit stil had kunnen houden. Iedereéén had het erover. Ik zei tegen haar: "Looly, er is maar één ding erger dan dat er over je wordt gepraat, en dat is wanneer er niét over je wordt gepraat." Die is van Oscar Wilde,' voegde ze er attent aan toe. 'Maar dat aspect van de roem vond Lula vreselijk.'

'Guy Somé denkt dat Lula het niet zou hebben goedgemaakt met Duffield als hij niet het land uit was geweest.'

Ciara gluurde naar de deur en dempte haar stem. 'Echt iets voor Guy om dat te zeggen. Hij was altijd megabeschermend als het om Looly ging. Hij was dol op haar, hij hield echt van haar. Evan was slecht voor Looly, vond hij, maar hij kent de ware Evan niet. Echt. Die jongen is totaal verknipt, maar hij deugt wel. Nog niet zo lang geleden is hij bij lady Bristow op bezoek gegaan. Ik zei nog tegen hem: "Waaróm, Evan, waarom zou je jezelf dat aandoen?" Want die hele familie kon hem namelijk wel schieten. En weet je wat hij zei? "Ik wil graag met iemand praten die het net zo erg vindt als ik dat ze er niet meer is."'

Strike schraapte zijn keel.

'De pers moet Evan altijd hebben,' zei Ciara. 'Dat is heel oneerlijk, hij kan nooit iets goed doen.'

'Duffield is in de nacht van Lula's dood toch naar jou toe gekomen?'

'Kijk, daar hebben we het al!' zei Ciara verontwaardigd. 'Ze deden verdomme net of we met elkaar hadden liggen rotzooien of zoiets! Hij had geen geld en zijn chauffeur was verdwenen, dus toen is hij heel Londen door gelopen om bij mij thuis te kunnen pitten. Op de bank. We waren samen toen we het nieuws hoorden.'

Ze stak haar sigaret tussen haar volle lippen en nam een diepe trek, haar blik strak op de vloer gericht.

'Het was afschuwelijk. Je kunt het je niet voorstellen. Afschuwelijk. Evan was... *oh, my god*. En daarna,' zei ze, haar stem nauwelijks meer dan een fluistering, 'zeiden ze allemaal dat hij het had gedaan. Vanaf het moment dat Tansy Chillingham had beweerd dat ze ruzie had gehoord. De pers was niet meer te houden. Het was verschrikkelijk.'

Ze keek naar Strike op en hield haar haar uit haar gezicht. De schelle plafondlamp verlichtte haar volmaakte schedel.

'Je hebt Evan nooit ontmoet, of wel?' vroeg Ciara.

'Nee.'

'Zou je het willen? Je zou met me mee kunnen gaan, hij komt ook naar de Uzi vanavond.'

'Nou, graag.'

'Toppie. Wacht even.' Ze sprong overeind en riep door de open deur: 'Guy, liefje, mag ik dit vanavond aanhouden? Alsjeblíéft? Naar de Uzi.'

Somé kwam het kamertje binnen. Hij zag er uitgeput uit achter zijn bril. 'Goed. Maar zorg wel dat je gefotografeerd wordt. Als hij beschadigt, sleep ik die magere witte reet van je voor de rechter.'

'Hij beschadigt niet. Ik neem Cormoran mee vanavond, dan kan ik hem voorstellen aan Evan.'

Ze stopte haar sigaretten weg in een enorme tas, waar zo te zien haar eigen kleren van die middag ook in zaten, en hees het gevaarte over haar schouder. Op hakken was ze op een paar centimeter na even lang als de speurder.

Somé kneep zijn ogen tot spleetjes en keek Strike aan. 'Maak het dat ettertje maar flink moeilijk.'

'Guy!' zei Ciara, en ze trok een pruilmondje. 'Doe niet zo gemeen.'

'En kijk maar uit, meester Rokeby,' voegde Somé er met de voor hem gebruikelijke boosaardige ondertoon aan toe. 'Ciara is een vreselijke sloerie, hè schat? En ze is net als ik, ze houdt van groot.'

'Guy!' riep Ciara met gespeelde afschuw. 'Kom mee, Cormoran, mijn chauffeur wacht.'

8

Strike had, als gewaarschuwd man, geen last van de verbazing die Kieran Kolovas-Jones ten deel viel toen hij hem zag aankomen. De chauffeur hield het portier aan de passagierskant open, slechts verlicht door het flauwe schijnsel van de interieurverlichting van de auto, maar Strike zag de verandering in zijn blik toen hij besefte wie Ciara bij zich had.

'Goedenavond.' Strike liep om de auto heen om het andere portier te openen en naast Ciara in te stappen.

'Kieran, je kent Cormoran toch?' vroeg Ciara terwijl ze haar veiligheidsgordel omdeed. Haar jurkje was omhooggekropen tot helemaal boven aan haar lange benen. Strike kon niet met zekerheid zeggen of ze er iets onder droeg. Onder de witte jumpsuit had ze in ieder geval geen beha gedragen.

'Hallo, Kieran,' zei hij.

De chauffeur knikte naar Strike via de achteruitkijkspiegel, maar zei geen woord. Hij had een strikt professionele houding aangenomen, waarvan Strike betwijfelde of hij die ook vertoonde wanneer er geen beroepsspeurder in de buurt was.

De auto reed weg van de stoeprand. Ciara begon weer in haar tas te rommelen; ze haalde er een parfumverstuiver uit en spoot in een brede cirkel rond haar gezicht en schouders, om vervolgens lipgloss aan te brengen, al die tijd druk doorpratend.

'Wat heb ik nodig? Geld. Cormoran, zou jij zo lief willen zijn dit voor me te bewaren? Ik sleep die loeigrote tas niet mee naar binnen.' Ze overhandigde hem een verfrommeld stapeltje briefjes van twintig. 'Je bent een schat. O ja, en mijn telefoon. Heb je daar nog een plaatsje voor in je zakken? Jezus, wat een zootje is het in dat ding.' Ze gooide de tas op de vloer van de auto.

'Toen je daarstraks zei dat het Lula's ultieme droom was om haar echte vader te vinden...'

'O ja, écht wel. Ze had het er altijd over. Helemaal opgewonden was ze toen die trut – haar biologische moeder – zei dat het een Afrikaan was. Guy heeft altijd gezegd dat dat gelul was, maar hij had ontzettend de pest aan die vrouw.'

'Heeft hij Marlene Higson ooit ontmoet?'

'Nee, maar hij kon het hele idéé dat ze bestond al niet uitstaan. Hij zag Looly's enthousiasme en wilde haar gewoon beschermen, zodat ze niet teleurgesteld zou worden.'

Al die bescherming, dacht Strike terwijl de auto in het donker een bocht nam. Was Lula zo kwetsbaar geweest? Het achterhoofd van Kolovas-Jones was rigide, correct; zijn blik ging vaker dan nodig naar Strikes gezicht.

'En toen dacht Looly dat ze hem zou kunnen vinden – haar echte vader – maar dat liep op niets uit. Een dood spoor. Ja, zo triest. Ze meende echt dat ze hem had gevonden, maar hij glipte haar alsnog door de vingers.'

'Wat voor spoor was dat dan?'

'Iets over zijn studietijd. Een opmerking van haar moeder. Looly dacht dat ze de universiteit had gevonden waar hij had gestudeerd en toen is ze zijn gegevens gaan opzoeken of zoiets, samen met die rare vriendin van haar, die...'

'Rochelle?' opperde Strike. De Mercedes snorde nu door Oxford Street.

'Ja, Rochelle, zo heet ze. Looly had haar in een afkickkliniek leren kennen of zoiets, de stakker. Ze was echt ongelóóflijk lief voor haar. Ging met haar winkelen en zo. Maar goed, die vader is dus nooit gevonden, of het was de verkeerde universiteit of zoiets. Ik weet het niet meer precies.'

'Heette de man die ze zocht soms Agyeman?'

'Ik geloof niet dat ze ooit een naam heeft genoemd.'

'Of Owusu?'

Ciara keek hem met haar prachtige lichte ogen stomverbaasd aan. 'Dat is Guys echte naam!'

'Dat weet ik.'

'*Oh, my god.*' Ciara giechelde. 'Guys vader heeft nooit gestudeerd. Hij was buschauffeur. Sloeg Guy vroeger in elkaar omdat hij altijd jurkjes zat te tekenen. Dat is de reden dat Guy zijn naam heeft veranderd.'

De auto minderde vaart. Er stond een lange rij wachtenden, vier man breed, tot om de hoek, voor de ingang van een pand dat een privéwoning had kunnen zijn. Rondom de witte zuilen bij de entree had zich een meute donkere gestalten verzameld.

'Paparazzi,' meldde Kolovas-Jones. Het waren de eerste woorden die hij sprak. 'Let een beetje op hoe je uitstapt, Ciara.'

Hij liep om de auto heen naar het portier aan de passagierskant, maar de paparazzi kwamen al aangehold, onheilspellende, donker geklede mannen die al naderend de lange lenzen van hun camera's hieven.

Het flitslicht dat Ciara en Strike omhulde was als geschutvuur. Strike werd onmiddellijk sneeuwblind; hij boog zijn hoofd, pakte instinctief Ciara Porters slanke bovenarm beet en duwde haar voor zich uit naar de zwarte rechthoek, het toevluchtsoord waarvan de deuren als bij toverslag opengingen om hen binnen te laten. De horde in de rij brulde luidkeels, als protest tegen de vlotte entree van deze nieuwkomers of uit enthousiasme. Toen hield het geflits op en waren ze binnen, waar een industrieel gebeuk met een luide, hardnekkige basdreun klonk.

'Wauw, jij hebt echt een goed richtingsgevoel,' zei Ciara. 'Meestal stuiter ik keihard bij de uitsmijters vandaan en moeten ze me naar binnen duwen.'

Strike zag nog steeds paarse en gele vlekken voor zijn ogen. Hij liet haar arm los. Haar huid was zo bleek dat ze bijna licht leek te geven in de donkere ruimte. Toen werden ze verder de club in geschoven door een tiental mensen dat na hen was binnengekomen.

'Kom mee,' zei Ciara, en ze pakte met haar lange, zachte vingers zijn hand beet en trok hem achter zich aan.

Vele ogen volgden hen toen ze zich een weg baanden door de dichte mensenmenigte, allebei langer dan de meerderheid van de clubgangers. Strike zag een soort langwerpige aquariums die waren ingebouwd in de wand, met daarin grote, zwevende klodders was, die hem deden denken aan de oude lavalampen van zijn moeder. Langs de wanden stonden lange, zwartleren banken en verder naar binnen, dichter bij de dansvloer, waren zitjes gevormd van tegenover elkaar geplaatste bankjes. Strike kon moeilijk inschatten hoe groot de club was, vanwege de strategisch geplaatste spiegels; op zeker moment zag hij zichzelf frontaal, een strak in het pak gestoken zwaargewicht achter dat zilverkleurige elfje. De muziek beukte door zijn hele lijf, trilde door zijn hoofd en zijn lichaam, en de menigte op de dansvloer was zo dicht opeengepakt dat het een wonder leek dat de mensen er nog in slaagden hun voeten en heupen te bewegen.

Ze waren aangekomen bij een gecapitonneerde deur, bewaakt door een kale portier, die twee gouden tanden blootlachte naar Ciara en vervolgens de verborgen doorgang opende.

De deur kwam uit in een rustiger, maar nauwelijks minder opeengepakte bar, duidelijk gereserveerd voor beroemdheden en hun vrienden. Strike zag een televisiepresentatrice in een minirokje, een soapacteur, een komiek die vooral bekendstond om zijn niet te stillen seksuele lusten, en in een van de verste hoeken zat Evan Duffield.

Hij droeg een sjaal die was bedrukt met doodshoofdjes en een zwarte, nauwsluitende spijkerbroek; hij zat op de grens tussen twee zwartleren bankjes, zijn armen over beide rugleuningen heen gestrekt terwijl zijn gezelschap, dat voornamelijk uit vrouwen bestond, dicht opeengepakt zat. Duffield had schouderlang geblondeerd haar en een lijkbleek, uitgemergeld gezicht, met donkerpaarse vegen rond zijn felle turkooizen ogen.

Het groepje waarvan hij deel uitmaakte oefende een bijna magnetische aantrekkingskracht uit. Strike zag het aan de steelse, schuinse blikken van de andere bezoekers en aan de respectvolle afstand die ze in acht namen: het kliekje had aanzienlijk meer ruimte dan enig andere clubganger werd gegund. De ogenschijnlijke ongedwongenheid van Duffield en zijn aanhang, zag Strike, was vakkundig gespeeld; ze hadden allemaal het hyperalerte van een prooi, in combinatie met de nonchalante arrogantie van een roofdier. In de omgekeerde voedselketen van de roem waren het de grote beesten die werden beslopen en opgejaagd; ze kregen wat ze verdienden.

Duffield zat te praten met een sexy brunette. Haar mond hing een beetje open terwijl ze naar hem luisterde; ze ging bijna lachwekkend aandachtig in hem op. Toen Strike samen met Ciara dichterbij kwam, zag hij Duffield een fractie van een seconde zijn blik afwenden van de brunette. Strike meende te zien dat hij vliegensvlug de aandacht van de aanwezigen peilde, en rondkeek naar eventuele andere mogelijkheden die de club hem te bieden had.

'Ciara!' riep hij schor.

De brunette reageerde teleurgesteld toen hij lichtvoetig overeind vloog, slank maar gespierd, en achter het tafeltje vandaan kwam om Ciara te omhelzen, die op haar plateauzolen twintig centimeter langer was dan hij. Ze liet Strikes hand los om Duffields omhelzing te beantwoorden. Het was alsof de hele bar naar hen keek, enkele stralende ogenblikken lang. Toen leken de aanwezigen zich van hun gedrag bewust te worden en richtten ze zich weer op hun gesprekken en hun cocktails.

'Evan, dit is Cormoran Strike,' zei Ciara. Ze bracht haar mond tot vlak bij Duffields oor, en Strike zag haar zeggen – meer dan dat hij het hoorde: 'Hij is de zoon van Jonny Rokeby!'

'Alles goed?' vroeg Duffield, en Strike drukte de naar hem uitgestoken hand.

Net als bij veel andere onverbeterlijke rokkenjagers die Strike had ontmoet, waren Duffields maniertjes en zijn stem enigszins verwijfd. Misschien kwam het door de langdurige blootstelling aan vrouwelijk gezelschap, of misschien was het de manier waarop types als hij hun prooi ontwapenden. Duffield gebaarde de anderen met een wapperend handje om door te schuiven en plaats te maken voor Ciara; de brunette zat er bedrukt bij. Strike moest voor zichzelf een krukje pakken. Hij schoof aan en vroeg Ciara wat ze wilde drinken.

'Ooo, doe mij maar een Boozy-Uzi,' zei ze, 'en betaal van mijn geld, schat.'

Haar cocktail rook sterk naar pernod. Strike nam voor zichzelf water en keerde terug naar de tafel. Ciara en Duffield zaten nu bijna neus aan neus te praten, maar toen Strike de drankjes neerzette, keek Duffield om.

'En wat doe jij, Cormoran? Iets in de muziek?'

'Nee,' zei Strike, 'ik ben detective.'

'Joh!' zei Duffield. 'En wie heb ik nu weer vermoord?'

Het groepje om hem heen stond zichzelf een lachje toe, wrang of nerveus, maar Ciara zei: 'Dat is niet iets om grapjes over te maken, Evan.'

'Ik maakte geen grap. Als ik dat doe, merk je het vanzelf, want dan kom je niet meer bij.'

De brunette giechelde.

'Ik maak dus geen grap, zeg ik net,' snauwde Duffield.

De brunette reageerde alsof hij haar had geslagen. De rest van het groepje leek zich vrijwel onmerkbaar terug te trekken, zelfs binnen die beperkte ruimte. Ze begonnen hun eigen gesprek en sloten Ciara, Strike en Duffield tijdelijk buiten.

'Niet aardig, Evan,' zei Ciara, maar het verwijt leek hem eerder te strelen dan te raken en Strike zag dat de blik die Ciara de brunette toewierp volledig gespeend was van medelijden.

Duffield roffelde met zijn vingers op de tafelrand. 'Wat voor speurder ben je precies, Cormoran?'

'Privédetective.'

'Evan, *darling*, Cormoran is ingehuurd door Looly's broer...'

Maar Duffield had kennelijk iemand of iets interessants gezien bij de bar, want hij sprong overeind en verdween in de menigte.

'Hij gedraagt zich altijd een beetje ADHD-achtig,' zei Ciara verontschuldigend. 'Bovendien is hij nog steeds hélemaal stuk van Looly's dood. Echt hoor,' drong ze half beledigd, half geamuseerd aan toen Strike met opgetrokken wenkbrauwen veelbetekenend naar de voluptueuze brunette keek, die nu mokkend over haar lege mojitoglas gebogen zat. 'Er zit iets op dat chique colbert van je,' zei Ciara toen, en ze boog zich naar hem toe om het weg te vegen. Pizzakruimels, dacht Strike. Hij rook een sterke vleug van haar zoete, kruidige parfum. Het zilverkleurige materiaal van haar jurkje was zo stug dat het als een harnas van haar bovenlijf af stond, wat hem ongehinderd zicht bood op haar kleine witte borstjes en de spitse, schelpenroze tepels.

'Wat voor parfum heb je op?'

Ze stak haar pols onder zijn neus. 'Guys nieuwe geurtje,' zei ze. 'Éprise – dat is Frans voor "verliefd", weet je wel?'

'Aha,' zei hij.

Duffield kwam teruggelopen met een nieuw drankje in de hand. Terwijl hij zich een weg baande door de menigte, werden achter hem diverse hoofden omgedraaid, aangetrokken door zijn aura. Zijn benen in de strakke spijkerbroek waren dun als pijpenragers, en met de donkere vlekken rond zijn ogen zag hij eruit als een mislukte pierrot.

'Evan, schat,' zei Ciara toen Duffield weer was gaan zitten, 'Cormoran doet onderzoek...'

'Dat had hij daarnet ook al gehoord,' onderbrak Strike haar. 'Laat maar zitten.'

Hij dacht dat de acteur ook dit had meegekregen. Duffield dronk met snelle slokken en maakte een paar opmerkingen tegen het groepje dat naast hem zat. Ciara nipte van haar cocktail en stootte toen Duffield aan. 'Hoe gaat het met de film, lieffie?'

'Heel goed. Ach ja, een drugsdealer met zelfmoordneigingen. Dat is voor mij niet zo moeilijk te spelen.'

Iedereen glimlachte, behalve Duffield zelf. Hij roffelde met zijn vingers op tafel en bewoog zijn benen schokkerig mee.

'Ik verveel me,' kondigde hij aan, en hij kneep zijn ogen tot spleetjes en tuurde naar de deur. Het groepje hield hem in de gaten, openlijk smachtend, dacht Strike, om door hem weggevoerd te worden.

Duffield keek eerst naar Ciara en toen naar Strike. 'Zullen we naar mijn huis gaan?'

'Toppie,' joelde Ciara, en met een katachtige blik van triomf op de brunette dronk ze haar glas in één keer leeg.

Vlak achter het vip-gedeelte stoven twee dronken meisjes op

Duffield af; een van hen trok haar truitje omhoog en smeekte hem een handtekening op haar borsten te zetten.

'Doe niet zo ranzig, schat,' zei Duffield terwijl hij haar opzijduwde. 'Heb jij een chauffeur, Cici?' riep hij over zijn schouder naar Ciara. Hij liep met grote passen door de menigte, het geroep en de opgestoken vingers negerend.

'Ja, schat,' riep ze. 'Ik bel hem wel. Cormoran, liefje, mag ik mijn telefoon even?'

Strike vroeg zich af wat de paparazzi voor de deur ervan zouden denken als Ciara en Duffield samen de club verlieten. Ze praatte op luide toon in haar iPhone. Bij de ingang aangekomen zei Ciara: 'Wacht. Hij stuurt een sms als hij voor de deur staat.'

Duffield en zij leken allebei enigszins nerveus, waakzaam en zelfbewust, als sporters die op het punt staan het stadion te betreden voor de wedstrijd. Toen zoemde Ciara's telefoon kort.

'Ja, hij is er,' zei ze.

Strike deed een stap terug om haar en Duffield als eerste naar buiten te laten, waarna hij snel naar de voorste passagiersstoel van de auto liep terwijl Duffield om de achterkant heen rende, in het verblindende flitslicht en onder het gegil van de wachtenden in de rij. Hij stortte zich op de achterbank naast Ciara, die door Kolovas-Jones de auto in was geholpen. Strike sloeg met een klap zijn portier dicht, waarmee hij de twee mannen die zich naar binnen hadden gebogen om het ene na het andere plaatje van Duffield en Ciara te schieten dwong om achteruit weg te springen.

Kolovas-Jones leek er uitgebreid de tijd voor te nemen om weer achter het stuur plaats te nemen. Strike ervoer het interieur van de Mercedes als een reageerbuis: ze zaten opgesloten, maar waren tegelijkertijd blootgesteld aan het alsmaar toenemende flitslicht. Lenzen werden tegen de raampjes en de voorruit gedrukt, onvriendelijke gezichten zweefden langs in het donker en zwarte gestalten schoten heen en weer voor de stilstaande auto. Achter de lichtexplosies rukte de in schaduwen gehulde menigte in de rij voor de deur op, nieuwsgierig en opgewonden.

'Geef eens gas, man!' gromde Strike tegen Kolovas-Jones, die de motor liet brullen. De paparazzi die hun de weg versperden deinsden achteruit, nog altijd fotograferend.

'Doei, stelletje kuttenkoppen,' zei Evan vanaf de achterbank toen de auto wegreed.

Maar de fotografen holden mee, een eruptie van flitslicht aan weerskanten van de wagen, en Strike baadde over zijn hele lijf in het zweet. Plotseling reed hij weer over een geel zandpad in de hobbelende Viking, met dat geluid als het knallen van voetzoekers in het Afghaanse luchtruim om hem heen. Hij had een glimp opgevangen van een jongen die verderop wegrende, een klein ventje bij de hand met zich mee sleurend. Zonder er bewust bij na te denken had Strike gebruld: 'Remmen!' en hij was naar voren gedoken en had Anstis beetgepakt, die sinds twee dagen vader was en pal achter de chauffeur zat. Het laatste wat hij zich herinnerde was Anstis' gebrulde protest en de zachte, blikkerige dreun toen hij tegen de achterdeuren sloeg, waarna de Viking met een oorverdovende klap uiteengereten werd en de wereld veranderde in een waas van pijn en doodsangst.

De Mercedes sloeg een hoek om en reed een vrijwel uitgestorven weg op. Het drong tot Strike door dat hij er zo gespannen bij gezeten had dat zijn kuitspieren – wat daar nog van over was – er pijn van deden. In de buitenspiegel zag hij dat ze werden gevolgd door twee motoren, beide met een passagier achterop. Prinses Diana in de Parijse tunnel, de ambulance met daarin het lichaam van Lula Landry, de omhooggehouden camera's tegen het donkere glas toen die passeerde: beide schoten door zijn hoofd toen de auto door de donkere straten scheurde.

Duffield stak een sigaret op. Vanuit zijn ooghoek zag Strike dat Kolovas-Jones zijn passagier via de binnenspiegel kwaad aankeek, al uitte hij zijn bezwaar niet hardop. Even later begon Ciara tegen Duffield te fluisteren. Strike meende zijn eigen naam te horen.

Na een minuut of vijf sloegen ze weer een hoek om, en voor hen zag hij opnieuw een groepje in het zwart gestoken fotografen staan, die begonnen te flitsen en te rennen zodra de auto in het zicht kwam. De motoren stopten pal achter hen; Strike zag de vier mannen rennen om op tijd bij de auto te zijn, op het moment dat de portieren opengingen. De adrenaline gierde door zijn lijf en hij zag zichzelf in gedachten de auto uit stormen, zijn vuisten gebald, om de dure camera's tegen de grond te rammen terwijl de bezitters ervan ineenkrompen. En alsof hij Strikes gedachten kon lezen, zei Duffield, met zijn hand op de greep van het portier: 'Sla ze op hun bek, Cormoran, je bent erop gebouwd.'

De geopende portieren, de avondlucht en het gekmakende flitslicht: Strike stortte zich als een stier naar voren, met gebogen hoofd en zijn blik strak op de trippelende hakken van Ciara gericht; hij weigerde zich te laten verblinden. Drie treden renden ze op, Strike als laatste, en hij was degene die de voordeur van het pand dichtgooide in de gezichten van de fotografen.

De ervaring van het opgejaagd worden maakte dat hij zich een tijdelijke bondgenoot van zijn twee metgezellen voelde. Het krappe, schemerig verlichte halletje voelde veilig en vriendelijk. De paparazzi stonden nog naar elkaar te roepen aan de andere kant van de deur; hun gespannen kreten deden Strike denken aan soldaten op verkenningsexpeditie. Duffield morrelde aan een binnendeur en probeerde een hele reeks sleutels.

'Ik woon hier pas een paar weken,' legde hij uit toen hij de deur eindelijk met zijn schouder openduwde. Zodra hij de drempel over was, wurmde hij zich uit zijn strakke jasje, gooide dat op de vloer bij de deur en ging hun voor door een korte gang, bijna net zo overdreven heupwiegend als Guy Somé. Ze kwamen uit in een zitkamer, waar hij een paar lampen aandeed.

Het sobere, elegante grijs-met-zwarte interieur ging schuil onder een laag rommel en de stank van sigarettenrook, cannabis en alcoholdampen. Strike moest sterk aan zijn jeugd denken.

'Effe zeiken,' zei Duffield, en bij het weglopen riep hij over zijn schouder, wijzend met zijn duim: 'Drank staat in de keuken, Cici.'

Ze wierp Strike een glimlach toe en liep de kamer uit door de deur die Duffield had aangewezen.

Strike keek om zich heen in het vertrek, dat eruitzag alsof het, toen nog in onberispelijke staat, door ouders was achtergelaten in de handen van een puber. Overal waar hij keek lag rotzooi, grotendeels in de vorm van volgekrabbelde briefjes. Tegen de wanden stonden drie gitaren. Rondom de met troep bezaaide salontafel stonden zwart-witte stoelen, gericht naar een enorme plasma-tv. Allerlei losse rommel was vanaf de salontafel op het zwarte kleed eronder beland. Achter de hoge ramen, met grijze, doorzichtige gordijnen, kon Strike de contouren onderscheiden van de fotografen die nog steeds in het licht van de straatlantaarn op de loer lagen.

Duffield kwam terug, aan zijn gulp sjorrend. Toen hij merkte dat hij met Strike alleen was, giechelde hij nerveus. 'Doe alsof je thuis bent, ouwe reus. Over ouwe gesproken: ik ken je ouweheer.'

'O ja?' Strike nam plaats in een van de zachte, kubusvormige stoelen bekleed met koeienhuid.

'Ja, ik heb hem een paar keer ontmoet,' zei Duffield. 'Coole kerel.'

Hij pakte een gitaar, begon een deuntje te tokkelen, bedacht zich en zette het instrument weer tegen de muur.

Ciara kwam terug met een fles wijn en drie glazen. 'Kun je niet een werkster nemen, liefje?' vroeg ze op verwijtende toon aan Duffield.

'Ze haken allemaal af.' Duffield dook over de rugleuning van een stoel heen en kwam neer met zijn benen over de zijkanten uitgespreid. 'Die krengen hebben geen uithoudingsvermogen.'

Strike schoof wat troep op de salontafel opzij, zodat Ciara de fles en de glazen kon neerzetten.

'Ik dacht dat je bij Mo Innes was ingetrokken,' zei ze toen ze de wijn inschonk.

'Ja, maar dat was niks,' antwoordde Duffield, graaiend tussen de rotzooi op tafel op zoek naar sigaretten. 'Freddie heeft deze flat voor me gehuurd voor een maandje, zolang ik naar Pinewood ga. Hij wil dat ik uit de buurt blijf van mijn vaste oude plekken.'

Hij beroerde met zijn groezelige vingers iets wat eruitzag als een rozenkrans, diverse lege sigarettenpakjes waar stukjes karton uit waren gescheurd, drie aanstekers, waarvan één een gegraveerde Zippo, een pakje Rizla-vloeitjes, een aantal losse snoeren – in de knoop en zonder bijbehorend apparaat – een spel kaarten, een ranzige zakdoek vol vlekken, diverse proppen smoezelig papier, een muziektijdschrift met op de cover een foto van Duffield in stemmig zwartwit, geopende en ongeopende post, een paar verkreukelde zwartleren handschoenen, een hoeveelheid muntgeld en, in een schone stenen asbak helemaal aan de rand van alle rommel, één manchetknoop in de vorm van een zilveren pistooltje. Uiteindelijk diepte hij een zacht pakje Gitanes op van onder de bank. Hij stak een sigaret op, blies een lange sliert rook naar het plafond en richtte zich toen tot Ciara, die bij de twee mannen op de bank was komen zitten en van haar wijn nipte.

'Straks zeggen ze weer dat we met elkaar neuken, Ci,' zei hij, wijzend door het raam naar de rondhangende schimmen van de wachtende fotografen.

'En wat doet Cormoran hier dan volgens hen?' vroeg Ciara met een schuine blik op Strike. 'Hebben we een triootje?'

'Hij bewaakt ons.' Duffield nam Strike met samengeknepen ogen taxerend op. 'Hij ziet eruit als een bokser. Of een kooivechter. Wil je trouwens niet iets fatsoenlijks drinken, Cormoran?'

'Nee, dank je,' zei Strike.

'Mag het niet van de AA of valt dit onder werktijd?'

'Werktijd.'

Duffield trok met een laatdunkend lachje zijn wenkbrauwen op. Hij leek nerveus te zijn en keek steeds schichtig naar Strike, met zijn vingers op het glazen tafelblad roffelend. Toen Ciara hem vroeg of hij nog bij lady Bristow was geweest, leek hij blij te zijn een gespreksonderwerp aangereikt te krijgen.

'Fuck nee, één keer was wel genoeg. Kut man, het was verschrikkelijk. Dat arme mens. En dat op haar sterfbed.'

'Het was echt méga-aardig van je om bij haar op bezoek te gaan, Evan.'

Strike wist dat ze er alles aan deed om Duffield in een gunstig daglicht te stellen.

'Ken je Lula's moeder goed?' vroeg hij aan Duffield.

'Nee. Voor Lula's dood had ik haar pas één keer ontmoet. Ze zag me niet zitten. Niemand van Lula's familie ziet me zitten. Ik weet niet waarom ik het deed,' zei hij onrustig. 'Ik wilde gewoon met iemand praten die het echt kut vindt dat ze dood is.'

'Evan!' zei Ciara pruilend. 'Pardon zeg, alsof ik het niet heel erg vind.'

'Jawel...'

Met een van zijn merkwaardig vrouwelijke, vloeiende bewegingen krulde Duffield zich op in de stoel tot hij bijna in foetushouding zat en hij nam een diepe trek van zijn sigaret. Op een tafel achter zijn hoofd, beschenen door een kegel van lamplicht, stond een grote, theatrale foto van Duffield met Lula Landry, duidelijk genomen tijdens een modeshoot. Ze worstelden zogenaamd tegen een achtergrond van kunstbomen. Zij droeg een enkellange rode jurk en hij een smal gesneden zwart pak en een harig wolvenmasker, dat naar boven geschoven op zijn voorhoofd rustte.

'Ik ben benieuwd wat míjn moeder zou zeggen als ik de pijp uit ging. Mijn ouders hebben een rechtszaak tegen me aangespannen,' vertelde Duffield aan Strike. 'Of eigenlijk vooral mijn vader, de lul. Omdat ik een paar jaar geleden hun tv heb gejat. Maar zal ik je eens wat zeggen?' voegde hij eraan toe, en hij keek reikhalzend naar Ciara. 'Ik ben vandaag vijf weken en twee dagen clean.'

'Wat goed van je, schat! Dat is fantastisch!'

'Ja,' zei hij, en hij kronkelde weer overeind. 'Moet je me geen vragen stellen?' vroeg hij op dwingende toon aan Strike. 'Ik dacht dat jij onderzoek deed naar de móórd op Lula?'

Zijn bravoure werd ondermijnd door zijn trillende handen. Zijn knieën wipten op dezelfde manier op en neer als die van John Bristow hadden gedaan.

'Denk jij dat het moord was?' vroeg Strike.

'Nee.' Duffield nam een trek van zijn sigaret. 'Ja, misschien ook wel. Ik weet niet. Moord is in ieder geval minder onvoorstelbaar dan fucking zelfmoord. Want ze zou er nooit uit gestapt zijn zonder een afscheidsbrief voor me achter te laten. Ik wacht nog steeds tot er ergens zo'n brief opduikt, weet je dat? Dan pas weet ik dat het echt is. Het voelt nu onwerkelijk. Ik kan me niet eens iets van de crematie herinneren. Ik was verdomme compleet van de wereld. Ik had zo veel rotzooi gebruikt dat ik niet meer op m'n poten kon staan. Als ik me de crematie maar kon herinneren, dan zou ik het misschien beter kunnen bevatten.'

Hij stak bruusk de sigaret tussen zijn lippen en begon weer met zijn vingers op de rand van het glazen tafelblad te roffelen. Na enige tijd, kennelijk slecht op zijn gemak door Strikes stilzwijgende observatie, zei hij fel: 'Vraag me nou eens wat. Wie heeft jou eigenlijk ingehuurd?'

'Lula's broer, John.'

Duffield hield op met roffelen. 'Die stugge, starre geldwolf?'

'Geldwolf?'

'Het was een ware obsessie voor die kerel wat Lula met haar eigen geld deed, terwijl hij daar goddomme geen reet mee te maken had. Rijkelui denken altijd dat iedereen een fucking profiteur is, is je dat wel eens opgevallen? Die hele klotefamilie van haar beschouwde mij als een golddigger, en na verloop van tijd' – hij bracht een vinger naar zijn slaap en maakte een borend gebaar – 'werd de twijfel vanzelf gezaaid, begrijp je wel?'

Hij griste een van de Zippo's van tafel, klapte hem open en deed een paar pogingen om een vlammetje te produceren. Strike zag de blauwe vonkjes verschijnen en weer doven terwijl Duffield het woord deed.

'Hij dacht waarschijnlijk dat ze beter af zou zijn met zo'n rijke boekhouder als hijzelf.'

'Bristow is jurist.'

'Whatever. Wat maakt het uit, het draait er toch om dat de rijken zo veel mogelijk geld naar zich toe graaien, of niet dan? Hij heeft verdomme een trustfonds van pappie, wat kan het hem dan schelen waaraan zijn zusje haar eigen geld uitgaf?'

'Tegen wat voor besteding had hij vooral bezwaar?'

'Spullen die ze voor mij kocht. Die hele klotefamilie was hetzelfde: als hij de poen hun kant op schoof was het prima, zolang het maar in de fucking familie bleef. Lu wist dat het een stelletje geldbeluste klootzakken waren, maar zoals ik al zei: ze zaaiden er toch twijfel mee. Het idee werd in haar hoofd geplant.'

Hij gooide de lege Zippo terug op tafel, trok zijn knieën tegen zijn borst en keek Strike met zijn griezelig turkooizen ogen doordringend aan. 'Dus hij denkt nog steeds dat ik het heb gedaan? Je cliënt?'

'Nee, ik geloof niet dat hij dat denkt.'

'Dan is hij kennelijk van gedachten veranderd, de kortzichtige eikel, want ik heb gehoord dat hij tegen iedereen liep te roepen dat ik de dader was, totdat de politie vaststelde dat het zelfmoord was. Ik heb alleen een waterdicht alibi, dus die kerel kan de tering krijgen. Fuck de hele zooi.'

Rusteloos en nerveus kwam hij overeind, schonk zijn vrijwel onaangeroerde glas wijn nog wat voller en stak een nieuwe sigaret op.

'Wat kun je me vertellen over de dag van Lula's dood?' vroeg Strike.

'De nacht, bedoel je?'

'De dag ervoor kan ook belangrijk zijn. Er zijn een paar dingen die ik graag opgehelderd zou zien.'

'Ja? Zeg het maar.' Duffield liet zich weer in de stoel zakken en trok opnieuw zijn knieën tegen zijn borst.

'Lula heeft je meerdere keren gebeld tussen twaalf uur 's middags en zes uur 's avonds, maar je nam niet op.'

'Nee,' zei Duffield, en hij begon als een klein kind aan een gaatje op de knie van zijn spijkerbroek te pulken. 'Ja, ik was druk bezig. Ik zat te werken. Aan een nummer. Ik wilde de flow niet verstoren. De inspiratie.'

'Dus je wist niet dat ze je belde?'

'Jawel, dat wel. Ik zag haar nummer op het schermpje.' Hij wreef over zijn neus, strekte zijn benen onder de glazen tafel, sloeg zijn armen over elkaar en zei: 'Ik wilde haar een lesje leren. Haar even in onzekerheid laten.'

'Waarom vond je dat ze een lesje verdiende?'

'Vanwege die kloterapper. Ik wilde dat ze bij mij zou komen wonen zolang hij daar in die flat zat. "Doe niet zo gek, vertrouw je me soms niet?"' Zijn imitatie van Lula's stem en haar gezichtsuitdrukking was overdreven meisjesachtig. 'Ik zei tegen haar: "Doe godverdomme zelf niet zo gek. Laat me zien dat ik me geen zorgen hoef te maken door tijdelijk bij mij te komen wonen." Maar dat wilde ze niet. Dus toen dacht ik: dat spelletje kan ik ook spelen, schat. Eens kijken of je het dan nog zo leuk vindt. Dus heb ik Ellie Carreira bij mij thuis uitgenodigd om samen nummers te schrijven, en daarna heb ik Ellie meegenomen naar de Uzi. Lu kon moeilijk klagen, het was gewoon werk. Muziek maken. Gewoon als vrienden, net als zij en die gangsterrapper van d'r.'

'Ik dacht dat ze Deeby Macc nooit ontmoet had.'

'Dat had ze ook niet, maar haar bedoelingen waren overduidelijk, of niet dan? Ze kreeg verdomme al een nat slipje bij het vooruitzicht.'

'Bitch you ain't all that...' citeerde Ciara behulpzaam, maar Duffield legde haar met een vuile blik het zwijgen op.

'Had ze je voicemail ingesproken?'

'Ja, een paar keer. "Evan, wil je me alsjeblieft bellen? Het is dringend. Ik wil het je niet door de telefoon vertellen." Als ze wilde weten wat ik uitspookte, was het altijd dringend. Ze wist dat ik pissig was en ze was bang dat ik Ellie gebeld had. Ze maakte zich altijd druk over Ellie, omdat ze wist dat wij het ooit met elkaar gedaan hebben.'

'Ze zei tegen je dat er iets dringends was wat ze niet door de telefoon wilde vertellen?'

'Ja, maar dat deed ze alleen in de hoop dat ik dan zou bellen. Weer zo'n spelletje van haar. Lu kon zo fucking jaloers zijn. En de boel manipuleren.'

'Zou je een reden kunnen verzinnen waarom ze diezelfde dag ook haar oom herhaaldelijk heeft gebeld?'

'Welke oom?'

'Tony Landry heet hij, hij is ook advocaat.'

'Die kerel? Die zou ze nooit bellen, ze had zwaar de pest aan hem. Nog erger dan aan haar broer.'

'Ze heeft hem meerdere keren gebeld, in dezelfde periode dat ze jou te pakken probeerde te krijgen. En met min of meer dezelfde boodschap.'

Duffield krabde met zijn vuile nagels aan zijn ongeschoren kin en staarde Strike aan. 'Ik weet niet waar dat over ging. Over haar moeder misschien. Dat de ouwe lady B. naar het ziekenhuis moest of zo.'

'Denk je dat er die ochtend iets gebeurd zou kunnen zijn wat in haar ogen relevant of interessant was voor zowel haar oom als voor jou?'

'Er is geen onderwerp op aarde dat zowel mij als die klote-oom van haar interesseert,' zei Duffield. 'Ik heb die kerel ontmoet. De aandelenkoers en dat soort shit, dat is het enige wat hij interessant vindt.'

'Misschien was het iets persoonlijks?'

'In dat geval zou ze nooit die lul gebeld hebben. Ze moesten elkaar niet.'

'Waarom denk je dat?'

'Ze dacht hetzelfde over hem als ik over mijn vader denk. Die beschouwen ons allebei als waardeloos.'

'Heeft ze het daar met je over gehad?'

'Nou en of. Hij noemde haar mentale problemen aandachttrekkerij, wangedrag. Ze stelde zich aan, was een last voor haar moeder. Toen ze geld ging verdienen, begon hij te slijmen, maar ze vergat niet zomaar hoe het was geweest.'

'En toen je haar bij de Uzi zag, heeft ze je toen niet verteld waarom ze je zo vaak had gebeld?'

'Nee.' Duffield stak nog een sigaret op. 'Ze was al meteen over de rooie omdat ik met Ellie daar was. Dat beviel haar niet. Ze was fucking chagrijnig, of niet dan?'

Het was de eerste keer dat hij Ciara aansprak, die treurig knikte.

'Ze praatte niet echt tegen me,' zei Duffield. 'Eigenlijk praatte ze vooral met jou, toch?'

'Ja,' zei Ciara. 'En ze heeft het niet gehad over vervelende dingen of zo, zeg maar.'

'Ik heb van verschillende mensen gehoord dat haar telefoon gehackt was...' begon Strike, maar Duffield viel hem in de rede.

'O ja, onze berichten zijn godverdomme wekenlang afgeluisterd. Die eikels wisten precies waar we hadden afgesproken en zo. Stelletje schoften. We hebben allebei een ander telefoonnummer genomen toen we erachter kwamen, en daarna waren we verdomd voorzichtig met wat we inspraken.'

'Dus het verbaast je op zich niet als Lula iets belangrijks of vervelends niet uitgebreid met je wilde bespreken door de telefoon?'

'Nee, maar als het dan zo fucking belangrijk was, zou ze het me heus wel hebben verteld in de club.'

'En dat heeft ze niet gedaan?'

'Nee. Zoals ik net al zei: ze heeft de hele avond amper een woord tegen me gezegd.' Er bewoog een spiertje in Duffields gebeeldhouwde kaak. 'Ze zat constant op die klotetelefoon te kijken hoe laat het was. Ik wist waar ze mee bezig was: ze probeerde mij op de kast te jagen. Mij te laten merken dat ze niet kon wachten om naar huis te gaan, naar die fucking Deeby Macc. Ze wachtte tot Ellie naar de plee was en kwam toen naar me toe om te zeggen dat ze wegging. Op dat moment heb ik de armband teruggevraagd die ik haar had gegeven tijdens onze relatieceremonie. Ze smeet hem zo voor me op tafel, terwijl iedereen ons zat aan te gapen. Dus heb ik dat ding opgepakt en gevraagd: "Wil iemand deze hebben? Ik doe er toch niks meer mee." En Lula vertrok.'

Hij sprak niet over Lula alsof ze drie maanden geleden was gestorven, maar alsof het allemaal de vorige avond was gebeurd en er nog een mogelijkheid was dat het weer goed kwam tussen hen.

'Maar je hebt wel geprobeerd haar tegen te houden, klopt dat?'

Duffield kneep zijn ogen tot spleetjes. 'Tegen te houden?'

'Je pakte haar bij haar armen beet, volgens getuigen.'

'Heb ik dat gedaan? Dat kan ik me niet herinneren.'

'Maar ze rukte zich los en jij bleef daar achter. Ja, toch?'

'Ik heb tien minuten gewacht, omdat ik het haar niet gunde voor het oog van al die mensen achter haar aan te gaan. Daarna ben ik vertrokken en heb ik mijn chauffeur opdracht gegeven me naar Kentigern Gardens te brengen.'

'Met het wolvenmasker op je hoofd,' zei Strike.

'Ja, om dat tuig' – hij knikte naar het raam – 'geen kans te geven foto's van me te verkopen waar ik bezopen of pissig op stond. Ze hebben er een hekel aan als je je gezicht afdekt. Dan ontneem je ze de kans om als parasiet de kost te verdienen. Een van die kerels heeft nog geprobeerd Wolfje van m'n kop te rukken, maar ik hield hem stevig vast. In de auto heb ik door de achterruit geposeerd voor een paar foto's als de Wolf die zijn middelvinger opstak. Toen ik uitstapte op de hoek van Kentigern Gardens, stonden daar nog veel meer paparazzi. Ik wist dat ze al binnen moest zijn.'

'Had je de toegangscode?'

'Negentienzesenzestig, ja. Maar ik wist ook dat ze ongetwijfeld tegen de bewaker had gezegd dat hij mij niet mocht binnenlaten. Ik was niet van plan om in het bijzijn van die sukkels na vijf minuten op straat gegooid te worden. Ik heb nog geprobeerd haar te bellen vanuit de auto, maar ze nam niet op. Dus dacht ik dat ze misschien naar beneden was gegaan om Deeby fucking Macc welkom te heten in Londen. Toen ben ik maar naar mijn mannetje gegaan om wat... pijnstilling te halen.'

Hij drukte zijn sigaret uit op een losse speelkaart die op tafel lag en ging op zoek naar nieuwe tabak. Strike, die het gesprek graag op gang wilde houden, bood hem een sigaret uit zijn eigen pakje aan.

'Ha, bedankt. Oké. Ik heb me dus door de chauffeur bij een vriend van me laten afzetten, die later tegenover de politie "dienovereenkomstig" een verklaring heeft afgelegd, zoals oom Tony het zou uitdrukken. Daarna heb ik een beetje rondgelopen, daar zijn ook camerabeelden van, en toen om een uur of... drie? Vier?'

'Half vijf,' zei Ciara.

'Ja. Toen ben ik bij Ciara gaan pitten.' Duffield nam een trek, keek naar het gloeiende puntje van de sigaret, blies de rook uit en zei opgewekt: 'Dus ik ga vrijuit?'

Strike vond zijn voldoening onaangenaam.

'En wanneer kreeg je te horen dat Lula dood was?'

Duffield trok zijn benen weer op tegen zijn borst. 'Ciara maakte me wakker om het te vertellen. Ik was helemaal... Wat een kutzooi.' Hij vouwde zijn armen over zijn hoofd en staarde naar het plafond.

'Ik kon het gewoon niet... Ik kon het niet geloven. Godverdomme.'

En terwijl Strike naar hem zat te kijken, meende hij te zien dat Duffield overmand werd door het besef dat het meisje over wie hij zo oneerbiedig had gesproken en dat hij, naar eigen zeggen, had uitgedaagd, gekweld en liefgehad, werkelijk nooit meer terug zou komen, dat ze te pletter gevallen was op het besneeuwde asfalt, dat hun relatie nu nooit meer te redden was. Even, toen hij daar naar het lege, witte plafond zat te staren, kreeg Duffields gezicht iets groteskss en leek hij van oor tot oor te grijnzen. Het was een grimas van pijn, van de inspanning die nodig was om de tranen terug te dringen. Hij liet zijn armen zakken en bedekte zijn gezicht ermee, met zijn voorhoofd tegen zijn knieën gedrukt.

'Ach, lieverdje toch.' Ciara zette met een klap haar wijn op tafel en boog zich naar voren om een hand op Evans knokige knie te leggen.

'Ik ben hier echt goed ziek van,' zei Duffield met verstikte stem van achter zijn arm. 'Goed ziek. Ik wilde met haar trouwen. Ik hield goddomme van haar. Echt. Kut. Ik wil het er niet meer over hebben.'

Hij sprong op en liep de kamer uit, opzichtig sniffend en zijn neus afvegend met zijn mouw.

'Wat had ik je gezegd?' fluisterde Ciara tegen Strike. 'Hij is helemaal ingestort.'

'Nou, daar ben ik niet zo zeker van. Hij lijkt zijn zaakjes wat beter op orde te hebben. Hij is al een maand van de heroïne af.'

'Goed, hè? Maar ik wil niet dat hij weer begint.'

'Ik pak hem heel wat milder aan dan de politie. Dit is nog beleefd.'

'Maar je krijgt een heel akelige blik in je ogen. Echt heel... streng, alsof je geen woord gelooft van wat hij zegt.'

'Denk je dat hij nog terugkomt?'

'Natuurlijk komt hij terug. Wees dan alsjebliéft een beetje aardiger voor hem.'

Ze ging snel in haar stoel zitten toen Duffield weer binnenkwam, met een grimmig gezicht. Zijn aanstellerige loopje was nu iets ingetogener. Hij liet zich in de stoel zakken waar hij eerder in had gezeten en zei tegen Strike: 'Mijn sigaretten zijn op. Mag ik er nog een van jou?'

Met tegenzin, omdat hij er nog maar drie had, gaf Strike hem een sigaret. Hij gaf hem vuur en zei: 'Vind je het goed als ik nog even doorpraat?'

'Over Lula? Van mij mag je, als je dat echt wilt, maar ik zou niet weten wat ik je nog zou kunnen vertellen. Meer informatie heb ik niet.'

'Waarom ging het uit tussen jullie? Die eerste keer, bedoel ik; waarom ze je in de Uzi liet staan is me duidelijk.'

Strike zag Ciara vanuit zijn ooghoek een verontwaardigd gebaartje maken. Kennelijk viel dit niet binnen haar definitie van 'aardiger'.

'Wat heeft dat hier verdomme mee te maken?'

'Het is relevant,' zei Strike. 'Dit alles bij elkaar geeft een beeld van haar leven. Misschien kunnen we daarmee verklaren waarom ze er een einde aan heeft gemaakt.'

'Ik dacht dat jij op zoek was naar een moordenaar?'

'Ik ben op zoek naar de waarheid. Dus nogmaals: waarom ging het die eerste keer uit?'

'Fuck man, wat doet dat er nou toe!' viel Duffield uit. Strike had deze gewelddadige, opvliegende reactie al verwacht. 'Probeer je mij soms in de schoenen te schuiven dat ze van haar balkon is gesprongen? Wat kan die eerste keer dat het uitging daar nou mee te maken hebben, mafkees? Dat was verdomme twee maanden voor haar dood. Jezus, ik kan mezelf ook wel detective noemen en een hoop domme vragen stellen. Het betaalt zeker nog lekker ook, als je zo'n rijke lul als klant kunt binnenhalen?'

'Evan, niet doen,' zei Ciara met een benauwd gezicht. 'Je zei dat je wilde helpen...'

'Ja, ik wil helpen, maar is dit nou fair?'

'Als je de vraag niet wilt beantwoorden, geen punt,' zei Strike. 'Het is niet verplicht.'

'Ik heb niks te verbergen, het is alleen persoonlijk, of niet dan?

We gingen uit elkaar,' brulde hij, 'door de drugs, en omdat haar familie en haar vrienden allemaal gif over me liepen te spuien, en zij vertrouwde niemand meer vanwege die klotepers, oké? Doordat de druk te groot werd.'

En Duffield maakte trillende klauwen van zijn handen en hield ze als een koptelefoon tegen zijn oren, met een drukkend gebaar.

'De druk, verdomme, de druk. Daardoor zijn we toen uit elkaar gegaan.'

'Je gebruikte in die tijd veel drugs?'

'Ja.'

'En daar kon Lula niet tegen?'

'Nou, de mensen om haar heen maakten haar wijs dat ze er niet tegen kon, snap je?'

'Wie bijvoorbeeld?'

'Haar familie, en die etter van een Guy Somé. Dat misselijke mietje.'

'Als je zegt dat ze niemand vertrouwde vanwege de pers, wat bedoel je daar dan precies mee?'

'Jezus, is dat niet duidelijk? Dit soort verhalen ken je toch wel van die ouwe van je?'

'Ik weet geen ene zak van mijn vader,' antwoordde Strike koeltjes.

'Ze luisterden goddomme haar telefoon af, man, en dat is een behoorlijk heftige ervaring. Heb jij dan helemaal geen fantasie? Ze begon iedereen ervan te verdenken informatie over haar te verkopen. Ze probeerde precies bij te houden wat ze tegen wie had gezegd en wat niet, wie de bladen kon hebben ingeseind, dat soort dingen. Ze raakte er zwaar van in de war.'

'Verdacht ze jou van het doorverkopen van verhalen?'

'Nee,' snauwde Duffield, waarna hij er fel aan toevoegde: 'Ja, soms. *Hoe wisten ze dat we hier zouden komen, hoe weten ze dat ik dat tegen jou heb gezegd, bla bla bla*... Ik zeg nog tegen haar: "Dat is nou eenmaal de tol van de roem", maar zij wilde alleen de lusten, niet de lasten.'

'Maar je hebt dus nooit verhalen over haar aan de pers verkocht?'

Hij hoorde Ciara scherp inademen.

'Kut, nee man,' zei Duffield zachtjes, en hij bleef Strike strak aankijken zonder één keer met zijn ogen te knipperen. 'Ik heb nooit verhalen verkocht. Oké?'

'En hoe lang is het toen uit geweest?'

'Een maand of twee.'

'Maar het is weer aangegaan... Pakweg een week voor haar dood?'

'Ja. Op het feest van Mo Innes.'

'En achtenveertig uur later was jullie relatieceremonie? In het huis van Carbury in de Cotswolds?'

'Ja.'

'Wie waren daarvan vooraf op de hoogte?'

'Het kwam spontaan bij me op. Ik had die armbanden gekocht en we deden het gewoon. Het was móói, man.'

'Ja, echt,' zei Ciara treurig.

'Dus dat de pers er zo snel lucht van had gekregen wil zeggen dat een van de aanwezigen erover verteld moet hebben?'

'Dat lijkt me wel, ja.'

'Want jullie telefoons werden in die periode niet meer afgeluisterd, toch? Jullie hadden allebei een ander nummer genomen.'

'Dat kan ík toch verdomme niet weten, of onze telefoons werden afgeluisterd? Vraag dat liever aan de ratten bij de pulpkranten die haar afluisterden.'

'Heeft ze wel eens iets tegen je gezegd over een zoektocht naar haar vader?'

'Hij was dood... Wacht, bedoel je haar echte vader? Ja, die wilde ze graag vinden, maar dat zat er dus niet in, hè? Haar moeder wist niet wie het was.'

'Heeft ze nooit gezegd dat ze iets over hem te weten was gekomen?'

'Ze probeerde het wel, maar dat schoot niet op, dus besloot ze Afrikaanse studies te gaan volgen. Dat moest goddomme haar pappie worden, het complete werelddeel Afrika. Daar zat die lul van Somé achter, die zat haar altijd op te stoken.'

'In welk opzicht?'

'Hij deed er alles aan om haar bij mij vandaan te houden. Om zijn eigen band met haar te versterken. Als het om haar ging, was hij walgelijk bezitterig. Hij was gewoon verliefd op haar. Ja, ik weet dat het een nicht is,' voegde Duffield er ongeduldig aan toe toen Ciara wilde protesteren, 'maar hij zou niet de eerste zijn die raar doet over een vriendinnetje. Op het gebied van mannen neukt hij wat hij krijgen kan, maar háár verloor hij geen moment uit het oog. Hij begon te stampvoeten als een klein meisje als ze hem niet zag staan, en hij vond het helemaal niks dat ze ook voor anderen werkte.

Die zeikerd kan mijn bloed wel drinken. Nou, dat is wederzijds, ettertje. Lu een beetje ophitsen met dat gedoe over Deeby Macc. Dat zou hij pas een kick gevonden hebben, als ze met hem had geneukt. Om mij te pesten. En haar dan uithoren over de kleinste details. En zich door haar aan hem laten voorstellen, die kutkleren van hem laten fotograferen terwijl ze werden gedragen door een gangster. Zo slim is hij wel, Somé. Hij heeft haar al die tijd gebruikt om er zakelijk beter van te worden. Probeerde haar goedkoop of zelfs gratis te krijgen, en zij was zo stom om erin te trappen.'

'Heb je deze van Somé gekregen?' vroeg Strike, wijzend naar de zwartleren handschoenen die op de salontafel lagen. Hij had het minuscule gouden GS-logootje herkend.

'Huh?' Duffield boog zich naar voren en trok met zijn wijsvinger een handschoen naar zich toe, liet die voor zijn ogen in de lucht bungelen en bekeek hem aandachtig. 'Fuck, nou je het zegt. Die gaan de vuilnisbak in.' Hij slingerde de handschoen in een hoek; het ding raakte onderweg de vergeten gitaar, die een hol, galmend geluid voortbracht. 'Ik heb ze gehouden na die fotosessie,' zei Duffield, wijzend naar de zwart-witte tijdschriftcover. 'Somé zou me nooit zomaar iets geven, nog niet de damp van zijn pis. Heb je nog een sigaret voor me?'

'Ze zijn op,' loog Strike. 'Ga je me nog vertellen waarom je me in je huis hebt uitgenodigd, Evan?'

Er viel een lange stilte. Duffield keek woest naar Strike, die intuïtief aanvoelde dat de acteur wist dat hij loog over zijn sigaretten. Ciara zat hem ook aan te staren, met halfopen mond, het toonbeeld van beeldschone verwondering.

'Waarom zou ik jou iets te vertellen hebben?' zei Duffield smalend.

'Volgens mij heb je me niet mee naar huis genomen omdat je me zulk aangenaam gezelschap vindt.'

'Weet ik veel,' zei Duffield met een uitgesproken kwaadaardige ondertoon in zijn stem. 'Misschien hoopte ik dat er wat met je te lachen viel, net als met je pa.'

'Evan,' zei Ciara scherp.

'Oké, als je me niets te vertellen hebt...' zei Strike, en hij hees zich uit de leunstoel. Tot zijn lichte verbazing, en Duffields zichtbare ongenoegen, zette Ciara haar lege wijnglas weg, ontvouwde ze haar lange benen en maakte ze zich op om eveneens overeind te komen.

'Goed dan,' zei Duffield scherp. 'Er is één ding.'

Strike liet zich terugzakken in de stoel. Ciara wierp Duffield een van haar eigen sigaretten toe, die hij met een gemompeld bedankje aanpakte, waarna ook zij weer ging zitten, haar blik op Strike gericht.

'Vertel op,' zei die terwijl Duffield met zijn aansteker zat te prutsen.

'Goed. Ik weet niet of het verschil maakt,' zei de acteur, 'maar ik wil niet dat je vertelt waar je deze informatie vandaan hebt.'

'Dat kan ik niet garanderen,' zei Strike.

Duffield keek kwaad, en zat daar met een nors gezicht en hevig trillende knieën te roken, zijn blik strak op de vloer gericht. Vanuit zijn ooghoek zag Strike dat Ciara haar mond opendeed om iets te zeggen, en hij legde haar het zwijgen op door een hand op te steken.

'Goed dan,' zei Duffield. 'Twee dagen geleden heb ik geluncht met Freddie Bestigui. Hij liet zijn BlackBerry op tafel liggen toen hij naar de bar ging.' Duffield pufte en wiebelde heen en weer. 'Ik wil mijn rol in zijn film niet kwijt,' zei hij met een strakke blik op Strike. 'Ik heb het werk fucking hard nodig.'

'Ga door,' zei Strike.

'Er kwam een mailtje binnen waarin ik Lula's naam zag staan. Dat heb ik gelezen.'

'Oké.'

'Het was van zijn vrouw. Er stond iets in de trant van: "Ik weet dat we alleen contact horen te hebben via onze advocaten, maar als je niet met een beter voorstel komt dan die anderhalf miljoen, ga ik iedereen vertellen waar ik was toen Lula Landry stierf en hoe ik daar terechtgekomen ben. Want ik ben het zat om voor jou allerlei lulverhalen op te hangen. Dit is geen loos dreigement. Ik denk er trouwens sowieso over om het de politie te vertellen." Of iets van die strekking,' zei Duffield.

Door het raam, achter de gordijnen, klonk vaag het geluid van enkele van de paparazzi die buiten stonden te lachen.

'Dat is heel nuttige informatie,' zei Strike tegen Duffield. 'Dank je wel.'

'Ik wil niet dat Bestigui te weten komt dat je het van mij hebt.'

'Ik denk niet dat je naam zal vallen.' Strike kwam weer overeind. 'Bedankt voor het water.'

'Wacht even, schat, ik ga met je mee,' zei Ciara, en ze bracht haar telefoon naar haar oor. 'Kieran, Cormoran en ik komen er nu aan. Ja, nu meteen. Doei, lieverd,' zei ze tegen Evan, en ze bukte om hem op beide wangen te kussen.

Duffield, die half overeind gekomen was uit zijn stoel, reageerde onrustig. 'Je kunt ook hier blijven pitten, als je...'

'Nee liefje, ik moet morgenmiddag werken en ik heb mijn schoonheidsslaapje nodig,' zei ze.

Buiten werd Strike weer verblind door de flitslichten, maar de paparazzi leken er deze keer niets van te begrijpen. Toen hij Ciara het trapje af hielp en achter haar in de auto stapte, brulde een van hen tegen Strike: 'En wie mag jij dan wel wezen?'

Grijnzend trok Strike het portier dicht. Kolovas-Jones zat inmiddels weer achter het stuur en ze reden weg, deze keer zonder gevolgd te worden.

Na een paar straten in stilte gereden te hebben, keek Kolovas-Jones in de binnenspiegel en vroeg aan Ciara: 'Naar huis?'

'Doe maar. Kieran, zet je de radio even aan? Ik heb zin in muziek,' zei ze. 'Harder, schat. O, dit vind ik zo'n goed nummer.'

'Telephone' van Lady Gaga schalde door de auto.

Ze draaide zich naar Strike toe, haar bijzondere gezicht beschenen door de oranje gloed van de straatlantaarns. Haar adem rook naar alcohol, haar huid naar dat zoete, peperige parfum. 'Heb je geen vragen voor me?'

'Eigenlijk wel,' zei Strike. 'Wat heeft dat voor nut, verwisselbare voering in een handtas?'

Ze staarde hem secondelang aan en begon toen te giechelen, liet zich schuin tegen zijn schouder zakken en gaf hem een por. Soepel en tenger bleef ze tegen hem aan liggen. 'Jij bent echt grappig.'

'Nee, serieus,' zei Strike. 'Wat heeft het voor nut?'

'Nou ja, het maakt het... persoonlijker. Je kunt er helemaal je eigen tas van maken door een paar verschillende voeringen te kopen en ze te verwisselen, of je haalt de voering eruit en gebruikt die als sjaaltje. Ze zijn heel mooi, van zijde met schitterende patronen. En sjaaltjes met ritsen zijn onwijs rock-'n-roll.'

'Interessant,' zei Strike, terwijl ze haar bovenbeen verplaatste tot het licht op het zijne rustte, en ze giechelde nog een keer, diep vanuit haar keel.

Call all you want, but there's no one home, zong Lady Gaga.

De muziek overstemde hun gesprek, maar Kolovas-Jones liet zijn blik onnodig vaak van de weg die voor hem lag naar de binnenspiegel gaan. Even later zei Ciara: 'Guy heeft gelijk, ik hou van groot. Jij bent zo mánnelijk. En streng. Heel sexy vind ik dat.'

Nog een straat verder fluisterde ze: 'Waar woon je?' Ze wreef als een kat met haar zijdezachte wang langs zijn gezicht.

'Ik slaap op een kampeerbedje in mijn kantoor.'

Ciara begon weer te giechelen. Ze was beslist een beetje dronken. 'Serieus?'

'Ja.'

'Zullen we dan maar naar mij toe gaan?'

Haar tong was koel en zoet en smaakte naar pernod.

'Heb je het ooit met mijn vader gedaan?' wist hij nog uit te brengen toen ze even haar volle lippen van de zijne haalde.

'Nee... Jezus, nee!' Weer gegiechel. 'Hij verft zijn haar... van dichtbij is het... paarsig. Ik noemde hem altijd de gedroogde pruim.'

En tien minuten later spoorde een heldere stem in zijn hoofd hem aan om de lust niet tot vernedering te laten leiden, en hij hapte even naar adem en fluisterde: 'Ik heb maar één been.'

'Doe niet zo gek...'

'Ik doe niet gek. Bomaanslag in Afghanistan.'

'Arme schat,' fluisterde ze. 'Ik zal er een kusje op geven, dan wordt het vanzelf beter.'

'Dat is mijn been niet... Maar het helpt wel.'

9

Robin holde de weergalmende metalen trap op op dezelfde platte schoenen die ze de vorige dag had gedragen. Vierentwintig uur geleden had ze haar sufste schoeisel uit de kast getrokken om een dag op pad te gaan; vandaag hadden die oude zwarte schoenen voor haar de glamour aangenomen van Assepoesters glazen muiltjes, uit enthousiasme voor wat ze er gisteren op had bewerkstelligd. Ze kon niet wachten om Strike te vertellen wat ze allemaal te weten was gekomen; ze was half op een drafje de zonverlichte brokstukken van de opengebroken Denmark Street overgestoken. Robin had er alle vertrouwen in dat de eventuele gêne na Strikes dronken escapades van twee avonden terug geheel overstemd zou worden door hun wederzijdse opwinding over haar solo-ontdekkingen van de vorige dag.

Maar boven aangekomen bleef ze abrupt staan. Voor de derde keer was de glazen deur op slot, het kantoor erachter donker en stil.

Ze liet zichzelf binnen en nam snel de situatie op. De tussendeur naar Strikes kantoor stond open. Het kampeerbed was opgeklapt en keurig weggeborgen. Geen sporen van een avondmaal in de prullenbak. Het computerscherm was donker, de waterkoker koud. Robin kon niet anders dan concluderen dat Strike de nacht buitenshuis had doorgebracht (zoals ze het voor zichzelf formuleerde).

Ze hing haar jas op, pakte een notitieblokje uit haar handtas en zette de computer aan, en na een paar minuten hoopvol maar vruchteloos wachten begon ze aan het uittypen van de samenvatting van haar bevindingen van de vorige dag. Die nacht had ze geen oog dichtgedaan van de opwinding om het Strike persoonlijk te vertellen, en typen was nu een bittere anticlimax. Waar hing hij uit?

Terwijl haar vingers over het toetsenbord vlogen, diende zich ter overweging een antwoord aan dat haar niet erg aanstond. Hij was kapot geweest van het nieuws dat zijn ex zich had verloofd; lag het niet voor de hand dat hij naar haar toe was gegaan om haar te smeken niet met die ander te trouwen? Had hij niet tegen heel Charing Cross Road geroepen dat Charlotte niet van Jago Ross hield? Misschien was dat inderdaad het geval, misschien had Charlotte zich in Strikes armen geworpen en was het nu weer goed, lagen ze verstrengeld samen te slapen in het huis of de flat waaruit hij vier weken geleden was verdreven. Robin dacht terug aan Lucy's zijdelingse vragen en insinuaties met betrekking tot Charlotte en ze vermoedde dat een dergelijke hereniging haar baan wel eens op de tocht zou kunnen zetten. *Niet dat het wat uitmaakt*, bracht ze zichzelf in herinnering terwijl ze met tegenzin verder typte, voor haar doen ongekend inaccuraat. *Je vertrekt toch over een week.* Door die bespiegeling raakte ze nog geagiteerder.

Het was natuurlijk ook mogelijk dat Strike naar Charlotte toe was gegaan en dat ze hem had afgewezen. In dat geval kreeg de vraag waar hij uithing een dringender aspect. Stel je voor dat hij opnieuw, zonder toezicht of bescherming, op pad was gegaan met het doel zijn verdriet te verdrinken? Robins typende vingers vertraagden en vielen halverwege een zin stil. Ze draaide haar bureaustoel een slag om naar de zwijgende telefoon te kijken.

Misschien was zij wel de enige die wist dat Cormoran Strike niet op de plaats was waar hij hoorde te zijn. Moest ze hem niet bellen op zijn mobiel? En als hij dan niet opnam? Hoeveel uren moesten er verstrijken voordat ze contact kon opnemen met de politie? Het kwam bij haar op om Matthew te bellen op zijn werk en hem om advies te vragen, maar ze wees de gedachte onmiddellijk af.

Matthew en zij hadden ruzie gekregen toen Robin eergisteravond heel laat was thuisgekomen nadat ze vanuit de Tottenham met een dronken Strike was teruggelopen naar kantoor. Matthew had opnieuw gezegd dat ze naïef en beïnvloedbaar was, snel onder de indruk van een zielig verhaal; volgens hem zou Strike uit zijn op een goedkope secretaresse en gebruikmaken van emotionele chantage om zijn doel te bereiken; waarschijnlijk bestond die hele Charlotte niet en had Strike het allemaal in scène gezet om Robins sympathie te winnen en haar voor zijn karretje te spannen. Op dat moment was Robin tegen Matthew uitgevallen, en ze had tegen hem gezegd dat als iemand haar chanteerde, híj dat was, met zijn voortdurende gezeur over het geld dat ze zou moeten binnenbrengen en zijn insinuaties dat ze niet genoeg bijdroeg. Was het hem dan niet opgevallen dat ze het léúk vond om voor Strike te werken? Was het niet in Matthews botte, blinde *boekhoudershoofd* opgekomen dat ze misschien vreselijk opzag tegen dat suffe rotbaantje bij personeelszaken? Matthew had vol afschuw gereageerd en zich later verontschuldigd (al behield hij zich wel het recht voor om Strikes gedrag af te keuren); Robin, normaal gesproken verzoeningsgezind en aimabel, was afstandelijk en boos gebleven. De wapenstilstand van de volgende morgen was doorspekt geweest met vijandigheden, vooral van Robins kant.

Nu, terwijl ze in het stille kantoor naar de telefoon zat te staren, richtte een deel van haar boosheid zich op Strike. Waar zat hij, verdorie? Waar was hij mee bezig? Waarom vertoonde hij precies het onverantwoordelijke gedrag waarvan Matthew hem beschuldigde? Zij hield hier in haar eentje de boel draaiende terwijl hij waarschijnlijk achter zijn ex aan ging, terwijl hun bedrijf...

... *zijn* bedrijf...

Voetstappen in het trappenhuis. Robin meende Strikes enigszins ongelijke tred te herkennen. Ze wachtte af, haar boze blik strak op de trap gericht, tot ze er zeker van was dat de voetstappen niet eindigden op de eerste overloop, waarna ze resoluut haar stoel omdraaide naar de monitor en zich verwoed op het toetsenbord stortte, met bonzend hart.

'Goedemorgen.'

'Hallo.'

Ze wierp Strike al typend een vluchtige blik toe. Hij zag er moe uit, was ongeschoren en onnatuurlijk goed gekleed. Dat bevestigde onmiddellijk haar vermoeden dat hij had geprobeerd een verzoening met Charlotte te bewerkstelligen; zo te zien met succes. Haar volgende twee zinnen zaten vol met tikfouten.

'Hoe gaat-ie?' vroeg Strike toen hij Robins opeengeklemde kaken en haar kille houding zag.

'Prima.'

Ze was nu van plan hem een perfect uitgewerkt verslag voor te leggen en daarna ijzig kalm de zaken met hem door te nemen die nog moesten worden afgehandeld voor haar vertrek. Misschien zou ze hem voorstellen de rest van de week een tweede uitzendkracht te laten komen, zodat ze haar opvolgster kon instrueren over het reilen en zeilen op kantoor voordat ze wegging.

Strike, wiens lange periode van pech en tegenslagen slechts enkele uren geleden op fantastische wijze was doorbroken – hij had zich in maanden niet zo opgewekt gevoeld – had zich verheugd op het weerzien met zijn secretaresse. Hij was niet van plan haar te onthalen op een verslag van zijn activiteiten van die nacht (althans, niet van het gedeelte dat hem zo goed had geholpen bij het herstel van zijn gekwelde ego), want hij was van nature zwijgzaam over dergelijke zaken; bovendien hoopte hij op optimaal herstel van de grens tussen hen beiden, die volledig was verdwenen door zijn overvloedige Doom Bar-consumptie. Strike was echter wel van plan geweest zich op eloquente wijze uit te putten in excuses voor zijn gedrag van twee avonden geleden, haar zijn dank te betuigen en vervolgens alle interessante conclusies op tafel te leggen die hij uit zijn verhoor van de vorige dag had getrokken.

'Wil je een kopje thee?'

'Nee, dank je.'

Hij keek op zijn horloge. 'Ik ben maar elf minuten te laat, hoor.'

'Je bepaalt zelf wanneer je begint. Ik bedoel,' probeerde ze terug te krabbelen, omdat haar toon wel erg vijandelijk klonk, 'het gaat me niks aan wat jij allemaal... Hoe laat je op kantoor komt.'

Nadat ze vanmorgen in gedachten een aantal geruststellende en grootmoedige reacties had geoefend op Strikes denkbeeldige verontschuldigingen voor zijn dronken gedrag van eergisteren, kwam zijn volledige gebrek aan schaamte of wroeging haar smakeloos voor.

Strike ging druk in de weer met de waterkoker en twee bekers, om een paar minuten later een dampende mok thee naast haar neer te zetten.

'Ik zei toch dat ik...'

'Kun je dat belangrijke document even laten rusten? Ik wil je iets zeggen.'

Ze sloeg het bestand op met een paar felle aanslagen op het toetsenbord en draaide zich naar hem toe, haar armen over elkaar geslagen. Strike nam plaats op de oude bank.

'Ik wilde nog sorry zeggen voor eergisteravond.'

'Dat hoeft niet,' zei ze met een klein stemmetje.

'Jawel. Ik weet niet meer wat ik allemaal heb gedaan, maar ik hoop dat ik niet al te onhebbelijk was.'

'Dat was je niet.'

'Je hebt waarschijnlijk wel begrepen hoe het zat. Mijn ex heeft zich verloofd met haar vorige vriend. Het heeft haar na onze breuk drie weken gekost om een nieuwe ring om haar vinger te veroveren. Bij wijze van spreken dan, want van mij heeft ze nooit een ring gekregen. Ik had geen geld om er een te kopen.'

Robin maakte uit zijn toon op dat er geen verzoening had plaatsgevonden, maar waar had hij in dat geval die nacht geslapen? Ze ontvouwde haar armen en pakte zonder erbij na te denken de beker thee.

'Je had me niet hoeven komen halen, maar waarschijnlijk heb ik het aan jou te danken dat ik niet in de goot beland ben en niemand in elkaar geslagen heb, dus hartelijk bedankt daarvoor.'

'Geen dank.'

'En dank je wel voor de Alka-Seltzer.'

'Heeft het geholpen?' vroeg Robin stijfjes.

'Ik heb hier bijna alles ondergekotst,' zei Strike, en hij stompte zacht met zijn vuist in de doorgezakte bank. 'Maar toen het eenmaal begon te werken, hielp het uitstekend.'

Robin moest lachen, en Strike dacht nu voor het eerst weer aan het briefje dat ze onder zijn deur door had geschoven terwijl hij lag te slapen, en aan de smoesjes die ze had gegeven voor haar tactvolle afwezigheid.

'Maar ik wacht al de hele tijd met smart tot ik van jou te horen krijg hoe het gisteren is gegaan,' loog hij. 'Hou me niet langer in spanning.'

Robin bloeide op als een waterlelie. 'Ik zat het net uit te typen...'

'Geef me maar een mondeling verslag, dan kun je het later wel in het dossier stoppen,' zei Strike, die in gedachten het voorbehoud inbouwde dat het gemakkelijk te verwijderen zou zijn als hij er niets aan had.

'Oké,' zei Robin, opgewonden en nerveus tegelijk. 'Zoals ik je al liet weten in mijn briefje, had ik gezien dat je professor Agyeman en het Malmaison Hotel in Oxford nog wilde natrekken.'

Strike knikte, dankbaar voor de inleiding, want hij kon zich niets meer herinneren van de inhoud van het briefje, dat hij slechts één keer had gelezen, op het dieptepunt van zijn knallende kater.

'Dus,' zei Robin een beetje buiten adem, 'ben ik om te beginnen naar Russell Square gegaan, naar SOAS, de School of Oriental and African Studies. Daar gingen die aantekeningen toch over?' vroeg ze. 'Ik had op de kaart gekeken, het is op loopafstand van het British Museum. Dat was toch waar dat gekrabbel naar verwees?'

Strike knikte nog een keer.

'Goed, ik ben erheen gegaan en deed me voor als iemand die een proefschrift aan het schrijven was over Afrikaanse politiek en daarvoor informatie nodig had over professor Agyeman. Uiteindelijk kreeg ik een uitermate behulpzame secretaresse van de faculteit politiek te spreken, die toevallig zelfs voor hem bleek te hebben gewerkt. Zij heeft me heel veel informatie over hem gegeven, waaronder een bibliografie en een korte biografie. Hij heeft zelf ook aan SOAS gestudeerd.'

'O?'

'Ja,' zei Robin. 'En ik heb een foto van hem.'

Ze haalde een fotokopie uit haar notitieboekje en gaf die aan Strike.

Hij zag een zwarte man met een lang gezicht en hoge jukbeenderen, kortgeknipt grijzend haar en een baard; zijn bril met gouden montuur rustte op opvallend grote oren. Strike staarde een hele poos naar de foto, en toen hij eindelijk weer het woord nam, zei hij: 'Jezus.'

Robin wachtte verguld af.

'Jézus,' zei Strike nog een keer. 'Wanneer is Agyeman gestorven?'

'Vijf jaar geleden. De secretaresse kreeg het moeilijk toen ze erover vertelde. Ze zei dat hij heel intelligent was, en een ontzettend aardige, vriendelijke man. Een toegewijd christen.'

'Familie?'

'Ja, hij heeft een weduwe en een zoon nagelaten.'

'Een zoon,' herhaalde Strike.

'Ja. Hij zit in het leger.'

'In het leger.' Strikes woorden waren als een zware, droefgeestige echo. 'Ik voel 'm al aankomen.'

'Hij zit in Afghanistan.'

Strike kwam overeind en begon te ijsberen met de foto van professor Agyeman in zijn hand.

'Je weet zeker geen regiment, hè? Niet dat het uitmaakt. Daar kan ik wel achter komen.'

'Ik heb het wel gevraagd,' zei Robin met een blik op haar aantekeningen, 'maar ik begreep er niet zo veel van. Is er een regiment dat "de Sappers" heet of zoiets?'

'De Genie,' zei Strike. 'Dat trek ik allemaal nog wel na.'

Hij kwam bij Robins bureau staan en staarde naar het gezicht van professor Josiah Agyeman.

'Hij kwam oorspronkelijk uit Ghana,' zei ze. 'Maar het gezin heeft tot aan zijn dood in Clerkenwell gewoond.'

Strike gaf haar de foto terug. 'Niet verliezen, hoor. Je hebt verdomd goed werk verricht, Robin.'

'Dat is nog niet alles,' zei ze. Ze bloosde opgewonden en drong met moeite een glimlach terug. 'Die middag heb ik de trein naar Oxford genomen, naar het Malmaison. Wist je dat ze daar van een oude gevangenis een hotel gemaakt hebben?'

'Echt waar?' Strike liet zich weer op de bank zakken.

'Ja. Het is heel mooi, moet ik zeggen. Maar goed, ik had bedacht om te doen alsof ik Alison was en dan te vragen of Tony Landry iets had laten liggen of zo...'

Strike nam een slokje van zijn thee terwijl hij bedacht dat het hoogst ongeloofwaardig was dat een secretaresse persoonlijk voor iets dergelijks op pad gestuurd zou worden, drie maanden na dato.

'Maar dat bleek dus een slecht idee te zijn.'

'O?' Hij hield zijn toon zorgvuldig neutraal.

'Ja, want Alison is op 7 januari zelf naar het Malmaison Hotel gegaan, op zoek naar Tony Landry. Het was ongelooflijk gênant, want een van de meisjes achter de receptie had die dag ook gewerkt en kon zich haar nog herinneren.'

Strike liet zijn beker zakken. 'Zo,' zei hij, 'dat is nog eens interessant.'

'Ja, hè?' zei Robin enthousiast. 'En toen moest ik dus razendsnel iets anders verzinnen.'

'Heb je gezegd dat je Annabel heette?'

'Nee,' zei ze met een lachje. 'Ik zei: "Goed, dan zal ik het maar eerlijk zeggen: ik ben zijn vriendin." En ik heb er een beetje bij gehuild.'

'Je hebt gehuild?'

'Het was niet eens zo moeilijk,' zei Robin, en er klonk verbazing door in haar stem. 'Ik zat helemaal in mijn rol. Ik zei dat ik dacht dat hij een verhouding had.'

'Toch niet met Alison? Als ze haar gezien hebben, geloven ze dat nooit.'

'Nee, maar ik deed alsof ik niet geloofde dat hij echt in het hotel was geweest... Ik heb een beetje een scène gemaakt, en toen nam het meisje dat Alison destijds had gesproken me apart en probeerde me tot bedaren te brengen. Ze zei dat ze niet zomaar informatie over de gasten mocht geven, dat was hotelbeleid, blablabla... Je kent dat wel. Maar om me te laten ophouden met huilen, vertelde ze me uiteindelijk wel dat hij heeft ingecheckt op de avond van de zesde en uitgecheckt op de ochtend van de achtste. Hij maakte bij het uitchecken ophef over het feit dat hij de verkeerde krant had gekregen, daarom kon ze het zich nog zo goed herinneren. Dus hij is daar zéker geweest. Ik heb haar zelfs nog een beetje, eh... hysterisch gevraagd hoe ze zo zeker wist dat hij het was, en ze beschreef hem precies. Ik weet hoe hij eruitziet,' voegde ze eraan toe voordat Strike het kon vragen. 'Ik heb een foto van hem opgezocht voordat ik naar het hotel ging; er staat er een op de site van Landry, May en Patterson.'

'Je bent geniaal,' zei Strike. 'En hier zit duidelijk een luchtje aan. Wat zei ze verder over Alison?'

'Dat ze zich bij de receptie meldde en naar hem toe wilde, maar hij was er niet. Ze hebben toen wel bevestigd dat hij in het hotel verbleef. En toen is Alison weer vertrokken.'

'Heel vreemd. Ze had moeten weten dat hij naar dat congres was, waarom ging ze daar niet meteen heen?'

'Dat weet ik niet.'

'Heeft die behulpzame receptioniste je ook verteld of ze hem behalve bij het in- en uitchecken nog heeft gezien tijdens zijn verblijf?'

'Nee,' zei Robin. 'Maar we weten toch al dat hij dat congres heeft bijgewoond? Dat heb ik nagetrokken, weet je nog?'

'We weten dat hij zich heeft aangemeld en waarschijnlijk een naamplaatje heeft opgehaald. Daarna is hij teruggereden naar Chelsea om zijn zus, lady Bristow, te bezoeken. Waarom?'

'Omdat... omdat ze ziek was.'

'Was ze dat? Ze had net een operatie ondergaan die haar beter zou maken.'

'Haar baarmoeder was verwijderd. Ik kan me voorstellen dat je je daarna niet bepaald kiplekker voelt.'

'We hebben hier te maken met een man die niet al te dol was op zijn zuster – dat heb ik uit zijn eigen mond vernomen – en die niet beter weet of de operatie die ze heeft ondergaan zal ervoor zorgen dat ze haar ziekte te boven komt. Een man die weet dat haar twee kinderen al bij haar zijn. Waarom moest hij dan zo dringend naar haar toe?'

'Nou ja,' zei Robin al wat minder overtuigd, 'ik neem aan... ze was net uit het ziekenhuis gekomen...'

'Hij wist ongetwijfeld al wanneer ze naar huis zou komen voordat hij naar Oxford reed. Waarom is hij dan niet gebleven voor dat o zo belangrijke bezoekje, om daarna alsnog naar dat congres te vertrekken, op tijd voor de middagsessie? Waarom eerst meer dan tachtig kilometer rijden, overnachten in een opgeleukte gevangenis, naar dat congres toe gaan, zich aanmelden en vervolgens rechtsomkeert maken naar de stad?'

'Misschien had hij een telefoontje gekregen dat ze zich niet goed voelde of zo. Of misschien had John Bristow gebeld en hem gevraagd te komen?'

'Daar heeft Bristow niets van gezegd, dat hij zijn oom had gevraagd te komen. Ik heb de indruk dat die twee destijds niet op al te goede voet met elkaar stonden. Ze doen allebei nogal nerveus over dat bezoek van Landry. Willen er geen van beiden veel over kwijt.'

Strike stond op en begon te ijsberen, enigszins mank. Hij voelde de pijn in zijn been amper.

'Nee,' zei hij. 'Dat Bristow zijn zusje – duidelijk zijn moeders oogappeltje – vroeg om langs te komen, is logisch. Maar om van de broer van zijn moeder, die buiten de stad zat en beslist geen hechte band met haar had, te verlangen een gigantisch eind te rijden om haar een bezoekje te brengen... daar klopt iets niet. En nu komen we er ook nog eens achter dat Alison naar Landry is gaan zoeken in zijn hotel in Oxford. Op een doordeweekse dag. Trok ze uit eigen beweging zijn gangen na of had iemand haar gestuurd?'

De telefoon ging. Robin nam op. Tot Strikes verbazing mat ze zichzelf onmiddellijk een zeer knullig Australisch accent aan. '*Naoh*, ze is er niet. *Naoh... naoh...* Ik weet niet waar ze is. *Naoh*, ik ben Annabel.'

Strike lachte stilletjes. Robin wierp hem een quasigeërgerde blik toe. Na bijna een minuut overdreven 'Australisch' gesproken te hebben hing ze op.

'Temporary Solutions,' zei ze.

'Ik heb intussen al aardig wat Annabels meegemaakt. Deze klonk eerder Zuid-Afrikaans dan Australisch.'

'Nu wil ik horen hoe het jou gisteren is vergaan,' zei Robin, die haar ongeduld niet langer wist te verbergen. 'Heb je Bryony Radford en Ciara Porter gesproken?'

Strike vertelde haar alles wat er was gebeurd; hij liet alleen het uitvloeisel van zijn bezoek aan Evan Duffields flat weg. Hij legde bijzondere nadruk op Bryony's verklaring dat haar dyslexie er de oorzaak van was geweest dat ze de voicemail van Ursula May had afgeluisterd, op Ciara Porters stellige bewering dat Lula haar had gezegd alles aan haar broer te zullen nalaten, op Evan Duffields ergernis over het feit dat Lula bij de Uzi voortdurend had gekeken hoe laat het was, en op de dreigmail die Tansy Bestigui haar aanstaande ex had gestuurd.

'Maar waar wás Tansy dan toen het gebeurde?' vroeg Robin, nadat ze bevredigend aandachtig zijn verhaal had aangehoord. 'Als we dat kunnen achterhalen...'

'O, ik ben er tamelijk zeker van dat ik weet waar ze was,' zei Strike. 'Wat lastig zal worden, is haar het te laten toegeven, met het risico dat ze daarmee een paar miljoen aan alimentatie van Freddie verspeelt. Je kunt het zelf ook uitvogelen, bekijk de foto's in het politiedossier nog maar eens goed.'

'Maar...'

'Kijk naar de foto's van de gevel van het pand in de nacht na Lula's dood en denk dan terug aan hoe het was toen wij daar waren. Dat is goed voor de ontwikkeling van je speurderstalent.'

Er trok een felle scheut van vreugde en opwinding door Robin heen, die onmiddellijk werd getemperd door een gevoel van spijt, want binnenkort zou ze ergens bij personeelszaken werken.

'Ik moet me omkleden,' zei Strike. 'Wil jij nog eens proberen Freddie Bestigui te pakken te krijgen?'

Hij verdween in zijn kantoor, deed de deur achter zich dicht en verruilde zijn gelukspak (zoals hij het vanaf dat moment maar eens moest gaan noemen, bedacht hij) voor een oud overhemd dat lekker zat en een wat ruimere broek. Toen hij op weg naar de wc langs Robins bureau liep, zat ze te telefoneren. Hij zag op haar gezicht de ongeïnteresseerde oplettendheid die verraadt dat iemand in de wacht is gezet.

Terwijl Strike zijn tanden poetste boven de gebarsten wasbak bedacht hij hoeveel gemakkelijker het leven met Robin zou worden nu hij stilzwijgend had toegegeven dat hij in zijn kantoor woonde. Toen hij terugkwam, was ze uitgetelefoneerd. Ze trok een geërgerd gezicht.

'Volgens mij nemen ze niet eens meer de moeite om mijn boodschap door te geven,' zei ze tegen Strike. 'Ze zeggen dat hij in de Pinewood Studio's is en niet gestoord mag worden.'

'Dan weten we in ieder geval dat hij weer in het land is.'

Strike pakte het tussenrapport van de plank, ging weer op de bank zitten en begon met het toevoegen van zijn aantekeningen van de vorige dag – in stilte. Robin keek vanuit haar ooghoek toe, gefascineerd door de overdreven nauwkeurige manier waarop Strike zijn bevindingen categoriseerde en exact vastlegde hoe, waar en van wie hij ieder brokje informatie had verkregen.

'Doe je dat eigenlijk,' zei ze na een lange stilte, waarin ze haar tijd verdeelde tussen het ongezien observeren van Strikes werk en het bestuderen van een foto van de gevel van Kentigern Gardens 18 op Google Earth, 'omdat je anders dingen zou kunnen vergeten?'

'Dat niet alleen.' Strike ging door met schrijven, zonder op te kijken. 'Je moet ervoor zorgen dat de advocaat van de tegenpartij geen poot aan de grond krijgt.'

Hij zei het zo kalm, zo redelijk dat Robin enige tijd nadacht over de stilzwijgende gevolgtrekking van zijn woorden, voor het geval ze die misschien verkeerd begrepen had.

'Algemeen genomen, bedoel je?' vroeg ze uiteindelijk. 'Als principe?'

'Nee,' zei Strike, nog steeds over het rapport gebogen. 'Ik bedoel dat ik specifiek de advocaat van Lula Landry's moordenaar geen kans wil geven het op vrijspraak te gooien omdat hij zou kunnen aantonen dat ik mijn zaakjes niet op orde heb. Om die reden zou hij mijn betrouwbaarheid als getuige in twijfel kunnen trekken.'

Strike zat weer te pochen, besefte hij zelf, maar hij kon het niet laten. Hij was lekker op dreef, zoals hij het voor zichzelf formuleerde. Sommige mensen zouden het misschien smakeloos noemen om plezier te halen uit een moordonderzoek, maar hij had wel op duisterder plaatsen humor gevonden.

'Je kunt zeker niet even een paar sandwiches gaan halen, Robin?' vroeg hij, alleen maar om haar heerlijk verbijsterde gezicht te kunnen zien.

In haar afwezigheid rondde hij zijn aantekeningen af, en hij wilde net een oud-collega in Duitsland bellen toen Robin weer binnen kwam stormen, met twee sandwiches en een krant.

'Je staat op de voorpagina van de *Standard*,' bracht ze hijgend uit.

'Wat?'

Het was een foto van Ciara die achter Duffield aan zijn flat in liep. Ze zag er oogverblindend uit; een halve seconde werd Strike teruggevoerd naar half drie die nacht, toen ze wit en naakt onder hem had gelegen, haar lange, zijdezachte haar uitgewaaierd op het hoofdkussen als de haren van een zeemeermin terwijl ze fluisterde en kreunde.

Toen richtte Strike zijn aandacht weer op de foto, waar hij zelf half af geknipt was. Hij stond met geheven arm om de paparazzi op afstand te houden.

'Geeft niks,' zei hij schouderophalend tegen Robin terwijl hij haar de krant teruggaf. 'Ze denken dat ik hun bodyguard was.'

'Hier staat' – Robin bladerde door naar de binnenpagina – 'dat ze om twee uur het huis van Duffield heeft verlaten met haar beveiligingsman.'

'Kijk, daar heb je het al.'

Robin staarde hem aan. Het verhaal dat hij had verteld over die nacht was geëindigd in Duffields flat, waar hij zich samen met Ciara en Duffield bevond. Ze was zo geïnteresseerd geweest in de verschillende bewijzen die hij haar had voorgelegd dat ze was vergeten zich af te vragen waar hij had geslapen. Ze was ervan uitgegaan dat hij het model en de acteur samen in de flat had achtergelaten.

Strike was op kantoor verschenen in de kleding die hij op de foto droeg.

Ze wendde zich van hem af om het verhaal op pagina 2 te lezen. De glasheldere implicatie van het artikel was dat Ciara en Duffield een amoureuze ontmoeting hadden gehad terwijl de vermeende bodyguard op de gang stond te wachten.

'Is ze in het echt ook zo ontzettend mooi?' vroeg Robin met een niet-overtuigende nonchalance terwijl ze de *Standard* dubbelvouwde.

'Nou en of,' zei Strike, en hij vroeg zich af of die drie woorden erg opschepperig hadden geklonken. 'Wil jij kaas met augurk of ei met mayonaise?'

Robin koos lukraak een sandwich en nam plaats op haar bureaustoel om hem op te eten. Haar nieuwe hypothese over de manier waarop Strike de nacht had doorgebracht overschaduwde zelfs haar enthousiasme over de vorderingen in het onderzoek. Het beeld van de gekwetste romanticus dat ze van hem had gehad viel moeilijk te rijmen met de gedachte dat hij het bed had gedeeld (het kwam haar zeer ongeloofwaardig voor, maar ze was zojuist getuige geweest van zijn zwakke poging om zijn trots te verhullen) met een topmodel.

De telefoon ging weer. Strike, die net een hap brood met kaas had genomen, stak een hand op om Robin tegen te houden, at zijn mond leeg en nam zelf op. 'Cormoran Strike.'

'Strike, met Wardle.'

'Ha die Wardle, alles goed?'

'Niet echt goed, nee. We hebben zojuist een lijk uit de Theems gevist dat jouw visitekaartje bij zich droeg. Ik ben benieuwd wat jij ons daarover te vertellen hebt.'

10

Het was de eerste keer sinds de dag dat hij zijn spullen bij Charlotte had opgehaald dat Strike het gerechtvaardigd achtte om een taxi te nemen. Met een zekere afstandelijkheid keek hij naar het oplopende bedrag op de meter terwijl de taxi naar Wapping reed. De chauffeur was vastbesloten hem haarfijn uit te leggen waarom Gordon Brown zich de ogen uit zijn kop zou moeten schamen. Strike hoorde het de volledige rit zwijgend aan.

Dit zou niet het eerste mortuarium zijn dat hij bezocht, en beslist niet het eerste lijk dat hij onder ogen kreeg. Hij was vrijwel immuun geworden voor de verwoesting die geweervuur aanrichtte: verscheurde, opengereten lichamen, de ingewanden zichtbaar als hompen vlees in een slagerij, glanzend en bloederig. Strike was nooit teergevoelig geweest; zelfs de zwaarst verminkte lijken werden voor mensen in zijn functie iets klinisch en gewoons als ze eenmaal koud en bleek in hun vriesladen lagen. Het waren de niet-onderzoeksgerelateerde lichamen, die niet door de beschermende molen van ambtenarij en procedures waren gehaald, die steeds weer opdoken en rondkropen in zijn dromen. Zijn moeder bij het uitvaartcentrum, in haar enkellange lievelingsjurk met de wijd uitlopende mouwen, uitgemergeld maar jong, de naaldsporen niet zichtbaar. Sergeant Gary Topley tussen de bloedspetters in het zand op een Afghaanse weg, zijn gezicht ongeschonden, maar onder de bovenste ribben was er niets meer. Terwijl Strike daar in het hete zand lag, had hij zijn best gedaan om Gary's uitdrukkingsloze gezicht niet te hoeven zien, had hij niet omlaag durven kijken om na te gaan hoeveel er aan zijn eigen lichaam ontbrak... Maar weldra was hij opgeslokt door de muil der vergetelheid, zodat die laatste vraag pas werd opgehelderd toen hij bijkwam in het ziekenhuis.

Er hing een impressionistische zeefdruk aan de kale bakstenen muur van het kleine voorvertrek van het lijkenhuis. Strike hield zijn blik er strak op gericht en vroeg zich af waar hij de afbeelding eerder had gezien, tot hem uiteindelijk te binnen schoot dat er zo'n zelfde print bij Lucy en Greg boven de haard hing.

'Meneer Strike?' zei de man met het grijze haar die om de hoek van de deur keek, gehuld in een witte jas en latex handschoenen. 'Komt u binnen.'

Het waren bijna altijd opgewekte, aangename mannen, deze curatoren van de lijken. Strike liep achter hem aan het kille, felle licht van het raamloze binnenvertrek in, waarvan de hele rechterwand in beslag genomen werd door grote stalen vriezerdeuren. De enigszins aflopende tegelvloer had een centrale afvoerput en de lampen waren verblindend. Ieder geluid werd weerkaatst door de harde, glimmende oppervlakken, waardoor het klonk alsof er een groepje mannen door het vertrek marcheerde.

Er stond al een metalen brancard klaar voor een van de vriezerdeuren, en daarnaast hadden zich twee rechercheurs opgesteld: Wardle en Carver. De eerste keurde Strike een knikje en een gemompelde begroeting waardig, de tweede bromde slechts. Hij had een dikke buik en een pokdalig gezicht, en de schouders van zijn pak waren bedekt met roos.

De mortuariumwerker wrikte de dikke metalen arm van de vriezerdeur omlaag en de kruinen van drie anonieme hoofden kwamen tevoorschijn, boven elkaar gestapeld, elk gewikkeld in een sleets laken, dun en slap geworden door de vele wasbeurten. Hij keek op het kaartje dat op de stof om het middelste hoofd was gespeld: geen naam, alleen de datum van gisteren in een kriebelig handschrift. Hij liet het lijk soepel over de runners de lange la uit glijden en schoof het efficiënt op de gereedstaande brancard. Strike zag Carvers strakke kaak bewegen toen hij een stapje terug deed om ruimte te maken voor de rijdende kar met het lijk erop. Met een metalige klap van de vriezerdeur verdwenen de achtergebleven lijken uit het zicht.

'Een rouwkamer is niet nodig, aangezien wij hier de enige aanwezigen zijn,' zei de mortuariumwerker opgewekt. 'In het midden is het licht het beste,' voegde hij eraan toe, en hij zette de kar pal naast de afvoerput en trok het laken weg.

Het lichaam van Rochelle Onifade kwam tevoorschijn, opgeblazen en opgezwollen, haar gezicht voorgoed ontdaan van alle wantrouwen; er was een soort lege verwondering voor in de plaats gekomen. Na Wardles korte omschrijving aan de telefoon had Strike al geweten wie hij te zien zou krijgen wanneer het laken werd verwijderd, maar de akelige kwetsbaarheid van de dode trof hem opnieuw toen hij het lichaam bekeek, dat veel ieler was dan toen ze tegenover hem frites had zitten eten en informatie voor hem had achtergehouden.

Strike gaf hun haar naam en spelde die, zodat de mortuariumwerker en Wardle hem foutloos op hun klembord en schrijfblokje konden noteren. Verder gaf hij het enige adres dat hij ooit van Rochelle had geweten: daklozenpension St. Elmo in Hammersmith.

'Wie heeft haar gevonden?'

'De waterpolitie. Gisteravond laat opgevist,' zei Carver, die tot dat moment nog geen woord had gezegd. Zijn stem, met een Zuid-Londens accent, had beslist een vijandige ondertoon. 'Het duurt meestal drie weken voor een lijk komt bovendrijven, nietwaar?' voegde hij eraan toe.

De opmerking, meer statement dan vraag, was gericht aan de man van het mortuarium, die reageerde met een behoedzaam kuchje. 'Dat is het algemeen aanvaarde gemiddelde, maar het zou mij niet verbazen als het in dit geval minder blijkt te zijn. Er zijn tekenen die erop wijzen dat...'

'Ja, ja, dat horen we allemaal nog wel van de patholoog,' zei Carver onverschillig.

'Drie weken is onmogelijk,' zei Strike, wat hem een solidair glimlachje van de mortuariumwerker opleverde.

'Hoezo?' vroeg Carver bars.

'Gisteren twee weken geleden heb ik een hamburger en frites met haar gegeten.'

'Aha,' zei de man van het mortuarium, en hij knikte naar Strike vanaf de andere kant van het lichaam. 'Ik wilde juist zeggen dat een grote hoeveelheid koolhydraten, genuttigd kort voor de dood, het drijfvermogen van het lichaam kan beïnvloeden. In dit geval is er sprake van...'

'Heb je haar toen je kaartje gegeven?' vroeg Wardle aan Strike.

'Ja. Het verbaast me dat het nog leesbaar was.'

'Het zat bij haar metrokaart, in een plastic hoesje in de kontzak van haar spijkerbroek. Het plastic heeft het beschermd.'

'Wat had ze aan?'

'Een grote roze jas van imitatiebont. Net een gevilde muppet. Spijkerbroek en sportschoenen.'

'Dezelfde kleding die ze droeg toen ik een hamburger met haar at.'

'In dat geval zou de maaginhoud een accurate...' begon de man van het mortuarium.

'Is jou bekend of ze naaste familie heeft?' vroeg Carver streng aan Strike.

'Een tante in Kilburn. Ik weet niet hoe ze heet.'

Er waren reepjes glinsterend wit te zien tussen Rochelles net niet gesloten oogleden, met de helderheid die typerend is voor verdrinkingsslachtoffers. In de vouwen naast haar neusvleugels waren sporen bloederig schuim zichtbaar.

'Hoe zien haar handen eruit?' vroeg Strike aan de man van het mortuarium, want Rochelles lichaam was nog vanaf de borst bedekt met het laken.

'De handen doen er niet toe,' beet Carver hem toe. 'We zijn hier klaar, bedankt,' zei hij luid tegen de mortuariumman; zijn stem galmde door de ruimte. Tegen Strike vervolgde hij: 'We willen je spreken. Auto staat voor.'

Strike zou de politie assisteren bij het onderzoek. Dat zinnetje had hij als klein jongetje eens gehoord op het nieuws, geobsedeerd als hij was door ieder aspect van het politiewerk. Zijn moeder had die merkwaardig vroege bezetenheid altijd geweten aan haar broer Ted, voormalig militair politieman en bron van (voor Strike) fantastisch spannende verhalen over reizen, raadsels en avontuur. *De politie assisteren bij het onderzoek*; als kind van vijf had Strike zich daarbij een nobele, onbaatzuchtige burger voorgesteld die zijn tijd en energie opofferde om de politie bij te staan met behulp van een speciaal daartoe uitgereikt vergrootglas en een wapenstok, onder een dekmantel van glamourvolle anonimiteit.

Dit was de realiteit: een verhoorkamertje en een bekertje automatenkoffie verstrekt door Wardle, wiens houding jegens Strike vrij was van de vijandigheid die bij Carver uit iedere porie leek te komen, maar verder ook verstoken bleef van ieder spoortje van zijn voormalige vriendelijkheid. Strike vermoedde dat Wardles superieur niet volledig op de hoogte was van hun vorige interacties.

Op een zwart dienblaadje op het gebutste bureau lagen zeventien pence aan kleingeld, één Yale-sleutel en een metropas in een plastic hoesje; Strikes visitekaartje was verkleurd en verkreukeld, maar nog wel leesbaar.

'En haar tas?' vroeg Strike aan Carver, die tegenover hem aan het bureau was komen zitten terwijl Wardle tegen een dossierkast in de hoek geleund stond. 'Grijs, op het oog goedkope kunststof. Is die nog niet opgedoken?'

'Die zal ze wel in dat kraakpand van d'r hebben laten liggen, of waar ze ook mocht wonen,' zei Carver. 'Zelfmoordenaars pakken over het algemeen niet eerst een tas in voordat ze gaan springen.'

'Ik denk niet dat ze gesprongen is,' zei Strike.

'Zo, zo.'

'Ik wilde daarstraks haar handen zien. Ze had er een hekel aan om kopje-onder te gaan, heeft ze me verteld. Als mensen hebben gesparteld in het water, dan zijn de handen...'

'Heel fijn om uw deskundige mening te mogen aanhoren,' zei Carver met ironie als een mokerslag. 'Ik weet wie u bent, meneer Strike.'

Hij leunde achterover in zijn stoel, vouwde zijn handen achter zijn hoofd en toonde de opgedroogde zweetkringen onder zijn oksels in zijn overhemd. De scherpe, zurige uiengeur van zijn lichaam bereikte de overkant van het bureau.

'Hij is voormalig SIB'er,' deed Wardle een duit in het zakje vanaf zijn positie bij de dossierkast.

'Dat weet ik,' blafte Carver, zijn schilferige wenkbrauwen opgetrokken. 'Anstis heeft me alles verteld over zijn fucking been en de medaille wegens levensreddende acties. Een kleurrijk cv.' Hij haalde zijn handen achter zijn hoofd vandaan, boog zich naar voren en vlocht nu zijn vingers ineen op het bureau. De tl-verlichting was niet vriendelijk voor zijn cornedbeefgezicht en de paarse wallen onder zijn ogen. 'Ik weet ook wie je pa is en zo.'

Strike krabde afwachtend aan zijn ongeschoren kin.

'Je zou wel graag net zo rijk willen zijn als pappie, hè? Is het je dáár allemaal om te doen?'

Carver had de felblauwe, bloeddoorlopen ogen die Strike (sinds hij een majoor bij de para's had gekend met diezelfde ogen, die later oneervol ontslag had gekregen wegens het toebrengen van ernstig lichamelijk letsel) altijd associeerde met een zeer opvliegende, gewelddadige aard.

'Rochelle is niet gesprongen. En Lula Landry evenmin.'

'Gelul,' bulderde Carver. 'Je hebt het hier tegen de twee mannen die hebben áángetoond dat Landry is gesprongen. We hebben goddomme ieder flintertje bewijsmateriaal met de stofkam bekeken. Ik weet wat jij in je schild voert. Je melkt die arme kerel van een Bristow uit, zo hard als je kunt. Wat zit je nou dom te lachen?'

'Ik bedacht net dat jij ongelooflijk voor lul staat als dit gesprek later wordt geciteerd in de pers.'

'Waag het godverdomme niet om te gaan dreigen met de pers, eikel.' Carvers platte, brede gezicht stond verbeten; de felblauwe ogen lichtten op in het paarsrode gelaat. 'Jij zit zwaar in de nesten, vriend, daar helpen een beroemde pa, een houten poot en een heldhaftig oorlogsverleden geen moedertjelief aan. Wie zegt dat jij dat arme kind niet tot zelfmoord hebt gedreven? Ze was toch geestelijk niet helemaal lekker? Wie zegt dat jij haar niet hebt aangepraat dat ze iets verkeerd gedaan had? Jij bent de laatste die haar in leven heeft gezien, vriend. Ik zou niet graag in jouw schoenen staan.'

'Rochelle is Grantley Road overgestoken en weggelopen na onze ontmoeting, net zo levend als jij. Spoor even iemand op die haar daarna nog heeft gezien, die jas van haar vergeet geen mens.'

Wardle zette zich af van de dossierkast, sleepte een harde plastic stoel naar het bureau en ging zitten. 'Kom maar op dan,' zei hij tegen Strike. 'Met je theorie.'

'Ze chanteerde de moordenaar van Lula Landry.'

'Rot op,' snauwde Carver, en Wardle snoof gemaakt geamuseerd.

'De dag voor haar dood,' zei Strike, 'had Landry Rochelle een kwartier gezien in die winkel in Notting Hill. Ze sleurde haar meteen mee een kleedhokje in, waar ze iemand belde die ze smeekte die nacht in de vroege uurtjes naar haar flat te komen. Een van de verkoopsters heeft dat gesprek opgevangen. Ze stond in het naastgelegen pashokje, slechts van haar gescheiden door een gordijn. Een zekere Mel, rood haar en tatoeages.'

'Mensen kramen de grootste onzin uit als er een beroemdheid bij betrokken is,' zei Carver.

'Als Landry al iemand heeft gesproken vanuit dat pashokje,' zei Wardle, 'dan was het Duffield. Of haar oom. Uit haar telefoongegevens blijkt dat dat de enige twee zijn die ze heeft gebeld, de hele middag.'

'Waarom moest Rochelle er per se bij zijn toen ze dat telefoontje pleegde?' vroeg Strike. 'Waarom sleepte ze haar vriendin mee naar de paskamers?'

'Dat doen vrouwen nu eenmaal,' zei Carver. 'Ze pissen ook in kuddes.'

'Gebruik verdomme je hersens eens. Ze belde met Rochelles telefoon,' zei Strike getergd. 'Ze had iedereen die ze kende uitgetest om te kijken wie verhalen over haar doorbriefde aan de pers. Rochelle was de enige die haar mond hield. Landry had vastgesteld dat Rochelle betrouwbaar was en ze kocht een mobiel voor haar, zette die op Rochelles naam en nam alle kosten op zich. Haar eigen telefoon was toch gehackt? Ze raakte paranoïde als het ging om mensen die haar afluisterden en verhalen doorvertelden, dus kocht ze een Nokia en zette die op naam van iemand anders, zodat ze een volkomen veilig communicatiemiddel tot haar beschikking had.

Ik moet toegeven dat haar oom of Duffield daarmee niet noodzakelijk uitgesloten zijn, want het zou kunnen dat ze onderling hadden afgesproken dat Lula hen in bepaalde gevallen vanaf een ander nummer belde. Maar het kan ook zijn dat ze Rochelles nummer gebruikte om iemand anders te bellen, iemand van wie de pers niets mocht weten. Ik heb Rochelles mobiele nummer. Als jullie uitzoeken welke provider ze had, is dit allemaal na te gaan. Het toestel zelf is een roze Nokia, bedekt met glittersteentjes, maar die zul je nooit vinden.'

'Nee, die ligt op de bodem van de Theems,' zei Wardle.

'Natuurlijk niet,' zei Strike. 'De moordenaar heeft hem. Hij heeft uiteraard haar telefoon afgepakt voordat hij haar in de rivier gooide.'

'Rot toch op!' riep Carver spottend, en Wardle, die tegen beter weten in geïnteresseerd had geleken, schudde zijn hoofd.

'Waarom wilde Landry dat Rochelle erbij was als ze ging bellen?' vroeg Strike nogmaals. 'Waarom belde ze niet gewoon vanuit de auto? Waarom heeft Rochelle, die dakloos en vrijwel berooid was, nooit verhalen over Landry verkocht aan de pers? Ze had er een flinke smak geld voor kunnen krijgen. Waarom heeft ze na Landry's dood niet alsnog de buit binnengehaald, toen ze haar er niet meer mee kon schaden?'

'Uit fatsoen?' opperde Wardle.

'Ja, dat is een mogelijkheid,' zei Strike. 'De andere mogelijkheid is dat ze genoeg poen binnenhaalde met het chanteren van de moordenaar.'

'Geluuuul,' kreunde Carver.

'O ja? Die muppetjas die ze aanhad toen ze werd opgedregd heeft vijftienhonderd pond gekost.'

Een zeer korte stilte.

'Die zal ze wel van Landry gekregen hebben,' zei Wardle toen.

'Als dat zo is, moet ze erin geslaagd zijn in januari iets voor haar te kopen wat nog niet in de winkels lag.'

'Landry was model, ze had contacten binnen die... Wat een gelul,' snauwde Carver, alsof hij zich ergerde aan zichzelf.

'Waarom,' vroeg Strike, en hij leunde naar voren op zijn armen, ademde de kwalijke dampen van Carvers lichaamsgeur in, 'heeft Lula

Landry een omweg van een kwartier gemaakt naar die boetiek?'

'Ze had haast.'

'Maar waarom ging ze er dan überhaupt heen?'

'Ze wilde dat meisje niet teleurstellen.'

'Ze liet Rochelle – het straatarme, dakloze meisje dat ze normaal gesproken na afloop in haar auto met chauffeur naar huis bracht – de hele stad door reizen, sleepte haar een pashokje in en liet haar een kwartier later alleen achter, zodat Rochelle zelf maar moest zien dat ze thuiskwam.'

'Landry was een verwend kreng.'

'In dat geval: waarom kwam ze dan opdraven? Omdat het haar iets opleverde. En als ze geen verwend kreng was, moet ze in een emotionele staat verkeerd hebben die ervoor zorgde dat ze anders handelde dan anders. Er is een getuige, een levende getuige van het feit dat Lula door de telefoon iemand heeft gesmeekt ergens na één uur 's nachts naar haar flat te komen. En dan is er nog dat vel blauw papier dat ze bij zich had voordat ze bij Vashti naar binnen ging, en waarvan niemand toegeeft het daarna nog te hebben gezien. Wat heeft ze daarmee gedaan? Waarom zat ze achter in de auto te schrijven voordat ze met Rochelle had afgesproken?'

'Misschien was het wel...' begon Wardle.

'Nee, het was verdomme geen boodschappenlijstje,' kreunde Strike, en hij sloeg met zijn vuist op het bureau. 'En niemand schrijft acht uur voordat hij zelfmoord pleegt een afscheidsbrief, om vervolgens eerst nog te gaan dansen. Ze heeft dat blauwe papier meegenomen naar Vashti om het aan Rochelle te laten zien.'

'Gelul!' riep Carver nogmaals, maar Strike negeerde hem en zei tegen Wardle: 'Dat strookt met het verhaal dat ze Ciara Porter verteld zou hebben dat ze alles wilde nalaten aan haar broer, of niet soms? Ze had het officieel gemaakt. Het hield haar bezig.'

'Waarom zou ze ineens een testament maken?'

Strike aarzelde en leunde achterover. Carver loerde naar hem. 'Is je fantasie uitgeput?'

Strike ademde met een diepe zucht uit. Een oncomfortabele nacht van in alcohol doordrenkte bewusteloosheid, de aangename uitspattingen van de afgelopen nacht, een halve sandwich met kaas en augurk in twaalf uur tijd: hij voelde zich uitgehold, doodop.

'Als ik harde bewijzen had, had ik ze wel meegebracht.'

'De kans dat mensen in de omgeving van een zelfmoordenaar zich ook van kant maken is groter, wist je dat? Die Raquelle was depressief. Ze had een rotdag, dacht aan de uitweg die haar oude vriendin had gekozen en besloot haar voorbeeld te volgen en ook te springen. Hetgeen ons naar jou toe voert, vriend. Jij jaagt mensen op en geeft ze dat laatste...'

'... dat laatste zetje, ja,' zei Strike. 'Dat heb ik vaker gehoord. Behoorlijk smakeloos geformuleerd in dit geval. En hoe zit het met de verklaring van Tansy Bestigui?'

'Hoe vaak moeten we dat nog zeggen, Strike? We hebben aangetoond dat ze die ruzie nooit gehoord kan hebben,' zei Wardle. 'Onomstotelijk aangetoond.'

'Niet waar,' zei Strike, die alsnog, op een moment dat hij het zelf niet meer verwachtte, zijn geduld verloor. 'Jullie hele verhaal is gebaseerd op een dikke, vette blunder. Als jullie Tansy Bestigui serieus genomen hadden, als jullie haar hadden gebroken zodat ze het héle ranzige verhaal had verteld, dan had Rochelle Onifade nu nog geleefd.'

Trillend van woede hield Carver Strike nog een uur op het bureau. Zijn laatste daad van minachting was de opdracht aan Wardle om 'Rokeby junior' van het terrein te verwijderen.

Wardle liep met Strike naar de voordeur zonder een woord te zeggen.

'Je moet iets voor me doen,' zei Strike, treuzelend bij de uitgang, waarachter ze de donker wordende hemel konden zien.

'Ik heb genoeg voor jou gedaan, vriend,' zei Wardle met een wrang lachje. 'Dankzij jou heb ik daar' – hij wees met zijn duim over zijn schouder naar Carver en diens pesthumeur – 'nog dagen last van. Ik zei toch dat het zelfmoord was.'

'Wardle, als die schoft niet wordt opgepakt, lopen er nog twee mensen gevaar te worden omgelegd.'

'Strike...'

'Als ik je nou eens bewijs lever dat Tansy Bestigui helemaal niet in haar flat was toen Lula viel? Dat ze zich ergens bevond waar ze wél alles kon horen?'

Wardle keek naar het plafond en sloot toen kort zijn ogen. 'Als je bewijs hebt...'

'Nu nog niet, maar over een paar dagen wel.'

Twee mannen liepen pratend en lachend voorbij. Wardle schudde geërgerd zijn hoofd, maar hij bleef staan. 'Als je iets van de politie wilt, moet je Anstis maar bellen. Hij is degene die je nog iets verschuldigd is.'

'Dit kan Anstis niet voor me regelen. Ik wil dat je Deeby Macc belt.'

'What the fuck...?'

'Je hebt me wel gehoord. Mij zal hij niet te woord staan, hè? Maar jou wel, jij hebt gezag, en zo te horen mocht hij je graag.'

'Ga je me nou vertellen dat Deeby Macc weet waar Tansy Bestigui was toen Lula Landry stierf?'

'Nee, natuurlijk niet, gek. Hij zat in de Barrack. Ik wil weten wat voor kleding hij vanuit Kentigern Gardens doorgestuurd heeft gekregen naar Claridges. En dan vooral het spul van Guy Somé.'

Strike sprak de naam tegenover Wardle niet uit als 'Gie'.

'Je wilt... Waarom?'

'Omdat een van die rennende kerels op de camerabeelden een sweatshirt van Deeby droeg.'

'Dat spul zie je overal,' zei Wardle na een korte stilte. 'Met GS erop. Van die glimmende joggingpakken.'

'Dit was een hoodie, speciaal voor Macc gemaakt. Er is er maar één van op de hele wereld. Bel Deeby en vraag hem wat hij van Somé heeft gekregen. Meer heb ik niet nodig. Aan wiens kant wil jij staan als ik gelijk blijk te hebben, Wardle?'

'Ga nou niet dreigen, Strike...'

'Ik dreig niet. Volgens mij hebben we hier te maken met een meervoudig moordenaar die nog vrij rondloopt en plannen maakt voor zijn volgende slachtoffer, maar denk ook even aan de kranten en de bladen... Ik vermoed dat ze weinig heel zullen laten van iemand die bleef vasthouden aan de zelfmoordtheorie als er dadelijk een derde slachtoffer opduikt. Bel Deeby Macc, Wardle, voordat er weer iemand wordt vermoord.'

11

'Nee,' zei Strike die avond krachtig door de telefoon. 'Het wordt te gevaarlijk. Mensen schaduwen valt niet onder de taken van een secretaresse.'

'Dat geldt ook voor het bezoeken van het Malmaison Hotel in Oxford en van SOAS,' sprak Robin tegen. 'En toch was je maar al te blij dat ik erheen gegaan was.'

'Jij gaat helemaal niemand volgen, Robin. Ik denk ook niet dat Matthew daar blij mee zou zijn.'

Vreemd eigenlijk, dacht Robin terwijl ze thuis met de telefoon tegen haar oor gedrukt in haar ochtendjas op bed zat, dat Strike de naam van haar verloofde onthouden had zonder hem ooit te hebben ontmoet. Ze had de ervaring dat mannen dat soort informatie over het algemeen niet opsloegen. Matthew vergat regelmatig namen, zelfs die van zijn pasgeboren nichtje. Maar Strike was er waarschijnlijk op getraind.

'Ik heb Matthews toestemming niet nodig,' zei ze. 'En het is helemaal niet gevaarlijk. Je denkt toch niet dat Ursula May iemand heeft vermoord?'

(De zin werd gevolgd door een onhoorbaar: of wel?)

'Nee, maar ik wil niet dat iemand er lucht van krijgt dat ik haar gangen natrek. De moordenaar zou er nerveus van kunnen worden, en ik wil niet dat er weer iemand van grote hoogte naar beneden wordt gegooid.'

Robin hoorde haar eigen hart bonzen door de dunne stof van haar ochtendjas. Ze wist dat hij haar niet zou gaan vertellen wie hij verdacht van de moorden; ze was zelfs een beetje bang om dat te horen te krijgen, ook al kon ze aan niets anders meer denken.

Ze had Strike zelf gebeld. Er waren uren verstreken sinds ze een sms van hem had ontvangen waarin hij liet weten met de politie mee te moeten naar Scotland Yard en haar vroeg om vijf uur het kantoor af te sluiten. Robin had zich zorgen gemaakt.

'Bel hem dan, als je er wakker van ligt,' had Matthew gezegd, nog net niet snauwend, min of meer met de uitstraling dat hij, zonder de details te kennen, in ieder geval aan de kant van de politie stond.

'Moet je horen, ik wil dat je iets voor me doet,' zei Strike. 'Bel morgenochtend als eerste John Bristow en vertel hem over Rochelle.'

'Goed,' zei Robin, haar blik gericht op de grote pluchen olifant die ze op hun eerste gezamenlijke Valentijnsdag van Matthew had gekregen, acht jaar geleden. De gulle gever zelf zat in de huiskamer *Newsnight* te kijken. 'Wat ga jij dan doen?'

'Ik ga naar de Pinewood Studio's om een woordje te wisselen met Freddie Bestigui.'

'Hoe wil je dat voor elkaar krijgen?' vroeg Robin. 'Ze laten je nooit in zijn buurt komen.'

'Jawel hoor.'

Nadat Robin had opgehangen, bleef Strike een tijdje roerloos in zijn donkere kantoor zitten. De gedachte aan de half verteerde McDonald's-maaltijd in het opgezwollen lijk van Rochelle had hem er niet van weerhouden twee Big Macs, een grote portie frites en een McFlurry te nuttigen op de terugweg van Scotland Yard. Nu vermengde het gerommel in zijn maag zich met de gedempte basdreunen uit 12 Bar Café, die Strike tegenwoordig nog maar amper hoorde; het geluid was als zijn eigen hartslag.

De rommelige, meisjesachtige flat van Ciara Porter, haar grote, kreunende mond, de lange witte benen klemvast om zijn rug geslagen: het behoorde allemaal tot een leven van lang geleden. Al zijn gedachten gingen nu uit naar de kleine, gedrongen, logge Rochelle Onifade. Hij zag haar in gedachten weer in de telefoon staan ratelen, nog geen vijf minuten nadat ze bij hem vandaan gelopen was, in exact dezelfde kleding die ze had gedragen toen ze uit de rivier werd gevist.

Hij was ervan overtuigd dat zij wist wat er was gebeurd. Rochelle had de moordenaar gebeld om te vertellen dat ze zojuist had geluncht met een privédetective, en de moordenaar had via dat roze glittertelefoontje ergens met haar afgesproken. Die avond, na een etentje of een drankje, waren ze door het donker teruggeslenterd in de richting van de rivier. Strike dacht aan Hammersmith Bridge, saliegroen met goud, in de wijk waar ze had beweerd tegenwoordig een flat te hebben: een beroemde zelfmoordplek, met zijn lage relingen, hoog boven de snelstromende Theems. Ze kon niet zwemmen. 's Avonds laat, een ruziënd stelletje, een passerende auto, een gil en een plons. Zou iemand het gezien hebben?

Niet als de moordenaar stalen zenuwen en een ruime hoeveelheid geluk had gehad, en dit was een dader die al had aangetoond te beschikken over ruimschoots voldoende van het eerste en roekeloos zwaar te leunen op het tweede. De verdediging zou ongetwijfeld aansturen op verminderde toerekeningsvatbaarheid, omdat de verdachte het lef had gehad héél ver te gaan, hetgeen Strikes speurwerk tot een unieke ervaring voor hem had gemaakt. En misschien, bedacht hij, was het ook wel iets pathologisch, een categoriseerbare vorm van gekte, maar de psychologische kant interesseerde hem nauwelijks. Net als John Bristow was het Strike om gerechtigheid te doen.

In zijn donkere kantoor maakten zijn gedachten plotseling een onwelkome sprong terug in de tijd, naar het meest persoonlijke sterfgeval van allemaal, dat waarvan Lucy onterecht aannam dat het Strike bij ieder onderzoek achtervolgde en al zijn zaken kleurde, de moord die zijn leven en dat van Lucy had opgesplitst in twee perioden, waardoor al hun herinneringen scherp waren opgedeeld in vóór de dood van hun moeder en erna. Lucy dacht dat Strike was gevlucht en bij het leger was gegaan vanwege Leda's dood, gedreven door de nooit naar bevrediging bevestigde overtuiging dat zijn stiefvader daar schuld aan had. Ze meende dat ieder lijk dat hij in zijn beroepsleven onder ogen kreeg de dood van zijn moeder bij hem opriep, dat hij zich geroepen voelde andere sterfgevallen te onderzoeken in een eeuwigdurende daad van persoonlijke verschoning.

Maar Strike had deze carrière al geambieerd lang voordat de laatste naald in Leda's lijf verdween, lang voordat hem duidelijk was geworden dat zijn moeder (net als ieder ander mens) sterfelijk was, en dat een moord meer was dan een puzzel die diende te worden opgelost. Lucy was degene die het nooit zou vergeten, die leefde in een wolk van herinneringen als een zwerm vliegen rond een lijkkist, die op iedere onnatuurlijke dood de tegenstrijdige gevoelens projecteerde die het vroegtijdige heengaan van hun moeder bij haar opriep.

Maar vanavond betrapte hij zich erop precies te doen wat volgens Lucy zijn gewoonte was: hij dacht terug aan Leda en verbond haar aan deze zaak. *Leda Strike, supergroupie.* Zo luidde altijd weer het onderschrift van die allerberoemdste foto van haar, de enige waarop zijn ouders samen te zien waren. Daar stond ze, in zwart-wit, met haar hartvormige gezicht, het glanzende donkere haar en de ogen van een zijdeaapje, en naast haar, van elkaar gescheiden door een kunsthandelaar, een aristocratische playboy (de een had intussen de hand aan zichzelf geslagen, de ander was gestorven aan aids) en Carla Astolfi, de tweede vrouw van zijn vader, stond Jonny Rokeby in hoogsteigen persoon, androgyn en wild, zijn haar bijna net zo lang als dat van Leda. Martiniglazen en sigaretten, rook kringelend uit de mondhoek van het model, maar zijn moeder was stijlvoller dan al die anderen.

Iedereen behalve Strike leek Leda's dood te hebben beschouwd als het betreurenswaardige, maar niet verbazingwekkende gevolg van een hachelijk geleefd leven dat alle sociale normen te buiten ging. Zelfs de mensen die haar het best en het langst hadden gekend aanvaardden dat ze zichzelf de overdosis had toegediend die in haar lichaam was aangetroffen. Vrijwel unaniem geloofden ze dat zijn moeder zich te dicht bij de onverkwikkelijke grenzen van het leven had begeven, en dat het te verwachten was geweest dat ze op een dag over de rand zou tuimelen, haar dood tegemoet, om stijf en koud te eindigen op een bed met smerige lakens.

Waarom ze het had gedaan, kon niemand verklaren, zelfs oom Ted niet (die zwijgend en gebroken tegen het aanrecht had geleund) of tante Joan (met rode ogen maar kwaad aan haar kleine keukentafel, haar arm om de negentienjarige Lucy geslagen, die snikte tegen Joans schouder). Een overdosis leek simpelweg overeen te komen met de trend van Leda's leven, de kraakpanden, de muzikanten en de wilde feesten, met de ranzigheid van haar allerlaatste relatie en haar huis, met de voortdurende aanwezigheid van drugs in haar nabijheid, het roekeloze nastreven van kicks en hoogtepunten. Strike was de enige die had gevraagd of iemand ervan op de hoogte was geweest dat zijn moeder was overgegaan op de spuit; hij was de enige die verschil zag tussen haar voorliefde voor cannabis en een plotselinge hang naar heroïne; de enige die met onbeantwoorde vragen bleef zitten en verdachte omstandigheden zag. Maar hij was een student van twintig geweest en niemand had naar hem geluisterd.

Na de rechtszaak en de uitspraak had Strike zijn biezen gepakt en alles achter zich gelaten: de kortstondige aandachtsexplosie in de pers, tante Joans wanhopige teleurstelling vanwege het beëindigen van zijn Oxford-carrière, Charlotte, die diepbedroefd en razend was om zijn verdwijning en alweer het bed deelde met een ander, en Lucy, die moord en brand schreeuwde. Enkel gesteund door oom Ted was hij verdwenen naar het leger, waar hij het leven had teruggevonden dat hij van Leda had geleerd: steeds weer weggerukt uit zijn vertrouwde omgeving, op zichzelf aangewezen, met de grenzeloze aantrekkingskracht van alles wat nieuw was.

Maar vanavond beschouwde hij zijn moeder als vanzelf als de spirituele zuster van het mooie, behoeftige en depressieve meisje dat geknakt op het bevroren wegdek was beland, en de onaantrekkelijke, dakloze buitenstaander die nu in het kille mortuarium lag. Leda, Lula en Rochelle waren geen vrouwen geweest zoals Lucy of zijn tante Joan, ze hadden niet alle redelijke voorzorgsmaatregelen getroffen tegen geweld of het noodlot, zich niet vastgeketend aan het leven met een hypotheek en vrijwilligerswerk, een veilige echtgenoot en frisgewassen kindertjes die van hen afhankelijk waren, en daarom werd hun dood niet 'tragisch' genoemd in dezelfde lijn als die van bezadigde, respectabele huisvrouwen.

Hoe makkelijk was het niet om iemands neiging tot zelfdestructie te benadrukken, hoe eenvoudig om diegene te reduceren tot een niet-persoon, vervolgens een stapje terug te doen en schouderophalend in te stemmen met de heersende mening dat de dood het onvermijdelijke gevolg was geweest van een chaotisch, catastrofaal leven.

Bijna alle tastbare bewijzen van Lula's moord waren na haar dood weggevaagd, onder de voet gelopen of bedekt door een dikke laag sneeuw; de meest overtuigende aanwijzing die Strike had was uiteindelijk toch die korrelige zwart-witopname gebleken, van de twee mannen die wegrenden van de plaats delict: bewijsmateriaal dat na een vluchtige blik was verworpen door de politie, die ervan overtuigd was dat niemand het gebouw had kunnen betreden, dat Landry zelfmoord had gepleegd en de film niet méér liet zien dan een paar potentiële dieven of plunderaars.

Strike riep zichzelf tot de orde en keek op zijn horloge. Het was half elf, maar hij was ervan overtuigd dat de man die hij wilde spreken nog wakker zou zijn. Hij knipte zijn bureaulamp aan, pakte zijn mobiel en toetste deze keer een nummer in Duitsland in.

'Oggy!' brulde de blikkerige stem aan de andere kant van de lijn. 'Man, hoe is het met je?'

'Je moet wat voor me doen, jongen.'

En Strike vroeg luitenant Graham Hardacre om hem alle informatie te geven die hij kon vinden over een zekere Agyeman bij de Royal Engineers, de Genie. Voornaam en rang onbekend, maar hij had wel de data van zijn detacheringen in Afghanistan.

12

Het was pas de tweede auto waarin Strike reed sinds het verlies van zijn been. Hij had het in Charlottes Lexus geprobeerd, maar vandaag deed hij zijn best zich in geen enkel opzicht ontmand te voelen in een gehuurde Honda Civic automaat.

De rit naar Iver Heath duurde nog geen uur. Zijn toelating tot de Pinewood Studio's werd bewerkstelligd door een combinatie van een vlotte babbel, intimidatie en het zwaaien met authentieke, zij het verlopen, officiële documenten. De bewaker, die aanvankelijk voet bij stuk hield, gaf zich uiteindelijk gewonnen dankzij Strikes zelfverzekerde houding, de woorden 'Special Investigation Branch' en het pasje met zijn foto erop.

'Hebt u een afspraak?' vroeg hij, een meter boven Strike in het hokje naast de elektrische slagboom gezeten, zijn hand al op de telefoonhoorn.

'Nee.'

'Waar gaat het over?'

'De heer Evan Duffield,' zei Strike, en hij zag de bewaker zijn voorhoofd fronsen voordat hij zich afwendde en iets in de hoorn mompelde.

Na een minuut of wat kreeg Strike de benodigde aanwijzingen en mocht hij doorrijden. Hij volgde een weg met enkele flauwe bochten om het studiogebouw heen en peinsde er nogmaals over hoe gemakkelijk het was om misbruik te maken van iemands reputatie van chaos en zelfdestructie.

Hij parkeerde de huurauto een paar rijen achter een Mercedes met chauffeur, die stilstond in een vak met het bordje PRODUCENT FREDDIE BESTIGUI. Zonder zich te haasten stapte hij uit, via de achteruitkijkspiegel in de gaten gehouden door Bestigui's chauffeur. Een glazen deur voerde naar een nietszeggende, institutionele trap. Een jongeman, een iets verzorgdere versie van Spanner, kwam op een drafje naar beneden gelopen.

'Waar kan ik Freddie Bestigui vinden?' vroeg Strike hem.

'Tweede verdieping, eerste kantoor rechts.'

Bestigui was net zo lelijk als op de foto's, met een stierennek en een pokdalig gezicht. Hij zat aan een bureau in een aparte ruimte achter een glazen scheidingswand, waar hij met een chagrijnig gezicht naar een computerscherm tuurde. In het kantoor vóór de scheidingswand was het druk en rommelig, met veel aantrekkelijke vrouwen achter bureaus, pilaren volgeplakt met filmposters en foto's van huisdieren die naast opnameschema's hingen. Het mooie meisje dat het dichtst bij de deur zat – met een koptelefoontje met microfoon op haar hoofd – keek op naar Strike en zei: 'Hallo, kan ik u helpen?'

'Ik kom voor Freddie Bestigui. Doe geen moeite, ik loop wel gewoon door.'

Hij stond al in Bestigui's kantoor voordat ze iets terug kon zeggen.

Bestigui keek op. Zijn oogjes verdwenen bijna tussen de vleeskussens, zijn getaande huid zat vol zwarte moedervlekken.

'Wie ben jij?' Hij hees zich al half overeind, zijn dikke vingers om de rand van zijn bureaublad geklemd.

'Cormoran Strike, privédetective. Ik ben ingehuurd...'

'Elena!' Bestigui stootte zijn koffie om, die over het geboende hout stroomde, over al zijn papieren. 'Sodemieter op! Opzouten!'

'... door de broer van Lula Landry, John Bristow.'

'ELENA!'

Het knappe, slanke meisje met het koptelefoontje kwam aangerend en ging doodsbenauwd naast Strike staan, wapperend met haar handen.

'Bel de bewaking, domme trut!'

Ze holde het kantoor uit. Bestigui, die hooguit één meter vijfenzestig was, was nu achter zijn bureau vandaan gekomen, onverschrokken tegenover de enorme Strike als een pitbull die zijn terrein niet wil prijsgeven aan een rottweiler. Elena had de deur open laten staan en de aanwezigen in het aangrenzende vertrek keken angstig naar binnen, gebiologeerd.

'Ik probeer u al een paar weken te pakken te krijgen, meneer Bestigui...'

'Jij zit zwaar in de nesten, vriend,' zei Bestigui, en hij kwam met opeengeklemde kaken op Strike af, zijn dikke schouders opgetrokken.

'... om het met u te hebben over de nacht van Lula Landry's dood.'

Twee mannen in witte overhemden en met walkietalkies renden langs de glazen wand rechts van Strike, jong, fit en met gespannen gezichten.

'Haal hem hier weg!' bulderde Bestigui, wijzend naar Strike, toen de twee bewakers tegen elkaar op botsten in de deuropening en zich vervolgens naar binnen wurmden.

'In het bijzonder over de plaats waar uw vrouw Tansy zich bevond toen Lula naar beneden viel...'

'Haal hem hier weg en bel verdomme de politie! Hoe komt die kerel hier binnen?'

'... want ik heb foto's onder ogen gekregen waardoor ik haar verklaring opeens begrijp. Blijf met je poten van me af,' zei Strike tegen de jongste van de twee bewakers, die aan zijn bovenarm stond te sjorren. 'Anders ram ik je door dat raam daar.'

De bewaker liet niet los, maar keek naar Bestigui in afwachting van instructies.

De felle, donkere ogen van de producent waren strak op Strike gericht. Hij balde zijn schurkenvuisten en ontspande ze weer. Na vele lange seconden zei hij: 'Je liegt dat je barst.'

Maar hij gaf de afwachtende bewakers geen opdracht Strike het kantoor uit te slepen.

'De fotograaf stond op 8 januari in de vroege uurtjes op de stoep tegenover uw flat. De man die de foto's heeft genomen, beseft zelf niet wat hij in handen heeft. Als u er niet met me over wilt praten, prima, dan wordt het de politie of de pers. Mij maakt het niet uit. Uiteindelijk zal het resultaat hetzelfde zijn.'

Strike deed een paar passen in de richting van de deur. De bewakers, die hem nog ieder aan een arm beethielden, werden verrast door zijn manoeuvre en waren even in de absurde positie hem tegen te moeten houden.

'Eruit,' zei Bestigui abrupt tegen zijn hulpjes. 'Ik geef wel een seintje als ik jullie nodig heb. Doe de deur achter je dicht.'

Ze vertrokken. Zodra de deur dicht was, zei Bestigui: 'Goed, hoe je ook mag heten, druiloor, je krijgt vijf minuten.'

Strike ging onuitgenodigd in een van de zwartleren stoelen voor Bestigui's bureau zitten, waar de producent weer achter had plaatsgenomen. Bestigui onderwierp hem aan een harde, kille blik, heel anders dan de koele blikken die Strike van 's mans voormalige echtgenote had ontvangen. Dit was de taxerende blik van een beroepsgokker. Bestigui haalde een doos sigaartjes tevoorschijn, trok een zwartglazen asbak naar zich toe en stak er een aan met een gouden aansteker.

'Goed, vertel me dan maar eens wat er op die zogenaamde foto te zien is.' Bestigui kneep zijn ogen tot spleetjes en tuurde door de scherpe rook, het toonbeeld van een maffiabaas uit de film.

'Het silhouet,' zei Strike, 'van een vrouw die op haar hurken op het balkon zit voor het raam van uw zitkamer. Op de foto lijkt ze naakt, maar wij weten beiden dat ze daar in haar ondergoed zat.'

Bestigui ging even puffend door met roken, haalde toen het sigaartje uit zijn mond en zei: 'Gelul. Dat is helemaal niet te zien vanaf de straat. Het balkon heeft een dichte, stenen bodem, vanuit die hoek zie je niets. Je probeert maar wat.'

'Er brandde licht in de huiskamer. Haar contouren waren zichtbaar door de kieren tussen de stenen. Er was toen natuurlijk nog ruimte voor haar op het balkon, want de planten stonden er nog niet. Mensen kunnen het niet laten om achteraf iets te veranderen aan de plaats van het misdrijf, ook al zijn ze ermee weggekomen,' voegde Strike er luchtig aan toe. 'U wilde het doen voorkomen alsof er op dat balkon nooit plaats is geweest voor een hurkende gestalte, of niet soms? Maar de werkelijkheid valt niet te fotoshoppen. Uw vrouw zat daar op de ideale plek om te horen wat er op het balkon op de derde verdieping werd gezegd, vlak voordat Lula Landry stierf.

Ik denk dat het als volgt is gegaan,' vervolgde Strike, terwijl Bestigui nog altijd door de rook van zijn sigaartje zat te turen. 'U kreeg ruzie met uw vrouw terwijl ze zich aan het uitkleden was om naar bed te gaan. Misschien had u haar geheime voorraadje gevonden in de badkamer of haar betrapt terwijl ze een lijntje snoof. Daarom leek het u een gepaste straf om haar in de vrieskou buiten te sluiten, op het balkon.

Nu zullen er mensen zijn die vragen hoe het mogelijk is dat in een straat vol paparazzi niemand zag dat er pal boven hun hoofd een halfnaakte vrouw het balkon op werd geduwd, maar het sneeuwde hard en de fotografen stonden waarschijnlijk te stampvoeten om de bloedcirculatie op gang te houden. Bovendien was alle aandacht gericht op beide uiteinden van de straat, vanwege de komst van Lula en Deeby Macc. En Tansy maakte geen lawaai, wel? Ze bukte en hield zich schuil, want ze wilde niet halfnaakt opgemerkt worden door dertig fotografen. Misschien hebt u haar zelfs wel naar buiten geduwd precies op het moment dat Lula's auto de hoek om kwam. Er zal niemand naar uw ramen hebben gekeken als Lula Landry zojuist was verschenen in een bloot jurkje.'

'Je kletst uit je nek,' zei Bestigui. 'Je hebt helemaal geen foto's.'

'Dat heb ik ook niet beweerd. Ik zei alleen dat ik ze onder ogen heb gekregen.'

Bestigui haalde het sigaartje uit zijn mond, bedacht zich en stopte het terug. Strike liet vele momenten verstrijken, maar toen hem duidelijk werd dat Bestigui de gelegenheid om iets terug te zeggen niet te baat zou nemen, vervolgde hij: 'Tansy moet onmiddellijk nadat ze Lula had zien vallen op het raam zijn gaan beuken. Dat had u natuurlijk niet verwacht, dat uw vrouw zou gaan schreeuwen en bonzen, of wel? Omdat u begrijpelijkerwijs niet zat te wachten op getuigen van uw vlaag van huiselijk geweld, deed u de deur voor haar open. Ze rende gillend langs u heen, de flat uit, naar beneden, naar Derrick Wilson.

Op dat moment keek u over de balustrade en zag u Lula Landry beneden dood op straat liggen.'

Bestigui blies traag de rook uit, zonder zijn ogen van Strikes gezicht te halen.

'Wat u daarna deed, zal in de rechtbank als verdacht beschouwd worden. U belde niet het alarmnummer, u holde niet achter uw half bevroren, hysterische echtgenote aan. U bent zelfs niet – iets waar de jury misschien meer begrip voor zou hebben – naar de badkamer gerend om de coke weg te spoelen waarvan u wist dat die daar openlijk in het zicht lag.

Nee, wat u vervolgens deed, voordat u uw vrouw achternaging of de politie belde, was het raam schoonvegen. Er mochten immers geen vingerafdrukken op te zien zijn, waaruit zou kunnen worden opgemaakt dat Tansy haar handen van buitenaf tegen het glas had gedrukt, hè? Het was uw prioriteit om ervoor te zorgen dat niemand zou kunnen aantonen dat u uw vrouw bij een temperatuur van min tien het balkon op had gejaagd. Met uw onsmakelijke reputatie van mishandeling en een mogelijke aanklacht van een van uw piepjonge werkneemsters wegens een eerder akkefietje was u niet van plan de pers of een advocaat van de tegenpartij nog meer bewijs in handen te geven. Zo is het toch?

Toen u naar tevredenheid al haar afdrukken van het glas had verwijderd, holde u naar beneden en dwong haar terug te keren naar uw flat. In de korte tijd die u tot uw beschikking had voordat de politie arriveerde, hebt u haar onder bedreiging gedwongen te verzwijgen waar ze zich bevond toen Lula viel. Ik weet niet wat u haar precies in het vooruitzicht hebt gesteld, maar het werkte wel.

Toch voelde u zich nog niet helemaal safe, want ze was zo geschokt en van streek dat ze misschien alsnog het hele verhaal eruit zou flappen. Daarom probeerde u de politie af te leiden met uw getier over de omgestoten bloemen in Deeby Maccs flat, in de hoop dat Tansy zichzelf intussen tot de orde zou roepen en bij haar verhaal zou blijven.

En dat deed ze, nietwaar? God mag weten hoeveel het u heeft gekost, maar ze heeft zichzelf door het slijk laten halen in de pers, zich een cokeverslaafde fantast laten noemen en vastgehouden aan dat kletsverhaal dat ze Landry en haar moordenaar twee verdiepingen lager dwars door geluiddicht glas heen had horen ruziën.

Maar als ze straks eenmaal beseft dat er foto's zijn die aantonen waar ze zich echt bevond,' zei Strike, 'dan wil ze vast wel opbiechten hoe het zit. Uw vrouw mag dan denken dat ze van niets zo veel houdt als van geld, haar geweten knaagt aan haar. Ik heb er alle vertrouwen in dat ze gauw genoeg zal doorslaan.'

Bestigui rookte zijn sigaartje tot de laatste millimeters op. Traag drukte hij het uit in de zwartglazen asbak. Lange seconden verstreken, en de geluiden uit het naastgelegen kantoor filterden door het glas naast hen: stemmen en een rinkelende telefoon.

Bestigui kwam overeind en trok de canvas rolgordijntjes voor het glas dicht, zodat geen van de zenuwachtige meisjes in het kantoor erachter naar binnen kon kijken. Toen ging hij weer zitten en streek bedachtzaam met zijn dikke vingers over het verkreukelde terrein van zijn ondergezicht, keek even naar Strike en wendde zijn blik weer af, om die te richten op het lege, gebroken witte doek dat hij zojuist had neergelaten. Strike kon de opties bijna op het gezicht van de producer zien verschijnen, alsof hij een stok kaarten doornam.

'De gordijnen waren dicht,' zei Bestigui ten slotte. 'Er scheen niet genoeg licht naar buiten om te kunnen zien dat er zich een vrouw schuilhield op het balkon. Tansy blijft heus wel bij haar verhaal.'

'Ik zou er niet op rekenen,' zei Strike. Hij strekte zijn benen; de prothese bezorgde hem nog altijd ongemak. 'Wanneer ik haar voorleg dat de wettelijke term voor wat jullie hebben gedaan "samenzwering met als doel de rechtsgang te belemmeren" luidt, en ik zeg erbij dat ze uit de bajes kan blijven door alsnog haar geweten te laten spreken, en wanneer ik eraan toevoeg dat ze als slachtoffer van huiselijk geweld mag rekenen op de sympathie van het publiek, en ik haar vertel dat ze ongetwijfeld een smak geld aangeboden zal krijgen voor de exclusieve rechten van haar verhaal, en wanneer ze zich bovendien realiseert dat ze de kans zal krijgen haar zegje te doen in de rechtszaal – en ze ook geloofd zal worden – en dat ze een bijdrage kan leveren aan de veroordeling van de man die ze haar buurvrouw heeft horen vermoorden... Nou, meneer Bestigui, ik denk dat zelfs u dan niet genoeg geld hebt om haar het zwijgen op te leggen.'

De ruwe huid rond Bestigui's mond trilde. Hij pakte zijn doos sigaartjes, maar haalde er geen uit. Er viel een lange stilte, waarin hij het doosje keer op keer in zijn handen omdraaide.

Uiteindelijk zei hij: 'Ik geef niks toe. Eruit.'

Strike bleef zitten waar hij zat. 'Ik weet dat u niet kunt wachten tot u uw advocaat kunt bellen,' zei hij, 'maar ik denk dat u hier de positieve kant van de zaak over het hoofd ziet.'

'Ik heb genoeg van jou. Eruit, zei ik.'

'Hoe onaangenaam het ook zal zijn om te moeten opbiechten wat er die nacht is gebeurd, het is nog altijd te verkiezen boven hoofdverdachte worden van een moord. U zult nu moeten kiezen voor het minste van twee kwaden. Als u opbiecht wat er echt is gebeurd, zult u in ieder geval niet verdacht worden van de moord.'

Nu had hij Bestigui's aandacht.

'U kunt het namelijk niet gedaan hebben,' zei Strike, 'want als u degene was die Landry twee verdiepingen hoger van het balkon had geduwd, had u Tansy nooit een paar seconden later uw eigen flat binnen kunnen laten. Ik denk dat u eerst uw vrouw hebt buitengesloten en toen in bed bent gaan liggen, languit, op uw gemak – de politie zei nog dat het bed er beslapen uitzag – maar dat u wel steeds de tijd in de gaten hield. U wilde vast niet in slaap vallen. Als u haar te lang op dat balkon had laten zitten, was het doodslag geworden. Geen wonder dat Wilson zei dat Tansy trilde als een hazewindhond. Waarschijnlijk verkeerde ze in het beginstadium van onderkoeling.'

Weer een stilte, op het lichte roffelen van Bestigui's dikke vingers op het bureau na. Strike haalde zijn notitieboekje tevoorschijn.

'Bent u nu bereid een paar vragen te beantwoorden?'

'*Fuck you.*' De producent werd plotseling bevangen door een woede die hij tot dan toe had weten te onderdrukken: zijn kaak verstrakte en hij trok zijn schouders hoog op, helemaal tot aan zijn oren. Strike kon zich voorstellen dat hij er hetzelfde uitgezien had toen hij zijn uitgemergelde, doorgesnoven echtgenote te lijf ging, met uitgestoken handen.

'U zit behoorlijk in de shit,' zei Strike kalm, 'maar hoe diep u daarin wegzakt, is helemaal aan u. U kunt alles ontkennen, het met uw vrouw uitvechten voor de rechtbank en in de bladen, in de gevangenis belanden wegens meineed en belemmering van het politieonderzoek. Of u gaat nu meewerken, met onmiddellijke ingang, en dan zal Lula's familie u alsnog dankbaar zijn en hun goede wil tonen. Berouw tonen loont dan wel degelijk, en u zult er straks ook veel aan hebben, als u om clementie vraagt. Als uw informatie bijdraagt aan het oppakken van Lula's moordenaar, zult u naar mijn idee hooguit een standje van de rechter krijgen. Wie het pas echt zwaar te verduren zal krijgen van publiek en pers, is de politie.'

Bestigui ademde luidruchtig, maar hij leek Strikes woorden voor zichzelf af te wegen. Na een poosje snauwde hij: 'Er was geen moordenaar, man. Wilson heeft verdomme niemand aangetroffen daarboven. Landry is zelf naar beneden gesprongen,' voegde hij er met een minachtend hoofdknikje aan toe. 'Ze was gewoon een verknipte verslaafde, net dat wijf van mij.'

'Er was wel degelijk een moordenaar,' zei Strike. 'En u hebt hem geholpen ongestraft weg te komen.'

Iets in Strikes gezichtsuitdrukking maakte een eind aan Bestigui's zichtbare behoefte om uit de hoogte tegen hem te doen. Zijn ogen waren twee streepjes van onyx toen hij Strikes opmerking tot zich door liet dringen.

'Ik hoorde dat u Lula graag in een film had willen hebben?'

Bestigui leek van zijn stuk gebracht door die verandering van onderwerp.

'Het was maar een ideetje,' mompelde hij. 'Ze was een leeghoofd, maar wel een verdomd lekker ding.'

'U had haar samen met Deeby Macc willen laten spelen?'

'Dat was een goudmijn geweest, die twee samen.'

'En de film waarover u sinds haar dood nadenkt, hoe noem je zoiets, een *biopic*? Ik heb gehoord dat Tony Landry daar niet blij mee is.'

Tot Strikes verbazing verscheen er een duivelse grijns op Bestigui's pafferige gezicht. 'Wie zegt dat?'

'Is het niet waar dan?'

Voor het eerst leek Bestigui het gevoel te hebben de overhand te krijgen in het gesprek. 'Nee, dat is niet waar. Anthony Landry heeft me vrij duidelijk laten blijken dat hij maar al te bereid is erover te praten, zodra lady Bristow dood is.'

'Dus hij werd niet kwaad toen u hem erover belde?'

'Zolang het maar smaakvol zou worden aangepakt, blablabla...'

'Kent u Tony Landry goed?'

'Ik heb veel over hem gehoord.'

'In welke context?'

Bestigui krabde glimlachend aan zijn kin.

'Hij vertegenwoordigt uw vrouw natuurlijk bij de scheiding.'

'Nog wel, ja,' zei Bestigui.

'Denkt u dat ze hem de laan uit zal sturen?'

'Dat zal misschien wel moeten,' antwoordde Bestigui, en zijn glimlach ging over in een zelfvoldane grijns. 'Tegenstrijdige belangen. We zullen zien.'

Strike keek in zijn notitieboek en maakte een inschatting, met de emotieloze berekening van een begenadigd pokeraar, van het risico dat hij liep als hij deze lijn van ondervraging tot het uiterste zou doorvoeren, zonder enig bewijsmateriaal.

'Heb ik het nou goed begrepen,' zei hij toen hij weer opkeek, 'dat u Landry hebt laten weten dat u ervan op de hoogte bent dat hij het bed deelt met de vrouw van zijn zakenpartner?'

Eén moment van verbijsterde stilte, en toen begon Bestigui hardop te lachen, een onbehouwen, agressieve vreugde-uitbarsting. 'Dus daar weet je van?'

'Maar hoe bent u erachter gekomen?'

'Ik heb een collega van je in de arm genomen. Ik dacht dat Tansy me belazerde, maar ze bleek die zus van d'r een alibi te verschaffen. Ursula deed het met Tony Landry. Dat wordt lachen, de scheiding van de May'tjes. Topadvocaten aan beide zijden. De ondergang van het oude familiebedrijf. Cyprian May is niet zo'n slapjanus als je zou denken. Hij heeft mijn tweede vrouw bijgestaan bij de echtscheiding. Ik verheug me nu al op die hele fucking toestand. Eens kijken hoe de advocaten elkáár voor de verandering naaien.'

'Dus u hebt iets fijns gevonden om de advocaat van uw vrouw mee onder druk te zetten?'

Bestigui glimlachte vals door het rookgordijn heen. 'Ze weten nog geen van beiden dat ik het weet. Ik wacht het juiste moment af om het ze te vertellen.'

Maar op dat moment leek het Bestigui te binnen te schieten dat Tansy nu wel eens een krachtiger wapen in handen zou kunnen hebben bij hun vijandige echtscheiding, en de glimlach verdween van zijn verfrommelde gezicht, dat nu bitter stond.

'Nog één ding,' zei Strike. 'In de nacht van Lula's dood, toen u achter uw vrouw aan was gegaan naar de lobby en haar weer mee naar boven had genomen, hebt u toen iets gehoord buiten uw flat?'

'Ik dacht dat jij zo knap had aangetoond dat er vanuit onze flat niks te horen was met de ramen dicht?' snauwde Bestigui.

'Ik bedoel niet buiten op straat, maar achter uw voordeur. Misschien ging Tansy zo luidruchtig tekeer dat u verder niets hoorde, maar ik vraag me af of u aan de andere kant van de gesloten deur – misschien bent u even blijven staan om uw vrouw te kalmeren, of bent u meteen doorgelopen? – iets hoorde op de gang. Of schreeuwde Tansy daar te hard voor?'

'Ze ging gruwelijk tekeer, ja,' zei Bestigui. 'Ik heb verder niks gehoord.'

'Helemaal niks?'

'Niks verdachts. Alleen Wilson die langsrende.'

'Wilson.'

'Ja.'

'Wanneer was dat?'

'Op het moment waar jij het nu over hebt. Toen we weer in de flat waren.'

'Onmiddellijk nadat u de deur achter u had dichtgedaan?'

'Ja.'

'Maar Wilson was toch al naar boven gerend toen u beiden nog beneden stond?'

'Ja.' De groeven in Bestigui's voorhoofd en rond zijn mond werden dieper.

'Toen u met uw vrouw bij uw flat op de eerste verdieping kwam, moet Wilson toch allang uit het zicht en buiten gehoorsafstand zijn geweest?'

'Ja...'

'En toch hoorde u voetstappen achter de deur, meteen nadat u die had dichtgedaan?'

Bestigui gaf geen antwoord. Strike zag dat hij voor het eerst in zijn hoofd alles op een rijtje zette.

'Ik hoorde... ja, voetstappen. Er holde iemand voorbij. Op de trap.'

'Ja,' zei Strike. 'En kon u horen of het één of twee personen waren?'

Bestigui fronste zijn voorhoofd en keek met een onscherpe blik naar het verraderlijke verleden, ergens achter Strike. 'Het was er... één. Dus nam ik aan dat het Wilson was. Maar dat kan niet... Wilson was nog op de derde verdieping haar flat aan het doorzoeken... Want daarna heb ik hem naar beneden horen komen... Toen ik de politie had gebeld, hoorde ik hem langs de deur rennen... Dat was ik helemaal vergeten,' zei Bestigui, en een fractie van een seconde had hij bijna iets kwetsbaars. 'Glad vergeten. Er gebeurde ook zo veel. En Tansy stond te gillen.'

'En u wilde natuurlijk ook uw eigen hachje redden,' zei Strike bruusk. Hij stopte zijn notitieboekje en pen weer in zijn zak en hees zich omhoog uit de leren stoel. 'Ik zal u niet langer ophouden, u zult wel popelen om uw advocaat te bellen. U hebt me goed geholpen. We zullen elkaar in de rechtszaal wel weer treffen, neem ik aan.'

13

De volgende dag belde Eric Wardle.

'Ik heb Deeby gebeld,' zei hij kortaf.

'En?' Strike gebaarde Robin om hem pen en papier aan te geven. Ze hadden net samen aan haar bureau, onder het genot van thee en koekjes, de nieuwste doodsbedreiging van Brian Mathers besproken, waarin hij beloofde – niet voor de eerste keer – om Strikes ingewanden uit zijn lijf te snijden en eroverheen te pissen.

'Somé had een speciaal voor hem ontworpen hoodie gestuurd. Op de voorkant een pistool van siernagels en op de achterkant een zin uit een van Deeby's eigen songteksten.'

'Eén hoodie maar?'

'Ja.'

'En verder?'

'Hij had het over een riem, een *beanie* en manchetknopen.'

'Geen handschoenen?'

Wardle zweeg even, misschien om zijn aantekeningen te bekijken. 'Nee, niks over handschoenen.'

'Dan is dat in ieder geval opgehelderd,' zei Strike.

Wardle zei geen woord. Strike wachtte tot de politieman zou ophangen of hem nog meer informatie zou bieden.

'Het gerechtelijk onderzoek is donderdag,' zei Wardle abrupt. 'Naar de dood van Rochelle Onifade.'

'Juist,' zei Strike.

'Je klinkt niet erg geïnteresseerd.'

'Ben ik ook niet.'

'Ik dacht dat je zo zeker wist dat het moord was?'

'Klopt, maar dat zal bij het onderzoek niet aangetoond worden. Enig idee wanneer ze begraven wordt?'

'Nee,' zei Wardle geprikkeld. 'Wat doet dat er nou toe?'

'Ik denk dat ik erheen ga.'

'Waarvoor?'

'Ze had een tante, weet je nog wel?' zei Strike.

Wardle hing op, zwaar geërgerd, vermoedde Strike.

Later die morgen belde Bristow hem om tijd en plaats van Rochelles crematie door te geven. 'Alison is erin geslaagd de details te achterhalen,' liet hij de detective weten. 'Ze is ontzettend efficiënt.'

'Kennelijk,' zei Strike.

'Ik ga er ook heen. Uit naam van Lula. Ik had Rochelle moeten helpen.'

'Ik denk dat het toch wel slecht afgelopen zou zijn, John. Neem je Alison ook mee?'

'Ze wil ook gaan, ja,' zei Bristow. Het klonk niet alsof hij het een erg goed idee vond.

'Dan zie ik jullie daar. Ik hoop Rochelles tante te spreken te krijgen, als ze tenminste komt.'

Toen Strike Robin liet weten dat Bristows vriendin had achterhaald waar en wanneer de crematie gehouden zou worden, leek ze dat vervelend te vinden. Alison had een slag van haar gewonnen.

'Ik wist niet dat je zo competitief was,' zei Strike geamuseerd. 'Maak je niet druk, misschien had ze een voorsprong.'

'Wat voor voorsprong?'

Maar Strike zat alleen maar peinzend naar haar te kijken.

'Wat voor voorsprong?' herhaalde Robin enigszins verdedigend.

'Ik wil dat je met me meegaat naar die crematie.'

'O,' zei Robin. 'Oké. Waarom?'

Ze verwachtte dat Strike zou antwoorden dat het natuurlijker overkwam als ze als stel zouden gaan, zoals hij het ook natuurlijker had genoemd om Vashti te bezoeken met een vrouw. Maar in plaats daarvan zei hij: 'Ik wil graag dat je daar iets voor me doet.'

Toen hij haar helder en beknopt had uitgelegd wat hij van haar verlangde, keek Robin hem stomverbaasd aan. 'Maar waaróm?'

'Dat kan ik je niet zeggen.'

'Waarom niet?'

'Ook dat zeg ik liever niet.'

Robin bekeek Strike niet langer door Matthews ogen; ze vroeg zich niet meer af of hij zich anders voordeed dan hij was, of hij opschepte of zich slimmer probeerde voor te doen. Maar ze moest Matthew wel nageven dat het goed mogelijk was dat Strike nu expres overdreven geheimzinnig deed. Toch herhaalde ze, alsof ze het misschien verkeerd verstaan had: 'Brian Mathers?'

'Ja.'

'Van de doodsbedreigingen.'

'Ja, die.'

'Maar,' zei Robin, 'wat kan die in vredesnaam met Lula Landry's dood te maken hebben?'

'Niks,' antwoordde Strike oprecht. 'Nog niet.'

Het Noord-Londense crematorium waar drie dagen later de afscheidsdienst voor Rochelle werd gehouden was kil, anoniem en deprimerend. Alles was er strak en non-confessioneel, van de donkere houten bankjes en de witte muren, zorgvuldig verstoken van enig teken dat op een religie zou kunnen duiden, tot de abstracte glas-in-loodramen: mozaïeken van heldere vierkantjes in felle kleuren. Op de harde houten bank gezeten, terwijl een voorganger met een zeurstem Rochelle 'Roselle' noemde en de motregen op het opzichtig gekleurde raam boven hem viel, begreep Strike de aantrekkingskracht van vergulde cherubijnen en gipsen heiligen, van gargouilles en oudtestamentische engelen, van kruisbeelden bezet met edelstenen; alles wat een aura van verhevenheid en grandeur zou kunnen uitstralen, een stevige belofte van een hiernamaals, alles wat achteraf nog enige waardigheid had kunnen verlenen aan een leven als dat van Rochelle. Het dode meisje had een glimp mogen opvangen van het aardse paradijs, gevuld met designerspullen, beroemdheden over wie ze laatdunkend kon doen en knappe chauffeurs met wie ze grappen kon maken – en het verlangen daarnaar had uiteindelijk dit eindresultaat opgeleverd: een crematie met zeven bezoekers en een voorganger die haar naam niet wist.

Het geheel had iets smakeloos onpersoonlijks dat de aanwezigen een lichte schaamte bezorgde; uitspraken over Rochelles levensomstandigheden werden pijnlijk nauwgezet gemeden. Niemand leek te vinden dat hij het recht had om op de voorste rij te zitten. Zelfs de zeer forse, zwarte vrouw met de dikke bril en de gebreide muts van wie Strike aannam dat het Rochelles tante was, had ervoor gekozen om op de derde rij van het crematorium plaats te nemen, op ruime afstand van de goedkope kist. De kalende welzijnswerker die Strike bij de daklozenopvang had ontmoet was ook gekomen. Hij droeg een overhemd waarvan de knoopjes openstonden en een leren jack. Achter hem zat een jonge Aziatische man met een fris gezicht in een net pak; Strike vermoedde dat het wel eens de psychiater zou kunnen zijn die Rochelles gespreksgroepje had geleid.

Strike, in zijn oude donkerblauwe pak, en Robin, in de zwarte rok met het zwarte jasje dat ze altijd droeg wanneer ze een sollicitatiegesprek had, zaten helemaal achteraan. Aan de andere kant van het gangpad had Bristow, mismoedig en bleek, plaatsgenomen met Alison, wier natte double-breasted zwarte regenjas enigszins glinsterde in het kille licht.

De goedkope rode gordijnen gingen open, de kist gleed uit het zicht en het verdronken meisje werd opgeslokt door het vuur. De zwijgende aanwezigen wisselden gekwelde, onhandige lachjes op de achterste banken van het crematorium en bleven nog even zitten; niemand wilde een kennelijk overhaast vertrek toevoegen aan de vele onvolkomenheden van de dienst. Rochelles tante, die iets excentrieks uitstraalde dat grensde aan labiliteit, stelde zich voor als Winifred en verkondigde luidkeels, met een beschuldigende ondertoon: ‘Er staan sandwiches klaar in de pub. Ik had meer mensen verwacht.’

Ze ging de anderen voor naar buiten, alsof ze geen tegenspraak duldde, en liep de straat uit naar de Red Lion, op de voet gevolgd door de zes andere aanwezigen, de hoofden licht gebogen tegen de regen.

De beloofde sandwiches lagen, droog en onappetijtelijk, klaar op een schaal van metaalfolie, afgedekt met plastic, op een tafeltje in een hoek van de armetierige pub. Onderweg naar de Red Lion was het tante Winifred op zeker moment duidelijk geworden wie John Bristow was, over wie ze nu bezitterig de wacht hield. Ze dreef hem met zijn rug tegen de bar en leuterde onafgebroken tegen hem aan. Bristow gaf braaf antwoord op de momenten dat hij erin slaagde ertussen te komen, maar de blikken die hij Strike toewierp – die met Rochelles psychiater stond te praten – werden steeds frequenter en wanhopiger naarmate de minuten verstreken.

De psychiater weerde Strikes pogingen om het met hem te hebben over de gespreksgroep die hij had geleid consequent af, om uiteindelijk een vraag over eventuele onthullingen van Rochelles kant te pareren door Strike beleefd maar ferm te herinneren aan zijn beroepsgeheim.

'Verbaasde het u dat ze zelfmoord heeft gepleegd?'

'Nee, niet echt. Ze had ernstige problemen, moet u weten, en de dood van Lula Landry was een grote schok voor haar.'

Kort daarna nam hij afscheid van alle aanwezigen en vertrok.

Robin, die aan een tafeltje bij het raam had geprobeerd een gesprek te voeren met Alison, maar slechts eenlettergrepige antwoorden had gekregen, staakte haar pogingen en liep naar het damestoilet.

Strike stak de krappe ruimte over en ging op Robins vrijgekomen stoel zitten. Alison wierp hem een onvriendelijke blik toe en hervatte toen haar bestudering van Bristow, die nog altijd werd belaagd door Rochelles tante. Alison had de knopen van haar natte regenjas niet losgemaakt. Op het tafeltje voor haar stond een klein glaasje met iets wat eruitzag als port, en om Alisons lippen speelde een enigszins smalend lachje, alsof ze haar omgeving armetierig en te min vond. Strike zat nog te piekeren over een gepaste openingszin toen ze onverwacht zei: 'John had vanmorgen naar een bespreking met de executeurs van Conway Oates gemoeten. Tony moet het nu in zijn eentje klaren, hij is woest.'

Haar toon impliceerde dat Strike daar op de een of andere manier verantwoordelijk voor was en hij diende te weten wat voor overlast hij had veroorzaakt. Ze nam een slokje port. Haar haar hing slap op haar schouders en het portglas leek extra klein in haar enorme handen. Ondanks haar weinig aantrekkelijke voorkomen, dat van andere vrouwen een muurbloempje zou hebben gemaakt, straalde ze een grote gewichtigheid uit.

'Vind je het geen mooi gebaar van John dat hij naar de crematie is gekomen?' vroeg Strike.

Alison zei 'huh' en lachte plichtmatig. 'Als hij dat kind nou nog had gekénd.'

'Waarom ben jij dan meegekomen?'

'Dat moest van Tony.'

Het viel Strike op dat haar stem iets aangenaam schuchters kreeg bij het uitspreken van de naam van haar baas.

'Waarom?'

'Om een oogje op John te houden.'

'Dus Tony meent dat John in de gaten gehouden moet worden?'

Ze gaf geen antwoord.

'Ze delen jou samen, hè, John en Tony?'

'Pardon?' vroeg ze scherp.

Hij vond het fijn dat hij haar van haar stuk gebracht had.

'Je diensten, bedoel ik. Ze delen toch je secretaressediensten?'

'O... nee, nee. Ik werk voor Tony en voor Cyprian, de senior partners.'

'Aha. Hoe kom ik er dan toch bij dat je ook voor John werkte?'

'Dat is een compleet ander niveau,' zei Alison. 'John maakt gebruik van de typekamer. Op het werk heb ik niks met hem te maken.'

'En toch is de romantiek opgebloeid, dwars door alle rangen en verdiepingen heen?'

Zijn ongepaste geestigheid leidde tot een nieuwe minachtende stilte. Alison scheen Strike als intrinsiek onaangenaam te beschouwen, iemand die geen goede manieren verdiende, een onbetamelijke persoon.

De medewerker van de daklozenopvang stond in de hoek een sandwich uit te kiezen, duidelijk om de tijd te doden tot hij met goed fatsoen kon vertrekken. Robin kwam het damestoilet uit en werd onmiddellijk in beslag genomen door Bristow, die naarstig op zoek leek te zijn naar hulp bij zijn gesprek met tante Winifred.

'Hoe lang zijn John en jij al samen?' vroeg Strike aan Alison.

'Een paar maanden.'

'Was het al aan voordat Lula stierf?'

'Nee, kort daarna heeft hij me mee uit gevraagd.'

'Hij had het vast zwaar in die periode.'

'Verschrikkelijk.' Het klonk niet medelevend, eerder minachtend.

'Flirtte hij al langer met je?'

Strike had verwacht dat Alison zou weigeren die vraag te beantwoorden, maar daarin vergiste hij zich. Ook al deed ze haar best het niet te laten blijken, er klonk een onmiskenbare zelfgenoegzaamheid door in haar antwoord.

'John kwam naar boven voor Tony. Tony was druk bezig, dus wachtte John bij mij op kantoor. Hij begon over zijn zusje en werd emotioneel. Ik heb hem een zakdoekje gegeven, en uiteindelijk vroeg hij of ik met hem uit eten wilde.'

Ondanks haar ogenschijnlijk lauwe gevoelens voor Bristow meende Strike te zien dat ze trots was op zijn avances; voor haar was het een soort trofee. Hij vroeg zich af of Alison, voordat de wanhopige John Bristow om de hoek kwam kijken, ooit door iemand uit eten was gevraagd. Het was een samenkomst geweest tussen twee mensen met een ongezonde behoefte: *Ik heb hem een zakdoekje gegeven en hij vroeg of ik met hem uit eten wilde.*

De man van het daklozenpension deed zijn jas dicht. Toen hij Strikes blik ving, zwaaide hij ten afscheid en vertrok zonder een woord met iemand gewisseld te hebben.

'En wat vindt de grote baas ervan dat zijn secretaresse verkering heeft met zijn neefje?'

'Tony heeft niets over mijn privéleven te zeggen.'

'Dat is waar,' zei Strike. 'Bovendien kan hij natuurlijk moeilijk van jou verlangen dat je zaken en privé gescheiden houdt terwijl hij zelf het bed deelt met de vrouw van Cyprian May, hè?'

Even op het verkeerde been gezet door zijn luchtige toon deed Alison haar mond al open om te reageren, toen de betekenis van zijn woorden tot haar doordrong. Er bleef niets over van haar zelfverzekerdheid.

'Dat is niet waar!' zei ze fel, met een vuurrood hoofd. 'Wie zegt dat? Dat is gelogen. Totaal uit de lucht gegrepen. Niet waar. Er is niks van waar.'

Achter het protest van de volwassen vrouw hoorde Strike een doodsbang kind.

'O, en waarom heeft Cyprian May je dan op 7 januari naar Oxford gestuurd om Tony te gaan zoeken?'

'Dat... Alleen omdat... hij was vergeten om Tony bepaalde documenten te laten tekenen, meer niet.'

'En dat kon niet per fax of koerier?'

'Het waren gevoelige documenten.'

'Alison,' zei Strike, genietend van haar agitatie, 'we weten allebei dat dat kletskoek is. Cyprian dacht dat Tony die dag ergens samen met Ursula zat, of niet soms?'

'Niet waar! En dat was ook niet zo!'

Verderop aan de bar zat tante Winifred als een windmolen met haar armen te maaien naar Bristow en Robin, die allebei een verstard lachje op hun gezicht hadden.

'Je hebt hem dus gevonden, daar in Oxford?'

'Nee, want...'

'Hoe laat was je daar?'

'Om een uur of elf, maar hij...'

'Cyprian heeft je dus op pad gestuurd zodra je die dag op je werk kwam?'

'De documenten waren dringend.'

'Maar je trof Tony niet in zijn hotel of in het congrescentrum?'

'Ik ben hem net misgelopen,' zei ze met een furieuze wanhoop, 'omdat hij terug was naar Londen voor een bezoek aan lady Bristow.'

'Aha,' zei Strike. 'Juist, ja. Wel een beetje vreemd dat hij jou of Cyprian niet even had laten weten dat hij terugkwam naar Londen, nietwaar?'

'Nee,' antwoordde ze, in een verwoede poging haar verloren superioriteit terug te krijgen. 'Hij was bereikbaar. Had zijn mobiel bij zich. Het was geen probleem.'

'Heb je hem op zijn mobiel gebeld?'

Geen antwoord.

'Je hebt zijn nummer gebeld, maar hij nam niet op?'

Zwijgend nam ze een slokje van haar port, kokend van woede.

'Laten we wel wezen, het is natuurlijk ook niet bevorderlijk voor de stemming, gebeld worden door je secretaresse terwijl je net lekker bezig bent.'

Hij had verwacht dat ze woest zou worden om zijn opmerking en werd niet teleurgesteld.

'Wat ben jij walgelijk. Echt walgelijk,' zei ze vol afkeer, haar wangen dof donkerrood van de preutsheid die ze achter haar superieure houding probeerde te verbergen.

'Woon jij alleen?' vroeg hij haar.

'Wat heeft dat er nou weer mee te maken?' vroeg ze, volledig van haar stuk gebracht.

'Ik vroeg het me zomaar af. Je vindt het dus helemaal niet gek dat Tony een hotel in Oxford boekt en daar overnacht, de volgende morgen helemaal naar Londen rijdt, om vervolgens weer terug te keren naar Oxford, alleen om uit te checken?'

'Hij is teruggegaan naar Oxford om die middag het congres bij te wonen,' zei ze volhardend.

'O, ja? Ben je blijven wachten tot hij er was?'

'Hij is gekomen,' zei ze ontwijkend.

'Daar heb je bewijs van?'

Ze zei niets.

'Zeg eens, Alison,' zei Strike toen, 'wat zou je liever hebben: dat Tony de hele dag met Ursula May in bed gelegen heeft of dat hij een of andere confrontatie is aangegaan met zijn nichtje?'

Verderop aan de bar zette tante Winifred haar gebreide muts recht en knoopte de ceintuur van haar jas dicht, kennelijk op het punt om te vertrekken.

Vele seconden lang voerde Alison een innerlijke strijd en toen, alsof ze iets bevrijdde wat heel lang onderdrukt was geweest, fluisterde ze fel: 'Ze hebben geen verhouding met elkaar. Dat weet ik zéker. Dat zou nooit gebeuren. Ursula is alleen maar geïnteresseerd in geld, geld is voor haar het enige wat telt, en Tony heeft minder dan Cyprian. Ursula zou Tony niet willen. Van z'n leven niet.'

'O, je weet maar nooit. Misschien heeft de fysieke hartstocht het gewonnen van haar geldbelustheid.' Strike hield Alison nauwlettend in de gaten. 'Dat gebeurt wel vaker. Als man kan ik het moeilijk beoordelen, maar Tony ziet er niet slecht uit, toch?'

Hij zag de rauwheid van haar pijn, haar woede, en haar stem klonk verstikt toen ze zei: 'Tony heeft gelijk, je bent een profiteur... Je wilt hieruit halen wat eruit te slepen valt. John haalt zich de gekste dingen in het hoofd... Lula is naar beneden gesprongen. Zelf gesprongen! Ze is altijd al labiel geweest. John is net als zijn moeder, hysterisch, hij ziet dingen die er niet zijn. Lula gebruikte drugs, zo'n type was ze, helemaal doorgedraaid, altijd problemen veroorzaken en aandacht trekken. Een verwend kind. Ze smeet met geld. Kon alles krijgen wat ze maar wilde, en wie ze maar wilde, maar het was nooit genoeg voor haar.'

'Ik wist niet dat je haar hebt gekend.'

'Ik... Tony heeft het me verteld.'

'Hij mocht haar echt niet, hè?'

'Hij had haar door, hij zag hoe ze echt was. Ze deugde niet. Sommige mensen,' zei Alison, haar borst zwoegend onder de vormeloze regenjas, 'sommige mensen deugen gewoon niet.'

Er trok een koude windvlaag door de muffe pub toen de deur met een zwaai achter Rochelles tante dichtviel. Bristow en Robin hielden hun starre glimlach vast tot de deur helemaal dicht was en wisselden toen een blik van opluchting.

De barman was verdwenen. Ze waren nu nog maar met z'n vieren in de krappe ruimte. Strike werd zich voor het eerst bewust van de jarentachtigballad die op de achtergrond werd gedraaid: 'The Power of Love' van Jennifer Rush. Bristow en Robin kwamen naar hun tafeltje toe gelopen.

'Ik dacht dat jij Rochelles tante wilde spreken?' vroeg Bristow met een gekweld gezicht, alsof hij helemaal voor niets een zware beproeving had doorstaan.

'Niet zo dringend dat ik haar wilde opjagen,' antwoordde Strike opgewekt. 'Zeg jij me maar wat ze te vertellen had.'

Strike zag aan Robin en Bristow dat ze zijn houding merkwaardig ongeïnteresseerd vonden. Alison rommelde zoekend in haar tas, haar gezicht verscholen.

Het was opgehouden met regenen, de straten waren glad en in de donkere lucht hing de dreiging van een nieuwe stortbui. De twee vrouwen liepen zwijgend voorop terwijl Bristow ernstig alles herhaalde wat hij zich kon herinneren van het gesprek met tante Winifred. Maar Strike luisterde niet. Hij keek naar de ruggen van de vrouwen, allebei in het zwart gestoken – voor de achteloze kijker bijna onderling inwisselbaar. Weer dacht hij aan de stenen beelden aan weerskanten van de Queen's Gate: beslist niet identiek, al nam het luie oog automatisch aan dat ze dat wel waren; een mannetje en een vrouwtje, van dezelfde diersoort, maar wezenlijk verschillend.

Toen hij Robin en Alison halt zag houden naast een BMW waarvan hij aannam dat die van Bristow was, ging Strike langzamer lopen, en hij onderbrak Bristows geratel over Rochelles stormachtige relatie met haar familie.

'John, ik moet iets bij je natrekken.'

'Ga je gang.'

'Je zegt dat je je oom hebt horen binnenkomen in het appartement van je moeder op de ochtend voor Lula's dood?'

'Ja, dat klopt.'

'Weet je heel zeker dat het Tony was die je toen hoorde?'

'Ja, natuurlijk.'

'Maar je hebt hem niet gezien, of wel?'

'Ik...' Bristows konijnengezicht stond even vragend. 'Nee, ik... ik geloof niet dat ik hem echt heb gezíén. Maar ik hoorde hem binnenkomen, met de sleutel. En ik heb zijn stem gehoord in de hal.'

'Zou het niet kunnen dat je, omdat je Tony verwachtte, er automatisch van uitging dat het Tony wás?'

Weer een stilte. Toen zei Bristow, nu met een andere stem: 'Wou je beweren dat Tony daar niet is geweest?'

'Ik wil alleen weten hoe zeker je ervan bent dat hij het was.'

'Nou... tot nu toe honderd procent. Er is verder niemand die een sleutel van mijn moeders appartement heeft. Het kon niemand anders zijn dan Tony.'

'Dus je hebt een sleutel in het slot gehoord en er kwam iemand binnen. Je hoorde een mannenstem. Praatte hij tegen Lula of tegen je moeder?'

'Eh...' Bristows grote voortanden waren prominent zichtbaar terwijl hij over het antwoord nadacht. 'Ik hoorde hem binnenkomen. Ik hoorde hem met Lula praten...'

'En heb je hem ook horen weggaan?'

'Ja. Ik hoorde hem de gang door lopen en daarna de deur sluiten.'

'Zei Lula toen ze afscheid kwam nemen nog iets over een bezoek van Tony?'

Weer een stilte. Bristow bracht peinzend een hand naar zijn mond. 'Ik... Ze omhelsde me, dat is alles wat ik... Ja, ik geloof wel dat ze heeft gezegd dat ze Tony had gesproken. Of niet? Of nam ik dat gewoon aan omdat ik dacht...? Maar als het mijn oom niet was, wie was het dan wel?'

Strike wachtte af. Bristow staarde naar het trottoir terwijl hij over de vraag nadacht.

'Maar hij moet het wel geweest zijn. Lula moet degene die was binnengekomen hebben gezien, en kennelijk vond ze zijn aanwezigheid niet opmerkelijk. Wie kan dat anders geweest zijn dan Tony? Wie had er verder nog een sleutel?'

'Hoeveel sleutels zijn er?'

'Vier. Drie naast die van mijn moeder zelf.'

'Dat is nogal wat.'

'Nou ja, Lula en Tony en ik hadden er ieder een. Mijn moeder vond het prettig als we onszelf konden binnenlaten en achter ons de deur op slot deden, zeker toen ze ziek was.'

'En je weet van al die sleutels wie ze in handen heeft?'

'Ja... tenminste, ik denk het wel. Ik neem aan dat die van Lula samen met haar andere bezittingen is teruggegaan naar mijn moeder. Tony heeft de zijne nog, ik de mijne, en mijn moeder... Ik neem aan dat haar sleutel ergens in de flat ligt.'

'Dus voor zover je weet is er niet één zoek?'

'Nee.'

'En jullie hebben je sleutel geen van allen ooit uitgeleend?'

'Jezus, waarom zouden we dat doen?'

'Ik moet steeds denken aan het fotobestand op de laptop dat bij je moeder in de flat is verwijderd. Als er nog ergens een sleutel rondzwerft...'

'Dat kan niet,' zei Bristow. 'Dat is... Ik... Waarom beweer je dat Tony daar niet was? Hij moet het geweest zijn. Hij heeft me nog zien zitten door de open deur, zegt hij.'

'Op de terugweg vanaf Lula's appartement ben je ook nog op kantoor langsgegaan, toch?'

'Ja.'

'Om dossiers op te halen?'

'Ja. Ik ben naar binnen gesneld en heb ze meegegrist. Vlug, vlug.'

'Dus je was bij je moeder om...?'

'Uiterlijk tien uur.'

'En de man die binnenkwam, hoe laat was die er?'

'Ik denk... misschien een half uurtje later? Ik zou het eerlijk gezegd niet weten, ik heb niet op de klok gekeken. Maar waarom zou Tony zeggen dat hij daar is geweest als dat niet het geval is?'

'Als hij wist dat jij daar zat te werken, kon hij makkelijk zeggen dat hij je niet wilde storen en meteen doorlopen naar je moeder. Ik neem aan dat zij tegenover de politie zijn aanwezigheid heeft bevestigd?'

'Dat zal wel. Ja, ik geloof van wel.'

'Maar je weet het niet zeker?'

'Ik geloof niet dat we het er ooit over hebben gehad. Mijn moeder was versuft van de medicijnen en had pijn, ze heeft die dag veel geslapen. En toen we de volgende morgen het nieuws over Lula kregen...'

'Maar jij hebt het nooit vreemd gevonden dat Tony niet even de werkkamer binnenkwam om je te begroeten?'

'Dat was helemaal niet vreemd. Hij was in een pesthumeur vanwege die kwestie rond Conway Oates. Ik zou verbaasder zijn geweest als hij een praatje was komen maken.'

'John, ik wil je niet bang maken, maar ik denk dat je moeder en jij wel eens gevaar zouden kunnen lopen.'

Bristows nerveuze, blatende lachje klonk schril en weinig overtuigend. Strike zag dat Alison vijftig meter verderop met de armen over elkaar geslagen naar hen stond te kijken, Robin negerend.

'Dat... dat meen je toch niet serieus?' vroeg Bristow.

'Jawel.'

'Maar... wat...? Cormoran, bedoel je dat je weet wie Lula heeft vermoord?'

'Ja, ik denk het wel. Maar ik moet eerst je moeder spreken voordat ik de zaak afrond.'

Bristow zag eruit alsof hij het liefst Strikes gedachten uit hem zou willen losrukken. Met zijn bijziende ogen speurde hij iedere centimeter van Strikes gezicht af, half angstig, half smekend. 'Daar moet ik dan wel bij zijn,' zei hij. 'Ze is erg zwak.'

'Uiteraard. Morgenochtend, schikt dat?'

'Tony wordt woest als ik nog meer uren mis op het werk.'

Strike wachtte af.

'Goed dan,' zei Bristow. 'Goed. Morgenvroeg om half elf.'

14

De volgende morgen was het fris, helder weer. Strike nam de metro naar het voorname, lommerrijke Chelsea. Dit was een deel van Londen dat hij nauwelijks kende, omdat Leda er nooit in was geslaagd, zelfs niet in haar meest spilzieke perioden, om voet aan de grond te krijgen in de omgeving van het Royal Chelsea Hospital, het ziekenhuis dat nu bleek en vriendelijk in het lentezonnetje lag.

Franklin Row was een aantrekkelijke straat met veel rode baksteen, platanen en in het midden een groot grasveld afgezet met hekjes, waarop een meute basisschoolkinderen in lichtblauwe shirtjes en donkerblauwe korte broeken spelletjes deed, in de gaten gehouden door in joggingpak gestoken onderwijzers. De vrolijke kreten van de kinderen doorbraken de serene rust, die verder alleen werd verstoord door vogelgekwetter. Er reed niet één auto langs toen Strike met zijn handen in zijn zakken gestoken over het trottoir naar het huis van Yvette Bristow wandelde.

Aan de muur naast de deels glazen voordeur, boven aan een wit stenen trapje van vier treden, hing een ouderwets bakelieten paneel met bellen. Strike liep erheen, stelde vast dat lady Yvette Barlows naam duidelijk was aangegeven bij flat E, keerde terug naar het trottoir en ging daar in de aangename warmte staan wachten, zo nu en dan aan beide kanten de straat afspeurend.

Het werd half elf, maar John Bristow kwam niet opdagen. Het pleintje bleef uitgestorven op de twintig kleine kinderen na, die achter het hekje tussen hoepels en gekleurde kegels door renden.

Om kwart voor elf trilde Johns mobiel in zijn zak. Het was een sms van Robin.

```
Alison heeft gebeld om door te geven dat JB
wordt opgehouden. Hij wil niet dat je met zijn
moeder praat zonder dat hij erbij is.
```

Strike stuurde onmiddellijk een sms naar Bristow.

```
Hoe lang duurt je oponthoud? Kan onze afspraak
later op de dag?
```

Hij had het bericht nog maar net verstuurd of zijn telefoon ging.

'Ja, hallo?'

'Oggy?' klonk de blikkerige stem van Graham Hardacre, helemaal vanuit Duitsland. 'Ik heb de info over Agyeman.'

'Wat een griezelig goede timing.' Strike pakte zijn notitieboekje erbij. 'Vertel.'

'Het gaat om luitenant Jonah Francis Agyeman, Royal Engineers. Eenentwintig jaar, ongetrouwd, laatste datum van uitzending 11 januari. Komt in juni terug. Familie: moeder. Geen broers of zussen, geen kinderen.'

Strike krabbelde het allemaal neer in zijn notitieboekje, de telefoon tussen zijn kaak en zijn schouder geklemd.

'Je hebt wat van me te goed, Hardy,' zei hij terwijl hij het notitieboekje opborg. 'Je hebt zeker geen foto van hem?'

'Ik kan je er een mailen.'

Strike gaf Hardacre het e-mailadres van kantoor, en na enkele routinevragen over elkaars wel en wee en wat wederzijdse uitingen van goede wil beëindigden ze het gesprek.

Het was vijf voor elf. Strike wachtte op het vredige, lommerrijke pleintje, met de telefoon in de hand, terwijl de dartelende kinderen met hun hoepels en ballen speelden en een piepklein zilverkleurig vliegtuigje een brede witte streep door de maagdenpalmblauwe hemel trok. Toen kwam eindelijk, met een piepje dat duidelijk hoorbaar was in de stille straat, Bristows antwoord per sms.

```
Vandaag onmogelijk. Ben naar Rye gestuurd.
Morgen misschien?
```

Strike zuchtte. 'Sorry John,' mompelde hij, en hij liep het trapje op en belde aan bij lady Bristow.

De toegangshal was rustig, ruim en zonnig, maar had desondanks de licht deprimerende uitstraling van een gemeenschappelijke ruimte, die zich niet liet verdrijven door een emmervormige vaas met droogbloemen, fletsgroene vloerbedekking en lichtgele wanden, waarschijnlijk gekozen omdat niemand er aanstoot aan zou nemen. Net als bij Kentigern Gardens was er een lift, deze met houten deuren. Strike koos ervoor om de trap te nemen. Het pand straalde een zekere vergane glorie uit, maar behield desondanks zijn stilzwijgende aura van weelde.

Op de bovenste verdieping werd de deur opengedaan door een glimlachende Caribische verpleegster van de thuiszorg, die hem via de zoemer beneden had binnengelaten.

'U bent meneer Bristow niet,' zei ze opgewekt.

'Nee, ik ben Cormoran Strike. John komt eraan.'

Ze liet hem binnen. Lady Bristows hal was aangenaam druk en rommelig ingericht, met verschoten rood behang dat volhing met aquarellen in oude vergulde lijsten, een paraplubak met wandelstokken en een rij haakjes waar vele jassen aan hingen. Strike keek vluchtig naar rechts en ving een glimp op van de studeerkamer aan het einde van de gang: een zwaar houten bureau en een draaistoel die met de rug naar de deur stond.

'Zou u even in de zitkamer willen wachten terwijl ik ga vragen of lady Bristow u op dit moment kan ontvangen?'

'Ja, natuurlijk.'

Door de deur die ze hem had aangewezen betrad hij een charmant vertrek met lichtgele muren waartegen boekenkasten stonden, de planken vol met foto's. Op een bijzettafeltje naast een comfortabele chintzbank stond een ouderwetse telefoon met draaischijf. Strike verzekerde zich ervan dat de verpleegster uit het zicht verdwenen was voordat hij de hoorn van de haak nam en hem onopvallend scheef terugplaatste.

Op een bonheur-du-jour bij het erkerraam stond een grote trouwfoto in een zilveren lijstje, van sir en lady Alec Bristow. De bruidegom zag er stukken ouder uit dan zijn vrouw; een kogelronde, stralende man met een baard. De bruid was slank, blond en knap, zij het enigszins alledaags en onopvallend. Strike deed alsof hij de foto bewonderde, met zijn rug naar de deur, en schoof intussen een laatje van het tere kersenhouten bureautje open. In het laatje lag een stapel dun, lichtblauw schrijfpapier met bijpassende enveloppen. Hij schoof het weer dicht.

'Meneer Strike? U mag komen, hoor.'

Ze liepen opnieuw de hal met het rode behang door, een kort gangetje en daar was de grote slaapkamer. De overheersende kleuren waren lichtblauw en wit, en het geheel ademde een sfeer van elegantie en goede smaak. Links waren twee deuren die beide op een kier stonden; een leidde naar een kleine badkamer en de andere naar iets wat eruitzag als een grote inloopkast. Het meubilair was delicaat en verfranst, aangevuld met de rekwisieten van een ernstige ziekte: het infuus op de metalen standaard, de ondersteek die schoon en glanzend op de commode lag, samen met een hele rits medicijnen.

De stervende vrouw droeg een dik, ivoorkleurig bedjasje en werd ondersteund door vele witte hoofdkussens. Haar bed van houtsnijwerk was zo enorm dat ze er nog kleiner en tengerder in leek dan ze al was. Er was niets meer over van lady Bristows jeugdige aantrekkelijkheid. De botten van haar schedel tekenden zich scherp af onder de tere huid, die glimmend en schilferig was. Haar ogen lagen diep in de kassen, wazig en onscherp, en haar dunne haar, slap als dat van een baby, stak grijs af tegen grote vlakken roze hoofdhuid. Haar uitgemergelde armen rustten slap op de dekens, waar een katheter onder uitstak. De dood was een welhaast tastbare aanwezigheid in de kamer, alsof hij geduldig en beleefd stond te wachten achter de gordijnen.

In het vertrek hing vaag de geur van limoenbloesem, die echter de lucht van ontsmettingsmiddel en lichamelijk verval niet geheel kon overstemmen; geuren die Strike deden denken aan het ziekenhuis waar hij maandenlang hulpeloos had gelegen. Een groot, tweede erkerraam was een paar centimeter omhooggeschoven, zodat de warme frisse lucht en de kreten van de sportende, spelende kinderen in de verte het vertrek konden bereiken. Het raam keek uit op de bovenste takken van de bladerrijke, zonovergoten platanen.

'Bent u de detective?' Haar stem was ijl en schor en ze sprak enigszins met dubbele tong. Strike, die zich al had afgevraagd of Bristow haar de waarheid zou hebben verteld over zijn beroep, was blij dat ze op de hoogte was.

'Ja, ik ben Cormoran Strike.'

'Waar is John?'

'Die werd opgehouden op kantoor.'

'Alweer,' mompelde ze, en ze voegde eraan toe: 'Tony laat hem erg hard werken. Het is niet eerlijk.' Ze tuurde met haar troebele ogen naar hem en wees toen met een licht geheven vinger naar een gelakt stoeltje. 'Ga toch zitten.'

Ze had krijtwitte lijntjes om haar fletse irissen. Toen Strike had plaatsgenomen, zag hij nog twee foto's in zilveren lijstjes op haar nachtkastje staan. Met een schok als een stroomstoot keek hij in de ogen van de tienjarige Charlie Bristow, met zijn bolle gezicht en het matje in zijn nek, voor altijd bevroren in de jaren tachtig, in zijn schooluniform met de brede puntkraag en een enorme knoop in de stropdas. Charlie zag er precies zo uit als toen hij zijn beste vriend, Cormoran Strike, had uitgezwaaid, in de verwachting dat ze elkaar na Pasen weer zouden zien.

Naast die van Charlie stond een kleinere foto van een fijngebouwd meisje met lange zwarte pijpenkrulletjes en grote blauwe ogen, gestoken in een donkerblauw schooluniform: Lula Landry als kind van hooguit zes.

'Mary,' zei lady Bristow zonder stemverheffing, en de verpleegster kwam aangesneld. 'Kun jij voor meneer Strike... Koffie? Thee?' vroeg ze hem, en hij werd vijfentwintig jaar teruggevoerd in de tijd, naar Charlie Bristows zonovergoten tuin met de elegante blonde moeder en de limonade met ijs.

'Koffie, graag. Dank u wel.'

'Neemt u mij niet kwalijk dat ik die zelf niet voor u kan zetten,' zei lady Bristow toen de verpleegster met zware voetstappen wegliep, 'maar zoals u ziet, ben ik tegenwoordig volledig afhankelijk van de goedheid van vreemden. Net als die arme Blanche Dubois.'

Ze sloot even haar ogen, alsof ze zich dan beter kon concentreren op een inwendige pijn. Strike vroeg zich af hoe zwaar de medicijnen waren die ze slikte. Onder haar verfijnde manieren meende hij een vleug verbittering in haar woorden te bespeuren, zoals de bloesemlucht er niet in slaagde de geur van bederf te verhullen. Daar peinsde hij even over, gezien het feit dat Bristow een groot deel van zijn tijd aan haar wijdde en nauwelijks van haar zijde week.

'Waarom is John er niet?' vroeg lady Bristow nogmaals, haar ogen nog gesloten.

'Hij werd opgehouden op kantoor,' herhaalde Strike.

'Ach ja, dat zei u al.'

'Lady Bristow, ik zou u graag een paar vragen willen stellen, en ik bied u bij voorbaat mijn excuses aan als ze erg persoonlijk of onaangenaam voor u zijn.'

'Als je hebt doorstaan wat ik heb moeten doorstaan,' zei ze zacht, 'dan is er niet veel wat je nog pijn doet. En zeg maar Yvette, hoor.'

'Dank je wel. Heb je er bezwaar tegen als ik aantekeningen maak?'

'Nee, helemaal niet,' zei ze, en ze keek met lichte belangstelling toe hoe hij zijn pen en notitieboekje tevoorschijn haalde.

'Ik zou graag beginnen, als je dat goedvindt, met de vraag hoe Lula in jullie gezin terechtgekomen is. Wist je iets van haar achtergrond toen je haar adopteerde?'

Lady Bristow was het toonbeeld van hulpeloosheid en passiviteit, zoals ze daar met haar armen slap op de dekens lag. 'Nee,' zei ze. 'Ik wist helemaal niets van haar. Alec misschien wel, maar als dat zo is, heeft hij mij erbuiten gehouden.'

'Waarom denk je dat je man misschien meer wist?'

'Alec zocht altijd alles tot op de bodem uit,' antwoordde ze, met een vage glimlach bij de herinnering. 'Hij was een zeer succesvol zakenman, moet je weten.'

'Maar hij heeft jou nooit iets verteld over Lula's oorspronkelijke familie?'

'O, nee, dat zou hij nooit doen.' Ze leek het een merkwaardige suggestie te vinden. 'Ik wilde dat ze van mij zou zijn, van mij alleen, moet je weten. Als Alec meer wist, zou hij me hebben willen beschermen. Ik had de gedachte niet kunnen verdragen dat er op een dag iemand zou kunnen komen om haar op te eisen. Ik had Charlie al verloren, en ik wilde zo vreselijk graag een dochter. Het idee dat ik ook haar zou verliezen...'

De verpleegster van de thuiszorg kwam terug met een dienblad met daarop twee kopjes en een schaal chocoladekoekjes.

'Eén koffie,' zei ze opgewekt terwijl ze het kopje voor Strike op het dichtstbijzijnde nachtkastje zette, 'en een kamillethee.'

Ze trok zich onmiddellijk weer terug. Lady Bristow sloot haar ogen. Strike nam een ferme slok van zijn koffie en zei: 'Lula is in het jaar voor haar dood op zoek gegaan naar haar biologische ouders, klopt dat?'

'Dat klopt,' antwoordde lady Bristow, nog met gesloten ogen. 'Ik had toen net te horen gekregen dat ik kanker had.'

Er viel een stilte, waarin Strike met een tikje zijn koffiekopje neerzette en het verre gejoel van de kinderen op het pleintje buiten door het open raam naar binnen dreef.

'John en Tony waren erg, erg boos op haar,' zei lady Bristow. 'Zij vonden dat ze het niet kon maken om haar biologische moeder te gaan zoeken terwijl ik doodziek was. De tumor was al flink gegroeid toen die werd ontdekt. Ik moest onmiddellijk beginnen met chemotherapie. John was heel goed voor me, hij bracht me naar het ziekenhuis, haalde me weer op en kwam in de zwaarste perioden bij me zitten, en zelfs Tony droeg zijn steentje bij, maar het enige wat Lula leek te interesseren...' Ze zuchtte, sloeg haar fletse ogen op naar Strike en bekeek aandachtig zijn gezicht. 'Tony zei altijd dat ze erg verwend was. Ik durf wel te stellen dat dat mijn schuld is. Ik had namelijk Charlie al verloren, en ik kon niet genoeg voor haar doen.'

'Weet je ook hoeveel Lula over haar biologische familie te weten is gekomen?'

'Nee, ik ben bang van niet. Ik denk dat ze wel wist hoe erg ik het vond. Ze vertelde me er niet veel over. Ik weet uiteraard dat ze haar moeder al had opgespoord, want daar is toen al die vreselijke publiciteit omheen ontstaan. Dat mens was precies zoals Tony had voorspeld. Ze heeft Lula nooit gewild. Een afschuwelijke, afschuwelijke vrouw,' fluisterde lady Bristow. 'Maar Lula bleef naar haar toe gaan. Ik onderging al die tijd chemotherapie. Mijn haar viel uit...'

Haar stem ebde weg. Strike voelde zich een bruut, zoals misschien ook haar bedoeling was, toen hij aandrong: 'En haar biologische vader? Heeft ze je ooit verteld dat ze meer over hem te weten was gekomen?'

'Nee,' antwoordde lady Bristow zwakjes. 'Ik heb er ook niet naar gevraagd. Ik kreeg de indruk dat ze die hele kwestie uit haar hoofd had gezet nadat ze haar akelige moeder had gevonden. Ik wilde het er niet over hebben, over niets van dat al. Het greep me te sterk aan. Dat besefte ze wel, denk ik.'

'Heeft ze het de laatste keer dat je haar zag niet over haar biologische vader gehad?' drong Strike aan.

'O nee,' zei ze met haar zachte stem. 'Nee. Dat was geen erg lang bezoek, hoor. Ik kan me nog herinneren dat ze al meteen bij binnenkomst zei dat ze niet lang kon blijven. Ze had een afspraak met haar vriendin Ciara Porter.'

De verontwaardiging over deze slechte behandeling dreef Strikes kant op als de geur van bedlegerigheid die Yvette Bristow uitwasemde: een beetje muf, overrijp. Ze had iets wat hem aan Rochelle deed denken. Al hadden de twee vrouwen niet méér van elkaar kunnen verschillen, ze straalden beiden de wrok uit van iemand die zich tekortgedaan en verwaarloosd voelt.

'Weet je nog waar Lula en jij het die dag over hebben gehad?'

'Ik had erg veel pijnstillers gekregen, zoals je zult begrijpen. Ik heb een zware operatie ondergaan. Daarom kan ik het me niet tot in detail herinneren.'

'Maar je weet nog wel dat Lula langskwam?' vroeg Strike.

'Jazeker. Ze maakte me wakker, ik had liggen slapen.'

'Weet je nog waar jullie het over hebben gehad?'

'Mijn operatie natuurlijk,' antwoordde ze met een scherpe ondertoon. 'En ook nog heel even over haar grote broer.'

'Haar grote...?'

'Charlie,' verklaarde lady Bristow klaaglijk. 'Ik vertelde haar over de dag van zijn dood. Daar had ik het eigenlijk nog nooit met haar over gehad. De aller-, allervreselijkste dag van mijn leven.'

Strike zag in gedachten voor zich hoe ze, aan haar bed gekluisterd en een beetje groggy, maar daardoor niet minder wrokkig, haar onwillige dochter aan haar zijde hield door te praten over haar pijn en haar dode zoon.

'Hoe had ik kunnen weten dat het de allerlaatste keer was dat ik haar zou zien?' bracht lady Bristow moeizaam uit. 'Ik besefte niet dat ik op het punt stond een tweede kind te verliezen.'

Haar bloeddoorlopen ogen werden vochtig. Ze knipperde, en er rolden twee dikke tranen over haar holle wangen.

'Zou je alsjeblieft in dat laatje daar,' fluisterde ze, met een broze vinger naar het nachtkastje wijzend, 'mijn pillen willen pakken?'

Strike trok het laatje open en zag er vele witte doosjes in liggen, van verschillende afmetingen en met verschillende etiketten. 'Welke...?'

'Maakt niet uit, het zijn allemaal dezelfde.'

Hij pakte een van de doosjes uit de la. Er stond met grote letters VALIUM op. Yvette Bristow had genoeg in huis voor een tienvoudige overdosis.

'Als je er een paar zou willen aangeven... Ik neem ze wel in met mijn thee, die is voldoende afgekoeld.'

Hij gaf haar twee pillen en haar kopje. Haar handen trilden zo hevig dat hij het schoteltje moest ondersteunen, wat bij hem de ongepaste gedachte opriep aan een priester die de communie uitreikt.

'Bedankt,' mompelde ze, en ze liet zich terugzakken in de kussens terwijl hij de thee terugzette op het tafeltje, haar klaaglijke ogen strak op zijn gezicht gericht. 'Zei John laatst niet dat jij Charlie nog hebt gekend?'

'Dat klopt,' zei Strike. 'Ik ben hem nooit vergeten.'

'Nee, natuurlijk ben je hem niet vergeten. Het was een kind om van te houden. Dat zei iedereen altijd. Het allerliefste jochie dat ik ooit heb gekend. Ik mis hem iedere dag.'

Buiten joelden de kinderen en ruisten de platanen, en Strike bedacht hoe deze kamer er op die winterochtend enkele maanden geleden uitgezien moest hebben, toen de bomen kaal geweest moesten zijn. Lula had waarschijnlijk op de plek gezeten waar hij nu zat, haar mooie ogen misschien gericht op de foto van de dode Charlie terwijl haar versufte moeder haar het vreselijke verhaal vertelde.

'Ik had het er met Lula eigenlijk nooit eerder over gehad. De jongens waren die dag gaan fietsen. We hoorden John roepen, en daarna Tony schreeuwen, schreeuwen...'

Strikes pen had het papier nog niet aangeraakt. Hij keek naar het gezicht van de stervende vrouw terwijl ze praatte.

'Ik mocht van Alec niet gaan kijken, hij hield me ver bij de steengroeve vandaan. Toen hij me vertelde wat er was gebeurd, ben ik flauwgevallen. Ik dacht dat ik zelf ook dood zou gaan. Ik wilde dood. Ik begreep niet hoe God zoiets had kunnen laten gebeuren.

Maar later ben ik me gaan afvragen of ik dit alles misschien niet gewoon heb verdiend,' zei lady Bristow afwezig, haar blik op het plafond gericht. 'Of het niet een straf is. Omdat ik te veel van ze hield. Ik heb ze verwend. Ik kon ze nooit iets weigeren. Charlie, Alec en Lula. Het moet wel een straf zijn, want anders is het toch ondenkbaar wreed? Om mij zoiets keer op keer op keer te laten doormaken.'

Strike had er geen antwoord op. Ze vroeg om medelijden, maar hij merkte dat hij daarvan niet zo veel kon opbrengen als ze misschien wel verdiende. Ze lag dood te gaan, gehuld in een onzichtbare mantel van martelaarschap, en het gevoel dat bij hem overheerste was antipathie.

'Ik had zo naar Lula verlangd,' zei lady Bristow, 'maar ik geloof niet dat ze ooit... Het was een dotje. Zo'n mooi meisje. Ik zou alles voor dat kind overgehad hebben. Maar ze hield niet van me zoals Charlie en John van me hielden. Misschien was het te laat. Misschien hadden we haar te laat gekregen.

John was jaloers toen ze pas bij ons was. Hij was nog kapot van verdriet om Charlie... Maar ze werden dikke vrienden. Heel hecht waren die twee.' Een minuscule frons rimpelde de papierdunne huid van haar voorhoofd. 'Dus wat Tony zei, was onzin.'

'Wat was onzin?' vroeg Strike zacht.

Haar vingers trilden op de dekens. Ze slikte.

'Tony vond dat we Lula niet hadden moeten adopteren.'

'Waarom niet?'

'Tony heeft mijn kinderen nooit gemogen. Geen van allen,' antwoordde Yvette Bristow. 'Mijn broer is erg hard. Kil. Hij heeft vreselijke dingen gezegd na de dood van Charlie. Alec heeft hem een klap gegeven. Het was onzin. Onzin... wat Tony zei.'

Haar troebele blik was op Strikes gezicht gericht, en hij meende een glimp op te vangen van de vrouw die ze geweest moest zijn toen ze nog mooi was: een enigszins bezitterig, enigszins kinderlijk, behoorlijk afhankelijk en ultravrouwelijk schepsel, beschermd en verwend door sir Alec, die er alles aan deed om het haar op alle fronten naar de zin te maken.

'Wat zei Tony dan precies?'

'Hij heeft de vreselijkste dingen gezegd over John en Charlie. Afschuwelijk. Ik wil ze niet herhalen,' zei ze zwakjes. 'En toen hij had gehoord dat we een klein meisje wilden adopteren, belde hij Alec om te zeggen dat we het niet moesten doen. Alec was ziedend,' fluisterde ze. 'Tony kwam bij ons het huis niet meer in.'

'Heb je Lula daarover verteld toen ze die dag hier was?' vroeg Strike. 'Over Tony en de dingen die hij heeft gezegd na de dood van Charlie, en in de tijd van haar adoptie?'

Ze leek er een verwijt in te horen.

'Ik weet niet meer precies wat ik haar heb verteld. Ik had een uitermate zware operatie achter de rug. Ik was een beetje suf van de medicijnen. Ik kan me niet precies herinneren wat ik tegen haar heb gezegd...'

Ze ging abrupt over op een ander onderwerp: 'Die jongen deed me aan Charlie denken. Lula's vriend. De vreselijk aantrekkelijke jongeman. Hoe heet hij ook alweer?'

'Evan Duffield?'

'Juist. Hij is een tijdje terug bij me op bezoek geweest, moet je weten. Nog niet zo lang geleden. Ik weet niet meer precies... Ik heb geen vat meer op de tijd. Ze geven me zo veel pillen nu. Maar hij kwam bij me langs. Zo lief van hem. Hij wilde over Lula praten.'

Strike herinnerde zich Bristows verzekering dat zijn moeder niet had geweten wie Duffield was, en hij vroeg zich af of lady Bristow tegenover haar zoon een spelletje had gespeeld en haar verwarring bewust had uitvergroot om zijn beschermingsinstinct aan te wakkeren.

'Charlie zou ook zo'n knappe man geworden zijn als hij was blijven leven. Misschien was hij wel zanger of acteur geworden. Hij was dol op aandacht, weet je nog? Ik had met die Evan te doen, de arme jongen. Hij huilde, hier bij mij. Hij zei dat ze een afspraakje had met een andere man.'

'Welke andere man was dat?'

'Die zanger,' zei lady Bristow vaag. 'De zanger die nummers over haar had geschreven. Als je jong en mooi bent, kun je je heel wreed gedragen. Ik had medelijden met hem. Hij zei dat hij zich schuldig voelde, en ik heb hem laten weten dat dat nergens voor nodig was.'

'Waarover zei hij zich schuldig te voelen?'

'Dat hij niet achter haar aan is gegaan naar haar appartement. Dat hij niet bij haar was, dat hij haar dood niet heeft kunnen voorkomen.'

'Yvette, kunnen we even teruggaan naar de dag voor Lula's dood?'

Ze keek hem verwijtend aan. 'Ik vrees dat ik me verder niets kan herinneren. Ik heb je alles verteld wat ik nog weet. Ik was net uit het ziekenhuis. Ik was mezelf niet. Ze hadden me zo veel medicijnen toegediend, tegen de pijn.'

'Dat begrijp ik. Ik wil alleen weten of je je nog kunt herinneren dat Tony die dag langs geweest is. Je broer?'

Er viel een stilte, en Strike zag harde trekken in het zwakke gezicht verschijnen.

'Nee, Tony herinner ik me niet,' zei lady Bristow uiteindelijk. 'Ik weet wel dat hij zegt dat hij is geweest, maar ik kan me daar niets van herinneren. Misschien lag ik te slapen.'

'Hij beweert dat hij hier is geweest toen Lula bij je op bezoek was,' zei Strike.

Lady Bristow haalde nauwelijks merkbaar haar fragiele schouders op. 'Misschien is hij wel geweest,' zei ze, 'maar ik kan het me niet herinneren.' En toen, met stemverheffing: 'Mijn broer is een stuk aardiger voor me nu hij weet dat ik doodga. Komt vaak langs. Natuurlijk moet hij nog steeds zijn gal spuwen over John. Dat heeft hij altijd gedaan. Maar John is altijd heel goed voor me geweest. Hij heeft dingen voor me gedaan toen ik ziek was... dingen die een zoon niet zou hoeven doen. Het was veel gepaster geweest als Lula... Maar Lula was verwend. Ik hield van haar, maar ze kon zelfzuchtig zijn. Erg zelfzuchtig.'

'Dus op die laatste dag, de laatste keer dat u Lula zag...' Strike keerde volhardend terug naar het belangrijkste punt, maar lady Bristow onderbrak hem.

'Na haar vertrek was ik vreselijk van streek,' zei ze. 'Echt vreselijk van streek. Dat gebeurt altijd als ik over Charlie praat. Ze zag wel hoe zwaar ik het had, maar toch ging ze weg, vanwege die afspraak met haar vriendin. Ik heb pillen moeten innemen en ben gaan slapen. Nee, Tony heb ik niet gezien, er is verder niemand bij me geweest. Hij mag dan zeggen dat hij er was, ik kan me niets herinneren totdat John me wekte met een dienblad met avondeten. John was boos, hij deed heel streng tegen me.'

'Waarom?'

'John vindt dat ik te veel pillen slik,' zei lady Bristow als een klein meisje. 'Ik weet heus wel dat hij alleen maar het beste met me voorheeft, die arme John, maar hij beseft niet... Hij zou nooit... Ik heb zo veel pijn geleden in mijn leven. Die avond is hij lang bij me gebleven. We hebben over Charlie gepraat. Tot in de vroege uurtjes hebben we zitten praten... En terwijl wij hier samen zaten...'

Haar stem was niet meer dan een fluistering. 'Op hetzelfde moment dat wij hier zaten te praten, is Lula... Viel Lula van dat balkon. John was degene die het me moest vertellen, de volgende ochtend. De politie was bij het krieken van de dag aan de deur gekomen. Hij kwam de slaapkamer in en vertelde me...' Ze slikte en schudde het hoofd, slap, meer dood dan levend. 'Daardoor is de kanker teruggekomen, dat weet ik zeker. Zo veel pijn, dat kan een mens niet verdragen.'

Ze praatte weer met dubbele tong. Toen ze slaperig haar ogen sloot, vroeg Strike zich af hoeveel valium ze die dag al had geslikt.

'Yvette, zou ik even gebruik mogen maken van je toilet?' vroeg hij.

Met een soezerig knikje gaf ze toestemming.

Strike stond op en schoot, verrassend geluidloos voor een man met zijn omvang, de inloopkast in.

Langs de wanden zag hij mahoniehouten deuren tot aan het plafond. Hij trok er een open en keek naar de overvolle roedes volgehangen met jurken en jassen, en naar de plank met tassen en hoeden erboven. Hij snoof de muffe geur op van oude schoenen en stoffen, die ondanks de overduidelijk prijzige inhoud van de kast deed denken aan een oude kringloopwinkel. Stilletjes trok hij de ene deur na de andere open, tot hij bij de vierde poging een groepje duidelijk gloednieuwe handtassen zag staan, allemaal verschillend van kleur, naast elkaar op de hoogste plank gepropt.

Hij pakte de blauwe tas van de plank, winkelnieuw en glanzend. Daar was het, het GS-logo, en de zijden voering was in de tas geritst. Strike betastte met zijn vingers de binnenkant, in alle hoeken, en zette de tas snel terug.

Vervolgens pakte hij het witte exemplaar. De voering was bedrukt met een gestileerde Afrikaanse print. Weer liet hij zijn vingers langs de hele binnenkant gaan. Vervolgens ritste hij de voering los.

Die zag eruit, zoals Ciara al had gezegd, als een sjaaltje met metalen randen, en onthulde na verwijdering de ruwe binnenkant van het witte leer. Er was niets te zien, tot Strike zich er dichter naartoe boog: er piepte een lichtblauwe streep onder de stugge, met stof beklede rechthoek uit die de bodem van de tas in vorm hield. Hij tilde de rechthoek eruit en zag dat er een velletje dubbelgevouwen lichtblauw papier onder lag, volgekrabbeld in een onvast handschrift.

Snel zette Strike de tas terug op de plank, met de voering er los in gefrommeld. Hij haalde een doorzichtig plastic zakje uit de binnenzak van zijn jasje en stopte het vel blauw papier erin, opengevouwen maar nog ongelezen. Toen deed hij de mahoniehouten deur dicht en trok de volgende open. Achter de een-na-laatste deur trof hij een kluis met een digitaal toetsenpaneeltje aan.

Strike haalde een tweede plastic zakje uit zijn jasje, schoof dat over zijn hand heen en probeerde verschillende cijfercombinaties, maar voordat hij zijn pogingen had voltooid hoorde hij geluiden buiten de inloopkast. Haastig stopte hij het verkreukelde zakje weer weg, deed zo stil mogelijk de kastdeur weer dicht en liep terug naar de slaapkamer, waar de verpleegster over Yvette Bristow heen gebogen stond. Ze keek om toen ze hem hoorde.

'Verkeerde deur,' zei Strike. 'Ik dacht dat daar het toilet was.'

Hij liep de kleine, aangrenzende badkamer in en trok de deur achter zich dicht. Voordat hij omwille van de thuishulp de wc doorspoelde en de kraan opendraaide, las hij de wilsbeschikking van Lula Landry, neergekrabbeld op het briefpapier van haar moeder, met Rochelle Onifade als getuige.

Yvette Bristow lag nog met gesloten ogen in bed toen hij terugkwam in de slaapkamer.

'Ze is in slaap gevallen,' zei de verpleegster zacht. 'Dat gebeurt heel vaak.'

'Ja,' zei Strike. Het bloed gonsde in zijn oren. 'Doet u haar maar de groeten van me als ze weer wakker wordt. Ik moet nu gaan.'

Samen liepen ze de aangename gang door.

'Lady Bristow is er erg slecht aan toe, hè?' zei Strike.

'Ja, inderdaad. Ze kan nu ieder moment sterven. Het gaat hard.'

'O wacht, ik heb daar iets laten liggen,' zei Strike vaag. Hij liep de lichtgeel geschilderde zitkamer in waar hij had zitten wachten, boog zich over de bank heen om de thuishulp het zicht te ontnemen en legde voorzichtig de door hem verplaatste telefoonhoorn terug op de haak.

'Ja, hebbes.' Hij deed alsof hij iets kleins oppakte en in zijn zak stopte. 'Heel hartelijk bedankt voor de koffie.'

Met zijn hand op de deurklink keek hij de verpleegster aan. 'Haar valiumverslaving is er niet minder op geworden, hè?' zei hij.

Zonder enig wantrouwen glimlachte de verpleegster tolerant naar hem. 'Nee, zeker niet, maar het kan nu geen kwaad meer. Wat nog niet wil zeggen,' voegde ze eraan toe, 'dat ik het gedrag van de artsen goedkeur. Aan de etiketten op de doosjes te zien heeft ze jarenlang van drie verschillende dokters recepten gekregen.'

'Erg onprofessioneel,' zei Strike. 'Nogmaals bedankt voor de koffie en tot ziens.'

Op een drafje liep hij de trap af, zijn mobiel al in de hand. In zijn opwinding keek hij niet goed uit waar hij liep, waardoor hij scheef op een van de treden stapte. Hij brulde het uit van de pijn toen zijn kunstvoet van de tree gleed, waardoor hij zijn knie verdraaide en zes treden naar beneden donderde, om onder aan de trap als een hoop ellende neer te smakken met een ondraaglijke, stekende pijn in zowel zijn kniegewricht als de stomp, alsof zijn onderbeen pas zojuist was geamputeerd en het littekenweefsel nog vers was.

'Fuck. Fuck!'

'Wat gebeurt er?' riep de thuishulp. Ze keek over de reling van de overloop naar beneden, waardoor hij haar gezicht op komische wijze ondersteboven zag.

'Niks aan de hand!' riep hij terug. 'Ik gleed uit, maar het gaat al! Fuck, fuck, fuck,' kreunde hij er vrijwel onhoorbaar achteraan, waarna hij zich aan de trapstijl omhooghees, bang om met zijn volle gewicht op de prothese te steunen.

Langzaam strompelde hij naar beneden, zo goed en zo kwaad als het ging aan de leuning vastgeklampt, en hij hinkte de hal door en hield zich vast aan de voordeur voordat hij zich buiten op het trapje liet zakken.

De sportende kinderen verdwenen in de verte in een lange, donkerblauwe sliert, twee aan twee, op weg terug naar school en naar het middagmaal. Strike leunde tegen de warme bakstenen terwijl hij zichzelf in welsprekende bewoordingen vervloekte en zich afvroeg wat voor schade hij had aangericht. De pijn was ondraaglijk, en de huid die toch al geïrriteerd was geweest voelde nu verscheurd, brandend onder het gelkussen dat de stomp had moeten beschermen. Het idee om helemaal naar de metro te moeten lopen was buitengewoon onaantrekkelijk.

Zittend op de bovenste traptrede belde hij een taxi, en vervolgens pleegde hij een reeks andere telefoontjes, eerst naar Robin, toen naar Wardle en daarna naar het kantoor van Landry, May en Patterson.

De taxi kwam de hoek om gereden. Toen Strike zich omhooghees en met nog altijd toenemende pijn naar de zwarte auto strompelde, besefte hij voor de allereerste keer hoeveel die statige voertuigen eigenlijk op klein uitgevallen lijkwagens leken.

Deel vijf

Felix qui potuit rerum cognoscere causas.

Gelukkig is hij die in staat was de oorzaak der dingen te begrijpen.

VERGILIUS, *Georgica*, boek 2

1

'Ik zou verwachten,' zei Eric Wardle traag terwijl hij naar de wilsbeschikking in het plastic zakje keek, 'dat je dit eerst aan je cliënt zou willen laten zien.'

'Dat wil ik ook, maar hij zit in Rye,' zei Strike, 'en het is dringend. Zoals ik al zei, ik probeer twee nieuwe moorden te voorkomen. We hebben hier te maken met een maniak, Wardle.'

Het zweet brak hem uit van de pijn. Zelfs terwijl hij hier zat, in de zon achter het raam bij de Feathers, waar hij de politieman aanspoorde tot actie, vroeg Strike zich af of hij bij zijn val van Yvette Bristows trap misschien zijn knie had ontwricht of het kleine stukje scheenbeen had gebroken dat hem nog restte. Hij had in de taxi, die nu buiten op hem stond te wachten, niet aan zijn been willen prutsen. De meter slokte gestaag het voorschot op dat Bristow hem had betaald; de rest van het bedrag zou Strike uiteraard nooit te zien krijgen, want vandaag was de dag van de arrestatie, als Wardle tenminste een beetje opschoot.

'Ik geef toe dat dit een motief zou kunnen zijn...'

'Zou kunnen?' herhaalde Strike. 'Zou kunnen? Tien miljoen zou een motief *kúnnen* zijn? Man, het is verdomme...'

'... maar ik heb bewijsmateriaal nodig dat standhoudt in de rechtbank, en dat heb je me nog niet geleverd.'

'Ik heb je net verteld waar je dat kunt vinden! Heb ik het tot nu toe één keer bij het verkeerde eind gehad? Ik heb je verdomme steeds gezegd dat er een testament moest zijn, wat heb ik hier?' Strike priemde met zijn vinger in het plastic zakje. 'Een fucking testament. Regel een huiszoekingsbevel, man!'

Wardle wreef over de zijkant van zijn knappe gezicht alsof hij kiespijn had, fronsend naar de handgeschreven wilsbeschikking.

'Jezus,' zei Strike. 'Hoe vaak moet ik het nog zeggen? Tansy Bestigui zat op dat balkon en hoorde Landry zeggen: "Ik heb het al gedaan"...'

'Je begeeft je hiermee op heel glad ijs,' zei Wardle. 'De verdediging maakt gehakt van mensen die tegen de verdachte liegen. Zodra Bestigui erachter komt dat er helemaal geen foto's zijn, zal hij alles ontkennen.'

'Hij doet maar. Zij staat hoe dan ook op het punt om alles te vertellen. Maar als jij zo'n watje bent dat je hier niets aan wilt doen, Wardle,' zei Strike, die inmiddels het koude zweet over zijn rug voelde lopen van de hevige pijn in zijn halve rechteronderbeen, 'en als iedereen uit Landry's naaste omgeving dadelijk dood is, dan loop ik rechtstreeks naar de fucking pers om te vertellen dat ik jou ieder flintertje informatie heb gegeven dat ik had en dat je álle kans hebt gehad om de dader te pakken. Zo verdien ik mijn misgelopen honorarium vanzelf terug met de verkoop van de rechten van mijn verhaal. Die boodschap mag je van mij ook doorgeven aan Carver.'

Hij schoof over de tafel een uitgescheurd vel papier naar Wardle toe waarop hij diverse getallen van zes cijfers had genoteerd. 'Probeer deze als eerste, en regel goddomme een huiszoekingsbevel.'

Hij stak Wardle de wilsbeschikking toe en liet zich van de hoge barkruk glijden. De tocht van de pub naar de taxi was een kwelling. Hoe meer druk hij op zijn rechterbeen uitoefende, hoe helser de pijn werd.

Robin probeerde Strike al vanaf één uur die middag iedere tien minuten te bereiken, maar hij nam niet op. Ze belde hem net weer toen hij zich moeizaam de metalen trap naar kantoor op hees, zich optrekkend aan zijn armen. Toen Robin Strikes ringtone door het trappenhuis hoorde galmen, snelde ze naar de overloop.

'Daar ben je! Ik probeer je al de hele tijd te bereiken, het stikt van de... Wat is er gebeurd, gaat het wel?'

'Ja, prima,' loog hij.

'Nee, je... Wat heb je gedaan?'

Ze vloog de trap af, naar hem toe. Hij zag lijkbleek en was bezweet, en Robin kreeg de indruk dat hij ieder moment kon gaan overgeven.

'Heb je gedronken?'

'Nee mens, ik heb niet gedronken!' snauwde hij. 'Ik... sorry, Robin. Ik heb nogal veel pijn. Ik moet even zitten.'

'Wat is er gebeurd? Laat me je...'

'Hoeft niet. Geen probleem, het gaat wel.'

Langzaam hees hij zich naar de bovenste verdieping, om moeizaam verder te strompelen naar de bank. Toen hij zich er met zijn volle gewicht op liet vallen, meende Robin diep in het frame iets te horen breken. Er moet een nieuwe komen, dacht ze. En toen: maar ik ga weg.

'Wat is er gebeurd?' vroeg ze.

'Ik ben van de trap gevallen,' bracht Strike licht hijgend uit. Hij had zijn jas nog aan. 'Sukkel die ik ben.'

'Welke trap? Wat is er gebeurd?'

Ondanks zijn tergende pijn moest hij lachen om haar gezicht, dat deels afschuw, deels opwinding uitdrukte.

'Ik heb niet gevochten, Robin, ik ben gewoon uitgegleden.'

'Op die manier. Je bent een beetje... Je ziet nogal pips. Kan het niet iets ernstigs zijn? Zal ik een taxi voor je bellen? Misschien moet je naar de dokter.'

'Dat is niet nodig. Hebben we hier nog van die pijnstillers liggen?'

Ze pakte water en paracetamol voor hem. Hij nam het aan, strekte zijn been, trok een pijnlijk gezicht en vroeg toen: 'Is hier nog wat gebeurd? Heeft Graham Hardacre je een foto gemaild?'

'Ja.' Ze haastte zich naar de computer. 'Deze.'

Met haar muis kliktc zc dc foto aan, en het gezicht van luitenant Jonah Agyeman vulde het scherm.

Zwijgend bekeken ze samen de jongeman met het ontegenzeglijk knappe uiterlijk, waaraan de buitenproportioneel grote oren die hij van zijn vader had geërfd niets afdeden. Het paars-zwart-gouden uniform stond hem goed. Zijn grijns was een beetje scheef, hij had hoge jukbeenderen, hoekige kaken en een donkere huid met een rode ondertoon, als versgezette thee. Jonah had de roekeloze charme die Lula Landry ook had uitgestraald, dat ondefinieerbare dat maakte dat de kijker zijn blik niet kon losmaken van haar foto's.

'Hij lijkt op haar,' fluisterde Robin.

'Inderdaad. Is er verder nog iets gebeurd?'

Robin leek met een ruk terug te keren in de werkelijkheid.

'Jezus, ja. John Bristow belde een half uur geleden om te zeggen dat hij je niet te pakken kreeg, en Tony Landry heb ik al drie keer aan de lijn gehad.'

'Dat dacht ik wel. Wat zei hij?'

'Hij ging helemaal... De eerste keer vroeg hij je te spreken, en toen ik zei dat je er niet was, hing hij op voordat ik hem je mobiele nummer kon geven. De tweede keer zei hij dat je hem onmiddellijk moest bellen, maar hij gooide de hoorn er weer op voordat ik de kans kreeg om hem te laten weten dat je nog niet terug was. Maar de derde keer ging hij compleet... Hij was ongelooflijk kwaad. Ging tegen me tekeer.'

'Ik mag hopen dat hij je niet heeft uitgescholden,' zei Strike met een nors gezicht.

'Niet echt. Mij niet... Zijn woede was tegen jou gericht.'

'Wat zei hij?'

'Ik kon het niet zo precies volgen, maar hij noemde John Bristow een "domme lul" en bralde nog iets over Alison die opgestapt was, waarvan hij jou ook de schuld leek te geven, want hij brulde dat hij je zou aanklagen en zei nog iets over laster, dat soort dingen.'

'Heeft Alison ontslag genomen?'

'Ja.'

'Heeft hij ook gezegd waar ze...? Nee, natuurlijk niet. Hoe moet hij dat nou weten?' zei Strike, meer tegen zichzelf dan tegen Robin.

Hij keek naar zijn pols. Zijn goedkope horloge was schijnbaar ergens tegenaan gestoten toen hij van de trap viel, want het was blijven stilstaan op kwart voor een.

'Hoe laat is het?'

'Tien voor vijf.'

'Zo laat al?'

'Ja. Heb je nog iets nodig? Ik kan wel wat langer blijven.'

'Nee, ik wil je hier weg hebben.'

Hij zei het op zo'n toon dat Robin, in plaats van haar jas en haar handtas te pakken, geen vin verroerde. 'Wat verwacht je dat er gaat gebeuren?'

Strike frunnikte aan zijn been, net onder de knie. 'Niets. Je hebt de laatste tijd al genoeg overgewerkt. Matthew zal wel blij zijn als je een keer vroeg thuis bent.'

Hij kon de prothese niet door zijn broekspijp heen verschuiven. 'Toe nou, Robin. Ga alsjeblieft naar huis,' zei hij terwijl hij naar haar opkeek.

Na een korte aarzeling ging ze haar trenchcoat en haar tas pakken.

'Bedankt,' zei hij. 'Tot morgen.'

Ze vertrok. Strike wachtte met het oprollen van zijn broekspijp tot hij haar voetstappen op de trap hoorde, maar het geluid bleef uit. De glazen deur ging open en ze kwam weer binnen.

'Je verwacht iemand,' zei ze, met de deur in haar hand. 'Je verwacht iemand, hè?'

'Misschien wel,' antwoordde Strike. 'Maar dat doet er niet toe.' Hij slaagde erin te glimlachen naar haar gespannen, angstige gezicht. 'Maak je om mij nou maar geen zorgen.'

Toen haar uitdrukking niet veranderde, vroeg hij: 'Wist je dat ik nog een poosje heb gebokst in het leger?'

Robin moest bijna lachen. 'Ja, dat heb je verteld.'

'Echt?'

'Meerdere keren. Die avond dat je... je weet wel.'

'O. Juist ja. Nou ja, ik heb dus gebokst.'

'Maar wie...?'

'Matthew zou het me niet in dank afnemen als ik het je vertelde. Ga naar huis, Robin, ik zie je hier morgen weer.'

Deze keer vertrok ze wel, zij het met tegenzin. Hij wachtte tot hij de voordeur in Denmark Street hoorde dichtvallen, rolde toen zijn broekspijp omhoog, maakte de prothese los en bekeek aandachtig zijn dikke knie en de stomp, die ontstoken was en bont en blauw zag. Hoewel Strike zich ernstig afvroeg wat hij precies had aangericht, had hij geen tijd om er vanavond naar te laten kijken door iemand die er verstand van had.

Intussen had hij bijna spijt dat hij Robin niet had gevraagd iets te eten voor hem te halen voordat ze vertrok. Onhandig hinkelend van de ene plek naar de volgende, waarbij hij zich vasthield aan het bureau, de bovenkant van de dossierkast en de armleuning van de bank, slaagde hij erin een kop thee voor zichzelf te zetten. Die dronk hij op in Robins bureaustoel met een half pak biscuitjes erbij, peinzend over het gezicht van Jonah Agyeman. De paracetamol deed nauwelijks iets voor de pijn in zijn been.

Toen het pak koekjes leeg was, keek hij op zijn mobiel. Die meldde vele gemiste oproepen van Robin en twee van John Bristow.

Van de drie mensen van wie Strike vermoedde dat ze die avond wel eens zouden kunnen opduiken op zijn kantoor, hoopte hij dat Bristow de eerste zou zijn. Als de politie concrete bewijzen voor de moord wilde, kon alleen zijn cliënt die leveren (al besefte hij dat waarschijnlijk zelf niet). Mocht Tony Landry of Alison Cresswell voor de deur staan, dacht Strike, dan zal ik me met wat improvisatie... Hij snoof, want de uitdrukking 'staande moeten houden' was nu nauwelijks van toepassing.

Maar het werd zes uur en vervolgens half zeven zonder dat de bel ging. Strike smeerde zijn stomp nog een keer in met zalf en bevestigde de prothese, wat een zware beproeving was. Hij strompelde het kantoor door, kreunend van de pijn, liet zich in zijn stoel zakken en gaf het uiteindelijk op. Nadat hij zijn kunstbeen weer had losgegespt, liet hij zijn hoofd op zijn armen rusten, vast van plan om alleen even zijn vermoeide ogen rust te gunnen.

2

Voetstappen op de metalen trap. Strike vloog overeind; hij wist niet of hij vijf of vijftig minuten had geslapen. Er werd roffelend op de glazen deur geklopt.

'Binnen, hij is open!' riep Strike, terwijl hij snel controleerde of de loszittende prothese wel goed werd bedekt door zijn broekspijp.

Tot zijn immense opluchting was het John Bristow die binnenkwam, met zijn ogen knipperend achter de dikke brillenglazen. Hij zag er geagiteerd uit.

'Hallo, John. Kom binnen, ga zitten.'

Maar Bristow beende op hem af; hij had vlekken in zijn gezicht en zag er net zo woest uit als op de dag dat Strike had geweigerd zijn zaak aan te nemen. In plaats van te gaan zitten, greep hij de rugleuning van de hem aangeboden stoel beet.

'Wat had ik je nou gezegd?' Alle kleur trok weg uit Bristows magere gezicht terwijl hij met een knokige vinger naar Strike wees. 'Ik heb jou héél duidelijk gezegd dat ik niet wilde dat je zonder mij met mijn moeder ging praten!'

'Dat weet ik, John, maar...'

'Ze is ongelóóflijk van streek. Ik weet niet wat je allemaal tegen haar hebt gezegd, maar ik had haar vanmiddag huilend en snikkend aan de telefoon!'

'Dat vind ik vervelend om te horen. Ze leek geen bezwaar te hebben tegen mijn vragen toen ik...'

'Ze is er vreselijk slecht aan toe!' brulde Bristow. Zijn vooruitstekende tanden glommen. 'Hoe durf je zonder mij naar haar toe te gaan! Hoe haal je het in je hoofd?'

'Dat deed ik, John, omdat ik, zoals ik je al heb verteld na de crematie van Rochelle, bang ben dat we hier te maken hebben met een moordenaar die opnieuw kan toeslaan,' zei Strike. 'De situatie is gevaarlijk en ik wil dat daar een einde aan komt.'

'Jíj wilt dat er een einde aan komt? Hoe denk je dat ík me verdomme voel?' brulde Bristow, en zijn stem sloeg over. 'Heb je enig idee hoeveel schade je hebt aangericht? Mijn moeder is in alle staten, en nu lijkt mijn vriendin ook nog eens in rook te zijn opgegaan, wat ik volgens Tony aan jou te danken heb! Wat heb je met Alison uitgespookt? Waar is ze gebleven?'

'Dat weet ik niet. Heb je al geprobeerd haar te bellen?'

'Ze neemt niet op. Wat is er verdomme aan de hand? Ik word de hele dag voor niks op pad gestuurd en als ik terugkom...'

'Voor niks op pad gestuurd?' herhaalde Strike, terwijl hij ongemerkt zijn been verschoof om de prothese recht te houden.

Bristow liet zich alsnog in de stoel tegenover hem vallen, zwaar ademend, zijn ogen tot spleetjes geknepen tegen de heldere avondzon die door het raam achter Strike naar binnen viel.

'Ja,' zei hij woest. 'Iemand heeft vanmorgen mijn secretaresse gebeld en zich uitgegeven voor een zeer belangrijke klant van ons in Rye, die zogenaamd een belangrijke bespreking met me wenste. Ik heb dus dat hele eind afgelegd, om er ter plekke achter te komen dat die man in het buitenland zit en dat ze me helemaal niet hadden gebeld.' Hij bracht een hand naar zijn ogen om ze af te schermen tegen de zon. 'Zeg, mogen de jaloezieën dicht? Ik zie niks.'

Strike trok aan een koordje en de luxaflex viel ratelend omlaag, waardoor ze in een koele, vaag gestreepte duisternis werden gehuld.

'Wat een raar verhaal,' zei Strike. 'Je zou haast zeggen dat iemand je de stad uit wilde lokken.'

Bristow gaf geen antwoord. Hij keek Strike ziedend aan, zijn borst zwoegde. 'Ik ben het zat,' zei hij abrupt. 'Ik blaas dit onderzoek af. Je kunt al het geld houden dat ik je heb gegeven. Ik moet aan mijn moeder denken.'

Strike liet zijn telefoon uit zijn zak glijden, drukte een paar toetsen in en legde het toestel in zijn schoot.

'Wil je dan niet horen wat ik bij je moeder in de kledingkast heb gevonden?'

'Je bent... *Heb je in mijn moeders kast gezeten?*'

'Ja. Ik wilde de gloednieuwe handtassen bekijken die Lula op de dag van haar dood heeft gekregen.'

Bristow begon te stotteren: 'Jij... jij...'

'Die tassen hebben een uitneembare voering. Bizar idee, hè? Achter de voering van de witte tas zat een wilsbeschikking verstopt, door Lula met de hand geschreven op het blauwe briefpapier van je moeder, met Rochelle Onifade als getuige. Ik heb die naar de politie gebracht.'

Bristows mond viel open. Een paar seconden lang leek hij geen woord te kunnen uitbrengen. Uiteindelijk fluisterde hij: 'Maar... wat stond erin?'

'Dat ze alles, haar volledige bezit, nalaat aan haar broer, luitenant Jonah Agyeman van de Royal Engineers.'

'Jonah... wie?'

'Ga maar eens kijken op de monitor in het kantoor hiernaast, daar kun je een foto van hem zien.'

Bristow stond op en liep als een slaapwandelaar naar de computer in het naastgelegen vertrek. Strike zag het scherm oplichten toen Bristow de muis verplaatste. Agyemans knappe gezicht vulde het scherm, met zijn sardonische glimlach, onberispelijk in groot tenue.

'Mijn god,' zei Bristow.

Hij kwam teruggelopen naar Strike en staarde hem aan terwijl hij zich weer in de stoel liet zakken. 'Ik... ik kan het gewoon niet geloven.'

'Dat is de man die te zien is op de beelden van de bewakingscamera,' zei Strike. 'De man die bij Lula's huis vandaan rende in de nacht van haar dood. Hij verbleef tijdens zijn verlof bij zijn moeder, een weduwe die in Clerkenwell woont. Vandaar dat hij twintig minuten later over Theobalds Road spurtte. Hij was op weg naar huis.'

Bristow hapte luidkeels naar adem. 'Ze zeiden allemaal dat ik waanideeën had.' Hij schreeuwde nu bijna. 'Maar het was verdomme geen waanidee!'

'Nee, John, het was geen waanidee,' zei Strike. 'Dat niet. Maar je bent wel knettergek.'

Achter de ramen met de jaloezieën ervoor klonken de geluiden van Londen, de stad die leefde op ieder uur van de dag, brommend en grommend, deels mens, deels machine. In het kantoor was geen ander geluid te horen dan Bristows zware ademhaling.

'Pardon?' zei hij belachelijk beleefd. 'Hoe noemde je me zojuist?'

Strike glimlachte. 'Ik zei dat je knettergek bent. Je hebt je zus vermoord, daar ben je ongestraft mee weggekomen en dan vraag je mij om haar dood te onderzoeken.'

'Dat... dat kun je niet menen.'

'En of ik dat meen. Het is me van begin af aan duidelijk geweest dat jij degene bent die het meeste profijt heeft van Lula's dood, John. Tien miljoen pond, zodra je moeder de geest geeft. Geen bedrag om je neus voor op te halen, wel? Vooral omdat ik vermoed dat je verder weinig méér hebt dan je salaris, hoe hard je ook roept over dat trustfonds. De aandelen van Albris hebben tegenwoordig nauwelijks nog de waarde van het papier waarop ze zijn afgedrukt. Heb ik gelijk of niet?'

Bristow bleef hem vele lange momenten aangapen. Toen rechtte hij zijn rug en gluurde naar het kampeerbed dat ingeklapt in een hoek van het kantoor stond. 'En dat uit de mond van een armoedzaaier die in zijn kantoor slaapt. Wat een lachertje.' Bristows stem klonk kalm en neerbuigend, maar zijn ademhaling was abnormaal snel.

'Ik weet ook wel dat je veel meer geld hebt dan ik,' zei Strike, 'maar zoals je zelf al aangeeft, wil dat niet zo veel zeggen. En ik kan van mezelf zeggen dat ik me nog niet heb verlaagd tot het bestelen van klanten. Hoeveel heb je achterovergedrukt van Conway Oates' geld voordat Tony in de gaten kreeg waar je mee bezig was?'

'O, nu ben ik ook nog een verduisteraar?' zei Bristow met een gemaakt lachje.

'Ja, dat denk ik wel,' zei Strike. 'Niet dat het voor mij wat uitmaakt. Het kan me niet schelen of je Lula hebt vermoord omdat je het gestolen geld moest aanvullen, omdat je op haar miljoenen uit was of omdat je de pest aan haar had. Al zal de jury dat straks wel willen weten. Juryleden zijn altijd erg gebrand op een motief.'

Bristows knie wipte weer hevig op en neer. 'Jij spoort niet,' zei hij, weer met een gemaakt lachje. 'Je hebt een wilsbeschikking gevonden waarin ze alles niet aan mij, maar aan *die vent* nalaat.' Hij wees naar het kantoor waar hij zojuist Jonahs foto had bekeken. 'Je zegt zelf dat hij de man is die naar Lula's flat liep, gefilmd door de camera, in de nacht dat ze van haar balkon is gevallen, en tien minuten later sprintte hij daar weer vandaan. En dan durf je mij te beschuldigen. Míj.'

'John, jij wist al lang voordat je naar mij toe kwam dat het Jonah was op die camerabeelden. Dat had Rochelle je verteld. Zij was erbij toen Lula bij Vashti Jonah opbelde en met hem afsprak voor die nacht, en ze was getuige van het testament waarin Lula hem alles naliet. Ze is naar je toe gekomen, heeft je alles verteld en begon je te chanteren. Ze wilde geld voor een flat en dure kleding, en in ruil daarvoor beloofde ze haar mond te houden over het feit dat jij niet Lula's erfgenaam was.

Rochelle besefte niet dat jij de moordenaar bent. Zij dacht dat Jonah degene was die Lula had geduwd. En ze was flink verbitterd, na het zien van die wilsbeschikking waar zij niet in voorkwam en nadat ze op de laatste dag van Lula's leven was gedumpt in de boetiek. Haar kon het niet schelen dat de moordenaar vrijuit ging, als ze haar geld maar kreeg.'

'Dit is grote onzin. Je bent niet goed snik.'

'Je hebt er alles aan gedaan om te voorkomen dat ik Rochelle zou vinden,' vervolgde Strike alsof hij Bristow niet had gehoord. 'Je deed alsof je niet wist hoe ze heette of waar ze woonde, je reageerde ongelovig toen ik zei dat ze van nut zou kunnen zijn bij het onderzoek en je hebt foto's van Lula's laptop verwijderd, zodat ik niet zou weten hoe ze eruitzag. Nu had Rochelle me natuurlijk rechtstreeks naar de man kunnen leiden die jij de schuld van de moord in de schoenen wilde schuiven, maar zij wist dat er een wilsbeschikking was waardoor jij de erfenis zou mislopen, en jouw belangrijkste doel was om die geheim te houden terwijl je naar het bewuste papiertje zocht, zodat je het zou kunnen vernietigen. Op zich is het wel grappig dat dat ding dus al die tijd in de kledingkast van je moeder heeft gelegen.

Maar zelfs al zou je de wilsbeschikking verscheuren, John, wat dan nog? Het was goed mogelijk dat Jonah er zelf ook van op de hoogte was dat hij alles van Lula zou erven. En er was nog een getuige van het bestaan van dat papiertje, al wist jij dat niet: Bryony Radford, de visagiste.'

Strike zag Bristows tong uit zijn mond flitsen om zijn lippen te bevochtigen. Hij kon de angst van de jurist voelen.

'Bryony wil niet toegeven dat ze in Lula's spullen heeft gesnuffeld, maar zij heeft de wilsbeschikking gezien bij Lula thuis, voordat Lula de tijd had om hem te verstoppen. Maar Bryony is dyslectisch. Zij las "Jonah"als "John". Dat koppelde ze aan Ciara's verhaal over Lula die alles aan haar broer zou nalaten, en ze kwam tot de conclusie dat ze niemand hoefde te vertellen wat ze stiekem had gelezen, want jij zou het geld sowieso krijgen. Je hebt zo nu en dan het geluk van de duivel gehad, John.

Ik zie nu in dat het voor jou – voor iemand met jouw verknipte geest – de beste oplossing was om Jonah te laten opdraaien voor de moord. Als hij levenslang kreeg, zou het niet uitmaken of die wilsbeschikking ooit nog opdook en of hij of iemand anders ervan op de hoogte was, want dan zou het geld sowieso naar jou toe gaan.'

'Belachelijk,' bracht Bristow moeizaam uit. 'Jij zou je detectivewerk aan de wilgen moeten hangen en fantasyboeken moeten gaan schrijven, Strike. Je hebt geen greintje bewijs voor wat je allemaal beweert te...'

'Jawel, dat heb ik wel,' viel Strike hem in de rede, en Bristow hield onmiddellijk zijn mond. Zijn bleke gelaat lichtte op in het donker. 'De camerabeelden.'

'De beelden waarop te zien is dat Jonah Agyeman wegrent van de plaats waar kort daarvoor een moord is gepleegd! Dat zei je net zelf!'

'Er is op die beelden nog een andere man te zien.'

'Dan had hij een handlanger. Iemand die op de uitkijk stond.'

'Ik ben benieuwd wat jouw advocaat straks zal beweren dat er aan je mankeert, John,' zei Strike zacht. 'Ben je een narcist? Denk je dat je God bent? Jij waant je echt onaantastbaar, nietwaar? Een genie bij wie wij allemaal verbleken tot een stel chimpansees. De tweede man die wegrende was geen handlanger van Jonah, hij had niet op de uitkijk gestaan. Het was ook geen autodief. Hij was niet eens zwart. Het was een blanke man die zwarte handschoenen droeg. Jij.'

'Niet,' zei Bristow. Dat ene woord gonsde van paniek. Maar toen, met een bijna zichtbare inspanning, pleisterde hij weer een minachtend lachje op zijn gezicht. 'Hoe kan ik dat nou geweest zijn? Ik zat in Chelsea bij mijn moeder. Dat heeft ze je zelf verteld. Tony heeft me daar gezien. Ik was in Chelsea.'

'Je moeder is een aan valium verslaafde invalide die het grootste deel van de dag heeft liggen slapen. Je bent pas teruggegaan naar Chelsea nadat je Lula had vermoord. Ik denk dat je in de vroege uurtjes naar je moeders kamer bent gegaan, haar klok hebt verzet en haar hebt gewekt alsof het etenstijd was. Je denkt een crimineel genie te zijn, John, maar die truc is al duizenden keren uitgehaald, al zal het de daders zelden zo makkelijk afgegaan zijn. Je moeder weet amper welke dag het is, met de hoeveelheid opiaten die ze in haar lijf heeft.'

'Ik ben de hele dag in Chelsea geweest,' zei Bristow. Zijn knie wipte nog steeds op en neer. 'De hele dag, ik ben alleen even op kantoor binnengewipt om een paar dossiers op te halen.'

'Je hebt in het appartement onder dat van Lula een hoodie en handschoenen meegenomen. Die draag je op de camerabeelden,' zei Strike, zonder acht te slaan op de onderbreking. 'En dat was een grote fout. Die hoodie was uniek. Er was er maar één van in de hele wereld. Guy Somé had hem speciaal voor Deeby Macc laten maken. Dat ding kan alleen maar uit de flat onder Lula gekomen zijn, daarom weten we waar je vandaan kwam.'

'Je hebt geen enkel bewijs,' zei Bristow. 'Ik wacht op je bewijzen.'

'Ja, uiteraard,' zei Strike eenvoudig. 'Een onschuldig man zou hier niet naar mij gaan zitten luisteren. Die was inmiddels de deur uit gestormd. Maar wees maar niet bang, ik heb wel degelijk bewijzen.'

'Dat kan niet,' zei Bristow schor.

'Motief, middelen en gelegenheid, John. Je had het allemaal. Laten we bij het begin beginnen. Je ontkent niet dat je die ochtend in alle vroegte naar Lula bent gegaan...'

'Nee, natuurlijk niet.'

'... want er zijn mensen die je daar hebben gezien. Ik denk alleen niet dat Lula jou ooit dat contract van Somé heeft gegeven, dat je hebt gebruikt om boven te komen. Dat contract heb je op een eerder moment gejat, schat ik zo in. Wilson liet je doorlopen, en een paar minuten later had je ruzie met Lula bij haar voordeur. Je kon niet doen alsof dat niet gebeurd was, want de schoonmaakster heeft het gehoord. Gelukkig voor jou is Lechsinka's Engels zo slecht dat ze jouw verhaal over die ruzie bevestigt: je was zogenaamd woedend omdat Lula terug was bij haar vriendje, de drugsverslaafde profiteur.

Maar waar de ruzie in werkelijkheid over ging, was volgens mij Lula's weigering om jou geld te geven. Al haar slimmere vrienden zeggen dat je op haar geld aasde, maar die dag moet je er wel heel erg om verlegen gezeten hebben. Je praatte jezelf met een smoes naar binnen en ging tegen haar tekeer. Had Tony ontdekt dat er geld weg was van Conway Oates' rekening? Moest je het zo dringend aanvullen?'

'Loos gespeculeer,' zei Bristow, nog steeds met een hevig trillende knie.

'Dat zullen we straks in de rechtszaal wel zien, of het loos gespeculeer is.'

'Ik heb nooit ontkend dat Lula en ik ruzie hebben gehad.'

'Nadat ze had geweigerd een cheque voor je uit te schrijven en ze de deur in je gezicht had dichtgegooid, ben je de trap af gelopen en zag je dat de deur van flat 2 openstond. Wilson en de man van het alarm waren druk bezig met het toetsenpaneel, en Lechsinka was binnen aan het werk – misschien stofzuigen, dat zou verklaren waarom niemand je achter de twee mannen langs naar binnen hoorde sluipen.

Zo groot was het risico niet. Als ze zich hadden omgedraaid en je hadden gezien, had je kunnen doen alsof je Wilson kwam bedanken voor het binnenlaten. Je liep de gang door terwijl zij bezig waren met het alarm en verstopte je ergens in die grote flat. Ruimte genoeg. Lege kasten. Onder het bed.'

Bristow schudde zijn hoofd, in stilzwijgende ontkenning. Strike vervolgde op dezelfde zakelijke toon: 'Waarschijnlijk heb je Wilson tegen Lechsinka horen zeggen dat ze het alarm moest instellen op 1966. Uiteindelijk vertrokken Lechsinka, Wilson en de jongen van Securibell en had je het appartement voor jezelf. Maar helaas voor jou had Lula intussen het pand verlaten, dus kon je niet terug naar boven gaan om nogmaals te proberen haar geld af te troggelen.'

'Pure fantasie,' zei de jurist. 'Ik heb nog nooit van mijn leven één voet in flat 2 gezet. Ik ben bij Lula weggegaan en heb op kantoor dossiers...'

'Ja, bij Alison, dat beweerde je toch die eerste keer dat we samen jouw gangen van die dag naliepen?' vroeg Strike.

Er verschenen weer rode vlekken in Bristows magere hals. Na een lichte aarzeling schraapte hij zijn keel en zei: 'Ik kan me niet herinneren of... Ik weet alleen dat ik maar heel kort op kantoor ben geweest. Ik wilde zo snel mogelijk naar mijn moeder.'

'Wat denk je dat het voor uitwerking zal hebben, John, als Alison in de rechtbank verklaart dat je haar hebt gevraagd voor je te liegen? Jij speelde tegenover haar de wanhopige, rouwende broer en vroeg haar vervolgens mee uit eten, en dat arme kreng was zo verrukt om in Tony's ogen een keer de begeerlijke vrouw te kunnen zijn dat ze ja zei. Na een paar afspraakjes heb je haar overgehaald te zeggen dat ze jou op de ochtend voor Lula's dood op kantoor heeft gezien. Ze dacht dat je alleen maar overbezorgd en paranoïde was, nietwaar? Ze meende dat je al een waterdicht alibi had door je ontmoeting met haar teerbeminde Tony, later die dag. Het leek haar geen kwaad te kunnen als zij een leugentje ophing om jou gerust te stellen.

Maar Alison was die dag niet op kantoor, John, dus kon ze je ook geen dossiers geven. Cyprian had haar onmiddellijk na haar aankomst naar Oxford gestuurd, om Tony te gaan zoeken. Je werd een beetje nerveus, na de crematie van Rochelle, toen je besefte dat ik daarvan op de hoogte was, nietwaar?'

'Alison is niet al te snugger,' zei Bristow traag. Zijn handen wasten zichzelf geluidloos en zijn knie wipte op en neer. 'Ze zal de dagen wel door elkaar gehaald hebben. Het is duidelijk dat ze me verkeerd begrepen heeft. Ik heb haar nooit gevraagd te beweren dat ze mij op kantoor had gezien. Het is haar woord tegen het mijne. Misschien probeert ze wraak te nemen omdat het uit is tussen ons.'

Strike lachte. 'Je bent gigantisch gedumpt, John. Toen mijn assistente je vanmorgen had gebeld om je naar Rye te lokken...'

'*Jouw assistente?*'

'Ja, natuurlijk. Ik wilde je immers niet in de buurt hebben terwijl ik je moeders flat doorzocht. Alison heeft ons geholpen met de naam van die klant. Ik heb haar namelijk gebeld en haar alles verteld, ook dat ik kan aantonen dat Tony het bed deelde met Ursula May en dat jij op het punt staat gearresteerd te worden wegens moord. Dat leek haar ervan te overtuigen dat ze op zoek moet gaan naar een nieuwe vriend en een nieuwe baan. Ik hoop dat ze naar haar moeder in Sussex is gegaan, zoals ik haar heb aangeraden. Jij hebt Alison aan het lijntje gehouden omdat je haar beschouwde als je onfeilbare alibi en omdat ze je op de hoogte hield van de opvattingen van Tony, voor wie je bang bent. Maar ik begon de laatste tijd te vrezen dat Alison, als ze je niet langer van nut kon zijn, wel eens ergens van grote hoogte naar beneden zou kunnen vallen.'

Bristow probeerde nog een vernietigend lachje, maar het klonk gekunsteld en hol.

'Uiteindelijk blijkt dus dat niemand jou die ochtend dossiers heeft zien ophalen op kantoor,' vervolgde Strike. 'Je hield je nog steeds schuil in het middelste appartement van Kentigern Gardens nummer 18.'

'Niet waar, ik zat in Chelsea, bij mijn moeder,' zei Bristow.

'Ik denk niet dat je op dat punt al van plan was Lula te vermoorden,' ging Strike onverdroten verder. 'Waarschijnlijk wilde je haar gewoon opnieuw lastigvallen wanneer ze terugkwam. Je werd die dag niet op kantoor verwacht, want je zou vanuit huis werken om je zieke moeder gezelschap te houden. De koelkast was gevuld en je kon de flat in en uit zonder dat het alarm afging. Je had daar goed zicht op de straat, dus in het geval dat er medewerkers van Deeby Macc zouden opduiken, had je tijd genoeg om te maken dat je wegkwam. Je zou dan beneden wel een of ander verhaaltje ophangen en zeggen dat je in het appartement van je zus op haar had gewacht. Het enige kleine risico was dat er leveranciers zouden komen, maar die enorme vaas met rozen werd bezorgd zonder dat iemand jouw aanwezigheid opmerkte. Ja, toch?

Ik denk dat het idee van de moord toen heeft postgevat, nadat je al die uren daar in je eentje, in die luxe, had doorgebracht. Stelde je je al voor hoe fijn het zou zijn als Lula, van wie je aannam dat ze geen testament had, zou sterven? Je moet geweten hebben dat het je zieke moeder een stuk milder zou maken, zeker omdat je haar enig overgebleven kind zou zijn. Dat moet op zich al een fantastische gedachte zijn geweest, hè John? Het idee om eindelijk enig kind te zijn. Om het nooit meer te hoeven afleggen tegen een knappere, lievere broer of zus?'

Zelfs in de toenemende duisternis kon hij Bristows vooruitstekende tanden zien, en de doordringende blik in die zwakke ogen.

'Hoezeer je ook hebt gekropen voor je moeder en de toegewijde zoon hebt gespeeld, je kwam bij haar nooit op de eerste plaats, hè? Ze heeft altijd meer van Charlie gehouden, of niet soms? Iedereen hield meer van Charlie, zelfs oom Tony. En toen Charlie er niet meer was, toen jij verwachtte eindelijk het middelpunt van de belangstelling te worden, wat gebeurde er toen? Lula verscheen ten tonele, en iedereen maakte zich druk om Lula, zorgde voor Lula, was dol op Lula. Je moeder heeft niet eens een foto van jou bij haar sterfbed staan, alleen van Charlie en Lula. De twee kinderen van wie ze hield.'

'Val dood,' gromde Bristow. 'Val dood, Strike. Wat weet jij er nou van, met die hoer van een moeder van je? Waaraan is ze ook alweer gestorven, syfilis?'

'Chic,' zei Strike waarderend. 'Ik had je nog willen vragen of je je in mijn privéleven hebt verdiept toen je op zoek ging naar een sukkel die je voor je karretje kon spannen. Je dacht vast dat ik vreselijk medelijden zou hebben met die arme John Bristow, omdat mijn moeder jong gestorven is, onder verdachte omstandigheden. Jij dacht dat je me godverdomme naar jouw pijpen kon laten dansen.

Maar mocht het je advocaten straks niet lukken om een geschikte persoonlijkheidsstoornis voor je te vinden, John, dan kunnen ze nog altijd je moeilijke jeugd aanvoeren. Nooit liefde gekend. Verwaarloosd. Overschaduwd. Je hebt je toch altijd miskend gevoeld? Dat viel me die allereerste keer al op, toen je zo ontroerend in tranen uitbarstte bij de herinnering aan Lula die jullie oprit op werd gedragen naar jullie huis, jouw leven in. Je ouders hadden je niet eens meegenomen om haar te gaan halen, hè? Ze hadden je thuisgelaten alsof je een huisdier was, de zoon aan wie ze niet genoeg hadden na de dood van Charlie, de zoon die alwéér op de tweede plaats zou komen.'

'Ik hoef hier niet naar te luisteren,' fluisterde John.

'Je bent vrij om te vertrekken.' Strike keek naar de donkerder wordende schaduwen achter Johns brillenglazen, de plek waar hij niet langer zijn ogen kon zien. 'Waarom stap je niet op?'

Maar de jurist zat daar maar, handenwrijvend, zijn ene knie nog steeds op en neer wippend, in afwachting van Strikes bewijzen.

'Was het de tweede keer makkelijker?' vroeg de detective zacht. 'Was het vermoorden van Lula makkelijker dan het vermoorden van Charlie?'

Hij zag de bleke tanden, ontbloot in Bristows geopende mond, waar geen geluid uit kwam.

'Tony weet dat jij het hebt gedaan, of niet? Al dat gelul over de wrede, gemene dingen die hij zou hebben gezegd na Charlies dood. Tony was erbij, hij heeft je zien wegfietsen van de plek waar je Charlie de afgrond in had geduwd. Had je Charlie uitgedaagd om vlak langs de rand te fietsen? Ik kende hem, hij kon geen uitdaging weerstaan. Tony zag Charlie dood onder in die steengroeve liggen en heeft toen tegen je ouders gezegd dat hij dacht dat jij het had gedaan. Ja, toch? Daarom heeft je vader hem een klap gegeven. Daarom viel je moeder flauw. Daarom heeft je vader Tony het huis uit gegooid na Charlies dood. Niet omdat Tony zei dat je moeder een stelletje kleine criminelen had grootgebracht, maar omdat hij beweerde dat haar kind een psychopaat was.'

'Dit is... Nee!' zei Bristow schor. 'Niet waar!'

'Maar Tony kon geen familieschandaal gebruiken. Hij hield zijn mond. Hij raakte wel een beetje in paniek toen hij hoorde dat ze een klein meisje gingen adopteren, nietwaar? Hij belde hen op en probeerde er een stokje voor te steken. Ik denk dat jij altijd een beetje bang bent geweest voor Tony. Wat verdomd ironisch dat hij zich net in een onmogelijke positie had gemanoeuvreerd toen jij een alibi van hem nodig had voor de moord op Lula.'

Bristow zweeg in alle talen. Zijn ademhaling ging nu heel snel.

'Tony moest doen alsof hij ergens anders was geweest dan in het hotel waar hij de hele dag met de vrouw van Cyprian May in bed had gelegen, waar dan ook, dus beweerde hij dat hij was teruggegaan naar Londen om zijn zieke zuster een bezoekje te brengen. Later begreep hij dat Lula en jij ook bij haar waren geweest, samen, op diezelfde tijd.

Zijn nichtje was dood, dus zij kon hem niet tegenspreken, maar hij moest dus wel volhouden dat hij jou had gezien door een kier in de deur van de studeerkamer, zonder je te spreken. En jij bevestigde dat. Jullie logen allebei dat je barstte en jullie begrepen geen van beiden waar de ander mee bezig was, maar jullie durfden elkaars verklaring niet in twijfel te trekken. Ik denk dat Tony zichzelf al die tijd heeft voorgehouden dat hij jou er na de dood van je moeder wel mee zou confronteren. Misschien suste hij daarmee zijn geweten. Maar hij maakte zich wel zorgen, genoeg om Alison te vragen je in de gaten te houden. En intussen probeerde jij me wijs te maken dat Lula je nog heeft omhelsd en dat jullie het op ontroerende wijze goedgemaakt hebben voordat ze weer naar huis ging.'

'Ik ben daar wel geweest.' Bristows stem was een hese fluistering. 'Ik was in de flat van mijn moeder. Als Tony er niet is geweest, is dat zijn zaak. Je kunt niet bewijzen dat ik daar niet ben geweest.'

'Het is niet mijn zaak om te bewijzen dat iets níét zo is, John.

Ik zeg alleen dat je geen enkel alibi meer hebt, behalve je aan valium verslaafde moeder.

Maar laten we nu, puur theoretisch, eens aannemen dat terwijl Lula bij je versufte moeder zat en Tony ergens in een hotel Ursula lag te neuken, jij je nog steeds schuilhield in flat 2, waar je een iets gewaagdere oplossing voor je geldproblemen uitwerkte. Je wachtte af. Op zeker moment trok je de zwartleren handschoenen aan die daar in de kast klaarlagen voor Deeby Macc, als voorzorgsmaatregel om geen vingerafdrukken achter te laten. Dat is verdacht. Bijna alsof je al geweld overwoog.

Toen, laat in de middag, kwam Lula eindelijk thuis, maar helaas voor jou had ze twee vriendinnen bij zich – zoals je ongetwijfeld hebt gezien door het spionnetje van het appartement waar je zat.'

Strikes toon werd harder. 'En nu wordt de zaak ernstig voor je. Als de verdediging het op doodslag zou willen gooien – het was een ongeluk, we worstelden wat en ze viel van het balkon – was dat misschien nog overtuigend geweest, ware het niet dat je al die tijd bent blijven wachten terwijl je wist dat Lula bezoek had. Een man die niets ernstigers van plan is dan zijn zus een flinke cheque af te troggelen, zou heel misschien nog wachten tot ze weer alleen was, maar dat aftroggelen had je al geprobeerd, zonder succes. Dus waarom ben je dan niet naar boven gegaan terwijl haar vriendinnen daar waren, in de hoop dat ze daardoor misschien in een betere bui zou zijn? Misschien zou ze je wel een bedragje gegeven hebben om van je af te komen.'

Strike voelde de golven angst en haat bijna afstralen van de steeds vager wordende gestalte in de schaduwen tegenover hem aan het bureau.

'Maar in plaats daarvan,' zei hij, 'bleef je wachten. De hele avond, ook nadat je Lula het gebouw had zien verlaten. Tegen die tijd moet je behoorlijk opgefokt zijn geweest. Je had alle tijd om grofweg een plan uit te werken. Je hield de straat in de gaten en wist precies wie er wel en niet in het pand waren, en je had uitgevogeld dat er een manier zou kunnen zijn om daar ongemerkt weg te komen. Niemand hoefde te weten dat je daar was geweest. En laten we één ding niet vergeten: je had al eerder een moord gepleegd. Dat scheelt.'

Bristow maakte een scherpe beweging, nauwelijks meer dan een zenuwtrek; Strike verstarde, maar Bristow bleef zitten waar hij zat. Strike was zich sterk bewust van de prothese die los tegen zijn stomp rustte.

'Je keek door het raam en zag Lula in haar eentje binnenkomen, maar de paparazzi stonden nog wel voor de deur. Op dat punt moet je wanhopig geworden zijn. Of niet?

Maar toen gebeurde er een wonder, alsof de kosmos eigenlijk niets anders wilde dan John Bristow helpen bereiken wat hij wilde bereiken: ze vertrokken allemaal. Ik ben er tamelijk zeker van dat ze waren getipt door Lula's vaste chauffeur. Die wil maar al te graag goede contacten behouden met de pers.

Dus de straat was verlaten. Het moment was aangebroken. Je trok Deeby's hoodie aan. Een grote fout. Maar je zult het met me eens zijn dat er, na al het geluk dat je die nacht hebt gehad, ook een keer iets fout moest gaan.

Daarna – en dat moet ik je nageven, ik heb er heel lang op moeten puzzelen – nam je een paar van die witte rozen uit de grote vaas mee, klopt dat? Je veegde de stelen droog – niet zo grondig als je eigenlijk had moeten doen, maar goed – en liep ermee van flat 2, waar je de deur op een kier liet staan, de trap op naar het appartement van je zus.

Je hebt trouwens niet gemerkt dat de rozen nog wat nadruppelden op de vloer. Wilson is er later op uitgegleden.

Bij Lula's flat aangekomen klopte je op de deur. Wat zag ze toen ze door het kijkgaatje gluurde? Witte rozen. Ze had de hele tijd op haar balkon, met de ramen wijd open, staan uitkijken naar haar lang verloren broer, gewacht tot hij de straat in kwam, maar op de een of andere manier was hij kennelijk binnengekomen zonder dat ze hem had gezien! In haar enthousiasme zwaaide ze de deur open... en je was binnen.'

Bristow bleef roerloos zitten. Zelfs zijn knie was opgehouden met trillen.

'En je hebt haar vermoord net zoals je Charlie had vermoord en je later Rochelle zou vermoorden: met een snelle, harde duw. Of misschien heb je haar opgetild, maar ze werd er in ieder geval volledig door verrast, nietwaar? Net als de anderen.

Je ging tegen haar tekeer omdat ze je geen geld had gegeven, omdat ze je niks gunde, zoals je ouders je nooit hun liefde hebben gegund. Zo is het toch, John?

Ze schreeuwde tegen je dat je geen cent zou krijgen, zelfs al zou je haar vermoorden. Tijdens die ruzie dwong je haar achteruit de zitkamer door in de richting van het balkon, waar ze je vertelde dat ze nog een broer had, een echte broer, en dat hij naar haar onderweg was. En ze vertelde je dat ze een testament had opgesteld, met hem als begunstigde.

"Je bent te laat, ik heb het al gedaan!" riep ze. En jij zei: "Vuile trut, dat lieg je" en gooide haar over de balustrade. Dood.'

Bristow haalde nog maar amper adem.

'Ik denk dat je de rozen voor haar deur op de grond gegooid had. Je holde terug om ze te pakken, spurtte de trap af naar flat 2, waar je ze terugpropte in de vaas. Man, wat heb jij een mazzel gehad. Die vaas is later per ongeluk omgestoten door een politieman, terwijl die rozen de enige aanwijzing vormden dat er iemand in dat appartement was geweest; je kunt de rozen nooit precies zo teruggezet hebben als de bloemist ze had geschikt, want je had maar een paar minuten de tijd om te maken dat je het pand uit kwam.

Voor de volgende stap was lef nodig. Je had er waarschijnlijk niet op gerekend dat er meteen iemand alarm zou slaan, maar Tansy Bestigui had op het balkon pal onder je gezeten. Je hoorde haar gillen en besefte dat je nog minder tijd had om weg te komen dan waarop je had gerekend. Wilson rende de straat op om te kijken hoe Lula eraan toe was. Jij wachtte bij de deur, glurend door het spionnetje, tot je hem naar boven zag rennen, naar het appartement op de derde verdieping.

Je schakelde het alarm in, trok de deur achter je dicht en sloop de trap af. De Bestigui's gingen tegen elkaar tekeer in hun eigen flat. Je rende naar beneden – dat heeft Freddie Bestigui gehoord, maar die had op dat moment wat anders aan zijn hoofd – en snelde door de verlaten lobby heen de straat op, waar het nu heel hard sneeuwde.

En je maakte dat je wegkwam, toch, met de capuchon op je hoofd en je gezicht bedekt, met pompende armen, je handen nog in handschoenen gestoken. Aan het einde van de straat zag je een andere man rennen, rennen voor zijn leven, weg van de hoek van de straat waar hij zojuist zijn zusje had zien doodvallen. Jullie kenden elkaar niet. Ik denk dat je er geen moment bij stilgestaan hebt wie hij kon zijn, daar had je op dat moment geen tijd voor. Je rende zo hard je kon, in de geleende kleding van Deeby Macc, langs de beveiligingscamera die jullie beiden vastlegde op film, Halliwell Street in. En wéér had je geluk, want daar hingen geen camera's meer.

Ik neem aan dat je de hoodie en de handschoenen in een vuilnisbak hebt gegooid en een taxi hebt genomen, klopt dat? De politie heeft geen moment aandacht besteed aan een blanke man in pak die die avond daar rondliep. Je bent naar je moeder gegaan, hebt eten voor haar gemaakt, de klok verzet en haar wakker gemaakt. Ze is er nog steeds van overtuigd dat jullie samen over Charlie zaten te praten – leuk detail, John – op het moment dat Lula haar dood tegemoet viel.

Je was ermee weggekomen, John. Je had Rochelle levenslang kunnen betalen om te zwijgen. En als je enorme mazzel zich had voortgezet, was Jonah Agyeman misschien zelfs nog wel gesneuveld in Afghanistan; die hoop laaide toch telkens bij je op wanneer je een foto van een zwarte soldaat in de krant zag? Maar je durfde niet op je geluk te vertrouwen. Je bent een verknipte, arrogante klootzak en je dacht dat je een betere oplossing wist.'

Er viel een lange stilte.

'Geen bewijs,' zei Bristow uiteindelijk. Het was nu zo donker in het kantoor dat hij voor Strike nauwelijks meer was dan een silhouet. 'Geen enkel bewijs.'

'Ik ben bang dat je je daarin vergist,' zei Strike. 'Als het goed is, heeft de politie inmiddels een huiszoekingsbevel.'

'Waarvoor?' Bristow had eindelijk weer genoeg zelfvertrouwen verzameld om een lachje uit te stoten. 'Om de vuilnisbakken van

Londen door te spitten op zoek naar een hoodie waarvan jij beweert dat die drie maanden geleden is weggegooid?'

'Nee, om in de kluis van je moeder te kijken natuurlijk.'

Strike vroeg zich af of hij de luxaflex snel genoeg omhoog zou kunnen trekken. De lichtschakelaar was te ver weg en het was nu erg donker in zijn kantoor, maar hij wilde zijn blik niet losmaken van Bristows duistere gestalte. Deze drievoudige moordenaar was vast niet onvoorbereid naar hem toe gekomen.

'Ik heb ze een paar combinaties gegeven om te proberen,' vervolgde Strike. 'Als die niet werken, zullen ze er een expert bij moeten halen om de kluis te openen. Maar als ik een gokker was, zou ik mijn geld op 030483 zetten.'

Geritsel, het waas van een bleke hand, en Bristow vloog op hem af. De punt van het mes schampte Strikes borst toen hij Bristow opzij ramde; de jurist gleed van het bureau, rolde zich om en sloeg nogmaals toe, en deze keer viel Strike met stoel en al achterover, Bristow boven op hem. Hij zat klem tussen de muur en het bureau.

Strike had een van Bristows polsen beet, maar het mes zag hij niet, het was een en al duisternis. Hij haalde uit met zijn vuist en raakte Bristow onder de kin, waardoor zijn hoofd naar achteren sloeg en hij zijn bril verloor. Strike stompte nog een keer, waardoor Bristow tegen de muur klapte. Strike probeerde rechtop te gaan zitten; Bristows onderlichaam drukte zijn gruwelijk pijnlijke halve been tegen de grond. Toen raakte het mes hem in zijn bovenarm. Hij voelde hoe het vlees doorboord werd, gevolgd door een warme stroom bloed en een vlammende, stekende pijn.

In silhouet, vaag afgetekend tegen het amper verlichte raam, zag hij dat Bristow zijn arm opnieuw hief. Strike werkte zich moeizaam overeind onder het gewicht van de jurist en weerde de tweede uithaal met het mes af, en met een bijna onmenselijke inspanning slaagde hij erin Bristow van zich af te werken. Toen hij hem tegen de grond probeerde te drukken, alles volspattend met zijn warme bloed, gleed de prothese uit zijn broekspijp, en hij had geen idee waar het mes was gebleven.

Het bureau werd tijdens de worsteling omvergegooid door Strikes gewicht, en terwijl hij zijn goede knie op Bristows magere borst zette en met zijn bruikbare hand om zich heen tastte naar het mes, werd zijn netvlies verscheurd door licht en hoorde hij een vrouw gillen.

In die verblindende flits zag Strike het mes op zijn borst afkomen. Hij greep zijn beenprothese, die naast hem lag, en haalde ermee uit naar Bristows gezicht alsof het een honkbalknuppel was. Eén keer, twee keer...

'Hou op! Cormoran, HOU OP! JE VERMOORDT HEM NOG!'

Strike rolde van Bristow af, die niet meer bewoog, liet de prothese vallen en ging op zijn rug liggen, met één hand op zijn bloedende arm, naast het omvergeworpen bureau.

'Ik dacht,' zei hij hijgend, zonder dat hij Robin kon zien, 'dat jij naar huis was.'

Maar ze was al aan het telefoneren. 'Politie en een ambulance!'

'En bel ook maar een taxi,' zei Strike, 'ik ga niet met dat stuk schorem in één auto naar het ziekenhuis.'

Hij stak een arm uit om de mobiele telefoon te pakken die bijna een meter verderop lag. Het schermpje was ingeslagen, maar het toestel nam nog steeds alles op wat er werd gezegd.

EPILOOG

Nihil est ab omni
Parte beatum.

Niets is in elk opzicht heerlijk.

HORATIUS, *Oden*, boek 2

Tien dagen later

Het Britse leger verlangt van zijn soldaten een verloochening van persoonlijke behoeften en banden die voor burgers nauwelijks te bevatten is. Vrijwel geen enkele aanspraak op een rekruut wordt belangrijker geacht dan die van het leger zelf, en de onvoorspelbare crises in een mensenleven – geboorte en dood, huwelijken, echtscheiding en ziekte – leiden over het algemeen niet tot enige afwijking van de uitgestippelde militaire plannen; ze zijn slechts kiezeltjes die tegen de onderkant van een tank tikken. Desondanks zijn er bijzondere omstandigheden denkbaar, en de voortijdige beëindiging van luitenant John Agyemans detachering in Afghanistan was te danken aan een dergelijke bijzondere omstandigheid.

Zijn aanwezigheid in Groot-Brittannië werd dringend verzocht door de politie van Londen, en al acht de legerleiding een eis van de politie zelden belangrijker dan de eisen van het leger zelf, men was in dit geval bereid behulpzaam te zijn. De omstandigheden rond de dood van Agyemans zusje trokken internationale aandacht, en een mediacircus rondom een tot dan toe onbekende geniesoldaat werd niet bevorderlijk geacht, noch voor de betreffende persoon zelf, noch voor het leger dat hij diende. En dus werd Jonah op het vliegtuig naar Engeland gezet, waar het leger op indrukwekkende wijze zijn best deed hem af te schermen van de hongerige pers.

Het overgrote deel van de krantenlezers ging ervan uit dat luitenant Agyeman een zeer gelukkig man was, ten eerste vanwege zijn thuiskomst van het strijdtoneel, en ten tweede omdat hem een rijkdom wachtte waarvan hij nooit had durven dromen. Maar de jonge soldaat die Cormoran Strike rond lunchtijd trof in de Tottenham-pub, tien dagen na de arrestatie van de moordenaar van zijn zusje, had eerder iets strijdlustigs en leek nog altijd in lichte shocktoestand te verkeren.

Beide mannen hadden, in verschillende perioden, hetzelfde leven geleid en dezelfde dood geriskeerd. Het was een band die geen enkele burger kon begrijpen, en een half uur lang spraken ze over niets anders dan het leger.

'Jij was toch SIB'er?' vroeg Agyeman. 'Een mannetje in pak. Laat het maar aan de pakken over om mijn leven te verzieken.'

Strike glimlachte. Hij vond Agyeman niet ondankbaar, ook al trokken de hechtingen in zijn arm pijnlijk, telkens wanneer hij zijn bier oppakte.

'Mijn moeder wil dat ik eruit stap,' zei de soldaat. 'Ze roept steeds dat dat het enige goede is wat deze hele toestand kan opleveren.'

Het was zijn eerste, versluierde verwijzing naar de reden dat ze hier zaten, dat Jonah niet was waar hij thuishoorde, bij zijn regiment, in het leven waarvoor hij had gekozen.

Toen, vrij plotseling, begon hij te praten, alsof hij maanden op Strike had gewacht. 'Ze heeft nooit geweten dat mijn pa nog een kind had. Dat had hij haar nooit verteld. Hij was er zelfs niet helemaal zeker van dat die Marlene de waarheid sprak toen ze zei dat ze zwanger was. Vlak voor zijn dood, toen hij wist dat hij nog maar een paar dagen te leven had, heeft hij het me verteld. "Maak je moeder niet van streek," zei hij. "Ik vertel je dit omdat ik doodga en ik niet weet of er nog een halfbroer of -zus van je rondloopt." Hij zei erbij dat de moeder blank was en dat ze was verdwenen. Misschien had ze wel abortus laten plegen. Fuck man, als je mijn vader had gekend... Hij sloeg geen enkele zondag de kerkdienst over. Ging op zijn sterfbed nog ter communie. Ik had zoiets echt nooit verwacht.

Ik had mijn moeder niets willen vertellen over mijn vader en die andere vrouw, maar toen kreeg ik ineens een telefoontje, als een donderslag bij heldere hemel. Godzijdank was ik net thuis, met verlof. Al zei Lula' – hij sprak haar naam aarzelend uit, alsof hij niet zeker wist of hij er wel het recht toe had – 'er wel bij dat ze opgehangen zou hebben als ze mijn moeder aan de lijn had gekregen. Ze wilde niemand kwetsen, zei ze. Ze klonk wel oké.'

'Dat was ze ook, denk ik,' zei Strike.

'Ja... maar jezus, man, het was zo maf. Zou jij het geloven als een beroemd fotomodel je opbelde om te zeggen dat ze je zusje is?'

Strike dacht aan zijn eigen bizarre familieachtergrond. 'Waarschijnlijk wel,' antwoordde hij.

'Ja, nou ja. Waarom zou ze erover liegen? Tenminste, dat dacht ik. Dus toen heb ik haar mijn mobiele nummer gegeven en we hebben elkaar een paar keer gesproken, telkens wanneer ze iets kon regelen met haar vriendin Rochelle. Ze had het zo opgezet dat de pers er geen lucht van zou krijgen. Ik vond het wel best. Ik wilde mijn moeder geen pijn doen.'

Agyeman had een pakje Lambert & Butler-sigaretten tevoorschijn gehaald en draaide dat nerveus rond tussen zijn vingers. Waarschijnlijk had hij ze goedkoop aangeschaft bij de legerwinkel, dacht Strike met een steek van nostalgie.

'Dus ze belde me een dag voor... voordat het gebeurd is,' vervolgde Jonah, 'en ze smeekte me om langs te komen. Ik had al gezegd dat ik in die verlofperiode niet kon komen. Man, ik werd gek van de hele situatie. Mijn zus het beroemde fotomodel. Mijn moeder die zich zorgen maakte omdat ik terug moest naar Helmand. Ik kon niet bij haar aankomen met het verhaal dat mijn vader nog een kind had. Niet op dat moment. Dus zei ik tegen Lula dat ik niet met haar kon afspreken.

Ze smeekte me om nog voor mijn vertrek langs te komen. Ze klonk alsof ze van streek was. Toen zei ik dat ik later misschien nog de deur uit kon gaan, als mijn moeder in bed lag. Ik zou tegen haar zeggen dat ik nog wat ging drinken met een vriend of zo. Lula zei dat ik ook best heel laat mocht komen, om half twee nog of zo.'

Jonah krabde ongemakkelijk in zijn nek. 'Dus ben ik gegaan. Ik liep op de hoek van haar straat... en zag het gebeuren.'

Hij streek met zijn hand over zijn mond.

'Ik ben weggerend. Ervandoor gegaan. Ik had geen idee wat ik ervan moest denken. Ik wilde daar niet zijn, ik wilde niemand iets hoeven uitleggen. Omdat ik wist dat ze psychische problemen had en me herinnerde dat ze aan de telefoon erg van streek was geweest, dacht ik: zou ze me hierheen gelokt hebben om haar te zien springen?

Ik kon er niet van slapen. Eerlijk gezegd was ik blij dat ik weer kon vertrekken. Weg van al dat klotenieuws op tv en in de kranten.'

In de pub om hen heen gonsde de lunchdrukte.

'Ik denk dat ze je per se meteen wilde zien door wat haar moeder haar eerder die dag had verteld,' zei Strike. 'Lady Bristow had heel veel valium geslikt en ze wilde Lula per se langer bij zich houden, en om dat te bereiken vertelde ze haar wat Tony al die jaren terug over John had beweerd: dat hij zijn jongere broertje Charlie in de steengroeve van de rand had geduwd, dat hij hem had vermoord.

Daarom was Lula in alle staten toen ze die dag bij haar moeder wegging, en daarom heeft ze de hele tijd geprobeerd haar oom te bereiken, om bij hem na te vragen of het waar was. En ik denk dat ze jou zo verschrikkelijk graag wilde spreken omdat ze snakte naar iemand om van te houden, iemand die ze kon vertrouwen. Haar moeder was lastig en lag op sterven, haar oom haatte ze en ze had zojuist te horen gekregen dat haar adoptiebroer een moordenaar was. Ze moet wanhopig geweest zijn. En ook bang, denk ik. De dag voor haar dood had Bristow geprobeerd haar te dwingen hem geld te geven. Ze moet zich wel afgevraagd hebben wat zijn volgende stap zou zijn.'

De pub was inmiddels een en al geroezemoes en getinkel van glazen, maar Jonahs stem kwam er luid en duidelijk bovenuit. 'Ik ben blij dat je die schoft een gebroken kaak hebt geslagen.'

'En een gebroken neus,' zei Strike opgewekt. 'Nog een geluk dat hij me met een mes heeft gestoken, anders was ik er niet met noodweer vanaf gekomen.'

'Hij is dus gewapend gekomen,' zei Jonah peinzend.

'Natuurlijk,' zei Strike. 'Ik had hem via mijn secretaresse laten weten, op de crematie van Rochelle, dat ik doodsbedreigingen kreeg van een gek die me wilde openhalen met een mes. Dat idee heeft zich in zijn hoofd genesteld. Hij bedacht dat hij mijn dood, mocht het zover komen, zou kunnen afdoen als het werk van die rare Brian

Mathers. Waarschijnlijk zou hij daarna naar huis zijn gegaan, de klok van zijn moeder hebben verzet en nog een keer dezelfde truc hebben uitgehaald. Er is echt een steekje aan hem los. Waarmee niet gezegd is dat het geen uitgekookt stuk vreten is.'

Er leek verder weinig te zeggen te zijn. Toen ze de pub uit liepen, bood Agyeman, die er ook al nerveus op had aangedrongen hun drankjes te betalen, Strike min of meer aarzelend een som geld aan; Strikes armlastige bestaan was de afgelopen tijd breed uitgemeten in de media. Hij sloeg het aanbod af, maar voelde zich niet beledigd. Strike merkte dat de jonge soldaat moeite had met het idee van zijn gigantische nieuwe weelde en dat de verantwoordelijkheid die deze met zich meebracht hem bijna te veel werd: de eisen die de rijkdom aan hem stelde, de mensen die een beroep op hem deden, de beslissingen die hij moest nemen – hij was eerder geïntimideerd dan blij. Bovendien was er natuurlijk het afschuwelijke besef van de manier waarop hij aan zijn miljoenen was gekomen, dat hem nooit meer zou loslaten. Strike vermoedde dat Jonah Agyemans gedachten hevig heen en weer geslingerd werden tussen zijn kameraden in Afghanistan, visioenen van sportwagens en zijn halfzusje dat dood in de sneeuw had gelegen. Wie was zich sterker bewust van de grillen van het lot, de willekeur van de rollende dobbelstenen, dan een soldaat?

'Hij komt toch niet onder zijn straf uit?' vroeg Agyeman plotseling toen ze op het punt stonden uiteen te gaan.

'Nee, natuurlijk niet,' zei Strike. 'De kranten hebben daar nog geen lucht van gekregen, maar de politie heeft Rochelles mobiele telefoon gevonden, in de kluis van Bristows moeder. Die heeft hij niet durven weggooien. Hij had de code veranderd, zodat niemand in de kluis kon behalve hij: 030483. Eerste paasdag 1983, de dag dat hij mijn vriendje Charlie heeft vermoord.'

Het was Robins laatste werkdag. Strike had haar uitgenodigd om mee te gaan naar de ontmoeting met Jonah Agyeman, die ze immers met zo veel moeite voor hem had opgespoord, maar ze had geweigerd. Strike had het gevoel dat ze zich bewust terugtrok van de zaak, van het werk, van hem. Hij had voor die middag een afspraak op de afdeling Amputatie & Prothesiologie van het Queen Mary-ziekenhuis, en ze zou vertrokken zijn tegen de tijd dat hij terugkwam uit Roehampton. Matthew nam haar een weekendje mee naar Yorkshire.

Terwijl Strike door de aanhoudende chaos van de wegwerkzaamheden met zijn manke been naar kantoor liep, vroeg hij zich af of hij zijn secretaresse na vandaag ooit nog zou zien. Hij betwijfelde het. Nog niet zo lang geleden had hij haar aanwezigheid alleen maar draaglijk gevonden in het besef dat die niet permanent was, maar nu wist hij dat hij haar zou missen. Ze was met hem meegegaan in de taxi naar het ziekenhuis en had haar trenchcoat om zijn bloedende arm gewikkeld.

De explosie aan publiciteit rond Bristows arrestatie had Strikes detectivebureau geen windeieren gelegd. Het zou waarschijnlijk niet lang duren voordat hij echt een secretaresse nodig had, en inderdaad: toen hij zich pijnlijk de trap op sleepte naar zijn kantoor, hoorde hij Robin alweer aan de telefoon: '... pas dinsdag, ben ik bang, want maandag zit meneer Strike helemaal vol... Ja, natuurlijk... Dan noteer ik u voor elf uur. Ja. Dank u wel. Tot ziens.'

Ze draaide haar bureaustoel om toen hij binnenkwam.

'En, hoe was Jonah?' vroeg ze op dwingende toon.

'Aardige jongen.' Strike liet zich op de half ingestorte bank zakken. 'Heeft heel veel moeite met de situatie. Maar het alternatief was dat Bristow die tien miljoen zou krijgen, dus hij zal er toch aan moeten wennen.'

'Er hebben drie potentiële klanten gebeld toen je weg was,' zei ze. 'Maar de laatste baart me een beetje zorgen. Kan ook weer een journalist zijn. Hij praatte liever over jou dan over zijn eigen probleem.'

Er waren al heel wat van dat soort telefoontjes geweest. De pers had zich enthousiast op het verhaal gestort, dat vele invalshoeken opleverde, voer voor de roddelbladen. Strike zelf had in de artikelen een grote rol gespeeld. De foto die het vaakst was gebruikt – en daar was hij blij om – was tien jaar oud en genomen toen hij nog bij de militaire politie zat, maar ze hadden ook het kiekje opgediept van de rockster, zijn vrouw en de supergroupie.

Ook was er veel geschreven over de incompetentie van de politie. Carver was gefotografeerd terwijl hij haastig de straat uit liep, met wapperende jas en nog net zichtbare zweetplekken in zijn overhemd, maar Wardle, de knappe Wardle die Strike had geholpen om Bristow op te pakken, was tot nu toe mild behandeld, zeker door de vrouwelijke journalisten. Waar de media vooral van hadden gesmuld, was opnieuw het lijk van Lula Landry: bij iedere versie van het verhaal sprankelden de foto's van het dode model met de egale huid en het slanke, gebeeldhouwde figuurtje de kijker tegemoet.

Robin zat te praten. Strike had niet geluisterd, zijn aandacht werd afgeleid door zijn kloppende arm en been.

'... van alle dossiers en je agenda. Want je zult straks wel iemand nodig hebben, dit kun je nooit allemaal alleen.'

'Nee,' zei hij instemmend, en hij kwam moeizaam overeind. Hij had het willen bewaren tot het daadwerkelijke moment van haar vertrek, maar eigenlijk kon hij het net zo goed meteen afhandelen. Bovendien was het een excuus om van de bank af te komen, die buitengewoon oncomfortabel zat. 'Robin, moet je horen, ik heb je nooit echt bedankt...'

'Jawel,' zei ze snel. 'In de taxi op weg naar het ziekenhuis. En trouwens, je hoeft me niet te bedanken, ik vond het leuk. Geweldig, zelfs.'

Hij hobbelde naar zijn kantoor, waardoor hij niet hoorde dat haar stem even haperde. Het cadeau had hij verstopt op de bodem van zijn plunjezak. Het was belabberd ingepakt.

'Hier,' zei hij. 'Dit is voor jou. Zonder jou was het me nooit gelukt.'

'O,' zei Robin met enigszins verstikte stem, en Strike vond het ontroerend, maar ook een tikkeltje alarmerend dat er een traan over haar wang rolde. 'Dat had je toch niet...'

'Maak thuis maar open,' zei hij, maar het was al te laat: het pakje viel letterlijk uit elkaar in haar handen. Er glibberde iets gifgroens uit een scheur in het papier, dat voor haar op het bureau belandde. Ze slaakte een verrast kreetje.

'Heb je... *O mijn god*, Cormoran...'

Ze hield de jurk omhoog die ze bij Vashti had gepast en zo schitterend had gevonden, en over de stof heen keek ze hem aan, met vuurrode wangen en sprankelende ogen.

'Dit kun je helemaal niet betalen!'

'Jawel,' zei hij, tegen de scheidingswand geleund, wat net een beetje comfortabeler was dan op de bank zitten. 'De opdrachten stromen nu binnen. Je was fantastisch. Ze boffen maar op dat nieuwe werk van je.'

Robin veegde verwoed haar ogen droog met haar mouwen. Er ontsnapte haar een snik, vergezeld van enkele onverstaanbare woorden. Blindelings graaide ze naar de tissues die ze had aangeschaft – met het geld uit de kleine kas – in afwachting van meer klanten zoals mevrouw Hook, en ze snoot haar neus, bette haar ogen en zei, de groene jurk slap en vergeten op haar schoot: 'Ik wil hier niet weg!'

'Ik kan je niet betalen, Robin,' zei hij mat.

Niet dat de gedachte niet bij hem opgekomen was; de afgelopen nacht had hij nog wakker gelegen op zijn kampeerbed en de rekensommen door zijn hoofd laten gaan, op zoek naar een aanbod dat niet al te beledigend zou overkomen in vergelijking met het salaris dat ze bij het media-adviesbureau zou krijgen. Het zat er niet in. Hij kon de afbetaling van zijn grootste lening niet langer uitstellen, de huur werd binnenkort verhoogd en hij moest woonruimte gaan zoeken buiten zijn kantoor. Ook al waren de vooruitzichten voor de korte termijn aanzienlijk verbeterd, het grote geheel bleef onzeker.

'Ik zou heus niet van je verwachten dat je me hetzelfde betaalt als zij,' zei Robin met verstikte stem.

'Ik kom niet eens in de buurt.'

(Maar zij kende Strikes financiële situatie bijna net zo goed als hijzelf, en ze had al geraden wat hij haar maximaal zou kunnen betalen. De vorige avond, toen Matthew haar in tranen had aangetroffen bij het vooruitzicht dat ze zou moeten vertrekken, had ze hem verteld wat volgens haar Strikes hoogste bod zou zijn.

'Maar hij heeft je nog helemaal niet gevraagd,' had Matthew gezegd. 'Of wel?'

'Nee, maar stel dat hij dat zou doen...'

'Dan laat ik het aan jou over,' had Matthew stijfjes geantwoord. 'De keuze is aan jou. Jij moet beslissen.'

Ze wist dat Matthew niet wilde dat ze bij Strike bleef werken. Hij had uren op de Spoedeisende Hulp gezeten terwijl Strike werd opgelapt, wachtend tot hij Robin mee naar huis kon nemen. Hij had tamelijk formeel tegen haar gezegd dat ze er goed aan had gedaan zo veel initiatief te tonen, maar sindsdien vond ze hem afstandelijk en een beetje afkeurend, vooral wanneer vrienden aandrongen op insidersdetails over alles wat ze in de pers hadden gezien.

Maar Matthew zou Strike toch vast en zeker graag mogen als hij hem eenmaal had ontmoet? En hij had zelf gezegd dat de uiteindelijke beslissing bij haar lag...)

Robin rechtte haar rug, snoot haar neus nog een keer en noemde Strike, met een kalmte die enigszins werd ondermijnd door een hikje, het bedrag waarvoor ze zou willen blijven.

Het kostte Strike een paar seconden om antwoord te geven. Hij kon zich het geopperde bedrag net veroorloven, het scheelde nog geen vijfhonderd pond met wat hij zelf had berekend te kunnen missen. Hoe je het ook bekeek, ze was een aanwinst die voor dat geld onmogelijk te vervangen zou zijn. Er was alleen een piepkleine kink in de kabel...

'Dat moet wel lukken,' zei hij. 'Ja, dat kan ik je wel betalen.'

De telefoon ging. Met een stralend gezicht nam ze op, en haar stem klonk zo verrukt dat het leek alsof ze dagenlang smachtend op dit telefoontje had zitten wachten.

'O, dag meneer Gillespie! Hoe gaat het met u? De heer Strike heeft u een cheque gestuurd, die heb ik vanmorgen persoonlijk op de post gedaan... Alle achterstallige betalingen, ja, en nog een beetje extra... Nee, nee, de heer Strike staat erop de lening terug te betalen... Dat is heel aardig van meneer Rokeby, maar meneer Strike betaalt toch liever. Hij hoopt het resterende bedrag binnen enkele maanden te voldoen.'

Een uur later, toen Strike op een harde plastic stoel op de afdeling Amputatie & Prothesiologie zat, met zijn gewonde been gestrekt voor zich uit, bedacht hij dat als hij had geweten dat Robin zou blijven, hij de groene jurk niet voor haar gekocht zou hebben. Het cadeau zou vast niet in goede aarde vallen bij Matthew, vooral niet wanneer hij haar hem zag dragen en te horen zou krijgen dat ze hem voor Strike had geshowd.

Met een zucht pakte hij een *Private Eye* van het tafeltje naast hem. De eerste keer dat de arts hem riep, reageerde Strike niet, opgeslokt door een artikel met als kop LANDRYBALLS, boordevol voorbeelden van de journalistieke uitwassen die te maken hadden met de zaak die hij samen met Robin had opgelost. Er waren zo veel columnisten die naar Kaïn en Abel verwezen dat het blad er een heel artikel aan wijdde.

'Meneer Strick?' riep de arts voor de tweede keer. 'Meneer Cameron Strick?'

Grijnzend keek hij op.

'Strike,' zei hij luid en duidelijk. 'Mijn naam is Cormoran Strike.'

'O, neemt u me niet kwalijk... Deze kant op, alstublieft...'

Terwijl Strike achter de dokter aan hobbelde, kwam er een zinnetje bovendrijven vanuit zijn onderbewustzijn, een frase die hij had gelezen lang voordat hij zijn eerste lijk zag, lang voordat hij vol verwondering naar een waterval tegen een Afrikaanse bergwand had staan kijken, of naar het gezicht van een moordenaar die instortte op het moment dat hij besefte dat hij gepakt zou worden.

En zo werd ik een naam.

'Op de onderzoekstafel, alstublieft, en verwijdert u de prothese even.'

Waar kwam dat zinnetje vandaan? Strike ging op de tafel liggen en keek fronsend naar het plafond, zonder zich iets aan te trekken van de arts die zich over het resterende gedeelte van zijn been boog, er mompelend naar keek en het betastte.

Het kostte Strike enkele minuten om de dichtregels terug te halen die hij lang geleden had geleerd.

Ik rust niet uit van reizen: en ik drink
Het leven tot het op is; ik genoot
Enorm en heb enorm geleden, met
Geliefden en alleen; aan land en toen
De zee met regenvlagen werd gekweld
Door Hyaden: en zo werd ik een naam...